Charlotte Link

# Die Stunde der Erben

Charlotte Link

# Die Stunde der Erben

Roman

Blanvalet

Umwelthinweis
Dieses Buch und der Schutzumschlag
wurden auf chlorfrei gebleichtem Papier gedruckt.
Die Einschrumpffolie (zum Schutz vor Verschmutzung) ist aus
umweltschonender und recyclingfähiger PE-Folie.

Der Blanvalet Verlag
ist ein Unternehmen der Verlagsgruppe Bertelsmann

1. Auflage

Satz: Uhl + Massopust, Aalen
Druck und Bindung: Wiener Verlag
Made in Austria
ISBN 3-7645-6906-9

# Prolog

## September 1957

Das Kind wurde auf den Namen Alexandra Sophie getauft, in einer besonders schönen und würdigen Zeremonie, die es gänzlich verschlief. Erst am Tag zuvor war das kleine Mädchen, aus Los Angeles kommend, in München eingetroffen, sah seine bis dahin mit akribischer Genauigkeit eingehaltenen Schlafens- und Essenszeiten völlig auf den Kopf gestellt und reagierte darauf mit einer von der ersten bis zur letzten Minute durchschrienen Nacht. Nun war es wahrscheinlich zu erschöpft, um noch gegen das kratzige weiße Taufkleidchen, das Weihwasser auf der Stirn und den modrigen Kirchengeruch protestieren zu können. Hier handele es sich um ein ganz besonders braves und ruhiges Baby, lobte sogar der Pfarrer.

Die übermüdeten Eltern, denen der Jet-lag noch in den Knochen steckte, und mehr noch die endlosen Nachtstunden, in denen sie ihre vier Monate alte Tochter auf den Armen geschaukelt, beruhigend auf sie eingeredet und ihr alberne Kinderlieder vorgesungen hatten, ließen die Feierlichkeit mit blassen Gesichtern und umschatteten Augen über sich ergehen.

Beim Verlassen der Kirche sagte Belle Rathenberg ärgerlich: »Wir hätten uns einfach weigern sollen, hierherzukommen. Alexandra ist noch zu klein. Wir hätten sie drüben taufen lassen sollen, und alles wäre in Ordnung gewesen.«

»Deine Mutter wollte nun einmal ein großes Familienfest daraus machen, und das wäre in Los Angeles nicht möglich gewesen.« Andreas, ihr Mann, versuchte sie zu beruhigen. »Jetzt haben wir uns darauf eingelassen, ihr den Gefallen zu tun, nun müssen wir es auch durchstehen. Komm reiß dich zusammen. Schau die Welt ein bißchen freundlicher an!«

»Wenn mir das gelingen soll, brauche ich jetzt erst einmal

einen Sherry«, sagte Belle und stieg in eines der vielen bereitstehenden Autos, die die Taufgesellschaft zum Haus ihrer Mutter bringen sollten. »Wahrscheinlich brauche ich sogar zwei oder drei.«

Felicia Lavergne stand in der Terrassentür und beobachtete ihre Gäste. Sie waren fast alle gekommen, ohne wichtigen Grund erteilte man der alten Patriarchin keine Absage. Außerdem waren ihre Gesellschaften beliebt, ihr malerisch schönes Anwesen am oberbayerischen Ammersee lud ein zu grandiosen Sommerparties, und sie war immer eine großzügige Gastgeberin gewesen.

Felicia hatte das geräumige Bauernhaus am Ostufer des Sees gleich nach Kriegsende gekauft, in der Absicht, einen Ort zu schaffen, an dem alle zusammenkommen konnten, die zu ihr gehörten. Sie war weder eine mütterliche noch eine fürsorgliche Frau, aber sie hatte den ausgeprägten Beschützerinstinkt eines Schäferhundes, der seine Herde umkreist und bewacht. Die Familie war ihr Heiligtum – was sie auf eine sehr spezielle Weise zum Ausdruck brachte, die ihr wenig Sympathie, aber eine Menge widerwillig gezollter Bewunderung eintrug: Sie war in der Lage, es über Jahre hin nicht zu bemerken, wenn einer ihrer nächsten Anverwandten unter Depressionen litt, aber sollte der Betreffende den Entschluß fassen, sich aufzuhängen, würde sie im letzten Moment hinstürzen und den Strick durchschneiden. Dann würde sie aus allen Wolken fallen, wenn sie erführe, daß sich der Gerettete bereits seit langem mit ernsthaften Problemen herumschlug.

Das Haus bestand aus einer Unzahl kuscheliger Zimmer, aus knarrenden Fußböden, großen Kaminen, Holzbalken an den Decken, aus blumengeschmückten Balkonen und einer großen Terrasse. Der Garten fiel bis zum See hinab, es gab einen Bootssteg, ein Bootshaus, einen Badestrand.

An diesem Septembertag, der ihnen noch einmal sommerliches Wetter, strahlende Sonne und einen wolkenlosen Himmel bescherte, hatte Felicia überall Sonnenschirme aufstellen, Kissen auf Stühle und Bänke legen und den Rasen mähen lassen. Nach dem Mittagessen, einem von vielen Reden unterbrochenen fünfgängigen Menü, hatten sich nun alle Feiernden hinausbegeben und über den Garten verteilt. Auf der Terrasse gab es ein Kuchenbuffet, wo sich jeder selber bedienen konnte, außerdem wurden Kaffee, Tee und alle erdenklichen kalten Getränke ausgeschenkt. Die Herbstblumen leuchteten in der Sonne auf, der See glitzerte türkisblau, ein paar Segelboote malten weiße Tupfen auf die Wellen.

Felicias Blick glitt über die bunte Schar zu ihren Füßen und blieb an Belle, der Mutter des Täuflings, hängen. Alexandra war Ende Mai zur Welt gekommen, aber Belle hatte es bis jetzt nicht geschafft, ihre alte Figur zurückzuerlangen. Sie war früher sehr schlank gewesen, aber jetzt sah sie ziemlich unförmig aus in ihrem geblümten Hängekleid. Sie trug sehr hochhackige Schuhe, aber auch die konnten ihre geschwollenen Beine nicht schlanker erscheinen lassen. Felicia registrierte, daß ihre Tochter ziemlich viel trank, einen Cocktail nach dem anderen, und alle kippte sie hinunter wie Wasser. Neben ihr stand Andreas, den fast vierjährigen gemeinsamen Sohn Chris auf dem Arm. Andreas war um einiges älter als Belle und sah immer noch sehr gut aus. Felicia mochte ihn, hatte aber längst begriffen, daß dieses Gefühl nicht erwidert wurde. Wie die meisten Leute, die Felicia kannten, war auch er überzeugt, daß sie mit ihren Töchtern alles falsch gemacht hatte, daß sie sie materiell blendend versorgt, ansonsten jedoch links liegengelassen hatte.

Ja, aber glaubt er, ich hätte erreicht, was ich erreicht habe, wenn ich es anders gemacht hätte, fragte sich Felicia.

Immerhin war auch Susanne, Belles jüngere Schwester, erschienen, und das, obwohl sie ihre Mutter unverhohlen haßte. Sie hielt sich abseits, gab sich keinerlei Mühe zu verbergen, wie sehr ihr das alles auf die Nerven ging. Sie trug ein graues Kostüm, viel zu warm für diesen Tag, und hatte ihre Haare streng zurückfrisiert. Sie sah aus wie eine alternde Gouvernante. Wenn jemand sie ansprach, tat sie alles, das Gespräch sofort im Keim zu ersticken. Seit der schrecklichen Geschichte mit ihrem Mann, der elf Jahre zuvor als Kriegsverbrecher hingerichtet worden war, wurde ihr Leben überschattet von brennender Scham, die ihr Kontakte fast unmöglich machte. In Berlin unterrichtete sie sprachgestörte Kinder, und die waren vielleicht die einzigen Menschen, unter denen sie sich sicher fühlte. Selbst ihren drei Töchtern gegenüber verhielt sie sich auf eine verschrobene Weise distanziert, so, als handele es sich nicht um ihre Kinder, sondern um fremde Wesen, die ihr jeden Augenblick gefährlich werden könnten.

Aber allmählich müßte sie über die alten Geschichten hinwegkommen, dachte Felicia ungeduldig, der Krieg ist doch schon so lange vorbei!

Sie strich sich ihr weißes Sommerkleid glatt, obwohl es da nichts zu glätten gab, aber sie hatte sich diese Bewegung angewöhnt, wann immer sie ihre Gedanken zu ordnen und Entschlüsse zu fassen suchte. Ein junger Mann in einem eleganten Anzug, der nicht weit von ihr stand und sie bereits seit einigen Minuten beobachtete, trat auf sie zu.

»Was denkst du gerade?« fragte er. »Du musterst die Leute hier wie ein General seine Armee, und eben hast du über deinen nächsten strategisch sinnvollen Schritt gebrütet, stimmt's?«

Felicia lachte. »Mach dich nur über mich lustig. Ich habe gar nichts gedacht. Ich habe nur geschaut!«

Sie mochte Markus Leonberg, ihren Berater in Finanzfragen, mochte seinen Charme und seine Liebenswürdigkeit. Vor allem aber imponierten ihr seine Zähigkeit und Durchsetzungskraft, mit denen er sich aus dem Nichts eine solide Existenz aufgebaut hatte. Nach Kriegsende war er als Einundzwanzigjähriger für ein knappes Jahr in amerikanischer Kriegsgefangenschaft gewesen, anschließend hatte er verzweifelt nach seinen Eltern geforscht, Schlesiern, von denen er keine Spur mehr finden konnte. Endlich fand er heraus, daß beide beim Einmarsch der Roten Armee ums Leben gekommen waren. Dieses Wissen machte aus dem weichen, dunkelhaarigen Jungen mit den sanften grünen Augen von einem Tag zum anderen einen Mann, der nur noch daran interessiert schien, immer mehr Geld anzuhäufen und sich um nichts sonst zu kümmern. Er wurde ein König des schwarzen Marktes, tätigte glänzende Geschäfte, warf sich dann auf Immobilien. Inzwischen zählte er zu den reichsten Männern Münchens. Felicia bewunderte ihn, hatte jedoch auch eine vage Ahnung von seinen Schwierigkeiten. Irgend etwas sagte ihr, daß Markus Leonberg womöglich nicht immer einen kühlen Kopf behalten würde. Mit dem Tod seiner Eltern und dem Verlust seiner Heimat war etwas in ihm in Unordnung geraten, oft schien er sich in sich selber nicht zurechtzufinden. Manchmal, wenn er so dastand und für einen Moment nicht darauf achtete, der Welt sein strahlendes Siegerlächeln zu zeigen, wirkte er so einsam und verloren, daß es sogar Felicia danach verlangte, ihn in den Arm zu nehmen. Natürlich hatte sie es noch nie getan, es hätte sie beide nur in Verlegenheit gebracht.

»Du bist ja heute ganz ohne Begleitung hier«, sagte sie jetzt. Normalerweise hatte Markus immer ein hübsches Mädchen an seiner Seite.

»Mit Maren ist es aus. Wir paßten nicht zueinander.«

»Schon wieder! Länger als ein halbes Jahr geht es bei dir wirklich nie gut!«

»Was soll ich machen? Ich scheine eben nie den richtigen Griff zu tun.«

»Ich glaube, du hast einen Hang zu den falschen Mädchen«, sagte Felicia, die kaum wußte, wie sie die puppenhaften Geschöpfe, die er bevorzugte, überhaupt auseinanderhalten sollte.

Markus zuckte mit den Schultern und bemühte sich, das Thema zu wechseln. »Wer ist der Herr dort hinten?« fragte er.

»Der mit dem kleinen Jungen neben sich? Das ist Peter Liliencron, ein alter Freund von mir. '39 schaffte er es gerade noch, aus Deutschland hinauszukommen. '45 ist er dann zurückgekommen. Der Junge ist sein Sohn Daniel.«

»Verstehe. Und da drüben – das ist doch Tom Wolff, nicht? Er wird immer dicker!«

Tom gehörte die eine Hälfte der Spielwarenproduktion *Wolff*

*& Lavergne*, Felicia die andere. Sie waren ein ungleiches Paar, hatten einander in schwierigen Zeiten jedoch immer geholfen, und wußten jeder praktisch alles über den anderen. Inzwischen machte Tom Wolff sein Herz schwer zu schaffen, ebenso sein Bluthochdruck, und da er alle Warnungen der Ärzte, was Alkohol, Nikotin und fettes Essen anging, konsequent ignorierte, schien es nur eine Frage der Zeit, wie lange sein Körper das aushalten würde.

»Wenn Tom nicht mehr lebt«, sagte Felicia, »erbt seine Frau Kassandra seinen Anteil. Gnade mir Gott, wenn ich die als Partnerin habe. Sie kann mich nicht ausstehen.«

Felicia hat eine Menge Feinde, dachte Markus, zumindest ist sie nicht gerade beliebt.

»Kassandra ist die Frau neben ihm, nicht?« fragte er. »Sie ist unheimlich elegant. Und sehr unnahbar.«

»Das kann man wohl sagen. Unnahbarer geht es nicht mehr. Aber irgendwann werde ich mich mit ihr arrangieren müssen.«

»Und wo«, wollte Markus wissen, »ist die Hauptperson des Tages?«

»Sie schläft. Belle quält sich mit ihren Schlafens- und Essenszeiten, weil die Zeitumstellung alles durcheinandergebracht hat. Allerdings muß ich auch sagen, daß man heutzutage sehr viel Getue um diese Dinge bei Babys macht. Früher hat man das lockerer gesehen, und es ging schließlich auch.«

»Ich finde jedenfalls, sie ist ein hübsches Baby«, sagte Markus, »und sie hat einen schönen Namen. Alexandra Sophie. Das klingt wunderbar.«

»Alexandra heißt sie nach Belles verstorbenem Vater. Und Sophie hieß Belles kleine Tochter aus erster Ehe. Sie starb vor zwölf Jahren auf unserer Flucht aus Ostpreußen.«

Nachdenklich betrachtete Markus die runde Belle, die sich gerade wieder einen Campari von einem Tablett nahm. »Sie hat manches hinter sich, denke ich.«

»O ja. Und sie kommt nicht richtig auf die Füße. Sie war als junges Mädchen Schauspielerin bei der UFA. Allerdings nur sehr kurz, der Krieg hat alles durcheinandergebracht. Danach ging sie dann nach Amerika. Andreas, ihr jetziger Mann, hatte schon vorher heimlich für die Alliierten gearbeitet und bekam einen leitenden Posten in einem Rüstungskonzern angeboten. Sie träumte natürlich von Hollywood. Aber es wurde nichts. Anfangs auch deshalb, weil die Studios Deutsche nicht akzeptierten. Und jetzt – na ja, sieh sie dir an. Nicht gerade das, wovon sie bei MGM träumen.«

»Sie scheint ziemlich viel zu trinken«, sagte Markus vorsichtig.

Also merkten es andere auch schon. »Ich verstehe nicht«, sagte Felicia, »warum Andreas dem tatenlos zusieht.«

Susannes Töchter kamen aus dem Haus gelaufen, wo sie die Plattensammlung ihrer Großmutter vergeblich nach Elvis-Presley-Aufnahmen durchforstet hatten. Sie trugen Badeanzüge und Handtücher über dem Arm und verkündeten, schwimmen gehen zu wollen. Der zehnjährige Daniel Liliencron schloß sich ihnen sofort an. Schwatzend und lachend zogen sie los. Susanne machte sich daran, den Garten zu inspizieren, war in Wahrheit wohl aber nur wieder auf der Flucht vor einem möglichen Gesprächspartner. Andreas und Peter Liliencron diskutierten den grandiosen Wahlsieg Adenauers vom Sonntag zuvor. Tom Wolff baute sich vor dem Kuchenbuffet auf und fing an hineinzuschaufeln, was er nur fassen konnte. War noch beim Mittagessen eine etwas verkrampfte Atmosphäre spürbar gewesen, plätscherte der Nachmittag nun friedlich dahin. In zwei Stunden würde es dunkel sein, dann würden sie drinnen noch etwas zusammensitzen, und schließlich würde jeder nach Hause fahren und finden, daß es eigentlich recht nett gewesen sei.

»Vielleicht sollte ich doch einmal mit Belle reden«, sagte Felicia, »noch eine halbe Stunde, und sie ist völlig betrunken. Du entschuldigst mich, Markus?«

Sie winkte ihrer Tochter, ihr zu folgen, und trat dann ins Haus. Widerwillig kam Belle der Aufforderung nach. Als sie die Wohnzimmertür hinter sich und ihrer Mutter schloß, klingelte es. Flüchtig fragte sich Belle, wer der verspätete Gast sein mochte, aber im Grunde interessierte es sie nicht wirklich. Es bereitete ihr viel zu große Mühe, sich zu konzentrieren, als daß sie darüber hätte nachdenken mögen.

Hanna, die Haushälterin, hatte sich vergeblich bemüht, dem unerwarteten Besucher den Eintritt zu verwehren.

»Sind Sie eingeladen?« fragte sie mißtrauisch, als sie des zerlumpten Fremden ansichtig wurde, der unrasiert und in völlig verwahrlosten Kleidern vor der Tür stand. Sie hielt ihn zuerst für einen Bettler, aber er behauptete, eine Verabredung mit einem der Gäste zu haben. Er verströmte einen penetranten Schweißgestank, der sich mit dem Geruch von Ölfarbe mischte, die in dicken Spritzern überall auf seiner Jacke klebte. Seine Schuhe sahen aus, als wollten sie ihm jeden Moment von den Füßen fallen.

»Ich bin nicht eingeladen, aber verabredet, das sagte ich doch«, antwortete er nun ungeduldig auf Hannas Frage und stand auch schon im Flur.

»Sie können hier nicht einfach hereinkommen«, protestierte Hanna. Er starrte sie an. »Wieso nicht? Bin ich nicht fein genug?«

»Nein, nur . . .«

Er ließ ein bitteres Lachen hören. »Als ich meinen Kopf hingehalten habe für euch, damals in Rußland, da war ich euch auch gut genug, oder nicht? Die Zehen hab' ich mir abgefroren im Winter vor Moskau, und dann haben sie mich getroffen. Hier oben!« Er wies auf seinen Kopf. Hannas Abscheu wandelte sich in hilfloses Mitleid. Ein Veteran, der einen ziemlichen Knacks davongetragen hatte; es gab viele von ihnen. Männer, die nicht wieder ins normale Leben hatten zurückfinden können, die an Spätfolgen von Verletzungen, körperlicher oder seelischer Art, litten und vom Wirtschaftswunder-Deutschland nicht den Dank erhielten, den sie benötigt hätten, um mit dem Erlebten fertig zu werden. Man speiste sie mit Geld ab, statt dessen hätten sie Zuhörer gebraucht. Aber niemand wollte mehr etwas wissen von ihren Geschichten. Das war Vergangenheit, man hatte genug zu tun, die Zukunft zu bewältigen. Hanna wußte nur zu gut Bescheid, ihr Sohn saß seit seiner U-Boot-Zeit von schweren Psychosen geplagt in einer Nervenheilanstalt.

»Kommen Sie doch zu mir in die Küche«, sagte sie gutmütig, »dann mache ich Ihnen erst einmal etwas zu essen. Sie sehen ganz so aus, als ob . . .« Er ließ sie einfach stehen, ging den Flur entlang und trat hinaus auf die Treppe zur Terrasse.

Zunächst bemerkte ihn niemand, alle waren viel zu sehr mit Gesprächen oder mit Essen und Trinken beschäftigt. Als erste wurde schließlich Susanne aufmerksam, die von ihrem Rundgang durch den Garten zum Haus zurückkehrte. Sie sah eine vogelscheuchenähnliche Gestalt in der Tür stehen und sagte in ihrer ersten Überraschung ziemlich laut: »Oh! Wer ist das denn?« Die Näherstehenden hatten sie gehört und schauten nun auch zu dem Neuankömmling hin. Nach und nach merkten alle, daß es dort oben irgend etwas zu sehen gab. Das Stimmengewirr verstummte. Vom See her waren Lachen und Geschrei der badenden Kinder zu vernehmen.

Der Fremde kam langsam die Treppe herunter. Er schwankte ein wenig, fast als sei er betrunken, in Wahrheit hatte er Mühe, seine Bewegungen richtig zu koordinieren. Das würde auch nicht mehr besser werden, dafür hatte die Kugel in seinem Kopf gesorgt. Als er unten angekommen war, sagte er: »Ich bin Walter Wehrenberg. Ich bin aus München hierhergekommen.«

Alle sahen ihn verwirrt an. Der Name sagte niemandem etwas. Susanne, als Tochter der Hausherrin, besann sich schließlich auf die Gebote der Höflichkeit und sagte: »Guten Tag, Herr Wehrenberg. Sind Sie mit meiner Mutter verabredet?«

Wehrenberg schüttelte den Kopf. Er hatte eine ungesund wirkende bläulich-bleiche Gesichtsfarbe. Auf seiner Stirn standen Schweißtropfen.

»Ich möchte zu Markus Leonberg«, sagte er.

Markus, der sich nach seiner Unterhaltung mit Felicia auf eine Bank gesetzt und den Ausblick über den See genossen hatte, stand auf und kam näher. Er hielt ein Glas Orangensaft in der Hand. Seine Miene spiegelte nicht das mindeste Erkennen.

»Ja, bitte?« fragte er.

»Wissen Sie, wer ich bin?«

»Tut mir leid, nein. Müßte ich es wissen?«

Wehrenberg lachte ebenso bitter und zynisch wie zuvor im Haus bei Hanna. »Müßte ich es wissen, fragt er! Müßte ich es wissen! Das ist natürlich unter Ihrer Würde, nicht? Die Leute auch noch alle zu kennen, die Sie ins Unglück stürzen!«

Markus schien die Angelegenheit ziemlich peinlich. »Mir ist nicht klar, worauf Sie hinauswollen, Herr Wehrenberg. Aber vielleicht können wir irgendwo unter vier Augen . . .«

Wehrenberg unterbrach ihn sofort. »Das könnte Ihnen so passen! Unter vier Augen! Damit niemand von Ihren Machenschaften erfährt. Aber das sollen ruhig alle wissen! Die sollen wissen, was für ein feiner Mensch Sie sind!«

»Ich denke, das ist hier nicht der richtige Ort für derartige Gespräche«, mischte sich Andreas ein, »vielleicht sollten Sie sich am Montag in der Stadt treffen.«

»Richtig«, sagte Markus, »es ist Wochenende, und dies ist eine private Feier. Sie sollten besser gehen, Herr Wehrenberg.«

»Nein. Ich werde nicht gehen.« Ein angestrengter Blick trat in seine Augen. »Ich war in Sibirien«, verkündete er, »sechs Jahre. Straßenbau. Wissen Sie, was das bedeutet?«

»Sie haben viel mitgemacht«, sagte Tom Wolff, dem inzwischen aufging, daß es sich hier um einen Verwirrten handelte, dem mit scharfen Worten sicherlich nicht beizukommen war, »wie ist es, möchten Sie nicht etwas trinken? Einen Martini? Nach einem guten Drink sieht die Welt gleich freundlicher aus!«

»Danke«, sagte Wehrenberg, »ich möchte nichts trinken. Bekommt mir nicht. Ich hatte einen Kopfschuß. Vor Moskau. Fast ein Jahr Lazarett. Der Arzt sagt, ist ein Wunder, daß Sie noch leben, Wehrenberg.«

Niemand wußte etwas zu erwidern. Markus zerbrach sich den Kopf, was dieser Mann mit ihm zu tun haben mochte. Es fiel ihm nicht ein. Womöglich handelte es sich um eine Verwechslung.

»Die hätten mich nie mehr rausschicken dürfen«, sagte Wehrenberg, »aber die haben jeden gebraucht am Ende. Sonst wäre ich nicht in Gefangenschaft gekommen. Sechs Jahre. Da habt ihr's euch hier gutgehen lassen.«

»Ich war auch in Gefangenschaft«, sagte Markus etwas gereizt, »es ist doch wirklich ...«

»Oh, das können Sie nicht vergleichen!« schrie Wehrenberg. Alle fuhren zusammen. »Das können Sie nicht vergleichen! Sie waren nicht in Sibirien! Sie wissen nicht, was Sibirien ist. Sie haben keine Ahnung! Überhaupt keine!«

»Ich denke, Sie sollten nun wirklich gehen«, sagte Markus kühl. »Kommen Sie am Montag in mein Büro und bringen Sie Ihr Anliegen dort vor.«

»Ich war in Ihrem Büro. Gestern. Da waren Sie schon weg. Aber Ihre Sekretärin war da. Die wollte nicht rausrücken, wo Sie sind. Da hab' ich mir den Terminkalender gegriffen. Der lag vor ihr, war nicht schwer. Da stand, daß Sie hier sind heute. Da hab' ich gedacht, ich fahre auch hierher!«

»Das ist unglaublich«, murmelte Markus, »das ist wirklich unglaublich.«

Andreas seufzte tief. »Dann sagen Sie eben, was Sie sagen wollen. Eher gehen Sie ja doch nicht. Aber machen Sie es bitte kurz.«

»Ich bin Maler«, sagte Wehrenberg. In seiner Stimme klang Stolz, er reckte den Kopf, und über sein bleiches, krankes Gesicht flog ein Hauch von Würde. »Eva sagt, meine Bilder sind sehr gut. Eva ist meine Frau, wissen Sie. Sie versteht etwas davon. Sie sagt, eines Tages werden es auch die anderen begreifen. Sie werden meine Bilder kaufen. Sie werden mich nicht mehr auslachen.«

»Wenn Sie versprechen, dann zu verschwinden, kaufe ich Ihnen ein Bild ab«, sagte Markus entnervt. »Und am Montag werde ich meine Sekretärin entlassen, weil sie mich nicht gewarnt hat. Also, was ist?«

»Ihnen«, entgegnete Wehrenberg, »würde ich keines meiner Bilder geben. Nicht für eine Million. Nie.«

»Dann lassen Sie es eben bleiben. Aber ich habe keine Lust mehr, meine Zeit mit Ihnen zu vertrödeln.« Markus wandte sich demonstrativ ab und zündete sich eine Zigarette an. Seine Hände zitterten dabei ganz leicht.

»Schauen Sie mich an!« brüllte Wehrenberg. »Verdammt, drehen Sie sich um und schauen Sie mich an!«

Markus drehte sich um. In diesem Augenblick zog Wehrenberg eine Pistole aus der Innentasche seines Jacketts. Hanna, die über ihm in der geöffneten Tür stand und die Szene beobachtete, hielt sich die Hand vor den Mund, um nicht laut zu schreien.

»Um Gottes willen«, sagte Tom Wolff beschwörend, »machen Sie keinen Unsinn!«

»Ich habe eine Tochter!« schrie Wehrenberg. »Ich habe eine Tochter, sie ist vierzehn Jahre alt, und sie braucht mich. Ich muß für sie sorgen. Ich bin ihr Vater! Ich muß malen, damit wir leben können!«

»Natürlich«, sagte Tom beruhigend, »natürlich!«

»Und jetzt will er das Haus abreißen, in dem wir wohnen! Dieser gottverdammte Immobilienhai will den einzigen Ort zerstören, an dem ich malen kann. Den einzigen Ort, der das richtige Licht hat. Er zerstört meine Zukunft. Und die meines Kindes. Dieser gewissenlose Verbrecher nimmt mir mein Leben!«

Markus war grau geworden bis in die Lippen. Er wußte jetzt, auf welches Haus der Fremde anspielte. »Eine Ruine«, sagte er heiser, »ich wußte ja nicht . . . hören Sie, wir können über alles reden. Aber dieses Haus ist abbruchreif. Es würde irgendwann zusammenstürzen. Es wurde zu stark beschädigt im Krieg. Es ist . . .«

»Halt deinen Mund!« schrie Wehrenberg. »Halt um Gottes willen deinen Mund, Leonberg! Du hast keine Ahnung! Niemand hier hat eine Ahnung! Ihr seid alle gleich!« Er fuchtelte mit seiner Waffe herum.

»Lieber Himmel«, flüsterte Susanne tonlos.

»Im nächsten Jahr werde ich vierzig«, sagte Belle, »ich glaube nicht, daß du noch irgendein Recht hast, mich zurechtzuweisen.« Das Sprechen strengte sie an, sie bemerkte selber, wie ihre Zunge anschlug. Zuviel Alkohol, zu schnell getrunken, und das bei diesen sommerlichen Temperaturen . . . Sie bereute es zutiefst. Sie hätte ein Vermögen gegeben, ihrer kühlen, eleganten Mutter jetzt nicht in dieser Verfassung gegenüberstehen zu müssen. Sie bemühte sich ständig, irgendeinen Punkt im Zimmer zu fixieren, um nicht vom Schwindel übermannt zu werden.

»Ich mache mir Sorgen, Belle, das ist alles«, entgegnete Felicia nun, »es mag ja sein, daß du nur heute die Kontrolle etwas verloren hast, was das Trinken angeht, aber vielleicht steckt da doch schon eine gewisse Gewohnheit dahinter. In diesem Fall würde ich dir raten, etwas zu unternehmen.«

»Und ich würde dir raten, deine Nase in deine eigenen Angelegenheiten zu stecken«, fauchte Belle. Dann strich sie mit einer erschöpften Geste ihre Haare aus dem Gesicht. »Wir hätten nicht kommen sollen«, murmelte sie.

»Ich finde es nicht zuviel, wenn du einmal in zehn Jahren deine Heimat besuchst. Es ist das erstemal seit Kriegsende, daß du wieder hier bist.«

»Das ist nicht mehr meine Heimat, Mutter. Ich bin inzwischen Amerikanerin. Andreas ist Amerikaner. Unsere Kinder auch. Wir sind nur hier, weil du so gedrängt hast.«

»Wir sind eine Familie. Und . . .«

»Ach, hör doch auf, Mutter!« Belle griff mit der linken Hand unauffällig nach einer Sessellehne, um sich daran festzuhalten. »Du beschwörst diesen Familiengedanken immer dann herauf, wenn du das Gefühl hast, an Einfluß zu verlieren. Es paßt dir nicht, zwei Enkelkinder in Kalifornien zu wissen, die ohne deine permanente Einmischung aufwachsen. Deshalb mußtest du unbedingt diese Taufe hier veranstalten. Und jetzt nutzt du die Gelegenheit sofort, mich von Kopf bis Fuß zu kritisieren.«

»Entschuldige, ich habe wirklich nur gesagt . . .«

»Ich trinke zuviel!« rief Belle. »Ich bin zu fett! Ich habe beruflich nichts als Mißerfolge geerntet! Mein Mann betrügt mich! Fällt dir noch etwas ein? Dann sag es. Wenn wir schon dabei sind, sollten wir das in einem Aufwasch erledigen!«

»Andreas betrügt dich?« fragte Felicia überrascht. »Das hätte ich nicht erwartet.«

»Aber du kannst ihn verstehen, oder nicht? So wie ich aussehe! Und Los Angeles ist voll von hübschen Mädchen. Er braucht nur zuzugreifen.«

»Etwas Ernstes?«

Belle machte eine wegwerfende Handbewegung, die ziemlich schlingernd ausfiel. »Nein. Nein, nichts Ernstes. Mal dies, mal das. Kurze Verhältnisse. Dazwischen kommt er zurück. Aber die Mädchen machen es ihm leicht. Er sieht sehr gut aus.«

Felicia war aus dem Konzept gebracht und schwieg. Schließlich sagte sie: »Den Kindern zuliebe solltet ihr eure Familienverhältnisse . . .«

». . . in Ordnung bringen?« unterbrach Belle. Ihre Stimme vibrierte vor Hohn. »So wie du es uns zuliebe getan hast? Oh, Mutter! Du hast doch wirklich gelebt wie du mochtest, kreuz und quer. Also gib mir in dieser Hinsicht bloß keine Ratschläge. Ich könnte sie nicht ernst nehmen.«

»Ich frage mich«, sagte Felicia, »warum es immer Streit geben muß zwischen uns. Ich meine, daß Susanne praktisch überhaupt nicht mit mir redet, daran hab ich mich ja schon fast gewöhnt. Aber daß du nun so aggressiv wirst . . .«

»Ich bin der friedlichste Mensch von der Welt, Mutter, wenn man sich nicht in meine Angelegenheiten mischt.«

»Ich habe es gut gemeint. Aber selbstverständlich brauchst du dich nach meinen Ratschlägen nicht zu richten. Bitte!« Felicia wies zur Tür. »Geh hinaus. Alle Getränke stehen dir offen. Mach einfach da weiter, wo du aufgehört hast!«

Belle starrte sie an. »Wie gemein du sein kannst«, flüsterte sie, »wie böse und gehässig!«

Sie drehte sich um und verließ das Zimmer, knickte leicht mit einem Fuß um und fluchte leise. Es lag an den Absätzen, keineswegs am Alkohol – oder nicht?

Sie trat hinaus in das herbstliche Sonnenlicht des Septembertages, dicht gefolgt von ihrer Mutter. Vor der Tür blieb sie so abrupt stehen, daß Felicia gegen sie stieß. »Was . . .«, fing sie an, doch dann verstummte sie. Sie sah, was ihre Tochter auch sah: eine Szene wie im Kino und so absurd, daß man im ersten Moment kaum glauben konnte, was man sah. In einem Halbkreis standen die Gäste, blaß und verstört allesamt, Gläser und Zigaretten wie Requisiten in den Händen, und vor ihnen fuchtelte ein fremder Mann mit seiner Pistole herum und schrie. Markus Leonberg war zu ihm getreten und redete beschwichtigend auf ihn ein, aber der andere brüllte nur um so lauter. Es sah aus, als wolle er sie alle nacheinander erschießen, und Felicia, noch ehe sie richtig nachdachte, sagte scharf: »Hören Sie sofort auf mit dem Unsinn!«

Er wirbelte herum. Felicia sah sofort, daß er krank war, sein Ausdruck war fanatisch, wirr, unberechenbar, sein Gesicht bleich, die Augen gerötet. Der Lauf der Waffe richtete sich auf sie und Belle, und sie dachte: Das gibt es doch nicht. So etwas passiert einfach nicht.

Markus Leonberg, der die Gefahr erkannte, in die Felicia sich und ihre Tochter unvermittelt gebracht hatte, trat noch einen Schritt nach vorne und sagte: »Hören Sie, seien Sie doch ...«

Wehrenberg wandte sich wieder um, wurde um noch eine Schattierung bleicher. »Niemand kommt mir zu nahe. Keinen Schritt mehr! Niemand wird mich vertreiben!«

»Niemand will Sie vertreiben«, sagte Markus beruhigend, »es wird alles ...«

Er kam nicht weiter. Wehrenberg hob die Pistole. Ein Schuß krachte, Belle schrie entsetzt auf, Tom Wolff fuhr so zusammen, daß er sich seinen Drink über den Anzug schüttete, aus dem Haus erklang die entsetzte Stimme von Hanna, die sich hinter einen Schrank im Flur zurückgezogen hatte.

Aber Walter Wehrenberg hatte niemanden angegriffen als sich selbst. Die Kugel traf ihn direkt in die Schläfe, er fiel zu Boden und schlug hart auf. Die Waffe rutschte ein ganzes Stück weit über die Steine. Überall war Blut. Belle jagte die Treppe hinunter zu ihrem Mann, hörte nicht auf zu schreien, während alle anderen wie erstarrt dastanden. Dann sank Felicia auf der obersten Treppenstufe nieder und sagte leise: »O Gott, o Gott!«, und Andreas herrschte Belle an, sie solle still sein. Belle verstummte, als habe man sie auf den Mund geschlagen. Sie standen da in ihrer Szene, das Stichwort war gefallen, aber keiner wußte seinen Text. Wieder hörte man in dieser Stille die Kinder vom See herauf lachen.

Und im Haus schrie die kleine Alexandra Sophie, deren Fest auf so schreckliche Weise gestört worden war.

# I. Buch

1977–1978

# 1

Als Chris die Wohnung von Professor Falk verließ, war es schon sechs Uhr abends, und ihm war klar, daß er unmöglich noch rechtzeitig zum Essen draußen in Breitbrunn sein konnte. Man würde das mit hochgezogenen Augenbrauen quittieren, schließlich heiratete seine Schwester nur einmal – zumindest war das zu hoffen –, und er hatte noch nicht einmal an der Trauung teilgenommen. Aber die Familie hatte auch keine Ahnung, wie schwierig es war, sich als Student über Wasser zu halten; er konnte es nicht riskieren, seinem Job einfach fernzubleiben.

Mit seinem Vater hatte sich Chris wegen dessen Arbeit für die Rüstungsindustrie vollkommen überworfen, und obwohl Andreas Rathenberg inzwischen pensioniert war, weigerte sich Chris, von ihm auch nur einen Dollar anzunehmen. Bei der Hochzeitsfeier seiner Schwester Alexandra würde er ihm, und natürlich auch seiner Mutter, unweigerlich begegnen. Sie würden sich wieder über seine langen Haare aufregen, über seine vergammelten Jeans und das schwarz-weiße Palästinensertuch, das er um den Hals trug. Er könnte darauf wetten, daß er nach fünf Minuten mit seinem Vater streiten würde, denn es war immer so gewesen. Ob es um Chris' Kriegsdienstverweigerung ging, um seine Hippie-Freunde oder seine Sympathie für Che Guevara – sie rasselten unweigerlich aneinander. Mit sechzehn hatte Chris an einem Sitzstreik der Friedensbewegung vor dem Konzern, den sein Vater leitete, teilgenommen. Es war der Tag, an dem Andreas Rathenberg offiziell verabschiedet werden sollte. Alle Zufahrten waren blockiert, dann rückte Polizei an, und schließlich kam es zu stundenlangen Kämpfen, in deren Verlauf Autos umstürzten, Fensterscheiben zersplitterten und

Verletzte auf beiden Seiten übrigblieben. Andreas mußte Chris am nächsten Tag aus dem Gefängnis abholen. Es kam zum offenen Bruch zwischen ihnen, und kaum hatte Chris seinen Schulabschluß, zog er auch schon daheim aus, in eine Landkommune in den kalifornischen Bergen. Sie bauten dort ihr eigenes Gemüse an, lebten mit unzähligen Hunden und Katzen zusammen, probierten die Liebe in vielen Variationen, diskutierten die Nächte durch, umnebelten sich mit Drogen. Obwohl er dabei nicht unglücklich war, begann sich Chris mehr und mehr zu langweilen.

In dieser Phase von Unentschlossenheit und Stagnation erreichte ihn ein Brief seiner Großmutter Felicia. Sie fragte, ob er nicht zu ihr nach Deutschland kommen und dort studieren wolle, einfach so, um »frischen Wind um die Nase zu spüren«, wie sie es ausdrückte. Es war ein Strohhalm, Chris ergriff ihn. Da er neben der amerikanischen auch die deutsche Staatsbürgerschaft hatte, mußte er nicht einmal Formalitäten erledigen. Er flog einfach nach München, besuchte noch zwei Jahre ein Gymnasium, machte sein deutsches Abitur und schrieb sich dann an der Ludwig-Maximilians-Universität für Jura ein. Felicia, in deren Haus er zu diesem Zeitpunkt wohnte, wollte ihn unbedingt zu Betriebswirtschaft überreden, und während einer ihrer langen Diskussionen eröffnete sie ihm, daß sie vorhabe, ihn als Geschäftsführer ihrer Spielwarenproduktion einzusetzen.

Ihr Partner, Tom Wolff, war 1964 gestorben, seither führte sie das Unternehmen gemeinsam mit seiner Witwe. Beiden alten Damen war jedoch inzwischen klargeworden, daß sie jüngere Leute ans Ruder lassen mußten, aber natürlich konnten sie sich nicht auf einen gemeinsamen Geschäftsführer einigen. Letztlich würde *Wolff & Lavergne* zwei Geschäftsführer aushalten müssen. Während Kassandra Wolff noch hin und her überlegte, hatte sich Felicia für ihren einzigen männlichen Enkel entschieden.

Chris fand, daß sie ihm das auch schon in ihrem Schreiben nach Los Angeles hätte mitteilen können, aber Felicia bevorzugte nun mal ihre Überrumpelungstaktik. Lebensweise, Weltanschauung, Überzeugung hätten es Chris verbieten müssen, ihr Angebot anzunehmen, aber es war nicht einfach, »nein« zu sagen, wenn einem eine glänzende Zukunft auf dem Silbertablett angeboten wurde. Irgendwie gelang es ihm, in dem Gespräch sich nicht genau festzulegen, obwohl Felicia weiterhin davon ausging, daß die Dinge so geschehen würden, wie sie sich das vorstellte.

Chris beharrte auf Jura und darauf, in München statt am Ammersee zu leben; in beiden Punkten stimmte sie zu, weil ihr nichts anderes übrigblieb. Er fand Unterschlupf in einer Schwabinger WG. Seinen Lebensunterhalt verdiente er teilweise mit Nachhilfestunden, ansonsten mit der Arbeit bei Professor Falk, für den er hauptsächlich Manuskripte abtippte. Falk war äußerst veröffentlichungsfreudig, und er zahlte sehr anständig.

An der Windschutzscheibe von Chris' klapprigem Käfer hing ein Strafzettel, den er einfach zerknüllte und in den Rinnstein warf. Dann schaute er an sich hinunter. Er hatte keine Zeit, nach Hause zu fahren und sich umzuziehen, also mußte es so gehen. Mit seinen ausgefransten Jeans mußte sich die Familie eben abfinden. An dem schwarzen T-Shirt konnte eigentlich niemand herummäkeln. Das lederne Stirnband würde Dad wohl stören, aber zum Teufel mit ihm! Mit dreiundzwanzig Jahren brauchte man sich nicht mehr um die Meinung seines Vaters zu scheren.

Als er losfuhr, dachte Chris an seine Schwester und daran, daß er die Wahl, die sie getroffen hatte, einfach nicht verstehen konnte. Alexandra war etwas später nach Deutschland gekommen, von ähnlichen Motiven geleitet wie er: sie wußte nicht so recht, wie ihre Zukunft aussehen sollte. Im übrigen floh sie vor ihrer Mutter. Chris hatte sich an Belles Trinkerei nie besonders gestoßen, aber er wußte, daß Alexandra sehr darunter gelitten hatte und bis heute nicht damit umgehen konnte. Eigentlich, dachte Chris, ein Armutszeugnis für unsere Eltern, vor einem von ihnen sind wir beide davongelaufen.

Er hatte sich gefreut, Alex, wie er sie ebenso zärtlich wie

burschikos nannte, in seiner Nähe zu haben, war mit ihr durch München gestreift und hatte nächtelang mit ihr in den Schwabinger Studentenlokalen herumgehangen. Zwar wurde sie mit seinen Freunden nie warm – für die linke Szene hatte sie zu sehr den Anstrich der höheren Tochter –, aber das störte ihn nicht. Sie war seine kleine Schwester, und er liebte sie.

Dann aber hatte sie in Felicias Haus Markus Leonberg kennengelernt, der inzwischen dreiundfünfzig Jahre alt war. Chris würde nie den warmen Junitag vergessen – drei Monate war es jetzt her –, als er mit ihr in einem Straßencafé auf der Leopoldstraße saß und sie ihm eröffnete, daß sie Leonberg liebe und ihn heiraten werde. Er hatte von dieser Romanze absolut nichts mitbekommen, und so traf ihn fast der Schlag. Schließlich sagte er heiser: »Alex... das ist doch ein Witz, oder?«

Sie musterte ihn ruhig, aus kühlen, grauen Augen. »Natürlich nicht. Glaubst du, ich mache Witze mit so etwas?«

Es war nicht zu fassen! Der Kerl hätte ihr Vater sein können! Alles, einfach alles fand Chris an ihm abstoßend: das dicke Auto, die teuren Anzüge, die Seidenkrawatten, die grauen Schläfen, sein Immobiliengeschäft. Jeder wußte, daß sich gerade dort die beutegierigsten und skrupellosesten Typen herumtrieben. Er selber hatte Mühe, Leonberg überhaupt die Hand zu geben, und Alex... er hielt sich eigentlich für völlig offen und unverkrampft, aber ihm wurde übel, wenn er sich vorstellte, daß sie mit ihm ins Bett ging. Es machte ihn so verrückt, daß er schließlich darüber sprechen mußte. »Wie ist es, wenn... ich meine, ich kann mir nicht... schläfst du mit ihm?«

Einen Moment schien es, als wolle sie lachen über diese absurde Frage, aber dann bemerkte sie, wie ernst es ihm war. »Ja, ich schlafe mit ihm«, sagte sie, »und es ist nicht so, daß er... nun, er ist kein alter Mann, verstehst du? Es ist alles okay bei ihm.«

Klar war es okay bei ihm. Dieser junge, schöne Körper in seinem Bett aktivierte noch einmal alle Reserven. Merkte Alex denn nicht, daß er sie ausbeutete? Ihre Jugend, ihre Frische, ihre Unverbrauchtheit. Er nahm sich etwas, was ihm nicht mehr zustand, und Alex war so blind, es ihm vertrauensvoll zu geben.

»Du weißt, er hatte Frauengeschichten ohne Ende«, sagte er.

Alex schüttelte den Kopf. »Du redest daher wie ein spießiger Moralapostel. Ausgerechnet du! Du schläfst jede Woche mit einer anderen und machst sogar eine Weltanschauung daraus!«

»Das ist etwas anderes«, sagte Chris, aber er wußte nicht, wie er ihr erklären sollte, was anders war. Der Unterschied war der, daß Leonberg ein Scheißkerl mit viel Geld war, der sein Leben lang geglaubt hatte, sich jede Frau kaufen zu können. Der Mann, so Chris' felsenfeste Überzeugung, war keines einzigen aufrichtigen Gefühls fähig.

Wütend trat er das Gaspedal durch, als er auf die Autobahn Richtung Lindau auffuhr. Eigentlich hätte er größte Lust, sich in irgendeiner Kneipe richtig vollaufen zu lassen.

Es gab Tage, da haßte Simone ihren Job aus ganzem Herzen, und heute war so ein Tag. Manchmal war es ganz nett, Taxi zu fahren, Leute kennenzulernen, mit ihnen zu plaudern, zu tratschen oder ihre Kummerkastentante zu spielen. Es erstaunte sie immer wieder, was die Leute einer Taxifahrerin alles erzählten. Liebeskummer, Geldsorgen, Probleme mit den Kindern, Ärger im Geschäftsleben. Da Simone als Psychologiestudentin sehr an Menschen interessiert war, hörte sie gern zu. Manchmal mochten die Fahrgäste am Ziel gar nicht aussteigen.

Heute aber hatte sie einen Mann im Auto, der ihr angst machte. Am Karlsplatz war er eingestiegen, hinten. Er trug Jeans, ein blaues T-Shirt, ein grau-kariertes, billiges Jackett darüber. Er roch unangenehm, irgendwie säuerlich, aber das bemerkte sie erst, als er schon eine Weile im Auto saß. Außerdem ging ihr plötzlich auf, daß sie den Mann schon längere Zeit gesehen hatte, ohne ihn bewußt zu registrieren. Während sie in der Taxireihe stand und darauf wartete, an die erste Stelle zu rücken, hatte er auf dem Platz vor dem Brunnen gestanden, scheinbar ziellos und so unauffällig, daß Simones Blick ihn nur kurz gestreift hatte. Jetzt, als ihr dies ins Gedächtnis kam, wurde ihr klar, daß er mindestens vier Taxis hatte abfahren lassen, ehe er bei ihr eingestiegen war. Natürlich konnte es dafür eine harmlose Erklärung geben, er hatte vielleicht auf jemanden gewartet, der nicht gekommen war, dann hatte er aufgegeben und war in den nächsten Wagen, zufällig ihren, eingestiegen. Es konnte aber auch sein, daß er es gezielt auf sie abgesehen hatte, auf eine Frau also. Warum?

Für den Fall, daß er sie nicht erwürgen, vergewaltigen oder aufschlitzen würde, konnte sie eine Menge Geld an ihm verdienen: Er wollte nach Hechendorf am Pilsensee. Das waren gut vierzig Kilometer Fahrt. Aber es fuhr doch eine S-Bahn dorthin, warum verschleuderte der Mann sein Geld? Zumal er nicht aussah, als habe er allzuviel davon. Wollte er sie in Wahrheit nur einfach aus der Stadt herauslocken?

Beklommen meldete sie die Fahrt über Funk an die Zentrale. »Ich fahre nach Hechendorf, Autobahn Lindau.«

Stutzen auf der anderen Seite, dann eine muntere Stimme: »Alles klar!«

Sicher dachte man dort, daß Simone mal wieder einen Glückstag habe.

Der Mann machte keinerlei Anstalten, ein Gespräch zu beginnen, hüllte sich in Schweigen. Aber er wandte nicht eine Sekunde den Blick von ihr. Wann immer sie in den Rückspiegel sah, begegnete sie seinen starren Augen.

Sie wollte auf keinen Fall hysterisch werden und versuchte, sich auf etwas anderes zu konzentrieren. Morgen mußte sie eine Ferienhausarbeit abgeben, von der die letzten Seiten noch nicht getippt waren. Wenn sie diesen ominösen Fahrgast los war, würde sie Schluß machen für heute, nach Hause fahren und sich an die Schreibmaschine setzen. Vorher ein heißes Bad, dann einen großen Becher Tee. Sie sehnte sich plötzlich heftig nach der Sicherheit und dem Frieden ihrer vier Wände.

Sie schaltete das Radio ein. In den Nachrichten ging es wie immer in den letzten Wochen um den entführten Arbeitgeberpräsidenten Schleyer. RAF-Terroristen hatten ihn Anfang September in Köln von der Straße weg gekidnappt und verlangten nun die Freilassung inhaftierter Gesinnungsgenossen. Nach den Morden an Generalbundesanwalt Buback und Bankier Ponto war dies der dritte Anschlag von Baader-Meinhof in diesem Jahr. Simone hatte für Repräsentanten der bundesdeutschen Wirtschaft wie Hanns Martin Schleyer wenig Sympathie, aber von diesem Drama fühlte sie sich doch tief betroffen. Seit drei Wochen wurde der Mann irgendwo festgehalten. Es gab Polaroidphotos von ihm, die seine Entführer der Öffentlichkeit zuspielten. Er sah elend aus darauf, leidend, erschöpft. Simone wünschte, die Sache möge gut ausgehen für ihn.

Die neueste Radiomeldung zur Entführung nahm sie zum Anlaß, ein Gespräch mit dem Fahrgast zu beginnen. »Ich frage mich, was die Regierung jetzt tun wird«, sagte sie, »ich denke, sie wird nachgeben müssen. Sie können ihn doch nicht einfach opfern.«

Der Mann sagte nichts.

»Andererseits«, fuhr Simone nervös fort, »zeigt sie sich damit erpreßbar. Die RAF wird es immer wieder auf diese Weise versuchen. Festnahmen von Terroristen könnten eine reine Farce werden.«

Der Mann schwieg noch immer. Sie fuhren inzwischen auf der Autobahn, auf der an diesem Samstagnachmittag kaum Verkehr herrschte. Schon wurde es dämmrig, die Sonne stand tief über den bunten Herbstwäldern. Ende September waren die Tage schon merklich kürzer.

»Ein bißchen hysterisch ist es schon, wie sie inzwischen jeden als Terroristen verdächtigen, finden Sie nicht?« Simone hatte den Eindruck, daß sich ihre Stimme ganz atemlos anhörte, solche Angst hatte sie inzwischen. Sie redete auch nur, weil sie die Stille nicht mehr ertrug, nicht, weil sie das Thema im Augenblick interessierte. Nichts interessierte sie, außer der Frage, wie sie den Kerl loswerden könnte. »Man muß nur etwas unbürgerlich wirken, schon nehmen sie einen aufs Korn. Ein hervorragender Nährboden für Spitzel und Denunzianten.«

Er sagte nichts. Sie schaute ihn im Rückspiegel an. Seine Augen waren so starr, als seien sie aus Glas, die Pupillen unnatürlich geweitet. Nie hatte sie ein Gesicht von solcher Kälte und Regungslosigkeit erlebt. Der Kerl war ein Psychopath, und das hätte sie sofort erkennen müssen. Sie hätte ihn nicht in ihr Auto lassen dürfen. Auf einmal war sie auch ganz sicher, daß er am Stachus gezielt auf sie gewartet hatte. Sie war eine verdammte Idiotin.

Der Schweiß brach ihr unter den Handflächen und im Nacken aus. Am Rücken fing ihre Haut an zu jucken, wie immer, wenn sie sich aufregte. Die Panik kletterte jetzt so heftig in ihr hoch, daß sie spürte, sie würde sie nicht mehr lange unterdrücken können.

»Ich fürchte, es geht mir nicht so gut«, hörte sie sich sagen, »mein Kreislauf ist sehr schlecht. Es ist zu unsicher, wenn ich weiterfahre.« Die Angst gab ihr die Worte ein, sie hatte nicht den Eindruck, daß sie in ihrem Kopf entstanden. »Hier ist die Abfahrt nach Germering. Ich könnte Sie dort zur S-Bahn bringen. Damit kommen Sie auch nach Hechendorf.« Sie schaute wieder nach hinten, suchte irgendeine Regung in diesen starren Augen zu entdecken. Ihr Atem ging keuchend.

Sie befand sich direkt vor der Abfahrt. »Soll ich also hier . . .« Sie setzte den Blinker nach rechts. Im selben Moment fühlte sie etwas Kaltes am Hals.

»Fahren Sie weiter geradeaus«, sagte der Mann. Ihn sprechen zu hören kam so unerwartet, daß sich Simone erst klarmachen mußte, daß die Worte von ihm kamen. Es war eine schreckliche Stimme, viel zu hoch für einen Mann und eigenartig winselnd. Jetzt erst registrierte sie, daß er ihr ein Messer an den Hals hielt.

»O Gott«, sagte sie, »o Gott.« Der Blinker zeigte immer noch nach rechts, aber sie fuhren weiter geradeaus. Ein paar Meter lang bewegte sich das Auto im Zickzack, weil Simone so zu zittern begann, daß sie das Steuer nicht mehr gerade halten konnte. Ein genervter Mercedesfahrer hinter ihr blinkte sie an, dann überholte er sie und schaute dabei kopfschüttelnd zu ihr hinüber. Ihre Situation bemerkte er nicht, er fuhr zu schnell, um wirklich etwas erfassen zu können, außerdem verbargen ihre langen Haare das Messer. Offenbar fragte er sich nicht, weshalb sich der Fahrgast eines Taxis in dieser Weise zur Fahrerin vorbeugte.

»Was wollen Sie?« fragte Simone, obwohl sie ziemlich deutlich ahnte, worum es ihm ging. Das war kein Räuber, der es auf ihr Geld abgesehen hatte. Es war der Triebtäter, wie er im Buche steht. Ein klassisches Exemplar.

Schluchzen würgte sie im Hals. »Wenn Sie Geld möchten, Sie können es haben. Ich werde Sie nicht anzeigen . . .«

*Er will kein Geld, er will mich!*

Als einzige Antwort drückte er ihr das Messer fester gegen den Hals. Sie konnte seinen heißen Atem an ihrem Ohr spüren und nahm jetzt verstärkt seinen schlechten Geruch wahr. Er roch wie saure Milch, gemischt mit tagealtem Schweiß. Er hatte sich mindestens eine Woche lang nicht mehr gewaschen.

Sie wollte nicht betteln und weinen, aber die Tränen kamen ihr, ohne daß sie etwas dagegen tun konnte. »Bitte«, sagte sie, »bitte tun Sie mir nichts. Bitte.«

»Fahr da auf den Parkplatz«, sagte der Mann. Seine Stimme klang heiser jetzt. Unverkennbar verriet sie Erregung. Eine Sekunde lang erwog Simone, seine Aufforderung zu ignorieren und einfach weiter geradeaus zu fahren. Die Frage war, ob er dann zustechen würde. Es schien ihr vorstellbar, er wirkte zu gestört, um vernünftig zu handeln.

Die spitze Klinge ritzte in ihre Haut. Das Tempo des Wagens verlangsamend, bog sie auf den Parkplatz. Die Dämmerung hatte sich so vertieft, daß sie automatisch die Scheinwerfer einschaltete, aber sie bezahlte es mit einem jähen Schmerz an ihrem Hals. »Licht aus!« zischte der Mann. Die Tränen liefen ihr jetzt in Strömen über das Gesicht. Außerdem blutete sie am Hals, er hatte sie ernsthaft verletzt. Sie betete, es möchten Menschen auf dem Parkplatz sein, aber er lag da wie ausgestorben. Kein Auto, kein Reisender, nichts. Rechter Hand Felder, endlos weit, links die Autobahn, jede Sicht zu ihr unmöglich durch eine Wand aus hohen, dichten Büschen. Was immer hier geschah, niemand von den Vorüberfahrenden würde es bemerken.

Als sie begriff, daß ihr Leben kaum noch einen Pfifferling wert war, versiegten Simones Tränen, und etwas von der Ruhe und Vernunft, die andere Menschen an ihr schätzten, kehrte zurück. Sie hielt an und sagte: »Wissen Sie, ich könnte mir vorstellen, daß Sie vielleicht Probleme haben, über die Sie gern reden würden. Falls Sie mit mir sprechen möchten, ich kann sehr gut zuhören. Für manches wüßte ich sicher einen Rat. Wir könnten . . .« Sie stieß einen Schmerzenslaut aus, als der Mann ihr in die Haare griff und grob ihren Kopf zur Seite zerrte. Das Messer lag nun unmittelbar an ihrer Kehle. »Halt's Maul, du Hure«, sagte er, »wir steigen jetzt aus.«

Das weckte einen Hoffnungsschimmer in Simone. Wenn er sie nicht hier im Auto umbrachte, fand sie vielleicht eine Chance, wegzulaufen. Nur ein paar Meter, und sie wäre an der Straße. Wenn kein Auto käme, könnte sie hinüber zur anderen Fahrbahn laufen; dort war der Verkehr dichter, weil viele Münchner den schönen Herbsttag an den Seen verbracht hatten und nun zurückfuhren. Irgendeiner würde anhalten.

Nicht durchdrehen, befahl sie sich im stillen, du mußt jetzt die Nerven behalten.

Der Mann stieß die Tür auf und stieg aus. Für drei Sekunden mußte er ihre Haare loslassen und das Messer von ihrem Hals nehmen, ehe er ihre Tür öffnen und sie hinauszerren konnte. Simone nutzte die Gelegenheit sofort, war wie der Blitz auf dem Beifahrersitz, kümmerte sich nicht darum, daß ihr linker Schuh am Schalthebel hängenblieb. Sie sprang hinaus, war geistesgegenwärtig genug, nicht in die Felder zu laufen. Die Straße! Aber zwischen ihr und der Straße befanden sich sowohl das Auto als auch der Mann, und sie mußte verharren, um zu sehen, um welche Seite des Wagens herum er auf sie zukommen würde. Sie fixierten einander, und jetzt war Leben in seinen starren Augen, Wut, Haß, Grausamkeit. Er mochte geistesgestört sein, aber er war clever. Er tat einen Satz, als wolle er um die Nase des Autos herumrennen, aber kaum lief sie um das Heck, drehte er um. Er erwischte sie sofort, packte ihren Arm mit eisenhartem Griff und drehte ihn auf den Rücken. Sie schrie auf, vor Schmerz, vor Angst, vor Verzweiflung. Seine helle, kranke Stimme klang wieder dicht an ihrem Ohr. »Ich werde dich töten, du Biest! Ich werde dich töten!«

Sie weinte wie ein Kind, flehte um ihr Leben, versprach ihm alles Geld, das sie bei sich hatte, aber es interessierte ihn nicht. Er zerrte sie an den Haaren in Richtung Feld, und sie versuchte, die Füße gegen den Boden zu stemmen, wimmernd, von Übelkeit ergriffen. »Tun Sie mir nicht weh! Tun Sie mir bitte, bitte nicht weh!« Und dann, plötzlich, bog ein Auto auf den Rastplatz. Helles Scheinwerferlicht flammte auf und erfaßte genau die gespenstische Szenerie: ein sich wild wehrendes, wimmerndes Mädchen, das von einem mit einem Messer bewaffneten Mann an den Haaren weggeschleift wurde. Mit quietschenden Bremsen kam das Auto zum Stehen.

Der Mann erstarrte, stieß einen Fluch aus und ließ Simone los, so unvermittelt, daß sie das Gleichgewicht verlor und zu Boden stürzte. In Sekundenschnelle saß er im Taxi, wo der Zündschlüssel noch steckte, und ließ den Motor an. Aus dem anderen Auto sprang ein junger Mann, der einen Moment unschlüssig schien, ob er sofort wieder einsteigen und das flüchtende Taxi verfolgen oder sich um das am Boden liegende Mädchen kümmern sollte. Er entschied, daß es für ihn schwierig und gefährlich sein würde, den Mann zu stellen, und daß der ohnehin keine Chance hätte, wenn er die Taxinummer möglichst schnell der Polizei durchgäbe. Zudem konnte das Mädchen verletzt sein und schnelle Hilfe brauchen.

Sie lag zusammengekrümmt da, zitternd und schluchzend, die langen blonden Haare wirr über den Asphalt verteilt. Sie trug ein übergroßes weißes Männerhemd, verwaschene Jeans und nur einen Schuh. Als Chris neben ihr niederkauerte, entdeckte er zu seinem Entsetzen Blut an ihrer Schulter. Er schob die Haare weg, fand die Wunde am Hals, die ihm jedoch nicht gefährlich zu sein schien. Das Mädchen krümmte sich, als er es berührte, in panischer Angst noch mehr zusammen, stieß Laute aus, die an ein junges, verzweifeltes Tier erinnerten. Ihre Nerven versagten nun völlig. Chris sprach beruhigend auf sie ein. »Keine Angst. Bitte, haben Sie keine Angst. Er ist weg. Hören Sie doch, der Kerl ist weg. Ihnen wird nichts geschehen.«

Er hatte noch nie einen Menschen so zittern sehen. Guter Gott, sie war aber auch verdammt dicht daran gewesen, mit zerfetzten Kleidern irgendwo in diesen Feldern zu landen und Tage später als Leiche von einem Bauern oder spielenden Kindern entdeckt zu werden. Der reine Zufall hatte ihn auf den Rastplatz geführt, vielmehr das dringende Bedürfnis, noch eine Zigarette zu rauchen, ehe er seinem Vater und dem unerträglichen Bräutigam seiner Schwester gegenübertreten würde. Mit dem Rest der Familie käme er zurecht, auch wenn Mum sicher wieder ein paar Gläser zuviel getrunken hatte, aber diese beiden Männer lagen ihm gewaltig im Magen. Da er sich seine Zigaretten selber drehte, mußte er anhalten, und das hatte diesem Mädchen das Leben gerettet.

Vorsichtig zog er sie hoch, lehnte sie im Sitzen gegen sein Bein, strich ihr sanft die Haare aus dem Gesicht. Grüne Augen, von Panik erfüllt, starrten ihn an. Das Schluchzen verstummte, aber sie zitterte noch immer wie Espenlaub.

»Es ist alles okay«, sagte Chris, »ich tue Ihnen nichts. Haben Sie bitte keine Angst mehr.«

Sie nickte, schluckte, bemühte sich, ihren heftigen Atem unter Kontrolle zu bekommen. »Haben Sie ein Taschentuch?« fragte sie dann.

Chris durchsuchte seine Hosentaschen und fand tatsächlich ein Papiertuch. Sie putzte sich kräftig die Nase und trocknete ihr naßgeweintes Gesicht. »Es war so gräßlich«, flüsterte sie, »er war irr, vollkommen irr. Ich hätte es gleich merken müssen. Ich war wahnsinnig, ihn einsteigen zu lassen.«

»Sie sind Taxifahrerin, nicht?«

Sie nickte, fügte dann aber hinzu: »Eigentlich bin ich Studentin. Ich jobbe nur nebenher.«

Sie war unwahrscheinlich klein und dünn, stellte Chris fest. Das sehr blasse Gesicht mit der etwas spitzen Nase gab ihr das

Aussehen eines unterernährten Kindes. Sie wirkte intelligent und energisch, wenn auch im Augenblick völlig aufgelöst und noch dicht an der Grenze zu einem hysterischen Ausbruch.

»Wir sollten versuchen, das nächste Telefon zu erreichen«, sagte Chris, »wir müssen die Polizei anrufen. Die können ihn leicht schnappen, solange er in Ihrem Taxi unterwegs ist.«

»Ich will nach Hause.«

»Natürlich. Aber wir müssen erst die Polizei anrufen. Wollen Sie, daß er entwischt?«

Er half ihr vorsichtig auf die Beine, während sie unaufhörlich wiederholte: »Ich will nach Hause.«

»Ich bringe Sie nach Hause. Aber vorher rufen wir die Polizei an. Sie möchten doch nicht, daß er einer anderen Frau antut, was er Ihnen fast angetan hätte, oder?«

Sie schüttelte den Kopf, hielt Chris' Hand fest, während sie ihm zu seinem Auto folgte. Einmal blieb sie stehen, starrte über die herbstlichen Felder, die immer mehr eintauchten in die Dunkelheit des Abends. »Ich wäre jetzt schon tot«, sagte sie leise, »ich bin sicher, jetzt in diesem Moment wäre ich schon tot.«

Chris hielt das auch für ziemlich wahrscheinlich, sagte aber aufmunternd: »Sie sehen, Sie haben einen guten Schutzengel. Wie heißen Sie?«

»Simone.«

»Ich heiße Chris. Simone, wir werden jetzt die Polizei anrufen und denen die Nummer des Taxis durchsagen. Kann sein, die wollen, daß Sie aufs Revier kommen und eine Täterbeschreibung abgeben, aber wir werden versuchen, das auf morgen zu verschieben. Und dann fahre ich Sie nach Hause.«

»Okay.« Sie schien etwas ruhiger zu werden. Dann fiel ihr etwas ein. »Ich wohne in München. Sie wollten aber offensichtlich in die andere Richtung. Ich will Ihnen nicht . . .«

Er öffnete ihr die Wagentür. »Machen Sie sich keine Gedanken. Ich hatte nichts Wichtiges vor. Jedenfalls nichts Angenehmes. In gewisser Weise haben Sie mir auch aus der Patsche geholfen.« Das stimmte. Nun brauchte er seinem Vater nicht zu begegnen und dem verhaßten, frischgebackenen Schwager nicht die Hand zu schütteln. Und niemand, nicht einmal dieser Drache Felicia, konnte ihm einen Strick daraus drehen. Eine Sekunde lang bedauerte er nur, daß Alex enttäuscht sein würde. Aber warum hatte sie sich auch mit diesem Ausbeuter Leonberg einlassen müssen? Er würde es nie verstehen.

## 2

Die Nacht war kalt und klar, der Himmel voller Sterne und sehr hoch gewölbt, der Geruch ringsum würzig, feucht, voller Pilze und Blätter, Beeren und nasser Rinde. Der Geruch einer Herbstnacht. Alexandra lehnte an Markus Leonbergs Auto, froh, dem Trubel entflohen zu sein. Die Hochzeitsfeier hatte im Haus ihrer Großmutter stattgefunden, nachmittags draußen auf der großen Sonnenterrasse, abends zum Essen dann drinnen, bei Kerzenschein und leiser Musik. Alexandra und Markus hatten am Kopfende gethront, flankiert von den Brauteltern Andreas und Belle. Alexandra hatte die ganze Zeit über ihre Mutter nervös beobachtet, die dem Sherry, der am Vormittag vor der Trauung als Begrüßungstrunk gereicht worden war, schon reichlich zugesprochen hatte. Bis zum Abend war sie zwar immer stiller geworden, aber nur einem aufmerksamen Beobachter wäre aufgefallen, daß sie sich sehr elend fühlte. Sie schlug sich auch gerade wieder mit einer Diät herum, was sie nicht schlanker, dafür aber nervöser und zittrig werden ließ.

Chris war nicht erschienen, und beim Dessert hörte Alexandra auf, noch mit seinem Erscheinen zu rechnen. Sie hatte gewußt, daß er nicht die ganze Zeit über dabeisein konnte, wegen dieses Jobs, den er bei dem Professor hatte, aber er hatte gesagt, daß er am Abend kommen würde. Obwohl er Markus nicht leiden konnte und mit Dad vollkommen verkracht war. Irgendwie sah es ihm nicht ähnlich, daß er sich davor drückte.

Vor einer Viertelstunde hatte Markus ihr ins Ohr geflüstert, daß sie nun eigentlich gehen und die anderen allein weiterfeiern lassen könnten, und während er sich auf die Suche nach seinen Autoschlüsseln machte, war sie bereits hinausgelaufen. Sie hoffte, sie würden entkommen können, bevor jemand etwas merkte. Sie wollte kein Brimborium, bei dem man sie beide mit Reis oder Konfetti bewarf und anzügliche Bemerkungen machte, ihnen grinsend einen »Happy Honeymoon« wünschte. Der Tag war lang und anstrengend gewesen, sie sehnte sich danach, mit Markus allein zu sein.

Alexandra zog die weiße Strickstola enger um ihre Schultern. Erstaunlich, wie kalt es schon werden konnte nach einem warmen Tag. Sie hatte auf ein klassisches Brautkleid mit Schleier und Schleppe verzichtet und sich statt dessen ein cremefarbenes, langes Sommerkleid gekauft; der weitschwingende Rock reichte bis zu den Knöcheln, das Oberteil hatte bauschige Ärmel und einen tiefen, runden Ausschnitt. Ihre langen Haare fielen wie ein dunkler, schwerer Schleier bis zur Taille.

»Du siehst aus wie ein Flower-Power-Girl aus Kalifornien«, hatte Felicia mißbilligend am Morgen gesagt, »warum dieses Schlabbergewand? Ein elegantes Kostüm wäre viel besser gewesen!«

Sie hatte nur mit den Schultern gezuckt. Es fehlte gerade, daß Felicia auch noch bestimmte, was sie anzog. Sie hatte schon für genügend Aufregung gesorgt, indem sie in allem, was die Hochzeit anging, ihren Willen durchzusetzen versuchte. Markus war beinahe auf die Barrikaden gegangen, als er von Alexandra erfuhr, ihre Großmutter habe auf einer Gütertrennungsvereinbarung vor der Eheschließung bestanden.

»Das kann doch nicht wahr sein! Was geht es sie an? Was will sie? Daß wir jetzt bereits vertragliche Vereinbarungen unsere eventuelle Scheidung betreffend festlegen?«

»Sie sagt, sie war zweimal verheiratet, und sie weiß, wovon sie spricht«, erwiderte Alexandra vorsichtig, »vielleicht ist der Vorschlag nicht so dumm. Ich denke nicht, daß irgend etwas bei uns schiefläuft, aber wenn doch, wäre es sehr mühsam, dann mit dem Auseinanderdividieren anzufangen!«

Er hatte sie tief verletzt angesehen, glaubte aber offenbar, sie finde einfach nicht die Kraft, sich gegen Felicia durchzusetzen, und akzeptierte zähneknirschend. Er hielt seine Braut mit dem feinen schmalen Gesicht und den langen Haaren für ein romantisches junges Mädchen, und es wäre ihm nicht in den Sinn gekommen, daß sich eine gute Portion Sinn für Realität und eine ausgeprägte Fähigkeit zu nüchterner Kalkulation hinter ihrer hohen Stirn verbargen. Alexandra fand, daß er das keineswegs wissen mußte, und so verschwieg sie, daß sie – obwohl verärgert über die Einmischung – Felicias Vorschlag für äußerst intelligent hielt.

Als nächstes hatte die Großmutter darauf bestanden, daß Alexandra zwar am Vorabend der Hochzeit bereits die Sachen in Markus' Bogenhausener Villa bringen, dann aber nach Breitbrunn zurückkehren und dort die Nacht über bleiben solle. Alexandra erschien das ziemlich konventionell, aber sie fügte sich. Allzu eilig hatte sie es ohnehin nicht, in ihrem neuen Münchner Domizil einzuziehen. Es war alles so schnell gegangen. Sie fühlte sich atemlos wie nach einem Hundertmeterlauf.

Als sie Schritte hörte, fragte sie: »Markus?« Aber dann trat ein anderer Mann in den Lichtkegel der Straßenlaterne, unter der sie stand, und überrascht sagte sie: »Ach, Dan, du bist es.«

Daniel Liliencron, der Sohn eines der besten Freunde von Felicia, ein dreißigjähriger Anwalt mit dem Ruf, seine Prozesse ziemlich skrupellos zu führen, sehr viel Geld zu verdienen und von den Frauen geradezu verfolgt zu werden. Auf den ersten Blick schienen er und Markus Leonberg einander zu ähneln, jedenfalls was Charakter und Lebensumstände anging, aber in Wahrheit trennten sie Welten. Hinter Leonbergs Ehrgeiz, hinter seiner oft kritisierten Brutalität im Geschäftsleben steckte eine tief verletzte, gequälte Seele, ein Mensch, der sich immer nach der beständigen Bindung an einen anderen gesehnt hatte, ohne in der Lage gewesen zu sein, diese Bindung einzugehen. Dan Liliencron hingegen hatte man nie verwundet. Er war selbstbewußt, optimistisch, sehr intelligent und jung, er wollte das Leben genießen und seine Grenzen erkunden – was Geld, Beruf, Frauen anging. In allem, was er tat, war er sorglos und unbekümmert, wie jemand, der es im Innersten nicht für möglich hält, daß ihm etwas zustoßen könnte. Darin unterschied er sich besonders kraß von Leonberg. Markus witterte in jeder Sekunde alles mögliche Unheil, und sein Leben drehte sich darum, genügend Geld anzuhäufen, um dahinter sicher zu sein.

»Ich habe gesehen, wie du hinausgegangen bist«, sagte Dan, »und da es mir den ganzen Tag über nicht gelungen ist, dich einmal allein zu sprechen . . .« Er ließ den Satz in der Luft hängen, so, als genüge diese Erklärung dafür, daß er ihr nachgegangen war.

Alexandra fand, daß er blaß aussah, aber das konnte auch an der Laternenbeleuchtung liegen. Er trug einen dunklen Anzug und eine Krawatte, die ihm Alexandra einmal geschenkt hatte: warmes Rot mit kleinen, goldenen Punkten. Bei genauem Hinsehen entdeckte man, daß es sich bei den Punkten um winzige Fische handelte. Dan war Fisch im Sternzeichen, die Krawatte hatte er zum Geburtstag bekommen. Alexandra erinnerte sich genau, wie sie in seiner Wohnung nebeneinander auf dem Bett gesessen hatten, eine Flasche Champagner und zwei Gläser vor sich, und Dan wickelte das Päckchen aus. Vor dem Fenster wirbelten Schneeflocken und ließen jeden Gedanken an Frühling in weite Ferne rücken, an jenem kalten, windigen Tag Anfang März. Sie fragte sich, warum er die Krawatte ausgerechnet heute tragen mußte.

»Ich bin todmüde«, sagte sie, »noch zehn Minuten, und ich wäre da drinnen mitten im Gespräch eingeschlafen. Ich muß unbedingt ins . . .« Sie biß sich auf die Lippen. Dan lächelte, aber es war ein Lächeln voll verhaltener Wut und durchlittenem, keineswegs bewältigtem Schmerz. »Ja, du mußt unbedingt ins Bett. Mit deinem Ehemann. Wie es sich gehört.«

Sie sagte nichts darauf. Ein leichter Wind griff in die Zweige der Bäume und ließ einen Schwall von Blättern hinuntersegeln. Nicht mehr lange, und man würde in allen Straßen durch tiefes, raschelndes Laub stapfen, und die Nächte würden sehr lang und dunkel sein. Alexandra fröstelte erneut, aber diesmal schien es ihr, als komme das Frieren von innen. Sie begann sich sehr allein zu fühlen.

Dan kickte mit dem Fuß gegen die Kieselsteine, die auf dem Weg lagen. »Ich wollte heute gar nicht kommen«, sagte er, »aber dann dachte ich, das sieht zu sehr nach schlechtem Verlierer aus. Diese Blöße wollte ich mir nicht geben.«

»Du bist kein Verlierer, Dan.«

»Doch. Was sonst? Ich habe dich verloren.«

»Dan, ich . . .«

»Bitte!« Er hob abwehrend die Hände. »Keine Erklärungen und vor allem keine Rechtfertigungen. Zu beidem bist du mir gegenüber nicht verpflichtet, und es würde alles nur schlimmer machen.«

Sie schaute zur Seite, angestrengt seinem Blick ausweichend. »Ich will mich nicht rechtfertigen, ich will nur . . . ach, Dan, wir sollten über all das gar nicht mehr sprechen.« Sie schlug beide Arme um ihren Leib. »Hoffentlich kommt Markus bald. Ich erfriere!«

»Du bist viel zu dünn angezogen«, sagte Dan, »hier, nimm das.« Er zog sein Jackett aus. Als er an sie herantrat und es ihr um die Schultern hängte, empfand sie diese Nähe plötzlich als überwältigend stark und vertraut. Sie kannte seinen Geruch, seinen Atem, seine Hände, seine Bewegungen, sie kannte sein Lachen, sein Weinen, seinen Spott und seine Zärtlichkeit. Die Tatsache, daß diese Erinnerungen sie geradezu überschwemmten, nur weil er dicht vor ihr stand, machte sie einen Moment fassungslos. Nichts und niemand würde die zwei Jahre mit ihm auslöschen – nicht einmal Markus Leonberg und ihr Status als seine Frau. Und Dan, als könnte er ihre Gedanken lesen, fragte plötzlich leise: »Sag mir ganz ehrlich, Alex, ist wirklich alles vorbei und vergessen? Alles, was war?«

Sie antwortete nicht, aber in der Stille brach die Wahrheit förmlich über sie herein, die Wahrheit, daß nichts jemals vergessen sein würde. Die Bilder standen so deutlich vor ihnen, als seien sie kaum einen Tag alt. Die Spaziergänge am See unter einem abendlichen Winterhimmel, der eine purpurne Farbe annahm und wie angestrahltes Eis aussah; Rauhreif überzog das Schilf am Ufer, und die andere Seite des Sees verschwamm in einem konturenlosen Grau. Einsame Enten trieben über das Wasser, und ein vergessener Kahn schaukelte festgepflockt am Bootssteg auf den Wellen. Die Abende in Dans Wohnung, sie beide hingekuschelt auf dem Sofa im Wohnzimmer, sie tranken Sekt, aßen Spaghetti, sahen fern, redeten, lachten, schwiegen, zogen sich um Mitternacht plötzlich an und liefen durch die Stadt, liefen, bis es hell wurde im Osten und die Straßenreinigung auffuhr, die ersten Lieferwagen angerollt kamen, landeten in einem Frühstücksbistro, wo sie Croissants aßen und aus riesigen Tassen ihren Milchkaffee tranken.

Bilder aus dem Sommer, durchwachte Augustnächte, zu warm, zu sternenklar, zu lebendig, um sie zu verschlafen, Nächte, so gottverdammt romantisch, daß die Erinnerung daran Dan Liliencron heute das Herz zu brechen drohte – und er hatte die Erfahrung gemacht, daß dieser überstrapazierte, kitschige Ausdruck den Nagel auf den Kopf traf: Es war wirklich, als zerbreche etwas in einem und schmerze von da an ständig, ganz gleich, wie heftig man sich zu betäuben versuchte mit anderen Frauen, mit weiten Reisen, mit Arbeit oder Alkohol. Der Schmerz blieb, ein fester Bestandteil des Lebens, mal mehr, mal weniger heftig.

Er begriff, daß sie sich genauso erinnerte wie er, und doch hatte sie diesen Schritt getan und Leonberg geheiratet, und nichts wies darauf hin, daß sie alles rückgängig machen wollte.

»Ich verstehe einfach nicht, warum!« sagte er, heftig und wütend, verzweifelt, weil er es wirklich nicht verstand. »Was hat dieser Mann, daß du alles zwischen uns hingeworfen hast? Wenn du es mir nur erklären könntest! Nenn mir einen einzigen überzeugenden Grund! Warum, Alex? Warum?«

Endlich schaute sie ihn wenigstens wieder an. Die Augen, grau und kühl, verrieten nichts als eine leise Ungeduld. »Als ob man solche Dinge erklären könnte, Dan. Sie geschehen einfach.«

Sie hatte recht, und das wußte er. Solche Dinge geschahen einfach. Das hatte er selber oft genug erlebt. Allerdings war er nie zurückgeblieben, sondern ihn hatten die Mädchen gefragt: »Warum, Dan? Was ist denn los? Warum liebst du mich nicht mehr?« Er hatte solche Szenen gehaßt, hatte Mitleid empfunden und Ärger, weil sie es ihm schwerzumachen versuchten. Das Gefühl der Peinlichkeit derartiger Momente stieg heiß in ihm auf, und er verfluchte seine Schwäche. Zuerst gab er ihr zu verstehen, daß sie ihm keine Erklärung schuldig war, um sie zwei Minuten später anzufahren, sie solle ihm das »Warum« beantworten. Nie wieder, schwor er sich, sollte das vorkommen. Inbrünstig hoffte er, daß es ihm sein Stolz in aller Zukunft verbot, Fragen nach Alex' Gefühlen zu stellen. Sollte sie glücklich werden mit dem Kerl, der ihr Vater sein könnte, mit diesem Mann, der schon bei ihrer Taufe vor fast auf den Tag genau zwanzig Jahren für einen gewaltigen Paukenschlag gesorgt hatte, als sich ein armer, verwirrter Maler seinetwegen vor aller Augen erschossen hatte. Er, Dan, war zehn Jahre alt gewesen und hatte nichts mitbekommen, weil er zum Schwimmen an den See gegangen war. Aber die Geschichte wurde immer und immer wieder erzählt, in allen Farben und Versionen, und sie hatte auf Leonbergs ohnehin nie ganz weißer Weste, eine Menge Blutspritzer hinterlassen. War es nötig gewesen, diesem verwirrten Sibirienheimkehrer das Messer derart auf die Brust zu setzen, daß er zuletzt keinen Weg mehr sah, als sich zu erschießen? Wie auch immer, Alex stieß sich offenbar nicht daran. Okay, es war ihr Leben. Sie tat, was sie wollte, und er konnte ihr nur wünschen, daß es das Richtige war.

Aber wenn er sie so ansah, in dem weißen Kleid, mit dem blassen, spitzen Gesicht, den langen, dunkelbraunen Haaren, in denen er so gern gespielt hatte, dann wußte er, daß er nie aufhören würde, sich zu fragen, wie er sie hatte verlieren können. Sie war vor zweieinhalb Jahren aus Amerika gekommen, kurz nach ihrem Bruder. Alle glaubten, sie sei lebenslustig und neugierig, wollte sich das Land ihrer Vorfahren anschauen. Dan fand bald heraus, daß sie in Wahrheit vor den Streitigkeiten ihrer Eltern, dem Alkoholkonsum ihrer Mutter, den Seitensprüngen ihres Vaters geflohen war. Wer sie kennenlernte, fand sie hübsch, selbstsicher und fröhlich, ein wenig egoistisch, ein wenig verzogen, sehr energisch für ihr Alter. Dan sah tiefer und entdeckte das einsame, kleine Mädchen, das eine Menge Lasten mit sich herumtrug und nicht wußte, welchen Weg es einschlagen sollte. Er verliebte sich auf Anhieb in sie, und sie erwiderte seine Gefühle rasch. Sie waren so schnell ein Liebespaar, daß nicht einmal die wachsame Felicia noch etwas verhindern konnte.

In einer regnerischen Mainacht, wenige Tage vor ihrem achtzehnten Geburtstag, hatte er sie mit in seine Wohnung genommen und dort mit ihr geschlafen, und sie hatte ihm leise und wild gesagt, sie werde sterben, wenn er sie je verließe. Vermutlich, dachte er nun, sagen viele Frauen ähnliches zu ihrem ersten Mann; man sollte es auf keinen Fall zu ernst nehmen.

»Möchtest du eine Zigarette?« fragte er, und als sie nickte, reichte er ihr die Schachtel und gab ihr Feuer. Er bemerkte, daß ihre Finger, die die Zigarette hielten, ganz leicht zitterten. Er rauchte ebenfalls, und so standen sie eine Weile schweigend nebeneinander, jeder in Gedanken versunken, spürten die Spannung zwischen ihnen, rührten sich nicht. Beide schraken zusammen, als plötzlich Markus und Felicia aus der Dunkelheit auftauchten. »Warum stehst du in der Kälte, Alexandra?« fragte Markus, nach einem überaus frostigen Seitenblick auf Dan. »Du hättest drinnen warten können!«

Alex zuckte mit den Schultern. »Ich brauchte frische Luft.«

»Ich habe mir erlaubt, Ihrer Frau etwas Gesellschaft zu leisten«, sagte Dan höflich. Es war klar, daß sowohl Markus als auch Felicia gar nicht anders konnten, als ihre Vertrautheit zu bemerken. Markus reagierte darauf, indem er Alex fast etwas grob das umgehängte Jackett von den Schultern nahm und an Dan zurückgab. »Besten Dank. Ich denke, es wird nun nicht mehr gebraucht.«

Zwischen diesen drei Menschen, dachte Felicia, wird es noch ein paar Komplikationen geben.

»Dan, Kassandra Wolff sucht Sie«, sagte sie, »sie möchte irgend etwas überaus Wichtiges mit Ihnen besprechen. Sie ist drinnen in meinem Arbeitszimmer.«

»Gut, ich gehe zu ihr.« Er neigte sich vor und gab Alex einen Kuß auf die Wange. »Gute Nacht, Alex.« Seine Stimme klang rauh. Er nickte Felicia zu, ignorierte Markus völlig und wandte sich zum Gehen. Seine Schritte verklangen in der Dunkelheit. Felicia beobachtete ihre Enkelin, die ihm nachsah. Unmöglich zu sagen, was in ihr vorging.

»Chris hat gerade angerufen«, sagte sie, »und eine ausgesprochen abenteuerliche Geschichte erzählt. Angeblich war er am frühen Abend auf dem Weg hierher, ist auf einen Parkplatz gefahren, um dort eine Zigarette zu rauchen, und sah, wie ein offenbar geistesgestörter Mann eine junge Taxifahrerin zu ermorden versuchte. Na ja, der Kerl ergriff die Flucht, aber Chris mußte das Mädchen natürlich nach Hause fahren. Er hat sie zur Polizei begleitet, und dort brach sie wohl völlig zusammen. Jetzt ist er bei ihr in der Wohnung und traut sich nicht, sie allein zu lassen. Ich soll dir sagen, Alex, daß es ihm sehr leid tut.«

»Solche Dinge passieren immer Chris«, sagte Markus. Er mochte Chris nicht, wußte, der Bruder hatte alles darangesetzt, seiner Schwester die Heirat mit ihm auszureden, und da er zudem mitbekommen hatte, daß auch Felicia – wegen des Altersunterschiedes – nicht begeistert war, die Eltern Andreas und Belle noch weniger, schien es ihm wie ein Wunder, daß sie heute tatsächlich auf dem Standesamt gelandet waren. Vorhin hatte er, im Vorbeigehen an einem Spiegel, festgestellt, daß er sehr blaß aussah, und als er Dan bei Alex stehen sah, mußte sich diese Blässe noch vertieft haben. Er fragte sich, wie gefährlich ihm dieser Mann noch werden konnte.

»Wollen wir fahren?« fragte er. Alex nickte. Sie strich ihrer Großmutter flüchtig über den Arm. »Danke für das schöne Fest, Felicia. Meine Eltern sind ja noch ein paar Tage da, sag ihnen, morgen oder übermorgen komme ich raus. Aber jetzt bin ich halb tot vor Müdigkeit.«

Sie stiegen ins Auto, Felicia sah ihnen nach, wie sie davonfuhren. Ihre Gedanken gingen aber bereits in eine andere Richtung. Mißtrauisch fragte sie sich, was Kassandra Wolff, ihre Teilhaberin, wohl mit Dan Liliencron zu besprechen hatte.

Vier Tage später kam es fast zu einer Familienkatastrophe. Belle und Andreas wollten am frühen Nachmittag zurückfliegen nach Kalifornien, und die Familie hatte sich zu einem Abschiedsfrühstück bei Felicia versammelt. Genaugenommen die engere Familie, Belle und Andreas, Felicia, Alex und Markus. Wer nicht erschien, war Chris. Statt dessen klingelte um zehn Uhr das Telefon, und die Polizei meldete sich. Chris saß im Gefängnis und würde dort auch bis zum nächsten Tag bleiben, da bestimmte Verdachtsmomente gegen ihn überprüft werden müßten. Er habe darauf bestanden, die Familie davon in Kenntnis zu setzen, und lasse sich wegen seines Fehlens entschuldigen.

Andreas warf seine Serviette auf den Tisch. »Das kann doch nicht wahr sein! Als ich meinen Sohn zuletzt sah, war das auf einem Polizeirevier in Los Angeles, und hier scheint es dasselbe zu sein. Ich bin es allmählich leid!«

»Was liegt denn gegen ihn vor?« fragte Belle, fast glücklich, eine Gelegenheit zu haben, sich den ersten Cognac des Tages zu genehmigen.

Markus Leonberg, befreundet mit dem Polizeipräsidenten von München, hatte nach ein paar Telefonaten den Sachverhalt herausgefunden: Nicht nur Chris war festgenommen worden, sondern auch alle anderen sieben Mitglieder der Wohngemeinschaft, und zwar aufgrund einer anonymen Anzeige aus der Nachbarschaft. Seit der Entführung des Arbeitgeberpräsidenten vor nunmehr beinahe einem Monat waren die Ermittler übernervös, und die Bevölkerung lieferte jede Menge Hinweise auf mögliche Terroristenverstecke. Teilweise steckte die wirkliche Annahme dahinter, auf eine heiße Spur gestoßen zu sein. Eine Reihe von Leuten sahen aber auch endlich die Gelegenheit gekommen, Menschen in Schwierigkeiten zu bringen, die ihnen aus irgendeinem Grund schon lange ein Dorn im Auge waren. Jeder konnte sich vorstellen, daß Chris' Schwabinger WG für viele in der Umgebung ein Ärgernis darstellte. Männer wie Frauen hatten lange Haare, trugen Jeans, Palästinensertücher und graugrüne Parkas, sie hörten von morgens bis abends Protestsongs, gingen ständig auf Demonstrationen oder verteilten Flugblätter. Hinzu kamen die verschiedensten Gerüchte: Von Drogen wurde gemunkelt, von Gruppensex, von den exotischsten Perversionen. Man beobachtete die jungen Leute mit einer Mischung aus Faszination und Abscheu, und auf jeden Fall waren sie im ganzen Haus Mittelpunkt des Interesses. So war es kaum verwunderlich, daß sie in diesem Herbst '77 im Fahndungsraster der Polizei hängengeblieben waren.

Wie Markus herausfand, hatte man die Wohnung gründlich durchsucht und eindeutiges Material sichergestellt: Kopien jenes Göttinger Studentenflugblattes, das nach dem Mord an Generalbundesanwalt Buback im April »klammheimliche Freude« verkündet hatte. Ein Plakat mit dem RAF-Emblem, dem Maschinengewehr vor einem fünfzackigen Stern. Mehrere Entwürfe für Protestschreiben wegen des Kontaktsperregesetzes, das Andreas Baader und seine Genossen in Stammheim von ihren Anwälten isolierte. Solche und ähnliche Dinge stapelten sich in der Wohnung; sicher war damit, daß Chris und die anderen der Sympathisantenszene zugerechnet werden mußten, und die Frage war, ob man ihnen nachweisen konnte, unmittelbaren Kontakt zur RAF zu haben. Daher wurden sie festgehalten.

»Wir müssen für Chris sofort einen Anwalt besorgen!« rief Belle aufgeregt.

»Ich denke nicht daran, auch nur einen Finger für ihn krumm zu machen«, sagte Andreas wütend, »er besteht ja auch sonst darauf, sein Leben allein zu bestimmen. Soll er doch sehen, wie er aus der Geschichte heil herauskommt!«

»Er ist dein einziger Sohn!«

»Gott sei Dank. Einen zweiten von der Sorte würde ich auch nicht verkraften!«

»Jedenfalls ist er kein Terrorist«, sagte Alex, »sie können ihn nicht einfach festhalten.«

»Er hat jede Menge linkes Propagandamaterial in seiner Wohnung, und für mein Verständnis bewegt er sich verdammt dicht an der Grenze, schon selber ein Terrorist zu sein«, widersprach Andreas, »außerdem provoziert er einfach mit seiner Lebensform. Ich mag diese Kommunen voller Gammeltypen nicht. Und kann mir jemand erklären, warum sich ein attraktiver, junger Mann von dreiundzwanzig Jahren so zurichten muß mit langen Zotteln und alten Klamotten?«

»Ich werde jedenfalls nicht nach Los Angeles zurückfliegen, ohne mit Chris gesprochen zu haben«, sagte Belle.

Es lief schließlich darauf hinaus, daß Markus anbot, Belle nach München zu fahren, damit sie ihren Sohn sehen konnte, und sich Alex sofort anschloß. Andreas und Felicia, sonst einander keineswegs freundlich gesonnen, aber diesmal in ihrer Entrüstung vereint, blieben daheim. Felicias Lippen waren zu einem dünnen Strich zusammengepreßt, ihre Miene verriet Unheil. Als alle in Markus' Auto steigen wollten, hielt sie Alex noch kurz zurück. »Sag deinem Bruder, sowie ihn die Polizei entlassen hat, möchte ich ihn umgehend hier sehen. Ich habe ihm etwas sehr Wichtiges mitzuteilen.«

Chris fand es unmöglich, daß Felicia ihn zu sich hinaus zitierte, als habe sie irgendeinen kleinen, dummen Schuljungen vor sich. Er hätte größte Lust gehabt, ihr zu sagen, sie solle sich bitte zu ihm bemühen, wenn sie etwas von ihm wolle, aber Simone, mit der er darüber sprach, sagte: »Sie ist deine Großmutter, und sie ist einundachtzig Jahre alt. Da hat sie das Recht, die Leute springen zu lassen, anstatt selber zu springen.«

»Glaub bloß nicht, sie hätte sich dieses Recht nicht schon immer genommen. Mit zwanzig war sie mit Sicherheit nicht anders«, sagte Chris. »Sie hätte es nicht zu solchem Reichtum gebracht, hätte sie mit den Menschen nicht gemacht, was ihr gerade paßte.«

Schließlich aber saß er in Felicias Arbeitszimmer. Seine Großmutter hatte ihm auf dem Stuhl vor ihrem Schreibtisch einen Platz angeboten, nicht in der Sitzecke am Kamin. Das deutete

auf eine hochoffizielle Unterhaltung hin. Dann hatte sie sich für »fünf Minuten« entschuldigt, sie müsse noch etwas Wichtiges erledigen. Chris wurde immer aggressiver, während er wartete. Was glaubte sie eigentlich, wie sie mit seiner Zeit umgehen durfte? Er stand schließlich auf, schlenderte im Zimmer herum, betrachtete die vier gerahmten Photographien auf dem Schreibtisch. Die eine stellte einen dunkelhaarigen, sehr hübschen und zarten Jungen in einer Kadettenuniform aus dem Kaiserreich dar: Felicias Bruder Christian, der mit neunzehn Jahren vor Verdun gefallen war. Daneben ein Bild ihres anderen Bruders, der in den Bomben des Zweiten Weltkriegs ums Leben gekommen war. Daneben ihr erster Mann, Alexander Lombard, Vater von Belle. Und ihr zweiter Mann, Benjamin Lavergne, Vater von Susanne. Von Lombard hatte sie sich 1918 scheiden lassen, skandalös genug in jener Zeit, aber später hatte sie sich selber übertroffen, indem sie ohne Trauschein mit ihm zusammenlebte, ehe er 1945 nach einem Unfall starb. Lavergne hatte sich Ende der zwanziger Jahre das Leben genommen, was Chris nicht verwunderte; er hätte es genauso gemacht, wenn er das Pech gehabt hätte, sich in Felicia zu verlieben und sie zu heiraten.

Chris war sicher, daß sie den Tod beider Ehemänner leicht verschmerzt hatte; mit ihren Brüdern war das anders, und besonders der frühe Tod Christians stellte womöglich eine Wunde dar, die nie ganz verheilt war. Ihre Stimme nahm einen anderen Klang an, wenn sie von ihm sprach, und ihre Augen verdunkelten sich.

Über dem Kamin hing ein großes Ölgemälde, das Lulinn, das ostpreußische Gut der Familie, zeigte. Eine Allee von Eichen, Pferdekoppeln, ein Herrenhaus, dessen weiße Mauern zwischen den dicht belaubten Bäumen hervorschimmerten. Chris wußte, daß dieses Gut das ein und alles für die Familie gewesen war, er kannte jeden Kieselstein, der dort herumlag, so oft hatte Belle von ihren Kindheitssommern dort erzählt. »Niemals könnt ihr euch vorstellen, wie weit dieses Land war, wie hell die Juninächte, wie dunkel und voller Schnee der Winter. Ich höre

noch die Wildgänse schreien, und ich werde nie wissen, warum der Himmel dort wirklich höher war als irgendwo anders.«

Chris konnte verstehen, daß man an einem Ort hing, an dem man einmal glücklich gewesen war, aber er war verloren, und damit mußte man leben. Er fand es reichlich übertrieben von Felicia, daß sie sich dieses pompöse Gemälde nach einer Photographie hatte malen lassen; zudem argwöhnte er, daß sie es noch keineswegs aufgegeben hatte zu hoffen, das Land im Osten werde eines Tages an die Deutschen zurückfallen. Ebenso wie sie ihre Heimatstadt Berlin unbedingt wiedervereint sehen wollte. Von der Mauer sprach sie nur als von dem »Schandfleck«.

Die Tür ging auf, und sie kam ins Zimmer. »Tut mir leid, daß du warten mußtest«, sagte sie, »aber stell dir vor, meine Kusine Nicola und ihr Mann Sergej aus Ost-Berlin sind hier eingetroffen. Sie sind alt genug, um eine Ausreisegenehmigung zu bekommen, und sie wollen ihren Lebensabend im Westen verbringen. Ein phantastischer Staat, findest du nicht?« setzte sie provozierend hinzu. »Zuerst werden die Leute erschossen, falls sie versuchen, seine Grenzen zu verlassen, und wenn sie alt und eine Last sind, dürfen sie mit Handkuß gehen, natürlich nur, wenn sie alles, was sie haben, zurücklassen.«

Chris ging darauf nicht ein. »Du hast mich kommen lassen. Worum geht es?«

Sie nahm hinter ihrem Schreibtisch Platz, wies auf den Stuhl auf der anderen Seite. »Setz dich!«

Er setzte sich und betrachtete sie eingehend. Nicht zu glauben, daß diese Frau bereits einundachtzig Jahre alt war. Sie sah gut zehn Jahre jünger aus, schlank, braungebrannt, das weiße Haar kurz geschnitten. Sie trug ein elegantes hellgrünes Wollkleid, eine mehrreihige Perlenkette, Perlenohrringe. Natürlich schminkte sie sich, aber nicht mit der Penetranz, mit der viele alte Frauen ein Stück ihrer Jugend zurückholen wollen und sich dann nur in groteske Masken verwandeln. Felicia be-

nutzte einen blaßrosafarbenen Lippenstift und tuschte sich kräftig die Wimpern. Sie war eine Frau, von der jeder sagte: »Sie muß sehr schön gewesen sein, als sie jung war.« Und jetzt, dachte Chris, sieht sie einfach verdammt gut aus.

Sie zündete sich eine Zigarette an, dachte aber nicht daran, Chris ebenfalls eine anzubieten. »Chris«, sagte sie, »so geht es nicht weiter.«

»Kannst du mir erklären, was du damit meinst?«

»Gern. Nach deinem Schulabschluß in Amerika habe ich dir vorgeschlagen, zu mir zu kommen und in München zu studieren. Ich verfolgte damit natürlich eine bestimmte Absicht.«

»Natürlich.«

Felicia überhörte den Einwurf. »Kassandra Wolff hat mir vor ein paar Tagen mitgeteilt, daß sie Dan Liliencron angeboten habe, Geschäftsführer für ihren Anteil von *Wolff & Lavergne* zu werden. Er hat akzeptiert. Die Sache ist nun die, daß ich mich ebenfalls um einen Nachfolger kümmern muß. Ich bin eine sehr alte Frau. Es ist nicht zu früh, sich mit dieser Frage zu beschäftigen.«

Etwas gelangweilt sagte Chris: »Felicia, du möchtest, daß ich deine Spielzeugfirma übernehme, beziehungsweise deine Hälfte. Aber es war immer geplant, daß ich vorher . . .«

»Irrtum«, unterbrach ihn Felicia kalt, »ich möchte nicht, daß du die Firma übernimmst. Nicht mehr. Die Sache ist gestorben.«

Sie hatte es geschafft, Chris war sprachlos. Es dauerte eine ganze Weile, bis er sich einigermaßen gefaßt hatte. »Wie bitte?« fragte er dann ungläubig.

»Du hast mich richtig verstanden. Es hat mich ein paar schlaflose Nächte und viele Stunden intensiven Grübelns gekostet, aber ich bin zu dem Schluß gekommen, daß du absolut ungeeignet bist. Nicht von deinen intellektuellen Fähigkeiten her. Und was deinen praktischen Sinn für gute Geschäfte angeht, den könntest du entwickeln. Aber deine ganze Lebenseinstellung, deine Überzeugungen und Ideale führen dich in eine völlig andere Richtung. Es hat keinen Sinn, Chris. Man muß da realistisch sein.« Er saß da wie vor den Kopf geschlagen. Felicia musterte ihn so eingehend wie nie zuvor. Er war sehr groß, wie alle in der Familie, und ähnelte seinem Vater: dunkle Augen, gleichmäßige Gesichtszüge. Von seiner Mutter Belle war wenig an ihm zu entdecken, eine vage Ähnlichkeit vielleicht, wenn er lächelte. Felicia fand ihn sehr attraktiv, wenn sie sich auch absolut nicht mit seiner Aufmachung anfreunden konnte.

»Es fing damit an, Chris, daß ich schon nicht wollte, daß du Jura studierst. Ich hätte ein Studium der Betriebs- oder Volkswirtschaft für sinnvoller gehalten. Aber gut, Jura kann nie schaden. Bloß . . .«, sie klopfte die Asche ihrer Zigarette achtlos über einen Stapel Zeitschriften ab, »bloß bist du jetzt fast vierundzwanzig, und ich kann nicht erkennen, wohin du willst. Ab und zu gehst du mal in eine Vorlesung, ab und zu schreibst du eine Klausur, aber im wesentlichen beteiligst du dich an irgendwelchen Sit-ins oder an Demonstrationen, druckst Flugblätter, sympathisierst mit Baader-Meinhof, du . . .«

Chris erwachte aus seiner Erstarrung. »Aber Großmutter . . .«

»Du sollst mich nicht Großmutter nennen!«

»Felicia, das ist doch der Punkt. Es passiert so unheimlich viel hier. Es brodelt. Auch an den Universitäten. Ich kann nicht die Augen vor allem verschließen. Es ist meine Zeit. Ich stehe mittendrin.« Er hob hilflos die Hände. »Ich kann nicht mit geschlossenen Augen und angelegten Ohren ein rasantes Studium absolvieren und ohne nach rechts und links zu schauen in dein Unternehmen einsteigen.«

»Nein. Aber so oder so kannst du nicht einsteigen. Du lehnst das alles doch in Wahrheit ab. Das Unternehmen, das Haus, alles, was ich repräsentiere. Du solidarisierst dich mit den Gewerkschaften, verfaßt Streitschriften gegen das Großkapital, und alles in allem verkörpere ich genau das, was du bekämpfst. Wenn du ehrlich bist, gibst du das zu.«

Müde erwiderte Chris: »Wahrscheinlich hast du recht. Es ist nur . . . es kommt alles so plötzlich . . .«

Felicia drückte ihre Zigarette aus, griff sofort wieder nach der Packung. Diesmal bot sie auch Chris eine an, aber er schüttelte den Kopf.

Sie hat so unheimlich kalte Augen, dachte er, grau, vollkommen grau. Keine Wärme, kein Funkeln . . .

Auch seine Mutter und seine Schwester hatten diese grauen Augen, sie schienen sich bei allen weiblichen Mitgliedern der Familie in gerader Linie fortzusetzen. Er hatte nie zuvor über diese grauen, kühlen Augen nachgedacht. Nun fragte er sich, ob seine Großmutter jemals – in ihrer Jugend – warm und kokett gelächelt hatte, ob je in ihre Augen ein Funkeln von Lust und Leben getreten war. Kaum vorstellbar.

Er hatte sich noch nie so gedemütigt gefühlt, war auch nie so wütend über sich selbst gewesen. Von Anfang an hatte ihn diese idiotische Spielzeugfirma nicht besonders gereizt, und hätte er bloß gleich abgelehnt, dann müßte er sich jetzt nicht vorkommen wie eine Schachfigur, die von Felicia beliebig hin- und hergeschoben wurde. Er hatte ihr Macht über sich eingeräumt, und nun bezahlte er dafür.

Er stand auf, hoffte, seine Stimme würde nicht zittern, und sagte: »Das war es dann. Ich kann wohl gehen?«

Sie erhob sich ebenfalls. »Ich bin ebenso enttäuscht wie du, Chris. Ich hatte so viel vor mit dir.«

Oh, fang bloß nicht an zu heulen, du alter Teufel!

»Trotz allem«, fügte sie hinzu, »wenn du Hilfe brauchst . . .«

Wollte sie ihn verarschen?

»Eines noch«, sagte er, schon fast an der Tür, »eines wüßte ich gern. Wie sehen deine weiteren Pläne aus, wer wird in den Genuß kommen, dich eines Tages zu beerben?«

Seine brutale Formulierung schockte Felicia nicht im mindesten. »Ich habe an Alexandra gedacht«, erwiderte sie ruhig, »ich glaube, sie ist geeignet, meinen Platz einzunehmen.«

Chris lachte auf. »Sie hat gerade geheiratet. Sie will vielleicht noch an die Uni. Vielleicht will sie Kinder. Womöglich hat sie nicht die geringste Lust, für dich zu arbeiten.«

»Das laß meine Sorge sein.«

Sie sahen einander an, und jeder war voller Zorn auf den

anderen; Felicia, weil alle ihre Pläne umgestoßen worden waren, und Chris, weil seine Großmutter ihn behandelte wie ein kleines Kind. Er konnte sich nicht beherrschen: Als er das Zimmer verließ, schmetterte er mit voller Wucht die Tür hinter sich zu.

## 3

Die Aprilnacht war klar und voller Sterne. Ein leuchtender Dreiviertelmond hing am Himmel. Julia wäre vollkommene Dunkelheit lieber gewesen, dazu noch Regen und Nebel. Eine Nacht, in der sich die Menschen in ihren Häusern verkrochen und die von allen Dingen nur Schatten erkennen ließ.

»Es ist so wahnsinnig hell!« sagte Julia. Sie machte die Balkontür hinter sich zu. Fünf Minuten hatte sie draußen gestanden und ein letztes Mal das Bild in sich aufgenommen, das sich ihr seit zehn Jahren Tag für Tag bot, das selbstverständlich und vertraut war. Acht Stockwerke unter ihr die Straße mit den Straßenbahnschienen in der Mitte, ein paar Kastanienbäume entlang den Gehsteigen, auch im Sommer mager belaubt, weil sie so wenig Sonne abbekamen. Die schmutziggraue Häuserzeile gegenüber, schöne, stuckverzierte Bauten einstmals, aber völlig verwahrlost und heruntergekommen jetzt. Bei Regen hatte die Straße etwas Deprimierendes, und bei Sonnenschein war es auch nicht viel besser, dann fiel die düstere Enge besonders auf. Trotzdem, man lebte hier noch besser als anderswo. Zumindest waren die Wohnungen groß und geräumig, mit hohen Decken und schönem, alten Parkettfußboden.

»Ich bin fertig«, sagte Richard, »wir können dann fahren.«

»Ja«, sagte Julia, »ich bin auch fertig.« Sie lehnte von innen an der Balkontür, sah im Schein der kleinen Schreibtischlampe, die als einzige brannte, zerbrechlich, blaß und dünn aus. Sie trug Jeans, einen Pullover, an den Füßen Turnschuhe. Die dunkelbraunen Haare hatte sie zurückgebunden. Sie war eine vierunddreißigjährige Frau, aber heute sah sie aus wie die neunzehnjährige Studentin, die Richard damals an der Uni kennengelernt hatte. Kaum zu glauben, daß sie seit acht Jahren verheiratet waren und zwei Kinder hatten.

»He, Schatz«, sagte Richard, »alles klar?«

»Alles klar!« Julia brachte ein optimistisches Grinsen zustande. Dabei fühlte sie sich in Wahrheit nur elend. Sie hatte grenzenlose Angst, und der Abschied tat ihr plötzlich weh. Dabei hatte sie sich immer nur über all das aufgeregt, über die Wohnung, über den täglichen Kleinkrieg, wenn es darum ging, die lebensnotwendigsten Dinge zu organisieren, über die Einengung der persönlichen Freiheit, über die sozialistische Erziehung der Kinder bereits im Kindergarten – irgendwann hatte Julia nur noch eines gewollt: raus aus diesem System, raus aus der DDR.

Zwei Ausreiseanträge waren abgelehnt worden. Und dann wurde Julia – sie war Lehrerin in einem Ostberliner Gymnasium – eines Tages zum Direktor zitiert. Er teilte ihr mit, man sei sehr erstaunt über ihr Verhalten und verstünde nicht, wieso sie denn in den Westen ausreisen wolle, könne sie sich mit den Prinzipien der Deutschen Demokratischen Republik denn nicht mehr identifizieren? Julia wies darauf hin, daß der weitaus größte Teil ihrer Familie im Westen lebte und sie deshalb hätte versuchen wollen, in die Nähe der Verwandten überzusiedeln. Diese Erklärung nutzte ihr nichts. Der Direktor sagte, sie sei als Erzieherin der Jugend nicht mehr tragbar. Sie wurde aus dem Schuldienst entlassen. Dann, im Oktober '77, gingen Julias Eltern Nicola und Sergej nach Westdeutschland, und spätestens von diesem Zeitpunkt an dachte Julia wie besessen über Flucht nach. Sie spürte, daß Richard sich auch damit beschäftigte, aber zunächst wagte es keiner von ihnen, das Thema zur Sprache zu bringen. Sie hatten Angst vor der Konsequenz, die das mit sich bringen würde. Aber sie waren einander zu vertraut, um ihre Gedanken lange voreinander verbergen zu können.

Wer hatte schließlich zuerst davon gesprochen? Gleichgültig, die Geschichte hatte immer konkretere Formen angenommen, die vagen Vorstellungen waren zum Plan geworden, schließlich zur Besessenheit, von der es kein Zurück gab. Die Risiken und Gefahren, die sich vor ihnen auftürmten, konnten sie nicht mehr davon abbringen.

So standen sie jetzt in dieser Aprilnacht des Jahres 1978 einander in ihrem Wohnzimmer gegenüber, praktisch und bequem gekleidet, drei große Reisetaschen im Flur, die das Nötigste enthielten – Wäsche, Schuhe, Hosen, Pullover. Sie konnten weder Möbel noch Teppiche oder Bilder mitnehmen.

Wir lassen alles zurück, dachte Julia, was zu Julia und Richard gehört. Aber wir existieren durch diese Dinge nicht. Wir bleiben die, die wir sind, und wir werden von vorne anfangen.

Sie weckten die Kinder, die mitleiderregend blaß und müde aussahen. Die fünfjährige Stefanie fing an zu weinen, als sie sich anziehen sollte, ihr zwei Jahre jüngerer Bruder Michael verlangte nach heißem Kakao. Beide wußten, daß eine Reise bevorstand, aber erst seit dem frühen Abend. Vorher hatte Julia sie im ungewissen gelassen, damit sie bloß nichts irgendwo erzählten. »Wir gehen jetzt hinunter zum Auto«, sagte Julia, »und ihr seid schön leise, ja?«

Sie kamen an der Küche vorbei, es war kurz vor zehn auf der Uhr über dem Kühlschrank. Es roch noch leicht nach der Suppe vom Abendessen. Auf einmal vermittelte die Wohnung einen überwältigenden Eindruck von Wärme und Sicherheit. Draußen die undurchschaubare Finsternis, drinnen die Erinnerung an Jahre fröhlichen Zusammenlebens.

Der Trabant stand direkt vor der Haustür. Richard hatte ihn bei seiner Rückkehr vom Büro absichtlich dort geparkt, damit sie ohne viel Aufsehens ihr Gepäck verstauen und selber einsteigen könnten. Stefanie und Michael kletterten auf den Rücksitz, beide jetzt hellwach und sehr aufgeregt.

»Wo fahren wir hin, Mami?« fragte Stefanie. Sie hatte es schon ein dutzendmal gefragt und bekam auch jetzt wieder dieselbe Antwort: »Das ist eine Überraschung. Ihr müßt nur schön still sein und alles tun, was wir euch sagen.«

Sie fuhren durch das nächtliche Berlin. Es war nicht viel los auf den Straßen. Die Luft war zu kühl, als daß sie zu Spaziergängen eingeladen hätte, in Theatern und Konzerten liefen noch die Vorstellungen. Es herrschte wenig Autoverkehr.

Richard fuhr ruhig und konzentriert. Seine Hände schienen leicht auf dem Steuerrad zu liegen. Julia sah ihn von der Seite an. Von diesen Minuten an schwebten sie alle in größter Gefahr, und es war das Gefühl, ihn womöglich zu verlieren, was ihr wieder einmal mit besonderer Deutlichkeit ins Bewußtsein rief, wie sehr sie ihn liebte. Ihre Ehe verlief so gleichmäßig, daß heftige Empfindungen sie fast erschreckten; sie lebten zusammen, vertrauten einander, gingen zärtlich miteinander um. Richard war Chirurg, und er strahlte die Ruhe eines Menschen aus, der es gewohnt ist, in kritischen Situationen einen klaren Kopf zu behalten. Für Julia, lebhaft und unruhig, stellte er die einzig berechenbare Größe im Leben dar, und sie verdrängte jeden Gedanken an die Möglichkeit, eines Tages ohne ihn zu sein.

Er schien zu spüren, daß sie über ihn nachdachte, denn er wandte plötzlich den Kopf und sah sie an. »Alles in Ordnung?« fragte er leise.

»Natürlich.« Natürlich war alles in Ordnung, bis auf ihre panische Angst und die Tatsache, daß sie meinte, sich in einem Alptraum zu bewegen. Sie hoffte, sie würde das Kreisen der Gedanken in ihrem Kopf abschalten können, bevor sie jeglicher Mut verließe.

Sie umrundeten Ost- und Westsektor und fuhren schließlich auf die Transitautobahn, die von West-Berlin durch die DDR in die Bundesrepublik führte. Das nervöse Kribbeln in Julias Bauch verstärkte sich. Das Motorengeräusch des Autos schien unnatürlich laut in ihren Ohren zu dröhnen.

»Schlafen die Kinder?« fragte Richard.

Julia drehte sich um. »Ja. Alle beide.«

Gleich an der ersten Ausfahrt hinter Potsdam verließen sie die Autobahn. »Saarmund-Michendorf« stand auf dem Ausfahrtsschild. Es war niemand vor und hinter ihnen. Niemand sah sie in den schmalen Feldweg nach rechts einbiegen und das Auto wenige Meter später zum Stehen bringen.

Die Kinder wachten auf, schauten verschlafen zu den Fenstern hinaus.

»Wo sind wir?« fragte Stefanie.

»Dort, wo wir vor zwei Wochen sonntags das Picknick gemacht haben. Erinnert ihr euch?«

»Ja. Das war toll!«

Sie hatten die Gegend ausgekundschaftet. Tarnung: Fröhliche, junge Familie macht Sonntagsausflug. Sie hatten den Platz entdeckt, wo sie den Trabant zurücklassen konnten, waren dann ein Stück weitergegangen, um auf einer Wiese zu essen. Steffi und Michael kugelten im Gras herum, Julia und Richard hockten auf einem Baumstamm und sahen ihnen zu.

»Wir riskieren auch ihre Zukunft, Richard, vielleicht sogar ihr Leben, das ist das Schlimmste daran. Laß uns entdeckt werden an der Grenze, laß jemanden durchdrehen ...«

Seine Hand hatte sich fest um ihre geschlossen. »Andernfalls sind wir verantwortlich, daß sie hier in diesem Staat aufwachsen, hier ihr ganzes Leben verbringen ...«

Jetzt dachte Julia: Er hat recht. Und wir müssen nun durchführen, was wir uns vorgenommen haben.

Die Kinder schienen das alles inzwischen als Abenteuer anzusehen und waren sichtlich guter Dinge. Richard trug Michael auf dem Arm, hatte eine Tasche umgehängt und hielt dazu noch die Taschenlampe. Julia schleppte die übrigen zwei Taschen und achtete darauf, daß Stefanie dicht auf ihren Fersen blieb. Sie stapften durch den Wald ... sie hatten den Weg ausgekundschaftet, hatten ihn sich eingeprägt ... jetzt nur nicht verirren, nur nicht in die falsche Richtung laufen. Rechts vor ihnen lag ein Dorf, sie wußten es von jenem Sonntag her. Langerwisch, im wesentlichen aus einer Straße bestehend, an der rechts und links die Häuser lagen.

Langerwisch wollten sie auf jeden Fall meiden. Sie mußten im Wald bleiben.

Der Weg zog sich hin. Stefanie fing an zu maulen. Sie wollte auch getragen werden, wie ihr kleiner Bruder, und im übrigen machte ihr das alles jetzt keinen Spaß mehr. Julia wies sie sehr scharf zurecht. »Du bist jetzt still, verstanden? Ich will kein Quengeln mehr hören, und ich hoffe, du möchtest keinen Ärger mit mir haben?«

Stefanie verstummte erschreckt.

Sie hatten die Stelle erreicht, an der sie sich wieder an den Rand der Transitstrecke begeben wollten. Julia fand es phänomenal, wie sich Richard alles gemerkt hatte. Einmal nur waren sie alles abgelaufen, dazu noch am Tag. Die Nacht und der geisterhafte Schein der Taschenlampe veränderten jeden Baum, jeden Strauch, aber Richard schien überhaupt kein Problem zu haben.

»Wir liegen großartig in der Zeit«, wisperte er, »gleich dreiundzwanzig Uhr.«

»Wir sind unschlagbar«, gab Julia zurück, tat kaltschnäuzig, obwohl ihr so überhaupt nicht zumute war.

Kiefern wuchsen hier und flaches Gestrüpp. Von der Straße aus konnte niemand sie sehen.

»Er muß jeden Moment kommen«, sagte Richard. Jeden Moment ... Julia fragte sich, ob ihre Armbanduhr schon immer so laut getickt hatte, es schien ihr, als hämmere sie dröhnend durch die Nacht. Wenigstens verhielten sich die Kinder nun ganz still. Die Stimmung von Angst und Angespanntheit hatte sich auf sie übertragen, instinktiv begriffen sie, daß sie keinen Mucks von sich geben durften.

Scheinwerfer tauchten auf, kamen näher, langsam und immer langsamer. Auf der kleinen Ausbuchtung am Straßenrand – einer Stelle, wie es sie nur ganz vereinzelt auf der Strecke gab – kam ein großer Lastwagen zum Stehen. Eine Tür schlug, ein Fluch erklang. »Scheiße! Ich hab's gewußt, der ist platt!«

»Das ist er«, flüsterte Richard.

Ein Warndreieck wurde aufgestellt, das Warnblinklicht eingeschaltet. Hell blitzte es durch die Nacht.

»Es ist so hell. So hell und so schrecklich auffallend«, hörte sich Julia murmeln. Eines der Kinder keuchte angstvoll. Auf der gegenüberliegenden Fahrbahn kamen drei Autos unmittelbar hintereinander heran, eines verlangsamte seine Fahrt, beschleunigte dann aber wieder und fuhr rasch weiter. Der Fahrer des Lastwagens hatte inzwischen den Wagenheber angesetzt, wuchtete den Laster in die Höhe. Er stöhnte und schimpfte und machte für Julias Gefühl viel zuviel Lärm, aber vermutlich entsprach das seiner Absicht. Einem möglicherweise kreuzenden Gefährt der Stasi wäre er verdächtiger vorgekommen, hätte er still und leise vor sich hin gewerkelt.

Der Mann sagte laut: »Blöder Mist!« und das war das Signal. Julias eine Hand krampfte sich um die Griffe der Taschen, mit der anderen faßte sie Stefanie am Arm.

»Okay«, sagte Richard. Sie liefen den Hügel hinauf, zur Straße hin verdeckt von dem Wagen. Die Beifahrertür stand offen, die Klappe zwischen den Sitzen war gelockert, ließ sich leicht hinaufschieben. Ein tiefdunkler Verschlag tat sich dahinter auf, so hoch, daß ein erwachsener Mensch dort problemlos stehen konnte, aber nicht tief genug, um mit ausgestreckten Beinen zu sitzen, man mußte die Knie eng an den Körper ziehen. Sie krochen ins Innere der Höhle, Richard als letzter. Er ließ die Klappe hinter sich hinunterfallen, der Fahrer würde sie festschrauben.

Sie konnten keiner die Gesichter der anderen sehen, in der Finsternis vernahmen sie nur angstvolles, stoßweises Atmen. Gleich darauf dröhnte der Motor so laut, daß an eine Unterhaltung nicht zu denken war. Ohnehin hätten sie das wahrscheinlich nicht gewagt. Julia ertappte sich dabei, wie sie zum erstenmal seit vielen Jahren wieder betete. Laß uns durchkommen, lieber Gott, laß uns nur bitte durchkommen. Der Kinder wegen. Es wäre nicht auszudenken, wenn ...

Sie versuchte an etwas anderes zu denken. An ihre Eltern, die bei Felicia am Ammersee lebten. Es mußte schön sein dort. Dann dachte sie an Anne, ihre ältere Schwester. Die war nach dem Krieg mit einem jungen GI nach Amerika gegangen, hatte ihn geheiratet und lebte in Kentucky auf einer Pferderanch. Julia war damals vier Jahre alt gewesen. 1950 hatten sich die Schwestern noch einmal gesehen, Anne war nach Berlin gekommen, und Julia hatte die vage Erinnerung an eine bildschöne Frau mit Unmengen von herrlichen Kleidern und glitzerndem Schmuck. Sie hatte später oft darüber nachgedacht, wie ungeheuer verschieden doch ihr Lebensweg und der von Anne verlaufen waren, und nun, mit eng an den Körper gepreßten Beinen, in diesem brummenden Gefährt kauernd, fragte sie sich wieder einmal, ob Anne wirklich ernsthafte Probleme überhaupt kannte.

Sie hatte jegliches Zeitgefühl verloren, seitdem sie eingestiegen waren. Es mochten Stunden vergangen sein, oder Minuten. Vielleicht hatte sie sogar, trotz der Anspannung, die Müdigkeit etwas umnebelt. Jedenfalls hatte sie den Eindruck, aus einer Art Halbschlaf aufzuschrecken, als der Laster sein Tempo plötzlich verlangsamte und dann mit einem Ruck zum Stehen kam. Das Motorengeräusch verstummte. Türenschlagen und Stimmen waren zu vernehmen.

Lautlos formten Julias Lippen die Worte: »Die Grenze.« Sie hatten die Grenze erreicht.

Der Wagen fuhr erneut an, schien einem Zickzackkurs zu folgen, blieb dann abermals stehen. Wieder verstummte der Motor. Julia dachte: Sie haben uns zur Seite gewunken. Das ist okay. Das ist völlig normal. Sie lassen keinen Lastwagen so einfach passieren. Sie werden nachsehen, welche Fracht er mit sich führt. Lieber Gott, beschütze uns jetzt!

Der Fahrer war offenbar vom Führersitz gesprungen und ließ die Türen offenstehen. Gedämpft konnten die Insassen das Gespräch verfolgen.

»Sie haben Kosmetikartikel geladen, laut Frachtbrief.«

»Ja.«

»Hergestellt in Berlin – West.«

»Richtig.«

»Für den Markt in der BRD vorgesehen.«

»Ja.«

»Wir werden uns das einmal ansehen. Öffnen Sie die hintere Klappe.«

»In Ordnung.«

Nun gingen sie offenbar um den Wagen herum nach hinten.

Eine Erschütterung durchlief das Gefährt, als die Klappe geöffnet wurde und die Grenzbeamten ins Innere kletterten. Es verging eine ganze Weile, in der die Versteckten nichts mitbekamen, sie vernahmen nur undeutliches Stimmengemurmel, konnten aber nichts verstehen. Vermutlich mußte der Fahrer eine ganze Reihe von Kisten und Kartons öffnen und den Inhalt genauestens durchleuchten lassen. Schritte kamen wieder zur Vorderseite des Wagens.

»Sie hatten kurz hinter Potsdam eine Reifenpanne«, sagte jemand, »was ist da genau passiert?«

Julia spürte einen eisigen Schreck durch ihre Glieder jagen, und sie merkte, daß es Richard irgendwo in der Finsternis neben ihr nicht anders ging. Kaum hörbar hatte er schärfer geatmet. Mit Sicherheit klammerte er sich an dieselbe Hoffnung wie sie: daß der Fahrer von sich aus die Panne erwähnt hatte. Wenn nicht, dann mußten sie davon ausgehen, daß die Stasi in der Nähe gewesen war und das Kennzeichen des Wagens an die Grenzer durchgegeben hatte, mit der Anweisung, eine genaue Überprüfung vorzunehmen. In diesem Fall würde es keinen Millimeter geben, der nicht durchsucht würde.

»Ich merkte, daß der Wagen irgendwie komisch fuhr«, antwortete der Fahrer nun auf die an ihn gerichtete Frage, »schließlich habe ich angehalten – als ich an eine Stelle kam, wo mir das möglich war. Ich sah, daß der rechte hintere Reifen Luft verlor; vermutlich ein Loch. Na ja, da hab ich ihn dann ausgetauscht. War eine höllische Schufterei.« Der Mann hatte eiserne Nerven. Er mußte hochgradig nervös sein, aber seiner Stimme war nichts anzumerken. Natürlich, er hatte solche Sachen schon ein paarmal gemacht, gehörte einer Fluchthelferorganisation an, lebte mit dem Risiko, daß jede Fahrt seine letzte sein konnte. Jemand, den Richard von der Uni kannte, hatte den Kontakt hergestellt, hatte versichert, daß diese Leute »verdammt gut« seien. Was wohl stimmte, aber sie waren nicht unangreifbar. Sie konnten Pech haben ...

»Wir werden uns das Führerhaus noch einmal ansehen«, sagte jemand, »treten Sie zur Seite.«

Julia vernahm ein Rauschen in ihren Ohren, das sie beinahe ohnmächtig werden ließ. Sie suchten gezielt. Die hatten einen Hinweis bekommen. Eine Panne auf der Transitstrecke ... so neu war der Trick nicht ... Julia erinnerte sich, wie sie im Gebüsch gekauert und auf das vereinbarte Zeichen gewartet hatten. Mehrere Autos waren die gegenüberliegende Fahrbahn entlanggekommen, eines hatte deutlich gezögert. Jemand, der überlegte, ob er helfen sollte? Oder Beamte der Staatssicherheit, die sich die Nummer notierten?

Wir sind alle erledigt, es hat nicht funktioniert. Wir sind erledigt.

Die Klappe verursachte ein brutal klingendes Geräusch, als sie jäh hinaufgeschoben wurde. Gleißend helles Licht fiel in die Dunkelheit. Scheinwerfer, Taschenlampen ... unbarmherzig strahlten sie den Flüchtenden in die bleichen Gesichter.

»Los, raus!« kommandierte eine scharfe Stimme.

Richard kroch als erster hinaus. Was geht in ihm vor, fragte sich Julia, so unter den Blicken der Soldaten wie ein Tier aus einem Erdloch zu kriechen?

Das Herz schlug ihr bis zum Hals, aber noch fühlte sie sich wie unter einem Schock, unfähig, wirklich zu begreifen und zu empfinden, was geschah. Richard wandte sich um, hob nacheinander die beiden Kinder hinaus, die geblendet und ängstlich blinzelten. Stefanie hielt ihren Bären fest umklammert, preßte ihn an sich, als könne er ihr Schutz geben. Michael weinte leise. Ein Soldat der Nationalen Volksarmee hob die Kleinen vom hohen Sitz des Führerhauses hinunter. Sie standen dort völlig verloren, von allen Seiten waren Gewehre auf sie gerichtet.

Richard reichte Julia seine Hand. Ihre Blicke trafen sich. Fast unhörbar flüsterte Richard: »Wir stehen das durch. Es wird alles wieder gut.«

In ihren Augen las er nur Hoffnungslosigkeit und Entsetzen.

# 4

Markus Leonberg hatte vorgehabt, um sechs Uhr daheim zu sein, aber dann hatte er sich wieder so in die Arbeit vertieft, daß es schon kurz vor sieben war, als er auf die Uhr sah. Außer ihm hielt sich niemand mehr im Büro auf, auch seine Sekretärin hatte sich längst verabschiedet. Entschlossen schob er einen Stapel Briefe beiseite. Alexandra und er wollten um neun Uhr bei der Eröffnungsparty eines neuen Modesalons in der Theatinerstraße sein, und er mußte sich noch umziehen. Der Julitag war sehr heiß gewesen, und der Abend brachte kaum eine Abkühlung, er war völlig verschwitzt und kaputt. Die Arbeit streßte ihn, weil er das Gefühl hatte, sich finanziell in schwindelerregenden Höhen zu befinden. Das Immobiliengeschäft blühte, aber er hatte inzwischen so viele Kredite laufen, daß er manchmal nachts schweißgebadet aufwachte, weil er geträumt hatte, seine Zinsen nicht mehr bezahlen zu können. Eine innere Stimme sagte ihm immer wieder, er solle für einige Zeit kürzertreten, lieber auf ein paar Angebote verzichten und sich nicht weiter verschulden. Aber wann immer ihm ein gutes Objekt auf den Tisch kam, konnte er einfach nicht widerstehen. Sanieren verlangte eine Menge Kapitaleinsatz. Darlehen aufnehmen, investieren konnten zu einer Sucht werden, zu einem Kreislauf ohne Ende. Wenn man gut genug war, fiel man dabei nicht auf die Nase. Doch vom Tempo bekam man mitunter Herzschmerzen.

Markus' Büro lag in der Widenmayerstraße, unterhalb vom Friedensengel, und es war ein Katzensprung nach Hause; daher beschloß er, sich noch rasch einen Drink zu genehmigen, ehe er losfuhr. Er tat das oft im Büro, weil Alexandra auf diese Weise nicht merkte, wieviel er trank. Nicht, daß er das Gefühl gehabt hätte, es sei wirklich zuviel, aber für andere mochte es so aussehen. Der Alkohol half ihm einfach, die nagende Angst loszuwerden; mit einem Martini in den Adern bekam er den Mut zurück, Dinge zu riskieren. Die warnende Stimme war dann ausgeschaltet.

Gierig trank er den ersten Schluck. Warmes Feuer rann durch seine Kehle, ergriff seinen Körper und entspannte ihn in Sekundenschnelle. Sicher kam auch Bankdirektor Ernst Gruber zu der Party am Abend; vielleicht bot sich eine Gelegenheit, ihn zur Seite zu nehmen und mit ihm über ein neues Projekt zu sprechen. Gruber schien, was Leonberg betraf, kein Kreditlimit zu kennen. Ein Mann also, mit dem man sich gut stellen mußte.

Er schaltete das Radio ein, um die Nachrichten zu hören. Der Sprecher berichtete, daß das Hamburger Landgericht die Klage von »Emma«-Herausgeberin Alice Schwarzer gegen den »Stern« wegen seiner sexistischen und frauenfeindlichen Titelbilder abgewiesen hatte.

Markus lächelte.

Er fragte sich, wie wohl Alexandra darüber dachte, verwarf aber den Gedanken, mit ihr darüber zu sprechen. In solchen Dingen war sie völlig unberechenbar. Konnte sein, sie schloß sich ihm an und lachte über die Klägerinnen. Konnte auch sein, sie sprang wütend für sie in die Bresche. Er mochte nicht riskieren, daß zornige Worte fielen.

Alexandra ... er nahm die Photographie in die Hand, die schön gerahmt auf seinem Schreibtisch stand. Alexandra während der Hochzeitsreise nach Italien. Sie saß auf dem Platz vor der Arena in Verona und hatte nicht bemerkt, daß er sich mit der Kamera herangeschlichen hatte. Ihr Gesichtsausdruck war nachdenklich, der Blick auf einen imaginären Punkt in der Ferne gerichtet. Spröde wirkte sie, und ihre ganze Widersprüchlichkeit lag in diesem Bild. Eine Frau, die man nicht ergründen konnte, und heute, fast ein Jahr nach der Hochzeit, war sie Markus rätselhafter als je zuvor. Sie war zärtlich und abweisend, lebenslustig und melancholisch, albern und tiefernst, ungehemmt und kontrolliert. Er hatte nie einen Mund gesehen, der so strahlend und optimistisch lachen konnte, zugleich nie Augen, die so kalt blieben, selbst in Momenten intimster Nähe. Es ist die Farbe, sagte er sich, dieses blasse Grau. Ihre Mutter und Großmutter haben das auch. Eine Farbe – mehr nicht. Aber im Innern wußte er, es lag nicht bloß an der Farbe.

Ihre Augen sagten etwas über ihre Seele aus; etwas, das er lieber nicht sehen wollte.

Als er sie kennenlernte, war sie mit Dan Liliencron zusammengewesen, und der Grund, weshalb er es überhaupt gewagt hatte, den Konkurrenzkampf mit dem viel jüngeren und sehr attraktiven Mann aufzunehmen, war, daß Alexandra so wenig gebunden wirkte, daß er meinte, es könne sich nicht um die große Liebe handeln.

Inzwischen merkte er, daß sie an seiner Seite ebenso ruhelos blieb, und ihm dämmerte, daß sie das immer sein würde, ganz gleich, wer den Platz neben ihr einnähme. Der Gedanke versetzte ihn in panische Angst, denn das bedeutete, er könnte sie jederzeit ebenso unvermittelt verlieren, wie Dan sie verloren hatte, und er glaubte, dies nie ertragen zu können. Er war besessen von ihr, er brauchte sie, liebte sie, gerade weil sie ihn nicht sättigte wie all die anderen Frauen vor ihr. Er war verrückt danach zu ergründen, wer sie war:

Geboren in dem Jahr, als Chruschtschow den Sieg des Kommunismus über die ganze Welt proklamierte, aufgewachsen in den Jahren des kalten Krieges. Kennedy wurde ermordet. Als junges Mädchen erlebte Alexandra das Vietnam-Debakel. Sie und ihre Altersgenossen spielten auf Parties Gitarre, sangen »Blowing in the Wind« und »Ain't gonna Work on Maggie's Farm no more«. Sie schien ständig auf der Suche zu sein, nichts und niemand schien fähig, ihre Sehnsucht zu stillen und ihre drängenden Fragen zu beantworten. Sie rührte Markus, und zugleich ängstigte sie ihn. Sie und er lebten nicht in derselben Welt. Er hatte versucht, Alexandra seine Welt anzubieten. Reisen und Parties, Champagner und illustre Gesellschaft. Es hatte zunächst funktioniert, weil es neu war für sie und sie alles Neue begierig aufnahm. Als die sehr junge, hübsche Frau von Markus Leonberg wurde sie überall hofiert, und natürlich genoß sie es. Jedoch bemerkte er seit einiger Zeit, daß die Faszination nachließ. Sie hatte es probiert, sie wußte, wie es schmeckte, süchtig war sie nicht danach geworden. Markus glaubte fest, daß alle Menschen irgendwann einmal wild werden nach irgend etwas, und er hätte ein Vermögen ausgegeben, um herauszufinden, was das bei Alexandra sein könnte. Sich auf ihre verborgenen Wünsche einzustellen, erschien ihm mehr und mehr das einzige Mittel, sie zu halten.

Gerade als er gehen wollte, klingelte das Telefon. Fast hätte er es ignoriert, aber dann nahm er doch den Hörer ab.

»Ja?«

Eine Frauenstimme fragte: »Wer ist da?«

»Leonberg. Mit wem spreche ich?«

Ein kehliges Lachen. »Interessiert Sie das wirklich?«

»Wie bitte?«

»Ob Sie das wirklich interessiert. Normalerweise sind Ihnen doch andere Menschen völlig egal.«

»Hören Sie«, sagte Markus, »Sie sagen mir jetzt entweder, wer Sie sind und was Sie wollen, oder ich lege sofort auf.«

»Was ich will? Ihren Kopf auf einem silbernen Tablett, das will ich, Markus Leonberg!« Damit legte sie auf.

Markus schmetterte den Hörer auf die Gabel. Was sollte das für eine idiotische Drohung sein? Er fragte sich, ob er die Stimme kannte, aber es wollte ihm nicht einfallen. Er hatte keinen blassen Schimmer, um wen es sich handeln könnte. Irritierend schien ihm, daß diese Frau überhaupt nicht laut oder aufgeregt gewesen war. Sie hatte so beherrscht und überlegt geklungen, daß man ihre Drohung fast ernst nehmen konnte.

Er brauchte noch einen ganz kleinen Martini, um seine Beklemmung abzuschütteln, dann nahm er sein Jackett. Er mußte jetzt dringend los.

Alexandra saß im Wohnzimmer, als er daheim ankam, und las die Zeitung. Zu seinem Erstaunen hatte sie sich noch nicht umgezogen und schien auch völlig vergessen zu haben, daß sie das noch tun mußte. Sie trug Shorts und ein Jeanshemd und hatte ihre langen Haare wegen der Hitze ziemlich lustlos am Hinterkopf zusammengezwirbelt. Wie immer war sie sehr blaß, ihre helle Haut wurde auch im Sommer nur schwer braun, und ihre dunklen, hochgewölbten Brauen hoben sich streng und schwarz von ihrem Gesicht ab.

Sie legte die Zeitung weg, als sie Markus sah, stand auf und umarmte ihn, dann fragte sie, ob er etwas trinken wolle.

»Das wäre schön«, sagte Markus, »aber nur einen kleinen Schluck. Wir müssen uns auch noch umziehen.«

Alexandra trat hinter die Bar, nahm Eis aus dem Kühler und ließ es klirrend in zwei Gläser fallen. »Müssen wir unbedingt dort hingehen?« fragte sie.

Markus seufzte. Es war, wie er befürchtet hatte, sie begann sich zu langweilen. Ihr Gesichtsausdruck ließ keinen Zweifel daran, wie wenig erbaulich sie die Vorstellung fand, schon wieder mit denselben Leuten irgendwo herumzustehen und Champagner zu trinken. Vor einigen Wochen, erinnerte er sich, waren sie auch gerade auf dem Weg zu einer Party gewesen – irgend jemand feierte in einer Nobeldiskothek seinen Geburtstag –, und plötzlich im Auto hatte sie zu seinem Erschrecken gesagt: »Können wir nicht jeder einen Hamburger kaufen und damit in den Englischen Garten gehen? Es ist ein so schöner Sommerabend, ich möchte mich ins Gras setzen und den Leuten zusehen, die vorbeikommen!«

Er hätte fast einen Auffahrunfall verursacht, so perplex war er gewesen.

Nun sagte er: »Gruber kommt heute abend wahrscheinlich. Ich hätte gern mit ihm gesprochen.«

»Du kannst doch auch morgen früh zu ihm in die Bank gehen!«

»Ja, schon«, sagte Markus vage. Die Hitze und die Martinis hatten ihn schläfrig werden lassen, und er begann sich mit der Idee, daheim zu bleiben, anzufreunden. Alexandra kam hinter der Bar hervor und und reichte ihm sein Glas. »Ich habe etwas Wichtiges mit dir zu besprechen«, sagte sie.

»Ja?« Er hoffte, es wäre nichts Unangenehmes. Man konnte es nicht wissen bei ihr.

»Ich war heute bei Felicia. Ich habe es dir nicht erzählt, aber im letzten Jahr, als wir von unserer Hochzeitsreise zurückkamen, hat sie mir angeboten, ihren Anteil von *Wolff & Lavergne* zu übernehmen.«

»Was? Ich denke, der war an Chris vergeben?«

»Bis zu dem Tag, an dem er festgenommen wurde, weil sie ihn der Konspiration mit Terroristen verdächtigten. Da haben sie sich dann völlig überworfen. Felicia kommt mit Chris' Lebensstil nicht zurecht. Sie hat ihn sozusagen enterbt.«

»Und ich erfahre kein Wort!«

»Ich wollte völlig frei bleiben in der Entscheidung. Zuerst dachte ich, ich kann es sowieso nicht machen, schon wegen Chris. Es wäre nicht loyal.«

Seit einem dreiviertel Jahr weiß sie es. Und spricht nicht mit mir!

»Aber dann fand ich heraus, daß Chris sich in gewisser Weise sogar erleichtert fühlt. Ich meine, er ist absolut sauer auf Felicia und findet ihr Verhalten unmöglich, aber im Grunde war es nie der Weg, den er gehen wollte.«

»Und«, fragte Markus, »ist es der Weg, den du gehen willst?«

Sie sah ihm direkt in die Augen.

»Ja«, sagte sie.

Er starrte sie an, unfähig, auch nur einen Ton hervorzubringen.

»Ich habe es Felicia heute gesagt«, fuhr sie fort, »aber ich habe ihr auch gesagt, daß ich erst noch auf die Uni möchte. Sie findet das gut.«

Jetzt wurde es Markus zuviel. Er ließ sich in den nächstbesten Sessel fallen. »Und was ... möchtest du studieren?«

»Betriebswirtschaft. Ich habe ja keine Ahnung von diesen Dingen, aber ich kann es lernen.«

»Sicher«, stimmte er mit schleppender Stimme zu.

»Ich habe mich bereits immatrikuliert. Im Oktober fange ich an.«

»Gratuliere. Gratuliere zu deiner perfekten Lebensplanung. Könntest du mir verraten, ob ich eigentlich darin auch noch irgendwie vorkomme?«

Sie sah ihn erstaunt an. »Natürlich. Du bist mein Mann. Ich

lebe mit dir. Hätte ich keinen Studienplatz in München bekommen, hätte ich das Projekt fallengelassen. Ich will nicht weg von dir.«

Immerhin. Aus ihrem Mund kam das fast einem glühenden Liebesschwur gleich. Dann fiel ihm etwas ein, und er setzte sich aufrecht hin.

»Ich habe gehört, daß Kassandra Wolff Dan Liliencron zum Geschäftsführer für ihren Anteil gemacht hat. Das hat deine Entscheidung nicht zufällig maßgeblich beeinflußt?«

»Nein. Wieso sollte es?«

»Entschuldige, aber stell dich bitte nicht so naiv. Du hattest zwei Jahre lang ein Verhältnis mit ihm. Es könnte ganz reizvoll sein, von nun an eng mit ihm zusammenzuarbeiten.«

»Daran habe ich wirklich nicht gedacht«, sagte Alexandra, »es ist doch überhaupt nichts mehr zwischen Dan und mir.«

»Bist du da sicher?« fragte Markus aggressiv. Er kam sich selber schrecklich dabei vor. Der eifersüchtige Ehemann – er fand die Rolle unwürdig und peinlich. Trotzdem hätte er diese Frage nicht zurückhalten können. Sie hing mit allem zusammen, worüber er sich ständig Gedanken machte.

»Dan ist längst mit einer anderen Frau zusammen«, sagte Alexandra, »es ist wirklich vorbei.«

Sie hatten Dan und seine Begleiterin im März bei einer Premiere im Theater getroffen. Die Frau hieß Claudine und war sehr attraktiv, ein Fotomodell, wie Alexandra herausfand. Es war etwas sehr Eigenartiges geschehen an jenem Abend: Sie hatte Dan unvermittelt gegenübergestanden, er hatte sie und Claudine einander vorgestellt, und auf einmal war da etwas gewesen, ein Funke, den sie nie zuvor gespürt, eine Wärme in ihr, die sie nie empfunden hatte. Zum erstenmal kam ihr der Gedanke, daß sie Dan vielleicht nicht richtig geliebt hatte, daß sie womöglich auch Markus nicht liebte, weil das in ihr, was empfänglich, lebendig und sehnsüchtig war, verschüttet lag unter Ängsten, deren Ursprung sie nicht kannte. Aber an jenem Abend hatte sie plötzlich gedacht, daß Dan sie hätte aufwecken können, wenn sie ihm und sich mehr Zeit gegeben hätte. Etwas sagte ihr, daß er den Schlüssel zu ihr besaß. Doch dann war es schon wieder vorbei, als habe sich eine Tür, die einen Spaltbreit aufgegangen war, blitzschnell wieder geschlossen. Auf der Heimfahrt vom Theater meinte sie bereits, einer Einbildung aufgesessen zu sein, aber die Erinnerung an diese Szene ließ sie seitdem nie mehr ganz los.

»Dan liebt diese Frau doch nicht«, griff Markus auf, was sie gesagt hatte, »sie ist genau von der Art, wie seine Frauen vorher waren – wie meine übrigens auch. Irgendwie ist es fast komisch, daß Liliencron und ich einander gar nicht so unähnlich sind. Deshalb kann ich, was ihn betrifft, manche Prophezeiung treffen, und mit der Frau bleibt er bestimmt nicht zusammen. Sie ist ... eine wie sie hinterläßt keine Spuren, nimmt keinen Platz ein. Sie ist ein Aushängeschild, mehr nicht. Und irgendwann will man mehr.«

»Das kann sein, ich weiß es nicht. Auf jeden Fall ist Dan nicht der Grund für meine Entscheidung. Felicia hat mir ein phantastisches Angebot gemacht, das ich nicht ausschlagen kann. Und außerdem ...«

»Außerdem?«

»Ich glaube, das kannst du nicht verstehen. Es hat einfach etwas mit der Familie zu tun. Meine Großmutter hat so oft im Leben von vorne anfangen müssen, und das, was sie sich schließlich aufgebaut hat, soll nicht in fremde Hände fallen. Es wäre ... es wäre einfach nicht okay!«

Sieh an, dachte Markus, irgendwo hast du doch deine Bindungen.

»Du hättest mit mir reden müssen, Alexandra. Es betrifft doch auch mein Leben. Schon deshalb, weil ich ...« Er zögerte, aber sie sah ihn forschend an.

»Ich hätte mir gewünscht, daß wir jetzt ein Baby haben«, sagte er.

Sie seufzte. »Markus ...«

»Du solltest nicht vergessen, ich bin über fünfzig Jahre alt«, fügte er hinzu, »ich habe nicht ewig Zeit.«

»Das ist nicht fair.«

»Was ist schon fair? Die Art etwa, mit der du Entscheidungen triffst und es nicht für nötig befindest, wenigstens einmal nachzufragen, was ich davon halte?«

»Als ich dich heiratete, wußte ich nicht, daß ich von nun an ständig um Erlaubnis fragen muß!«

»Davon kann ja wohl kaum die Rede sein. Aber ich darf doch zumindest erwarten . . .«

Im Handumdrehen befanden sie sich mitten in einem heftigen Streit. Sie schrien einander an, bis Alexandra klirrend ihr Glas abstellte und sich zur Tür wandte.

»Ich mache noch einen Abendspaziergang. Es hat einfach keinen Sinn, mit dir vernünftig reden zu wollen.«

Sie ließ ihn zurück, traurig und wütend. Und ängstlich bei jedem Gedanken an die Zukunft.

Derselbe Abend in Breitbrunn am Ammersee. Nicola und Sergej machten sich zum Schlafengehen bereit. Seit Ende des letzten Jahres lebten sie nun bei Felicia, und wie es aussah, würden sie dort wohl auch bleiben.

Nicola war um einige Jahre jünger als ihre Kusine Felicia. Früher eine sehr schöne Frau, sah sie heute hart und frustriert aus. Die scharfen, pessimistischen Furchen am Mund zeugten davon, daß sie zumindest in den letzten Jahren wenig gelacht hatte.

Nicola war in St. Petersburg aufgewachsen, wo ihr Vater, Baltendeutscher, als Offizier im Heer des letzten Zaren gedient hatte. Während der Revolution kamen beide Eltern ums Leben, Nicola gelang die Flucht nach Berlin, wo sie bei Felicias Mutter aufwuchs. Als junges Mädchen lernte sie den ebenso schönen wie leichtlebigen Exilrussen Sergej Rodrow kennen und heiratete ihn aus der verliebten Laune des Augenblicks heraus. Als die erste Tochter, Anne, geboren wurde, funktionierte ihre Ehe noch einigermaßen, als vierzehn Jahre später Julia zur Welt kam, hatte sich Nicola bereits von ihrem Mann getrennt. Er betrog sie, wann immer er eine Gelegenheit fand, und machte sich irgendwann nicht einmal mehr die Mühe, seine Seitensprünge zu verbergen. Nach Kriegsende, als Nicola es gerade geschafft hatte, sich äußerlich wie innerlich von ihm freizustrampeln, tauchte er plötzlich in Berlin auf, mit zerschossenem Unterleib und einem amputierten Bein, ein zerstörter, kranker, plötzlich alter Mann.

Es blieb Nicola nichts anderes übrig, als ihn wieder bei sich aufzunehmen. Seit mehr als dreißig Jahren nun versah sie den Dienst einer Krankenschwester, wobei das Leben im Sozialismus der DDR die Dinge nicht einfacher gemacht hatte. Sie hatten den Sprung in den Westen versäumt, hatten ihre Wohnung nicht aufgeben wollen, hatten, wie so viele andere auch, immer gedacht, es würde nun alles bald besser. Dann kam die Mauer, und die Diskussion, ob man nicht doch »rüber« wollte, erledigte sich von selbst. Nicola war froh, daß es wenigstens Anne mit ihrem Amerikaner geschafft hatte. Zwar schrieb sie in all ihren Briefen, sie würde sich in Kentucky noch einmal zu Tode langweilen, aber im Grunde wußte sie selber, daß sie das große Los gezogen hatte.

Obwohl Nicola die Sozialisten haßte, konnte sie sich arrangieren, solange Julia glücklich schien, und tatsächlich ging zunächst alles glatt. Julia studierte, heiratete, bekam zwei Kinder. Aber dann gingen die Probleme los. Julia mochte ihre Kinder nicht in einem System groß werden lassen, dessen Verlogenheit und ausgeklügeltes Bespitzelungswesen sie längst durchschaut hatte, sie wollte nur noch weg. Es wurde zur Besessenheit, sie konnte schließlich von nichts anderem mehr reden als von ihren Ausreiseanträgen. Sie war es auch, die an einem Sonntagmorgen zu ihren Eltern sagte: »Ihr könnt doch jetzt legal in den Westen. Tut es. Wir kommen nach.«

Nicola leitete alles in die Wege und konnte schon bald mit Sergej ausreisen. Händeringend hatte sie Julia gebeten, nur um Gottes willen niemals ein Risiko einzugehen. Sie wußte, daß nichts und niemand ihre Tochter würde zurückhalten können. Es folgten Monate bangen Wartens, und die Angst steigerte sich, als plötzlich über Wochen Julia weder zu erreichen war noch selber ein Lebenszeichen von sich gab. Und nun hatten sie vier Tage zuvor von Richards Bruder die schreckliche Gewißheit bekommen: Der Fluchtversuch war gescheitert, Julia und Richard saßen im Gefängnis, die Kinder hatte man in ein Heim gebracht.

Nicola konnte nun über nichts anderes mehr reden als darüber, was man tun könne, um Kindern und Enkeln zu helfen. Auch an diesem Abend kreiste sie unentwegt um das Thema, und während sie ihr Nachthemd anzog, fing sie erneut davon an. »Wir können sie nicht im Stich lassen, Sergej. Wir sind Julias Eltern. Wir müssen einen Weg finden zu helfen.«

»Es gibt keinen Weg«, sagte Sergej. Die Sache ging ihm ebenfalls nah, sehr nah, aber er hatte zu viele eigene Probleme, um sich so vehement damit zu beschäftigen wie Nicola. Sein Körper machte ihm wieder vermehrt zu schaffen. Er hatte ständig Schmerzen in seinem Beinstumpf, und kein Arzt konnte ihm helfen.

Verschleißerscheinungen nannten sie es und verschrieben ihm immer neue Schmerzmittel, mit deren Nebenwirkungen er sich dann auch noch herumschlagen mußte. Am schwersten wog, daß ihm Fähigkeiten, die er im Laufe der Jahre mühsam erlernt hatte, nach und nach wieder abhanden kamen. Er wurde wieder so unbeweglich und hilflos wie ganz zu Anfang, schaffte es nicht mehr allein, sich die Prothese an- und abzuschnallen, seine Schuhe anzuziehen, sich zu waschen. Für alles und jedes mußte er Nicola um Hilfe bitten. Ausgerechnet den Menschen, der am meisten Grund gehabt hätte, nie wieder einen Finger für ihn krumm zu machen. Jede einzelne seiner Sünden, so empfand er es, zahlte ihm das Schicksal besonders infam heim.

»Komm ins Bett«, sagte er. Nicola hatte ihn ausgezogen und die Prothese abgeschnallt, aber er hatte es zumindest geschafft, sich allein hinzulegen, und das war ein winziger Sieg. Wenn er den Kopf wandte, sah er von Nicola nur einen schlanken, hochgewachsenen Schatten am Fenster. Ihren schönen Körper hatte sie sich bewahrt. »Gleich«, sagte sie. »Weißt du, ich werde morgen noch einmal mit Felicia sprechen. Sie war doch immer ganz gut befreundet mit diesem . . . wie hieß er? Marakow oder so ähnlich. Ein ziemlich hohes Tier in der SED.«

»Der lebt wahrscheinlich schon längst nicht mehr.«

»Das können wir nicht wissen. Auf jeden Fall muß sie alles daransetzen, mit ihm Kontakt aufzunehmen. Es wäre doch einen Versuch wert!«

Sergej, Pessimist durch und durch, glaubte nicht an einen Erfolg, aber er sagte: »Natürlich. Versuchen kann man es.«

Sie legte sich endlich ins Bett. Wie an jedem Abend bemühte sie sich, den Geruch zu ignorieren, der von ihm ausging, jenen etwas säuerlichen Geruch der Salbe, mit der er die Druckstellen an seinem Beinstumpf einrieb. Nach einer Weile merkte man es nicht mehr, aber während der ersten fünf Minuten schüttelte es sie vor Ekel.

Sie atmete flach.

»Mach doch das Licht aus«, sagte Sergej, »und versuch, nicht mehr zu grübeln. Du mußt schlafen.«

»Ich kann nur an Julia und die Kinder denken. Ich sehe sie immerzu vor mir, Sergej. Was soll nur werden? Vielleicht können wir sie nie wieder in die Arme nehmen.« Sie setzte sich auf. Ihre Augen hatten sich mit Tränen gefüllt.

»Nicola . . .«, sagte Sergej hilflos.

»Ich wollte es heute einmal ohne Schlaftabletten versuchen, aber ich fürchte, ich brauche doch eine.« Sie stieg wieder aus dem Bett, ging ins nebenan gelegene Bad. Während sie nach den Tabletten suchte, konnte sie die Tränen nicht länger zurückhalten. Sie kauerte sich auf den Rand der Badewanne und schluchzte hilflos und verzweifelt in sich hinein.

## 5

Seit jener Aprilnacht, seit der Festnahme an der Grenze, war das Leben ein böser Traum. So schien es Julia, und sie fragte sich, wann sie je daraus erwachen würde. Die Verhöre noch in derselben Nacht. Stunde um Stunde. Getrennte Verhöre natürlich, sie und Richard jeder in einem anderen Raum. Julia hielt Stefanie auf dem Schoß, die vor Müdigkeit leise weinte, sich aber hartnäckig weigerte, die eigens für sie aufgeklappte Liege in Anspruch zu nehmen. Michael hatte nachgegeben und sich hingelegt, er schlief tief und fest und lutschte an seinem Daumen.

In den Verhören ging es nicht um die Frage nach einem Geständnis, zu gestehen gab es nichts, dafür lagen die Fakten zu deutlich auf dem Tisch. Aber was die Beamten brennend interessierte, war die Fluchthelferorganisation, die hinter allem steckte. Wie viele Mitglieder hatte sie? Wo saßen die Drahtzieher? Über welche Kontakte hatten sie die Verbindung hergestellt?

Julia sagte, sie habe keine Ahnung, und sie wußte auch wirklich nichts. Die Flucht war von Richard organisiert worden, sie hatten sich geeinigt, daß er ihr nichts Konkretes darüber sagte. Mit Sicherheit wußte auch er nicht viel, kannte nur falsche Namen und Scheinadressen. Aber das glaubten sie nicht. Oder sie glaubten es, aber es ging ihnen um jeden Krümel Information, den sie ergattern konnten. Sie wechselten einander ab, um bei frischen Kräften zu sein, gönnten Julia aber keine Minute Schlaf. Gegen sechs Uhr morgens kam jemand zumindest auf die Idee, ihr eine Tasse Kaffee zu bringen, und danach durfte sie, begleitet von einer Wachtmeisterin, auf die Toilette gehen und sich in einem Waschraum das Gesicht waschen. Sie erschrak über ihren Anblick im Spiegel; wie bleich sie war, wie blutleer die Lippen! Ihre Wimperntusche hatte sich verschmiert und gab ihren Augen ein groteskes, dramatisches Aussehen.

Bis zu zwei Jahren Gefängnis, dachte sie, zwei Jahre kann es uns bringen!

Als sie in das Büro zurückkehrte, wo das Verhör stattfand, war dort inzwischen eine ältere Frau aufgetaucht, die sehr müde aussah und vermutlich direkt aus dem Bett heraus hierher zitiert worden war. Sie hatte es trotzdem geschafft, sich ordentlich anzuziehen und die Haare zu kämmen. Wie sich herausstellte, kam sie von der Jugendhilfe.

Noch Monate später erinnerte sich Julia, wie ihr beinahe schwarz vor Augen geworden war und es in ihren Ohren plötzlich zu rauschen begonnen hatte.

»Was will die hier, was will die hier?« Zum erstenmal seit der Festnahme verlor sie die Nerven. Sie hörte nicht mehr die beschwichtigenden Worte des vernehmenden Beamten, auch nicht die bellende Stimme des jungen Leutnants, der den Raum betrat. Sie wich in eine Ecke zurück, die verstörte Stefanie auf dem Arm und den weinenden Michael, den sie aus dem Schlaf gerissen hatten, an der Hand. Sie brüllte und tobte, die furchtbare Anspannung der letzten Tage, die grenzenlose Angst des Vorabends, die Strapazen der Nacht, alles entlud sich in diesen Minuten, als sie begriff, man würde sie nun mit der Konsequenz konfrontieren, die sie die ganze Zeit über am meisten gefürchtet hatte: man würde ihr die Kinder wegnehmen.

Irgendein Sanitäter erschien und gab ihr eine Beruhigungsspritze, die sie apathisch und kraftlos niederkauern ließ, mit Beinen aus Watte und kribbelnder Kopfhaut. Es gelang ihr noch irgendwie, den Kindern etwas Tröstliches zu sagen – »geht nur mit der Tante, sie hat viele schöne Spielsachen, und bald sehen wir uns wieder« –, dann schaute sie ihnen nach, wie sie an den Händen der fremden Frau aus dem Zimmer gingen. Julia wollte weinen, aber sie konnte nicht. Die Spritze blockierte die Tränen.

Von da an empfand sie nur noch blanke Verzweiflung. Alles nahm sie durch eine gläserne Wand wahr. Richard sah sie nur noch ein einziges Mal in der Haftanstalt, in der sie für ein paar Tage untergebracht waren, ehe sie in das Berliner Untersuchungsgefängnis überführt wurden. Julia hatte die Erlaubnis bekommen, den Anstaltsarzt aufzusuchen, weil ihr ständig schwindelig war und sie kaum Nahrung bei sich behalten konnte. Eine fette, kleine Wachtmeisterin führte sie über die Gänge, Treppen rauf und runter, und plötzlich kam ihnen Richard entgegen, ebenfalls in Begleitung eines Beamten. Er war aschfahl im Gesicht, oder kam das durch das bläulich-weiße Licht, das hier überall von den Decken brannte?

»Richard!« rief Julia und wollte einen Schritt auf ihn zutun, aber da fühlte sie sich schon grob am Handgelenk gepackt und zurückgerissen.

»Gesicht zur Wand!« herrschte die Aufseherin sie an.

Ohne einander noch einmal in die Augen sehen zu können, gingen sie jeder in eine andere Richtung weiter.

Im Ostberliner Untersuchungsgefängnis belegten sie zu fünft eine Zelle, Julia und vier weitere Frauen, eine von ihnen war wie sie wegen Republikflucht festgenommen worden. Gemeinsam mit ihrem Freund hatte sie versucht, in einem Boot über die Ostsee zu entkommen. Die übrigen drei hatten sich wegen krimineller Delikte zu verantworten: Diebstahl, Körperverletzung, Prostitution mit Diebstahl. Sie führten sich höchst primitiv auf. In den Augen der Aufseher rangierten sie dennoch keineswegs auf der untersten Stufe der Gefängnishierarchie, dorthin gehörten die Republikflüchtlinge. Julia begriff es schnell: Niemand wurde mit solcher Verächtlichkeit behandelt wie diejenigen, die versucht hatten, das gelobte Land zwischen Elbe und Oder zu verlassen.

Julia hatte anfangs geglaubt, sie würde zu keiner Minute des Tages an etwas anderes denken können als an ihre Kinder, aber der harte Gefängnisalltag lenkte sie dann tatsächlich stärker ab, als sie es für möglich gehalten hätte. Sie hatte ständig Magenkrämpfe und Durchfall, konnte sich nicht daran gewöhnen, mit wildfremden Menschen auf so engem Raum zu leben. Es kostete sie eine schreckliche Überwindung, die Toilette vor den Augen der anderen zu benutzen, sich zu waschen, sich an- und auszuziehen. Sie haßte es, mit ihnen allen die Nächte zu verbringen, konnte keinen Schlaf finden, wenn sich Evi und Hanne in ihren Oberbetten kichernd über die Praktiken ihrer früheren Freier unterhielten. Unweigerlich klapperte irgendwann in der

Nacht das Guckloch in der Tür. »Ruhe in Verwahrraum acht, aber sofort!« Dann herrschte Stille, jedoch nicht für lange. Es wurde spät, ehe den Mädchen endlich die Augen zufielen. Julias Gedanken begannen nun erst recht zu kreisen, um die Kinder, um Richard, um die Verhöre des vergangenen Tages, um die Verhöre, die am nächsten Tag folgen würden. Ein Oberst vernahm sie meist, ein kalter, undurchschaubarer Mann, aus dem Julia nicht schlau wurde. Mal behandelte er sie verächtlich, mal wurde er laut und grob, dann wieder konnte er überraschend höflich sein. Er setzte alles daran, herauszufinden, welche Organisation hinter der Flucht stand; dies interessierte ihn weit mehr als die Frage, weshalb Julia überhaupt die DDR hatte verlassen wollen. Einmal nur erkundigte er sich nach ihren Gründen, und Julia, entnervt, wie sie war, hätte ihm am liebsten unverblümt ins Gesicht geschrien, wie satt sie das System hatte, wie sehr sie gerade als Lehrerin unter all den Schikanen und Vorschriften von staatlicher Seite hatte leiden müssen, daß sie die ständige Überwachung und Bespitzelung einfach nicht mehr ertrug. Aber eine innere Stimme warnte sie. »Vorsicht, Julia, Vorsicht. Die sitzen am längeren Hebel! Verschlimmere deine Lage nicht!«

So schob sie alles auf die Tatsache, daß ihre gesamte Verwandtschaft im Westen lebte und sie fast krank geworden wäre vor Sehnsucht nach ihnen. »Meine Eltern wohnen seit dem vergangenen Jahr in der Nähe von München. Sie sind sehr alt. Mein Vater ist schwerstbehindert seit dem Krieg. Er braucht ständig Pflege und Betreuung. Meine Mutter wird dieser Aufgabe nicht mehr lange gewachsen sein. Ich wollte für sie dasein. Sie . . . sie verzehren sich außerdem nach ihren Enkeln, meinen Kindern. Wir hätten alle unter einem Dach leben können.«

Er hörte unbewegt zu.

»Meine ältere Schwester wohnt mit Mann und Sohn in Amerika. Ich habe sie seit Ewigkeiten nicht mehr gesehen. Alle Verwandtschaft ist . . . ist drüben. Ich vermisse sie so sehr.«

»Das ist uns alles bekannt«, sagte er gelangweilt, »sagen Sie, wer hat Ihnen den Plan mit dem Versteck im Lastwagen unterbreitet?« Er hatte sein Thema wieder.

Julia versuchte, sich auf sich selbst zu konzentrieren, aber mehr und mehr kam sie sich vor wie ein rechtloses Geschöpf, völlig der Willkür anderer ausgeliefert. Einen neuen Anfall von Verzweiflung hatte die Tatsache ausgelöst, daß sie ihre Papiere hatte abgeben müssen, obwohl sie sich ständig sagte, in ihrer augenblicklichen Lage sei es völlig gleichgültig, ob sie noch einen Ausweis besaß oder nicht. Es kam ihr vor, als sei sie vollkommen ihrer Identität beraubt. Sie hatte das Gefühl, in einem Irrgarten staatlicher Gewalt verlorenzugehen. Wußte überhaupt jemand, daß sie hier war? Bei jedem Verhör fragte sie nach einem Anwalt, aber sie erhielt nur die stereotype Antwort: »Wenn die Verhöre abgeschlossen sind, können Sie einen Anwalt anschreiben.«

Im Juni endlich erhielt sie die Erlaubnis, einen Besucher zu empfangen, den sie zuvor von ihrer Lage in Kenntnis setzen und in die Haftanstalt bitten durfte. Es blieb nur ein Mitglied aus Richards Familie, da Julias Verwandte ja alle im Westen lebten. Erst wollte sie an seine Mutter schreiben, aber die alte Frau war seit Jahren herzkrank, und Julia hatte Angst, es könnte ihr auf einmal wieder schlechter gehen, wenn sie ihrer Schwiegertochter im Gefängnis gegenübersäße. Also schrieb sie an Richards Bruder Georg, den sie nie besonders gut hatte leiden können, der aber zumindest gesund und nervenstark war. Sie wußte natürlich, ihr Brief würde zensiert werden, daher wagte sie nichts davon zu schreiben, man möge ihre Familie verständigen. Sie hoffte, sie würde ihm das im Verlauf des Gesprächs klarmachen können, obwohl sie natürlich keineswegs unter vier Augen würden reden können.

Der Besucherraum sah aus wie eine nackte Zelle; kahle Wände, ein kleines, vergittertes Fenster direkt unter der Decke. Ein weißer Tisch, ein paar Stühle auf beiden Seiten. Zwei Neonröhren gaben ein grelles, bläuliches Licht ab. An Georgs erschrockenem Gesichtsausdruck konnte Julia erkennen, daß sie wohl wie eine Vogelscheuche aussah. Die Anstaltskleidung paßte ihr vorn und hinten nicht. Mager wie sie geworden war, schlabberte ohnehin alles an ihr herum. Sie wußte, daß sie struppige Haare hatte und braune Ringe unter den Augen. Georg kannte sie als hübsche, gepflegte junge Frau. Ihre Verwandlung erschütterte ihn. In weiser Voraussicht hatte er ihr ein ganzes Paket mit Gebrauchsgütern des täglichen Lebens mitgebracht. Zahnpasta, Seife, Shampoo, aber auch Taschentücher, warme Socken, Unterwäsche; dazu Äpfel, Kekse und Bonbons, viele Schachteln Zigaretten. Die Wachtmeisterin, die sie beide beaufsichtigte, nahm alles genau unter die Lupe. Julia war sicher, daß sie höchstens die Hälfte würde behalten dürfen.

»Schöner Schlamassel, in dem ihr da sitzt«, bemerkte Georg, »ich verstehe nicht, wie Richard seine ganze Familie solch einem Risiko aussetzen konnte!«

»Über die Straftat, derentwegen Frau Marberg angeklagt ist, darf nicht gesprochen werden«, kam es scharf von der Wachtmeisterin. Betreten wechselte Georg das Thema. »Ich habe mich nach den Kindern erkundigt. Sie sind in Ordnung. Das Heim, in dem sie untergebracht wurden, gilt als freundlich und angenehm.«

Julia krampfte ihre Hände ineinander. »Wirklich? Stimmt das? Weißt du, ob sie Richard und mich sehr vermissen?«

»Sie sind natürlich ein bißchen verstört. Aber im Grunde fühlen sie sich pudelwohl unter den vielen Kindern«, behauptete Georg. Julia hatte den Eindruck, daß er alles schwer beschönigte, aber was sollte er anderes tun, als sie in ihrer Lage so gut er konnte zu beruhigen?

»Hast du etwas von Richard gehört?« fragte sie und hielt zugleich den Atem an, weil sie wieder eine scharfe Zurechtweisung von der Aufseherin fürchtete. Aber erstaunlicherweise blieb diese still. Georg schüttelte den Kopf. »Ich habe nichts von ihm gehört, nein. Wahrscheinlich hat er noch keine Besuchserlaubnis.«

»Nein. Aber er wird sicher bald eine bekommen.«

»Ja.«

Es war furchtbar schwierig, eine Unterhaltung in Gang zu

bringen, wenn man auf jedes Wort aufpassen mußte. Im Grunde hatte Julia ohnehin nur eine einzige Botschaft, die sie loswerden wollte, und schließlich ließ sie sie beiläufig ins Gespräch einfließen. »Meine Mutter«, sagte sie, »weiß auch noch nichts von der ganzen Geschichte.«

Die Aufseherin zuckte mit keiner Wimper. Julia sah Georg starr an. Der nickte kaum merklich. Er würde versuchen, die Verwandten im Westen zu benachrichtigen.

Sie plauderten noch etwas, dann war die bewilligte Viertelstunde abgelaufen. Georg erhob sich, wollte Julie die Hand reichen, wurde aber zurückgepfiffen. »Keinen Körperkontakt!«

Sie standen einander gegenüber, lächelten beide hilflos, dann ging Georg. Mit einem lauten Klappern fiel die Tür hinter ihm zu.

Chris war vollkommen perplex, als plötzlich seine Großmutter in der Wohnung Theresienstraße aufkreuzte. Sie hatte ihren Besuch nicht angekündigt, und so überraschte sie Chris in einer Situation, die sie, wie er ärgerlich dachte, noch in ihrer Ansicht bestärken mußte, daß er ein Nichtsnutz sei: Er schlief. Nachmittags um halb vier lag er im Bett und schnarchte friedlich. Es war wirklich Pech, denn für gewöhnlich legte sich Chris nicht mitten am Tag hin. Er wußte selber nicht, warum er plötzlich so müde geworden war. Am Vormittag hatte er sich sogar aufgerafft und in die Uni geschleppt, war dann mit Simone in die Mensa gegangen, hatte ihr und einigen Freunden beim Verfassen eines Flugblattes geholfen, und dann wollte er sich daheim eigentlich nur eine Viertelstunde ausruhen. Er erwachte davon, daß einer seiner Mitbewohner ins Zimmer kam, ihm die Decke wegzog und in sein Ohr trompetete: »Besuch für dich!«

Chris rappelte sich stöhnend von seiner Matratze auf, schlang sich ein Handtuch um die Hüften und stolperte hinaus in den Flur.

Felicia stand dort sehr kühl und aufrecht, im hellen Leinenkleid, ein pastellgelbes Seidentuch um den Hals.

»Guten Tag, Chris«, sagte sie.

»Felicia ... was führt denn dich hierher?«

»Ich muß dringend mit dir sprechen. Aber wir müssen absolut unter uns sein.«

»Das ist schwierig ...« Chris fühlte sich schrecklich unterlegen, wie er hier halbnackt vor ihr stand, bekleidet nur mit dem Handtuch, die langen Haare wirr und ungekämmt. Scheiße, es sollte ihm egal sein, was sie von ihm dachte, aber es war ihm nicht egal. Er hätte ihr gern bewiesen, daß er nicht der erfolglose Schmarotzer war, den sie in ihm sah, aber dafür war die augenblickliche Situation denkbar ungeeignet.

Nächstens sag es vorher, wenn du vorhast, herzukommen, dachte er wütend.

»Dann setzen wir uns am besten in mein Auto«, schlug Felicia vor, »es parkt gleich vor dem Haus. Zieh dir etwas an und komm nach.« Sie wandte sich zur Tür, keine Sekunde zweifelnd, daß er ihrer Aufforderung Folge leisten würde.

Als er hinunterkam, saß sie lässig in ihrem Auto, das im absoluten Halteverbot parkte, und rauchte eine Zigarette. Es war Ende September, ein kühler Tag, und Sprühregen hüllte alles in einen grauen Schleier. Chris hob fröstelnd die Schultern, als er sich auf den Beifahrersitz fallen ließ.

»Ein Scheißwetter«, sagte er mißmutig. Er merkte, wie viele Aggressionen er gegen die alte Frau hatte. Nach allem, was passiert war, hätte er überhaupt kein Wort mehr mit ihr wechseln sollen.

»Also, was gibt es?« fragte er.

Sie hielt ihm die Marlboro-Schachtel hin. »Zigarette?«

Er nahm sich eine, ignorierte aber Felicias Feuerzeug und zündete sie sich selber an.

»Nun?« wiederholte er.

»Ich brauche deine Hilfe«, sagte Felicia, »es geht um Nicolas Tochter Julia. Du hast sie, glaube ich, nie kennengelernt.«

»Nein. Wohnt sie nicht in Ost-Berlin?«

»Ja. Mit ihrem Mann und zwei Kindern.«

Er dachte an Nicola. Sie hatte ihn einmal besucht, seitdem sie im Westen lebte, und er mochte sie nicht besonders. Sie behauptete allen Ernstes, die Nazis seien nicht so schlimm gewesen wie die Leute, die jetzt in Ostdeutschland an der Regierung waren, und trauerte den Zeiten nach, als sie ein Kind gewesen war und in St. Petersburg gelebt hatte – vor Revolution und bolschewistischer Machtübernahme, im sicheren Gefüge einer von alten Traditionen bestimmten Welt. Chris verachtete ihre Unfähigkeit, den Wandel der Dinge nachzuvollziehen, aber es gab Momente, in denen er zugab, daß den Menschen ihrer Generation tatsächlich zu viele grundlegende Wandlungen zugemutet worden waren.

»Nicola erhielt im Juli einen Anruf vom Bruder von Julias Mann«, berichtete Felicia, »er erzählte ihr, daß Julia und ihre Familie bei einem Fluchtversuch geschnappt worden sind. Sie sitzen in Untersuchungshaft, das heißt, die Kinder wurden natürlich in einem Heim untergebracht. Nicola ist vollkommen verzweifelt.«

»Kann ich mir vorstellen. Schöner Mist.«

»Man müßte etwas tun, um ihnen zu helfen.«

»Was denn? Da kann man gar nichts machen. In diesem Fall nützt dir nicht einmal deine viele Kohle, Großmutter.«

»Du sollst nicht Großmutter zu mir sagen!«

»Sorry. Ich verstehe nur nicht, warum du gerade zu mir . . .«

»Ich kenne jemanden, der seit '45 in der Spitze der SED mitgemischt hat. Eine Art graue Eminenz hinter dem Staatsratsvorsitzenden. Vorzeigesozialist mit idealen Vorstellungen, die total am Menschen und seiner Natur vorbeigehen. Ich nehme an, er hat mit Politik jetzt nichts mehr zu tun, er ist zu alt. Aber er hat natürlich erstklassige Beziehungen. Vielleicht könnte er etwas tun.«

Chris sah sie voller Interesse an. »Du, Felicia? Du kennst jemanden aus der SED? Einen Sozialisten? Ausgerechnet du?«

»Ja. Warum nicht? Man kann doch Leute kennen, deren politische Überzeugung man nicht teilt. Ich kenne ja auch dich!«

»Notgedrungen. Aber erzähl mir mehr. Wer ist dieser Mann? Wie lange kennst du ihn schon? Wie heißt er?«

»Er heißt Maksim Marakow.« Irgend etwas, eine hauchfeine Nuance in ihrer Stimme, war anders geworden, als sie diesen Namen aussprach. Chris warf ihr einen schnellen Blick zu. Sie erwiderte ihn sehr ruhig.

»Wir verbrachten unsere Kindheit zusammen. Oben in Ostpreußen. Er ist vier Jahre älter als ich. Wir waren Spielgefährten, aber später ... nun ja, wir entwickelten uns jeder ein bißchen anders. Ich habe seit Jahren nichts mehr von ihm gehört.«

»Bist du sicher, daß er überhaupt noch lebt?«

»Nein. Aber sollte er noch leben, kann er sich einer Bitte von mir kaum verschließen. Ich hab' ihm auch ein paarmal sehr geholfen.«

Chris zog etwas nervös an seiner Zigarette. »Okay. Du willst diesen Marakow um Hilfe bitten. Was hab ich damit zu tun?«

»Ich brauche dich. Du sollst ihn aufsuchen.«

Chris starrte sie an. »Ich?«

»Ich schaffe es nicht, ihn von hier aus zu kontaktieren. Es gelingt mir nicht. Im übrigen sollte man so etwas wohl auch nicht telefonisch oder brieflich erledigen. Jemand müßte direkt mit Maksim sprechen. Und für dich ist es am einfachsten. Du hast einen amerikanischen Paß.«

»Aha. Das ist es also.« Chris wußte, daß er kleinlich wirkte, aber er konnte es sich nicht verkneifen hinzuzufügen: »Daß du damit zu mir kommst! Nach meiner dramatischen Enterbung muß dich das doch eine ziemliche Überwindung kosten!«

»Es geht«, erwiderte Felicia kühl.

»Warum fragst du nicht Alex? Sie hat auch einen amerikanischen Paß!«

»Sie ist zu jung, und das ist kein ganz ungefährliches Unternehmen.«

»Verstehe. Mich zu opfern wäre nicht allzu problematisch. Sollte mir etwas zustoßen – damit könntest du fertig werden. Bei Alex wäre das schwieriger!«

»Chris, ich möchte nicht ewig hier sitzen und darum herumreden«, sagte Felicia ungeduldig, »machst du es, oder nicht? Das ist alles, was ich wissen will!«

Chris drückte seine Zigarette aus. Er hatte sich geschworen, für Felicia in seinem ganzen Leben keinen Finger mehr krumm zu machen, aber die Geschichte reizte ihn. Sie reizte ihn sogar sehr.

»Vielleicht mach' ich es«, sagte er, »es würde mich interessieren, diesen ... diesen Maksim Marakow kennenzulernen. Deinen Jugendfreund.«

»Von Jugend wirst du bei ihm nicht mehr viel merken. Er ist, wie gesagt, sogar noch älter als ich. Wenn er nicht schon tot ist.«

»Das werde ich ja dann herausfinden.« Chris öffnete die Wagentür. »Wir sollten uns vorher noch einmal sprechen, Felicia. Es gibt ein paar Einzelheiten, die ich wissen müßte.«

»Ich rufe dich an.«

»In Ordnung.« Er stand wieder im grauen Regengeriesel. Eine Politesse näherte sich mit eiligen Schritten. »Hier ist absolutes Halteverbot. Die Dame muß sofort weiterfahren, und sie kann froh sein, wenn sie ohne Strafzettel davonkommt.«

»Die Dame ist praktisch schon weg«, sagte Chris und schlug die Tür zu.

## 6

Alexandra wachte in tiefster Nacht davon auf, daß das Telefon klingelte. Sie hatte sich in einem verwirrenden Traum befunden und brauchte einige Sekunden, um zu begreifen, was sie geweckt hatte. Dann wurde ihr klar, was das anhaltende Schrillen bedeutete, und sie tastete erst nach dem Lichtschalter, dann nach dem Telefon, das gleich neben dem Bett stand.

»Leonberg«, sagte sie verschlafen.

»Wie ist es, mit einem Verbrecher im Bett zu liegen?« fragte eine Frauenstimme.

»Bitte?«

»Ich frage mich wirklich, wie das sein muß. Denkt man ab und zu daran?«

»Wer sind Sie?«

»Oder vögelt er Sie so gut, daß Sie es glatt vergessen?«

Alexandra knallte den Hörer auf. Blöde Schlampe. Sie hatte immer gedacht, daß nur Männer solche nächtlichen Anrufe machten und sich durch das Aussprechen von Obszönitäten erregten. Taten Frauen das auch? Oder war der Anruf gezielt, keinesfalls zufällig gewesen? Vielleicht eine der zahllosen einstigen Gefährtinnen von Markus.

Sie drehte sich um. »Markus, stell dir . . .«

Sie verstummte, als sie sah, daß das Bett neben ihr leer war.

Sie wartete ein paar Minuten, aber als er nicht kam, schien es ihr unwahrscheinlich, daß er nur ins Bad gegangen war. Sie stand auf, schlüpfte in ihren Morgenmantel und verließ das Zimmer. Auf dem Gang und unten in der Halle brannte Licht, aus dem Wohnzimmer erklang leise Musik.

Alexandra lief hinunter, irritiert und etwas ängstlich. Was mochte passiert sein, warum stand Markus mitten in der Nacht auf und hörte Musik?

Im Wohnzimmer waren alle Lampen angeschaltet. Vom Plattenspieler erklangen Schubert-Lieder. Markus hing – man konnte nicht gut sagen: saß – in einem Sessel, den Kopf zurückgelegt, die Augen geschlossen.

Als Alexandra an ihn herantrat, schlug ihr der Geruch von Alkohol entgegen. Jetzt entdeckte sie auch die halbleere Whiskyflasche und das Glas auf dem Tisch.

»O nein«, sagte sie, »nein, tu mir das nicht an.«

Ihre Stimme erreichte Markus nicht, aber als sie den Plattenspieler abschaltete und die Musik jäh verstummte, bemerkte er wohl die Stille und öffnete die Augen.

»Was ist?« fragte er. Seine Zunge schlug schwer gegen die Zähne.

Alexandra sah auf ihn hinunter. Der Alkoholdunst verursachte ihr Übelkeit, es fiel ihr schwer, ihren Widerwillen zu verbergen.

»Das sollte ich dich fragen«, sagte sie.

Es war seinem Gesicht anzusehen, daß er angestrengt seine

Sinne zu ordnen suchte. »O Gott, ist mir schlecht«, sagte er schließlich.

»Vielleicht solltest du ins Bad gehen«, schlug Alexandra vor. Er nickte und versuchte aufzustehen, fiel aber schwer in den Sessel zurück. »Mir ist so schlecht«, wiederholte er stöhnend.

Alexandra merkte, daß ihr Atem schwerer ging. »Geh ins Bad«, sagte sie noch einmal. Es klang gepreßt. Wenn er sich hier erbrach, würde sie es aufwischen müssen. Und sie haßte es so. Sie haßte ihn, jedenfalls in diesem Moment. Er hätte alles tun dürfen, aber er hätte sich nicht in dieser Weise vollaufen lassen dürfen.

»Ich habe Angst«, murmelte Markus, »schreckliche Angst. Es ist alles ... alles ist verfahren ...«

»Hast du Ärger?«

»Ärger ... jede Menge ... es ist ... es wird furchtbar enden«, murmelte er. Dann suchten seine Augen ihr Gesicht, saugten sich förmlich daran fest. »Du darfst mich nie verlassen, Alexandra. Nie. Was auch passiert. Ich ... ich könnte es nicht aushalten.«

»Warum sollte ich dich verlassen? Du siehst offenbar besonders schwarz heute nacht. Jetzt komm, wir gehen wieder ins Bett.« Sie zog ihn aus dem Sessel und schwankte unter dem Gewicht, mit dem er sich auf sie stützte.

»Meine süße, kleine Alexandra«, flüsterte er dicht an ihrem Ohr, seine Stimme klang dumpf unter ihrem langen Haar. Sie schleppte und schleifte ihn die Treppe hinauf, und als sie oben waren, fing er an zu würgen. Sie stieß ihn fast ins Bad, und als er nach ihrer Hand greifen wollte, wich sie sofort zurück. »Das wirst du ja wohl noch allein können!« fuhr sie ihn an, schlug die Tür zu und überließ ihn seinem Schicksal. Draußen im Gang lehnte sie sich an die Wand. Wie sie das haßte, diese bleichen Gesichter im Alkoholrausch, dies Gekotze und Gestöhne, den Gestank. Nie würde sie es akzeptieren können, wenn sich jemand betrank. Nie.

Die Erinnerung war so klar, als sei sie kaum einen Tag alt, in Wahrheit lag sie zehn Jahre zurück. Die Erinnerung an einen Sommer in dem kleinen Haus in Virginia.

Ihre Eltern hatten das Haus kurz nach Chris' Geburt gekauft. Ein weißgestrichenes, hölzernes Farmhaus, nahe bei Richmond, umgeben von vielen Hektar Land, Wiesen und Wäldern. Belle hatte das Haus unbedingt haben wollen, denn von Zeit zu Zeit verlangte es sie mit geradezu hysterischer Heftigkeit danach, so weit wie möglich von Kalifornien wegzukommen. Sie behauptete immer, es sei das Klima, was sie verrückt mache – in Wahrheit lief sie ihren Problemen davon.

Die ganze Familie liebte das Farmhaus in Virginia. Meist verbrachten sie den ganzen Sommer dort. Das ältere Ehepaar, das im Souterrain wohnte und das Haus betreute, wenn es leerstand, hatte vier große Hunde, und das allein hätte gereicht, Alexandra glückselig zu machen. Die Obstbäume im Garten trugen so viele Früchte, daß man bis zum Umfallen davon essen konnte, und in der ungezähmten Wildnis ringsum bauten sie Baumhäuser, ließen selbstgebastelte Boote auf den Bächen schwimmen, ritten auf ihren Ponys und veranstalteten Picknicks in den verschwiegensten Ecken der Berge. Alles um sie herum blühte und duftete, und die Hunde begleiteten sie oder lagen in den Stunden der Mittagshitze schläfrig ausgestreckt im hohen Gras hinter dem Haus.

Alexandra hatte eine Freundin in Richmond, Maureen, ein gleichaltriges Mädchen, das sie häufig besuchte. An ihrem elften Geburtstag feierte Maureen ein großes Fest, und auch Alexandra war eingeladen. Die Party dauerte bis in den späten Abend, Maureens Vater fuhr die Gäste seiner Tochter dann nach Hause. Es war fast elf Uhr, als Alexandra daheim ankam, und weil sie sich nicht sicher war, ob nicht alle vielleicht schon schliefen, klingelte sie nicht, sondern lief in den Garten, wo sich unter einem Stein das Geheimversteck für einen Schlüssel befand. Es fing gerade an zu regnen, und sie wurde ziemlich naß, als sie da zwischen den Bäumen herumkroch, aber schließlich hatte sie gefunden, was sie brauchte, lief zum Haus zurück und trat ein. Irgend jemand war so fürsorglich gewesen, das Licht brennen zu lassen. Alex huschte auf Zehenspitzen in ihr Zimmer, schlüpfte aus ihren Kleidern, zog ihren Schlafanzug an und hob fröstelnd die Schultern. Durch das spaltbreit geöffnete Fenster flutete kühle Regenluft ins Zimmer. Sie wollte ins Bad und sich die Zähne putzen und dann ganz schnell ins Bett. Als sie die Badezimmertür öffnete, bot sich ihr ein ebenso unerwartetes wie erschreckendes Bild:

Ihre Mutter kauerte auf dem frotteeüberzogenen Schemel neben der Badewanne. Sie war blaß, fast grau im Gesicht, hatte rotgeränderte Augen, und zwischen den hohen Wangenknochen stach die Nase ungewohnt spitz hervor. Ihre Haare hatten sich über der schweißglänzenden Stirn zu feuchten Kringeln verklebt. Sie wimmerte leise vor sich hin. Der Raum roch penetrant nach Schweiß, Alkohol und Erbrochenem.

»Mami!« sagte Alex erschreckt.

Belle blickte auf. Ihre Augen hatten sich mit einem Schleier überzogen.

»Alex!« Es klang mühsam. »Wo kommst du denn her?«

»Ich war ... ich war bei Maureens Party. Es ist leider etwas später geworden ...«

»Kannst du nicht anklopfen, bevor du ins Bad kommst?«

»Ich dachte nicht, daß jemand hier ist. Mami, was hast du denn? Bist du krank?«

»Ich bin nicht krank. Mach dir keine Sorgen. Ich hab' nur ... ein bißchen viel erwischt, das ist alles.«

Wovon? wollte Alex wissen, aber sie kam nicht mehr dazu. Denn gerade da wurde es Belle wieder schlecht, sie sprang auf und erreichte gerade noch das Klo. Keuchend und jammernd übergab sie sich.

Alex floh aus dem Bad, rannte barfuß die Treppen hinunter, stürzte durch das Wohnzimmer und riß die Tür zur rückwärtigen Veranda auf. Sie huschte hinaus und atmete tief durch. Als dunkle Wand rauschte der Regen herunter, aber die Veranda selber war überdacht und blieb trocken. Alex hockte sich mit hochgezogenen Beinen auf eine Bank, umschlang mit beiden

Armen ihren Körper und versuchte, die Kälte zu vergessen. Zu vergessen auch, was sie eben gesehen hatte. Beides mißlang. Sie wartete auf Tränen, aber ihre Augen blieben trocken; es war bloß ein eigenartiges Würgen tief hinten in ihrer Kehle. So schluckte Alex nur immer wieder, zitterte und fror und nahm teilnahmslos wahr, wie der Regen stärker und schwächer, dann wieder stärker wurde.

Ihr Vater fand sie um Mitternacht. Er war noch einmal durchs Haus gegangen und hatte die offene Wohnzimmertür entdeckt, und als er hinaustrat, sah er seine Tochter als kleines Häufchen Elend auf der Bank sitzen. Er setzte sich neben sie und nahm sie in die Arme, und sie kuschelte sich an ihn, wie ein verlorengegangenes kleines Tier.

»Alex, du Dummes«, sagte er, »du holst dir ja eine Lungenentzündung hier draußen. Warum bist du nicht im Bett?«

Statt einer Antwort grub sie sich noch tiefer in seine Arme. Sanft streichelte er ihre Haare, und gemeinsam lauschten sie auf die tröstlichen Geräusche, die aus dem Garten kamen: auf das Murmeln des Regens, auf sein leises Plätschern und Seufzen und Gurgeln, auf die Stimmen des nassen Laubes und der tropfenden Gräser, auf das kaum hörbare, sanfte Gluckern, mit dem sich das Wasser seinen Weg in die Erde bahnte.

An ihren Vater geschmiegt, wurde es Alex warm, unter dem beruhigenden Flüstern des Gartens fand sie etwas von ihrem Seelenfrieden wieder. Schließlich hob sie den Kopf und fragte: »Warum sah sie so schrecklich aus, Dad? Warum war sie so . . . so häßlich?«

Er wußte, von wem sie sprach. »Sie ist krank, Alex. Wenn man zuviel getrunken hat, dann ist es nachher, als sei man krank. Deshalb war sie so blaß und elend. Morgen wird sie wieder aussehen wie immer.« Vorsichtig schob er Alex ein kleines Stück von sich. »Schätzchen, es ist wunderschön, hier draußen mit dir zu sitzen, aber wir sollten hineingehen. Es ist kühl, findest du nicht?«

»Wo ist sie?«

»In ihrem Bett. Sie schläft sicher längst.«

»Gehst du zu ihr?«

»Nein. Ich glaube ... es wäre ihr wohl lieber, jetzt erst einmal ganz allein zu sein.« Sie würde hysterisch werden, wenn er jetzt bei ihr aufkreuzte, das wußte er. Aber das wollte er Alex nicht sagen. Sie ahnte es auch so. Ihr Vater sah so angespannt aus – kein bißchen vergnügt und lustig wie sonst oft in den Ferien. Sie gingen ins Haus. Andreas betrachtete das Sofa im Wohnzimmer. »Ein bißchen kurz, aber es wird schon gehen. Ich hole mir nur noch eine Decke.«

»Dad, bitte, darf ich bei dir schlafen? Ich liege sonst die ganze Nacht wach, ich weiß es genau. Bitte, sag ja!«

Andreas zögerte, aber als er ihr blasses Kindergesicht mit den angstvoll geweiteten Augen sah, nickte er. »Okay. Ausnahmsweise.«

So lagen sie schließlich eng aneinandergeschmiegt auf dem Sofa, eine Wolldecke über sich gebreitet, und von draußen vernahmen sie die gleichförmige, einschläfernde Melodie des Regens. Alex lag mit dem Rücken an der Brust ihres Vaters, sein Arm umfaßte sie, und sie konnte seinen Atem an ihren Haaren spüren. Ein Gefühl tiefster Ruhe überkam sie, sie seufzte noch einmal tief und entspannt und schlief ein.

Sie stand im Flur, hörte Markus hinter der geschlossenen Badezimmertür keuchen und fragte sich, ob diese Bilder von damals nie verblassen würden. Von jenem Sommer an hatte es Hunderte von Szenen dieser Art mit Belle gegeben. Hatte es sie so tief berührt, daß es bis heute weh tat?

Sie ging in ihr Zimmer zurück, ließ den Morgenmantel auf den Boden fallen, kuschelte sich in die Bettdecke. Zusammengekrümmt wie ein Embryo lag sie da, kämpfte gegen ihr schlechtes Gewissen. Sie hätte zu ihm gehen, seinen Kopf halten, seine Hand streicheln, ihm gut zureden müssen, aber sie konnte es nicht. Er mußte sehen, wie er allein zurechtkam. Sie fühlte sich einsam und so, als sei sie getäuscht worden. Sie hatte Markus anders gesehen, als er war, hatte ihn für stark, fürsorglich und unerschütterlich gehalten. Nun offenbarte er seine schwache und hilflose Seite. Er versuchte, sich an ihr festzuhalten, aber sie wußte nicht, ob sie einen Mann wollte, der sich von ihr abhängig machte. Sie wußte nicht, ob sie einen Mann wollte, der sie unablässig dazu brachte, sich schuldig zu fühlen, nur weil sie seinen Vorstellungen so wenig entsprach wie er ihren.

Gewaltsam verdrängte sie die Ahnung, daß er es vermutlich wirklich nicht verkraften würde, wenn sie je von ihm wegginge.

Am Ende seines ersten Tages in der Hauptstadt der DDR fühlte sich Chris wie ein gebeuteltes Opfer der Bürokratie. Es war kein Problem für ihn gewesen, in Ost-Berlin einzureisen. Am Checkpoint Charlie hatten sie ihn gefragt, was er in der Deutschen Demokratischen Republik wolle, und er hatte angegeben, einen alten Freund aufsuchen zu wollen, der aller Voraussicht nach nicht mehr lange zu leben hatte. Je nachdem wie rasch es ihm gelingen würde, ihn ausfindig zu machen, würde er entweder am Abend oder am nächsten Tag in den Westen zurückkehren. Ohne Schwierigkeiten wurde er durchgewunken. Er fragte sich durch zum zentralen Meldeamt, was natürlich nur Sinn hatte, wenn Marakow, wie Felicia annahm, noch immer in Berlin lebte. Was, wenn er sein Alter in einem malerischen Badeort an der Ostsee verbrachte?

Aber am Ende, dachte Chris, erfahre ich sowieso nur, daß er schon seit einem Jahr tot ist!

Beim Einwohnermeldeamt begannen die Schwierigkeiten. Eine ältere Dame deckte Chris sofort mit einem ganzen Berg von Formularen ein, auf denen er alle nur denkbaren Fragen zu seiner Person beantworten sowie eine ganze Kette von Angaben zu der Person Marakows machen mußte; weiterhin wollte man natürlich genau wissen, welches die Gründe für seine Reise waren. Chris hütete sich, die Wahrheit zu sagen. Maksim Marakow war einfach ein alter Freund der Familie, zu dem man den Kontakt verloren hatte. Nun sei man bestrebt, herauszufinden, ob der Mann noch lebte, gesund sei und sich vielleicht über einen Besuch freuen würde. Das alles wäre schnell und einfach zu erklären gewesen, aber Chris mußte es auf jedem Formular von neuem ausführlich darlegen. Dann endlich lieferte er alles bei der Dame ab, die ihm natürlich beschied, jetzt müsse er erst eine Weile warten. Chris setzte sich auf einen der grünen Plastikstühle, aus deren aufgeplatzten Sitzen gelber Schaumgummi quoll, und übte sich in Geduld. Er blätterte in einer zerknitterten Zeitschrift, konnte aber nichts darin finden, was ihn interessiert hätte. Schließlich erschien die Frau wieder und reichte ihm zum zweitenmal ein Dutzend Formulare, die er ausfüllen sollte. Chris begehrte auf. »Könnten wir nicht erst einmal herausfinden, ob Herr Marakow überhaupt noch lebt? Wissen Sie, wenn ich Stunden damit zubringe, diesen Scheiß hier auszufüllen, und nachher stellen wir fest, daß Marakow schon vor Jahren friedlich entschlafen ist, ärgere ich mich schwarz!«

Bei dem Wort »Scheiß« war die Alte zusammengezuckt. Nun wurde der Ausdruck ihres Gesichtes sehr kühl. »Ich habe meine Vorschriften. Sie werden sich entweder danach richten oder Beschwerde bei meinen Vorgesetzten einlegen. Ein Beschwerdeverfahren kann allerdings nur . . .«

»Nein, nein«, sagte Chris entnervt, »um Beschwerde einzulegen, müßte ich vermutlich die zehnfache Menge an Formularen ausfüllen, und das lasse ich lieber. Machen Sie weiter. Vielleicht schaffen wir es ja noch vor Weihnachten.«

Sie verschwand wortlos in ihrem Büro.

Um halb vier hatte Chris solchen Hunger, daß er beschloß, sich auf die Suche nach etwas Eßbarem zu machen. Er fand schließlich eine Würstchenbude, an der er sich zwei Bockwürste, zwei Brötchen und eine doppelte Portion Senf kaufte. Er schlang alles hinunter, trank dazu einen Fruchtsaft aus der Dose, der so künstlich schmeckte, daß man sich nach dem ersten Schluck bereits wie vergiftet fühlte. Er nahm sich vor, zurück in seinem Westberliner Hotel, ein sechsgängiges Menü auf Felicias Kosten zu verspeisen und dazu Champagner zu trinken, bis er blau wäre. Idiotisch von ihm, sich auf diesen ganzen Krampf einzulassen. Er fror, fühlte sich wie erschlagen vom Anblick der grauen, häßlichen Mietskasernen ringsum, vom Lärm und Gestank der Autos, von der Trostlosigkeit des verhangenen Himmels. Fabrikschornsteine gaben schwärzlichen Qualm in die Luft ab. Scheußlich war es hier, trist und freudlos. Aber davon würde er Felicia lieber nichts erzählen, er hörte bereits ihren Kommentar: »Aber ihr Linken wollt es doch so! Das ist doch der Staat, der euch vorschwebt. Jetzt steht auch dazu!« Frauen wie sie würden es nie kapieren.

Er trottete zum Meldeamt zurück und bekam die Adresse ausgehändigt, unter der Maksim Marakow zu finden war. Noch ganz erschlagen von dem Theater mit den Formularen und perplex, daß es auf einmal so schnell gegangen war, studierte Chris seinen Stadtplan.

Marakow lebte in einem Mietshaus in Pankow, keineswegs in einer Wandlitzer Villa. Chris erinnerte sich, was Felicia von ihm gesagt hatte: »Seine idealen Vorstellungen gehen total am Menschen und seiner Natur vorbei.« Vielleicht war er wirklich der einzige in der SED, der nicht versucht hatte, vor allem seine eigenen Schäfchen ins trockene zu bringen. Chris überlegte, ob er zuerst Marakows Telefonnummer herausfinden und seinen Besuch anmelden sollte, aber er empfand es als schwieriger, dem wildfremden Mann am Telefon zu erklären, wer er war und was er wollte, als ihm direkt gegenüberzustehen. Am Ende wäre der Alte taub oder schon durcheinander und kapierte sowieso nicht, was man ihm nicht mit Händen und Füßen beschriebe.

Besser, ich bin einfach da, dachte Chris.

Es gelang ihm, eines der wenigen Taxis zu ergattern, und schon bald stand er vor dem Haus. Es wurde allmählich dunkel, ein paar Straßenlaternen brannten – die meisten waren kaputt –, und im Haus waren einige Fenster erleuchtet. Der leichte Nieselregen, der den ganzen Tag angedauert hatte, verebbte. Chris rauchte noch rasch eine Zigarette, warf die Kippe dann auf den Asphalt und trat sie aus. Kurz nach achtzehn Uhr. Hoffentlich schlief Marakow um diese Zeit nicht.

Er überquerte die Straße. Den Kragen seiner Jeansjacke hatte er hochgeschlagen, die langen Haare zurückgebunden. Aus irgendeinem Grund wollte er einigermaßen ordentlich aussehen.

Marakow wohnte laut Klingelschild im fünften Stock. Chris klingelte, drückte dann die Haustür auf – er nahm nicht an, daß es hier einen automatischen Öffner gab, und tatsächlich gelangte man auch so ganz leicht hinein – und betrat das schäbige Treppenhaus. Eine hellgelbe, stellenweise abgeblätterte Tapete an den Wänden, gesprenkelte Steinstufen, ein rotes Plastikgeländer, es roch nach abgestandenem Essen und ein wenig nach kaltem Zigarettenrauch. Irgendwo stritten lautstark zwei Kinder, hinter einer anderen Tür lachte schrill eine Frau. Von weit oben erklang eine angenehme, dunkle Männerstimme: »Wer ist da bitte?«

»Herr Marakow? Mein Name ist Rathenberg. Christoph Rathenberg.« Er mochte irgendwann einmal von Felicia gehört haben, daß deren Tochter Belle einen Rathenberg geheiratet hatte, aber höchstwahrscheinlich sagte ihm der Name in diesem Moment gar nichts. Chris beeilte sich sehr nach oben zu kommen. Er nahm die letzten beiden Stufen mit einem Schritt und stand Maksim Marakow gegenüber.

Der alte Mann war viel größer, als Chris erwartet hatte, und er sah jünger aus als er war, nicht wie sechsundachtzig jedenfalls. Chris mußte an seine Großmutter denken, deren Vitalität jeden erschlagen konnte. Eine zähe Generation. Sie hatten zwei Kriege überstanden, von denen einer wie ein Weltuntergang geendet hatte, waren durch wirtschaftliche Not, Vertreibung, Flucht und jeden nur denkbaren Schrecken gegangen. Es hatte sie stark gemacht und manche hart. Und viele von ihnen hatte es auf erstaunliche Weise jung gehalten.

Marakows Haare waren weiß, sein Gesicht war von Falten durchfurcht, aber seine Augen blickten hellwach und klar. Er trug einen schwarzen Rollkragenpullover und eine graue Hose, und er hielt sich völlig gerade. Ob er sich eisern dazu zwang oder ob ihn tatsächlich weder ein schmerzender Rücken noch steife Knochen plagten, vermochte Chris nicht zu sagen. Wenn es diesem Mann nicht wirklich gutging, hatte er sich zumindest hervorragend im Griff. Nur die tiefe Blässe seines Gesichtes verriet Müdigkeit, und in den Augen nistete eine Melancholie, die vielleicht von Einsamkeit herrührte.

»Ich bin Chris Rathenberg«, wiederholte Chris noch einmal, und erklärend fügte er hinzu: »Der Sohn von Belle Lombard. Der Enkel von Felicia Lavergne.«

»Kommen Sie herein«, sagte Marakow.

Die Wohnung erwies sich als groß, größer als Chris es erwartet hatte. Ein langer Flur, von dem fünf Türen abgingen. Hinter einer davon befand sich das Wohnzimmer, ein ganz von Bücherwänden eingerahmter Raum, in dem eine gemütliche Unordnung herrschte: Zeitungen, Briefe, Notizzettel lagen über die Sessel verteilt, dazwischen flogen Kugelschreiber und Schreibblöcke herum. »Bitte entschuldigen Sie«, sagte Marakow, »ich bin gerade dabei, etwas Ordnung in meinen Papierkram zu bringen. Eine sehr mühselige Angelegenheit.«

»Vermutlich störe ich Sie gerade sehr«, murmelte Chris verlegen. Vielleicht hätte er doch anrufen sollen.

»Aber nein. Überhaupt nicht. Setzen Sie sich doch. Möchten Sie etwas trinken?«

»Sehr gern.«

»Einen Sherry?«

Chris nickte. Da sieht man doch die guten Beziehungen, dachte er, an Sherry kommt man hierzulande sicher nicht so leicht.

Es war ein guter, sehr trockener Sherry, angeboten in schönen, alten Gläsern. Chris saß in einem bequemen Sessel gleich neben dem Fenster. Mit einem Seitenblick stellte er fest, daß es draußen inzwischen fast dunkel war.

Marakow nahm ihm gegenüber Platz. Er musterte ihn eindringlich. »Ich bin ziemlich überrascht, Sie hier zu sehen«, sagte er. »Sie leben doch nicht in Ostdeutschland, oder?«

»Nein. Ich bin Amerikaner. Meine Eltern sind gleich nach dem Krieg nach Kalifornien ausgewandert, meine Schwester und ich wurden dort geboren.«

»Verstehe. Sie kommen jetzt gerade aus Amerika?«

»Nein, nein. Ich studiere in München. Ich lebe dort seit einigen Jahren.« Unvermittelt, wahrscheinlich weil er gerade von zu Hause sprach, kam ihm Simone in den Sinn. Er hatte sie ein paarmal gefragt, ob sie nicht auch in die Wohngemeinschaft einziehen wollte, aber sie mochte nicht. Sie könne nicht mit so vielen Menschen unter einem Dach leben, sagte sie, sie würde verrückt dabei. Ob Chris nicht bei ihr wohnen mochte? Früher hätte er das als zu abgegrenzt, zu bürgerlich gefunden. Zu seinem eigenen Erstaunen aber freundete er sich mit diesem Gedanken mehr und mehr an.

Er spürte Marakows forschenden Blick auf sich gerichtet. »Es geht Felicia sehr gut«, sagte er, obwohl Marakow gar nicht danach gefragt hatte, »sie lebt in einem wunderschönen, großen Haus am Ammersee. Ihre Spielzeugfirma läuft phantastisch. Sie weiß überhaupt nicht, wohin mit dem Geld.«

Maksim lächelte. »Das ist ungemein typisch für Felicia.«

»Ja. So war sie vermutlich schon immer.«

»Immer. Seit ich sie kenne. Sie wußte, was sie wollte, und auf irgendeine Weise bekam sie es auch. Von Zeit zu Zeit verlor sie alles wieder, aber dann schüttelte sie sich nur kurz und fing von vorne an.« Er hielt einen Moment inne. »Sie war so stark«, fuhr er dann fort, und es schien, als spreche er nur zu sich, nicht zu seinem Besucher, »man mußte nie Angst um sie haben. Felicia . . .«

Und in diesem Moment, als er ihren Namen aussprach, verträumt und ein wenig nachdenklich, da begriff Chris. Die Ahnung, die ihn an einem verregneten Tag in München neben Felicia im Auto gestreift hatte, wurde Gewißheit. Er hatte sich einmal gefragt, ob die Augen dieser Frau je geleuchtet hatten, ob ihr Lachen je erfüllt gewesen war von Zärtlichkeit und Wärme, und nun wußte er, daß die Antwort in diesem Mann, der ihm gegenübersaß, lag. In diesen Armen war Felicia lebendig geworden, diese Augen hatten sie träumen lassen, von diesen Lippen hatte sie Worte ersehnt, über die sie sonst gespottet hätte. Plötzlich kam es Chris vor, als rühre er an eine uralte

Geschichte, die vor sehr langer Zeit begonnen und nie geendet hatte. Auf einmal fühlte er sich auf eine eigenartige Weise seiner Großmutter näher.

Marakow räusperte sich. »Was führt Sie zu mir, Herr Rathenberg?«

»Wir haben da ein ziemlich schwieriges Problem«, begann Chris. In kurzen Worten schilderte er, was geschehen war.

»Felicia dachte, Sie könnten vielleicht helfen«, schloß er. »Sie könnten Ihren Einfluß geltend machen und eine Abschiebung der Familie in die BRD ermöglichen.«

Marakow hatte aufmerksam zugehört. Er hielt sein Sherryglas in der Hand, schien vergessen zu haben, daraus zu trinken. Langsam sagte er: »Das ist in der Tat ein schwieriges Problem. Ich halte es für ziemlich unwahrscheinlich, daß ich helfen kann, aber natürlich werde ich es versuchen. Wissen Sie, mein Einfluß ist begrenzt. Ich bin ein alter Mann, ich habe mich schon vor Jahren aus jeglicher politischer Tätigkeit zurückgezogen.«

»Völlig?«

»Völlig«, sagte Maksim, »ich... nun, die Gründe sind ja gleich.« Er entsann sich seines Sherrys und nahm einen langen Schluck. Offenbar war er dicht davor gewesen, etwas zu erklären. Über das System, dem er gedient hatte? Erneut fiel Chris ein, was Felicia über den Idealismus dieses Mannes gesagt hatte. Wie kam ein Idealist mit der Mauer zurecht? Mit dem Schießbefehl?

»Aber Sie kennen die Leute, die in den entscheidenden Positionen sitzen«, sagte Chris drängend, »mit einigen sind Sie vielleicht sogar befreundet. Möglicherweise gibt es eine Chance.«

»Ich werde mich bemühen. Mehr kann ich nicht tun.« Maksim schien über die ganze Sache alles andere als erfreut zu sein. Vermutlich hatte er sich so strikt von jeglicher Tätigkeit in der Partei zurückgezogen, daß ihm der Gedanke an eine erneute Kontaktaufnahme großes Unbehagen bereitete. Was hatte er schon mit Julia und ihrer Familie zu tun? Sicher hätte er jedes Ersuchen um Hilfe rigoros abgelehnt, wäre nicht Felicia die Bittstellerin gewesen.

In einem anderen Zimmer klingelte das Telefon. Maksim erhob sich. »Entschuldigen Sie einen Moment.« Beim Aufstehen verzog er für eine Sekunde schmerzvoll das Gesicht, aber er hatte sich so rasch wieder im Griff, daß er aufrecht und schnell den Raum verließ.

Genießerisch trank Chris seinen Sherry aus. Es war angenehm warm in diesem Zimmer, heimelig und gemütlich. Chris wußte, daß es sich nicht gehörte, aber er stand schließlich auf, streifte ein wenig herum und betrachtete die vielen Blätter und Notizen, die überall herumlagen. Er hoffte, etwas zu sehen, was ihm ein wenig mehr Auskunft über die Person Maksim Marakows geben würde, und damit vielleicht auch über seine Großmutter und über Geschehnisse, die lange vor seiner Geburt lagen. Er entdeckte eine Photographie in einem der Regale, silbergerahmt, eine sehr alte Photographie, aus den zwanziger Jahren vielleicht. Sie war bräunlich und vergilbt und zeigte eine junge, dunkelhaarige Frau, die im hohen Gras einer Sommerwiese stand, gelehnt an einen Weidezaun. Ihr Gesicht war nicht allzu deutlich zu erkennen, denn das Blättergewirr eines Baumes fiel als Schatten darauf. Sie trug lange Hosen – wohl eine Seltenheit damals – und einen leichten Pullover, um ihre Schultern hatte sie ein Herrenjackett gehängt. Handelte es sich um Felicia? Chris hatte keine Ahnung, wie sie als junge Frau ausgesehen haben mochte. Er fingerte an dem Rahmen herum und entdeckte, daß man die Photographie leicht nach unten herausziehen konnte. Er tat es und fand tatsächlich eine handschriftliche Notiz auf der Rückseite. »Mascha, Juni 1919«, stand dort in verblaßter Tinte.

»Mascha«, murmelte Chris. Nicht Felicia. Wer war Mascha? Sie mußte Marakow einiges bedeutet haben, wenn er ihr Bild hier stehen hatte. Von Felicia gab es kein einziges Bild im ganzen Zimmer. Womöglich handelte es sich bei Mascha um eine Schwester Marakows, früh verstorben vielleicht, und nun hielt er ihr Andenken besonders hoch. Oder sie war seine Geliebte gewesen, war ihm mehr gewesen als Felicia. Vielleicht hielt er hier einen der wenigen wirklichen Stolpersteine in Felicias Leben in den Händen. Ein Hindernis, das sie nicht zu nehmen vermocht hatte. Er fragte sich, ob Mascha, ob Maksim ihr Wunden zugefügt hatten, deren Narben bis heute schmerzten.

Vorsichtig schob er das Photo in den Rahmen zurück. Er schämte sich ein wenig seiner Neugier und beschloß gerade, sich wieder in seinen Sessel zu setzen und dort brav zu verharren bis Marakow wiederkehrte, da fiel sein Blick auf einen Papierbogen, der den Briefkopf der staatlichen Krankenversicherung trug. Offenbar ging es um irgendwelche Abrechnungen. Chris nahm das Blatt auf. Ein eng getippter Krankenbericht, Auswertung von Röntgenbildern. Er starrte darauf, ließ den Brief dann langsam sinken.

Laut Diagnose eines Arztes der Berliner Charité vom 1. September dieses Jahres war Maksim Marakow an Magenkrebs erkrankt.

# II. Buch

1982–1984

# 1

Die Sonne ging auf über Los Angeles und zerriß den hauchzarten Schleier frühmorgendlichen Nebels. In der Stadt hatte der Berufsverkehr noch nicht eingesetzt, nur wenige Autos waren unterwegs, dazu ein paar Jogger. Ganz langsam erst erwachte die riesige Metropole am Pazifik. Der Septembertag versprach heiß und wolkenlos zu werden.

Andreas kam aus den Bergen, und wie jedesmal an dieser Stelle überwältigte ihn der Anblick der zu seinen Füßen ausgestreckt liegenden Stadt. Obwohl es keinen Grund gab, besonders heiter und glücklich zu sein, summte er vor sich hin. »Good morning, Sunshine...« Er dachte an »Hair«, an den Wagen vollbesetzt mit Blumenkindern, der in das verschlafene, zaghaft erwachende New York hineinrollt. »Good morning, sunshine, the earth says good day...«, sangen die jungen Leue, und er fühlte ein bißchen was von dieser Leichtigkeit, als er nun auf seine Stadt hinuntersah.

Er hatte die ganze letzte Woche in seiner Hütte in den Bergen verbracht und wäre gern noch länger geblieben. Die Einsamkeit störte ihn nicht, im Gegenteil. Nach einem Leben, das überwiegend laut, hektisch, ruhelos verlaufen war, konnte es ihm nun gar nicht still und beschaulich genug sein.

Belle und er hatten das Haus in Virginia verkauft, nachdem die Kinder nach Europa gegangen waren. Beide wußten sie, daß sie als alleinstehendes Ehepaar dort nicht glücklich sein würden. Zu dem Haus gehörten Kinder, die in den Obstbäumen herumkletterten, mit den Hunden über die Wiesen tobten, einander mit dem Gartenschlauch naß spritzten und ab und zu schreiend angelaufen kamen, um sich ihre aufgeschlagenen Knie verarzten zu lassen. Belle und er redeten sich ein, daß zu viele sentimentale Erinnerungen sie heimsuchen würden, wenn sie weiterhin nach Virginia führen, aber die Wahrheit war, daß sie es nicht ertrugen, miteinander allein zu sein. In Los Angeles konnten sie sich besser aus dem Weg gehen, außerdem gab es dort Freunde und Bekannte, mit deren Hilfe sich »gemütliche Abende zu zweit« vermeiden ließen. Sie hatten ihre Ehe damit verbracht, sich fast zu Tode zu diskutieren, um Wege für eine wirkliche Partnerschaft zu finden, aber irgendwann hatten sie aufgehört, neue Anläufe zu versuchen, und bemühten sich nur noch darum, nicht allzu häufig zu streiten. Das bittere Ende einer Liebesgeschichte, die 1939 in Berlin begonnen und ungezählte Stürme überstanden hatte.

Belle war frisch verheiratet gewesen, als ihre Affäre begann, und von Anfang an hatten sie mehr Schuldgefühle gequält, als eine Liebe ertragen kann. Ihr Mann war dann in Rußland verschollen, sie hörte nie mehr von ihm. Zyniker hätten dies als eine freundliche Wende des Schicksals bezeichnet. In Wirklichkeit verurteilten das ungeklärte Ende ihres Mannes und der frühe Tod ihres ersten Kindes Belle zu einem Leben voller Traurigkeit und Zweifel. Sie kam nie darüber hinweg, auch nicht, als sie mit Andreas nach Amerika ging, als sie ihn heiratete, als Chris und Alex zur Welt kamen. Selbst wenn sie lachte, blickten ihre Augen melancholisch, in einem Saal voller Menschen vermittelte sie den Eindruck herzzerreißender Einsamkeit. Aber alles, dachte Andreas, alles hätte nicht so schlimm kommen müssen, wenn sie nicht dem Alkohol verfallen wäre. Das hat es so ausweglos gemacht.

Natürlich hatte er Affären gehabt, immer wieder. Hübsche Mädchen gab es wie Sand am Meer in Los Angeles. Sie kamen von Gott weiß woher, um in den Studios von Hollywood Karriere zu machen, und sie endeten als Serviererinnen in Cafés, als Taxifahrerinnen oder als Revuegirls in Nachtclubs. Andreas, gutaussehend und reich, hatte immer ein leichtes Spiel gehabt. Aber irgendwann war er zu der Erkenntnis gelangt, daß diese Mädchen für ihn dasselbe bedeuteten wie für Belle der Alkohol: eine Betäubung, aus der man unbefriedigt und mit schalem

Geschmack im Mund erwacht. Im Grunde hinterließ jede Affäre in ihm nur die Gewißheit, daß er Belle liebte, nur sie, daß er, ganz gleich, was noch kommen mochte, immer zu ihr zurückkehren würde. Wann immer eine langbeinige, blonde, makellose Schönheit aus seinem Bett stieg, überfiel ihn bereits die Sehnsucht nach Belles grauen Augen und jenen Falten um ihren Mund, die von Enttäuschungen und Schmerzen erzählten.

Die kurvenreiche Straße nach Beverly Hills nahm er etwas zu schnell, aber um die Zeit kam ihm niemand entgegen.

Ob Belle wohl schon wach war? Sie hatten für drei Uhr einen Flug nach New York gebucht, würden von dort abends um elf nach Frankfurt abfliegen und dann am nächsten Morgen nach München. Zu Felicias Geburtstagsfeier, die nach Andreas' Ansicht ziemlich überflüssig war. Felicia war im vergangenen Jahr fünfundachtzig geworden, aber das hatte man nicht feiern können, weil sie sich jedem möglichen Trubel durch eine Mittelmeerkreuzfahrt entzogen hatte. Nicola hatte nun ein großes Fest organisiert, ohne zu begreifen, daß weder Felicia noch sonst jemandem etwas daran lag. Um die Willkür des Ereignisses perfekt zu machen, fand das alles nicht einmal an Felicias Geburtstag im Frühjahr statt, sondern im September, weil dann die meisten Gäste kommen konnten. Eine ziemlich absurde Geschichte, und entsprechend hatte sich Belle gegen die Reise gewehrt. Zu teuer, zu aufwendig, zu umständlich. Und gewissermaßen auch noch sinnlos.

Aber Andreas hatte gedrängt. Nicht wegen Felicia, zum Teufel mit dem kalten, alten Weib, das sich ein Leben lang einen Dreck um Wohlergehen und Gefühle anderer geschert hatte. Aber Belle mochte es guttun, Deutschland und die Familie wiederzusehen, vielleicht bewirkte es irgend etwas bei ihr ... nie gab er die Hoffnung auf, ein Ereignis möge eintreten, das sie die Schnapsflaschen in die Ecke schleudern und den Wodka-Martinis für alle Zeiten abschwören ließe. Zumindest bedeutete eine Reise, daß sie sich für ein paar Tage zusammennehmen mußte. Es war wichtig, sie nicht sich selbst zu überlassen, ihr nicht die Zeit und die Freiheit einzuräumen, sich über die endlosen Stunden eines Tages hinweg langsam vollaufen zu lassen. Aber er konnte nicht ständig um sie sein. Er brauchte seine Berge, seine Einsamkeit. Anders vermochte er das Leben mit ihr nicht durchzuhalten.

Es wird ihr guttun, die Kinder wiederzusehen, sagte er sich, war aber ehrlich genug, sich einzugestehen, daß vor allem er sich auf die Kinder freute. Das heißt, auf Alex. Er vermißte sie schrecklich.

Vor fünf Jahren, 1977, bei ihrer Hochzeit, hatte er sie zuletzt gesehen. Sie hatte unwahrscheinlich jung gewirkt in ihrem weißen Kleid, mit den langen Haaren, wie unmittelbar einem Gemälde von Renoir entstiegen. Sie schien erstaunlich ernst, nicht unglücklich, aber auch nicht strahlend vor Freude. Auf eine erschreckende Weise hatte ihr Gesichtsausdruck dem ihrer Großmutter geähnelt. Andreas hatte das gar nicht gefallen. Er wollte nicht, daß seine süße, kluge, liebenswerte Alex so wurde wie Felicia.

Er fuhr in die Garageneinfahrt seines Hauses und hielt an. Weitläufige Rasenflächen umgaben das Haus, Blumen, Palmen und Limonenbäume. Blau schimmerte das Wasser des Pools aus dem Garten herüber. Auf dem Gras glitzerte der Tau.

Andreas ging auf dem Plattenweg vom Garagenvorplatz zum Haus hinüber, schloß die Tür auf. Er mußte sowohl Haupt- als auch Sicherheitsschloß öffnen, jeweils zweimal umdrehen; das bedeutete, Haushälterin und Putzfrau waren noch nicht da. Ob Belle daran gedacht hat, den Gärtner anzurufen? überlegte er. Der Rasen mußte dringend gemäht werden.

Er trat ein. Belle lag hingestreckt zu seinen Füßen, unmittelbar hinter der Haustür. Sie lag auf dem Bauch, das Gesicht zur Seite gewandt, die Beine gespreizt und die Arme nach vorn ausgestreckt. Ihre langen Haare, derzeit kupferrot, fielen wirr über Schultern, Rücken und Fußboden.

Im ersten Moment dachte Andreas an Einbrecher. Sie waren irgendwie, irgendwo ins Haus eingedrungen, Belle war erwacht, hatte versucht, die Tür zu erreichen, und war kurz davor hinterrücks niedergeschlagen worden. Entsetzt beugte er sich zu ihr hinunter, und ihm wurde sofort der wahre Sachverhalt klar: Eine Woge von Alkohol schlug ihm entgegen. Er hustete, und dann fiel sein Blick auf das leere Tablettenröhrchen, das ein paar Schritte weiter auf dem Boden lag. Er stürzte ans Telefon, um den Notarzt anzurufen.

Die Haushälterin erschien noch vor dem Arzt und half Andreas, seine Frau ins Wohnzimmer zu tragen und auf ein Sofa zu betten. Belle rührte sich nicht, aber sie atmete noch, flach und unregelmäßig. »Schlaftabletten«, erklärte die Haushälterin, nachdem sie das Röhrchen inspiziert hatte, »ich habe sie ihr erst vorgestern gekauft, weil sie immer nicht einschlafen konnte. Es waren fünfzig Stück drin!«

»Wann kommt endlich der verdammte Arzt?« rief Andreas.

Es machte ihn fast verrückt, seine Belle so daliegen zu sehen. Der Alkohol hatte sie aufgeschwemmt, sie sah aus wie eine füllige, alternde Frau mit strähnigen Haaren und fahler Gesichtshaut. Aber für ihn war sie noch immer eine Schönheit, auf eine tragische Weise verletzt, aber nicht zerstört. Und in diesem Moment kam sie ihm zudem vor wie ein schutzbedürftiges, kleines Kind.

Der Arzt erschien endlich und stellte fest, daß Belles Puls nur noch schwach schlug. Mit Blaulicht und Sirene wurde sie ins Krankenhaus gebracht, wo man ihr sofort den Magen auspumpte. Andreas ging die ganze Zeit auf dem Krankenhausflur hin und her und dachte an die schlanke, strahlende, lachende, an seine Belle. Er hatte sie immer schöner gefunden als ihre Mutter, und in gewisser Weise war sie auch schöner gewesen als Alex heute. Es hing mit ihrer Wärme zusammen. Sie war nicht solch ein kaltes Irrlicht wie die anderen Frauen in ihrer Familie. An ihr brauchte ein Mann nicht zu erfrieren. Allerdings konnte er langsam in den Wahnsinn getrieben werden.

Irgendwann fiel es Andreas ein, die Flüge zu stornieren. Es ging Belle den Umständen entsprechend gut, aber an eine Reise war natürlich nicht zu denken.

»Sie kann die Tabletten noch nicht lange vorher geschluckt

haben«, erklärte der Arzt, »Sie haben sie noch rechtzeitig gefunden.«

Am späten Nachmittag durfte Andreas zu ihr. Sie war wach und sah hundeelend aus, gelblich im Gesicht, die Lippen fast grau. Sie starrte Andreas teilnahmslos an. Er setzte sich auf den Rand ihres Bettes und nahm ihre Hand. »O Gott, Belle, am liebsten würde ich dich ... warum hast du das getan? Warum?«

Sie wandte ihr Gesicht zur Seite. »Ich bin so müde«, flüsterte sie, »so schrecklich müde.«

»Belle, es ist ein Wunder, daß du noch lebst. Du hast Unmengen von Tabletten geschluckt. Was ist nur über dich gekommen? Irgendwann heute in den frühen Morgenstunden ... was ist passiert?«

Sie schaute ihn noch immer nicht an. »Ich weiß nicht ... ich kann mich nicht erinnern ...«

»Warum hast du mich nicht angerufen? Du hattest Kummer, vielleicht schon gestern abend. Du wußtest, wo ich bin. Warum hast du nicht einfach angerufen?«

»Ich weiß nicht ...« Ein angestrengter Ausdruck trat in ihre Augen. »Du mußt meinen Flug absagen, Andreas.«

»Ich habe beide Flüge abgesagt. Mach dir deswegen keine Gedanken.« Es überraschte ihn, daß sie in ihrem Zustand daran dachte, die Reise nach Deutschland abzusagen. Oder war das kein Zufall, lag ihr die Reise zentnerschwer im Magen und auf der Seele? War die Reise der Grund für alles? Hatte sie um keinen Preis mitfahren wollen nach Deutschland? Aber da waren ihre Mutter, ihre Kinder, die ganze Familie. Sie hatte zwar Felicias Egoismus oft angeprangert, eigentlich aber den ganzen Clan gemocht. Vielleicht hatte sie sich einfach vor der Reise selber gefürchtet, davor, so weit weg von daheim zu sein, mehrere Tage lang darauf achten zu müssen, wieviel sie trank. Das würde bedeuten, daß es weit schlimmer um sie stand, als Andreas befürchtet hatte.

»Wir bleiben jetzt beide erst einmal hier«, sagte er, »ich lasse dich nicht mehr aus den Augen, Belle. Ich werde aufpassen, daß du nur noch lauter gesunde Dinge tust.«

Sie nickte, friedlich jetzt wie ein Kind. »Ja, Andreas. Es wird alles gut, nicht wahr?«

»Natürlich. Gibt es irgend etwas, was wir beide jemals nicht in den Griff gekriegt hätten?«

Die letzte Frage kam ihm selber vor wie ein schlechter Witz. Sie hatten ihr ganzes gemeinsames Leben nicht im Griff.

Später hatte Andreas ein sehr ernstes Gespräch mit dem Arzt. »Die Leberwerte Ihrer Frau sind äußerst schlecht«, erklärte er, »sie ist meiner Ansicht nach schwer suchtkrank, und sie muß unbedingt einen Entzug machen. Selbst wenn sie nicht noch einmal versucht, sich das Leben zu nehmen, ist sie in Gefahr. Um es ganz klar zu sagen: Wenn Ihre Frau weiterhin so viel trinkt wie bisher, glaube ich kaum, daß sie viel länger als noch ein Jahr lebt.«

»Das war deutlich, Doktor, danke. Denken Sie, daß ich in der Lage bin, sie ...«

»Nein. Sie muß in eine Klinik. Alles andere hat keinen Sinn. Sie gehört in ständige ärztliche und psychotherapeutische Behandlung. So gut Sie es meinen – in diesem Fall wären Sie hoffnungslos überfordert.«

Als Andreas an diesem Abend allein mit einem Whisky daheim im Wohnzimmer saß, das Untergehen der Sonne beobachtete und eine Zigarre rauchte, mußte er noch zwei Dinge tun: Er mußte Felicia anrufen und ihr erklären, daß sie nicht kommen würden; er hatte inzwischen beschlossen, irgend etwas von einer schweren Grippe oder einem gebrochenen Bein zu erzählen, jedenfalls die Wahrheit vorläufig zu unterschlagen. Und dann würde er gleich morgen früh das beste Sanatorium für Alkoholiker in den Vereinigten Staaten ausfindig machen – vielleicht würde er in der Betty-Ford-Klinik anrufen, aber vorher würde er sich erkundigen, ob das wirklich das Optimale für Belle wäre. Dann ging es darum, einen Platz zu ergattern. Um jeden Preis wollte er ihr Leben retten.

In dieser ersten Septemberwoche 1982 schrieb Alex ihre Abschlußprüfungen. Es war heiß wie im Hochsommer. Normalerweise machte Hitze Alex nichts aus, aber jetzt litt sie sehr darunter und fühlte sich hundeelend. Natürlich lag das an ihrer Schwangerschaft. Sie war im zweiten Monat, und ausgerechnet mitten in ihrem Diplom setzte die Übelkeit ein, von der sie bisher immer nur gelesen hatte. Ihr wurde abwechselnd heiß und kalt, sie hatte heftige Schweißausbrüche, noch vor dem Frühstück übergab sie sich. Blaß und zittrig saß sie dann am Tisch, wo sie außer einem Löffel Joghurt, einem trockenen Brötchen und ein paar Schlucken Tee nichts hinunterbrachte. Markus musterte sie jedesmal sorgenvoll. »Du klappst noch zusammen, wenn du so wenig ißt! Du hast fünf Stunden Prüfungen vor dir. Bitte, streich dir doch wenigstens etwas Butter auf dein Brot.«

»Ich kann nicht. Mir wird schon schlecht, wenn ich nur daran denke.«

Markus seufzte. »Du hättest dich nicht ausgerechnet jetzt für die Prüfungen melden sollen!«

»Ich hätte nicht ausgerechnet jetzt schwanger werden sollen, so ist es«, gab Alex wütend zurück. Markus schwieg betreten.

Das Thema »Kind« hatte er nie aufgegeben. Ebensowenig wie seine Überzeugung, ein Studium sei reine Zeitverschwendung. »Du kannst die Firma deiner Großmutter doch auch übernehmen ohne dich vorher in einer Universität zu langweilen. Wirtschaftswissenschaften! Was bringt dir das denn?«

»Ich will es«, beharrte Alex. Sie verstand seine tausend Bedenken, sein Sträuben nicht, und erst später ging ihr auf, daß Angst dahintersteckte: Er mochte sie einfach nicht in ein fröhliches Studentenleben unter eine Schar junger Leute entlassen.

Und was das Kind anging, so berief er sich auf sein Alter. Ihm lief die Zeit davon, er konnte nicht ewig warten. Schließlich ließ sich Alex überreden, bereits gegen Ende des Studiums schwanger zu werden. »Bis es dann wirklich beschwerlich wird, hast du längst dein Diplom«, sagte Markus.

Insgeheim hatte Alex natürlich gehofft, es werde einfach

nicht sofort klappen, aber damit hatte sie Pech gehabt. Es funktionierte sofort.

Perfektes Timing, dachte sie, während sie im Prüfungssaal saß und versuchte, nicht an ihren Magen, sondern an die Fragen auf dem Papier zu denken. Ihr wurde bewußt, daß alle um sie herum eifrig kritzelten, nur sie hatte seit mindestens zehn Minuten Löcher in die Luft gestarrt. Sie mußte sich endlich zusammenreißen. Die Arbeit war schwer, sie würde ohnehin in Zeitnot geraten. Ihr Magen benahm sich, als fahre er Achterbahn. Sie würde das bißchen Frühstück vom Morgen nicht bei sich behalten können. Panisch sprang sie auf.

Der aufsichtsführende Assistent blickte überrascht hoch. »Was ist denn?«

Ihr wurde so schlecht, daß sie meinte, kaum mehr sprechen zu können. »Ich ... ich muß mal raus. Mir ist nicht gut.«

Offenbar sah sie ungefähr so aus, wie sie sich fühlte, denn er winkte sie sofort aus dem Raum, ohne auf der Bestimmung zu bestehen, erst eine neutrale Vertrauensperson herbeizurufen, die sie begleitete und überwachte. Alex stürzte in die Damentoilette. Würgend erbrach sie sich.

Nachdem sie sich den Mund ausgespült und die Hände gewaschen hatte, betrachtete sie sich einen Moment lang im Spiegel. Sie sah grau aus – nicht einfach blaß, sondern wirklich grau. Grau wie der Hosenanzug aus Leinen, den sie trug.

In der Seitentasche der Jacke fand sie ihren Lippenstift und tupfte ein bißchen Farbe auf den Mund. Was sie vor allem erschreckte, war der Ausdruck von Zorn in ihren Augen. Zuerst schien es ihr, daß sich ihre Wut gegen Markus richtete. Ständig hatte er gejammert, geklagt, ihren Egoismus angeprangert, bittere Vorwürfe gemacht, das Thema Kind zu einem Liebesbeweis erhoben, den ihm seine junge Frau rücksichtslos vorenthalten wollte. Er hatte sie über all die Jahre hin zunehmend unter Druck gesetzt, aber wenn sie jetzt ehrlich und genau in sich hineinschaute, wußte sie, daß sie in allererster Linie auf sich selber wütend war. Irgendwann hatte sie ihm beweisen wollen, daß sie so kalt und eigennützig nicht war, wie er behauptete, und nun durchschaute sie, auf welch simple Weise er sie manipuliert hatte. Aber dazu gehörten zwei. Sie war so idiotisch gewesen, sich manipulieren zu lassen, und dafür hätte sie sich jetzt ohrfeigen können.

Sie kehrte in den Prüfungsraum zurück, und zu ihrer Erleichterung kam es zu keiner weiteren Übelkeitsattacke. Die verbleibenden drei Stunden arbeitete sie schnell und konzentriert, und als sie die vielen engbeschriebenen Seiten abgab, hatte sie ein gutes Gefühl. Vielleicht keine Traumnote, aber mit Sicherheit bestanden.

Nach der Prüfung kam Peter auf sie zu, ein Kommilitone. Alex mochte ihn gern. Er war immer gut gelaunt und ließ außerdem keinen Zweifel daran, daß ihn Alex außerordentlich faszinierte.

Weder ihm noch sonst jemandem hatte Alex bislang erzählt, daß sie ein Kind erwartete.

»Geht es dir besser?« fragte er besorgt. »Du hast ja schrecklich ausgesehen vorhin!«

»Ich muß etwas Falsches gegessen haben. Jetzt ist wieder alles in Ordnung.«

»Wirklich?« Er schien erleichtert. »Dann kannst du ja mitkommen. Wir wollen noch irgendwo ein bißchen feiern.«

»Wer alles?«

»Zehn, zwölf Leute. Ich würde mich freuen, wenn du mitkommst.«

Alex hatte große Lust, noch ein paar Stunden mit den anderen zusammenzusein, aber sie fragte sich, ob Markus wohl auf sie warten würde. Er hatte sich angewöhnt, viel von daheim aus zu arbeiten, und Alex argwöhnte, daß er das tat, um sie zu kontrollieren. Er wollte genau wissen, wann sie nach Hause kam.

»Ich komme mit«, sagte sie nach einer Sekunde des Zögerns.

Sie gingen in ein Café und verbrachten ein paar vergnügte Stunden. Wie so oft in den letzten vier Jahren wurde sich Alex bewußt, daß sie eigentlich zwei Leben führte. Hier saß sie zwischen lauter Studenten in einem Café, eng zusammengequetscht, rauchte, lachte, alberte herum. An Markus' Seite hingegen war sie die Gattin des bekannten Immobilienmaklers, trug Haute Couture, verbrachte die Abende auf Stehparties, nippte am Champagner und machte Smalltalk mit Leuten, deren Gesichter sie zwei Minuten später schon wieder vergessen hatte. Irgendwo dazwischen, das spürte sie, hielt sich eine dritte Alex verborgen, die eigentliche, wahre Alex. Eine Alex, die sich nirgendwo zu Hause fühlte, die nicht einmal wußte, wo sie ihre Heimat suchen sollte. Sie war in diesem Jahr fünfundzwanzig geworden, und oft dachte sie, daß sie mit zwölf Jahren weit besser gewußt hatte, wer sie war, als heute.

Es war beinahe sechs Uhr abends, als Alex nach Hause kam. Sie hatte draußen schon Markus' parkendes Auto gesehen, also mußte er dasein. Etwas unbehaglich trat sie ins Wohnzimmer. Markus kauerte auf einem Hocker an der Bar, eine geöffnete Wodkaflasche und ein Glas vor sich.

Alex trat auf ihn zu und gab ihm einen Kuß, den er nicht erwiderte. »Hast du einen Drink für mich?« fragte sie.

»In deinem Zustand darfst du keinen Alkohol trinken. Du kannst Mineralwasser haben.«

»Vielen Dank«, sagte Alex empört, »dann trinke ich lieber gar nichts.«

»Wo warst du?«

»Was?«

»Wo du warst, will ich wissen.«

»Von neun bis zwei hatte ich Prüfung. Danach war ich mit ein paar Freunden in einem Café.«

»Du steckst mitten in wichtigen Prüfungen! Aber anstatt dich an deine Bücher zu setzen, verplemperst du deine Zeit in Cafés. Wenn ich bedenke, wie wenig du dich in den letzten Jahren um mich gekümmert hast, weil du angeblich lernen mußtest! Und immer hast du Verständnis von mir erwartet! Aber wenn es um deine Freunde von der Uni geht, kannst du dir notfalls auch einmal einen Nachmittag um die Ohren schlagen. Die brauchen nicht auf dich zu warten!«

»O Gott, Markus, jetzt mach bitte keine Affäre aus der Geschichte. Wir hatten fünf Stunden Prüfung hinter uns und wollten uns etwas entspannen, das ist alles. Ich werde heute abend noch lernen.«

»Heute abend sind wir bei Larssons eingeladen.«

Die Larssons waren enge Geschäftsfreunde. Alex stöhnte. »Das hatte ich total vergessen!«

»Natürlich. Es handelt sich ja um meine Freunde, und die sind dir vollkommen gleichgültig. Ich habe ihnen gesagt, daß wir relativ früh wieder gehen müssen, weil du morgen früh Prüfung hast, aber ich habe fest zugesagt.«

Geh doch allein, hätte Alex am liebsten gesagt, aber sie wußte, dann wäre der Krach perfekt. Scheißparty. Scheiß Larssons! Sie konnte diese Leute ohnehin nicht ausstehen.

»Um wieviel Uhr fängt es an?« fragte sie resigniert.

»Um sieben.«

»Um sieben? Dann muß ich mir noch schnell die Haare waschen und mich umziehen.«

»Ich bitte darum«, sagte Markus steif.

Alex verschwand im Schlafzimmer, er konnte hören, wie sie wutentbrannt ihre Tasche in eine Ecke schleuderte. Es würde ein furchtbarer Abend werden. Alex war auf hundertachtzig, wegen der Einladung, aber auch, weil er sie zurechtgewiesen hatte. Markus wußte, er hätte vorsichtiger sein, auf seine inquisitorische Art zu fragen verzichten müssen. Jedesmal brachte er sie damit auf die Palme. Er konnte hören, wie sie die Schranktüren knallte, und fragte sich zum wiederholtenmal in der letzten Zeit, wohin ihre Ehe steuerte. Er hatte das Gefühl, sich schrecklich geirrt zu haben. Das süße, hübsche, etwas schüchterne Mädchen, das er geheiratet hatte, entpuppte sich als eine sehr schwierige junge Frau, die gegen alles, was von ihm kam, zunehmend rebellierte. Sie entglitt ihm schleichend, er fühlte es, und er wußte nicht, was er dagegen tun sollte. Zu all seinen sonstigen Sorgen diese ständige Angst, Alex zu verlieren! Er hatte ihr von seinen Problemen nichts erzählt, er wollte sehen, ob er Lösungen fände, ohne daß jemand von allem erführe. Markus hatte sein Unternehmen inzwischen höher mit Schulden belastet, als er verkraften konnte. In der letzten Zeit waren ihm eine Reihe guter Geschäfte in letzter Sekunde geplatzt, er merkte, daß er unsicher wurde, daß er Löcher stopfte und neue dabei aufriß. Er hatte schon überlegt, ob er Felicia anpumpen sollte, aber das wäre ein schrecklicher Gang nach Canossa gewesen. In die grauen Augen der alten Frau blicken und ihr sagen... Nein. Aber auch Alexandras Augen luden kaum dazu ein, Probleme bei ihr abzuladen.

Er rutschte schwerfällig vom Barhocker. Er mußte sich noch umziehen. Inzwischen hatte er selber schon nicht mehr die geringste Lust auf den Abend.

## 2

Das Dorf hatte sich seit den Tagen des ausgehenden neunzehnten Jahrhunderts kaum verändert. Es gab inzwischen Strom dort und warmes, fließendes Wasser, aber die kleinen, niedrigen Häuser, von denen sich eines in den Windschatten des anderen zu ducken schien, hatten über hundert Jahre hinweg keinen neuen Anstrich erhalten, und kaum je war auch nur einmal ein Dachziegel erneuert worden. Bröckelnde Fassaden, windschiefe kleine Fenster, wackelige Zäune, halbverfallene Schuppen und Ställe, dazwischen steinige Feldwege und nur eine einzige, schlecht gepflasterte Straße – das war Bernowitz, nordöstlich von Berlin gelegen, kaum zwei Kilometer von der polnischen Grenze entfernt. Einer der gottverlassensten Orte, die man auf der Welt noch finden konnte.

Julia hatte Holz gehackt und trug nun die Scheite in die Wohnküche, schichtete sie neben dem eisernen Ofen auf. Zwar war es jetzt, Anfang September, tagsüber noch sehr warm, aber die Abende wurden kühl, und die Kinder hatten gestern geklagt, sie würden frieren. Also ging nun das Holzhacken wieder los. Julia haßte es, aber sie hatte es gelernt, so wie sie vieles andere gelernt hatte: das Kochen auf dem Kohleofen, das Waschen im Holzkübel, das Anbauen von Gemüse, das Schlachten der Hühner. Sie lernte alles, was half, die Familie durchzubringen. Aber es war so völlig verschieden von ihrem früheren Leben, daß sie oft meinte, sich in einem bösen Traum zu befinden.

Langsam richtete sie sich auf, strich sich mit der Hand über das schmerzende Kreuz und mußte gleichzeitig bitter lächeln, weil sie sich bereits alle Bewegungen einer Bäuerin oder schwer arbeitenden Frau angewöhnt hatte. Keine Spur war geblieben von der jungen Julia, der Studentin, die ihre Professoren mit ihrer klaren Intelligenz überraschte und alle Examen mit Traumnoten bestand. Von der Julia, die als Lehrerin von ihren Schülern geliebt wurde und in dem Ruf stand, selbst mit den schwierigsten Halbwüchsigen zurechtzukommen. Von der Julia, nach der sich die Männer umdrehten, wenn sie die Straße entlangkam. Nichts, gar nichts war geblieben.

Die zwei Jahre in der Frauenstrafvollzugsanstalt Dessau hatten sie mager werden lassen, eckig in ihren Bewegungen. Ihr Gesicht hatte alles Frische, Liebliche verloren, war streng und ernst geworden. Ihre Haut zeigte einen Stich ins Gelbliche und spannte wie dünnes Pergament über den stark hervortretenden Wangenknochen. Ihre Mundwinkel zogen sich kaum merklich nach unten. Julia hatte vor wenigen Tagen ihren neununddreißigsten Geburtstag gefeiert, aber jeder hätte sie älter geschätzt.

Sie trat an den Küchentisch, wo in einer Schüssel die Kartoffeln lagen, die es zum Mittagessen geben sollte. In dem kleinen Dorfladen – der eher an eine Art Umschlagplatz erinnerte – waren Kartoffeln immer reichlich zu haben. Sonst gab es allerdings wenig. Man ging nie mit einem bestimmten Wunsch dorthin, sondern nahm mit, was es zufällig gab. Das war in Berlin nicht viel anders gewesen, aber dort hatte Julia es leichter ertragen. Alles war leichter gewesen in Berlin – und doch schlimm genug, um sie und die Familie das Risiko der Flucht eingehen zu lassen. Schon während ihrer Haft hatte sich Julia damit abgefunden, daß sie nun erst recht nie mehr als Lehrerin würde arbeiten können, aber später hatte sie geglaubt, wenigstens Richard würde an seine alte Stelle am Krankenhaus zurückkehren dürfen. Er war anerkanntermaßen ein erstklassiger Chirurg, solche wie ihn gab es nicht oft, und man würde es sich nicht leisten können, auf ihn zu verzichten. Sein Beruf war Richards Meinung nach auch der Grund, weshalb sie nicht im Zuge einer der vielen Häftlingsfreikäufe in die Bundesrepublik hatten ausreisen dürfen. »Einen Arzt geben sie nicht so ohne weiteres her. Es gibt hier ohnehin zu wenige.«

Trotzdem nahmen sie ihn an seinem Krankenhaus nicht mehr. Auch an keinem anderen Berliner Krankenhaus. Er versuchte es in Dresden, Leipzig, in Rostock. Die zwei Jahre Haft wegen versuchter Republikflucht machten ihn zum Aussätzigen; niemand wollte sich die Finger schmutzig machen. Als einziges bot man ihm schließlich die Stelle eines praktischen Arztes in Bernowitz an, denn dort war der alte Doktor gerade einem Schlaganfall erlegen. Die Praxis war im Keller des Schulhauses untergebracht; ein Wartezimmer gab es nicht, die Patienten stellten sich auf dem Schulhof an. Bei Regen konnten sie unter einem gelben Plastikdach über dem Schulportal Zuflucht suchen. Hier hatte auch eine fürsorgliche Seele ein paar Stühle aufgestellt, damit sich zumindest die Alten und Gebrechlichen setzen konnten.

Zum Wohnen mietete Richard das Haus seines Vorgängers. Es handelte sich um das einzige freie Haus im Dorf, so daß sich die Frage, ob man vielleicht etwas Besseres finden könnte, von selbst erledigte. Immerhin hatte es eine Wohnküche, ein kleines Schlafzimmer für die Eltern, eine schmale Kammer für Stefanie, und unter dem Dach noch ein winziges Zimmerchen für Michael. In einem kleinen Stall konnten sie Hühner halten, und hinter dem Haus gab es ein Stück Garten, wo man Gemüse anbauen und wo die Kinder spielen konnten. Die waren begeistert. Sie waren zu jung, das Ausmaß der Tragödie zu begreifen, zu jung auch, um die Tristesse von Bernowitz zu empfinden. Sie fanden es toll, daß sie Hühner und zwei Kaninchen hatten, und daß sie in einem Garten herumtoben konnten, anstatt sich wie bisher auf einem städtischen Spielplatz mit Dutzenden von Kindern arrangieren zu müssen. Sie hatten sich zwei Jahre lang, halb krank vor Heimweh, abends in den Schlaf geweint, und nun endlich waren sie wieder alle zusammen, und ihr Vater hatte ihnen versprochen, daß es nie wieder eine Trennung geben würde.

Das Haus war so verdreckt, so verkommen, daß Julia in Tränen ausbrach, als sie es zum erstenmal betrat. Sie hätte am liebsten auf dem Absatz kehrtgemacht, aber die Gewißheit, daß sie keine Wahl hatte, ließ sie die Zähne zusammenbeißen. Sie brauchten mehrere Tage, bis sie alle alten Schmutzreste von den Wänden gekratzt und das Bad soweit gereinigt hatten, daß man es betreten konnte, ohne vom bloßen Hinsehen krank zu werden. Julia war so verbittert und verzweifelt, daß sie Richard noch am ersten Abend überredete, einen erneuten Ausreiseantrag zu stellen. »Wir haben nichts mehr zu verlieren. Schlimmer kann unsere Lage ja nicht werden. Laß es uns versuchen.«

Sie versuchten es und bekamen sechs Monate später einen abschlägigen Bescheid.

Zwei Jahre, dachte Julia nun, zwei Jahre leben wir schon in dem gottverdammten Nest!

Das Wasser im Spülbecken floß nur als dünnes Rinnsal aus dem Hahn, es dauerte ewig, bis sie die Kartoffeln gewaschen hatte. Was war nur aus ihren Händen geworden – die Hände einer Bäuerin, voller Schwielen, rissig, derb, mit abgebrochenen Fingernägeln. Ihr Gesicht war das einer verhärmten, alten Frau; sie mochte sich schon gar nicht mehr im Spiegel anschauen, und es hätte sie nicht gewundert, wenn auch Richard sie nicht mehr angeschaut hätte. Zu ihrer Verwunderung jedoch nahm er sie immer noch jeden Abend, wenn er nach Hause kam, in den Arm und sagte: »Wie gut, daß ich dich habe. Du hast mir so gefehlt den Tag über.«

Sie bemühte sich, ihre Lage positiv zu sehen, so wie Richard es ihr ständig vorzumachen versuchte. – »Die Hauptsache ist, wir haben das Gefängnis überstanden. Wir haben unsere Kinder wieder. Wir sind alle zusammen, wir sind gesund. Ich habe

Arbeit. Es könnte alles viel schlimmer sein.« – Aber irgendwann hatte sie es aufgegeben, so denken zu wollen wie er, schließlich war sie sogar wütend geworden. Richard hatte sich in sein Schicksal ergeben und versuchte das Beste daraus zu machen, aber in ihren Augen bedeutete das Kapitulation. Wo war der Mann geblieben, der diesen Staat, dieses System so gehaßt hatte, daß er alles auf eine Karte setzte, um die Freiheit zu erreichen? Heute arrangierte er sich mit seinem Dasein als Landarzt in diesem rückständigen Dorf, zog den Bauern rostige Nägel aus den Füßen, verschrieb ihnen Abführmittel oder Rheumasalbe. Ein Mann, der kompliziierteste Knochen- und Gelenkoperationen durchgeführt hatte ... wie konnte er damit leben? Indem er sich immer wieder sagte, auch hier sei er wichtig, natürlich, auch die Bauern brauchten einen Arzt ... zum Teufel mit ihnen!

Julia haßte sie alle, haßte die zahnlosen Münder der Alten, die Derbheit und Engstirnigkeit der Jungen. Die meisten Menschen, die in Bernowitz lebten, waren auch hier geboren, hatten nie etwas anderes gesehen, und das merkte man ihnen an. Die Frauen glotzten aus stumpfen Augen in die Gegend und hatten immerzu ein neugeborenes Kind auf dem Arm, die Männer soffen abends in der Kneipe und erzählten einander hirnlose Witze. Julia war nicht bereit, sich auch nur mit einem von ihnen näher abzugeben.

Grundsätzlich grüßte sie niemanden auf der Straße, und es war ihr ganz gleich, was man von ihr dachte. Sie konnte sich unhöfliches Benehmen leisten, denn sie war die Frau des Mannes, den man im Dorf am dringendsten brauchte. Ein nicht zu unterschätzendes Privileg.

Sie schälte die Kartoffeln, setzte einen Topf mit Wasser auf. Salat hatte sie aus dem Garten geholt. Gerade als sie die welken Blätter aussortierte, kamen die Kinder aus der Schule. Stefanie, inzwischen fast zehn Jahre alt, wie immer vorneweg, Michael hinterher. Stefanie hatte verweinte Augen. »Mami!« schrie sie. »Mami, ist es wahr, daß ich nie Tierärztin werden darf?«

»Warum solltest du das nicht dürfen?« fragte Julia, nahm den

Kindern die Schultaschen ab und hielt Michael zurück, der sofort in den Topf auf dem Herd spähen wollte. »Nicht, Michael, das gehört sich nicht!«

»Frau Hofer hat gesagt, ich darf nie Tierärztin werden! Sie hat es wirklich gesagt, Mami! Stimmt das? Hat sie recht?«

»Erzähl mal alles der Reihe nach«, sagte Julia.

Es dauerte eine ganze Weile, bis sie sich ein klares Bild von den Ereignissen machen konnte: Frau Hofer, Stefanies Lehrerin, hatte alle Schüler der Klasse gefragt, was sie später einmal werden wollten. Die meisten sahen ihre Zukunft als Bauer oder Bäuerin, wie die Eltern. (Typisch für die kleinen Schwachsinnigen, dachte Julia gehässig, sie schauen einfach nicht über den Rand dieses blöden Dorfes hinaus!) Als Stefanie an die Reihe kam, sagte sie, sie wolle Tierärztin werden. Nicht weiter verwunderlich für die Tochter eines Mediziners, die jeden Regenwurm voller Faszination betrachtete. Aber offenbar hatte sie Mißgunst und Ärger bei den Mitschülern, vor allem bei der Lehrerin erregt. Laut Stefanie hatte sie gesagt: »Das kannst du vergessen. Dich nehmen sie nie an einer Universität – nachdem deine Eltern unsere Deutsche Demokratische Republik verraten haben und sich zu den kapitalistischen Ausbeutern in den Westen absetzen wollten!«

Für Stefanie war diese Attacke völlig unerwartet gekommen, sie empfand sie als unverständlich und ungerecht. Sie und ihr Bruder hatten kein Problem mit dem Staat, in dem sie lebten. Dieses Land war ihre Heimat, und sie mochten es. Was Michael noch nicht begriff, begann Stefanie schon deutlich zu erkennen: Nicht der Staat machte ihr Schwierigkeiten, ihre Mutter verkomplizierte alle Dinge. Sie wollte nicht, daß ihre Kinder in die FDJ eintraten, sie fuhr dazwischen, wenn sie über die Errungenschaften im eigenen Land und über die Ausbeuter im Westen sprachen.

»So schwarz-weiß ist das alles nicht«, sagte sie oft und stiftete damit nur Verwirrung. Einmal hatte Stefanie gehört, wie ihre Mutter abends zu dem Vater sagte: »Es ist zum Verzweifeln! Hörst du den Kindern eigentlich genau zu? Die haben das perfekte sozialistische Vokabular drauf, und sie glauben den Mist, den man ihnen einredet!«

Die Stimme des Vaters hatte müde geklungen. »Sie müssen hier ihren Weg machen, Julia. Besser, sie integrieren sich. Mach sie nicht verrückt mit deinen Einwänden.«

»Ja, natürlich. Damit sie schöne kleine Anpasser werden. Damit sie nur nicht aufmucken!«

»Was hat denn uns das Aufmucken gebracht, Julia? Willst du, daß es ihnen ebenso ergeht?«

Der Vater. Zunehmend empfand ihn Stefanie als einzigen Anker in all dem Wirrwarr. Vater sagte nie, daß es Unsinn sei, was man ihr in der Schule beibrachte. Er hörte geduldig zu, stellte interessierte Fragen. Er hätte auch die Mitgliedschaft in der FDJ erlaubt, das wußte Stefanie genau. Leider konnte er sich gegen die Mutter nicht durchsetzen. Bestimmt war es auch nicht seine Schuld, daß die Eltern damals versucht hatten, in den Westen zu fliehen – was die Lehrerin jetzt so heftig anprangerte. Er hätte nichts getan, was seine Kinder später in Schwierigkeiten bringen konnte. Außerdem war er kein kapitalistischer Ausbeuter, was hätte er dann drüben gewollt? Aber die Mutter hatte auf ihn eingeredet, so wie sie jetzt auf die Kinder einredete. Warum konnte sie nicht endlich damit aufhören?

Julia beruhigte das weinende Mädchen, versicherte, daß Frau Hofer keine Ahnung von derlei Dingen habe und man ihr daher nicht glauben müsse. Stefanie ließ sich trösten, weil sie Trost brauchte, aber es entging Julia nicht, daß die Tochter weitaus feindseliger gegen ihre Mutter als gegen ihre Lehrerin eingestellt schien. Schließlich gingen beide Kinder hinaus in den Garten zu den Kaninchen.

Kaum waren sie verschwunden, begann Julia haltlos zu weinen. Sie schluchzte so, daß sie sich setzen mußte, daß sie überhaupt nichts mehr sehen konnte, daß sie keine Luft mehr bekam. Sie schluchzte voll wahnsinniger Wut, denn sie wußte, die Lehrerin hatte keineswegs Unsinn geredet. Es konnte leicht passieren, daß man ihren Kindern das Universitätsstudium verwehrte – als Kinder zweier akademisch gebildeter Eltern hatten sie ohnehin schon eine Hypothek zu tragen, aber vor allem die versuchte Flucht würde ihnen für alle Zeiten anhängen.

Als am späten Abend ein erschöpfter Richard zurückkam, berichtete ihm Julia alles, einigermaßen ruhig nach außen hin, aber erfüllt von Wut und Verzweiflung. Sie war jetzt kalt, diese Wut, nicht länger heiß und tränenreich wie am Mittag. So kalt, daß sie sich nicht einmal mehr an Richards Hilflosigkeit und Ergebenheit entzündete.

»Wir müssen die Dinge abwarten, Liebling. Es nützt nichts, jetzt zu weinen.«

O ja, da hatte er recht. Weinen nützte nichts. Sie erzählte ihm nichts von dem Brief, den sie an Felicia geschrieben und bereits abgeschickt hatte; so verschlüsselt wie es nur irgend ging, bat sie darin um Hilfe. Sollte es nicht klappen, würde sie, das wußte sie nun, trotz des Risikos die Flucht noch einmal wagen.

Bankdirektor Ernst Gruber war an diesem Abend erst spät nach Hause gekommen. Eine im letzten Moment anberaumte Konferenz hatte sich länger hingezogen als gedacht, er war müde und hungrig. Als er über den Gartenweg seines Grünwalder Hauses ging, dachte er, wie schön es wäre, einmal von seiner Frau mit einem Drink, einem Kaminfeuer und einem schönen Abendessen empfangen zu werden. Aber das gab es nie. Seine Frau machte immerzu Diät und war im übrigen viel zu sehr mit ihrer Schönheitspflege beschäftigt, um Zeit für ihn zu haben. Es blieb ihm nie etwas anderes übrig, als das vorgekochte Essen der Haushälterin in die Mikrowelle zu schieben und sich einen guten Wein aus dem Keller zu holen. Das Essen war jedesmal vorzüglich, der Wein hervorragend, aber das tröstete ihn kaum darüber hinweg, daß er beides allein genießen mußte.

Höchstens in Gesellschaft des Fernsehens.

Er schloß die Haustür auf und rief hoffnungsvoll: »Silvie?«

Keine Antwort. Seufzend stellte er seine Aktentasche ab und

stieg die Treppe hinauf. Silvie saß in ihrem Schlafzimmer vor dem Kosmetiktisch und schmierte sich eine rosafarbene Paste ins Gesicht. Mit einem breiten Band hatte sie ihre silberblond getönten Haare zurückgebunden und allen Schmuck abgenommen – ein äußerst ungewohnter Anblick. Sie trug ein grünseidenes Hausgewand, das vorne über ihren Beinen auseinandergerutscht war. Obwohl sie permanent hungerte, hatte sie wabbelige, weiße Oberschenkel. Vielleicht lag es an mangelnder Bewegung, mutmaßte ihr Mann, außer um auf Partys zu gehen verließ sie kaum je das Haus.

Die rosa Paste – vermutlich gegen Falten – verbot es von selber, daß Ernst ihr einen Kuß gab. Er blieb in einiger Distanz stehen und lächelte sie an. »Guten Abend, Silvie. Wie war dein Tag?«

»Es geht.« Sie hatte ihm keinen Blick zugeworfen. Statt dessen konzentrierte sie sich auf eine Tinktur, mit der sie Wattebäusche benetzte, die sie dann auf ihre Augenlider preßte. »Ich war zur Anprobe bei der Schneiderin. Schrecklich, der Münchner Verkehr! Die Hin- und Rückfahrt dauerte wesentlich länger als die Sache selber.«

»Du Armes.«

»Morgen früh bin ich beim Friseur. Immerhin werden alle wichtigen Leute von München kommen, ich muß blendend aussehen.«

»Das wird dir spielend gelingen«, beteuerte Ernst, während er rasch überlegte, wovon sie sprach. Eine Party offenbar – o Gott, schon wieder!

Sie schien seine Unsicherheit zu spüren, denn sie sagte: »Du weißt schon noch, daß wir morgen zu Felicia Lavergnes Geburtstagsfeier eingeladen sind?«

»Natürlich.«

»Dann ist's ja gut. Es geht schon nachmittags los, also sei rechtzeitig da. Ich habe ein Geschenk besorgt. Du brauchst dich nicht darum zu kümmern.«

In mancher Hinsicht war sie sehr zuverlässig. Perfekt als repräsentative Gattin, als zuvorkommende Gastgeberin, als wandelnder Terminkalender für gesellschaftliche Ereignisse. Als Ehefrau im normalen Alltag war sie ein Härtetest für jeden Mann.

»Du möchtest sicher nichts essen?« fragte er.

Ihre Augen hätten entrüstet geblitzt, wären sie nicht durch die Wattebäusche hermetisch abgeschlossen gewesen. »Bist du verrückt? Felicia wird morgen ein phantastisches Buffet haben und eine Menge guter Cocktails, und ich will nicht nur zuschauen müssen. Heute bin ich eisern. Ich hatte einen Tomatensaft und einen Apfel mittags, und das reicht.«

»Ja.« Er wandte sich zur Tür. Die Vorstellung, da unten allein in dem riesigen Eßzimmer zu sitzen und nichts zu hören als das Klappern seines Bestecks, frustrierte ihn auf einmal so sehr, daß er laut verkündete: »Ich gehe in ein Restaurant.«

»Kathrin hat aber gekocht. Es steht alles im Kühlschrank.«

»Ich weiß. Ich erkläre ihr das morgen. Aber mir ist jetzt danach, in ein Restaurant zu gehen.«

Von Silvie kam kein Kommentar, vermutlich war es ihr egal. Ernst zögerte noch einen Moment, dann ging er die Treppe hinunter. Er wollte nicht in ein Restaurant. Er wollte zu Clarissa.

Auf der ganzen Fahrt betete er, sie möge frei sein. Sonst würde sie gar nicht erst die Tür aufmachen. In jedem Fall würde sie ärgerlich sein, sie haßte unangemeldeten Besuch. Meistens gab sie ihm dann sofort eine Backpfeife ... er fühlte ein Pulsieren in seinem Körper bei diesem Gedanken.

Vor ihrem Haus hielt er an. Ein spießiges kleines Häuschen in München-Laim. Geranien im Vorgarten! Clarissa achtete sehr auf ihr Ansehen in den Augen der Nachbarn, sie wollte keinen Ärger. Ernst hatte sie einmal am Vormittag überrascht, als sie gerade zum Einkaufen gehen wollte. Sie sah aus wie eine biedere Hausfrau: Rock, T-Shirt, glattfrisiertes Haar, flache Schuhe. Natürlich erfreute sie sich trotzdem nicht des besten Rufes, schließlich sahen die Nachbarn die vielen Männer kommen und gehen. Aber direkt konnte man ihr nichts ankreiden, keine grelle Aufmachung, kein obszönes Gebaren.

Sonst kam Ernst immer erst nach Einbruch der Dunkelheit, aber heute verhielt er sich äußerst leichtsinnig – zwar dämmerte es, aber man hätte ihn leicht erkennen können. Clarissa war da, sie öffnete auf Ernsts Klopfen sofort. Sie trug Jeans, darüber einen weißen Pullover. Die langen Haare wurden von zwei Kämmchen über den Schläfen zurückgehalten.

»Was tust du denn hier?« fragte sie. Es klang wenig erfreut. Ernst drückte sich an ihr vorbei rasch ins Innere des Hauses. Ehe Clarissa die Tür schloß, warf sie noch einen Blick nach draußen. »Du bist mit dem Wagen hier«, stellte sie überrascht fest. Meist ließ er das Auto irgendwo in der Innenstadt stehen und fuhr mit einem Taxi zu ihr.

»Ich hatte es sehr eilig, dich zu sehen«, erklärte er, »es blieb keine Zeit für komplizierte Tarnungen.«

»Sehr unvorsichtig. Außerdem weißt du, ich möchte, daß du anrufst, bevor du mich aufsuchst.«

»Ich weiß.«

»Dann richte dich nächstens danach.« Ihre scharfe Stimme jagte ihm Schauer über den Rücken. Sein Mund öffnete sich, die Oberlippe sank etwas hinunter, er merkte es nicht. Trotz seines dunkelblauen Nadelstreifenanzugs, trotz der sorgfältig gekämmten silbergrauen Haare, trotz der mit einem kleinen Diamanten besetzten Krawattennadel sah er auf einmal aus wie ein kleiner Junge.

Clarissa verzog verächtlich das Gesicht. Sie verachtete Ernst ebenso wie sie all die Kerle verachtete, die zu ihr kamen und vor ihr auf den fetten Managerbäuchen herumkrochen. Sie hatten fast alle Probleme mit dem Gewicht und mit ihrem Cholesterinspiegel, sie schluckten zahllose Tabletten und hatten ständig Angst, jeden Moment von einem Infarkt niedergestreckt zu werden. Beruflich stammten sie ausnahmslos aus den höheren Etagen, waren Direktoren, Präsidenten und Vorstandsmitglieder. Sie hatten Geld, und darauf kam es Clarissa an. Von ihnen konnte sie großzügige Geschenke erwarten. Sie führten ein gehetztes Leben nach dem Terminkalender, kamen nie zur Ruhe. Ihre Ehen bestanden schon lange nur noch auf dem

Papier. Die Gattinnen verbrachten ihre Zeit in Modeboutiquen, beim Friseur und auf Schönheitsfarmen und entfernten sich immer mehr von den hübschen, lebendigen Mädchen, die sie einmal gewesen waren. Entweder wurden sie füllig, oder sie hungerten sich zu Knochengerüsten herunter. An ihren Männern interessierten sie gerade noch die Scheckhefte und das gesellschaftliche Ansehen, das sie ihnen verschafften. Nicht ihre eigentlichen Bedürfnisse.

Und Bedürfnisse hatten sie, und zwar höchst ausgeprägte! Clarissa kannte sie alle, bei ihr verstellte sich keiner. Hier brauchten sie nicht irgendeinen komplizierten Moralkodex aufrechtzuerhalten, in dem festgeschrieben war, was ein anständiger Mann tun durfte und was nicht. Hier durften sie alles. Ohne Angst haben zu müssen, daß es nicht so funktionierte, wie sie es sich gedacht hatten. Sie zahlten genug Geld, um sich auch Impotenz leisten zu können.

Clarissa trat ins Wohnzimmer, Ernst folgte ihr. Der Raum war sehr geschmackvoll eingerichtet, die ganze Längsseite nahm ein deckenhohes Bücherregal ein. Clarissa las viel. Sie hatte mit vierzehn Jahren die Schule verlassen müssen, um Geld zu verdienen, aber inzwischen hatte sie eine Menge aufgeholt. Es gab kaum ein Thema, bei dem sie nicht mithalten konnte.

Ernst ließ sich auf das Sofa fallen. Er atmete etwas mühsam, sein Blutdruck machte ihm zu schaffen. Clarissa mußte ihn nur ansehen, um zu wissen, daß er heute abend keineswegs auf eine scharfe Nummer aus war. Wahrscheinlich wollte er nur reden. Sie seufzte. Sie mußte ihm unbedingt klarmachen, daß sie unangemeldeten Besuch wirklich haßte!

»Willst du etwas trinken?« fragte sie. Er nickte. »Ja, bitte. Einen Campari.«

Sie ging in die Küche, mixte zwei Campari mit Orangensaft und viel Eis. Sie wußte, Ernst mochte ihn lieber pur, aber sie hatte kein Interesse daran, daß er sich betrank. Als sie ins Zimmer zurückkehrte, saugten sich seine Augen förmlich an ihr fest. Sie wußte, daß er als Bankdirektor brutal umgehen konnte mit Schuldnern, die ihre Zinsen nicht bezahlen konnten, daß er nicht zögerte, ihren Besitz, Haus und Grund für die Bank zu beanspruchen, nachdem er ihnen vorher unverantwortlich hohe Kredite bewilligt hatte. Viele hatte er über die Klinge springen lassen, aber das mochte kaum glauben, wer ihn jetzt sah. Er wirkte wie ein großes, rosiges, trauriges Baby.

Nach den ersten Schlucken taute er auf und begann sein Leid zu klagen. Es ging um Silvie, natürlich. »Es ist keine Ehe mehr, die wir führen. Nach außen hin schon, wir gehen überall zusammen hin, wo man hingeht, und Silvie sieht toll aus . . . also, für eine Frau ihres Alters jedenfalls. Aber ansonsten, daheim, da haben wir überhaupt nichts Gemeinsames mehr. Aus unserem Schlafzimmer ist sie vor fünf Jahren ausgezogen . . .«

Clarissa kannte die Geschichte vorwärts und rückwärts, aber es gehörte zu ihrem Job, sich das ewig gleiche Lamento der Männer immer wieder von vorn anzuhören. Ernst würde sie heute abend den doppelten Tarif abnehmen, das stand fest, nachdem er ihr den freien Abend versaut hatte.

»Daß wir mal zusammen essen, zusammen fernsehen, uns unterhalten – das gibt es überhaupt nicht mehr. Wenn ich ihr etwas erzähle, hört sie überhaupt nicht zu. Es interessiert sie nicht. Ich könnte schwer krank sein, sie würde es nicht einmal merken!« Das Selbstmitleid riß ihn mit, seine Stimme wurde quengelig. Er fühlte sich vom Schicksal und von aller Welt schlecht behandelt. Er war ein erfolgreicher Mann, aber niemand liebte ihn. Niemand hatte Verständnis für seine Probleme. Niemand – nur Clarissa. Er schaute sie an und dachte, daß er sie nie verlieren durfte. Mit Leib und Seele hing er an ihr. Er streckte die Arme aus. »Komm zu mir, bitte. Komm in meine Arme.« Er hatte jetzt die Stimme eines kleinen Kindes. »Ernst braucht dich. Er braucht dich so sehr!«

Sie erhob sich und ging auf ihn zu.

Er lag auf dem Sofa, den Kopf in ihrem Schoß, und schlief, schnarchte leise, sein Atem roch schlecht.

Er wird verdammt alt, dachte Clarissa kritisch, er müßte weniger essen und sich mehr bewegen.

Sie hatten natürlich nicht miteinander geschlafen, Clarissa war sowieso nicht in der Stimmung, und Ernst ausnahmsweise auch einmal nicht. Er wollte nur getröstet werden. Sie mußte ihm über die Haare streichen und versichern, er sei ein guter Junge, und schließlich schlief er selig lächelnd ein. Erstaunlich, daß er nicht auch noch am Daumen lutschte.

Sie machte eine Bewegung, die ihn aufwecken sollte – er wurde ihr langsam zu schwer –, und es funktionierte. Er hörte auf zu schnarchen und sah sie an. »Ich liebe dich, Clarissa«, murmelte er.

Sie zupfte ihn am Ohr. »Natürlich liebst du mich. Jeder nette Junge liebt seine Mutter.«

Ernst setzte sich auf. Clarissa fand, daß er mit seinen verstrubbelten Haaren noch blöder aussah als sonst.

»Clarissa, ich meine es ernst«, sagte er feierlich, »ich empfinde sehr stark für dich. Weißt du, was mich quält? Mich quälen die anderen Männer in deinem Leben.«

Mit der Leier kam fast jeder irgendwann einmal, Clarissa kannte das schon. Die Eifersucht der Männer stellte ein gewisses Ärgernis in ihrem Beruf dar. Besonders wenn Kunden über mehrere Jahre hinweg kamen, entwickelten sie irgendwann Besitzansprüche, denen man sofort und ohne die geringste Bereitschaft zum Einlenken entgegentreten mußte. Clarissa hatte ziemlich viel Übung darin. Allerdings mußte sie bei Ernst Gruber vorsichtig sein. Immerhin deckte er Markus Leonberg mit Krediten ein, und das machte ihn wertvoll.

»Die anderen Männer brauchen dich nicht zu quälen«, sagte sie sanft, »denn du bist etwas ganz Besonderes für mich.«

»Ich bin altmodisch. Ich möchte der einzige für eine Frau sein!«

Und dann suchte er sich ausgerechnet eine Prostituierte aus!

»Schau, Ernst, sei ein lieber Junge und . . .«

»Nein!« Er war jetzt hellwach, war wieder Bankdirektor Gruber.

»Ich meine es ernst. Ich will, daß du nur meine Geliebte bist.«

Clarissa zündete sich eine Zigarette an. Sie inhalierte tief. »Das wäre verdammt teuer für dich.«

Ernst schnippte lässig mit den Fingern. »Du weißt, daß es bei mir auf Geld nicht ankommt.«

»Ich weiß.« Sie überlegte. Ernst hatte für sie keine andere Bedeutung als die eines Werkzeuges im Feldzug gegen Markus Leonberg, und sie mußte herausfinden, auf welche Weise sie ihn am wirksamsten einsetzen konnte. Es war wichtig, ihn so abhängig zu machen, daß er bedingungslos tat, was sie ihm sagte. Wie wurde er abhängig – noch abhängiger, als er schon war, noch unterwürfiger, noch demütiger? Wenn sie ihn weiterhin in der Konkurrenz mit anderen hielt, oder wenn er der einzige wurde, der in ihrer Gunst stand? Sie durfte jetzt keinen Fehler machen.

Ernst sah sie abwartend an. Er erinnerte sie an ein Schaf. Irgendwie stülpte sich seine Oberlippe immer so komisch über seine Unterlippe. Aber er war kein Schaf. Er konnte sich – in ihren Händen – in eine hochgefährliche Waffe verwandeln.

»Ich denke darüber nach, Ernst«, versprach sie, »aber setz mich nicht unter Druck. Du weißt, das vertrage ich überhaupt nicht. Und komm nie wieder unangemeldet hierher. Es gelten meine Spielregeln, das weißt du!«

Er nickte. »Ja. Ich tu es nicht mehr.«

Sie tätschelte ihm etwas zu hart die Wange, dann stand sie auf und ging in die Küche. Sie brauchte jetzt noch einen Drink.

## 3

Susanne Velin, Felicias jüngere Tochter, war einundsechzig Jahre alt, und wer sie länger kannte, behauptete, sie sei eine seltsam zeitlose Erscheinung. Sie habe mit dreißig genauso ausgesehen wie jetzt, und mit achtzig werde das sicher nicht anders sein. Wer sie schon sehr lange kannte, sagte, auch als junges Mädchen sei sie so gewesen wie heute – glatter natürlich, keine weißen Strähnen in den blonden Haaren, aber bereits mit diesem strengen, verschlossenen, freudlosen Ausdruck im Gesicht. Es war, als sei sie nie jung gewesen und nicht wirklich alt, nur einem langsamen Vertrocknungsprozeß ausgesetzt.

Susanne hatte drei Töchter, von denen zwei verheiratet waren und ihr eigenes Leben führten; sie hatten kaum noch Kontakt zu ihrer Mutter. Die Jüngste, Sigrid, allerdings lebte noch daheim, obwohl sie bereits neununddreißig und promovierte Studienrätin war. Sie fand den Absprung nicht. Es gab keinen Mann in ihrem Leben, hatte auch nie einen gegeben. Sigrid schien dazu verdammt, eine alte Jungfer zu werden.

Sie hatte Susanne zu Felicias Geburtstagsfeier an den Ammersee begleitet, und wie immer, wenn sie sich unter vielen Menschen befand, erstarrte sie fast in Schüchternheit. Um ihre Nervosität zu verbergen, setzte sie eine abweisende, unnahbare Miene auf, und tatsächlich wagte es kein Mensch, sie anzusprechen. So war es immer. Sigrid kam nie mit irgend jemandem ins Gespräch.

Sie sehnte den Moment herbei, da das Fest vorbei sein würde. Aber es war erst fünf Uhr nachmittags, und bestimmt dauerte das alles noch bis tief in die Nacht. Sie hielt ihr Champagnerglas umklammert und überlegte kurz, ob sie zu ihrer Mutter gehen sollte, die mit Nicola und Sergej zusammensaß. Aber das erschien ihr zu schmachvoll. Erst im äußersten Notfall würde sie dorthin flüchten.

Sie beobachtete die anderen Gäste. Zeit ihres Lebens dazu verurteilt, Dingen zuzusehen anstatt an ihnen teilzunehmen, hatte sie eine gute Beobachtungsgabe entwickelt. Da war die attraktive Kusine Alex. Blaß sah sie aus, angestrengt. Sie hatte gerade Examen gemacht, soviel wußte Sigrid, aber sie fragte sich, ob dies allein der Grund für die Schatten unter ihren Augen war. Daneben Markus, ihr Mann. Könnte leicht ihr Vater sein. Er schien nicht besonders glücklich. Er hatte Sorgen. Vermutlich lag er nachts häufig wach und grübelte.

Sie beobachtete Chris, der sich gerade ein Stück Torte vom Kuchenbuffet holte. Chris hatte sich sehr verändert: er trug die

Haare jetzt kurzgeschnitten, ließ sich dafür einen Dreitagebart stehen und sah aus wie eine Mischung aus Clark Gable und Alain Delon. Chris lebte seit einem Jahr in Frankfurt, weil er München reaktionär fand, und hatte im Frühjahr dort sein erstes Staatsexamen gemacht. Die Blonde neben ihm war seine Freundin Simone, die ihm an den Main gefolgt war. Er hatte ihr das Leben gerettet, und die beiden hingen wie Kletten aneinander.

Aber sie ist irgendwie von Tragik umgeben, diese Simone, dachte Sigrid, wer weiß, was noch auf sie zukommt.

Ihr Blick wanderte zu Großmutter Felicia hin, die gerade mit dem Bürgermeister von Herrsching plauderte. Oh, sah sie gut aus! Sigrid spürte denselben Neid, dem sich auch ihre Mutter lebenslang ausgeliefert gesehen hatte. Sechsundachtzig war diese Frau und strahlte noch immer diese prickelnde Vitalität, diese unverwüstliche, ständige Präsenz aus. Der Bürgermeister lauschte ihr fasziniert. Und der andere Herr, der gerade hinzutrat – man hatte ihn Sigrid vorgestellt ... wie hieß er noch? Gruber. Bankdirektor Gruber! – nun, auch er himmelte sie an. Komischer Typ übrigens. Sigrid dichtete ihm in Gedanken sofort ein paar perverse Vorlieben an.

Sie stand schon zu lange unbeweglich auf demselben Fleck, überlegte, ob sie nicht etwas tun könnte. Am besten holte sie sich einen neuen Champagner, ihr Glas war zwar noch nicht leer, aber ganz warm. Sie drehte sich um und stieß gegen einen Herrn mit weißem Bart und nach vorn gezogenen Schultern.

»Verzeihung«, murmelte sie. Etwas von ihrem Champagner war auf sein Jackett geschwappt. »O Gott, es ... ich ... es tut mir leid ...«

Sein trauriges Gesicht lächelte freundlich. »Das macht doch nichts«, sagte er.

Martin Elias war seit Jahrzehnten nicht in Deutschland gewesen. Obwohl er viel gereist war, hatte er um Deutschland stets einen Bogen gemacht. Aber da war immer die Sehnsucht gewesen, seine Heimat wiederzusehen, vor allem seine Stadt, sein

München. Er hatte sein halbes Leben dort verbracht, jede Ecke, jede Straße dort bedeutete Erinnerung. Aber auch böse Erinnerung. Davor hatte Martin Angst. Er wußte, daß alte Wunden aufbrechen würden, und er fürchtete die Schmerzen. Wie heftig würden sie über ihn herfallen? Es lag alles so weit zurück, und doch verheilte es nie wirklich. Er hatte das Lachen wieder gelernt, den Schlaf wiedergefunden, seine Träume waren friedlich geworden, und es gelang ihm, Dinge zu tun, die für lange Zeit unmöglich geworden waren: Malen, Musik hören, in einer Blumenwiese liegen und in den Himmel sehen. Das alles hatte es über viele Jahre nicht gegeben. Immer und immer hatten sich die Schreckensbilder dazwischengeschoben: die Wachttürme, drohend schwarz unter geballten Wolken. Die Baracken, trostlos aufgereiht entlang schmutziger Gassen. Die elektrisch geladenen Stacheldrahtzäune, unüberwindlich, eine tödliche Barriere. Die Eisenbahngleise, die direkt in den weitgeöffneten Rachen des Todes führten. Die Bilder von Auschwitz, Wirklichkeit gewordene Hölle mitten auf Erden.

Und doch, je weiter die Jahre voranschritten, je älter er wurde, desto sicherer wußte er, daß er seine Heimat noch einmal besuchen mußte. Er wollte das Gute, Schöne, Unschuldige, den Himmel, die Flüsse und Seen, die Blumen und Bäume in diesem Land sehen und darauf hoffen, daß ihm das etwas von seinen einstigen Gefühlen für die Heimat zurückgab.

Vielleicht hätte er sich trotzdem nie aufgerafft, seinen Kibbuz bei Haifa zu verlassen; über Achtzig war er nun und nicht mehr sehr beweglich, aber dann kam die Einladung zu Felicias Geburtstag, und er erkannte die Gelegenheit. Das war der Anstoß, auf den er gewartet hatte. Er kannte Felicia lange, sehr lange, zwischen zwanzig und dreißig waren sie gewesen, als sie einander trafen. Eine alte Freundin? Nein, diese Bezeichnung hätte er in ihrem Fall nicht akzeptiert. Tatsache war, sie hatten sich nie besonders gut verstanden. Er war in linken Kreisen herumgezogen, und sie hatte nur im Sinn gehabt, möglichst viel Geld zu machen. Aber in der Stunde der Not hatte sie geholfen: Versteckt im Keller ihres Hauses, hatte Martin den Holocaust überlebt. Die Mühe auf sich zu nehmen, sie noch einmal aufzusuchen, ehe sie beide starben, war eine Frage der Dankbarkeit und des guten Stils.

Er fühlte sich schrecklich einsam auf dem großen Fest. Niemand kümmerte sich um ihn. Felicia hatte ihn sehr herzlich begrüßt, aber sie hatten früher wenig miteinander zu reden gewußt, und das war nicht anders geworden. Damals, als die Nazis in Deutschland regierten, hatten die Schrecken der Zeit sie aneinandergebunden. Dann waren sie jeder in eine andere Richtung davongegangen, und von den gemeinsamen Jahren war nichts geblieben.

Die Fröhlichkeit der Menschen ringsum tat Martin weh, sie kränkte ihn, obwohl er sich gegen dieses Gefühl zu wehren suchte. Was hast du erwartet? wies er sich zurecht. Daß sie noch im Herzen tragen, was damals geschah? Daß sie um die Millionen Toten trauern? Daß sie sich ihrer Schuld ständig bewußt sind? Das kannst du nicht erwarten, Martin. Schau dich um, wie viele junge Leute hier sind. Natürlich lachen sie und sind fröhlich. Weshalb sollten sie unablässig an die Schuld ihrer Väter oder Großväter denken? Als er mit Sigrid zusammenstieß, hatte er gerade beschlossen, leise und ohne Aufhebens zu gehen. Musik, Gelächter und Champagner waren eben nichts für ihn. Er sehnte sich nach der Stille seines Hotelzimmers.

Sigrid spürte, daß der alte Mann, dem sie Champagner aufs Jackett geschüttet hatte, eigentlich gehen wollte. Aber sie war erleichtert, daß es ihr endlich gelungen war, einen Kontakt zu einem der Gäste herzustellen – und wenn es nur darüber geschah, daß sie ein Taschentuch hervorkramte und das Revers seines Anzugs abtupfte. »Immer laufe ich halb blind herum und stoße mit jemandem zusammen ... es tut mir leid ... ich hoffe, es werden keine Flecken bleiben ...«

»Es macht wirklich nichts«, wiederholte er noch einmal beruhigend. Sie hörte endlich auf, an ihm herumzurubbeln. »Wie gefällt Ihnen das Fest?« fragte sie.

Auch Martin Elias verfügte über eine gute Menschenkenntnis. Schlagartig begriff er die Einsamkeit dieser nicht mehr jungen Frau, wußte um die Qual, die eine Feier wie diese für sie bedeutete. Er sah sie an; blondes, kurzgeschnittenes Haar, eine dicke Brille, ein schöngeformter Mund, der jedoch die übrigen Unzulänglichkeiten nicht auszugleichen vermochte. Vielleicht hatte sie eine hübsche Figur, vielleicht auch nicht, unter dem sackähnlichen, zerknitterten Leinenkostüm ließ sich das nicht feststellen. Sicher war das schreckliche Kostüm teuer gewesen, und bestimmt hatte sie es sich extra für diesen Tag gekauft. Aber sie mußte in eine Boutique für Damen reiferen Alters gegangen sein, für solche, die bei Kleidungsstücken in erster Linie darauf achten, daß alle ihre Polster und Kurven überspielt werden. Armes Ding, dachte Martin mitleidig. Sie war so sichtlich darauf aus, mit ihm ein paar Worte zu wechseln, daß er es nicht fertigbrachte, sie höflich abzuwimmeln und davonzugehen.

»Es ist ein gelungenes Fest«, antwortete er nun auf ihre Frage, »obwohl ich fürchte, daß ich ein wenig zu alt bin für solch einen Trubel.« Mit einer angedeuteten Verbeugung fügte er hinzu:

»Gestatten Sie, daß ich mich vorstelle. Martin Elias.«

»Velin. Sigrid Velin.«

Etwas im Ausdruck seines Gesichts veränderte sich, als sie ihren Namen sagte, sie sah es deutlich. Es war, als glitte ein Schatten darüber hinweg, und danach war da ein anderer Blick, ein neuer, angespannter Zug um den Mund. »Sigrid Velin«, wiederholte er. »Sie sind eine Tochter von Susanne Velin.« Es war keine Frage, sondern eine Feststellung. Sigrid nickte. »Ja. Sie kennen meine Mutter?«

»Ja. Ich bin noch nicht dazu gekommen, mich heute länger mit ihr zu unterhalten. Wie geht es ihr?«

»Recht gut. Sie lebt in Berlin und unterrichtet in einer Schule für sprachgestörte Kinder.«

»Schon lange? Ich meine ... ist sie schon lange in Berlin?«

»Sie ist kurz nach dem Krieg nach Berlin gegangen. Vorher war sie ja in München.«

»Ich weiß. Dort habe ich sie damals kennengelernt.«

»Aber ich erinnere mich kaum noch an München. Ich war drei, als wir weggingen.« Sigrid hatte das bestimmte Gefühl, daß sie zuviel erzählte, aber sein Interesse schien echt. Er hatte ein brennendes Interesse, das spürte sie, seitdem diese eigenartige Veränderung in seinem Gesicht vor sich gegangen war.

»Und Sie«, erkundigte sie sich, »leben Sie in München?«

»Nein, ich lebe in Haifa. Israel.«

Sie verstand. Natürlich, sie hätte es am Namen schon erkennen müssen. Martin Elias. Sie sah ihn an und wußte, er las ihre Gedanken. Er deutete ihr Erschrecken richtig. Er wußte alles. »Sprechen Sie in der Familie noch manchmal über Ihren Vater?« fragte er.

Susanne beobachtete die beiden genau. Mit einem Ohr hörte sie zu, was Nicola erzählte – es ging um Julias Schicksal, natürlich, und um die schrecklichen Verhältnisse in der DDR –, aber ansonsten galt ihre gespannte Aufmerksamkeit Martin Elias und Sigrid. Sie konnte nicht verstehen, was die beiden sprachen, dafür standen sie zu weit entfernt, und es war zu laut im Raum.

Martin Elias. Hätte sie geahnt, daß er hier sein würde, sie wäre nicht gekommen. Sie war zutiefst erschrocken, als sie ihn plötzlich gesehen und sofort wiedererkannt hatte. Rasch war sie zwischen den anderen Leuten untergetaucht, um ihn nicht begrüßen zu müssen. Und nun war er an Sigrid geraten.

Reg dich nicht auf, sagte sie sich, was soll denn passieren? Er kann Sigrid nichts erzählen, was sie nicht ohnehin schon weiß. Nein, er konnte nichts Neues sagen. Aber er konnte die alten Dinge aufrühren. Er konnte all das hervorholen, worüber die Familie seit Jahren beharrlich schwieg. Und sie wollte nicht, daß er das ewige Trauma neu erweckte. Alles sollte da bleiben, wo es seit langem ruhte, unter einer dicken Decke von Schweigen und Verdrängung. Susanne hätte mit der Vergangenheit nicht leben können, hätte sie sie nicht verdrängt.

Sie erinnerte sich an den Tag, als sie ihren Töchtern die Wahrheit gesagt hatte. Sie konnte nicht riskieren, daß sie es von anderen erfuhren, also mußte sie die Zähne zusammenbeißen und ihnen reinen Wein einschenken. Kristin war elf gewesen, Ursula zehn, Sigrid neun. Sie hatte sie zu sich in ihr Arbeitszimmer gerufen, und die Mädchen hatten sie unsicher und betreten angeschaut, weil sie die Angespanntheit und Nervosität der Mutter spürten.

»Ich muß euch etwas über euren Vater berichten«, sagte sie, »Kristin und Ursula erinnern sich ja noch schwach an ihn, Sigrid vermutlich kaum noch.«

Sie sahen sie verwundert an.

»Ich habe euch immer in dem Glauben gelassen, er sei in den letzten Kriegstagen gefallen. Es war das einfachste. Alles andere hättet ihr nicht verstanden.«

»Er ist nicht tot?« fragte Kristin aufgeregt. Ihre Schwestern machten große Augen. Der Vater war nicht tot? Gab es ihn am Ende noch – kam er wieder?

»Doch, er ist tot«, zerstörte Susanne sogleich alle aufkeimende Hoffnung, »aber er ist nicht im Krieg gefallen. Er ist ... nun, ihr wißt ja, wer die Nazis waren?«

Sie hatten alle drei bereits in der Schule davon gehört, aber ihre Vorstellungen waren eher verschwommen. Die Nazis hatten Krieg angezettelt mit der halben Welt, und sie hatten Millionen Menschen, vor allem Juden, in furchtbare Lager gesperrt und ermordet. In vielen Familien waren die Väter gefallen, Städte waren durch Bomben zerstört worden. Noch immer sah man Ruinen. »Euer Vater«, sagte Susanne, »gehörte zu den Nazis. Er hat an die Dinge geglaubt, die sie ihm erzählten. Viele glaubten daran. Er hat Sachen gemacht, die er nicht hätte machen dürfen. Versteht ihr, die Nazis haben ihm gesagt, er soll es tun, sie haben ihm eingeredet, es sei richtig und notwendig. Trotzdem hätte er es nicht tun dürfen. Sein Gewissen hätte es ihm verbieten müssen.« Die Mädchen starrten sie an. Susanne hätte sie am liebsten angefahren, sie sollten nicht so schauen, sie sollten es bitte begreifen, ohne daß sie es lange erklären mußte. Aber natürlich ersparten sie ihr nichts.

»Was hat er getan?« fragte Ursula.

»Er hat Dinge getan, von denen er glaubte, sie seien richtig. Aber sie waren nicht richtig. Er lebte in einer schrecklichen Verwirrung. Ihr müßt das aus der Zeit heraus verstehen. Damals war es nicht so friedlich wie heute. Überall wurde gekämpft und getötet. An den Fronten schossen die Soldaten einander tot, nachts fielen Bomben auf die Städte. Es herrschte ein schreckliches Blutvergießen. Und es wurden auch Leute umgebracht, die von den Nazis als Volksfeinde bezeichnet wurden.«

»Juden?« fragte Kristin.

»Ja. Aber auch Zigeuner, Kommunisten, Leute, die sich gegen Hitler wandten.«

Kristin, die Älteste, war auch die wachste. »Hatte Papa damit etwas zu tun? Hat er geholfen, diese Leute umzubringen?«

Susanne schaute keines der Kinder an. »Ja. Ja, das hat er getan. Und als der Krieg vorbei war, kam er deshalb vor Gericht. Er wurde zum Tode verurteilt.«

»Wie ... wie haben sie ihn getötet?« fragte Sigrid.

»Das ist doch unwichtig«, sagte Susanne gereizt, aber dann fügte sie hinzu: »Sie haben ihn aufgehängt.«

Die Kinder waren schockiert, auch wenn sie den Mann, um den es ging, kaum gekannt hatten.

»Ich habe es euch erzählt, damit ihr Bescheid wißt, und nicht eines Tages jemand kommen und euch erschrecken kann«, sagte Susanne, »aber von jetzt an sollten wir nicht mehr darüber reden. Es ist vorbei. Dieser Mann hat keinerlei Bedeutung mehr für euer Leben.« Ihre Stimme hatte einen Ton, der es den Kindern offenbar tatsächlich verbot, je wieder davon anzufangen. Ob sie, als sie älter waren, für sich allein weitere Nachforschungen anstellten, wußte Susanne nicht. Sie wußte überhaupt wenig von den Mädchen. Sie absolvierten ihre Schule ordentlich und trieben sich nicht in den falschen Kreisen herum, und solange sie in diesem Punkt sicher sein konnte, redete sich Susanne ein, alles andere sei nur Einmischung in Dinge, die sie nichts angingen. Wenn sie Sorgen haben, werden sie schon zu mir kommen, sagte sie sich.

Sie kamen nicht. Statt dessen suchten Kristin und Ursula das Weite, sowie sie das Abitur bestanden hatten. Sie jobbten, um sich das Studium zu finanzieren, suchten sich Freunde, lauter lustige, junge Leute, mit denen sie das Leben genießen konnten. Es war, als streiften sie jahrelange Fesseln ab. Es hätte Susanne entsetzt zu hören, was sie ihren engsten Freunden anvertrauten: »Es war furchtbar daheim. Über nichts, gar nichts durfte geredet werden. Es war, als habe sich das verbotene Thema ›Vater‹ wie ein schwerer Schleier auch über jedes andere Thema gebreitet. Worum es auch ging, um Krankheit, Tod, Sex, Liebe, Wahnsinn, Sünde, Hoffnung, Trauer – über nichts wurde geredet. Bei Tisch beschränkten sich unsere Unterhaltungen auf: ›Reichst du mir bitte das Salz?‹ und: ›Was meint ihr, wird es nächste Woche beim Schulausflug immer noch regnen?‹ Und Mutter saß angespannt da, voller Angst, man könnte an etwas rühren, was sie unter allen Umständen vergessen wollte.« Aber Susanne hörte die Mädchen nie so reden, und alles, was sie dachte, war, wie undankbar diese Generation sich verhielt. Kaum standen sie auf eigenen Füßen, schon vergaßen sie den Menschen, der immer für sie gesorgt hatte.

Mit Sigrid, der Jüngsten, lief es ganz anders, doch froh konnte Susanne dabei auch nicht werden. Sigrid gelang es nicht, ein eigenes Leben aufzubauen. Sie absolvierte ihr Studium der Germanistik und Anglistik, promovierte und wurde eine tüchtige Lehrerin. Sie wohnte noch immer in ihrem alten Zimmer daheim, hatte sich aber immerhin inzwischen dort mit neuen Möbeln eingerichtet. Zu ihrer Mutter hatte sie keineswegs ein inniges Verhältnis, im Gegenteil, die beiden Frauen lebten in gewohnt stummer Manier nebeneinander her. Im Dezember würde Sigrid ihren vierzigsten Geburtstag feiern. Unwahrscheinlich, daß sich in ihrem Leben noch etwas änderte.

»Du starrst deine Tochter an, als habest du sie noch nie

gesehen«, bemerkte Nicola, »was ist denn los, Susanne? Du hörst mir schon seit ein paar Minuten nicht mehr zu!«

Susanne zuckte zusammen. »Entschuldige, Nicola. Ich habe über Martin Elias nachgedacht. Er ist sehr alt geworden.«

»Wie wir alle«, sagte Nicola. Sie betrachtete den weißhaarigen Mann, und in ihren Augen stand plötzlich ein Ausdruck von Melancholie und Verwunderung. »Als ganz junges Mädchen war ich schrecklich verliebt in ihn. Ich glaubte, mein Herz müsse brechen, als er sich für seine Sara entschied.«

»Du warst mal verliebt in ihn? Das wußte ich gar nicht«, sagte Susanne. »Dann kennst du ihn ja schon ewig!«

»Es ist so lange her. Wir haben uns dann auch völlig aus den Augen verloren. Ist Sara später nicht ... starb sie nicht in Auschwitz?«

»Ja. Martin konnte sich rechtzeitig verstecken, Sara wurde deportiert. Er hörte nie wieder von ihr.«

Nicola sah ihn an. »Er hat es bis heute nicht überwunden«, stellte sie fest, »er wird es bis zu seinem Tod nicht verwinden.«

Sie schwiegen alle drei, dann sagte Sergej: »Schluß jetzt mit all den Erinnerungen. Wir sollten über die jungen Leute reden. Ihnen gehört die Zukunft.«

Als habe er ein Stichwort gegeben, schlug in diesem Moment Felicia mit einer Kuchengabel leicht gegen ihr Sektglas. Das Stimmengewirr verstummte. Erwartungsvoll sahen alle die Gastgeberin an.

»Ich will jetzt nicht das Übliche sagen«, begann sie, »Sie wissen schon, über das Glück, so alt zu werden und trotzdem noch gesund zu sein und bei geistigen Kräften. Ein solch großes Glück ist es nicht. Ganz gleich, was man sich auch einzureden versucht, es wird doch jeden Tag bei hundert Gelegenheiten deutlich, daß nichts mehr ist, wie es einmal war. Der Tod ist nicht fern, und es ist nicht allzu leicht, sich damit abzufinden.« Sie machte eine kurze Pause. Es war so still, daß man die berühmte Stecknadel hätte fallen hören können. »Bei Gelegenheiten wie dieser heute«, fuhr sie fort, »werden immer heroische Reden gehalten. Man bewundert mich zum Beispiel dafür, daß ich älter bin als dieses Jahrhundert, daß ich zwei Kriege überstanden habe, den Sturz des Kaisers miterlebt habe, die Errichtung der Republik, die Nazidiktatur, den Zusammenbruch, den Wiederaufbau. Nun, es ist nicht mein Verdienst. Und ob ich mich immer vorbildlich verhalten habe, sei dahingestellt. Das einzige, was ich sagen kann: Ich habe mich nie geschlagen gegeben. Irgendwie habe ich immer wieder die Nase aus dem Dreck bekommen. Was auch geschah, ich fing eben von vorne an. Und wenn ich an meine Kinder und Enkel etwas weitergeben möchte, dann diese Erkenntnis: daß das Ende zehnmal im Leben über einen Menschen hereinbrechen kann, und daß man doch später merkt, daß es gar kein Ende war, sondern nur eine Umstellung der Weichen. Aus irgendeinem Grund soll man einen anderen Weg beschreiten als den bisherigen, und man braucht nur ein bißchen Mut, einen Fuß vor den anderen zu setzen.« Wieder unterbrach sie sich, mit einem Stirnrunzeln, als habe sie bereits mehr gesagt, als sie wollte. »Jetzt aber Schluß mit diesen Predigten. Ich wollte nämlich eigentlich nicht über mich reden, sondern über meine Enkelin Alexandra. Sie hat gerade ihr Studium abgeschlossen und wird nun meinen Platz bei *Wolff & Lavergne* einnehmen. Ich bin sehr glücklich darüber, und ich bin überzeugt, sie wird ihre Sache hervorragend machen. Ich bin sehr glücklich, in ihr eine würdige Nachfolgerin gefunden zu haben, und deshalb«, sie hob ihr Glas, »möchte ich Alex danken und ihr Erfolg und Glück wünschen. Daß es sie gibt, erleichtert mir mein letztes Wegstück.«

Sie tranken einander zu und sahen zu Alex hin, die in diesem Moment ihrer Großmutter ähnlicher sah denn je. Wer die junge Felicia gekannt hatte, meinte, die Jahre hätten sich auf eigenartige Weise zurückgedreht und die Felicia von einst stünde erneut vor ihnen. Mit ihren grauen Augen, dem verhaltenen Lächeln, dem leisen Zug von Egoismus und Härte um den Mund.

»Sie wird Erfolg haben«, sagte Nicola leise, »Alex schafft es, ihr werdet sehen.«

Susannes Gesichtsausdruck wurde bitter, während sie ihre Nichte betrachtete. »Sie kann brutal werden, wenn es darum geht, den eigenen Vorteil durchzusetzen«, behauptete sie, »sie ist wie meine Mutter.«

Ein betroffenes Schweigen folgte ihren Worten, weder Nicola noch Sergej hielten es für angemessen, daß Susanne ihre Mutter mit so harten Worten bedachte.

Immerhin, dachte Nicola, dank Felicias Tatkraft kann Susanne ganz gut leben und wird eines Tages ein höchst beachtliches Erbe antreten, sie wird eine steinreiche Frau sein.

Obwohl sie es sogar für möglich hielt, daß Susanne ihren Teil ausschlagen würde. Sie haßte ihre Mutter, erschien zu einem Anlaß wie diesem nur mit widerwilliger Höflichkeit.

Nicola warf ihr einen verstohlenen Seitenblick zu. In erster Linie war Susannes Aufmerksamkeit immer noch von dem alten Martin Elias und ihrer Tochter gefesselt. Schrecklich unattraktive Frau, diese Sigrid, dachte Nicola. Sie war doch noch gar nicht so alt, aber wie sie sich zurechtmachte, wirkte sie wie eine verstaubte Schachtel. Sicher war sie noch nie mit einem Mann zusammengewesen, und wenn sie weiterhin so unansehnlich bliebe, würde das auch nie der Fall sein. Nicola schüttelte den Kopf, sie konnte sich ein Dasein, wie es die arme Sigrid führte, überhaupt nicht vorstellen. Worüber sie wohl mit Martin redete? Sie sah sehr blaß aus, aber nicht so aschfahl wie Susanne, die grau war bis in die Lippen. Mitleidig dachte Nicola, wie tragisch ist es, daß es Menschen gibt, die ein Leben lang mit einer ewig blutenden Wunde herumlaufen und niemals glücklich werden können.

## 4

Die Geschäftsleitung von *Wolff & Lavergne* hatte ihre Büroräume in der feinen Münchner Maximilianstraße, fast unmittelbar neben dem Hotel *Vier Jahreszeiten.* Sie befanden sich im fünften

Stock eines alten Sandsteinhauses, das durch ein besonders schönes Portal und hohe, stuckverzierte Fenster auffiel. Innen gab es einen altmodischen Aufzug und ein Treppenhaus mit Parkettboden. Das Büro selber war drei Jahre zuvor renoviert worden, hatte neue Fenster und Türen, neue Teppichböden und hochmoderne Möbel bekommen. Aus zwei nebeneinanderliegenden Zimmern war ein großer Raum geworden; dort befanden sich nun zwölf zu einem Oval aufgestellte Tische, an denen Konferenzen oder größere Besprechungen abgehalten wurden. Der Umsatz des Unternehmens war in den letzten Jahren gestiegen, die Bilanzen sahen zufriedenstellend aus. *Wolff & Lavergne* mußte sich keine Sorgen machen.

Trotzdem sah Dan Liliencron, als er am Morgen des ersten Oktober sein Auto hinter dem Haus im Hof parkte, keineswegs glücklich aus. Er wirkte verärgert, seine dunklen Brauen waren zusammengezogen, die Lippen fest aufeinandergepreßt. Tatsächlich war er einfach unglücklich an diesem Morgen. Er nahm nicht den Aufzug, sondern lief die Treppen hinauf. Zwischen Autofahrt und Schreibtisch mußte er sich wenigstens noch etwas abreagieren.

Zwei Dinge machten ihm zu schaffen: zum einen die alte Kassandra Wolff, seine Chefin gewissermaßen. Er war immer gut mit ihr ausgekommen, aber schon früher hatte ihn die Eifersucht genervt, mit der sie darüber wachte, daß ihre Rivalin Felicia nicht einen Schritt mehr tat, als ihr zustand. Sie hatte sich sehr aufgeregt, als sie erfuhr, daß Alex in das Unternehmen einsteigen sollte. Dan fand das albern. *Wolff & Lavergne* gehörte nun einmal beiden Damen, und es schien ihm nur natürlich, daß Felicia ihren eigenen Nachfolger einsetzen wollte. Er hatte nicht das Gefühl, daß ihm dabei etwas weggenommen wurde. Um seinen Traumposten beneideten ihn viele, aber er wußte, er hatte ihn ohne eigenes Zutun bekommen. Er hatte eben Glück gehabt, und er war bereit, dasselbe Glück auch noch jemand anderem zu gönnen. Warum daraus ein Problem machen?

Kassandra hatte ihn am Abend zuvor zu sich bestellt. Er war ihrem Wunsch widerwillig nachgekommen, denn er mußte eine

Tennisverabredung absagen. Später hatte er sich noch mehr geärgert, denn es war um die Tatsache gegangen, daß Alex am darauffolgenden Tag zum erstenmal ihren neuen Platz im Büro einnehmen würde. Kassandra, die beherrschte, disziplinierte Kassandra, war für ihre Verhältnisse geradezu außer sich geraten.

»Sie hat doch keine Ahnung vom Geschäft! Kommt daher mit ihrem frischen Diplom, angefüllt mit Universitätswissen und ohne jede praktische Erfahrung! Sie wird Sie nur Zeit kosten, weil sie ständig fragen wird, was sie wie tun soll. Oder noch schlimmer: Sie wird nicht fragen, dann müssen Sie nachher all ihre eigenmächtigen Fehler ausbügeln. Außerdem ist sie viel zu jung, um so viel Verantwortung auf sich zu nehmen!«

»Ich denke, sie wird ihre Sache gut machen«, sagte Dan, als Kasssandra Luft holte.

Sie fixierte ihn mit einem argwöhnischen Blitzen in den Augen. »Ich will mich nicht in Ihre Privatangelegenheiten mischen, Dan. Aber nun ... nun, jeder weiß, daß Sie mal in sie verliebt waren. Ich hoffe, das trübt nicht Ihre Urteilskraft. Ich möchte nicht, daß dieses Mädchen Sie einwickelt.«

Dan schluckte mühsam eine sehr scharfe Erwiderung hinunter und sagte nur: »Man wickelt mich nicht ein, Kassandra, das sollten Sie inzwischen wissen.«

»Sie waren damals sehr unglücklich, als Alexandra Markus Leonberg heiratete«, sagte Kassandra direkt, »könnte sein, Sie sind damit noch nicht fertig.«

Blöde Kuh, dachte Dan wütend. »Kassandra, es tut mir leid, aber über diesen Teil meines Lebens möchte ich nicht reden«, sagte er, »wie Sie vorhin bereits sagten: Es handelt sich um Privatangelegenheiten.«

Sie lamentierte noch eine Weile weiter, aber da sie natürlich keinerlei Möglichkeiten hatte, Alex zum Rückzug zu bewegen, konnte ihr das überhaupt nichts bringen. Dan trank den Orangensaft, den sie ihm angeboten hatte, und ärgerte sich still vor sich hin. Als er endlich den Heimweg antrat, hatte er das Gefühl, einen Abend völlig sinnlos vertan zu haben, und kam in miserabler Stimmung zu Hause an. Er wohnte in einer Dreizimmerwohnung in Nymphenburg, eine sehr schicke Wohnung mit großer Terrasse, dazu Schwimmbad und Sauna im Keller. Dan fühlte sich dort trotzdem nie recht wohl. Bei sich dachte er oft, er könnte viel glücklicher sein in einem alten Haus auf dem Land, umgeben von Wiesen, Wäldern und sprudelnden Bächen. Er dachte an Obstbäume, unter denen Pferde grasten, an drei oder vier große Hunde, die durch den Garten tobten. Aber das hatte nur Sinn für eine richtige Familie. Nicht für einen alleinstehenden Mann.

In seiner Wohnung wartete Claudine, seine Freundin. Er war jetzt bald fünf Jahre mit ihr zusammen. Claudine arbeitete als Fotomodell, und jahrelang war sie ständig zwischen Paris, Rom, London, New York und München herumgereist. Sie hatte es zwar nicht zum Starmodel gebracht, aber sie war meist beschäftigt gewesen und hatte sich nie drittklassig verkaufen müssen. Seit einiger Zeit aber sank ihr Stern. Die Angebote blieben aus; statt wie früher bei Dan Stippvisiten abzustatten, hing sie nun oft tagelang bei ihm herum und wußte nicht, was sie tun sollte.

Sie hatte ein eigenes kleines Appartement in München, aber dort langweilte sie sich noch mehr. Sie fuhr ab und zu hin, um ihre Post abzuholen, ansonsten saß sie bei Dan und wartete auf einen Anruf ihrer Agentur, der sie Dans Nummer gegeben hatte. Sie fieberte dem Moment entgegen, an dem Dan abends heimkam, hoffte, daß er sie nun unterhalten würde. Aber er war meistens müde, und er hatte ohnehin keine Lust auf Gespräche mit einer frustrierten Frau, die unweigerlich irgendwann im Laufe des Abends in Tränen ausbrach, weil sie es nicht verkraftete, mit knapp dreißig Jahren bereits ausgemustert zu werden. Dan wußte, woran es lag, er machte sich da nichts vor: Claudine war blendend hübsch, aber sie besaß nicht genug Persönlichkeit, um mit zunehmendem Alter zwar nicht jünger, dafür aber interessanter zu werden. Sie hatte ihren Höhepunkt überschritten, aber sie hatte nicht genug Geld verdient, um in Zukunft ein sorgenfreies Leben führen zu können. Da sie nie etwas gelernt hatte, schlug sie sich nun mit der Frage herum, was aus ihr werden sollte. Sie war zu dem Ergebnis gekommen, es wäre das beste, wenn Dan Liliencron sie heiratete. Er mußte nur noch dazu überredet werden.

An diesem Abend also wartete sie auf ihn, und sie war am Ende ihrer Nerven. Dan hatte sie nicht angerufen, bevor er zu Kassandra gefahren war, allerdings hatte er auch vergessen, ihr von dem geplanten Tennismatch zu erzählen, und sie hätte ihn in jedem Fall früher erwartet. Sie hatte verweinte Augen. »Wo warst du? Warum kommst du erst jetzt? Wo warst du?«

Dan stellte seine Tasche ab, zog sein Jackett aus. »Mein Gott, Claudine, mußt du mich gleich so überfallen?«

»Ich habe so auf dich gewartet! Ich habe Risotto gekocht, und jetzt ist es kalt und matschig. Wo warst du denn nur?«

»Bei Kassandra. Sie wollte mich überraschend sprechen.«

»Und es gibt kein Telefon dort, nein?«

»Ich wußte ja nicht, daß du hier bist.«

»Ich bin jeden Abend hier.«

Damit hatte sie recht. Aber er hatte einfach nicht daran gedacht. Müde fuhr er sich durch die Haare. »Tut mir leid, Claudine. Ich hatte viel Streß heute. Ich hab' kaum bemerkt, wie spät es schon ist.«

»Schon gut.« Sie bemühte sich, ruhiger zu werden. Dan fand, daß sie rührend aussah. Sie war sehr schick gekleidet, in einen wadenlangen leuchtendgrünen Seidenrock und ein dazu passendes hautenges T-Shirt, dessen tiefer, runder Ausschnitt von Straßsteinen gesäumt wurde. Die beinahe weißblonden Haare hatte sie zu einem Pferdeschwanz gebunden, darum einen wehenden grünen Chiffon-Schal geschlungen. Die gebräunten Füße steckten in flachen grünen Schuhen, von denen jeder in der Mitte mit einem großen Straßstein verziert war. Auch an Ohren, Hals und Armen hatte sie reichlich Straß verteilt, was ihr mit ihrer braunen Haut gut stand. Sie sah aus wie eine Schwedin, tatsächlich stammte sie aus Nizza. Aber trotz ihres perfekten Stylings wirkte sie wie ein kleines, verheultes Schulmädchen. Ihre Augen waren rot, Tränenspuren liefen über ihre Wangen. Sie mußte sich sehr oft die Nase geschneuzt haben, denn auch die war rot und verschwollen. Dan hatte sie auf großen Parties erlebt und in der Hektik der Flughäfen in aller Welt, und sie war immer quirlig, strahlend und optimistisch gewesen. Jetzt, an diesem Abend, war sie wie demaskiert, und es war nicht viel, was von ihr übrigblieb: eine Frau ohne Zukunft, die sich an einen Mann klammert, von dem sie sich einen Funken Sicherheit verspricht.

Dan spürte, wie eine leichte Gereiztheit gemischt mit Mitleid in ihm aufstieg. Sie würde von ihm nicht bekommen, was sie suchte, und wahrscheinlich wäre es anständiger, ihr das gleich zu sagen. Aber er haßte jeden Gedanken an die Auseinandersetzung, die das mit sich bringen würde, an Claudines endlose Klagen und Vorwürfe und Tränen. Er schob den Moment der Wahrheit lieber vor sich her. Er kam sowieso früh genug.

Claudine hatte einen Drink vorbereitet, der Dan etwas entspannte. Er merkte, wie sehr er sich über Kassandra geärgert hatte, und erzählte Claudine davon. Das war ein Fehler. Claudine reagierte wie elektrisiert. »Vielleicht hat Kassandra recht. Empfindest du noch etwas für diese... diese Alex, Dan? Warum hast du mir nicht gesagt, daß sie morgen bei euch anfängt?«

Dan seufzte. »Ich habe vergessen, dir das zu sagen. Claudine, wirklich, es ist nichts mehr zwischen Alex und mir. Sie ist seit fünf Jahren verheiratet. Dieses Kapitel ist abgeschlossen.«

Das besänftigte Claudine etwas. Sie ging in die Küche, um das Risotto aufzuwärmen. Es war etwas verkocht, schmeckte aber noch. Sie tranken Rotwein dazu, und Claudine erzählte, daß wieder niemand angerufen habe. »Ich kann es nicht verstehen! Von einem Moment zum anderen bin ich abgemeldet. Kein Mensch bucht mich mehr. Aber ich kann doch auch nicht wie in meinen Anfangszeiten wieder von Agentur zu Agentur laufen und mich bewerben – neben lauter Siebzehnjährigen!«

»Außerdem hast du ja eine gute Agentur«, erinnerte Dan, »daran liegt es ja nicht.«

»Aber woran liegt es dann? Sag es mir, Dan, und sei bitte

ehrlich. Bin ich auf einmal häßlich? Bin ich alt? Dan, bin ich denn wirklich zu alt?«

»Natürlich nicht. Du hast nur lange Zeit ständig im Rampenlicht gestanden, und möglicherweise wollen alle jetzt einmal etwas Neues. Es ist ein brutales Geschäft. Sie benutzen dich, und wenn sie meinen, du bist verbraucht, lassen sie dich fallen.«

»Dann meinst du, ich komme nie wieder auf einen grünen Zweig?«

»Es ist gut möglich, daß du plötzlich wieder sehr gefragt bist«, sagte Dan, aber er glaubte selber nicht recht daran. Claudine spürte sein Zögern. Den Rest des Abends über erging sie sich in endlosen Klagen über ihr verpfuschtes Leben, darüber, daß sie keinen richtigen Beruf erlernt und in ihren guten Jahren kein Geld zurückgelegt hatte. (Was ja auch idiotisch von ihr war, dachte Dan.) Sie trank immer noch mehr Rotwein und wurde darüber noch weinerlicher und redseliger. Irgendwann erklärte sie sich bereit, schlafen zu gehen, aber kaum waren sie im Bett, überschüttete sie ihn mit Zärtlichkeiten. Dan ging darauf ein, weil er einen neuerlichen Tränenausbruch befürchtete, aber es machte ihm keinen Spaß. Dann fing Claudine an zu weinen und kramte das unvermeidliche Thema »Heiraten« hervor.

»Nicht jetzt«, bat Dan, »es ist mitten in der Nacht, und ich bin todmüde. Ich will jetzt keine Zukunftspläne schmieden.«

»Das willst du nie! Immer weichst du mir aus. Entweder du bist müde, oder du hast einen wichtigen Termin, oder sonst etwas! Auf keinen Fall willst du dich festlegen. Davor hast du riesige Angst. Ein Versprechen abzugeben. Keine Hintertür mehr offen zu haben. Du bist ein absoluter Egoist!«

»Claudine, muß das jetzt sein?«

»Du findest es ganz angenehm, daß es mich gibt. Ab und zu soll ich dir ein Abendessen machen und mit dir schlafen, und hin und wieder zeigst du mich auf einer Party ganz gerne vor. Aber mehr bitte nicht! Und bloß nicht vom Heiraten reden oder davon, wir könnten eines Tages Kinder haben. Ich könnte dich ja darauf festnageln. Weißt du, was ich denke? Du hast mich nur benutzt, um über deine Alexandra hinwegzukommen! Du benutzt mich bis heute dazu. Du bist nämlich nicht fertig mit ihr. Sie nagt und nagt an dir, und ich bin ein Betäubungsmittel, mehr nicht!«

Sie weinte sich schließlich in den Schlaf und wurde am nächsten Morgen glücklicherweise nicht wach, als Dan aufstand. Er verließ die Wohnung, ohne noch einmal mit ihr gesprochen zu haben, aber er konnte sich ausrechnen, daß die zweite Auflage ihrer Unterhaltung am Abend auf ihn warten würde, und auch das verdüsterte seine Stimmung.

Am liebsten würde ich jetzt Urlaub machen, dachte er, während er die letzten Treppenstufen nahm, eine Reise wäre das Richtige, weit weg, ganz allein. Aber es ist einfach zuviel zu tun.

Er wollte sofort in sein Zimmer, blieb jedoch stehen, als er an der Tür zu Alex' Büro vorbeikam. »Alexandra Leonberg« stand dort in kleinen, dezenten Goldlettern zu lesen. Dan fragte sich, ob sie wohl schon da war, und klopfte an. Da es noch sehr früh am Morgen war, überraschte es ihn, ein »Herein« zu hören. Alex saß hinter ihrem Schreibtisch und wirkte etwas verloren. Amüsiert stellte Dan fest, daß sie sich offenbar bemüht hatte, besonders seriös auszusehen. Sie trug ein dunkelblaues Kostüm, das sie sehr schlank machte, und hatte die dunklen Haare aufgesteckt. Dazu dezenter Schmuck, ein dezentes Make-up. Von Kopf bis Fuß die erfolgreiche Geschäftsfrau, nur der etwas ratlose Ausdruck in ihren Augen paßte nicht dazu.

»Guten Morgen«, sagte Dan. Im ersten Impuls hatte er auf sie zugehen und ihr einen Kuß geben wollen, aber irgend etwas hielt ihn zurück. Er blieb in einigem Abstand stehen. »Wie fühlst du dich?«

»Oh, ganz gut. Bis auf die Tatsache, daß ich seit einer halben Stunde damit beschäftigt bin, die Dinge auf meinem Schreibtisch hin- und herzuschieben. Ich habe sehnsüchtigst auf dich gewartet!« Wenige Tage vor ihrem offiziellen Eintritt in die Firma war Alex mit ihrer Großmutter in das Büro gekommen, um den Mitarbeitern vorgestellt zu werden und sich alles anzusehen. Irgendwann war es ihr dabei gelungen, Dan zur Seite zu nehmen und ihm zuzuflüstern: »Weißt du, wovor es mich am meisten graust? Daß ich am ersten Oktober da hinter meinem hocheleganten Schreibtisch sitzen und keine Ahnung haben werde, was ich tun soll!«

Dan flüsterte zurück: »Ich werde mich schon darum kümmern, keine Sorge!« Sie hatte erleichtert aufgeatmet.

Jetzt lächelte er ihr zu. »In einer halben Stunde kommen ein paar Designer zu mir, um mir Entwürfe neuer Spielwarenkollektionen für den nächsten Herbst zu zeigen. Ich werde zu dir hinüberklingeln, dann kannst du an der Besprechung teilnehmen. Ich sage dir, in spätestens einer Woche steckst du bis zum Hals im Streß und weißt nicht, was du zuerst anfangen sollst!«

»Das hoffe ich. Ich fühle mich im Moment wie jemand, der ins Wasser geworfen wurde und leider nicht die geringste Ahnung hat, wie man schwimmt. Und niemand ruft mich an. Nur meine Großmutter. Ich habe immer das Gefühl, sie erwartet, daß ich die ganze Firma schon sensationell revolutioniert habe!«

Dan grinste. »Typisch Felicia. Vermutlich wird ihre Rivalin, die gute Kassandra, nun mich den ganzen Vormittag über anrufen, um herauszufinden, ob du schon einen eklatanten Fehler gemacht hast.«

»Am Ende mache ich den auch noch«, sagte Alex kleinlaut.

»Ach was! Du wirst deine Sache toll machen. Also, wir sehen uns dann, ja?«

»Ja. Bis später, Dan.«

Nachdem er gegangen war, lehnte sich Alex in ihren Drehsessel zurück und seufzte. Zum hundertstenmal rückte sie die Photographie von Markus von rechts nach links und wieder zurück. Sie hatte Sehnsucht nach der Uni, nach ihren Kommilitonen.

In dem strengen Kostüm und hinter dem riesigen Schreibtisch fühlte sie sich schrecklich verloren. Draußen erwachte ein strahlend sonniger Oktobertag. Wie schön wäre es jetzt, hinaus zu Felicia zu fahren und am Ufer des Sees spazierenzugehen.

Einer spontanen Eingebung folgend, griff sie nach dem Telefonhörer und wählte Markus' Nummer in seinem Büro. Er meldete sich sofort, offenbar war seine Sekretärin noch nicht da.

»Leonberg?«

»Hier ist Alex!«

»Alexandra! Schön, von dir zu hören! Alles in Ordnung?«

»Ja. Ich fühle mich noch etwas überflüssig im Moment, aber sonst geht es mir gut.«

»Und unserem Kleinen? Geht es ihm auch gut?«

Alex legte die Hand auf ihren Bauch. »Ich glaube, es fühlt sich ausgezeichnet.«

»Dann paß weiter gut auf es auf. Und auf dich auch!« Leiser fügte er hinzu: »Ihr beide seid alles, was ich habe.«

Etwas im Klang seiner Stimme – sie hätte nicht sagen können, was es war – ließ Alex fragen: »Du bist okay, Markus?«

»Klar.« Das kam ein wenig zu krampfhaft. »Ich bin immer okay, das weißt du doch.«

Er hat Sorgen, dachte Alex. Er schläft unruhig nachts, wirft sich hin und her, liegt stundenlang wach.

Vor einigen Nächten war Alex aufgewacht und hatte ihn als dunklen Schatten am Fenster stehen und in die graue Morgendämmerung blicken sehen. »Was ist denn los?« hatte sie gefragt, er war zusammengezuckt und hatte gesagt: »Nichts. Ich kann nicht schlafen. Vielleicht ein Wetterumschwung.«

Sie gab sich damit nicht zufrieden, bohrte weiter und bekam schließlich einige widerwillige, zögernde Antworten, denen sie entnehmen konnte, daß es mit seiner Firma schon lange nicht mehr so gut lief. Offenbar hatte er jede Menge Kredite laufen, deren Zinsen ihn zunehmend belasteten. Alex war geschockt, sie hatte keine Ahnung gehabt. Vor allem irritierte sie, daß Markus trotz allem offenbar nicht daran dachte, seinen großzügigen Lebensstil zurückzuschrauben. Der Unterhalt der Bogenhauser Villa verschlang Unsummen, zusätzlich hatte er 1980 auch noch ein Haus in Kampen auf Sylt gekauft. »Ein alter Traum«, hatte er gesagt, aber es war vor allem natürlich ein überaus teurer Traum. Dazu kamen sein großes Auto, üppige

Essen in Münchens besten Restaurants, kistenweise Champagner ... sie lebten so, als spiele Geld keine Rolle. Und das, obwohl Alex bislang keinen Pfennig verdient hatte.

Sie hatte Markus darauf angesprochen, aber er reagierte verärgert. »Vergiß, was ich in der Nacht gesagt habe. Du weißt, in der Dunkelheit kommen einem viele Dinge tragischer vor, als sie sind. Wie jeder Geschäftsmann habe ich ab und zu Phasen, in denen nicht alles klappt, aber du kannst unbesorgt sein, ich werde mit allem fertig.«

Sie glaubte ihm nicht, vermied es aber, noch einmal davon anzufangen.

Auch jetzt, in der sicheren Gewißheit, daß Markus ihr etwas vormachte, schwieg sie davon, sagte nur: »Ich freue mich auf heute abend. Wir müssen nicht weg, oder?«

»Nein. Wir haben den ganzen Abend für uns.«

»Bis dann also.« Alex legte auf. Sie erhob sich, trat ans Fenster und schaute auf die Maximilianstraße, die sich allmählich belebte. Wirklich, der Tag würde wunderschön werden. Alex fragte sich, warum sie sich auf einmal so frustriert fühlte.

Die Antwort fand sie nach einer Weile selbst: Sie war fünfundzwanzig Jahre alt, aber sie hatte ihr Leben nicht im Griff. Nicht im eigenen Griff. Alles, was sie tat, wurde von anderen bestimmt. Sie saß hier in diesem Büro, weil Felicia es so gewollt hatte. Die Möbel in dem Raum waren von Dan und Kassandra ausgesucht worden, nicht von ihr. Sie trug ein enges Kostüm, weil Markus gemeint hatte, das sei ihrer neuen Tätigkeit angemessen. Sie war schwanger, weil Markus unbedingt ein Kind haben wollte.

Einige sehr äußerliche Dinge könnte sie ändern, und sie würde es gleich am nächsten Tag tun. Sie würde alle Möbel aus ihrem Büro hinauswerfen und sich neue aussuchen. Sie würde das dunkelblaue Kostüm nicht länger tragen, ob es Markus paßte oder nicht, und ihre Haare würde sie auch nicht mehr aufstecken; sie haßte diese Frisur. Was allerdings das Kind anging, das sie erwartete, so hatte sie keine Wahl mehr. Es kam zur Welt, im nächsten April, und damit mußte sie sich abfinden.

Vergeblich wartete sie schon seit Wochen, daß sich mütterliche Gefühle einstellten, aber nichts geschah. Etwas stimmte nicht mit ihr. Sie hoffte, sie war nicht so veranlagt wie Felicia, von der Belle immer erzählte, sie sei unfähig gewesen, eine Beziehung zu ihren Kindern herzustellen. Doch Alex spürte, als sie das Gespräch mit Markus in sich nachklingen ließ, daß es im Grunde nicht um das Baby ging. In Wahrheit ging es um Markus selber. Das Kind stellte eine zu enge Bindung zwischen ihnen dar, enger, als sie wollte. Sie konnte sich nun kaum noch von ihm trennen, das hätte sie dem Kind nicht antun mögen. Sie erinnerte sich zu gut an ihre frühen Jahre, in denen sie beständig die Angst gequält hatte, ihre Eltern könnten auseinandergehen.

Aber, denke ich denn über Trennung nach, fragte sie sich. Nein, erkannte sie, konkret nicht. Aber sie verspürte den schrecklichen, wilden Wunsch, auszubrechen aus allen Zwängen, wurde umgetrieben von der Sehnsucht, alles anders und neu zu machen. Dieses Gefühl beunruhigte sie tief, so hatte sie schon empfunden, als sie sich von Dan trennte. Würde es ihr ein Leben lang so gehen?

Das Grübeln machte sie verrückt, und schließlich schaltete sie einfach den kleinen Fernsehapparat in der Sitzecke ein. Zwar schien es ihr peinlich, gleich am ersten Morgen beim Fernsehen überrascht zu werden, aber sie könnte sagen, daß sie auf die Nachrichten wartete. Schließlich war heute ein Tag von einschneidender Bedeutung für Deutschland: Im Bundestag würde ein Mißtrauensantrag gegen Bundeskanzler Helmut Schmidt gestellt werden. Die Koalition zwischen Sozialdemokraten und Liberalen war auseinandergebrochen, die FDP strebte eine Regierung gemeinsam mit der CDU an. Vermutlich war heute abend bereits Helmut Kohl Kanzler der Bundesrepublik.

Das durfte eine junge Firmenchefin am Fernsehen mitverfolgen.

## 5

Susanne und Sigrid waren gleich nach Felicias Geburtstagsfeier nach Berlin zurückgeflogen. Dort überraschte Sigrid ihre Mutter mit der Ankündigung, sie werde in ihren Herbstferien im Oktober wieder nach Bayern reisen und dort eine Woche bleiben. »Ich habe schon mit Großmutter gesprochen. Sie hat nichts dagegen, wenn ich bei ihr wohne.«

Perplex erwiderte Susanne: »Du kannst natürlich tun, was du möchtest. Aber ich verstehe das nicht. Ich kann mir nicht denken, daß dich eine plötzliche Zuneigung zu Felicia ergriffen hat!«

Nein, weil du erfolgreich verhindert hast, daß wir einander je wirklich kennengelernt haben, dachte Sigrid bitter, aber sie mußte sich selbst gegenüber zugeben, daß sie auch unter anderen Umständen der alten Frau nicht nahestehen würde. Sie würde ihr niemals ihre Sorgen und Nöte anvertrauen können, sie lud einfach nicht dazu ein. Susanne allerdings auch nicht. In dieser Familie konnte sie mit niemandem reden.

»Es gefällt mir eben in Bayern«, erklärte Sigrid, »es gibt so vieles, was man sich anschauen kann. Und im Herbst ist es besonders schön.«

»Du bist alt genug, um allein zu entscheiden, was du tust«, betonte Susanne noch einmal kühl.

Sie hatte keine Ahnung, daß sich Martin Elias entschlossen hatte, bis in den Oktober in München zu bleiben. Er hatte Sigrid den Vorschlag gemacht, in den Ferien noch einmal herzukommen.

»Ich bin in München aufgewachsen«, hatte er gesagt, »ich kenne die Stadt und die Umgebung in- und auswendig. Es würde mir Spaß machen, mich als Fremdenführer zu betätigen.«

Es machte auch Sigrid Spaß, wie sie feststellte, als sie erneut an der Isar aus dem Flugzeug gestiegen war. Trotz seines hohen Alters war Martin in bester körperlicher Verfassung. Felicia lieh den beiden bereitwillig ihr Auto, und sie waren ganze Tage lang unterwegs. Sigrid chauffierte, Martin dirigierte und erzählte. Er konnte herrlich erzählen. Sigrid erfuhr, daß er vor dem Krieg Schriftsteller gewesen war, einen vielbeachteten Roman veröffentlicht hatte.

»Er fiel der Bücherverbrennung 1933 zum Opfer. Und dann wurde es mir von den Nazis verboten zu schreiben. In den Jahren, die ich im Versteck verbringen mußte, schrieb ich trotzdem, aber ich zerriß alles, als der Krieg vorüber war.«

»Weshalb?« fragte Sigrid.

»Weshalb? Ich fühlte mich am Ende. Es war alles neu. Es stimmte auch nicht, was in dem Roman stand. Es war ein Roman über Sara, meine Frau, wissen Sie. In der Geschichte überlebt sie. In Wahrheit kam sie aus Auschwitz nicht zurück.«

Sie fuhren durch herbstliches Chiemsee-Land. Die barocken Zwiebeltürme kleiner Kirchen tauchten aus den Tälern auf. Bauernhäuser mit tiefgezogenen Dächern und blumenbeladenen Balkonen schmiegten sich an die Hügel. In den Gärten standen Astern, Chrysanthemen und Gladiolen, und ihre Farben schienen überirdisch schön. Jeder einzelne Zacken der Berge malte sich in den dunkelblauen Oktoberhimmel.

Auschwitz ist so weit weg, dachte Martin, und sofort fühlte er wieder die alte Angst, Auschwitz könnte zum Schatten werden in seinem Gedächtnis. Das war immer so gewesen, seit bald vierzig Jahren. Wann immer er etwas schön fand, eine Landschaft, eine Musik, ein Bild, tauchte sofort eine mahnende Stimme in seinem Inneren auf, die ihm zurief: Denk an Auschwitz! Es gibt nichts Schönes auf der Welt. Denk an die Toten.

Er war es Sara schuldig, daß er nie aufhörte daran zu denken.

»Warum haben Sie nicht irgendwann später wieder angefangen zu schreiben?« fragte Sigrid.

Martin zuckte mit den Schultern. »Es ging nicht. Diese Begabung in mir war gestorben. Ich konnte es nicht mehr.«

Schweigend fuhren sie weiter. Martin betrachtete Sigrid von der Seite und fragte sich, warum er ihre Gesellschaft suchte. Sie war die Tochter eines SS-Hauptsturmführers. Lag ihm deshalb so viel daran, daß sie aus erster Hand erfuhr, wie es damals wirklich gewesen war?

Sie sahen einander jeden Tag. Sigrid erzählte von ihrem Leben in Berlin, von ihrer Arbeit als Lehrerin. Martin erzählte von seinem Leben im Kibbuz, von der Gründung des Staates Israel, von den Problemen zwischen den Israelis und den Palästinensern. Irgendwann sprach er auch von Sara.

»Sie hatte schreckliche Angst vor den Nazis. Seit '33 beschwor sie mich immer wieder, Deutschland zu verlassen. Aber ich wollte nicht. Ich dachte, so schlimm wird es nicht werden. Dann bekamen wir unseren Deportationsbescheid. Ich wachte endlich auf. Felicia – sie war eine Jugendfreundin von Sara – bot an, uns im Keller ihres Hauses zu verstecken. Aber die anderen waren schneller. Während ich unterwegs war, Bücher und Kleidungsstücke zu Felicia zu schaffen, tauchten sie in unserer Wohnung auf und verhafteten Sara. Ich sah sie nie wieder.«

Sigrids Augen waren groß und entsetzt. »Es ist so furchtbar«, flüsterte sie.

»Das Furchtbarste ist, daß ich überlebt habe«, sagte Martin.

Am zehnten Oktober wollte Martin nach Haifa zurück, Sigrid mußte nach Berlin. Am Tag vor ihrer Abreise trafen sie sich im Augustinergarten. Der Tag war spätsommerlich warm, die Kastanien strahlten schon in roten und goldenen Farben. Sigrid und Martin tranken Bier, aßen Brezen und Schnittlauchbrote. Es roch nach Laub und feuchter Erde, ganz zart gemischt mit den Gerüchen der Großstadt, Asphalt und Benzin. Sigrid registrierte, daß sie zum erstenmal in ihrem Leben so hingelümmelt auf einer Bank hockte, die Ellbogen aufstützte und eine Maß Bier trank. Es war, als habe sich das Korsett ein wenig gelockert. Sie schaute Martin an, sein altes, müdes, faltiges Gesicht, in das sich soviel Leid eingegraben hatte. Auf einmal konnte sie reden. Auf einmal konnte sie über das Thema reden, das sie beide bisher beharrlich ausgespart hatten.

»Bitte, Martin, erzählen Sie mir etwas von meinem Vater. Haben Sie ihn gekannt?«

Sie hatte Angst, sein Gesicht könnte versteinern, seine Züge sich verschließen. Dann würde sie gegen dieselbe Mauer stoßen, gegen die sie bei ihrer Mutter hatte anlaufen müssen. Sie würde wieder nichts erfahren.

»Ich habe ihn nur ganz flüchtig gekannt«, sagte Martin, »denn ich mußte mich ja vor ihm verstecken. Ich habe ihn nur in der kurzen Zeit zwischen Kriegsende und seiner Verhaftung ab und zu gesehen.«

»Haben Sie mit ihm gesprochen?«

»Nein.«

»Wie . . . wie sah er aus?«

»Er sah gut aus. Sehr germanisch. Groß und blond. Damals trug er seine SS-Uniform nicht mehr, aber vermutlich hat sie ihm gut gestanden.«

»Wie ging er mit meiner Mutter um? Liebten die beiden einander?«

Martin zögerte. »Er klammerte sich an sie. Der Krieg war verloren, er hatte Angst. Vorher muß er sie ziemlich herrschsüchtig und von oben herab behandelt haben. Liebe? Ich weiß nicht. Susanne hat ihn wohl einmal geliebt. Er holte sie von Felicia weg, allein deswegen wohl schon. Aber am Ende des Krieges liebte sie ihn nicht mehr. Da wußte sie, was er getan hatte.«

»Meine Schwestern und ich«, sagte Sigrid, »haben vor acht Jahren Nachforschungen angestellt. Mit Mutter war ja darüber nicht zu reden, aber wir wollten wissen, weshalb genau man ihn angeklagt und schließlich hingerichtet hat. Es gab Prozeßakten. Daraus erfuhren wir, daß mein Vater die Aufsicht bei Massenerschießungen in Polen und in der Ukraine hatte. Er ist für den Tod von Hunderten von Juden verantwortlich.«

»Wie haben Sie und Ihre Schwestern reagiert, als Sie es erfuhren?« fragte Martin.

Sigrid lächelte bitter. »So, wie es uns Mutter beigebracht hat. Wir schwiegen. Wir sprachen nicht einmal untereinander darüber. Das Leben ging einfach weiter.«

»Aber unter dem Schweigen – was empfanden Sie da?«

»Ich dachte immerzu über meinen Vater nach. Den Akten zufolge mußte ich ihn mir als einen eiskalten Mörder, als einen Menschen ohne Gewissen und ohne Mitleid vorstellen. Aber da mußte doch noch etwas anderes sein. Er war der Mann, den meine Mutter geheiratet hat. Sie bekam drei Kinder von ihm. Es muß etwas Menschliches in ihm gegeben haben.«

»Warum sprechen Sie nicht mit Felicia über ihn? Sie kannte ihn ganz gut.«

Sigrid zuckte mit den Schultern. »Felicia ist mir sehr fremd. Ich hätte nicht den Mut, sie darauf anzusprechen. Irgendwie ... irgendwie hat man es nicht so leicht in dieser Familie.«

Martin betrachtete sie nachdenklich. Zweifellos war sie eine intelligente und empfindsame Frau. Aber sie hatte nie gelernt, über ihre Gedanken und Probleme zu sprechen oder Gefühle zu zeigen. Sie hatte mit Sicherheit nie in ihrem Leben etwas Verrücktes getan, irgend etwas, das völlig nutzlos, aber einfach schön oder komisch oder albern war. Sie wirkte ungeheuer verkrampft, auch ihr Äußeres drückte das aus. Selbst jetzt im Biergarten trug sie ein strenges graues Kostüm, das kurzgeschnittene blonde Haar war lieblos aus der Stirn zurückgestrichen. Nicht eine Spur von Make-up im blassen Gesicht, als einziger Schmuck zwei kleine Perlen in den Ohren. Natürlich lag der Schatten ihres Vaters über ihrem Leben, aber es wäre an ihrer Mutter gewesen, den Kindern zu helfen. Sie hätten darüber reden müssen. Immer und immer wieder.

»Hätten Sie nicht Lust, mich vielleicht einmal in Israel zu besuchen?« fragte Martin. »Ich würde mich freuen. Sie würden sehr viele nette Menschen kennenlernen und wirklich einmal etwas ganz anderes sehen.«

Die Sonne war inzwischen hinter den Baumwipfeln verschwunden. Sofort wurde es kühl. Das Herbstlaub raschelte unter den Füßen der Vorübergehenden. Sigrid hob fröstelnd die Schultern. »Ich weiß nicht. Ich kann nicht so einfach weg ... Meine Arbeit ...«

»Lassen Sie sich für ein Jahr beurlauben und kommen Sie nach Israel. Im Winter. Dann ist es dort besonders schön.«

»Ein Jahr?«

»Sonst lohnt es sich doch nicht. Sie sollten einmal wirklich Abstand zu allem gewinnen, Sigrid. Auch mal . . .«, er zögerte, wußte nicht, ob er sich nicht zu sehr in ihre Angelegenheiten mischte. »Sie sollten auch einmal von Ihrer Mutter wegkommen«, sagte er schließlich.

Sigrid kuschelte sich tiefer in ihre Jacke. Sie sah auf einmal wie ein kleines, verstörtes Mädchen aus. »Ich weiß nicht . . . ich bin noch nie . . . ich muß mir das überlegen . . .«

»Natürlich. Überlegen Sie. Aber ich glaube, Sie würden es nicht bereuen. Nehmen Sie meinen Vorschlag an!«

Sigrid erhob sich abrupt. »Es wird kalt. Wir sollten gehen.«

Auch Martin stand auf. Er nahm ihren Arm, stützte sich fast unmerklich darauf ab. Das Gehen fiel ihm nicht mehr so leicht. Sehr langsam verließen sie den Biergarten.

Morgen würden sie jeder in ein anderes Flugzeug steigen.

»Natürlich«, sagte Bankdirektor Gruber, »bekommen Sie den Kredit, Herr Leonberg. Schließlich sind Sie seit Jahren einer der besten Kunden meiner Bank. Es ist nur meine Pflicht, Sie darauf aufmerksam zu machen, daß . . .«

»Was?« hakte Markus sofort nach. Er saß in Grubers Büro und fühlte sich schon deshalb nicht besonders wohl, weil er auf dem Weg vom Auto zur Bank pitschnaß geworden war. Ein kalter Oktoberregen. Dabei war das Wetter bis gestern noch so schön gewesen. Aber jetzt wurde es wirklich Herbst. Nicht mehr lange, und die Bäume würden alles Laub verlieren. Markus dachte an neblige Novembertage, und es wurde ihm noch mulmiger zumute.

»Nun«, sagte Gruber nachdenklich, »es geht nur darum, daß Sie bereits eine Menge Kredite bei uns laufen haben. Ich möchte nicht, daß die Zinsbelastungen . . .«

»Bin ich Ihnen je etwas schuldig geblieben?«

»Nein. Natürlich nicht. Daher bin ich ja auch bereit, Ihnen

sofort einen weiteren Kredit einzuräumen. Bloß handelt es sich ja keineswegs um eine geringe Summe, nicht? 1,2 Millionen ...«

»Das Haus, das ich kaufen möchte, ist sein Geld wert, davon können Sie sich jederzeit überzeugen, Herr Gruber. Und Sie haben dieses Haus als Sicherheit. Es kann Ihnen doch gar nichts passieren.«

Gruber hob abwehrend die Hände. »Aber ich habe doch auch keinen Moment lang Angst, lieber Leonberg. Es geht mir nur darum, sicherzustellen, daß Sie sich nicht übernehmen. Aber das war wahrscheinlich dumm von mir. Sie sind ein viel zu guter Geschäftsmann, um unkalkulierbare Risiken einzugehen.«

»Richtig«, sagte Markus frostig.

Gruber versuchte rasch, die Stimmung aufzulockern. »Also – zwischen Ambach und Ammerland liegt das Haus? Eine traumhafte Ecke, die Sie sich da ausgesucht haben. Und direkten Zugang zum See?«

»Ein eigenes Seegrundstück, ja. Der Vorbesitzer hat alles ziemlich verwildern lassen, aber ich werde einen Gärtnereibetrieb beauftragen, der das in Ordnung bringt. Vor allem müssen einige Bäume gefällt werden, sonst sieht man vom Haus aus den See überhaupt nicht.«

»Beneidenswert«, murmelte Gruber, aber er meinte es nicht so. Wenn Leonberg so weitermachte wie bisher, würde er sich in den Ruin reiten. Es war Wahnsinn, in welchem Ausmaß er Schulden machte, und je schwieriger seine Lage wurde, desto uneinsichtiger fuhr er fort, sie noch schwieriger zu gestalten. Ein Haus am Starnberger See! Dabei war das Haus in Kampen noch lange nicht abbezahlt, und die Münchner Villa hatte er vollständig belastet, weil er kurzfristig Geld gebraucht hatte. Es schien, als weigere er sich, zu realisieren, wie es um ihn stand; er pflegte die Strategie der völligen Ignoranz. Wenn nicht ein Wunder geschah, legte er in spätestens drei Jahren einen gigantischen Konkurs hin. »Also«, sagte Gruber, »Sie können das Geld jederzeit haben. Ich sehe da keine Probleme.«

»Gut. Vielen Dank.« Markus erhob sich. In seinen Schuhen quietschte das Wasser. »Noch etwas«, sagte er, »das Haus am See ist eine Überraschung für meine Frau. Ich wäre Ihnen sehr dankbar, wenn Sie vorläufig mit niemandem darüber sprechen würden.«

»Selbstverständlich«, versicherte Gruber. Er begleitete seinen Besucher noch bis zum Hauptportal – eine Ehre, die er nur wenigen zuteil werden ließ. Es hatte aufgehört zu regnen, Markus würde wenigstens nicht ein zweites Mal durchweicht werden.

Gruber sah ihm nach, wie er davonging. Er hatte ein schlechtes Gewissen. Der Bank gegenüber konnte er den neuen Kredit für Leonberg verantworten. Das Haus am Starnberger See war wirklich seinen Preis wert. Was den armen Markus Leonberg anging, hätte er es jedoch nicht tun dürfen. Er hätte alles daransetzen müssen, ihm von diesem geplanten Projekt abzuraten. Ausgeschlossen, daß Leonberg auf Dauer in der Lage sein würde, seinen Zinszahlungen nachzukommen. Bis jetzt hatte er es immer noch irgendwie geschafft, aber nachdem es alle Spatzen von den Dächern pfiffen, wie schlecht es um seine Firma stand, würde er über kurz oder lang heftig ins Schleudern kommen.

Gruber ging zurück in sein Büro. Gestern abend war er bei Clarissa gewesen und hatte ihr erzählt, daß Leonberg für den nächsten Tag seinen Besuch angekündigt hatte. »Vermutlich braucht er wieder Geld«, hatte er hinzugefügt.

Clarissa war natürlich sofort hellwach; er hatte das gewußt, halb gefürchtet, halb ersehnt. Gefürchtet, weil er wußte, daß er nun keine Wahl mehr hatte, ersehnt, weil Clarissa des Lobes voll sein würde. Er wurde so gern von ihr gelobt.

»Großartig, Ernst. Du wirst ihm einen weiteren Kredit bewilligen?«

Das stand in diesem Moment noch nicht fest, aber er nickte stolz. »Natürlich. Obwohl – der Mann segelt in den Bankrott, das ist so sicher wie das Amen in der Kirche.«

»Und du«, sagte Clarissa, »hilfst ihm dabei.«

»Willst du nicht endlich sagen, was du gegen ihn hast?«

»Später. Du erfährst es schon noch. Das Gute ist, niemand muß sich anstrengen, um ihn zu erledigen. Er macht das ganz von allein. Ich wußte das immer. Er ist genau der Typ. Hoch pokern und tief fallen. Er kennt weder Maß noch Ziel.«

»Im Grunde ist er ein armer Kerl«, sagte Ernst nachdenklich, »für mich ist er fast eine tragische Gestalt. Sich und der ganzen Welt muß er ständig etwas beweisen. Er kommt nie zur Ruhe.«

Clarissa lachte. »Was du alles in ihn hineininterpretierst! Er ist ein Hai. Die Belange anderer Menschen scheren ihn einen Dreck, solange es um seinen Gewinn geht. Er würde seine eigene Großmutter über die Klinge springen lassen, wenn ihm das Geld brächte. Aber genau daran geht er zugrunde. Menschen wie er stolpern alle eines Tages über die eigene Gier.«

»Jetzt laß uns nicht länger über Markus Leonberg reden. Dafür ist unsere gemeinsame Zeit zu kostbar, findest du nicht?«

»Aber du gibst ihm den Kredit?« hakte Clarissa noch einmal nach.

Ernst nickte hoheitsvoll, glücklich, daß sie ihn um etwas bat. Meist war es umgekehrt. Er lief hinter ihr her und bettelte – um Zeit, um Zuwendung, um Zärtlichkeit. Was sie ihm gab, wog sie sparsam ab. Stets genug, um ihn an der Angel zu halten, zu wenig, um ihn satt zu machen. Ernst wußte natürlich, daß ihr Verhalten kalkuliert war und daß er genauso reagierte, wie sie das geplant hatte, und manchmal verachtete er sich deswegen. Aber das hielt nie lange an. Dann überwältigten ihn schon wieder Sehnsucht und Verlangen nach ihr, und er gab es auf, gegen seine Schwäche anzukämpfen. Er war dieser Frau verfallen. In dunklen Stunden erschrak er vor dem, was sich in seinem Inneren abspielte, vor der Gewißheit, daß er für sie töten könnte, daß er alles tun würde, was sie verlangte. Wie hatte ein anderer Mensch so viel Macht über ihn bekommen können? Er hatte nur einen Menschen gesucht, mit dem er reden und jene sexuellen Gelüste befriedigen konnte, die seiner Ehefrau nicht zuzumuten waren. Er hatte nicht geahnt, was daraus werden würde. Und es war inzwischen schlimmer denn je. In den vergangenen sieben Wochen hatte sie tatsächlich nach und nach ihre Kunden abgehängt, und Ernst war bereits außer sich gewesen vor Freude, aber es stellte sich schließlich heraus, daß sie einen der Freier nicht loswerden konnte (»ich muß sehr vorsichtig mit ihm sein, Ernst, versteh das bitte. Er könnte sich etwas antun!«), und das bereitete Ernst mehr Qualen, als hätte sie es mit hundert Kerlen außer ihm getrieben. Die anderen Männer hatten ihn genervt, hatten seine Eifersucht angestachelt, aber sie waren auch in seiner Vorstellung zu einer grauen Masse verschwommen. Dieser eine jedoch wurde nach und nach Mittelpunkt seiner Alpträume, zerrte ihn in die wirklichen Abgründe qualvoller Eifersucht. Er kannte weder den Namen des Rivalen, noch hatte er je sein Bild gesehen. Er löcherte Clarissa mit Fragen. »Warum kannst du dich nicht von ihm trennen? Sag mir die Wahrheit! Du liebst ihn, ja? Du bist verrückt nach ihm. Gibt er dir etwas, was ich dir nicht gebe? Verdammt, Clarissa, ich muß das wissen!«

Sie lachte nur. »Reg dich doch nicht so auf! Ich habe dir gesagt, ich liebe ihn nicht. Aber er braucht mich. Er hat niemanden sonst.«

»Ich habe auch niemanden!«

»Du hast deine Frau.«

»Das ist keine Ehe, was wir führen!«

Sie lachte erneut, spielte in seinen Haaren. Es war zum Verzweifeln. Manchmal argwöhnte – und hoffte – Ernst, sie habe den anderen nur erfunden, um ihn gefügiger zu machen.

Ich bin ihr Tanzbär, dachte er, mit einem Ring durch die Nase und einer Kette, an der sie mich führt.

Sie war den ganzen Abend über sehr lieb und fürsorglich zu ihm gewesen, hatte ihm sein Lieblingsessen gekocht und sich alle Klagen über sein hartes Leben geduldig angehört. Später war er in ihren Armen eingeschlafen, und kurz nach Mitternacht hatte sie ihn sanft geweckt, weil er nach Hause mußte. Leise hatte er gemurmelt: »Ich wäre so gern immer mit dir zusammen. Ich möchte mit dir einschlafen und mit dir aufwachen. Ich möchte mein Leben mit dir teilen.«

Sie hatte wieder nur gelacht, aber es war ein Schatten von Widerwillen durch ihr Gesicht gegangen, Ernst hatte es sehr wohl registriert. Er sprach sie darauf an, aber sie stritt es ab.

Schließlich verließ er das Haus, stieg in sein Auto und fuhr davon. Ein unangenehmer Nachgeschmack blieb: Sie wollte ihn nicht so bedingungslos, so ohne Einschränkungen wie er sie. Sie traf keine klare Entscheidung, hielt stets einen wohlberechneten Abstand. Anschmiegsam wie ein kleines Kätzchen wurde sie nur, wenn es um Markus Leonberg ging. Sie haßte diesen Mann mit einer Inbrunst, die Ernst manchmal erschreckte. Wie weit würde sie gehen, um ihn zur Strecke zu bringen? Von Zeit zu Zeit plagte ihn die finstere Angst, ihr Interesse an ihm könnte in erster Linie mit Leonberg zusammenhängen. Aber solche Gedanken verdrängte er sofort.

Er war wieder in seinem Büro angelangt. Als er aus dem Fenster blickte, sah er Leonberg, der auf der gegenüberliegenden Seite in sein Auto stieg.

Vergiß es, vergiß diesen Mann, sagte sich Gruber, wenn er sich sein eigenes Grab schaufelt, ist das seine Sache. Was geht es mich an?

Doch er wurde für den ganzen Rest des Tages ein Gefühl der Unruhe und Bedrückung nicht mehr los.

## 6

Am 31. März des Jahres 1983 wurde Alex' erstes Kind, ein Mädchen, geboren. Es kam zwei Wochen vor dem errechneten Termin, Alex hatte nicht das leiseste Anzeichen gespürt und war zur Abwechslung an den Ammersee zu ihrer Großmutter gefahren. Auf Markus' Drängen hin ging sie nicht mehr ins Büro und langweilte sich schrecklich. Es war Gründonnerstag, aber das kalte, regnerische Wetter draußen ließ keinerlei österliche Stimmung aufkommen. Ein paar Schneeflocken lagen noch auf den Wiesen, aber das meiste war weggetaut, zurück blieben

Schlamm und Matsch. Trotz der Kälte beschlossen Alex und Felicia, einen kurzen Spaziergang durch den Garten zu machen. Alex wollte von ihrer Arbeit erzählen und davon, daß irgend etwas in ihrer Ehe nicht stimmte, aber sie kam nicht mehr dazu. Als sie die Terrasse überquerten, wurde sie von einem schneidenden Schmerz in ihrem Leib überfallen, sie griff hastig nach dem Geländer und klammerte sich daran fest.

»Lieber Himmel!« rief Felicia, die sofort begriff, was los war. Vorsichtig geleitete sie die Enkelin ins Haus zurück.

»Warte hier«, bestimmte sie, »ich hole meinen Wagen aus der Garage und fahre dich ins Krankenhaus!«

Alex war grau im Gesicht. »Wir schaffen es nicht mehr bis München, Felicia, ich merke das. Ich brauche das allernächste Krankenhaus.«

»Dann nach Herrsching«, sagte Felicia, »ich wette aber, das Baby wird sich noch jede Menge Zeit lassen.«

Felicia irrte sich. Alex' Tochter war eineinhalb Stunden später auf der Welt.

»Wie soll sie heißen?« fragte Felicia, als sie an Alex' Bett saß und ihr erstes Urenkelkind betrachtete.

»Markus wollte ein Mädchen nach seiner Mutter nennen«, sagte Alex, »sie hieß Caroline. Ich finde, das ist ein hübscher Name. Dabei fällt mir ein ...«, sie richtete sich halb auf, »jemand sollte Markus anrufen. Er macht sich bestimmt schon Sorgen, wo ich bleibe.«

Markus raste in lebensgefährlicher Geschwindigkeit nach Herrsching, stürzte in Alex' Zimmer und rief: »Wie kannst du dich nur in deinem Zustand noch in ein Auto setzen und aufs Land fahren? Das war bodenlos leichtsinnig! Ich hätte es nie zugelassen, wenn ich es gewußt hätte!«

»Eben deshalb«, entgegnete Alex, »habe ich es dich nicht wissen lassen.« Sie fühlte sich erschöpft und unglücklich. Sie hatten ihr die kleine Caroline in den Arm gelegt, und sie wartete immer noch, daß sich jetzt wenigstens endlich das Gefühl einstellte, das sie schon die vergangenen neun Monate hätte begleiten müssen, aber sie konnte es nicht finden.

Sie sah Markus an, während er sich über seine Tochter neigte, sah seine grauen Haare, die hohe Stirn, die feine, gerade Nase und den schmalen Mund. Sie schaute das alles an und empfand nichts, was sie zu ihm hinzog, nur ein Gefühl der Verantwortung, geboren aus der instinktiven Gewißheit, daß sie ihn nicht einfach fallenlassen durfte, weil er es vielleicht nicht verwinden würde. Alles andere war wohl vorbei, womöglich hatte es auch nie existiert. Warum sah sie das erst jetzt so klar? Jetzt, wo durch das Kind alles noch schwieriger, unlösbarer geworden war. Die Angst erdrückte sie fast in diesem Augenblick, die Angst, gefesselt zu sein an einen Mann, für den sie immer ein kleines Mädchen bleiben, der sie immer mit dem verletzten Ausdruck eines geschlagenen Hundes in den Augen ansehen würde, wenn sie sich seinem Klammergriff zu entziehen versuchte.

»Wie wunderschön sie ist«, sagte er leise, »das schönste Kind der Welt! Alex, es ist wunderbar, daß wir sie haben, nicht?«

»Ja«, sagte Alex.

Markus küßte sanft ihre Stirn. »Du mußt jetzt schlafen, damit du bald wieder zu Kräften kommst. Du wirst dich freuen, wenn du aus dem Krankenhaus entlassen wirst. Ich habe ein großartiges Geschenk für dich, etwas, was du dir gar nicht vorstellen kannst. Leider kann ich es nicht hierherbringen, es ist zu groß.«

Seine Andeutungen beunruhigten Alex. Was immer Markus sich ausgedacht hatte – es war bestimmt furchtbar teuer. Bei all seinen Sorgen und Problemen hätte er sparsamer sein sollen. Sie erging sich in Mutmaßungen, aber das hatte natürlich keinen Sinn. Sie mußte abwarten.

Sie blieb über Ostern in der Klinik. Felicia besuchte sie jeden Tag, auch Nicola und Sergej erschienen einmal. Chris rief an; er hielt sich ein Dreivierteljahr in New York auf, wo er in einer Kanzlei mitarbeitete, aber er klang am Telefon so nah, als sei er in einer Telefonzelle um die Ecke. Dan kam mit einem Blumenstrauß und in Begleitung von Claudine, die sich herausgeputzt hatte, als wolle sie zu einer Cocktailparty gehen. Sie gebärdete sich überschwenglich mit dem Baby, nahm es immer wieder aus dem Bett, drückte und küßte es. Caroline machte große, erschreckte Augen und hielt ganz still. Alex hatte den peinlichen Eindruck, daß Claudine eine Privatvorstellung für Dan gab, daß sie ihm demonstrieren wollte, was ihr zu ihrem Glück noch fehlte. Dan schien das auch zu begreifen und reagierte entsprechend, gab kurze, unwirsche Antworten und unterhielt sich bald mit Alex über das Geschäft und die Bilanzen vom Vorjahr.

»Ich überlege immer, wo unser diesjähriges Treffen mit dem Außendienst und unseren Führungsleuten stattfinden soll«, sagte er, »wir haben eine außerordentlich gute Mannschaft. Ich würde ihnen gern etwas Besonderes bieten.«

»Ich hätte eine Idee«, sagte Alex, »es wäre nur nicht ganz billig. Aber auf jeden Fall etwas Besonderes.«

»Und was?«

»Sylt. Wir haben doch jetzt ein Haus dort. Sie könnten da zwar nicht wohnen, so viele Betten gibt es nicht, aber im Erdgeschoß ist eine riesige Wohnhalle, in der wir die Konferenzen abhalten könnten. Ende September und Anfang Oktober ist es traumhaft da oben.«

»Kein schlechter Gedanke«, murmelte Dan. Claudine legte Caroline in ihr Bett zurück, hüpfte auf Dan zu und umschlang ihn mit beiden Armen. »Ich darf mit, Dan, ja? Sag ja, bitte! Ich möchte so gern einmal mit dir nach Sylt!«

»Das müssen wir doch jetzt nicht festlegen«, wehrte Dan verärgert ab, »es hat ja wohl Zeit, oder? Wer weiß, ob du da nicht gerade arbeiten mußt!«

»Das ist äußerst unwahrscheinlich, findest du nicht?« gab Claudine aggressiv zurück. »Man hat sich an mir satt gesehen, wie du weißt. Also erzähl mir bitte nicht, bis zum Herbst würde noch ein Wunder geschehen!«

»Wir sollten jetzt gehen«, sagte Dan unvermittelt. Er sah blaß aus. Der Besuch war ihm schwergefallen, und er hatte Claudine nur mitgenommen, weil ihre Anwesenheit sicherstellte, daß er nichts Unüberlegtes zu Alex sagte. Jetzt wünschte er, er wäre allein gekommen. Er wünschte, er könnte reden, ihr sagen ... ach, zum Teufel damit, es war alles so sinnlos!

Als Markus seine Frau abholte, tat er sehr geheimnisvoll. Er hatte sich überlegt, Alex etwas in die Irre zu führen, und so fuhr er zunächst so, als kehrten sie wie gewöhnlich nach Bogenhausen zurück. Aber als sie die Fürstenriederstraße erreichten und eigentlich nach links hätten abbiegen müssen, nahm er die entgegengesetzte Richtung.

»Wo fährst du denn hin?« fragte Alex alarmiert.

»Das wirst du schon sehen!« Er pfiff leise ein Lied, als sie die Autobahn Garmisch erreichten. Es regnete, bräunlicher Matsch spritzte unter den Autoreifen. Alex war so müde und deprimiert, daß sie hätte heulen können.

»Ich will nach Hause, Markus«, sagte sie.

»Warte nur ab, Liebling.«

Als sie die Autobahn an der Abfahrt Münsing verließen, schwante es Alex schon, daß er an den Starnberger See wollte. Sofort vermutete sie, er habe ein Segelboot gekauft. Großer Gott! Für die paarmal, die sie im Laufe eines Sommers Zeit fanden zu segeln, hätte es wirklich gereicht ein Boot zu mieten. Jetzt mußten sie einen Stellplatz bezahlen, und die regelmäßige Wartung würde auch Unsummen verschlingen. Und zu allem Überfluß würde er sie jetzt auf dieses Boot schleppen und ihr vom Maschinenraum bis zur kleinsten Kajüte alles zeigen; sie würde naß werden bis auf die Knochen, und frieren und sich krampfhaft an Geländern und Seilen festhalten. Wie konnte ein Mann nur so wenig feinfühlig sein! Sie fuhren durch Münsing hindurch, Richtung Ambach. Hatte sie es doch geahnt! Aber kurz darauf runzelte Alex die Stirn, denn kaum waren sie in das Waldstück eingetaucht, das sich bis zum See hinunter erstreckte, bog Markus nach links ab, anstatt geradeaus hinunter zur Uferstraße zu fahren.

»Willst du nicht direkt zum See?«

»Nein. Jedenfalls nicht sofort.«

Der Wagen holperte über den Waldweg. Caroline auf dem Rücksitz in ihrer Tragetasche begann zu maunzen. Gleich würde sie schreien. Ringsum rauschte der Regen, kaum gebremst durch die noch kahlen Bäume. Fetzen vom See schimmerten herauf, grau wie der Himmel. Kälte kroch in Alex hoch, obwohl es im Wagen warm war.

»Wir sind da«, sagte Markus.

Der Weg war breiter und heller geworden. Links noch immer dunkler Wald. Rechts fielen Gärten zum See ab. Hinter hohen Hecken halb verborgen standen die Häuser, verlassen anzusehen, ohne Licht, ohne Menschen. Tatsächlich wurden die meisten davon wohl auch nur im Sommer bewohnt und standen jetzt seit Monaten leer.

Alex rührte sich nicht. »Was heißt... wir sind da?«

Markus stieg aus, spannte seinen Regenschirm auf, kam um das Auto herum und öffnete Alex' Tür. »Komm, Liebling. Wir sind daheim.«

In Alex' Hirn dämmerte Begreifen, gepaart mit Ungläubigkeit. Sie stieg langsam aus. Zu ihren Füßen gluckerte das Wasser. Markus griff ins Auto und hob die Tasche mit Caroline heraus. Fürsorglich bemühte er sich, den Schirm über sie alle drei zu halten, aber Alex wurde trotzdem naß. Sie zog ihren Mantel fester um den Körper.

Über einen ziemlich steilen, verschlammten Gartenweg gelangten sie zum Haus. Es war ein hübsches Haus, so an den Hang gebaut, daß das Erdgeschoß nach der Seeseite hin zum ersten Stock, der Keller zum Erdgeschoß wurde. Eine große, nach Süden gerichtete Terrasse ließ für einen Moment den Gedanken an warme Sommerabende wach werden, an Sonnenuntergänge über dem See, an Grillfeste mit vielen Freunden, an Fröhlichkeit. Jetzt aber wirkte alles nur trostlos und traurig.

»Dies ist mein Geschenk für dich zur Geburt unserer Tochter«, sagte Markus, »unser neues Heim!«

»Unser neues Heim?« wiederholte Alex schwach. »Du meinst, wir werden hier wohnen?«

»Es ist der schönste und gesündeste Ort, an dem ein Kind aufwachsen kann. Viel besser als im Münchner Smog! Hier wird es Caroline gefallen!«

»Aber...«

»Das Haus ist komplett eingerichtet. Alle unsere Sachen sind hier. Auch deine Kleider. Alles. Es war ein ganz schöner Streß, den Umzug über Ostern zu bewältigen, aber wenn man genug Geld bietet, finden sich immer Helfer. Zum Glück waren alle Renovierungsarbeiten beendet, die Teppiche verlegt, die Wände gestrichen. Es ist traumhaft, ein richtiges Nest.«

»Heißt das, wir werden nicht mehr in unser altes Haus zurückkehren?«

»Es ist ab ersten Mai vermietet.«

Alex stand wie zur Salzsäule erstarrt. Markus schloß die Haustür auf. »Komm herein, bevor du ganz naß wirst. Wir haben diesen Abend für uns. Ab morgen ist die Säuglingsschwester da, aber an unserem ersten Abend wollte ich mit euch allein sein.«

Alex machte ein paar zögernde Schritte. »Das kann nicht wahr sein«, hörte sie sich aus weiter Ferne sagen. Der Klang ihrer Stimme war alles andere als freudig und ließ Markus innehalten. Jetzt erst erkannte er die Fassungslosigkeit in ihren Augen – und das Entsetzen.

»Du freust dich überhaupt nicht«, stellte er fest.

»Ich bin vollkommen überrumpelt. Das ist eine totale Veränderung unseres Lebens, die du hier einfach beschlossen hast. Ich meine . . .«

»Hör mal, das ist ein Haus am Starnberger See! Da unten haben wir ein privates Seegrundstück. Die meisten Frauen würden mir um den Hals fallen und außer sich sein vor Freude, bei so einem Geschenk!« Da schlich sich wieder der Unterton ein, den Alex nicht leiden konnte, nörgelnd, beleidigt. Sein Gesicht trug den »Du-undankbares-kleines-Mädchen«-Ausdruck.

»Markus, findest du nicht, daß zwei Menschen die Frage, wo sie leben wollen, gemeinsam entscheiden müssen?« fragte Alex.

»Du tust so, als hätte ich dich nach Sibirien verschleppt! Ich schenke dir ein Haus am Starnberger See! Millionen Frauen . . .«

». . . wären froh, ich weiß. Markus, du wolltest mich überraschen, und du hast es gut gemeint. Aber du hättest vorher mit mir reden müssen.«

»Okay. Okay, verzeih mir, daß ich es gewagt habe, dir eine Freude machen zu wollen. Ich hätte deine Erlaubnis einholen müssen. Da wir seit sechs Jahren verheiratet sind, sollte ich allmählich wissen, wer hier bestimmt.« Sein Zynismus verbarg nur unzureichend, wie gekränkt und enttäuscht er war.

Alex, inzwischen naß bis auf die Knochen, wurde zunehmend wütender. »Kannst du mir mal sagen, wie du das bezahlt hast? Wovon?«

»Findest du, das ist jetzt die passende Frage?«

»Allerdings.«

»Ich habe einen Kredit aufgenommen.«

»Noch einen Kredit. In welcher Höhe? Hattest du Eigenkapital?«

»Nein.«

»Überhaupt keines? Heißt das, du hast das ganze Haus komplett auf Kredit gekauft?«

»Mein Gott – ja!«

»Wie hoch war der Kaufpreis?«

»Alex . . .«

»Wie hoch?«

»Etwas über eine Million.«

Alex starrte ihn an. »Das ist ja Wahnsinn«, sagte sie leise.

Markus sah plötzlich sehr müde aus. »Aber nun ist es eben passiert«, sagte er hilflos.

Alex registrierte endlich, daß ihr der Regen bereits kalt den Rücken hinunterlief, und drängte sich an Markus vorbei ins Haus. Wohlige Wärme empfing sie. Ein gewaltiger Strauß dunkelroter Rosen stand gleich gegenüber der Haustür auf einem Tisch. Der erste Eindruck war der eines eleganten, sehr großzügigen und gemütlichen Hauses.

Caroline, die sich zwischendurch beruhigt hatte, erhob erneut ihre Stimme.

»Ich bringe sie in ihr Zimmer«, sagte Markus.

Alex nickte. Sie trat ins Wohnzimmer, dessen ganze Westseite nur aus Fenstern bestand und den Blick zum See freigab. Überall lagen weiche, farbenfrohe Teppiche, standen kleine

Sitzgruppen, leuchteten Blumen in Vasen. Markus mußte ein Blumengeschäft leergekauft haben. Ein großer Kamin versprach knisternde Holzscheite und prasselnde Flammen. Und draußen rauschte der Regen.

Alex blickte hinunter auf die schiefergrauen Wellen des Sees. Tutzing am anderen Ufer verschwand hinter der Wand aus Nässe und Nebel. Alex sagte sich, es liegt am Regen, es liegt an den kahlen Bäumen, es liegt an dem Gefühl, völlig überrumpelt worden zu sein. Trotzdem kam es ihr wie eine Ahnung vor, daß sie drohendes Unheil zwischen den tropfenden Ästen und Farnen auf sich zukommen sah. Wie schön wäre es jetzt in . . . ja wo? In Bogenhausen? Sie merkte, daß sie sich keineswegs nach der vertrauten Umgebung dort sehnte. Auch nicht nach dem Haus ihrer Großmutter oder nach Los Angeles, wo sie aufgewachsen war. Sie sehnte sich danach, allein zu sein. Und wäre es in einer kleinen dunklen Hinterhofwohnung. Nur allein wollte sie sein, wollte allein über sich und alles, was sie tat, bestimmen. Ohne Mann – und ohne Kind.

Nie hatte sie sich das verzweifelter gewünscht als in diesem Augenblick, in diesem komfortablen Zimmer, dessen Wände dünn genug waren, daß sie Caroline im Nebenraum weinen und Markus sie mit sanfter Stimme beruhigen hören konnte.

»Kann ich dich einen Moment sprechen, Felicia?« fragte Nicola an der Tür des Arbeitszimmers zögernd. Felicia blickte stirnrunzelnd auf. Sie arbeitete sich gerade durch die Geschäftsbücher von *Wolff & Lavergne* aus dem vergangenen Jahr. Nicht, daß sie Alex und Dan mißtraut hätte, aber sie wollte auf dem laufenden sein und mitreden können.

»Ja, Nicola, komm doch herein«, sagte sie ungeduldig. Nicola wurde im Alter schwierig und unleidlich. Sie jammerte über alles: über das Wetter, das Essen, die Politik, Sergejs Invalidität, das Fernsehprogramm, die Touristen, die Umweltverschmutzung – und über das Schicksal im allgemeinen, das sie einfach schlecht und gemein behandelt hatte.

Auch jetzt machte sie bereits wieder ihr Kummergesicht, als sie den Brief in ihrer Hand anstarrte. Felicia lehnte sich resigniert zurück. Mit Sicherheit ging es um Julia, und das konnte dauern.

»Julias Schwiegereltern haben mir geschrieben«, begann Nicola, »weißt du, die Eltern ihres Mannes.«

Felicia nickte und verkniff es sich, Nicola darauf hinzuweisen, daß sie den Begriff Schwiegereltern nicht extra zu definieren brauchte.

»Sie machen gerade eine Reise hier in den Westen. In ihrem Alter ist das ja kein Problem für sie.«

»Ich weiß.«

»Sie konnten mir daher einen völlig ungeschminkten Brief schreiben. Felicia, er hat mich tief erschüttert. Es ... es geht Julia sehr schlecht. Sie sind ja in die absolute Verbannung geschickt worden. Sie leben in unvorstellbaren Umständen. Richard praktiziert als Dorfarzt, aber er hat nicht einmal die einfachsten Medikamente zur Verfügung.«

»Nicola, ich weiß das ja. Der Brief, den Julia mir letztes Jahr schrieb, war zwar verschlüsselt, aber ich konnte mir die Dinge zusammenreimen. Sei doch froh, daß sie wenigstens nicht mehr im Gefängnis sind. Und sie können alle zusammensein. Man hat ihnen nicht die Kinder weggenommen.«

»Um die Kinder geht es ja gerade«, sagte Nicola verzweifelt, »um die hat Julia solche Angst. Zum einen meint sie, daß man ihnen später beruflich Steine in den Weg legen wird, weil ihre Eltern wegen Republikflucht im Gefängnis waren. Und dann scheinen sie auch vollkommen auf die Linie des Staates umgeschwenkt zu sein, besonders Stefanie. Sie glaubt einfach alles, was man ihr erzählt. Auf der einen Seite ist sie die perfekte kleine Sozialistin, auf der anderen erschüttert es sie, wenn man sie wegen ihrer Eltern angreift. Julia meint, das kann nur darauf hinauslaufen, daß sie sich irgendwann ihrer Familie völlig entfremden, vielleicht sogar mit ihr brechen wird. Sie weiß überhaupt nicht mehr, was sie tun soll!«

Felicia schob ihre Akten beiseite. »Nicola, ich fürchte, wir können nichts machen. Mir tut Julia sehr leid. Aber ich sehe keinen Weg, ihr zu helfen.«

»Aber Maksim Marakow . . .«

»Sein Einfluß ist offenbar begrenzt. Er konnte ja auch damals nichts erreichen, und ich nehme an, er hat sich sehr bemüht.«

»Wenn er es noch einmal versucht? Diesmal müssen sie ja nicht aus dem Gefängnis herausgeholt werden. Sie haben ja für alles gebüßt. Es geht nur darum, eine Ausreiseerlaubnis in den Westen zu erwirken.«

»Ich habe Chris schon einmal deswegen nach Ost-Berlin geschickt. Ich weiß nicht, ob . . .«

Nicola blieb hartnäckig. »Und wenn es Alex versucht?«

»Nein. Mit Alex riskiere ich nichts, schon gar nicht jetzt, wo sie das kleine Kind hat. Nein, nein, wenn überhaupt . . .« Sie überlegte. »Im Oktober wird Chris dreißig, er plant eine große Party, und Simone hat mich als Überraschungsgast eingeladen. Sie will uns unbedingt versöhnen. Also werde ich nach Frankfurt fliegen müssen. Da kann ich mit ihm reden.«

»Im Oktober? Erst?«

»Chris ist jetzt noch in New York. Er kommt erst kurz vor seinem Geburtstag zurück. Vorher geht nichts.«

»Dann muß ich eben warten«, sagte Nicola ergeben. Sie sah blaß und unglücklich aus. »Es ist mein größter Wunsch, daß Julia und ihre Familie irgendwann hier im Westen leben, Felicia. Du glaubst nicht, was ich dafür geben würde. Weißt du, ich habe solche Angst, daß Julia vielleicht . . . daß sie es noch einmal auf anderem Weg versucht . . .«

»Du meinst, sie könnte noch einmal eine Flucht riskieren?«

»Ihre Schwiegermutter ließ durchblicken, daß sie das nicht für ausgeschlossen hält.«

»Sie wird nicht so leichtsinnig sein!« rief Felicia. »Wenn man sie diesmal erwischte, würde man sie noch härter bestrafen. Vielleicht nehmen sie ihr sogar die Kinder weg. Für immer.«

»Deshalb habe ich ja solche Angst«, sagte Nicola leise. Einen Moment lang sahen die beiden Frauen einander an. Kusinen – und so verschieden. Ein Leben lang war es Nicola gewesen, die Felicias Hilfe gebraucht hatte, die ständig auf andere hatte zurückgreifen müssen, um mit ihren Problemen zurechtzukommen. Darin schien sich jetzt im Alter nichts zu ändern. Ihre Augen blickten hilflos und flehend wie die eines Kindes.

Felicia sollte die Dinge in die Hand nehmen und irgendwie in Ordnung bringen.

## 7

Der Oktobermorgen war kühl, aber der blaue Himmel versprach einen sonnigen Tag. Im Radio hatten sie von immerhin noch fünfzehn Grad gesprochen. Simone, die in der winzigen Küche auf einem alten Barhocker am Fenster saß und ihren Kaffee trank – schwarz, bärenstark, ohne Milch und Zucker –, fühlte sich unendlich energiegeladen und glücklich, obwohl diese frühe Stunde eigentlich überhaupt nicht ihre Zeit war. Normalerweise hätte sie noch geschlafen, aber heute wartete ein dichtgedrängtes Programm auf sie: Sie mußte zum Flughafen und Chris abholen, der aus New York zurückkam. Dann wollte sie schnell zur Uni, wo das Thema für eine Semesterhausarbeit ausgegeben werden sollte. Und mittags würde von der Hauptwache ausgehend eine Demonstration der Friedensbewegung stattfinden – gegen die geplante Stationierung von Pershing-II-Raketen auf deutschem Boden. Der Herbst 1983 würde in dieser Hinsicht ein heißer Herbst werden. Heute, es war der 13., begann eine Friedensaktionswoche; sieben Tage lang würden überall in der Bundesrepublik Aktionen gegen den Nachrüstungsbeschluß der Nato stattfinden.

Von deutschem Boden soll nie wieder Krieg ausgehen, dachte Simone, ja, und dann Pershings hier aufstellen!

Trotzdem, sie war zu glücklich heute, um wirklich aggressiv zu sein. Wenn sie sonst auf eine Demo ging, bewaffnete sie sich innerlich bis an die Zähne und gehörte nachher stets zur vordersten Front. Heute vermißte sie dieses Fieber in sich. Sie war so froh, daß Chris wiederkam, zu froh, um an etwas anderes zu denken. Hätte sie es ein paar Leuten nicht fest versprochen, sie würde gar nicht zu der Demo gehen. Sie würde den ganzen Nachmittag mit Chris vertrödeln.

Die Studienjahre in Frankfurt waren für beide positiv verlaufen. Sie paßten viel besser hierher als nach München. Frankfurt erschien ihnen lauter, dynamischer, provokanter als das malerisch schöne München mit seiner barocken Gemütlichkeit. Sie hausten in einer winzigen Wohnung mit schiefen Fußböden und hielten sich mit einer Unmenge kleiner Jobs über Wasser. Nur Taxifahren wollte Simone nicht mehr, nicht einmal als Gast. Der Schrecken saß zu tief. Man hatte ihren Wagen damals verlassen am Straßenrand zwischen Inning und Buch gefunden, von dem Kerl keine Spur. Er wurde nie gefaßt. Manchmal träumte Simone nachts von ihm und wachte dann schreiend auf.

Chris hatte im vergangenen Frühjahr sein erstes juristisches Staatsexamen gemacht – voll befriedigend, eine Traumnote bei den Juristen. Schon jetzt, vor dem zweiten Examen, standen seine Chancen für eine Karriere sehr gut. Mit dieser Note standen ihm renommierte Kanzleien ebenso offen wie führende Wirtschaftsunternehmen oder eine Anstellung im Staatsdienst. Chris schwankte noch, ob er statt Anwalt nicht doch lieber Richter werden wollte. Der Marsch durch die Institutionen . . .

In jedem Fall aber kam zuerst seine Referendarzeit. Zweieinhalb Jahre. Chris hatte ihren Beginn hinausgezögert und das Praktikum in New York dazwischengeschoben. Eine amerikanische Kanzlei, die verstärkt mit deutschen Unternehmen in den Staaten arbeitete, hatte ihm das Angebot gemacht, und auch wenn es durch die Vermittlung seines Vaters geschehen war und Chris es eigentlich haßte, Beziehungen auszunutzen, hatte er sich nicht enthalten können, zuzugreifen. In seinen Papieren würde sich ein dreiviertel Jahr bei Harrison, Barnes & Harrison einfach zu gut machen.

Allmählich, dachte Simone manchmal, kommt sein Ehrgeiz durch. Ein gewisses Karrierestreben liegt einfach in dieser Familie.

Sie hatte ihn schrecklich vermißt. Die Wohnung in Bockenheim kam ihr leer und trostlos vor. Das Studium machte ihr keinen Spaß mehr, die politische Arbeit befriedigte sie nicht. Sie lachte über sich selber, fühlte sich wie eine sehnsüchtig schmachtende Courths-Mahler-Braut, deren Leben sinnlos ist ohne den Liebsten. Wenn sie nachts aus ihrem Alptraum erwachte, wünschte sie aus tiefstem Herzen, neben ihr würde jemand atmen, da wäre ein warmer Körper, an den sie sich kuscheln könnte.

Er hatte ihr das Leben gerettet. Damals, an jenem dunklen Abend auf dem Rastplatz, war er wie aus dem Nichts aufgetaucht, und daß es sie heute noch gab, verdankte sie ihm. Sie fragte sich manchmal, ob sie ihm deshalb eine so romantische Rolle in ihrem Dasein einräumte. Er war alles für sie. Sie würde nie mehr ohne ihn sein können.

Sie schaute auf die Uhr. Sie mußte sich schleunigst auf den Weg zum Flughafen machen, sonst verpaßte sie Chris noch.

Sie befanden sich im Landeanflug auf Frankfurt, hatten sich bereits anschnallen und das Rauchen einstellen müssen. Chris fühlte sich ganz steif nach dem Flug. Er hatte keine Minute geschlafen, zusammengesperrt mit so vielen fremden Menschen auf engem Raum. Also hatte er die ganze Zeit versucht zu lesen, aber es war ihm schwergefallen, sich zu konzentrieren. Er hätte gern mit irgend jemandem geredet. Über das, was hinter ihm lag, all das hochinteressante Neue, mit dem er konfrontiert worden war. Er konnte es kaum abwarten, Simone alles zu erzählen, sie dabei anzuschauen, ihr lebhaftes Gesicht mit den blassen Sommersprossen auf der hellen Haut, ihre langen blonden Haare, die sie oft hinter ihre komischen spitzen Ohren zurückschob. »Mr.-Spock-Ohren« hatte er immer dazu gesagt. Er küßte ihre Ohren besonders gern.

Eines war ihm während der Monate in New York klargeworden: Er hatte keine besondere Bindung an Amerika, obwohl er dort geboren und aufgewachsen war. Er lebte dort gern, aber er lebte auch gern in Deutschland, und er konnte sich auch jedes andere Land, jeden Kontinent vorstellen. Seine Fähigkeit, sich wirklich glücklich zu fühlen, hing in erster Linie von Simone ab.

Mit ihr hätte er sich in ein Schneehaus am Nordpol oder in ein Zelt in der Sahara gesetzt. Ihre Bedeutung für sein Leben war viel stärker, als er gewußt hatte. Als wäre er der Held einer rosaroten Edelschnulze, so verzehrte er sich nach ihr. Er hatte gigantische Telefonrechnungen produziert, um wenigstens ab und zu mit ihr reden zu können, er hatte ihr Briefe geschrieben, die ihm jetzt noch, in der Erinnerung, die Röte in die Wangen trieben. In der Kanzlei, in der er arbeitete, wimmelte es von jungen, hübschen Frauen, Sekretärinnen, Studentinnen, fertigen Anwältinnen, die herzklopfend ihre ersten Schritte auf dem ungewohnten Terrain jenseits der Universitäten taten. Chris war mit ihnen essen gegangen und ins Kino oder Theater. Er hatte Wochenendausflüge mit ihnen entlang der Ostküste unternommen, und eine von ihnen, Jane, hatte ihn über Ostern mit zu ihren Eltern in deren riesiges, gemütliches Haus in Cape Cod mitgenommen. Trotzdem hatte er nicht mit einer einzigen geschlafen, es wäre ihm gar nicht möglich gewesen, vernarrt wie er war in Simones mageren Körper mit dem flachen, harten Bauch, den spitzen Hüftknochen und den winzigen Brüsten, die kaum eine Hand füllten. Er hatte sich mit furchtbaren, eifersüchtigen Gedanken herumgeschlagen, wollte sie nicht nach möglichen Abenteuern fragen, aber schließlich krächzte er doch atemlos in den Telefonhörer: »Du bist mir doch treu, Simone, ja?«

Ihr kehliges, spöttisches Lachen, Tausende von Meilen entfernt jenseits des Atlantik. »Aber, Chris! Stellst du etwa Besitzansprüche?«

»Hör auf mit dem Quatsch! Es ist mir egal, ob ich meine Prinzipien verrate! Ich will nicht, daß du mit irgendeinem blöden Kerl bumst, klar?«

Er formulierte bewußt grob, damit sie nicht merkte, wie dramatisch nah ihm die Trennung ging. Natürlich merkte sie es doch. »Und wenn ich mit einem bumse, der nicht blöd ist, das wäre okay, ja?«

Er fluchte, und sie lachte wieder. Irgendwann wurde ihm klar, daß er sie, wenn er wieder daheim war, fragen würde, ob sie ihn heiratete.

Wahrscheinlich werden wir Kinder haben, dachte er, und dann ein Eigenheim im Grünen. Aber wir werden nicht in den Spießertrott verfallen. Etwas muß übrigbleiben von dem, was uns einmal wichtig war.

Die Räder des Flugzeuges setzten auf der Landebahn auf. Die Maschine raste über das Rollfeld, wurde ganz allmählich langsamer. Chris atmete tief durch. Er war wieder in Deutschland, daheim.

»Ich kann dich nur gerade zu Hause absetzen«, sagte Simone, »dann muß ich leider gleich wieder weg, in die Uni. Und später zu einer Demo wegen der Pershing-Raketen.« Sie steuerte den klapprigen VW-Käfer durch den Frankfurter Verkehr, der jetzt nicht mehr allzu dicht war. Trotzdem, es ging langsam genug, und außerdem hatte das Flugzeug Verspätung gehabt. Simone sah ihren ganzen Zeitplan durcheinandergeraten. Sie war nervös. Weder sie noch Chris wußten so recht, was sie miteinander sprechen sollten. Sie hatten dem Moment des Wiedersehens entgegengefiebert, um nun in angespannter Befangenheit zu verharren.

»Mit deinem Studium klappt alles?« fragte Chris, nachdem er angestrengt nach einem Thema gesucht hatte.

Simone nickte. »Ende des nächsten Semesters mach' ich die Prüfung. Ich denke, ich schaffe es.«

»Natürlich schaffst du es.«

Simone sah ihn von der Seite an. »Hast du eigentlich deine Eltern doch noch getroffen? Oder war es dir zu weit bis Los Angeles?«

»Bis dahin mußte ich nicht. Jedenfalls nicht, um Mutter zu sehen. Ihr . . . ihr Sanatorium ist in Texas.«

»Viel näher ist das auch nicht.«

»Stimmt.«

»Du hast sie besucht?« Simone wußte um Belles Zustand, sie wußte auch, daß Chris nicht gern davon sprach. Deshalb kam ihre Frage zögernd.

Chris schwieg einen Moment, ehe er antwortete. »Ich habe

sie besucht, ja. Ich bin über ein Wochenende zu ihr geflogen. Das Sanatorium liegt nahe bei Dallas, es ist unheimlich schön und elegant. Der Aufenthalt muß ein Vermögen kosten.«

»Deine Mutter hat sich bestimmt gefreut!«

»Sie war begeistert. Sie hat mir alles gezeigt, mich allen vorgestellt. Es waren zwei schöne Tage.«

Simone hakte vorsichtig nach. »Dann geht es ihr besser?«

Chris hob die Schultern. »Ehrlich, ich weiß es nicht. Sie wirkte gesund auf mich. Ihr Gesicht war nicht mehr so aufgequollen, überhaupt war sie schlanker. Allerdings schienen mir ihre Lebhaftigkeit und ihr Charme etwas gekünstelt. Und es muß ja einen Grund geben, weshalb sie sie noch immer behandeln, nicht? Sie hat erzählt, sie war im Februar draußen, mußte nach drei Wochen aber wieder rein. Ich denke, sie wurde rückfällig. Vermutlich ist sie noch keineswegs stabil.«

»Sie wird es schaffen, Chris. Sie hat die beste Hilfe.«

»Ich hoffe es. Du kannst dir nicht vorstellen, wie sehr.«

Sie waren daheim angekommen. Gleich vor der Haustür war ein Parkplatz frei. Simone zwängte ihr Auto hinein. »Ich helf' dir noch dein Gepäck hinaufzutragen«, sagte sie.

»Nein, du hast es eilig. Sieh zu, daß du schnell in die Uni kommst!«

Simone warf einen umständlichen Blick auf die Uhr. »So eilig ist es auch nicht«, sagte sie und stieg aus. Sie registrierte die Erleichterung in Chris' Augen. Es freute ihn, nicht gleich ganz allein in der Wohnung sein zu müssen.

Sie schleppten die unzähligen Koffer, Taschen und Plastiktüten nach oben; Chris war mit halb so vielen Gepäckstücken abgereist. In dem größeren der beiden Zimmer, das ihnen als Wohn- und Arbeitszimmer diente, ließen sie alles fallen.

»Ich packe das später aus«, erklärte Chris, »hör mal, Simone, du bist mir nicht böse, wenn ich nicht mit zu der Demo komme? Ich bin total erledigt, und . . .«

»Klar. Außerdem«, sie grinste, »außerdem hat deine Familie von so Dingen wie den Pershing-Raketen gelebt, da kannst du jetzt nicht gut dagegen sein, nicht?«

Chris verzog das Gesicht. »Sei bloß still! Meine ganze Teenagerzeit bestand aus einem ewig währenden Krach mit meinem Vater wegen seiner Arbeit. Was ihn betrifft, hätte ich wirklich keine Probleme mitzugehen, das weißt du.«

»Weiß ich. Ich mach' uns einen Tee, ja?«

»Aber . . .«

Sie war schon in der Küche. Sie würde sich das Papier mit dem Hausarbeitsthema morgen von einem Kommilitonen fotokopieren. Während sie wartete, daß das Wasser kochte, holte sie Käse und Butter aus dem Kühlschrank und schnitt Brot ab. Chris hatte zwar im Flugzeug bestimmt schon etwas bekommen, aber vielleicht hatte er Lust auf ein zweites Frühstück. Ob er wohl Rühreier haben mochte?

Sie ging ins Zimmer zurück, um ihn zu fragen. Er hatte Jeans und Pullover ausgezogen, streifte gerade sein Hemd ab. Sie starrte auf seinen nackten Körper. Die Sonne hatte seine Haut leicht getönt, das dunkle Haar war noch nie so gut geschnitten gewesen wie jetzt. Er sah auf einmal sehr seriös aus – und erschütternd attraktiv. Erschütternd deshalb, weil sich Simone plötzlich klein und unscheinbar vorkam. Bei Chris brach nun, da er sich von den langen Zotteln und der abgefetzten Hippie-Kleidung getrennt hatte, durch, was er immer gewesen war: der Upper-class-Abkömmling, dessen Vorfahren es sich seit Generationen leisteten, bei der Wahl ihrer Ehepartner Schönheit und Eleganz mit zu berücksichtigen. Die Kinder dieser Familien konnten es kaum verhindern, gut auszusehen, und es war ihnen anzumerken, daß Geld nie ein Thema gewesen war; sie sogen Luxus und materielle Sorglosigkeit ein wie ein Schwamm, waren getränkt damit, ganz gleich, was das Leben brachte. So wie sie, Simone, die winzige Arbeiterwohnung ihrer Eltern in sich trug, die lärmende, heulende Geschwisterschar, die drangvolle Enge, den Geruch nach Zwiebeln und Bratkartoffeln, das verhärmte Gesicht ihrer Mutter, das Schnarchen des Vaters, der am Abend vor Müdigkeit über dem Essen einschlief und durchdringend nach Schweiß stank, den Blick auf den trostlosen Hinterhof, die Wäsche, die quer durchs Wohnzimmer an einer Leine hing und die Wände feucht werden ließ. Es hatte sich eingegraben in Seele, Herz, Haut. Sie fragte sich, wann sich Chris Seidenkrawatten und Armani-Anzüge kaufen würde. Sie war beinahe sicher, daß es eines Tages passierte.

Aber soweit war es noch nicht. Noch war es ihr Chris. In einem Baumwollslip mit ausgeleiertem Gummi und nicht ganz sauberen Socken an den Füßen.

»Du schaust mich an, als hättest du noch nie einen Mann gesehen«, sagte er.

»Einen wie dich habe ich auch schon lange nicht mehr gesehen«, antwortete sie.

Er schaute an sich herunter. »Ich wollte gerade duschen. Ich komme mir schmutzig und verschwitzt vor.«

»Ich wollte auch gerade duschen«, sagte Simone und fing an, sich auszuziehen.

Sie kamen nicht mehr bis ins Bad, sie liebten sich auf dem schönen weißen Berberteppich, einem Geschenk von Felicia zu Chris' Examen. Entzückt stellten sie fest, daß sich der Körper des anderen nicht verändert hatte, daß er so vertraut war, als wären höchstens Stunden, nicht Monate seit dem letztenmal vergangen. Von jedem Zentimeter wußten sie, wie er sich anfühlte, wußten, wie er reagierte. Sie genossen es, wieder zu entdecken, was sie gekannt und geliebt und so lange entbehrt hatten. Sie sprachen Worte aus, die seit Ewigkeiten nicht mehr über ihre Lippen gekommen waren, und ihre Gesten und Bewegungen waren zärtlicher als je zuvor. Sie begehrten einander, sie brauchten einander, sie hatten in den Monaten der Trennung Qualen von Alleinsein und Eifersucht ausgestanden, und sie waren einander wertvoller geworden. Ihr Zusammensein erschien ihnen nicht mehr selbstverständlich, sie wußten jetzt, daß es ein Geschenk war.

Schließlich standen sie auf und liefen ins Bad. Als sie sich unter der heißen Dusche drängelten, verging das Gefühl von Feierlichkeit. Sie wurden albern, bespritzten einander mit Schaum und versuchten jeder, den Wasserstrahl auf das Gesicht des anderen zu richten. Nachher schwamm der ganze

Raum, und von der Feuchtigkeit waren Fenster und Spiegel beschlagen. Chris schlang sich ein Handtuch um den Körper und setzte sich, feucht und verstrubbelt wie er war, an den Küchentisch, um sich über das Frühstück herzumachen. Das Teewasser war inzwischen verkocht, er setzte neues auf und trank inzwischen Orangensaft. Schließlich erschien Simone, sie hatte sich wieder angezogen, etwas Lippenstift aufgelegt und die langen, nassen Haare aus dem Gesicht gebürstet.

»Ich habe eine Überraschung«, sagte sie, »deine Großmutter kommt zu deiner Party. Morgen abend trifft sie ein.«

»Was?«

»Ich hoffe, du bist mir nicht böse. Aber ich finde, ihr solltet Frieden schließen, und das ist eine gute Gelegenheit.«

»Ich bin natürlich nicht böse. Aber glaubst du, es macht ihr Spaß – unter so vielen jungen Leuten?«

»Sie ist nicht einzuschüchtern, denke ich. Auch nicht von so viel geballter Jugend.«

Chris grinste. »Da hast du allerdings recht.« Er wußte, es war eine Schnapsidee von ihm gewesen, die riesige Feier zwei Tage nach seiner Rückkehr stattfinden zu lassen, nur um wirklich an seinem Geburtstag feiern zu können. Er hatte nur aus der Ferne planen können, und Simone hatte jede Menge Arbeit damit gehabt. Die Party würde in einem ziemlich luxuriösen Rahmen stattfinden; ein Freund stellte das Haus seiner Eltern zur Verfügung, eine Villa im noblen Taunusort Königstein.

»Alex hat leider abgesagt«, berichtete Simone, »sie hat eine Konferenz auf Sylt. Sie ist unabkömmlich.«

»Klar. Meine reiche Unternehmerschwester hat natürlich immer wichtige Verpflichtungen.«

Simone lächelte. »Du könntest an ihrer Stelle sein. Bedauerst du, wie es gekommen ist?«

Chris zögerte nicht eine Sekunde. »Nein. Ich könnte ein Leben, wie Alex es führt, nicht einen Tag aushalten. Ich bin glücklich so, wie es ist.«

Sie sahen einander an. Simone seufzte. »Ich würde so gern hierbleiben, Chris. Aber ich habe versprochen . . .«

»Du gehst jetzt demonstrieren. Wenigstens einer von uns muß sich politisch engagieren. Ich werde noch eine Runde schlafen, und heute abend, wenn du wiederkommst, mache ich dir die besten Spaghetti deines Lebens.«

Sie strahlte. »Ich bringe einen Rotwein mit, ja? Chris – ich freue mich so, daß du wieder da bist!«

Er beschloß, sie noch an diesem Abend zu fragen, ob sie ihn heiraten wollte.

Alex' Flugzeug nach Hamburg ging am Nachmittag um fünf Uhr. Sie hatte ihr Gepäck am Morgen gleich mit ins Büro genommen, um dann von dort aus direkt zum Flughafen zu fahren. Caroline war bei dem Kindermädchen wie immer in besten Händen und vermißte ihre Mutter sicher nicht. Für das Kind war es dort draußen sehr schön, sein Wagen stand entweder oben beim Haus unter den Bäumen, oder unten am See, wo der Wind nach Wasser roch. Der Sommer war heiß und trocken gewesen, Alex hatte bis Ende Juli nicht gearbeitet, sondern ihre Zeit nur mit Schwimmen und Faulenzen verbracht. Sie hatten einige Parties am Strand gefeiert, und alle Gäste waren von dem Anwesen begeistert gewesen. Markus hatte die Komplimente strahlend entgegengenommen, und niemandem war aufgefallen, wie still Alex war.

Sie schaute auf die Uhr. Sie würde jetzt noch etwas trinken und sich dann ein Taxi bestellen, das sie nach Riem brachte. Prüfend betrachtete sie sich im Spiegel, der über der kleinen Bar in der Ecke des Zimmers angebracht war. Sie war wieder so schlank wie vor der Schwangerschaft, die engen Jeans, die sie sich heute für die Reise angezogen hatte, saßen perfekt. Dazu trug sie einen hellen Wollpullover, in Kampen würde wie immer ein frischer Wind wehen. Sie war voller Vorfreude auf Sylt, freute sich vor allem darauf, dort einmal allein anzukommen, ohne Markus. Morgen abend würden Dan und die Mitarbeiter eintreffen, bis dahin hatte sie Ruhe. Eine Nacht und einen halben Tag ganz für sich.

Als sie sich gerade einen Sherry einschenkte, klopfte es an der

Tür, und Markus kam herein. Als ihr Ehemann brauchte er sich natürlich nicht von der Sekretärin anmelden zu lassen, aber Alex hatte sich erschreckt und reagierte entsprechend gereizt. »Markus! Ich wußte gar nicht, daß du heute in der Stadt bist. Du wolltest doch zu Hause arbeiten.«

»Ja, ich habe auch zu Hause gearbeitet. Aber dann ... nun ... ich hoffte, ich erwische dich hier noch.«

»Ich muß gleich weg. Möchtest du auch einen Sherry?«

Er nickte. Leise sagte er: »Du siehst sehr schön aus, Alex.«

Sie reichte ihm sein Glas. »Ach, in den alten Klamotten ...« Sie tranken einander zu. Alex sah, daß Markus äußerst nervös war, sie kannte ihn gut genug, um zu wissen, daß er irgend etwas loswerden wollte. Ausgerechnet jetzt, sie hatte doch so wenig Zeit.

Markus hatte seinen Sherry geleert, kramte eine Zigarette hervor und zündete sie an.

Er ist ziemlich dünn geworden in der letzten Zeit, dachte sie, und älter. Viel älter.

»Alexandra, ich habe ewig lange hin- und herüberlegt, ob ich mit dieser Geschichte zu dir kommen soll«, sagte er hastig, »es ist mir furchtbar unangenehm ... und es tut mir auch leid, daß ich dich nun kurz vor deiner Abreise behellige ...«

»Das ist schon okay. Ich muß jetzt bloß gleich ein Taxi bestellen.«

»Ja, natürlich, es ist auch nur ... Alex, es geht darum, ich brauche wahnsinnig dringend Geld.«

Alex ließ ihr Glas sinken. »Ach Gott ... dann ist das wirklich gerade ein ungünstiger Moment. Ich ...«

»Ich brauche Geld im Geschäft. Achthunderttausend Mark. Ich kann sie ganz bald zurückzahlen. Ich muß nur die nächsten sechs Wochen überbrücken.«

»Achthunderttausend Mark? Das ist nicht ganz wenig!«

»Ich weiß. Du bekommst selbstverständlich Zinsen dafür.«

»Ich nehme keine Zinsen von dir. Aber, Markus, ich habe nicht so viel Geld. Das weißt du.«

»Privat hast du es nicht, das stimmt. Aber die Firma hat es.«

»Ich kann nicht einfach so viel Geld hier abziehen. Ich müßte das mit Dan besprechen, und ich . . .«

»In sechs Wochen bekommst du es zurück!«

Alex brauchte einen zweiten Sherry. Achthunderttausend Mark! Wie sollte sie das vor Dan rechtfertigen?

»Wie kommt es, daß du das Geld so dringend brauchst?« fragte sie.

»Zinszahlungen. Ich bin etwas im Rückstand. Ich hole das aber wieder rein, weil ich ein tolles Projekt an der Angel habe. Es geht nur um sechs Wochen . . .«

Alex haßte es, einen anderen Menschen flehen und betteln zu lassen und ihm dann noch Vorhaltungen zu machen, aber sie konnte nicht stillschweigend über all das hinweggehen. »Machst du immer noch diese irrsinnigen Kreditkäufe, Markus? Immer mehr und immer mehr, bis dich die Schulden umbringen? Glaubst du nicht, du solltest eine Pause machen?«

Ungeduldig entgegnete er: »Ich bin nicht erst seit gestern in dem Job, ein bißchen Erfahrung kannst du mir schon zutrauen. Die Immobilienpreise in München werden bis zum Ende der achtziger Jahre so in die Höhe klettern, daß man steinreich damit werden kann. Ich wäre ein Idiot, wenn ich nicht nehmen würde, was ich kriegen kann.«

»Du machst zuviel. Du mußt auch hin und wieder an einem attraktiven Angebot vorbeigehen können. Die Banken schlukken dich sonst eines Tages.«

Markus machte einen heftigen Zug an seiner Zigarette. »Könnten wir uns darauf einigen, daß du Spielzeug machst und ich Immobilien? Ich rede dir in deine Sachen ja auch nicht rein!«

»Ich habe dich auch noch nie angepumpt.«

Sie sahen einander an, aufgebracht, beschämt, traurig. Markus senkte als erster die Augen. »Im Moment habe ich keine Wahl, als dich um das Geld zu bitten«, sagte er hilflos, »entweder du gibst es mir, oder du gibst es mir nicht – aber an der Situation selber können wir nichts ändern.«

»Verstehe«, sagte Alex düster. Sie kaute auf ihrer Unterlippe herum, während sie überlegte. Dan war nicht im Haus, aber sie konnte nicht warten, bis er wiederkäme, dann verpaßte sie ihr Flugzeug. Im übrigen ahnte sie, daß es unmöglich wäre, ihn zu dieser Leihgabe an Markus zu überreden. »Welche Sicherheit haben wir denn?« würde er fragen. Und Alex wußte, daß Markus schon lange nicht mehr in der Lage war, Sicherheiten zu geben.

»Ich werde meine Sekretärin mit der Überweisung beauftragen«, sagte sie, während gleichzeitig der Gedanke durch ihr Hirn lief: Du bist verrückt! Warum tust du das? Du liebst diesen Mann doch nicht einmal! »Schreib ihr die Kontonummer auf einen Zettel. Und dann muß ich, so schnell es geht, zum Flughafen.«

Markus nahm ihre beiden Hände und drückte sie. »Das vergesse ich dir nie, Alexandra. Solange ich lebe. Und ich verspreche dir . . .«

»Schon gut.« Etwas unwillig machte sie sich los. Es ärgerte sie, daß sie sich soeben keineswegs als gute Geschäftsfrau erwiesen hatte. Aber hätte sie Markus ihre Hilfe verweigern sollen, einem alten Mann mit grauen Haaren und einem müden, eingefallenen Gesicht? Sie schaute ihm zu, wie er zum Schreibtisch ging und die Kontonummer auf ein Stück Papier kritzelte. Auf einmal wurde ihr etwas klar: Sie half ihm, weil sie wußte, sie würde ihn bald verlassen. Sie würde ihm einen furchtbaren Schmerz zufügen, und ihr graute vor dem Moment, wo sie es tun mußte. Sie hatte gerade versucht, sich von einem kleinen Stück Schuld freizukaufen.

## 8

Die Demonstration verlief zunächst friedlich. Etwa zweitausend Menschen hatten sich an der Frankfurter Hauptwache zusammengefunden und zogen in einem langen Zug die Zeil hinunter. Auf Transparenten und in Sprechchören forderten sie den sofortigen Rüstungsstopp in Ost und West und trugen

Plakate vor sich her mit Aufschriften wie »Nein zu Pershing und Cruise missiles« oder »Lieber rot als tot«. Polizisten begleiteten die Prozession, aber es geschah nichts, was sie zum Eingreifen hätte bringen müssen. Einige Passanten riefen Bemerkungen wie »Rotes Gesindel!« oder »Ein paar Jahre Arbeitslager würden euch guttun!«, doch die Demonstranten ließen sich nicht provozieren. Sie zogen weiter, quer durch die Stadt. Am späten Nachmittag kamen sie wieder die Zeil hinauf. Das Ende der Veranstaltung sollte eine Abschlußkundgebung an der Hauptwache sein.

Als sie das Gebäude des Oberlandesgerichtes passierten, flogen die ersten Steine. Sie prallten an den Stäben des Eisengitters ab, das vorsorglich vor dem Portal des Gerichts hinuntergelassen worden war. Auf der anderen Straßenseite jedoch befanden sich Geschäfte, und hier zersprang klirrend die erste Schaufensterscheibe. Farbbeutel klatschten gegen die Häuserwände, rote Schmiere lief in breiten Bahnen zum Gehsteig hinunter. Einige Ladenbesitzer verschlossen eilig die Türen. Fluchtartig verschwanden Passanten in Seitenstraßen und Hauseingängen.

Unter den Demonstranten entstand Unruhe und Verwirrung. Niemand hatte bemerkt, daß sich Chaoten eingeschlichen hatten. Sie waren quer durch den ganzen Zug verteilt, so daß sie nun überall hervorbrechen konnten. Trotz des bestehenden Vermummungsverbotes waren sie auf einmal mit Tüchern und Schals maskiert und hatten plötzlich jede Menge Steine und Stöcke zur Hand. Die Polizisten ringsum schlossen sich zu Ketten zusammen, hielten ihre Schlagstöcke bereit. In weniger als fünf Minuten war die Situation außer Kontrolle.

Simone befand sich in einer der vorderen Reihen. Sie kapierte im ersten Moment gar nicht, was los war, hört nur plötzlich Geschrei, klirrendes Glas, das Heulen einer Polizeisirene. Sie spürte, daß Bewegung im Zug war, erhielt einen harten Stoß in den Rücken und drehte sich um. Ein junges Mädchen, dem die Panik ins Gesicht geschrieben stand, versuchte, sich zwischen den Menschen hindurchzuzwängen. »Ich will weg! Laßt mich vorbei! Ich will sofort weg!«

Die Polizisten rückten nun in geschlossenen Trupps auf den Zug zu. Ein Hagel von Steinen empfing sie. Simone konnte sehen, wie ein Beamter mit blutüberströmtem Gesicht zusammenbrach. »Oh, Scheiße!« schrie sie.

Warum nur passierte es immer wieder? Diese Randalierer führten die ganze Friedensbewegung ad absurdum. Sie mußte sofort weg hier, weg, ehe sie in die Zange zwischen Polizei und Randalierern geriet und von beiden Seiten etwas abbekam. Aber das war nicht so einfach, denn jetzt drehten alle durch und versuchten, sich aus der Schußlinie zu bringen. Es bestand die Gefahr, daß sie einander niedertrampelten. Immer mehr Polizisten rückten an, mit Stahlhelmen und großen Schilden geschützt.

»Wasserwerfer! Die Dreckskerle fahren Wasserwerfer auf!« brüllte jemand. Simone geriet in Panik. Sie war einmal unter einen Wasserwerfer geraten und hatte seither furchtbare Angst davor. Sie duckte sich unter dem Arm eines Mannes weg, verlor fast das Gleichgewicht und konnte sich gerade noch fangen, bevor sie auf allen vieren gelandet wäre. Sie drängelte und schob, jemand trat ihr gegen das Schienbein, und sie hätte brüllen mögen vor Schmerz. Tapfer humpelte sie weiter, spürte zu ihrem Erstaunen Tränen des Schmerzes über ihr Gesicht laufen. Sie erreichte eine Wand, eine harte, feste Wand, sehr rauh, sie riß sich die Hände auf, als sie hastig darüberfuhr. Sie blinzelte nach oben. Ein Jeansgeschäft, sie hatte die Wände eines Jeansgeschäftes erreicht. Hinter ihr wogten und schrien die Menschen. Die Tür des Ladens war natürlich verschlossen. Simone hastete am Schaufenster entlang, entdeckte eine winzige Gasse, die am Ende des Ladens von der Zeil wegführte. Sie hätte aufschluchzen mögen vor Erleichterung: endlich in Sicherheit.

Der Stein streifte sie nur am Kopf. Ein kleiner Stein, aber mit Wucht geworfen. Vermutlich hätte er das Schaufenster treffen sollen. Simone verspürte einen Schmerz, der ihr fast den Atem raubte und von einer Sekunde zur anderen ihren ganzen Kopf erfüllte. Die Welt drehte sich vor ihren Augen. Irgendwie fand sie die Kraft, weiterzustolpern, fort von der tobenden Menge, durch diese Gasse oder Ladenpassage oder was es war hindurch. Ihre Beine trugen sie, obwohl in ihrem Kopf eine Explosion nach der anderen stattzufinden schien und um sie herum alles in ein weißglühendes Licht getaucht war. Jedweder Orientierungssinn hatte sie verlassen, sie keuchte, denn der Schmerz stieg an, und sie bekam immer weniger Luft. Als sie ein Hupen, ein Bremsenquietschen hörte, meinte sie bereits fast erstickt zu sein, und als das Auto sie erfaßte und durch die Luft schleuderte, merkte sie es schon gar nicht mehr.

Kurz nachdem Simone gegangen war, hatte sich Chris ins Bett gelegt und war sofort eingeschlafen. Als er erwachte, war es bereits dunkel draußen. Verschlafen tastete er nach seiner Uhr: Gleich halb sieben.

Ihm fiel ein, daß er versprochen hatte zu kochen, und so rappelte er sich auf, angelte sich ein T-Shirt und streifte es über den Kopf. Halb und halb erwartete er, Simone in der Küche anzutreffen, mit einem fertigen Essen und ihn auslachend, weil er mal wieder so viel angekündigt und dann verschlafen hatte. Aber alles in der Wohnung war dunkel und leer. Keine Simone. Er wunderte sich, denn er hätte gedacht, daß sie, ganz gleich wie lange die Veranstaltung dauerte, sehen würde, daß sie schnell nach Hause käme. Er hatte schon wieder Sehnsucht danach, sie in die Arme zu nehmen. Er freute sich auf den Abend mit ihr, auf die Nacht. Er freute sich auf das Leben mit ihr.

Sie mußte kurz vor seiner Ankunft eingekauft haben, denn Chris fand alles, was er brauchte: Nudeln, Tomaten, Zwiebeln, Käse, frische Kräuter. Leise vor sich hinsummend, machte er sich an die Arbeit. Es war so gut, wieder daheim zu sein. Noch nie hatte er diese kleine, enge Wohnung so genossen.

Ein herrlicher Geruch zog durch die Wohnung, das Wasser kochte, jeden Moment könnte er die Spaghetti hineinwerfen.

Chris wurde langsam unruhig. Es sah Simone nicht ähnlich, sich den halben Abend um die Ohren zu schlagen, zumal sie vereinbart hatten, zusammen zu essen. Einen Rotwein hatte sie noch mitbringen wollen. Chris merkte, wie er ärgerlich wurde. Mehr als ein halbes Jahr hatten sie einander nicht gesehen, und da ließ sie ihn gleich am ersten Abend allein. Wahrscheinlich hatte sie einfach heute mittag ihren gröbsten Hunger gestillt, nun konnte sie sich erst einmal wieder Zeit lassen.

Schließlich fing er an, sich ernsthaft Sorgen zu machen. Er schaltete das Radio ein, vielleicht berichteten sie über die Demonstration, aber in keinem Sender liefen in diesem Moment Nachrichten. Er ging ans Telefon und rief zwei Freunde von ihr an, deren Nummer er wußte, aber dort meldete sich niemand.

Er legte den Hörer resigniert wieder auf und ging in die Küche zurück. Als er dort ankam, klingelte das Telefon.

Es war das Marienkrankenhaus. Eine Schwester erklärte ihm, eine Simone Braun sei bei ihnen eingeliefert worden, in einem von ihr mitgeführten Adreßbuch sei diese Nummer als ihr telefonischer Anschluß angegeben gewesen. Chris merkte, wie ihm am ganzen Körper der Schweiß ausbrach.

»Was ... ist denn passiert?« fragte er. Es hörte sich an, als stecke ihm etwas in der Kehle.

»Ein Autounfall. Sie ist in ein Auto hineingelaufen. Sie ...« Die Schwester zögerte. »Sie sollten vielleicht herkommen«, sagte sie dann, »Frau Braun ist sehr schwer verletzt.«

Chris warf den Hörer auf, sah sich in wilder Hast nach dem Autoschlüssel um, fand ihn glücklicherweise sofort und stürzte die Treppe hinunter. Auf halbem Weg kehrte er um, weil er merkte, daß er noch immer bloß in T-Shirt und Unterhose herumlief. Er zitterte wie Espenlaub, als er in seine Jeans schlüpfte und einen Pullover anzog. Die ganze Zeit meinte er, sich in einem bösen Traum zu bewegen. Er konnte noch immer Simones weiche Lippen auf seinen spüren, fühlte noch ihre glatte, kühle Haut unter seinen Händen. Ihre Stimme flüsterte an seinem Ohr, ihr Lachen klang hell und entzückt. Unvorstellbar, daß sie nun verletzt in einem Krankenhaus liegen sollte, daß sie vielleicht ... Entsetzt verbot er sich jeden Gedanken an das Schlimmste.

Im Krankenhaus erfuhr er, daß Simone auf der Intensivstation lag. Eine junge Schwester begleitete ihn dorthin. Chris versuchte herauszubekommen, was genau geschehen war, aber die Schwester stammte aus der Türkei und verstand ihn nicht.

»Hier ist sie«, sagte sie, als sie mehrere Türen mit der Aufschrift »Kein Zutritt« passiert hatten und vor einer großen Glasscheibe angelangt waren, durch die er einen weißgetünchten Raum sah. Chris beugte sich vor. Kälte kroch in ihm hoch. Er sah Simone.

Genaugenommen wußte er nur, daß sie es war, weil die Schwester es ihm gesagt hatte, denn außer ihrer Nasenspitze gab es keinen Flecken ihres Körpers, der nicht entweder zugedeckt oder mit Verbandsmull umwickelt war. Außerdem war sie umgeben von einem Gewirr von Schläuchen, die wiederum an bedrohlich wirkende Apparate angeschlossen waren. Lichter blinkten auf, die Maschinen piepsten und summten. Die menschliche Gestalt zwischen ihnen schien hilflos und verloren. Und vor allem – sie wirkte völlig leblos.

»Simone«, flüsterte er.

»Sind Sie der Ehemann?« fragte eine Stimme hinter ihm. Chris drehte sich um. Ein Arzt im grünen Kittel, den Mundschutz locker um den Hals, stand vor ihm. Er sah müde aus, um seine Augen lagen Schatten.

»Nein ... ich ... ich bin der Lebensgefährte. Rathenberg. Christoph Rathenberg.«

»Guten Abend, Herr Rathenberg. Ich bin Doktor Steinert. Sieht nicht allzu gut aus.« Er machte eine Kopfbewegung in Richtung Simone.

Chris befeuchtete seine Lippen. Sie fühlten sich so trocken an, als wollten sie jeden Moment reißen. »Wie ist das passiert?«

»Sie ist in ein Auto hineingelaufen. Der Fahrer sagt, sie kam aus einer Ladengasse gestolpert, ohne nach rechts und links oder überhaupt irgendwohin zu schauen. Nach seiner Aussage war sie bereits verletzt, blutete am Kopf. Er hatte keine Chance mehr, auszuweichen oder zu bremsen.«

»Mitten in der Stadt? Er kann doch nicht so schnell gefahren sein! Oder er hat die erlaubte Höchstgeschwindigkeit überschritten und . . .«

»Das herauszufinden«, unterbrach Steinert sanft, »ist nicht meine Aufgabe. Ich muß nicht die Schuldfrage klären, sondern die Opfer irgendwie zusammenflicken.«

Natürlich. Und alles andere war auch nicht wichtig im Moment.

»Unweit vom Unfallort fand eine Demonstration der Friedensbewegung statt«, sagte Steinert, »es ist zu gewaltsamen Ausschreitungen gekommen. Wenn Frau Braun von dort kam, könnte es stimmen, daß sie bereits verletzt war.«

»Sie war auf dieser Demonstration«, murmelte Chris.

»Verstehe. Dann hat sie offenbar einen Stein an den Kopf bekommen. Laut Aussage des Fahrers muß sie halb besinnungslos vor sein Auto getaumelt sein.«

»Was genau . . . ich meine, was ist genau verletzt?«

Dr. Steinert seufzte. Korrekterweise hätte er antworten müssen: Fragen Sie mich lieber, was nicht verletzt ist!

»Sie hat eine schwere Gehirnerschütterung und einen Schädelbasisbruch. Eine Lunge ist gequetscht, mehrere Rippen gebrochen. Wir haben ihr die Milz herausgenommen, weil sie gewissermaßen nur noch aus Fetzen bestand. Wir mußten eine Magenblutung stillen, von der wir hoffen, daß sie jetzt wirklich unter Kontrolle ist. Sie hat eine Chance, wenn heute nacht keine Gehirnblutung einsetzt.«

»Und wenn doch?«

»Müssen wir operieren. Aber Sie sehen ja, in welchem Zustand sie ist.«

Chris nickte. Unvorstellbar, wie man dieses mullverklebte, offenbar nur durch die Kraft von Maschinen lebende Wesen auch noch operieren sollte.

»Wenn sie morgen früh noch lebt«, sagte er stockend, »dann schafft sie es, ja?«

Dr. Steinert blickte in das verzweifelte Gesicht des jungen Mannes und wünschte, er könnte ihm Zuversicht und Hoffnung geben. Aber wie sollte er das – in einem Fall wie diesem, in dem die Chance, mit dem Leben davonzukommen, etwa eins zu hundert stand?

»Die ersten zwölf Stunden nach so einem Unfall sind die kritischsten«, sagte er, »wenn sie die übersteht, sind wir natürlich einen Schritt weiter.«

»Kann ich zu ihr hinein?«

»Nein, jetzt nicht. Im übrigen würde sie es auch nicht merken.«

»Dann könnte ich hier warten?«

Der Arzt faßte ihn sanft an der Schulter. »Gehen Sie nach Hause und versuchen Sie ein bißchen zu schlafen. Sie können hier nichts tun.«

»Ich kann jetzt nicht schlafen. Ich möchte hierbleiben.«

»Wie Sie wollen. Wir sehen uns noch.« Er nickte Chris zu und eilte weiter. Mit schleppenden Schritten ging Chris den Gang entlang, bis er zu einer Gruppe von Stühlen kam und sich hinsetzen konnte. Seine Knie zitterten, und müde dachte er, er würde nie wieder auch nur einen Schritt tun können. Er wußte, er hätte sich aufraffen und ein Telefon suchen müssen; Simones Eltern hatten ein Recht, sofort informiert zu werden. Aber was sollte er ihnen sagen? »Versucht so schnell wie möglich nach Frankfurt zu kommen, es könnte sein, daß . . .« Nein, nein, nein! Den Satz durfte er nicht einmal zu Ende denken!

Zäh schlichen die Minuten, die Stunden dahin. Einmal erschien eine mitleidige Nachtschwester und brachte Chris in einem Plastikbecher heißen Kaffee.

»Wollen Sie nicht doch nach Hause gehen?« fragte sie. »Sie sehen schrecklich müde aus!«

»Es geht schon, danke.« Seine Finger schlossen sich um den Becher. Seine Wärme schien ihm durch die Hände, die Arme, durch den ganzen Körper zu laufen. Ein Funke von neuer Lebenskraft erwachte. Er stand auf und ging noch einmal nach vorne. Auf dem Gang brannte nur ein schwaches Notlicht. Die diensthabende Schwester erlaubte ihm einen Blick auf Simone. Er konnte keine Veränderung feststellen. Es war knapp zwölf Stunden her, daß sie einander in den Armen gehalten hatten. Sie hatten sich auf den Abend gefreut. Darauf, Kerzen anzuzünden, Musik zu hören, Wein zu trinken. Und nun hatten ein gottverdammter Autofahrer, ein rücksichtsloser Steinewerfer alles zunichte gemacht.

Vor Verzweiflung und Müdigkeit kamen ihm die Tränen, als er zu seinem Stuhl zurückschlich. Solange er lebte, würde er diese Nacht nicht vergessen.

Es war gegen drei Uhr in der Frühe, als ihn weder die Angst um Simone noch die unbequeme Härte des weißen Plastikstuhls, noch der sterile Krankenhausgeruch länger davon abhalten konnten, einzuschlafen. Sein Kopf sank auf die Brust. Für ein paar Stunden fand er Ruhe vor seinen quälenden Gedanken.

Er erwachte davon, daß jemand seine Schulter berührte. Zwei Sekunden brauchte er, um aus der Tiefe seines Schlafes aufzutauchen, zwei Sekunden brauchte sein Hirn, das Zurückschrekken vor der Wirklichkeit zu überwinden. Es war taghell ringsum. Das Krankenhaus war in vollem Betrieb, erfüllt von Stimmen und Schritten und klappernden Türen. Es roch nach Bohnerwachs, Äther und Medikamenten. Dr. Steinert stand vor ihm. Er sah noch müder aus als gestern, unrasiert und grau. Die rotumränderten Augen zeugten von einer durchwachten Nacht.

Chris sprang auf. »Doktor . . .«

Das Gesicht des anderen war voller Güte und Mitleid. »Es tut mir so leid. Wir haben gekämpft, aber wir haben es nicht geschafft. Sie hatte eine schwere Gehirnblutung. Sie ist gegen sieben Uhr heute früh gestorben.«

Felicia hatte nicht die geringste Lust, nach Frankfurt zu fliegen und an einer Party teilzunehmen, bei der sämtliche Anwesende ein halbes Jahrhundert jünger waren als sie. Hoffentlich mußte man nicht auf Matratzen kauern, vor sich diese gräßlichen Räucherstäbchen, die einem Kopfschmerzen verursachten. Auf einmal kam es ihr so absurd vor, sich als alte Dame unter diese

Gesellschaft zu mischen, daß sie mit dem Gedanken spielte, alles abzusagen. Aber Simone hatte gebettelt und gedrängt, es war eine Geste der Versöhnung, und wenn sie die ausschlüge, würde sie vielleicht endgültig die Tür zuwerfen. Ihr ausgeprägter Familiensinn setzte sich durch. Chris war ihr Enkel, und er würde sich freuen, wenn sie zu seiner Geburtstagsfeier käme. Also kam sie, und wenn sie zwischen lauter langhaarigen Hippieüberbleibseln sitzen mußte. Ohnehin wollte sie ja mit ihm reden wegen einer möglichen zweiten Reise zu Maksim nach Berlin, und einen Termin mit einer großen Frankfurter Spielwarenhandlung hatte sie auch gleich vereinbart. Im übrigen mußte sie ja bei der Party nicht allzulange bleiben. Das war einer der Vorteile des Alters. Niemand verübelte es einem, wenn man früher müde wurde und mehr Ruhe brauchte als andere.

Statt also Chris anzurufen und abzusagen, wählte sie Alex' Nummer in Kampen. Die Enkelin war sofort am Apparat, klang ein wenig atemlos. »Wir bereiten gerade das kalte Buffet vor. Heute abend sind die Mitarbeiter ja alle bei uns. Gott sei Dank gehen wir die übrige Zeit zum Essen aus. Ist bei dir alles in Ordnung, Felicia?«

»Ja. Ich fahre jetzt zum Flughafen. Mir liegt diese Party etwas im Magen, aber es wird schon gutgehen.«

Alex lachte. »Du wirst wie ein seltener Fremdkörper dort aussehen. Hochelegant und ein wenig pikiert. Sie werden dich alle bewundern.«

»Da bin ich nicht sicher. Hör zu, Alex, ich drücke alle Daumen für die nächsten Tage. Ist Dan schon da?«

»Er kommt in drei Stunden. Wiedersehen, Felicia! Einen guten Flug!«

Weder Chris noch Simone waren am Flughafen, um ihren Gast abzuholen. Dabei hatte Simone noch vorgestern am Telefon versprochen, dazusein.

»Natürlich fahren Sie nicht im Taxi! Das kommt nicht in Frage. Schließlich haben wir ein Auto!«

Felicia wartete eine Weile, aber irgendwann kam sie sich vor wie ein vergessener Koffer und machte sich allein auf den Weg zum Ausgang. Natürlich würden sie nachher behaupten, im Freitagnachmittagsverkehr steckengeblieben zu sein, aber den sollte man eben einkalkulieren und rechtzeitig losfahren. Pünktlichkeit galt vermutlich als reaktionär und spießig. Ursprünglich war geplant gewesen, daß Felicia mit Chris und Simone essen und dann in ihr Hotel gebracht werden sollte. Nun disponierte sie um. Sie würde erst ins Hotel fahren und von dort versuchen, die beiden telefonisch zu erreichen.

»Frankfurter Hof«, sagte sie zum Taxifahrer.

Der Fahrer nervte sie, indem er ununterbrochen redete, und das auch noch im hessischen Dialekt. Es ging um eine Straßenschlacht, die am Vortag in der Innenstadt stattgefunden und eine Menge Verletzte, zerbrochene Fensterscheiben und eingeschlagene Autos übriggelassen hatte. »Der Adolf, der hätte gewußt, was man mit den Typen macht«, ereiferte er sich, »da wäre nicht lange gefackelt worden. So was, das gab's da nicht!«

»Dafür fielen uns die Bomben auf die Köpfe und die Soldaten schossen einander tot«, entgegnete Felicia, »ganz abgesehen davon, was sich in den KZs abspielte.«

Er warf ihr einen langen Blick durch den Rückspiegel zu, dann murmelte er etwas wie: »Alles maßlos übertrieben!« Aber wenigstens schwieg er von da an.

Nachdem Felicia im Hotel angekommen und ihre Taschen ausgepackt hatte, wählte sie Chris' Nummer. Es meldete sich niemand. Hoffentlich stehen die sich nicht am Flughafen die Beine in den Bauch, dachte sie. Aber es waren nun zwei Stunden vergangen, seitdem die Maschine planmäßig gelandet war. Sollten sie wirklich noch dort aufgetaucht sein, befanden sie sich bestimmt längst auf dem Rückweg. Vielleicht waren sie so schlau, dann im Hotel anzurufen. Felicia seufzte und nahm sich ein Wasser aus der Minibar. Immerhin, es bestätigte sie wieder einmal darin, daß sie recht getan hatte, als sie beschloß, das Unternehmen an Alex zu übertragen statt an Chris. Seine Unzuverlässigkeit hatte sie immer gestört, und offenbar hatte er die noch immer nicht abgelegt.

Eine dreiviertel Stunde später rief sie wieder an, aber noch immer ging niemand an den Apparat. Wütend knallte sie den Hörer auf die Gabel. Wenn Chris nicht eine verdammt gute Erklärung für all das hatte, konnte er morgen seinen Geburtstag ohne sie feiern. Sie würde ihren Geschäftstermin am Vormittag wahrnehmen und dann nach München zurückfliegen.

Sie merkte, daß sie Hunger hatte, und beschloß, sich nun irgendwo ein tolles Abendessen zu leisten. Der Portier sollte ihr im Restaurant einen Tisch servieren. Sie blickte an sich herunter: ein sehr schmalgeschnittenes graues Seidenkleid, passende Schuhe, ein Hermèstuch um den Hals, Perlen. So konnte sie gehen. Sehr seriös. Ironisch verzog sie den Mund, als sie an das langhaarige und keineswegs seriöse Mädchen dachte, das sie einmal gewesen war. Jung und ehrgeizig, mit wenig Skrupeln belastet. Irgendwo in ihrem Lächeln, in ihren Augen fand sie die junge Felicia noch. Der Rest aber waren weiße Haare, Falten, tief eingekerbtes Leben; verschönt durch teure Kleider und ein dezentes Make-up. Und Schmuck, Perlen vor allem. Perlen machten würdig, fand sie. Sie erinnerten sie daran, daß sie nicht mehr das Kind war, das barfuß über ostpreußische Wiesen lief und im weißen Sand der Nehrung-Strände spielte, nicht mehr die Frau, die sich in Maksim Marakows Arme schmiegte. So vieles war nicht mehr. Unendlich vieles.

Das Telefon klingelte. Sie nahm den Hörer ab, meldete sich mit ihrer heiseren Raucherstimme: »Felicia Lavergne.«

»Felicia . . . Felicia . . .« Es klang wie ein Schluchzen, wie ein schrecklicher, gepreßter Laut. Sie konnte die Stimme nicht identifizieren. »Wer ist denn da?«

»Felicia . . .«

»Hallo? Wer spricht?« Jetzt merkte sie, daß sich der Teilnehmer am anderen Ende vor Weinen kaum artikulieren konnte. »Bitte, beruhigen Sie sich. Sagen Sie mir Ihren Namen.«

»Chris. Ich bin es, Chris.« Er weinte wie ein kleines Kind.

Felicia ergriff ein Gefühl, das sie schon lange nicht mehr erlebt hatte: Panik. Und sie hatte den fast hysterischen Wunsch, Chris anzuschreien, er solle sagen, was los sei. Etwas mit Belle? O Gott, nicht mit Belle!

»Chris, was ist passiert? Sag es mir!«

»Komm her . . .«

»Willst du mir nicht sagen . . .«

»Komm her, bitte!«

»Okay. Okay, ich bin in zehn Minuten da.« Sie legte auf, merkte, daß ihre Hände zitterten. Sie ignorierte es, schnappte Handtasche und Schlüssel und lief aus dem Zimmer. Der Aufzug hielt gerade. Sie vibrierte, während er langsam nach unten surrte. Es ging um Belle, plötzlich war sie sicher, es ging um Belle.

»Schnell, ein Taxi!« rief sie dem Portier schon von weitem zu.

## 9

Das Buffet war aufgebaut, die Gläser standen bereit, die Getränkeflaschen lagen im Kühlschrank übereinandergeschichtet. Alex hatte alles ein dutzendmal kontrolliert, dann war sie in ihr Zimmer gegangen, um sich umzuziehen.

Am Morgen war sie in grau-nebliger Frühe aufgestanden, hatte Jeans, Gummistiefel und einen dicken Pullover angezogen und war an den Strand gegangen. Sie war der einzige Mensch in den Dünen, in denen es würzig nach Heidekraut und salzig nach Meer roch. Unten am Strand begegnete ihr ein Jogger, ein Stück weiter führte jemand seinen Hund spazieren. Die Nordsee war dunkel und bewegt wie der Himmel, die Wellen brandeten weit den Sand hinauf, zogen sich als weißer, dicker Schaum wieder zurück. Alex lief durch die Gischt, sammelte ein paar Muscheln und fand ein Stück Holz, vom Meer so geschliffen, daß es wie ein seltsames Urtier aussah.

Daheim machte sie ein Feuer im Kamin, kauerte sich in ihren Bademantel gehüllt davor und trank eine große Kanne heißen Friesentee mit Kandis. Sie hörte Meditationsmusik und machte ein paar Yogaübungen. Danach fühlte sie sich entspannt und tatkräftig wie noch nie seit Carolines Geburt.

Nun stand sie vor dem Spiegel im Bad, ein bißchen erschöpft von den Vorbereitungen, aber ansonsten guter Dinge. Ihre Wangen hatten Farbe, ihre Augen leuchteten. Sie schminkte sich die Lippen mit einem warmen Rot, das genau zu der Farbe ihres kniekurzen Strickkleides paßte. Kritisch begutachtete sie sich, fand sich attraktiv – nur die Haare ... Seitdem sie ein kleines Mädchen gewesen war, trug sie sie taillenlang, weil ihr Vater es so am liebsten gemocht hatte, und sie konnte es nicht mehr sehen. Irgendwie gab ihr die lange Mähne etwas Engelgleiches und zugleich geheimnisvoll Verführerisches, aber sie meinte, das entspreche ihr nicht mehr. Wenn sie sich die Haare abschneiden ließe, würde Markus einen Tobsuchtsanfall bekommen, aber vielleicht sollte sie es trotzdem riskieren. Während sie noch darüber sinnierte, klingelte es an der Haustür.

Sie atmete tief durch, strich ihr Kleid noch einmal glatt und lief zu dem Geländer, das entlang der oberen Galerie verlief. Anja, die Haushälterin, hatte bereits geöffnet. Alex sah Dan mit einem Koffer in der Hand die Halle betreten, gefolgt von Claudine, die einen Lederoverall trug und einen schwarzen Filzhut schräg auf den Kopf gedrückt hatte.

»Wo ist Frau Leonberg?« fragte Dan. Seine Stimme klang gereizt.

»Ich bin hier oben, Dan. Hallo, Claudine! Schön, daß Sie dabei sind!« Es wunderte Alex, daß Dan seine Freundin mitgenommen hatte, vermutlich hatte sie ihm keine Ruhe gelassen.

Dan blickte zu ihr hinauf. »Alexandra, kann ich dich bitte gleich sprechen?« Irgend etwas mußte vorgefallen sein, das war ihm deutlich anzumerken.

»Ich komme runter!«

»Ich komme besser rauf. Wir sollten allein sein.«

»Anja, zeigen Sie Claudine das Gästezimmer«, sagte Alex, »Dan, wir gehen am besten in Markus' Arbeitszimmer.«

Das Arbeitszimmer lag unter dem Dach, war entlang allen Wänden mit Büchern vollgestellt und bot einen traumhaften Blick über das Watt. Jetzt allerdings war es draußen bereits zu dunkel, um etwas erkennen zu können. Alex schaltete das Licht ein, eine alte Schiffspetroleumlampe, die jetzt elektrifiziert von der Decke baumelte. Dan schloß die Tür. »Alex, ich bin ziemlich überrascht«, sagte er, »ich hätte nicht gedacht, daß du ohne mein Wissen Firmengelder verleihen würdest!«

Sie wußte sofort, was er meinte. »Ich wollte es dir sagen. Heute abend.«

»Heute abend? Ist das nicht ein bißchen spät?« Dan fuhr sich mit den gespreizten Fingern seiner Hand durch die Haare. »Entschuldige«, sagte er, »ich will dich hier nicht abkanzeln wie irgendein Schulmädchen. Aber ... es geht einfach nicht, was du da gemacht hast. Achthunderttausend Mark! Und du sagst kein Wort!«

»Ich weiß. Aber du warst nicht da, und ich mußte schnell entscheiden.«

»Alex, es handelt sich hier um zu viel Geld, als daß man zwischen Tür und Angel darüber entscheiden könnte. Normalerweise wüßtest du das auch selber.«

Sie lehnte sich gegen den Schreibtisch, spielte unruhig mit einem Bleistift, den sie von dort genommen hatte. »Dan, ich verstehe, daß du aufgebracht bist. Aber es war so, daß ...«

»... daß dein Mann das Geld brauchte. Und ihn konntest du nicht fortschicken.«

Alex seufzte. »Das weißt du also auch schon.«

»Natürlich. Ich habe ja den Durchschlag der Überweisung gesehen. Es ist ja auch nur ...« Er kam durch das Zimmer auf sie zu, schien nach ihren Händen greifen zu wollen, blieb aber zwei Schritte vor ihr stehen. »Es ist so, daß ich nicht damit zurechtkomme, daß du mich einfach so übergangen hast. Wir sind Partner, und ich habe das auch immer respektiert. Ich habe nichts getan, ohne mit dir darüber zu sprechen. Und umgekehrt glaube ich, hast du es nie erlebt, daß ich dir Steine in den Weg gelegt hätte, wenn du mit irgendeiner Sache zu mir gekommen bist. Ich hätte dir auch jetzt geholfen.«

Sie sah ihn an. »Okay, Dan, ich entschuldige mich. Wirklich, es tut mir leid. Ich hätte das nicht tun sollen, und es wird auch nicht mehr vorkommen. Ich kann nur noch einmal betonen, daß ich mich sehr unter Druck gefühlt habe. Unter Zeitdruck.«

»Ja, aber es wird doch nicht auf vierundzwanzig Stunden . . .« Dan unterbrach sich, lächelte. Er nahm ihre Hände in seine. »Egal, lassen wir das. Die Frage ist jetzt nur, was ich Kassandra erzähle. Die wartet ja nur auf so etwas.«

»Vielleicht haben wir das Geld wieder, ehe sie überhaupt etwas davon bemerkt. Markus zahlt in spätestens acht Wochen alles zurück.«

Er schaute sie an mit einem eigentümlichen Ausdruck in den Augen, der sie irritierte. »Was ist denn?« fragte sie.

Er ließ ihre Hände los. »Alex – nichts, was Markus Leonberg betrifft, geht mich etwas an. Und wenn es sich jetzt hier nicht um Firmengelder handeln würde, würde ich auch nicht davon sprechen, aber . . . bist du sicher, daß dein Mann die achthunderttausend Mark zurückzahlen kann?«

»Wieso? Was willst du damit sagen?«

Dan sagte vorsichtig: »Er hat ja offensichtlich . . . ein paar Schwierigkeiten, nicht? Sonst brauchte er das Geld ja nicht.«

»Hast du noch nie einen Kredit gebraucht?«

»Doch. Aber den habe ich dann von einer Bank bekommen. Das ist der Weg den man normalerweise geht.«

Alex wußte selbst nicht, warum sie ein so heftiges Bedürfnis verspürte, Markus zu verteidigen. »Ach so. Ein Mann geht natürlich nicht den Weg seine Frau anzupumpen. Das sollte ihm sein Stolz verbieten!«

»Das ist doch Unsinn!« Dan wirkte nun ärgerlich. »Das habe ich nicht gemeint, und das weißt du auch. Ich fürchte nur, daß Markus von einer Bank möglicherweise nichts mehr bekommt, und das ist kein gutes Zeichen. Außerdem . . .«

»Was?«

»Unwichtig. Ich . . .«

»Nein. Was wolltest du gerade sagen?«

»Es gibt Gerüchte, wonach er massive geschäftliche Schwierigkeiten hat, das wollte ich sagen«, antwortete Dan etwas zu heftig in dem Gefühl, in die Enge getrieben worden zu sein.

Alex spürte, daß sie blaß wurde. Sie selbst hatte Anzeichen bemerkt; um so mehr schockierte es sie zu erfahren, daß offenbar schon allgemein über Markus' Probleme gesprochen wurde.

»Jeder erfolgreiche Mensch hat Neider«, sagte sie, »und die setzen dann solche Dinge in Umlauf. Und manche greifen sie nur zu gern auf.«

Dans Augen wurden schmal. »Was meinst du damit? Daß ich es eben genossen habe, dies zu sagen?«

»Du hast Markus nie leiden können.«

»Jetzt bleib doch sachlich, Alex. Ob ich Leonberg sympathisch finde oder nicht – ich neide ihm jedenfalls bestimmt nichts!«

»Bist du da sicher?«

Er wußte sofort, was sie meinte. Für eine Sekunde verriet ihn der Ausdruck in seinen Augen, dann hatte er sich im Griff und erwiderte gelassen: »Wenn du die Geschichte mit uns meinst – über die bin ich hinweg. Es hat weh getan, aber es ist vorbei. Deshalb habe ich auch persönlich überhaupt nichts gegen deinen Mann. Ich mache mir nur Sorgen, wenn er, ohne daß ich es erfahre, Firmengelder in die Hand bekommt, über die ich später Kassandra Wolff Rechenschaft ablegen muß.«

Sie fixierte ihn aus kühlen Augen.

»Wirklich, Dan?«

»Was – wirklich?«

»Vorbei und vergessen? Es ist absolut vorbei?«

Er lächelte. »Stört dich das? Hättest du es lieber, ich würde mich nach dir verzehren, mein Leben lang?«

»Nein. Aber ich will wissen, ob du eben ehrlich warst.«

»Wozu denn?«

»Ich will es wissen.«

»Was soll denn das jetzt noch?« sagte Dan ungeduldig. »Du hast damals eine Entscheidung getroffen, und ich mußte mich irgendwie damit abfinden. Das habe ich getan. Jetzt stochere nicht darin herum.«

Sie sahen einander an, verwirrt in der Erkenntnis, wieviel Spannung noch zwischen ihnen war. Alex öffnete schließlich den Mund, schloß ihn aber wieder, als sie bemerkte, daß Dans Augen sie stumm baten, nichts zu sagen. Sei still! Es stimmt nicht, was ich eben gesagt habe, aber wenn du jetzt redest, bricht alles wieder auf, und ich will nie wieder, daß mir eine Frau so weh tut. Nie mehr wieder.

In das von tausend Worten erfüllte Schweigen hinein schrillte das Telefon. Sie zuckten beide zusammen. Alex nahm den Hörer ab. Ihre Stimme klang verändert. »Leonberg . . . oh, Felicia! Guten Abend. Bist du . . .« Sie lauschte. Dan betrachtete ihr Gesicht. Sie hatte sehr rote Wangen bekommen, selten bei ihrer Blässe. Sie sah plötzlich sehr jung aus. Kaum älter als damals, mit siebzehn, als er sie kennenlernte.

Ihre Miene veränderte sich. Jäh wich die Farbe aus ihrem Gesicht, ihre Augen waren groß und erschrocken. »O Gott, Felicia«, sagte sie leise, »o Gott, das ist ja furchtbar . . . kann ich ihn sprechen? . . . Ja, ich verstehe, wenn du meinst, es wäre besser . . . du bleibst bei ihm, ja? . . . bitte ruf mich wieder an . . .«

Sie legte den Hörer auf.

»Was ist denn passiert?« fragte Dan.

Sie wandte ihm ihr aschfahles Gesicht zu. »Dan, es ist so schrecklich. Chris, mein Bruder . . .«

»Hatte er einen Unfall?«

»Nein, er nicht. Seine Freundin, seine Lebensgefährtin. Sie ist von einem Auto überfahren worden. Dan, sie ist tot!«

Sie brach in Tränen aus. Dan trat auf sie zu und nahm sie in die Arme. Er zog sie fest an sich, und minutenlang standen sie so, dicht aneinandergepreßt, die Stille nur gestört durch Alex' leises, stoßweises Schluchzen.

»Hier«, sagte Felicia, »trink das.« Sie reichte Chris ein Wasserglas, in das sie etwas Cognac gefüllt hatte. Cognacgläser hatte sie nicht finden können, und überhaupt war es ein Problem gewesen, Alkohol in der Wohnung aufzutreiben. Sie hatte den Kopf geschüttelt über diese eigenartige Generation, der ihr Enkel angehörte, während sie alle Schränke durchforstete und auf jede nur denkbare Sorte Müsli, Kefir und getrocknete Früchte stieß, jedoch nicht auf eine einzige Flasche mit einem anständigen Schnaps. Schließlich zog sie aus irgendeinem entlegenen Winkel diesen Cognac hervor und nahm selbst erst einmal einen tiefen Schluck, ehe sie zu Chris zurück ins Schlafzimmer ging. Er kauerte zusammengesunken auf seiner Matratze.

Seine Hände zitterten, er hatte Schwierigkeiten, das Glas zum Mund zu führen.

»Noch einen Schluck«, drängte Felicia, »wirklich, es tut dir gut.«

»Ich kann nicht.« Er stellte das Glas neben sich auf den Boden, preßte seine Hände zwischen die Knie, um ihr Beben zu kontrollieren. Suchend blickte er sich im Raum um. »Wie spät ist es?«

»Halb elf. Drüben in der Küche steht eine Spaghettisoße auf dem Herd. Soll ich sie dir warm machen? Und Nudeln kochen? Das geht in zehn Minuten.«

»Danke. Ich habe keinen Hunger.«

»Du solltest etwas essen. Ein bißchen wenigstens.«

»Nein.«

Felicia räumte einen Stapel Wäsche und Pullover von einem Stuhl in der Ecke und setzte sich darauf. Sie sah sich um in dem kleinen Schlafzimmer: das Matratzenlager mit zerwühlten Dekken darauf, der Kleiderschrank, der aussah, als stamme er vom Sperrmüll. An seine rechte Tür war eine vergrößerte Schwarzweißphotographie von Simone gepinnt; das Bild bestand praktisch nur aus im Wind fliegenden Haaren, dazwischen das spitze Gesicht mit den zarten Sommersprossen auf der Nase. Etwas schuldbewußt gestand sich Felicia beim Anblick der jungen Frau ein, daß sie kaum Sympathie für sie empfunden hatte. Simone hatte immer etwas von einem rachitischen Kind gehabt. Sie hatte nie das Arbeiterkind verleugnet, das sie einmal gewesen war: blaß und dünn, aber kampferprobt und zäh, hart im Nehmen, notfalls auch hart im Austeilen. Für Felicias Geschmack hatte man ihr den Hinterhof, die muffige Wohnstube, die überarbeitete Mutter, den schwächlichen Vater und eine Reihe schmieriger Kerle, die ihr Heranwachsen mit Sicherheit begleitet hatten, immer angemerkt. Sie war ihre Herkunft auch durch höhere Schule und Universität nicht losgeworden.

»Chris«, sagte Felicia vorsichtig, »ich weiß, daß dir das im Moment völlig unwichtig erscheint, aber wir müssen die Party absagen. Wen kann ich anrufen, der es in die Hand nimmt, die Gäste zu verständigen?«

Chris blickte auf. Nie zuvor hatte Felicia ihn so bleich, so grau gesehen. »Ruf Oliver an. Bei seinen Eltern sollte es stattfinden.«

Er sprach abgehackt, hatte Mühe, sich zu konzentrieren. »Er weiß . . . wer alles eingeladen war.«

Felicia stand auf. »Wo finde ich seine Nummer?«

»In dem Adreßbuch. Neben dem Telefon.«

»Wie lautet sein Nachname?«

»Schmidt. Ganz einfach Schmidt. Oliver Schmidt.«

Felicia ging zum Telefon. Gleich neben dem Apparat lag ein Zettel, auf dem in Simones Handschrift notiert stand: Felicia, Frankfurter Hof. Dahinter die Telefonnummer des Hotels und drei fröhliche Ausrufezeichen. Sie hatte sich gefreut, wirklich gefreut, daß es ihr gelungen war, Felicia zum Kommen zu überreden.

Felicia rief bei Oliver an. Er meldete sich sofort, und sie schilderte ihm den Sachverhalt. Wie sie erwartet hatte, wurde es schwierig, das Gespräch zu beenden, weil der junge Mann nach dem ersten Schock eine entsetzte Frage nach der anderen stellte. Schließlich erklärte sie, sie müsse sich jetzt dringend um Chris kümmern und legte auf. Als sie zu ihm zurückkam, merkte sie, daß er nicht mehr nur an den Händen, sondern am ganzen Körper zitterte. Sie nahm eine der Wolldecken, die hinter ihm auf der Matratze lagen, und hängte sie ihm um die Schultern. Er schmiegte sich hinein wie ein kleines, frierendes Tier.

»Ihre Eltern hast du verständigt, ja?« fragte Felicia.

Er nickte. »Ich habe einen ihrer Brüder angerufen. Der wollte es ihnen sagen.« Er schwieg, und dann sagte er unvermittelt: »Simone hat den Herbst so geliebt. Mehr als den Sommer. Die meisten Menschen sind ganz verrückt nach dem Sommer, nicht? Simone liebte die bunten Blätter im Oktober, und sie mochte auch, daß es viel früher dunkel wird. Sie sagte, nie würde die Luft besser riechen als an einem klaren, dunklen Herbstabend. Sie konnte dann stundenlang draußen herumstreifen. Manchmal sind wir raus in den Taunus gefahren. Die Wälder dort sind wunderschön und endlos. Simone war wie ein Kind, das sich über ein Geschenk freut.« Seine Sprache klang klarer als vorher, nicht mehr ganz so abgehackt und mühsam. Felicia registrierte es mit Erleichterung. Sie hatte schon überlegt, ob er vielleicht unter einem schweren Schock stünde und sie einen Arzt rufen müßte. Nun sah sie ihn abwartend an. Würde er weiterreden, noch mehr von der toten Simone erzählen? Vielleicht erleichterte es ihn, gefährlich wäre es nur, wenn er in Starre und Sprachlosigkeit fiele.

Aber zunächst sagte er nichts mehr, sondern blickte nur konzentriert auf das Glas zu seinen Füßen, in dem bernsteinfarben der Cognac glänzte. Felicia zerbrach sich den Kopf, womit sie ihn zum Reden bringen könnte, aber ihr fiel nichts ein, und schließlich klingelte das Telefon. Es war beinahe halb zwölf, und so war Felicia sicher, es müsse sich um jemanden aus der Familie handeln. Es war aber eine Freundin von Simone, die soeben von Oliver erfahren hatte, was geschehen war, und nun fassungslos und in Tränen aufgelöst anrief. Felicia beruhigte sie ein wenig und kehrte dann zu Chris zurück. »Ein Mädchen namens Birgit«, berichtete sie, »offenbar eine alte Freundin von Simone. Sie war am Ende ihrer Nerven.«

Gott sei Dank, Chris reagierte. »Birgit? Das ist Simones älteste Freundin überhaupt. Sie sind seit der ersten Klasse in Hamburg zusammen zur Schule gegangen.«

Felicia griff das Stichwort auf. »Hat Simone immer in Hamburg gelebt, ehe sie dann nach München kam?« Es interessierte sie nicht, aber vielleicht brachte es eine Unterhaltung in Gang.

»In Altona, ja. Bis zum Abitur.«

»Warst du einmal dort?«

»Ja, natürlich. Zweimal. Wir haben ihre Familie besucht.« In Chris' stumpfe trostlose Augen trat ein Anflug von Leben, als er sich daran erinnerte. »Es war trostlos, Felicia. Eine total heruntergekommene Gegend, kasernenartige Häuser, gleich nach dem Krieg gebaut, grau von Ruß und Autoabgasen. Kaum ein Baum dazwischen. Aber das Schlimmste war die Enge, in der sie lebten. Zwei Zimmer und eine Wohnküche mit Dusche, das Klo im Treppenhaus. Simone hatte fünf Geschwister, dazu die Eltern . . . kannst du dir das vorstellen? Acht Personen auf sechzig Quadratmetern? Die größeren Kinder schliefen in einem Zimmer, die kleineren in dem anderen bei den Eltern – wo sie alles, aber auch alles mitbekamen, was sich zwischen den beiden abspielte.« Er schwieg einen Moment.

»Als ich Simones Mutter kennenlernte«, fuhr er fort, »war ich richtig erschrocken. Weißt du, Belle hat sich mit dem verdammten Alkohol auch ziemlich heruntergewirtschaftet, aber trotzdem ist ein himmelweiter Unterschied zwischen den beiden Frauen. Simones Mutter ist ein Wrack. Sie ist siebenundvierzig, sieht aber aus wie über sechzig.«

»Es ist dieses Milieu«, sagte Felicia, »es zehrt die Menschen aus. Besonders die Frauen.«

Er warf ihr einen Blick zu, in dem Aggression mitschwang. »Was weißt du schon von diesem Milieu? Du mit deiner Ammerseevilla und deiner guten Nase für erstklassige Geschäfte! Selbst in den Phasen deines Lebens, in denen du gerade auf die Schnauze gefallen warst, hat dich diese Seite der Welt nicht wirklich berührt. Sie kann niemanden wirklich berühren, der nicht in ihr geboren wurde.«

»Du sagst es. Und du weißt, wovon du sprichst, nicht? Da war eine Barriere zwischen Simone und dir. Die Arbeitertochter aus Altona – und der Millionärssohn aus Los Angeles. Ich bin absolut sicher, daß das ein Problem für sie war.«

Er erwiderte nichts darauf, sah zur Seite. Schließlich sagte er leise: »Als wir ihre Eltern besuchten, war dieses Loch von einer Wohnung noch immer voller Menschen, obwohl man hätte denken sollen, daß fast alle Kinder inzwischen erwachsen und aus dem Haus sein müßten. Aber Simones drei Schwestern hatten selber Babys, natürlich ohne verheiratet zu sein, irgendwelche Kerle hatten sie ihnen angehängt, als sie sechzehn, siebzehn waren, und mit den Babys lebten sie bei den Eltern, weil sie es sich anders nicht leisten konnten. Die Babys schrien, und dazwischen lief laut brüllend der Fernseher, um das alles zu übertönen. Simone hat mich an der Hand genommen, und wir haben fluchtartig die Wohnung verlassen, wir sind zwei Stunden draußen im strömenden Regen spazierengegangen, weil sie fast hysterisch wurde bei dem Gedanken, wieder dorthin zu müssen. Sie erzählte, daß sie selber mit siebzehn schwanger wurde und dann eine Abtreibung machen ließ, damit sie um Gottes willen nicht dort hängenbliebe, wo sie herkam. Sie war so stark, Felicia, sie wollte ihren Weg gehen, und niemand sollte sie aufhalten. Ich habe sie bewundert.«

Und du hast sie gebraucht, dachte Felicia. Sie betrachtete den schönen, dunkelhaarigen Mann mit den etwas zu weichen, sanften Zügen. Du hast dieses zähe Mädchen gebraucht, das seine Ellbogen einzusetzen wußte.

Sie erhob sich von ihrem wackligen Stuhl, trat zu ihm und setzte sich neben ihn auf die Matratze. Sie legte den Arm um seine Schultern, diese kräftigen, jungen, starken Schultern, und spürte, wie sie zu zittern begannen, als endlich wieder Tränen aus ihm herausbrachen. Er schluchzte beinahe lautlos, nur ab und zu war ein leises Wimmern zu hören.

»Ich kann es nicht glauben«, stieß er hervor, »ich kann es nicht glauben.«

Sanft strich sie ihm über die Haare. Generationen trennten sie, und bisher war Felicia sicher gewesen, auch Welten lägen zwischen ihnen, doch auf einmal fühlte sie sich ihm ganz nah, konnte seinen fassungslosen Schmerz in sich selber spüren, fühlte, wie eigene, uralte Schmerzen in ihr aufstiegen und, obwohl seit Jahren und Jahrzehnten tief in ihr vergraben, weh taten wie am ersten Tag.

»Ich weiß«, sagte sie leise, beruhigend, als spräche sie mit einem Kind, »ich weiß ja, ich weiß.«

»Nichts weißt du. Woher auch? Woher solltest ausgerechnet du wissen, was Liebe ist?«

Sie hörte nicht auf, ihn zu streicheln. »Ich habe meinen kleinen Bruder geliebt. Er fiel 1916 vor Verdun. Ich liebte meinen Vater. Er wurde 1916 vor meinen Augen in Galizien von einem Russen erschossen. Ich liebte meinen Onkel, meine Tante, sie kamen um im Krieg. Chris, ich liebte meine Großmutter und mußte zulassen, daß sie sich das Leben nahm, als die Russen kamen. Ich liebte meinen älteren Bruder, er kam 1944 bei einem Bombenangriff auf Berlin ums Leben. Benjamin Lavergne, mein Mann, beging Selbstmord. Meine Enkelin Sophie, das erste Kind eurer Mutter, starb 1945 in meinen Armen auf dem Bahnhof von Elbing, in einer tiefverschneiten Nacht, als wir auf der Flucht vor der Roten Armee waren. Ich mußte es hinnehmen. Ich konnte es nicht glauben, aber ich mußte es hinnehmen.«

»Ich kann nicht. Ich kann nicht.«

»Es wird uns vieles genommen im Leben. So vieles, woran unser Herz hängt. Ich dachte, nie könnte ich es verwinden, Lulinn zu verlieren, unser Gut in Ostpreußen. Es war alles für mich, Heimat und Familie und Burg und Zuflucht. Als wir fliehen mußten, hoffte ich aus ganzem Herzen, bald zurückkehren zu können. Und irgendwann mußte ich akzeptieren, daß es verloren war.«

»Das ist nicht so schlimm. Nicht so schlimm, wie einen Menschen zu verlieren.«

»Es kann schrecklich weh tun, die Heimat für immer aufgeben zu müssen. Du hast es nur noch nicht erlebt.«

Er weinte heftiger, aber sein Körper entspannte sich etwas, die Schultern unter Felicias Händen fühlten sich nicht mehr so verkrampft und hart an.

»Das Schlimmste war Alex Lombard«, fuhr sie fort, »als er starb, dachte ich, mein Leben wäre vorbei.«

Etwas in ihrem Tonfall, in ihrer Stimme berührte Chris an einem Punkt, der seit dem frühen Morgen betäubt schien. Es war, als habe sich ein Stück ihrer Seele geöffnet, und was daraus sprach, bewegte ihn. Mechanisch rekonstruierte er die komplizierten Beziehungsverhältnisse seiner Großmutter: sie hatte Alex Lombard mit achtzehn Jahren geheiratet, um sich bald darauf wieder von ihm scheiden zu lassen. Benjamin Lavergne, ihr zweiter Mann, der, dessen Namen sie heute trug, beging Selbstmord. Irgendwie aber war Lombard nie ganz aus ihrem Leben verschwunden. 1945 hatte er bei einer Messerstecherei mit einem amerikanischen Besatzungssoldaten in einer Münchner Kneipe den Tod gefunden.

Chris blickte auf. Sein Weinen verebbte. Er hatte nie viel geweint, er konnte es nicht gut.

»Aber du warst geschieden von ihm«, sagte er.

»Ja«, antwortete Felicia, »das war das Schlimmste. Das war mein Fehler.« Ihre Augen verrieten keine Regung, und doch ging Chris in diesem Moment die Wahrheit auf – eine Wahrheit über Felicia und darüber, wie hartnäckig ein Schicksalsschlag einen Menschen umklammert halten kann.

»Du hast es nie verwunden, Felicia, nicht?«

Sie kam sich so verdammt alt und wehleidig vor, aber sie nickte. »Nein, hab' ich nicht.«

Er nickte langsam, und dann kam ihm ein Gedanke. »Und welche Rolle«, fragte er, »spielte Maksim Marakow in deinem Leben?«

Sie lächelte, wirkte jedoch keineswegs glücklich. »Ach«, sagte sie, »das war auch so eine Tragödie.« Und dann zog sie Chris wieder fest an sich, und er fing noch einmal leise zu weinen an, doch er spürte den ersten Anflug eines tröstlichen Gefühls. Nie hätte er gedacht, daß seine Großmutter so starke, so ruhige und so mütterliche Arme hätte.

## 10

»Ich habe nicht mehr geglaubt, daß Sie noch kommen würden«, sagte Martin Elias, »im letzten Herbst, als wir uns in diesem Biergarten voneinander verabschiedeten, dachte ich, entweder sie kommt sofort oder nie. Wenn erst etwas Zeit vergeht, rafft sie sich nicht mehr auf. Aber da habe ich Sie falsch eingeschätzt.«

»Ich bin ein Spätzünder«, sagte Sigrid, »ich brauche immer für alles eine lange Anlaufzeit.« Sie klang müde. Hatte der Flug sie erschöpft – oder das monatelange Mit-sich-Ringen, das der Reise nach Israel vorangegangen war?

Martin hatte sie am Flughafen in Tel Aviv abgeholt. Nun fuhren sie im Auto die Küstenstraße nach Haifa entlang. Martin chauffierte. In Deutschland hatte er sich das nicht mehr zugetraut, aber hier fühlte er sich sicher. Außerdem sollte Sigrid in aller Ruhe den Blick ringsum genießen. Es war ein herrlicher Tag, der erste Dezember 1983, wolkenlos, sonnig und warm. Zur Linken glitzerte das Meer, zur Rechten dehnten sich Plantagen mit Zitronen- und Orangenbäumen. Es war Erntezeit in Israel, jetzt wurden die Früchte gepflückt, in große Kisten verpackt und in jene Teile der Welt versandt, in denen die Menschen auf große, runde Apfelsinen warteten. In Deutschland würden sie die Teller mit dem Weihnachtsgebäck und den Nikoläusen zieren. Rasch unterbrach Martin seine Gedanken. Die deutsche Weihnacht stand für zu vieles in seinem Leben, das ein brutales Ende gefunden hatte.

»Ich bin viel zu warm angezogen«, sagte Sigrid, »ich wußte natürlich, daß hier ein anderes Klima ist als bei uns, aber es war ein furchtbares Wetter heute früh in Berlin, und ich konnte mich nicht zu etwas Leichterem entschließen.«

Martin musterte sie von der Seite. Schon vorhin, als sie vor dem Flughafen auf ihn zukam, war ihm ihr bemerkenswert scheußliches Wollkostüm in die Augen gesprungen. Es war so voluminös, daß Sigrid darin wie eine Tonne auf zwei Beinen wirkte, und seine graugrüne Farbe erinnerte an die staubbedeckten Blätter einer dahinsiechenden Zimmerpflanze. Dicke, schwarze Strümpfe und feste Halbschuhe vervollständigten das Bild einer absolut uneleganten Frau.

Jetzt in dem Jeep auf der staubigen Landstraße, zwischen Strand und Wellen und reifen Früchten, wirkte ihre Aufmachung nur noch grotesk.

»Sowie wir im Kibbuz sind, können Sie sich ja umziehen«, ging er auf ihre Bemerkung ein, »Sie haben sicher ein paar Pullover und Jeans dabei?«

»Diese Dinge . . .«, sie starrte angestrengt durch die Windschutzscheibe geradeaus, »diese Dinge besitze ich leider nicht.«

»Irgend etwas treiben wir schon auf«, tröstete Martin. Das wäre im Kibbuz tatsächlich kein Problem, das größere Problem schien ihm, daß sich Sigrid vermutlich weigern würde, »diese Dinge« anzuziehen.

Sie kramte in ihrer Handtasche und förderte eine überraschend schicke Sonnenbrille hervor, die sie sogleich aufsetzte. »Hab' ich mir in Berlin auf dem Flughafen schnell noch gekauft«, erklärte sie.

»Sehr vernünftig. Die Sonne blendet doch sehr.«

»Ja.«

Autos kamen ihnen entgegen, surrten an ihnen vorbei. Viel Militär, Frauen in Uniformen, auf offenen Jeeps. Einige arabische Frauen, tief verschleiert, wanderten am Straßenrand entlang, trugen große Körbe und Krüge. Eine führte einen mageren Esel hinter sich her.

»Es ist eine völlig andere Welt«, sagte Sigrid leise, »alles erscheint mir fremd und unwirklich, obwohl ich soviel über das Land gelesen habe. Über das Palästinenserproblem, über die Westbanks und Gaza, über Jerusalem, als es noch geteilt war und wie es heute ist. Auch darüber, wie dieser Staat entstanden ist. Aber trotzdem fühle ich mich nun völlig unvorbereitet.«

»Es stürmen unendlich viele neue Eindrücke heute auf Sie ein«, sagte Martin, »so schnell können Sie das alles gar nicht bewältigen.«

»Vor einigen Stunden saß ich noch mit meiner Mutter am Frühstückstisch, und es war wie jeden Morgen: eine Semmel und eine Scheibe Vollkornbrot für jeden, Tee für mich, Kaffee für Mami. Weiche Eier in roten Eierbechern. Ein Violinkonzert von Bach aus der Stereoanlage, sehr leise natürlich. Mami kann hervorragend Szenen konstruieren, die ungemein harmonisch wirken.«

»Nach allem was Sie mir erzählt haben, neigt Ihre Mutter dazu, Probleme unter den Tisch zu kehren«, sagte Martin, »und je mehr Staub sich dort ansammelt, desto schöner muß der Teppich darüber natürlich sein.«

Sigrid nickte. Martin fuhr fort: »Aber heute früh – war da wirklich alles wie sonst? Ich meine, hat sie Ihren Entschluß, bis Ende Februar nach Israel zu gehen, einfach so hingenommen?«

»O nein, natürlich nicht. Sie war absolut fassungslos. Erst habe ich mich für dieses Schulhalbjahr von September an beurlauben lassen, was sie schon hochgradig irritierte, und dann erzählte ich ihr Anfang November von meinen Reiseplänen. Zum Glück fiel es ihr schwer, mit mir darüber zu debattieren.«

Wie sie es jetzt schilderte, war es natürlich nicht gewesen. Sigrid hatte Angst gehabt, ihre Mutter könnte vor Schreck einen Herzanfall erleiden.

»Warum?« hatte sie geschrien. »Warum? Nenn mir einen Grund, warum du etwas so Sinnloses und Verrücktes tun willst!«

»Ich brauche es, Mami. Es kann nicht einfach so weitergehen wie bisher. Schau mich doch an! Ich bin eine alte Jungfer, farblos, grau und korrekt. Mein Leben ist . . .«, sie suchte nach Worten, wollte etwas finden, was ihrer Mutter nicht weh tun würde, doch jede barmherzige Beschönigung wäre eine faustdicke Lüge gewesen. »Mein Leben ist die Hölle, Mami. Es muß noch etwas anderes für mich geben. Es muß noch eine andere Sigrid geben, und ich muß versuchen, sie zu finden.«

Irgendwann, sie hatten beide geweint und einander schlimme, verletzende Dinge gesagt, fragte Susanne leise: »Und warum ausgerechnet Israel?«

Sigrid sah sie nicht an. »Ich glaube, das weißt du, Mami«, sagte sie nur.

Jetzt, auf der sonnigen Straße zwischen Tel Aviv und Haifa, schien es Sigrid, als wisse sie selber nicht mehr genau, warum sie hier war. Sie spürte eine überwältigende Sehnsucht nach ihrem normalen, vertrauten Leben, nach ihrer Schulklasse, ihrem Zimmer daheim, nach einem Stapel Hefte zum Korrigieren und einer großen Kanne mit heißem Tee; danach, abends mit ihrer Mutter zusammenzusitzen, Weihnachtsmusik zu hören und die Kerzen am Adventskranz anzuzünden. Sie sehnte sich nach genau den Dingen, die nicht mehr auszuhalten sie geglaubt hatte.

Als hätte Martin ihre Gedanken geahnt, sagte er: »Wenn wir angekommen sind, trinken wir erst einmal einen schönen Tee. Und dann habe ich schon mit Lea gesprochen, die unsere Schule leitet. Sie würde sich freuen, wenn Sie ein paar Stunden Unterricht übernehmen könnten.«

»Aber ich spreche die Sprache der Kinder nicht.«

»Sie alle verstehen Englisch. Die Mehrzahl sogar Deutsch. In unserem Kibbuz leben viele deutschstämmige Juden. Die Älteren sind solche wie ich: Überlebende des Holocaust.«

»Und trotzdem sprechen sie noch deutsch? Und geben es sogar weiter?«

»Es war doch ihre Sprache. Erst hier in Israel habe ich begriffen, was die eigene, ursprüngliche Sprache einem Menschen bedeutet. Die letzte Verbindung zur Heimat – ja, ein Stück Heimat, das einem nicht weggenommen werden kann.«

Überlebende des Holocaust! Plötzlich voller Angst, fragte Sigrid: »Weiß man im Kibbuz, daß ich ... daß ...«

Martin nahm eine Hand vom Steuer, legte sie beruhigend über Sigrids nervöse Finger. »Niemand weiß, wer Ihr Vater war, Sigrid. Sie müssen sich nicht fürchten.«

Der Kibbuz lag zwei Kilometer südlich von Haifa, und nun bogen sie von der Straße ab und rollten einen Feldweg entlang. Der schwere Wagen ratterte und schaukelte. Rechts und links erstreckten sich Plantagen mit Orangenbäumen, endlos, bis hin zum Horizont.

»Das gehört alles zu unserem Kibbuz«, erklärte Martin, »der Anbau und Verkauf von Orangen ist unsere hauptsächliche Einnahmequelle. Wir haben auch Geflügel und Kühe, aber davon wird nichts verkauft, davon ernähren wir uns selber. Unsere neueste Errungenschaft ist ein Gästehaus, fast schon ein

Hotel. So können wir auch Touristen bei uns aufnehmen. Sie werden das schönste Appartement dort bekommen – selbstverständlich als Gast.«

»Vielen Dank«, murmelte Sigrid.

Die ersten Häuser tauchten vor ihnen auf. Martin erklärte: »Die Schule. Das kleinere Gebäude gegenüber ist der Kindergarten. Dort drüben sehen Sie eine Reihe Gewächshäuser. Dahinter liegen die Ställe. Dort rechts sind Küche und Speisesäle untergebracht.«

»Es hat doch jeder eine eigene Wohnung. Warum ißt man nicht dort?«

»Theoretisch wäre das möglich, denn in jeder Wohnung gibt es eine kleine Kochnische, aber die meisten benutzen sie nur für kleine Zwischenmahlzeiten. Wir haben so hervorragende Köche hier, daß eigentlich niemand Lust verspürt, für sich selber zu kochen.«

»Es ist nur, weil ich dachte ...« Sigrid verschluckte den Rest des Satzes, biß sich auf die Lippen. Martin jedoch wußte, was sie hatte sagen wollen.

»Sie verstehen nicht, wie man das aushält, nicht? Ständig mit anderen Menschen zusammenzusein. Ich hätte mir das früher auch nicht vorstellen können. Aber als ich hierherkam, konnte ich einfach das Alleinsein nicht ertragen. Der Kibbuz erschien mir als die einzige Lebensform. Heute bin ich vollkommen daran gewöhnt.«

Das Auto hielt vor dem Portal eines großen Hauses, das von sauber gemähten Rasenflächen und leuchtendbunten Blumen umgeben war. Rötlicher Abendsonnenschein lag auf den Fenstern und ließ sie glänzen. Alles war ruhig und friedlich.

»Die meisten werden bei der Orangenernte sein«, erklärte Martin, »es helfen immer alle mit, auch die Kinder.«

Eine etwa sechzigjährige Frau trat aus der Tür. Sie trug verwaschene Jeans, Sandalen, ein kariertes Hemd und strahlte über das ganze Gesicht. »Shalom!« Mit beiden Händen griff sie nach Sigrids Arm und half ihr beim Aussteigen. »Herzlich willkommen! Ich bin Judith Stern. Sie kommen aus Berlin, nicht? Ich wurde in Berlin geboren. Aber das ist schon lange her!« Sie lachte.

Martin, der langsam um das Auto herumkam – wenn er längere Zeit gesessen hatte, machten seine Knochen kaum mehr mit –, lachte auch. »Judith kokettiert schon wieder mit ihrem Alter. Aber was sollte ich da sagen? Sigrid, Judith leitet unser Gästehaus. Sie wird Ihnen Ihr Zimmer zeigen und beim Auspacken helfen, wenn Sie möchten. Überhaupt können Sie sie immer um Rat und Hilfe fragen – es gibt kein Problem, das Judith nicht lösen könnte.«

»Danke«, murmelte Sigrid.

Judith hob den Koffer und die zwei Taschen aus dem Auto. »Kommen Sie, Sigrid. Martin geht jetzt in sein Appartement und ruht sich aus. Nachher bringe ich Sie zu ihm.«

Sie ging vorneweg. Sigrid folgte ihr wie ein braves Schulmädchen. Sie war im obersten Stock untergebracht, von dem aus es einen zauberhaften Blick über die Baumplantagen gab. Ganz in der Ferne meinte Sigrid sogar das Meer zu sehen. Ihr Appartement hatte zwei Zimmer: ein Wohnzimmer und ein kleines Schlafzimmer mit angrenzendem Bad. Vor dem Wohnzimmer war ein Balkon, auf dem ein Liegestuhl, ein Tisch und zwei Campingstühle standen.

»Ich hoffe, Sie werden sich hier wohl fühlen«, sagte Judith, »wenn Sie etwas brauchen oder wenn Sie einfach Lust auf Gesellschaft haben, können Sie jederzeit zu mir kommen.«

»Ja. Vielen Dank.«

»Wollen wir jetzt auspacken? Sie sollten sich umziehen, in diesem Kostüm muß es Ihnen viel zu warm sein. Röcke sind sowieso hier auf dem Land ziemlich unpraktisch, am besten wären ein Paar Jeans.«

»Ich glaube, in dieser Hinsicht habe ich mich ziemlich schlecht auf die Reise vorbereitet«, gestand Sigrid, »ich habe überhaupt keine Hosen dabei. Nur Sachen in der Art, wie ich sie jetzt auch trage.«

»Das macht gar nichts. Sie können alles von mir haben. Ich denke, wir haben etwa die gleiche Größe.«

Sigrid hatte noch nie Sachen angezogen, die ihr nicht gehörten, und es war ein unangenehmer Gedanke für sie, aber sie wagte es nicht, das Angebot abzulehnen. Judith neigte sich über das Bett, auf dem sie eine der Reisetaschen abgestellt hatte. Mit der rechten Hand griff sie nach dem seitlichen Reißverschluß, der die Tasche verschloß. Dabei rutschte der Ärmel ihres Hemdes hinauf, und deutlich konnte Sigrid die blau eintätowierte Nummer am Unterarm sehen. Rasch wandte sie den Blick ab, doch Judith hatte es trotzdem bemerkt.

»Treblinka«, sagte sie, »ich war dort von '43 bis zur Befreiung.« Sigrid wollte ihr in die Augen sehen, aber sie schaffte es nicht. Schnell drehte sie sich um, trat hinaus auf den Balkon und atmete tief. Sie würde keine drei Monate bleiben, nie im Leben. Drei Wochen höchstens, dann würde sie verschwinden. Zu Weihnachten wäre sie dann schon wieder zu Hause.

An Weihnachten wußte Julia, daß sie entweder einen zweiten Fluchtversuch über die Grenze der DDR wagen mußte oder daß sie verrückt werden würde. Sie war abgemagert, gelblich fahl im Gesicht, unter ihren Augen verliefen braune Ringe. Ihre Nervosität hatte ein bedenkliches Ausmaß angenommen, sie zuckte bei den leisesten Geräuschen zusammen und brach in Tränen aus, wenn man sie bloß ansprach. Nachts konnte sie nur mit Hilfe starker Beruhigungsmittel einschlafen, aber es quälten sie Alpträume, in denen Wände auf sie einzustürzen drohten oder große, undefinierbare Gegenstände in ihre Luftröhre eindrangen und sie panisch um Atem ringen ließen. Am Morgen brauchte sie Aufputschtabletten, um nicht wie in Halbnarkose herumzulaufen, und ihr war klar, daß sie damit auf Dauer ihre Gesundheit ruinierte. Es bereitete ihr keine Schwierigkeiten, sich die Medikamente über Richard zu besorgen, aber sie reagierte zunehmend gereizt auf seine Vorhaltungen und Ängste. Er zögerte immer öfter, ihr zu geben, was sie verlangte, und letztlich tat er es dann nur aus Angst vor ihren nervösen Ausbrüchen. Vermutlich war sie längst abhängig, sie wußte es nur nicht. Sie funktionierte einigermaßen, kochte für die Familie, hielt das verhaßte kleine Haus sauber, hackte Holz und schlachtete Hühner.

Wenn sie ihre Kinder betrachtete, zerschnitt es ihr das Herz. Alles hätte sie ausgehalten, das gottverlassene Nest, die schäbige Hütte, die Kälte, die Arbeit, das Fehlen von Freunden und die Tatsache, daß sie ihren geliebten Beruf nicht mehr ausüben durfte, aber sie ertrug es nicht, miterleben zu müssen, was hier aus ihren Kindern wurde.

Für Stefanie, gerade zwölf geworden, bedeutete jedes einzelne Wort über die Vorzüge des sozialistischen Staates eine Offenbarung. Mit Tränen und Geschrei hatte sie durchgesetzt, in die FDJ eintreten zu dürfen.

»Alle meine Freunde sind dort! Sie machen die tollsten Sachen! Zeltlager und Ausflüge und Gruppenabende und . . .«

»Ich will es nicht, Stefanie. Ich will es einfach nicht!«

Schließlich gab Julia nach, weil sie begriff, daß sie ihre Tochter verlieren würde, wenn sie ihr diesen Wunsch weiterhin verwehrte.

Mit Michael hatte sie weniger Probleme, er war ein verträumtes Kind, ein Spätentwickler, der eigene Wege ging und sich noch unempfänglich zeigte für Ideologien. Zweifellos würde er jedoch irgendwann dieselbe Entwicklung durchmachen wie seine ältere Schwester. Julia sprach wieder und wieder mit Richard darüber, der sich zunehmend erschöpft und resigniert zeigte.

»Wir leben nun mal in diesem Land, Julia. Warum willst du die Kinder unbedingt zu Oppositionellen erziehen? Damit haben sie es doch nur schwer!«

»Willst du, daß sie linientreue Bürger eines Systems werden, das uns alles genommen hat? Das unser Unglück auf dem Gewissen hat?«

»Sie müssen sich arrangieren, Julia, und je eher sie es lernen, desto besser. Eben weil ich nicht will, daß sie einmal so dastehen wie wir.«

»Wie kannst du es hinnehmen, daß deine eigenen Kinder so verbogen werden?« rief Julia, schon wieder den Tränen nahe. »Du durchschaust diesen Staat doch! Du siehst doch, welchen Schwachsinn sie in ihre Köpfe pflanzen!«

Sie hatte Richard verehrt und bewundert, aber nun bekam ihr Vertrauen in ihn große Risse. Wie konnte er sich so blind und taub stellen? Die Jahre im Gefängnis, die in Julia nur Haß auf das Regime, Verbitterung und heillose Wut hatten heranwachsen lassen, schienen in ihm alle Willenskraft getötet zu haben, und an ihre Stelle war vollkommene Ergebenheit getreten. Er nahm alles, wie es kam. Er ging seiner ärztlichen Tätigkeit nach, ohne ein Wort des Bedauerns darüber, daß er nun keine komplizierten Operationen mehr durchführen durfte. Er fuhr zu den Bauern, half ohne Murren, wo er nur konnte. Sein stetes Argument: »Es muß doch jemanden geben, der das macht!« trieb Julia zur Weißglut.

»Ja, es muß jemanden geben!« schrie sie einmal. »Aber diese Scheiße kann jeder blöde Quacksalber machen, da brauchen sie nicht einen begnadeten Chirurgen wie dich, zum Teufel!«

Er lächelte, erschöpft wie immer. »Sei nicht so arrogant, Julia. Ich helfe Menschen, und dafür sollte man sich nie zu schade sein.«

Oh, er war ihr aber zu schade, und wie! Und sie war sich zu schade, und die Kinder auch. An Weihnachten beschloß sie, daß es so nicht weitergehen konnte, und in der Silvesternacht teilte sie dies Richard mit.

Sie hatten allein gefeiert, natürlich, wohin hätten sie auch gehen sollen? Es fand eine Party im *Grünen Hahn,* der Dorfkneipe, statt, zu der alle Bauern der Umgebung kamen, und Richard hatte gemeint, es wäre nicht schlecht, sich wenigstens kurz dort blicken zu lassen. Das aber lehnte Julia kategorisch ab, nicht im Traum, schrie sie, denke sie daran, mit hemdsärmeligen Volltrotteln zu tanzen und sich neben fetten Weibern in grellgemusterten Trevirakleidern an einem viertklassigen Buffet zu drängen. Also blieben sie daheim. Um Mitternacht, als die Kirchenglocken läuteten, öffneten sie eine Flasche Sekt, tranken einander zu, freudlos, hoffnungslos. Um ein Uhr gingen die Kinder schlafen. Richard blieb im Wohnzimmer sitzen, aber er gähnte verstohlen und sah blaß und müde aus. Wieder einmal fiel es Julia auf, wie sehr ihn die Zeit im Gefängnis hatte altern lassen, wie schrecklich sie ihn verändert hatte. Aber statt mit Sympathie und Mitleid erfüllte sie seine Schwäche mit Zorn. Sie wußte, sie begann bereits, ihn zu verachten, seine müden Augen, seinen duldenden Ausdruck, seine Ergebenheit in das Schicksal, seine Resignation. Seine Angst vor staatlichen Schikanen, sein Bestreben, sich irgendwie in diesem Dorf einzugliedern, das Beste aus der Situation zu machen. Ach verdammt, dachte sie, am Ende schaffen sie es, unsere Liebe zu zerstören.

»Was hältst du davon, wenn wir allmählich schlafen gingen?« fragte Richard vorsichtig.

Statt einer Antwort hielt ihm Julia ihr leeres Sektglas hin. »Ich möchte noch etwas.«

Seine Hand zitterte, als er einschenkte. Er war erschöpft. Er war immer erschöpft, seit dem Gefängnis. Julia trank hastig, obwohl sie wußte, daß ihr später schlecht werden würde. Seitdem sie die vielen Tabletten konsumierte, vertrug sie Alkohol nicht mehr. Aber bevor sie sich würde übergeben müssen, geriet sie – auch das wußte sie – in einen Zustand von Leichtigkeit und Schweben, in dem sie keine Angst mehr hatte, die Dinge beim Namen zu nennen.

Irgendwo draußen explodierte eine einsame Rakete. Offenbar war es einigen Dorfbewohnern gelungen, ein paar Feuerwerkskörper aufzutreiben.

»Richard«, sagte Julia, »ich bleibe nicht hier. Und die Kinder auch nicht.«

»Liebling, du ...«

»Sag nicht ›Liebling‹ zu mir. Es ist nicht der Zeitpunkt dafür. Ich meine es ernst, und es ist ein Entschluß, der unser ganzes weiteres Leben in eine andere Richtung bringen wird. Da ich nicht annehme, daß du mitkommen wirst, bedeutet mein Entschluß, daß wir uns trennen werden.«

Er war versucht, ihr mit sanften Worten das Zuviel an Alkohol, den übermäßigen Tablettenkonsum vorzuhalten, ihre ungeheuerlichen Worte damit zu erklären, das merkte Julia, und sie konterte, noch ehe er den Mund öffnen konnte. »Ich bin nicht besoffen, Richard. Und die Medikamente haben mich noch nicht vollkommen verwirrt. Ich weiß, was ich sage. Und es hat keinen Sinn, mir mein Vorhaben auszureden.«

»Du willst in den Westen?« fragte Richard nach einer Weile und spielte stumm mit seinem Sektglas.

»Ja«, sagte sie unvermittelt hart, »ich will in den Westen. Und meine Kinder nehme ich mit.«

»Und wie willst du das bewerkstelligen?«

»Tschechoslowakei. Über die Grenze dort haben es schon viele geschafft.«

»Viele auch nicht. Du spielst mit dem Leben deiner Kinder.«

Sie widerstand der Versuchung, ihm noch einmal ihr Glas hinzuhalten. Ein erster leichter Schwindel begann sich in ihrem Kopf auszubreiten, noch zehn Minuten, und ihr war sterbensschlecht.

»Ich spiele mit ihrem Leben, wenn ich hierbleibe, Richard, verstehst du das denn nicht?« fragte sie.

Wieder antwortete er lange Zeit nicht. Sein Schweigen nährte ihre Hoffnung auf ein Wunder; plötzlich würde er den Kopf heben, und seine Augen würden leuchten, wie sie es früher getan hatten, vor vielen Jahren, ehe er zu dem geworden war, was sie hier sah. Die Müdigkeit in seiner Stimme würde sich verlieren, und er würde Pläne schmieden, und . . .

Das Wunder geschah nicht. Als er wieder sprach, als er sie wieder ansah, war da die gewohnte Resignation, die vertraute Müdigkeit.

»Es ist zu gefährlich, du hast es doch am eigenen Leib zu spüren bekommen, damals, als wir es versucht haben. Diesmal würdest du nicht mit zwei Jahren davonkommen. Und die Kinder würden uns für immer weggenommen. Weißt du, wie es in staatlichen Erziehungsanstalten aussieht? Was die aus den Kindern machen? Seelische Krüppel!«

Er hatte so verdammt recht mit seiner Vorsicht, mit seinen

Warnungen, das wußte sie, und trotzdem war ihr klar, daß sie keine Wahl hatte, weil sie hier den Verstand verlieren oder sterben würde oder beides nacheinander.

»Du kannst mich nicht zurückhalten, Richard, niemand kann es. Ich weiß, daß ich ein hohes Risiko eingehe. Aber ich kann nichts anderes tun.« Ihre Zunge schlug schon etwas an. Natürlich trug das nicht dazu bei, daß Richard sie ernst nahm. Er stand auf, trat an sie heran, um sie in die Arme zu nehmen, aber in dem Moment wurde ihr schlecht, wie sie geahnt hatte, sie riß die Gartentür auf und erbrach sich in das Gemüsebeet, das derzeit nur aus gefrorener Erde bestand. Sie stand da in der klirrenden Kälte einer sternenklaren Neujahrsnacht, hielt das Verandageländer umklammert, weil ihre Knie nachzugeben drohten, atmete tief, schmeckte den widerlichen Geschmack von frisch Erbrochenem auf der Zunge, irgendwo grölten ein paar Betrunkene, eine weitere Rakete surrte in die Dunkelheit hinauf und regnete in ein paar grünen Sternen wieder herunter.

»Lieber Gott!« Sie rief ihn nicht an, weil sie plötzlich an ihn geglaubt hätte, sondern weil sie irgend etwas sagen mußte, um nicht gleich loszuheulen wie ein Schloßhund. Es half nichts, sie weinte trotzdem. Sie weinte noch mehr, als Richard die Arme um sie schloß und sie an sich zog, weinte, weil sie ihn verlassen und er es nicht begreifen würde, weinte vor Einsamkeit, weinte vor Erschöpfung und schließlich einfach vor Angst.

# III. Buch

## 1984

# 1

Alex hatte geschäftlich in Hamburg zu tun gehabt, und als sie feststellte, daß ihr bis zum Abflug noch drei Stunden Zeit blieben, beschloß sie, endlich zu tun, was sie schon ewig hatte tun wollen. Sie rief bei einem der Starfriseure an, von denen man immer in der Zeitung las, und fragte fast schüchtern, ob es möglich wäre, ihr jetzt gleich die Haare zu schneiden. Sie hatte Glück: Eine Kundin hatte gerade abgesagt, und sie konnte deren Termin bekommen.

Es war April, der Tag wolkenlos und sonnig, zugleich aber windig und kalt. Alex war an der Alster spazierengegangen, und weil sie nur einen leichten Mantel anhatte, fühlte sie sich bald wie erfroren. Es ging ihr nicht gut in der letzten Zeit, sie fröstelte ständig und sah blaß und müde aus. Ihre Nase wirkte spitz in dem hageren Gesicht, ihre Augen strahlten nicht mehr. Morgens mußte sie sich aus dem Bett kämpfen, und es wurde Mittag, bis sie sich halbwegs wach fühlte. Sie schob es auf die ständigen Auseinandersetzungen mit Markus. Sie stritten oft, vor allem auch deshalb, weil er bis heute fast nichts von den geliehenen achthunderttausend Mark zurückbezahlt hatte.

Dan hatte eine heftige Auseinandersetzung mit Kassandra gehabt, und auch Felicia hatte sich ihrer Enkelin gegenüber ungehalten geäußert. Obwohl Dan nie wieder einen Vorwurf wegen der Geschichte gemacht hatte, meinte Alex, daß seitdem eine kaum merkliche Distanz zwischen ihm und ihr zu spüren war. Zu dem vertrauten, lockeren Ton früherer Tage fanden sie nicht mehr zurück.

Der Friseur zeigte sich fast entsetzt über Alex' Vorhaben. Er kämmte das taillenlange, dunkle Haar, bis es Funken zu sprühen schien und leise knisterte. »Sie haben wundervolles Haar.

Viele Frauen würden Sie glühend beneiden. Wollen Sie sich wirklich davon trennen?«

»Ja«, sagte Alex entschlossen, »ich brauche das jetzt einfach.«

»Wie kurz möchten Sie es denn?«

»Kinnlang.«

Der Meister seufzte. »Sie haben zu bestimmen. Seien Sie aber mir hinterher nicht böse!«

Bald bedeckte ein Berg von Haaren den Boden um Alex' Stuhl. Der Friseur schnitt die langen Strähnen in Etappen ab, offenbar hoffte er, Alex' werde irgendwann »Halt« sagen. Aber Alex blieb hart. Schließlich griff er nach Bürste und Fön. Alex fand, daß sie wie ein gerupftes Huhn aussah, aber als die Haare trocken waren, glänzten sie wieder und hatten ihre alte Fülle. Sie endeten exakt auf der Höhe des Kinns.

»So«, sagte der Friseur und fügte seufzend hinzu: »Jetzt sind Sie eine ganz neue Frau.«

Alex betrachtete sich von allen Seiten. Was sie vorgehabt hatte, war geglückt: Ihr Gesicht hatte jeglichen Ausdruck von Lieblichkeit verloren. Es sah moderner aus, frecher, provokanter. Aber schöner – nein, schöner fand sie sich nicht. Im Gegenteil, ihr derzeit kränkliches Aussehen trat verstärkt zutage. Ihre Nase wirkte noch spitzer, die Wangen wie eingesunken; die Schatten um die Augen schienen sich verdunkelt zu haben. Wann und warum hatte sie so scharfe Züge bekommen? Sie mußte unbedingt mehr essen, sie war ja mager wie eine streunende Katze.

Sie zahlte und fuhr zum Flughafen, wo sie sich in eine Toilette zurückzog und mit viel Rouge und Puder ein Strahlen auf ihr Gesicht zu schminken versuchte. Dann kaufte sie sich in einer Boutique ein Halstuch, weil sie auf einmal ihren Hals als lang und nackt empfand. Im Flugzeug bestellte sie zwei Martinis, um sich gegen den zu erwartenden Wutausbruch von Markus zu wappnen.

Markus war natürlich zum Flughafen gekommen, um sie abzuholen, und vor Schreck wurde er blaß, als er sie sah. »Um Gottes willen, was hast du denn gemacht?« fragte er entsetzt.

»Ich habe mir die Haare abschneiden lassen, das siehst du doch!«

Er rang nach Luft. »Das kann ja nicht wahr sein!«

»Es ist wahr. Reg dich nicht auf. Ich konnte mich anders nicht mehr sehen.«

»Du hättest mit mir reden müssen!«

»Ich glaube nicht, daß ich in Fällen wie diesem deine Erlaubnis brauche.«

Sein Mund wurde schmal und verkniffen. »Du mußt mir mit allen Mitteln zeigen, wie gleichgültig dir meine Meinung ist, stimmt's?«

»Sie ist mir nicht gleichgültig, aber wir hätten uns in dieser Frage nie geeinigt, und letztlich ist es meine Entscheidung.«

Wortlos nahm er ihren Koffer. Auf dem Weg zum Auto und auf der ganzen Fahrt hinaus zum Starnberger See sagte er nichts. Seine eisige Ablehnung verunsicherte Alex, aber sie versuchte, sich nichts anmerken zu lassen.

Erst kurz vor Seeheim brach er das Schweigen. »Caroline geht es übrigens gut. Falls dich das interessiert.«

Aggressiv gab Alex zurück: »Natürlich interessiert es mich. Du brauchst mich nicht als Rabenmutter hinzustellen, nur weil ich nicht zu allem und jedem deine göttliche Genehmigung einhole.«

»Werd bitte nicht zynisch. Ich glaube nicht, daß es irgend jemanden gäbe, der dein Verhalten nicht unmöglich fände.«

»Und wenn schon«, sagte Alex erschöpft, »dann kann ich es auch nicht ändern.«

Sie merkte, daß sie nicht einmal mehr fähig war, sich mit ihrem Mann auseinanderzusetzen. Sie verbrachte die Nacht im Gästezimmer und erschien am nächsten Morgen erst zum Frühstück, als Markus das Haus bereits verlassen hatte.

Dan musterte sie später im Büro nachdenklich und meinte dann: »Du siehst erwachsener aus, Alex.« Sie konnte ahnen, daß er innerlich hinzufügte: erwachsener, als du bist!

Seine Zurückhaltung machte sie heute besonders traurig, aber es blieb ihr kaum Zeit, darüber nachzudenken. Das Telefon klingelte unaufhörlich, sie kam keine Sekunde zur Ruhe, konnte natürlich auch nicht die Zeit für ein Mittagessen herausschlagen. Im Stehen schlang sie ein Joghurt hinunter. Gegen vier Uhr am Nachmittag fühlte sie sich so elend, daß sie hätte heulen können. Ihr war schlecht – wahrscheinlich vor Hunger –, und zweimal, als sie etwas zu hastig vom Schreibtisch aufstand, wurde ihr schwarz vor Augen.

»Sie sehen sehr schlecht aus, Frau Leonberg«, sagte ihre Sekretärin, »vielleicht sollten Sie nach Hause gehen und sich etwas hinlegen.«

»Nein, das nützt auch nichts. Bettina, rufen Sie doch Dr. Reinsdorfer an und fragen Sie, ob er heute noch einen Termin für mich hätte.« Dr. Reinsdorfer war Markus' langjähriger Arzt, zu dem auch Alex großes Vertrauen hatte.

Bettina kehrte schon nach wenigen Minuten mit der guten Nachricht zurück: »Sie können gleich zu ihm kommen. Er nimmt Sie dazwischen.«

Dr. Reinsdorfers erster Ausruf war: »Ach, du lieber Gott, Sie haben ja Ihre wunderschönen, langen Haare abschneiden lassen!« Dann betrachtete er sie eindringlich und runzelte dabei die Stirn. »Sie gefallen mir aber gar nicht! So blaß und mager! Ich messe jetzt erst einmal Ihren Blutdruck.«

Er untersuchte Alex lange und gründlich. Schließlich sagte er: »Ich bin Internist, kein Gynäkologe, daher kann ich es nicht mit Sicherheit sagen, aber ich vermute, daß Sie ein Kind erwarten.«

Alex' Augen wurden dunkel vor Entsetzen. »Das kann nicht sein!«

»Wie verhüten Sie?«

»Ich . . . seit einem Jahr überhaupt nicht, weil . . .«, es war ihr so peinlich, daß sie den Arzt nicht anzusehen wagte, »zwischen meinem Mann und mir steht es nicht zum besten, Dr. Reinsdorfer.«

»Das heißt, Sie hatten seit einem Jahr keinen Geschlechtsverkehr? Dann ist meine Vermutung natürlich . . .«

»Doch. Drei- oder viermal. Aber da hätte eigentlich nichts passieren dürfen.«

Der Arzt schüttelte nachdenklich den Kopf. »Sie wissen selber, wie unsicher das ist. Es dürfte nichts passieren . . . aber oft passiert es dann eben doch!«

»O Gott«, murmelte Alex.

Dr. Reinsdorfer lächelte aufmunternd. »Nicht gleich den Mut verlieren. Aber Sie sollten Ihren Frauenarzt aufsuchen.«

»Das werde ich. Vielen Dank, Herr Doktor.«

Von ihrem Büro aus vereinbarte sie sogleich einen Termin für den nächsten Vormittag – diesmal ließ sie die Sekretärin nichts davon wissen –, dann ließ sie ihren Schreibtisch im Stich, setzte sich ins Auto und fuhr nach Hause. Der Föhn hatte den Himmel klar und blau werden lassen, die Berge schienen mit den Händen greifbar. Alex fühlte wieder den zarten Schweißfilm, der neuerdings immer über ihrem Gesicht zu liegen schien. Ein feiner Schmerz bohrte sich in ihre Schläfen. Auf einmal war ihr ganz klar, daß Dr. Reinsdorfer mit seiner Vermutung recht hatte, und sie fragte sich nur, weshalb sie selber nicht vorher darauf gekommen war. Das Ausbleiben ihrer Periode hatte sie kaum beachtet, weil sie an Unregelmäßigkeiten gewöhnt war. Nun rechnete sie genauer nach und begriff, daß sie längst hätte stutzig werden müssen.

Daheim angekommen, zog sie Jeans und Turnschuhe an und machte einen langen Spaziergang am Seeufer entlang. Die frische Luft und die Bewegung taten ihr gut, halfen ihre Gedanken zu ordnen. Eines stand fest: Die Tatsache, schwanger zu sein, würde sie nicht als unabänderliches Schicksal hinnehmen. Sie würde jemanden finden, der ihr half. Natürlich durfte Markus nie davon erfahren.

Sie kehrte um und ging an den eigenen Strand, setzte sich auf einen großen Stein und schaute über das Wasser. Der Wind roch nach Blüten und Frühling, aber in ihr herrschten nur noch Unordnung und Traurigkeit. Gefangen, gefangen, gefangen, hämmerte es in ihrem Kopf. Gefesselt an einen Mann, den die wirtschaftlichen Sorgen täglich mehr belasteten, von dem sie nicht wußte, zu welcher Kurzschlußhandlung er fähig wäre, wenn sie ihn verließe, gefesselt an ein Kind, für das sie die

Verantwortung trug. Aber um nichts in der Welt würde sie ihre Lage verschlimmern, indem sie sich eine weitere Kette anlegen ließe.

Am nächsten Tag bestätigte ihr der Arzt, daß Dr. Reinsdorfers Vermutung richtig gewesen war. »Sie sind Ende des zweiten Monats, Frau Leonberg. Herzlichen Glückwunsch.«

Alex kletterte vom Untersuchungsstuhl und verschwand in der kleinen Kabine, um sich anzuziehen. Getarnt von dem dunkelgrünen Vorhang, wagte sie auszusprechen, was sie aussprechen mußte. »Ich will das Kind nicht, Herr Doktor. Können Sie mir helfen?«

Sie erhielt keine Antwort. Feigling, dachte sie wütend. Sie strich ihren Rock glatt, schnappte ihre Handtasche und zog den Vorhang auf. »Herr Doktor . . .«

Er hatte an seinem Schreibtisch Platz genommen. »Ich habe Sie schon verstanden«, sagte er.

»Und was antworten Sie mir?«

»Frau Leonberg, es geht nicht darum, was ich persönlich von Abtreibung halte. Aber ich mache mich strafbar, wenn ich einen solchen Eingriff an Ihnen vornehme.«

»Nur wenn es jemand erfährt.«

Er schüttelte den Kopf. »Tut mir leid. Das Risiko gehe ich nicht ein. Ich habe keine Lust, meine Zulassung zu verlieren.«

»Ich brauche Ihre Hilfe«, sagte Alex.

In den Augen des Arztes glomm Ärger. »Ich kann Ihnen wirklich nicht helfen. Verstehen Sie das bitte.«

Alex begriff, daß er nicht nachgeben würde. »Können Sie mir jemanden nennen, der mir hilft?«

»Nein. Ich kenne niemanden.« Er wollte sich um jeden Preis aus allem raushalten. »Frau Leonberg, Sie sind eine verheiratete Frau, Sie leben in absolut gesicherten Verhältnissen. Ich verstehe nicht, warum Sie kein Kind mehr . . .«

»Ich will es nicht«, unterbrach Alex, »das muß Ihnen genügen.«

»Ja, dann . . .« Er stand auf zum Zeichen, daß er eine Fortsetzung des Gespräches nicht für sinnvoll hielt. »Auf Wiedersehen, Frau Leonberg. Was immer Sie tun, ich rate Ihnen, es vorher gründlich zu überlegen.«

Klugscheißer, dachte Alex. Sie war wütend und deprimiert. Sie lebte in den achtziger Jahren des 20. Jahrhunderts, aber sie stand da, wie die Frauen vor hundert Jahren auch dagestanden hatten, flehte einen Mann an, ihr zu helfen, und er verweigerte ihr seine Hilfe. Auf einmal fühlte sie sich ausgeliefert und gedemütigt. Sie verließ die Praxis ohne ein einziges weiteres Wort.

Den Vormittag verbrachte sie damit, die derzeitige Adresse und Telefonnummer einer ehemaligen Kommilitonin ausfindig zu machen, die damals im dritten Semester eine Abtreibung hatte vornehmen lassen. Bei einem Arzt, der das Risiko einging, weil er fand, den betroffenen Frauen müsse geholfen werden. Alex mußte bei Gott und der Welt anrufen, sich die Finger wund wählen, ehe sie auf die Spur der jungen Frau kam. Sie hatte inzwischen geheiratet und lebte in Köln, wie endlich jemand zu berichten wußte. Glücklicherweise hatte er auch ihre Nummer. Alex wählte und betete, die andere möge daheim sein. Beim zehnten Klingeln wurde abgehoben.

»Eva Mahler«, sagte eine weibliche Stimme etwas genervt. Im Hintergrund Babygeschrei, passenderweise.

»Eva, ich bin's, Alex. Ich brauche dringend deine Hilfe.«

Julia stieg mit ihren Kindern im Prager Hotel »Goldener Löwe« ab. Die Bahnfahrt hatte lange gedauert, zweimal hatte sie umsteigen, das Gepäck alleine schleppen, die Kinder beruhigen müssen. Beide verstanden nicht, was vorging. Kaum war ihr Vater am Morgen aus dem Haus gegangen, hatte Julia ihnen erklärt, sie brauchten heute nicht zur Schule zu gehen, sie sollten sich aber möglichst schnell fertig machen.

»Was ist denn los?« fragte Stefanie verstört, als sie zwei große Koffer an der Haustür stehen sah.

»Eine Überraschung, Schatz. Wir verreisen«, sagte Julia, so munter und zugleich so nervös, daß sie sich wie eine aufgezogene Tanzpuppe vorkam. Sie hatte alles allein organisiert in den letzten Wochen, das Hotel gebucht, die Fahrkarten besorgt. Gott sei Dank brauchte man keine Visa für die Tschechoslowakei. Bis zur letzten Sekunde hatte sie gefürchtet, Richard könnte erfahren, was sie vorhatte. Sie wußte, einer Diskussion mit ihm wäre sie nicht gewachsen. Wenn er ihr wieder erklärt hätte, wie gefährlich und verrückt es wäre, was sie vorhätte, wenn seine Augen sie entsetzt angeblickt hätten, weil ihm klargeworden wäre, daß sie tatsächlich entschlossen war, ihr gemeinsames Leben zu beenden, um einer besseren Zukunft der Kinder willen ... er hätte ihr zugesetzt, bis sie umgekippt wäre, und dann hätte sie keinen weiteren Versuch mehr unternommen. Auch so konnte sie es immer noch nicht fassen, daß sie es wirklich tun würde. Sie versuchte, nicht daran zu denken.

Sie brachte keinen Bissen hinunter beim Frühstück, aber auch die Kinder nagten nur lustlos an ihren Broten herum.

»Wir werden Ärger kriegen in der Schule«, sagte Stefanie, und als sie darauf keine Antwort bekam, fuhr sie fort, »warum denn nach Prag? Und warum hast du nichts gesagt? Weiß Papi davon?«

»Natürlich weiß er davon. Aber er kann nicht mitkommen, weil er ja in seine Praxis muß. Ich wollte euch überraschen. Lieber Himmel, andere Kinder wären froh, wenn sie für ein Wochenende nach Prag dürften! Also macht nicht solche Gesichter!«

Sie erreichten Prag am Abend, etwa zur gleichen Zeit, als Richard wohl daheim in das Haus zurückkehrte. Julia hatte ihm einen Zettel auf den Eßtisch gelegt. »Ich muß tun, was ich für richtig halte.« Mehr nicht, es könnte sein, daß jemand das Papier fände, der es nicht finden durfte. Richard würde wissen, was dieser eine Satz bedeutete. Sicherlich würde er überlegen, ob er sie noch irgendwie aufhalten könnte, aber wie sollte er das tun, ohne die Polizei einzuschalten? Jeden Gedanken an eine Vermißtenanzeige würde er zunächst verwerfen. Ihm bliebe nichts übrig, als die Dinge hinzunehmen, wie sie waren.

Am nächsten Morgen sollte sie sich zum Busbahnhof begeben, von dem aus Stadtrundfahrten veranstaltet wurden. »Dort fahren auch Taxis ab«, hatte ihr der Berliner Kontaktmann gesagt, mit dem sie sich über jenen Kollegen Richards in Verbindung gesetzt hatte, der ihnen bei dem ersten Fluchtversuch geholfen hatte, »Taxis, die besonders auf Westbesucher warten, die Einzelfahrten wünschen. Einer von ihnen wird Ihr Führer sein.«

»Wie erkenne ich ihn?«

»Er wird Sie erkennen. Bleiben Sie stehen, er spricht Sie an.«

»Wie sieht es mit der Bezahlung aus?«

»Was können Sie zahlen?«

»Nicht viel. Ich habe kaum Geld.«

»Schmuck?«

Julia war darauf vorbereitet gewesen. Sie hatte die Smaragdohrringe dabei, die ihr ihre Mutter zur Konfirmation geschenkt hatte. Nicola hatte sie wiederum als Kind von ihrer Mutter bekommen, und ursprünglich waren sie ein Geschenk der russischen Zarin an die Familie gewesen. Die Ohrringe hatten die Bolschewisten, die Nazis, die SED überlebt –, und nun würden sie in den Händen eines tschechischen Fluchthelfers landen.

Ihr Gegenüber war einverstanden. »Die geben Sie dem Mann. Dafür tut er es.«

»Und Sie? Ich . . .«

Er winkte ab. »Ich bereichere mich nicht an diesen Geschichten. Also vergessen Sie es.«

All dies ging Julia durch den Kopf, als sie schlaflos in dem Prager Hotelzimmer lag. Und auf einmal dachte sie: Vielleicht ist er morgen gar nicht da! Wir haben unsere Vereinbarung im Februar getroffen, es ist acht Wochen her, keiner hat mehr etwas vom anderen gehört. Wenn er nicht da ist, nehme ich es als Zeichen. Dann mache ich mir ein paar schöne Tage hier mit den Kindern, und dann fahren wir zurück zu Richard.

Der Gedanke tröstete sie so, daß sie in den ersten Morgenstunden tatsächlich noch einschlief.

## 2

»Sie können am 28. April zu mir kommen, Frau Leonberg«, sagte Dr. Meerling, »es ist ein Samstag. Kommen Sie um vierzehn Uhr.«

»Wird . . . noch jemand da sein?« fragte Alex vorsichtig.

Meerling nickte. »Eine meiner Sprechstundenhilfen. Sie ist absolut vertrauenswürdig.«

Vermutlich assistiert sie ihm immer bei solchen Fällen, dachte Alex. Sie hatte Vertrauen zu diesem Arzt. Er wirkte nicht mehr ganz jung; sie schätzte ihn auf Mitte Vierzig. Eva Mahler hatte ihr seinen Namen und die Adresse genannt – eine Nobeladresse im feinen Bogenhausen. Die Praxis befand sich im ersten Stock einer Sandsteinvilla aus der Jahrhundertwende. Cremefarbener Teppichboden, gedämpftes Licht, alte, zum Teil sicher sehr wertvolle Bilder an den Wänden. Dr. Meerling war zweifellos sehr reich. Wenn er illegale Abtreibungen vornahm, ging er ein hohes Risiko ein. Er hatte viel zu verlieren.

Meerling nahm sich Zeit, sprach mit ihr, wollte ihre Gründe wissen. Er versuchte nicht, sie umzustimmen, wollte ihr aber Gelegenheit geben, sich selbst noch einmal über alles klarzuwerden. Es gebe Patientinnen, erklärte er, die aus einer augenblicklichen Panik heraus eine Abtreibung verlangten, diesen Entschluß aber später bedauerten.

»Ich bin keineswegs in Panik. Ich weiß, was ich will. Mit meiner Ehe steht es nicht zum besten, und es wäre absolut fatal, wenn jetzt noch ein Kind käme«, sagte Alex sehr offen. Meerling verstand. Sie vereinbarten den Termin, und Meerling verzichtete darauf, Alex auf das Gebot der völligen Geheimhaltung noch einmal hinzuweisen. Sie registrierte das mit Dankbarkeit; auf diese Weise hatte sie nicht das Gefühl, daß sie wie zwei Verschwörer agierten. Es war ohnehin klar, daß kein Wort über ihre Lippen kommen würde.

Sie fühlte sich viel besser, als sie Dr. Meerlings Praxis verließ. Dieser Arzt würde ihr helfen, und wenn diese leidige Geschichte dann über die Bühne gegangen war, konnte sie darüber nachdenken, wie ihre Zukunft aussehen sollte – eine Zukunft ohne Markus. Es hieße eine Farce aufrechtzuerhalten, wenn sie die Ehe mit ihm weiterführte.

Der Mann wartete schon. Julia wußte sofort, daß er es sein mußte. Er lehnte in der offenen Fahrertür seines giftgrünen Lada und rauchte eine Zigarette; einer unter Dutzenden von Taxifahrern, die auf Kunden warteten. Sein Blick saugte sich an Julia fest, er hatte sie erkannt und zwang sie, ihn gleichfalls zu erkennen. Es herrschte großes Gedränge auf dem Platz, Busse kamen an und fuhren ab, Reisegruppen standen hektisch schnatternd und photographierend herum, beschwichtigt oder angetrieben oder einfach nur wachsam beäugt von ihren Reiseleitern. Die Sonne schien, und es roch nach Frühling, sogar über den Gestank der Autoabgase hinweg. Julia spürte die Wärme der Sonne auf ihrem Gesicht und dachte: Ich muß es nicht tun. Noch steht mir alles offen. Ich muß nicht in sein Auto steigen.

Ihr wurde heiß. Sie hatte sich viel zu warm angezogen. Da sie kein Gepäck mitnehmen konnte, trug sie zwei Pullover übereinander, und dazu noch ihre Lederjacke. Den Kindern hatte sie eine solche Verpackung nicht zugemutet, denn sie hätten vermutlich die ganze Zeit über gejammert und damit noch die Aufmerksamkeit anderer Leute geweckt.

Der Mann warf seine Zigarette auf den Gehsteig und trat sie aus. Er sah aus wie ein ungarischer Zigeuner – und wie sich später herausstellte, stammte seine Familie tatsächlich aus der Puszta. Schwarze, etwas zu lange Haare, eine bräunliche Hautfarbe, hohe Wangenknochen und weit auseinanderstehende Augen. Am kleinen Finger der rechten Hand trug er einen breiten Goldring, um seinen Hals eine feingliedrige Kette. Auf eine etwas brutale Art sah er gut aus; ein Fluchthelfer wie aus dem Kino: verwegen, skrupellos und geschickt.

»Stefanie, Michael, was haltet ihr davon, wenn wir uns ein

eigenes Taxi für die Stadtrundfahrt leisten?« fragte sie munter. »Da drüben wartet gerade eines.«

Die Kinder waren noch immer schlecht gelaunt. Prag interessierte sie nicht, sie hatten nicht die geringste Lust auf eine Stadtrundfahrt. Sie nickten mürrisch und trotteten hinter ihrer Mutter her.

»Wollen Sie mit mir fahren?« fragte der Mann. Er sprach ein fehlerfreies Deutsch, allerdings klangen die Worte hart und abgehackt. Er öffnete die hintere Wagentür. Der Goldring an seiner Hand blitzte in der Sonne auf.

»Kinder, setzt ihr euch am besten nach hinten«, sagte Julia, »ich gehe nach vorne.« Erstaunlicherweise klang ihre Stimme ganz ruhig. Nur ihre Beine fühlten sich ein bißchen weich an.

»Ich heiße Karim«, sagte der Mann.

»Julia«, erwiderte Julia. Er nickte. »Ich weiß.«

Sie fuhren los. Ein bißchen hin und her durch die Straßen, Karim erklärte, was es zu sehen gab, aber Julia hörte überhaupt nicht hin. Sie überlegte gerade, ob sie ihn bitten sollte, sie zum Hotel zurückzubringen, da hielten sie bereits auf dem Parkplatz vor dem Hradschin.

»Alles aussteigen«, befahl Karim, »von oben haben Sie einen großartigen Blick über die ganze Stadt.«

»Warum?« fragte Julia leise, während die Kinder schon aus dem Wagen kletterten.

»Man weiß nie«, sagte Karim, »es ist besser, wir erwecken den Eindruck, wirklich sightseeing zu machen.« Das englische Wort hörte sich komisch an aus seinem Mund. Julia atmete tief. »Es ist nur ... meine Nerven ...«

Für eine Sekunde legte ihr Karim seine Hand auf den Arm. »Keine Angst. Ich bin sehr gut in meinem Job.« Tatsächlich gaben ihr seine Stimme und die Berührung etwas von der Ruhe wieder. Sie liefen über die ganze Burg und schauten von den Befestigungsanlagen über die Dächer von Prag und auf das grün glänzende Band der Moldau. Klein und wie an einer Kette aufgefädelt bewegten sich die Autos durch die Straßen. Julia starrte auf die verschachtelten, eng aneinandergeschmiegten Häuser der Altstadt, ohne sie wirklich zu sehen; der Gedanke an Richard trieb ihr wieder einmal die Tränen in die Augen.

Verdammt, Richard, dachte sie, warum zwingst du mich, die Familie zu zerreißen? Warum bist du so entsetzlich feige?

Endlich saßen sie wieder im Auto.

»Ich habe Hunger«, sagte Stefanie.

»Wir essen bald etwas«, entgegnete Julia, der bei dem bloßen Gedanken daran schon fast schlecht wurde. Karim fuhr kreuz und quer herum, aber schließlich wurde der Verkehr immer weniger, die Häuser traten weiter auseinander. Sie verließen Prag.

Die Kinder dösten auf dem Rücksitz und merkten eine ganze Weile überhaupt nichts. Julia saß sehr aufrecht, die Hände auf dem Schoß ineinander verkrampft.

»Wie weit?« fragte sie leise.

»Etwa hundertfünfzig Kilometer«, sagte Karim, »in zweieinhalb Stunden, denke ich, sind wir an der deutschen Grenze.«

»Folgt uns jemand?«

Karim grinste belustigt, schaute dann aber in den Rückspiegel. »Nein. Kein geheimnisvolles, schwarzes Auto, in dem zwei Männer mit Sonnenbrillen und breiten Hüten sitzen.«

»Entschuldigung. Ich gehe Ihnen wahrscheinlich ziemlich auf die Nerven.«

»Nein. Ich habe derartige Geschichten oft gemacht, und es gibt Leute, die sich weitaus schlimmer aufführen als Sie.«

Das Land um sie herum war hügelig und bewaldet, helles, zartes Grün wob sich um die Bäume, Farn und Blätter und junges Gras wucherten aus der Erde. Nur selten tauchte ein baufälliges Bauernhaus in den kleinen Tälern auf. Andere Autos kamen ihnen kaum entgegen.

Schließlich bemerkten die Kinder natürlich, daß sie schon seit langer Zeit die Stadt verlassen hatten und keine Anstalten machten, dorthin zurückzukehren.

»Wohin fahren wir denn?« fragte Michael alarmiert.

»Ich dachte, wir schauen uns ein wenig die Umgebung von

Prag an«, erwiderte Julia bemüht fröhlich, »und kehren vielleicht irgendwo ein.«

Michael war damit zufrieden. Stefanie nicht.

»Wo denn einkehren? Das ist doch hier die totale Wildnis. Hier kommt doch nichts mehr, wo man etwas zu essen kriegen könnte.«

»Schatz, reg dich nicht so auf. Es ist alles ...«

Aber Stefanie war jetzt hellwach, voll Mißtrauen. »Du sagst uns doch nicht alles! Diese ganze komische Reise, ohne daß wir vorher etwas wußten ... und ohne Papi ... und jetzt diese Fahrt hier ... was ist denn wirklich los?«

Karim warf Stefanie durch den Rückspiegel einen Blick zu, dann sagte er ruhig zu Julia: »Vielleicht sollten Sie den Kindern jetzt reinen Wein einschenken, Julia. Eine Debatte können wir uns nachher nicht leisten.«

Stefanie krallte sich an der Lehne des vorderen Sitzes fest. »Mami! Was meint er?«

Julia wandte sich halb zu den Kindern um. Sie bemühte sich, ihre Stimme möglichst gelassen klingen zu lassen, um die Situation nicht noch mehr zu dramatisieren. »In Ordnung, ich sage es euch jetzt. Karim wird uns über die Grenze nach Westdeutschland bringen. Wir werden nicht mehr nach Hause zurückkehren. Wir fangen ein neues Leben an.«

Eine Sekunde lang herrschte Schweigen, während die Kinder zu begreifen versuchten, was sie eben gehört hatten. Nur das Dröhnen des Motors war zu hören.

Dann fragte Michael verstört: »Was?« und Stefanie schrie auf. »Nein! Das gibt es doch nicht! Das kannst du doch nicht machen! Das ist doch nicht wahr!«

Julia legte ihre Hand auf die der Tochter, aber die zog sie sofort weg, starrte ihre Mutter aus flammenden Augen in einem kreidebleichen Gesicht an. »Mami, nein!«

»Kinder, bitte, ihr dürft jetzt nicht die Nerven verlieren. Ihr müßt einfach tun, was ich euch sage. Bitte, vertraut mir. Es wird alles gut.«

»Warum hast du kein Wort gesagt?« rief Stefanie. »Du

schleppst uns hierher und sagst kein Wort!« Sie war den Tränen nahe. Julia erschrak vor ihrer übernatürlichen Blässe.

»Stefanie . . .«

»Ich mach' das nicht mit! Glaub bloß nicht, daß ich das mitmache!« Zu Julias Entsetzen begann Stefanie an ihrem Türgriff herumzunesteln. Karim, der das auch bemerkte, bremste so scharf, daß sie alle nach vorne flogen.

»Julia!« Seine Stimme klang wütend. »Bringen Sie sofort dieses Mädchen zur Vernunft, oder ich kehre um. Wir sind verdammt nahe an der Grenze, und ich will jetzt nichts riskieren!«

Stefanie war es gelungen, die Tür zu öffnen. Sie versuchte auszusteigen und wurde von ihrer Mutter nur noch am Arm festgehalten.

»Stefanie! Stefanie, setz dich hin!«

»Ich denke nicht daran! Ich will weg! Ich will sofort weg!« Stefanie riß sich los, stolperte, fiel auf die Straße.

Karim fluchte lautstark. »Zum Teufel, das hätte alles vorher geklärt werden müssen!«

Julia sprang aus dem Wagen, erwischte Stefanie gerade noch, als sie sich aufgerappelt hatte und losrennen wollte.

»Das ist doch Wahnsinn! Wo willst du denn hin?«

»Nach Hause. Zu Papi. Laß mich los!«

»Papi ist nicht zu Hause. Er geht auch über die Grenze. Vielleicht ist er schon drüben!« Instinktiv hatte Julia erkannt, mit welchem Mittel sie ihre Tochter zurückhalten könnte. Vorsichtig ließ sie Stefanie los. Das Mädchen schaute sie schwer atmend an.

»Karim kann nicht mehr als drei Leute über die Grenze bringen«, sagte Julia, »deshalb versucht es Papi über Berlin. Er wird drüben auf uns warten.«

Stefanies Mißtrauen war nicht versiegt, das verrieten ihre Augen, aber sie war unsicher geworden. »Schwörst du das?« fragte sie.

Julia holte tief Luft. »Ja. Das schwöre ich dir!«

»Wir müssen weiter«, sagte Karim aus dem Innern des Autos nervös.

Langsam stieg Stefanie ein. Julia begriff, daß sie keinen Widerstand mehr leisten würde. Sie würde es nicht riskieren, die Flucht zu vereiteln, wenn es sein könnte, daß ihr Vater bereits drüben wäre. Aber sie sah völlig verstört aus, geschockt und unfähig, ihrer Zweifel Herr zu werden.

»Wird es gehen?« fragte Karim leise. Julia nickte. »Sie wird mitkommen. Keine Angst.«

Sie fuhren weiter. Karim fing an, die Umgebung besonders scharf im Auge zu behalten.

Julia begriff auch, warum: Als linker Hand plötzlich ein schmaler Waldweg abzweigte, verließ Karim die Straße, fuhr nun auf diesem unbefestigten Pfad, den kaum jemals ein Mensch benutzt haben mochte. Der kleine Lada hüpfte so heftig, daß Julia um die Achsen Angst bekam, aber da Karim völlig unberührt blieb, sagte sie nichts. Nur flüchtig überlegte sie, welche Konsequenzen es mit sich bringen würde, wenn sie in dieser Gegend eine Reifenpanne hätten.

»Sind Sie sicher, daß uns von der Grenzbefestigung her niemand sehen kann?« fragte Julia. »Ich meine, jetzt gerade?«

»Niemand sieht uns. Das ist alles erprobt«, erwiderte Karim.

Der Pfad endete plötzlich im Dickicht. Karim bremste und stellte den Motor ab. »Von jetzt an geht es zu Fuß weiter«, sagte er, »es sind noch tausend Meter bis zur Grenze.«

Julia wollte die Tür öffnen, aber seine Stimme hielt sie zurück. »Madame!« Er lächelte. »Wir sollten den geschäftlichen Teil hier erledigen.«

»O ja, natürlich.« Sie zog die Ohrringe aus ihrer Handtasche und reichte sie Karim. Er betrachtete sie prüfend.

»In Ordnung«, sagte er und ließ den Schmuck in die Tasche seiner Jeans gleiten.

Julia und die Kinder stiegen aus. Julias Herz hämmerte so heftig, daß sie meinte, am ganzen Körper zu zittern. Sie schaute auf ihre Hände, die erstaunlicherweise ganz ruhig waren. Nicht einmal ihre Knie brachen ein.

»Ihr sprecht jetzt alle kein Wort mehr«, befahl Karim, »und ihr bleibt dicht hinter mir. Verstanden?«

Sie nickten alle. Julia sah die Angst in den Augen ihrer Kinder und versuchte, aufmunternd zu lächeln.

Karim schlug sich durch das Gestrüpp. Es fiel nicht leicht, ihm zu folgen, immer wieder schlugen ihnen Zweige in die Gesichter, mit den Füßen blieben sie an Wurzelsträngen hängen. Einmal stolperte Michael und stürzte; als er sich aufrappelte, hatte er eine Schürfwunde an der Stirn, die leicht blutete. Er gab trotzdem keinen Laut von sich.

Plötzlich tauchte ein Stück weiter rechts von ihnen ein Wachtturm auf. Er kam so völlig aus dem Nichts, daß Julia fast aufgeschrien hätte. Sie starrte ihn wie hypnotisiert an. »Karim«, flüsterte sie.

Karim wandte sich zu ihr um. Er runzelte leicht die Stirn, zum Zeichen, daß Julia nicht sprechen sollte. Sie schluckte, ihr Mund fühlte sich trocken, die Zunge pelzig an. Sie versuchte, nicht an all das zu denken, was sie über versteckte Minen entlang den Grenzen gelesen hatte. Eine Woge der Angst schwappte in ihr hoch, so heftig, daß es sie im Hals würgte. Richard hatte recht gehabt, sie war wahnsinnig. Wahnsinnig genug, ihre Kinder dieser Gefahr auszusetzen. Sie hätte es niemals tun dürfen.

Sie bewegten sich nun sehr langsam vorwärts, den Schutz eines jeden Busches, jeden Baumes ausnutzend. Karim lief geduckt, machte sich so flach er nur konnte, und die anderen taten es ihm nach. Der Wald wurde weiter, heller, wurde grausam durchsichtig. Julia sah den Stacheldraht.

»Es geht nicht, Karim. Sie werden uns sehen. Es geht nicht.«

Er drehte sich nicht einmal um. Er hatte den Zaun im Auge, und sein ganzer Körper drückte seine Entschlossenheit aus, ihn zu erreichen. Um nichts in der Welt wäre er jetzt zum Umkehren zu bewegen. Es blieb ihnen keine Wahl mehr.

Dieser Baum dort ist schon Westen! Dieses Gebüsch ist Westen. Die Steine sind Westen. Ich bin fast dort, dachte sie. Ich habe es gleich geschafft. Und ich kann jeden Moment erschossen werden.

Vor ihnen lag ein kleiner Abhang. Er stellte, das erkannte Julia gleich, das gefährlichste Stück des Weges dar. Es gab nicht einen Strauch mehr, und es waren noch gut zwanzig Schritte bis zum Grenzzaun. Vom Wachtturm aus hatte man ungehinderte Sicht.

Karim hielt inne. »Ihr wartet«, raunte er den anderen zu, »ich schneide den Zaun auf.«

»Man wird Sie sehen.«

»Vielleicht. Vielleicht auch nicht.«

»Karim, der Turm! Warum versuchen wir es nicht ein Stück weiter weg?«

»Weil da der nächste Turm steht. Alles klar?«

Julia nickte. Neben sich hörte sie Stefanie atmen. Es war ein asthmatisches Atmen der Angst, wie sie es noch nie vernommen hatte. Sie hätte gern die Hand ausgestreckt und ihr tröstend über die Haare gestrichen, aber sie wagte keine Bewegung. Ihre Augen begannen zu tränen, so starr hielt sie sie offen, als sie nun zusah, wie sich Karim, gerollt zu einer Kugel, den Abhang hinunterkullern ließ, flach ins Gras gepreßt unmittelbar am Zaun liegenblieb, eine Drahtschere aus der Innentasche seiner Jacke fischte und den Draht des Zaunes auseinanderzuschneiden begann. Er bewegte sich dabei mit einer Vorsicht, daß es schien, als bewege er sich überhaupt nicht. Er verschmolz mit Gras und Erde, wurde zum Regenwurm, zum Maulwurfshügel, zu einem Teil der Landschaft, während er das Loch im Zaun vergrößerte. Julia erwartete jede Sekunde Schreie zu hören, Schüsse, aber nichts geschah. Keine Regung auf dem Wachtturm, nicht einmal das Aufblitzen eines Feldstechers.

Stefanies Atem wurde fast unmerklich etwas ruhiger. Julia registrierte es erleichtert. Zwanzig, vielleicht sogar nur fünfzehn Schritte bis zur Freiheit. Fünfzehn Schritte, bei denen sie abgeschossen werden konnten wie die Kaninchen.

Fast unmerklich richtete sich Karim ein wenig auf, machte eine Bewegung zu ihnen hin. Julia stieß Stefanie an. »Los, du zuerst!« Sie hauchte die Worte bloß. »Kriech durch das Loch!«

Stefanie rührte sich nicht. Ihr Atem wurde wieder lauter. »Stefanie!«

Sie war fast grau geworden im Gesicht, offenbar nicht in der

Lage, sich zu bewegen. Es war nicht der Moment, auf sie einzureden, und in ihrer Panik stieß Julia Michael an. »Dann lauf du! Los, lauf!« Wie ein kleines, wieselflinkes Tier lief Michael den Abhang hinunter, und dieser Anblick löste Stefanie aus ihrer Erstarrung. Ehe ihre Mutter sie daran hindern konnte, rannte sie ebenfalls los, langte gleichzeitig mit Michael am Zaun an und verursachte so die Situation, die Karim hatte verhindern wollen. Beide zusammen konnten nicht durch das Loch schlüpfen.

In diesem Moment krachte vom Wachtturm her ein Schuß. Durch ein Megaphon war die scharfe Stimme eines der Wachhabenden zu vernehmen; er sprach auf tschechisch und daher für Julia nicht verständlich, aber es war klar, daß er zum Stehenbleiben aufforderte. Stefanie kroch jetzt endlich durch den Zaun, geschoben und gestoßen von Karim, Michael folgte ihr, und er kam gerade auf der anderen Seite an, als ein zweiter Schuß fiel und Steine und Blätter vom Boden aufwirbelte.

»Julia!« schrie Karim.

Sie hörte Hunde bellen und rannte los. Eine Stimme brüllte durch das Megaphon, und ein dritter Schuß wurde abgegeben. Sie rannte, rannte um ihr Leben, rannte zu ihren Kindern, rannte in die Freiheit, ignorierte die Schüsse, das Geschrei, das Bellen der Hunde. Sie kroch durch das Loch, und als sie auf der anderen Seite war, drehte sie sich um. »Karim, schnell, komm mit uns! Schnell!«

»Lauf weg!« brüllte Karim, der genau wußte, daß Julia noch keineswegs aus der Gefahrenzone heraus war.

»Komm doch mit, Karim, komm!«

Soldaten tauchten oben am Hang auf. Im selben Moment, als Julia begriff, daß sie verloren war, wenn sie länger wartete, sah sie das Blut an Karims Schulter, sah, wie es den Arm hinunterfloß, in dicken Tropfen ins Gras sickerte. Eine der verdammten Kugeln hatte ihn getroffen. Sie konnte nicht länger verharren, lief los, hörte erneut einen Schuß, stolperte fast über ihre Kinder, die so klug gewesen waren, bis hinter die nächste Bodensenke zu rennen und sich dort erst, schwer atmend, niederfallen zu lassen. Schluchzend umarmten sie einander, und dann liefen sie weiter, und Julia versuchte nicht an Karim zu denken, daran, daß er nun festgenommen wurde. Hoffentlich kümmerte sich jemand um seine Verletzung. Für wie viele Jahre würden sie ihn einsperren? Aber trotz des Entsetzens der letzten Minuten merkte Julia, wie der Druck von ihr wich, wie sie immer schneller laufen, immer freier atmen konnte. Das Unglaubliche war geglückt: Sie hatte es geschafft. Sie hatte ihre Kinder in den Westen gebracht.

## 3

Im April 1984 hielt sich Sigrid noch immer in Israel auf. Nach den ersten zwei Wochen mörderischen Heimwehs war sie eines Morgens – es war der 14. Dezember – aufgewacht und hatte voller Erstaunen festgestellt, daß sie eigentlich gar nicht zu ihrer Mutter zurückwollte, jedenfalls nicht zu Weihnachten und nicht in den nächsten Wochen. Als dann auch der Februar verging und damit der Zeitpunkt kam, an dem ihre Beurlaubung ablief, begriff Sigrid, daß sie ihr Heimweh endgültig bezwungen hatte; es war verschwunden, und mit ihm die abendlichen Tränen beim Einschlafen und die Appetitlosigkeit bei den Mahlzeiten. Und noch etwas begriff sie: Sie konnte nie mehr in ihr altes Leben zurückkehren. Sie fürchtete sich bei dem Gedanken, plötzlich wieder in der Enge und Gleichförmigkeit zu leben, in der sie über Jahre hinweg ausgehalten hatte, ohne überhaupt zu bemerken, daß sie immer weniger Luft bekam. Auf einmal erschien ihr das kleine, gemütliche, ordentliche Zimmer daheim als Gefängnis, und das vergrämte, von ungezählten Frustrationen gezeichnete Gesicht ihrer Mutter als eine Belastung, der sie sich nicht mehr gewachsen fühlte. Obwohl sie die meiste Zeit in Israel nicht besonders glücklich gewesen war, hatte sie sich mehr als sie dachte an das helle Licht des Landes, den schimmernden Himmel, an den Geruch von Wasser und

Wüste im Wind gewöhnt. Sie konnte zwar dem Leben im Kibbuz, dem ständigen Zusammensein mit anderen Menschen nichts abgewinnen, aber sie genoß eine Freiheit, die sie nie zuvor gekannt hatte. Diese Freiheit hatte ihr zunächst angst gemacht, aber dennoch konnte sie nicht mehr darauf verzichten. Wenn sie morgens aufwachte, war es ihr, als ob alle ihre Sinne nach einer langen Betäubung langsam wieder in die Wirklichkeit zurückkehrten. Sie meinte, besser riechen, besser hören, besser schmecken zu können. Als hätten sich Tausende von feinen Sensoren in ihrem Körper aufgerichtet und bereit gemacht zu erkunden, was immer von da draußen auf sie eindrang. Nie wieder würde sie ihren Empfindungen befehlen können, einzuschlafen und das Leben vorübergehen zu lassen.

Sie sprach mit Judith Stern darüber. Zu der alten Frau hatte sie großes Vertrauen, obwohl sie es immer noch nicht wagte, ihr gegenüber die Identität ihres Vaters preiszugeben. Aber sie hatten viel miteinander geredet, und Sigrid fühlte sich in Judiths Nähe sicher und geborgen. Eines Nachmittags, als sie einen Spaziergang über die Felder zum Fluß machten, erzählte Sigrid von ihren Problemen.

»Ich dachte immer, irgendwann fliege ich nach Berlin zurück, und alles ist wie früher. Ich würde eine interessante Reise hinter mir haben und gut erholt an meine Arbeit gehen ... Aber irgend etwas ist passiert. Ich bin eine andere geworden, ich kann nicht zurück. Zuerst habe ich ständig von daheim geträumt, aber jetzt weiß ich, daß nichts mehr so sein kann, wie es war.«

Judith nickte. »Ich verstehe. Ich habe mir so etwas schon gedacht. Es war dir anzusehen, wie du dich mehr und mehr verändert hast.«

»Wirklich?«

»Aber ja. In deinen Augen konnte ich es erkennen, in deinen Bewegungen, deinem Lachen. Du fängst an, frei zu werden. Du fängst an, das Leben nicht mehr so schrecklich ernst zu nehmen und es ein bißchen zu genießen. Du bist dabei, herauszufinden, was du willst – du allein, nicht, was andere wollen, was du tun sollst.«

Sigrid blieb stehen. »Ach, Judith«, sagte sie seufzend, »es ist ja gerade so schwer herauszufinden, was man wirklich will!«

Judith betrachtete sie nachdenklich. Sigrid hatte sich tatsächlich verändert, auch äußerlich. Die einst so kurz geschnittenen Haare waren länger geworden, würden bald bis zur Schulter reichen. Nun erst fiel ihre schöne blonde Farbe auf; im israelischen Licht und gebleicht von der Sonne, hatten sie einen silbrigen Glanz. Sigrids Haut war leicht gebräunt, was sie zum erstenmal in ihrem Leben gesund aussehen ließ. Sie trug ein Paar verwaschene Jeans und ein T-Shirt, und sie sah wesentlich attraktiver aus als bei ihrer Ankunft. Judith hatte bemerkt, daß einige Männer im Kibbuz durchaus engeren Kontakt mit Sigrid haben wollten, aber soweit konnte sie noch nicht gehen. Sie reagierte kühl und abweisend, sowie sich ihr ein Mann näherte.

Dabei wäre das so gut für sie, dachte Judith. Wenn sie sich richtig verlieben würde, würde sich die Hälfte all ihrer Probleme in Luft auflösen. Sie würde einfach leben, anstatt darüber nachzudenken, wie sie leben soll.

»Weißt du, vielleicht wäre es ganz gut, wenn du mal aus dem Kibbuz herauskämst«, sagte Judith, »er war gut für den Anfang, aber letztlich stellt er auch eine in sich abgeschlossene Welt dar, in mancher Hinsicht nicht ganz real. Im übrigen ist das Leben hier kein Leben für dich, es behagt dir nicht. Du suchst etwas anderes, aber du wirst es nicht finden, wenn du hier bleibst.«

»Ich weiß nicht . . .«

»Warum siehst du dir nicht noch ein paar andere Städte in Israel an? Du kennst nur Haifa, und das ist zu wenig. Du mußt wenigstens einmal nach Jerusalem.«

»Martin wollte mir das alles zeigen.«

»Martin ist ein sehr alter Mann. Er hatte sicher die besten Absichten, aber im Grunde ist er viel zu müde dazu. Nein, ich glaube, du mußt die Dinge alleine in die Hand nehmen.«

»Ja, da hast du wohl recht«, stimmte Sigrid verzagt zu.

Als erstes schrieb sie einen Brief an die Schulbehörde und bat um ein weiteres halbes Jahr Beurlaubung. Man würde davon keineswegs begeistert sein, schon gar nicht von der Art, wie sie kurzfristig und aus weiter Ferne disponierte, aber sie verdrängte den Gedanken an das Bombardement mit Vorwürfen, das sie bei ihrer Rückkehr empfangen würde. Dann erzählte sie Martin von dem Plan, für ein paar Wochen nach Jerusalem zu gehen, und er war sofort Feuer und Flamme. Er überlegte hin und her, wie er es möglich machen könnte, sie zu begleiten. Es ging ihm nicht gut; seit den Wintermonaten wurde er eine heftige Bronchitis nicht los und quälte sich mit Husten und Schmerzen in der Brust herum. Sigrid versicherte ihm, daß sie sehr gut alleine zurechtkäme.

»Erhole dich erst einmal, Martin, wenn ich wieder da bin, können wir viel miteinander unternehmen.«

Insgeheim aber bezweifelte Sigrid, noch lange in Israel bleiben zu können. Im Kibbuz hatte sie zwar billig gelebt, dennoch war der größte Teil ihrer Ersparnisse aufgebraucht. Nach ein paar Wochen Jerusalem würde gerade noch genug Geld für ein Rückflugticket übrig sein. Oder sie müßte sich nach einem Job umsehen.

Judith hatte für sie ein Zimmer im *American Colony* gebucht.

»Das ist, neben dem *King David*, das schönste und bekannteste Hotel in Jerusalem. Es wohnen interessante Leute dort, viele Journalisten, die sich dort auch unbehelligt mit Palästinensern treffen können. Es liegt im ehemals arabischen Teil der Stadt.«

Judith überredete Sigrid auch, sich einen Wagen zu mieten und damit die Reise nach Jerusalem anzutreten. »Dann bist du viel unabhängiger und kannst dir unterwegs ansehen, was du willst.«

Sigrid hätte es nie geglaubt, daß sie diese ganze Unternehmung allein bewältigen könnte: allein in eine wildfremde Stadt aufbrechen, in einem Hotel wohnen, einen Jeep mieten und damit durch Israel gondeln! Und dann fuhr sie doch an einem sehr warmen, sehr sonnigen Apriltag über die staubige Küstenstraße zwischen Haifa und Tel Aviv, dieselbe Straße, die sie fünf Monate zuvor in umgekehrter Richtung gekommen war. Damals hatte sie geglaubt, sie werde sie nur noch einmal benutzen, um so schnell wie möglich zum Flughafen nach Tel Aviv zu gelangen und die Heimreise antreten zu können. Statt dessen würde sie nun von der Hauptstraße aus den Weg ins Landesinnere nehmen und sich Jerusalem ansehen. Sie öffnete das Fenster, spürte den warmen Wind auf ihrer Haut und in ihren Haaren und empfand ein überwältigendes Gefühl unendlicher Freiheit.

Es war Freitag abend, und Dan Liliencron wollte gerade sein Büro in der Maximilianstraße verlassen. Er hatte schlechte Laune, weil er Claudine hatte versprechen müssen, am Abend mit ihr über ihrer beider Probleme zu reden, aber nun war er müde und hatte Kopfweh, und eigentlich hätte er sich nur gern mit einem Glas Whisky in eine Ecke gesetzt und Zeitung gelesen. Zu allem Überfluß kam auch noch seine Sekretärin herein, um ihn an einen wichtigen Termin am kommenden Montag zu erinnern. »Sie müssen nach Hamburg, Herr Liliencron. Sie haben dort das Gespräch mit Herrn ...«, sie blickte auf ihren Zettel, »mit Herrn Grawinski. Im Hotel Atlantik.«

»O Gott, ja, gut, daß Sie es sagen.« Es gab im Moment derart viele Probleme, daß Dan die geplante Reise nach Hamburg tatsächlich vergessen hatte. Kurt Grawinski, ein cleverer Mittfünfziger, war vor einigen Wochen an ihn herangetreten, weil er viel von *Wolff & Lavergne* gehört und gelesen und sich über den steigenden Umsatz des Unternehmens informiert hatte. In seinem Telefongespräch mit Dan hatte er seine Freude darüber bekundet, daß in der altehrwürdigen Spielzeugfirma nun zwei junge, moderne Leute am Ruder saßen, hatte jedoch hinzugefügt, gerade deshalb wundere es ihn, daß *Wolff & Lavergne* noch immer in Deutschland und somit unverhältnismäßig teuer produziere.

»Es gibt Länder, da wird den Arbeitern ein Bruchteil dessen gezahlt, was sie in der Bundesrepublik an Lohn bekommen«, hatte er gesagt, »was meinen Sie, wie das die Produktionskosten senkt!«

»Ich weiß«, sagte Dan, »aber entsprechend sind auch die Produkte.«

»O nein, diese Zeiten sind lange vorbei. Ich arbeite eng mit einem Unternehmen in Hongkong zusammen, das in der Volksrepublik China produziert. In ganz besonderem Maße handelt es sich dabei übrigens um Spielzeug. Ich kenne mich da drüben aus wie in meiner Westentasche, und wenn Sie wollen, mache ich Ihnen gern ein paar Vorschläge.«

Und kassierst vermutlich auch ganz schön dafür, dachte Dan. Er hatte einige Vorbehalte gegen das Projekt. Zu einem der Pluspunkte von *Wolff & Lavergne* hatte immer gezählt, daß sie besonders hochwertiges, stabil gearbeitetes Spielzeug verkauften. Er mochte den Plastikramsch aus China nicht, wußte aber auch, daß sich der Markt darum riß. Möglicherweise war es an der Zeit, sich von Althergebrachtem zu verabschieden und neue Wege einzuschlagen. Zumindest konnte es nicht schaden, mit Grawinksi zu reden. Sie hatten sich schließlich im Hamburger Hotel *Atlantik* verabredet.

»Wird Frau Leonberg Sie begleiten?« fragte die Sekretärin.

»Es war nicht geplant«, sagte Dan, »aber wenn ich es mir richtig überlege, wäre es eine gute Idee. Dieser Grawinski ist ziemlich ausgekocht, und wir sollten ihm ruhig zusammen gegenübertreten.«

»Soll ich ...?«

»Ich sage es ihr. Ich gehe noch schnell bei ihr vorbei.«

Dan stand auf, griff seine Aktentasche und verließ den Raum. Er hatte Glück; unter Alex' Tür schimmerte noch Licht hervor.

Sie saß am Schreibtisch, als er eintrat, rauchte eine Zigarette und war dabei, die Briefe zu unterschreiben, die sie am heutigen Tage diktiert hatte. Wie oft in der letzten Zeit fiel es Dan wieder einmal auf, wie schlecht sie aussah. Sie wurde jeden Tag dünner, und ihre Haut war weiß wie Papier.

»Du bist aber fleißig heute«, sagte er, »es ist gleich acht Uhr!«

»Ich weiß. Ich will das hier nur fertigmachen.« Sie war nervös, das hörte er sofort an ihrer Stimme. Immer noch war sie ihm so vertraut, daß ihm nicht die geringste Veränderung im

Tonfall und Klang entging. Und nicht die Unruhe in ihren Augen. Sie will nicht nach Hause, dachte er, genau wie ich. Bald werden wir beide die ganze Nacht in diesem Büro verbringen.

»Alex, ich fürchte, ich brauche dich am Montag.« Er berichtete von seinem Termin. Über die Angelegenheit Grawinski war Alex natürlich bereits informiert, doch bislang hatte sie das als eine Geschichte angesehen, die Dan allein erledigen würde.

»Oh, Dan, ich weiß nicht... sollten wir wirklich beide...?« So gern Alex sonst immer dabei war, diesmal kam ihr Dans Bitte höchst ungelegen. Morgen hatte sie den Termin bei Dr. Meerling. Zwischen dem Eingriff und dem Flug nach Hamburg lag dann nur noch der Sonntag, und sicher wäre es unvernünftig, dann schon zu reisen.

Dan setzte ihr auseinander, warum er es für besser hielte, wenn sie mitkäme.

»Außerdem«, fügte er hinzu, »bist du dann über alles genausogut informiert wie ich und kannst dir auch selber ein Bild von Grawinski machen.«

Alex zögerte. In Dans Stimme klang ein erster Anflug von Ungeduld, als er fragte: »Oder hast du einen anderen, wichtigeren Termin?«

Sie hatte natürlich keinen, und sie wollte auch keinen erfinden. Seit dem Vorfall mit Markus bemühte sie sich um ein fast überkorrektes Verhalten.

»Nein«, sagte sie daher, »ich habe keinen Termin. Ich komme mit. Wann geht es los?«

»Um achtzehn Uhr am Flughafen. Wir sind mit Grawinski dann für den nächsten Morgen zum Frühstück verabredet. Das ist zwar der erste Mai, aber es geht eben nicht anders.«

»In Ordnung. Ich werde dasein.«

Als Alex Montag früh aufwachte, fühlte sie sich elend. Der Eingriff war ohne Schwierigkeiten verlaufen, und den ganzen Sonntag über hatte sie sich sogar recht gut gefühlt. Unter dem Vorwand, die Vorboten einer Erkältung zu spüren, war sie im Bett geblieben, hatte in Büchern und Illustrierten geblättert und viel geschlafen. Am Abend beglückwünschte sie sich dazu, wie gut sie die Geschichte weggesteckt hatte.

Am Montag nun fühlte sie sich bei weitem nicht mehr so siegesgewiß. Sie hatte keine Schmerzen, aber es ging ihr einfach nicht gut. Bei dem Gedanken, nach Hamburg fliegen zu müssen, schauderte es sie.

Beim Frühstück teilte sie Markus mit, sie werde heute nicht ins Büro gehen, sondern am Nachmittag direkt von daheim zum Flughafen fahren. Markus musterte sie besorgt: »Du bist schrecklich blaß. Wahrscheinlich brütest du wirklich etwas aus! Willst du trotzdem fliegen?«

»Ich muß. Es geht mir bestimmt besser bis heute abend. Ich nehme noch ein paar Vitamine.« Sie trank zwei Tassen schwarzen Tee, rührte aber kein Stück Brot an. Der Gedanke an Essen schnürte ihr den Magen ab. Sie dachte daran, den Arzt anzurufen, scheute aber davor zurück, weil sie sich erinnerte, was er zu ihr gesagt hatte: »Es ist äußerst unwahrscheinlich, daß Komplikationen auftreten. Aber wir brauchen kein Risiko einzugehen. Schonen Sie sich, und bitte verreisen Sie während der nächsten Tage nicht. Sollte es zu Blutungen kommen, müssen Sie sich sofort bei mir melden.« Also würde er ihr sofort den Flug nach Hamburg streichen, und das mochte sie nicht riskieren. Sie hielt sich an dem »äußerst unwahrscheinlich« fest. Es war albern von ihr, sich Sorgen zu machen. Wahrscheinlich spielte ihr nur ihre Psyche einen Streich.

Nach dem Frühstück fuhr Markus mit der üblichen sorgenvollen Miene ins Büro, und Alex legte sich noch einmal ins Bett. Caroline war bei dem Kindermädchen bestens aufgehoben.

Sie schlief tief und fest bis zum Mittag. Es war schon fast ein Uhr, als sie erwachte. Leider ging es ihr kein bißchen besser, im Gegenteil. In ihrem Kopf herrschte ein dumpfer Druck, und eine leichte Übelkeit machte es ihr noch immer unmöglich, etwas Eßbares anzurühren. Der Wunsch, einfach im Bett liegenzubleiben, war fast übermächtig, und instinktiv wußte sie in diesem Moment auch, daß es das einzig Richtige gewesen wäre. Aber besessen von dem Gedanken, Dan zu beweisen, daß er sich auf sie verlassen konnte, zwang sie sich aufzustehen. Ihr war schwindelig, als sie ins Bad hinübertappte, und im Spiegel sah sie ein leichenblasses Gesicht mit rotgeränderten Augen.

Sie duschte lange und sehr heiß, zog sich dann mit müden, schwerfälligen Bewegungen an, schminkte sich so gut sie konnte, fand aber immer noch, daß sie einfach entsetzlich aussah. Auch ihre Haare fielen nach dem Fönen sofort wieder zusammen. Für Dans Verhandlungen würde sie kaum eine Bereicherung sein, optisch auf jeden Fall nicht, aber auch sonst fühlte sie sich kaum in der Lage, sich auf irgend etwas zu konzentrieren. »Sie sehen aber gar nicht gut aus«, sagte das Kindermädchen, als sich Alex von ihr verabschiedete, »haben Sie jetzt wenigstens etwas gegessen?«

Alex behauptete, sie habe sich ein Rührei gemacht, aber in Wirklichkeit hätte sie keinen Bissen herunterbekommen. Sie verspürte nur einen unstillbaren Durst, hatte inzwischen eine ganze Kanne Tee getrunken und hätte sich doch am liebsten schon wieder unter einen Wasserhahn gelegt und das Wasser einfach in ihren weitgeöffneten Mund rinnen lassen.

Auf der Fahrt zum Flughafen fing es an zu regnen. Vielleicht lag es an der tristen Stimmung draußen, daß Alex sich plötzlich einbildete, in ihrem Inneren erwache ein nagender Schmerz. Ganz leise nur, fast unwirklich.

»Quatsch«, sagte sie, um sich selber Mut zu machen, »du bist nur schon völlig hysterisch. Du bist gesund, und morgen früh fühlst du dich wohl wie ein Fisch im Wasser.«

Dan und sie waren an ihrem Gate verabredet. Die Passagiere stiegen schon in den Bus, als Alex atemlos ankam. Dan hielt ungeduldig nach ihr Ausschau. »Wo steckst du denn? Ich dachte schon, du kommst nicht mehr, und ich müßte allein fliegen!«

Alex murmelte etwas von den vielen Staus in der Stadt und ging rasch an Dan vorbei, ehe er sie genau ansehen und feststellen konnte, wie grau sie unter der Schminke war und daß ihre Stirn naß glänzte von Schweiß.

Im Flugzeug bestellte sie dreimal Orangensaft, den sie durstig austrank, und dann ging sie zur Toilette. In ihrem Slip entdeckte sie einen bräunlichen Fleck. Zweifellos Blut. Wenn das stärker würde, mußte sie zum Arzt, aber sicher könnte sie das so lange aufschieben, bis sie morgen nachmittag wieder in München landeten. Meerling würde ihr helfen. Sie hoffte von ganzem Herzen, sie würde diese Geschichte überstehen, ohne daß Dan etwas merkte.

Sie ging zu ihrem Platz zurück, setzte sich und verschanzte sich hinter ihrer Zeitung. Wenigstens spürte sie im Augenblick keine Schmerzen mehr. Vielleicht hatte sie Glück und kam einigermaßen glimpflich davon.

Dan bekam immer bessere Laune, je weiter sie sich von München – und damit von Claudine – entfernten. Er flirtete mit einer hübschen Stewardeß und machte optimistische Pläne für die zukünftige Zusammenarbeit mit Grawinski.

»Heute abend«, sagte er, »würde ich dich gern zu einem richtig großen Abendessen einladen, Alex. Oder bist du anderweitig verabredet?«

»Nein. Nein ... ich würde mich freuen.« Sie würde sich übergeben, wenn sie nur eine Gabel in den Mund schob.

Mit dem Taxi fuhren sie vom Flughafen ins *Vier Jahreszeiten* an der Alster. Als sie ankamen, war es kurz nach halb neun. »Ich würde gern noch duschen und mich umziehen«, sagte Dan. »Wenn ich dich gegen neun Uhr abhole, Alex, ist das zu früh?«

»Nein. Das ist in Ordnung.« Sie verschwand rasch in ihrem Zimmer. Es lag gleich neben dem von Dan. Ausgeschlossen, daß sie diesen Abend durchstand.

## 4

Als Dan zehn Minuten nach neun an Alex' Zimmertür klopfte, öffnete sie im Bademantel. Ihr war klar, daß sie ihn nicht zum Essen begleiten konnte. Zwar war es zu keiner neuerlichen

Blutung gekommen, und sie spürte nach wie vor keine Schmerzen, aber selbst die kleinste Bewegung kostete sie einen ungeheuren Aufwand an Energie und trieb ihr sofort den Schweiß auf die Stirn. Sie hatte versucht, ihr miserables Aussehen erneut durch Schminken zu kaschieren, aber unter ihren Augen verliefen bräunliche Schatten, und ihr Gesicht wirkte noch spitzer als sonst.

»Habe ich mich in der Zeit geirrt?« waren Dans erste Worte, als sie öffnete, und dann erst sah er sie genauer an. »Was ist denn los? Bist du krank?«

Alex lächelte kläglich. »Nichts Ernstes. Ich fürchte, ich habe mir den Magen verdorben.«

»Was hast du denn gegessen?«

»Eine Pilzsoße, die nicht mehr frisch war.« Als Kind war sie tatsächlich einmal von einer solchen Soße krank geworden, daher erschien es ihr glaubwürdig.

Dan sah sie scharf an. »Du siehst aber ziemlich schrecklich aus.«

»Vielen Dank.«

»So meine ich das nicht. Aber findest du nicht, es wäre besser, wir holten einen Arzt?«

»Wenn es schlimmer wird. Aber vielleicht muß ich mich bloß ein paarmal übergeben und alles ist wieder okay.« Sie zog den Bademantel fester um ihren Körper und versuchte, Dan optimistisch anzublicken. Sie sagte sich, daß sie wohl nicht in ernsthafter Gefahr schwebte, solange sie nicht wieder zu bluten anfing oder Fieber bekam.

»Wirklich, Dan«, sagte sie noch einmal, »ich denke, es ist alles in Ordnung bis morgen früh.«

Dan betrachtete sie. Ihre grauen Augen sahen nackt und bleich aus wie ein See unter fahler Wintersonne. Und ihre Lippen ... schmal und energisch, ohne die Süße und Weichheit, die sie bekamen, wenn Alex lächelte. Auf eine fast fatale Weise sah sie ihrer Großmutter ähnlich, Felicia, diesem harten, alten Knochen. Und zugleich zeigte dieses Gesicht noch Spuren von dem jungen Mädchen, das Dan vor fast zehn Jahren kennengelernt hatte. Und in diesem völlig verrückten Augenblick, als Alex krank und elend vor ihm stand, konnte Dan sich nicht länger vormachen, seine Gefühle für sie seien erloschen. Um nichts und gar nichts waren sie weniger geworden in all den Jahren, und sie würden es nie werden. Er würde sie immer lieben, immer um sie trauern, sich immer nach ihr sehnen. Er würde nicht aufhören können, Markus Leonberg dafür zu hassen, daß er sich etwas genommen hatte, was ihm, Dan Liliencron, ganz allein gehörte. Und noch etwas begriff er in diesem Moment: Er war ein verdammter Idiot, daß er sie damals hatte kampflos gehen lassen. Aus schierem Stolz, weil er es nicht nötig hatte, sich mit einem anderen Mann wegen einer Frau in die Haare zu geraten, weil er um eine Frau nicht warb, wenn sie sich für einen anderen entschieden hatte. Hoheitsvoll leidend hatte er sie ohne jeden Widerstand gehen lassen und war seither nie wieder glücklich geworden.

Allerdings war jetzt nicht der Moment, sich ihr zu offenbaren – sollte er dazu überhaupt je in der Lage sein. »Paß auf, Alex«, sagte er, »ich werde zum Essen nicht weggehen, sondern hier im Hotelrestaurant bleiben. Du kannst mich also sofort erreichen, wenn es dir schlechter geht. Ich hole dann einen Arzt.«

Alex grinste, was etwas kläglich ausfiel. »Du bist ja richtig fürsorglich, Dan!« Er strich ihr eine Haarsträhne aus dem Gesicht. »Stell dir vor, ich müßte Felicia gegenübertreten und ihr sagen, daß dir etwas zugestoßen ist! Lieber wache ich die ganze Nacht an deinem Bett.« Er lächelte ihr zu und verließ das Zimmer. Alex ließ sich erschöpft in einen Sessel fallen, schaltete mit der Fernbedienung den Fernseher ein. Egal, was dort lief, sie hoffte, es würde sie ein wenig ablenken.

Dan wachte mitten in der Nacht davon auf, daß sein Telefon klingelte. Er hatte einen leichten Schlaf, war sofort orientiert und fand Lichtschalter und Telefonhörer. »Hallo?«

Vom anderen Ende erklang Alex' Stimme, ziemlich schwach, aber gleichwohl entschlossen. »Dan? Ich bin es, Alex. Dan, es geht mir sehr schlecht. Kannst du bitte rüberkommen?«

»Natürlich. Ich bin in zwei Minuten da. Alex – du mußt mir die Tür aufmachen. Kannst du aufstehen?«

Es kam keine Antwort.

»Du mußt mir die Tür aufmachen, Alex«, wiederholte Dan drängend, »verstehst du mich?«

»Ja.« Es klang, als habe sie starke Schmerzen. »Ja, ich mach' die Tür auf.«

Dan sprang aus dem Bett, schlüpfte in Windeseile in Jeans und Rollkragenpullover, die Sachen, die er gestern auf dem Flug getragen hatte, und verließ das Zimmer. Auf dem Gang brannte ein schwaches Licht. Es war völlig still, das riesige Hotel wirkte wie ausgestorben.

Alex' Zimmertür war angelehnt. Dan trat ein. Alex kroch gerade in ihr Bett zurück. Sie glühte vor Fieber, ihre Lippen waren aschfahl, auf der Stirn glänzte Schweiß.

»Ich habe zwei Schmerztabletten genommen«, murmelte sie, »aber sie helfen nicht.« Dan wagte nicht, sich auf den Bettrand zu setzen, aus Furcht, auch die kleinste Erschütterung werde ihr weh tun. Er kauerte neben ihr nieder und nahm ihre feuchte Hand in seine.

»Alex, das ist doch nicht nur eine Magenverstimmung, oder?«

»Nein. Hör zu, Dan, ich brauche sofort einen Arzt. Ich verliere sehr viel Blut, und ich glaube, ich habe ziemlich hohes Fieber.«

»Ja, ich . . .«

»Das mit der Pilzsoße stimmt nicht. Ich hatte am Samstag eine Abtreibung. Offenbar ist irgend etwas schiefgegangen.«

»Was?«

»Jetzt schau nicht so entsetzt. Es ging nicht anders.«

»Oh, Scheiße!« sagte Dan. In einer hilflosen Geste fuhr er sich mit den Fingern durch die Haare. »Du hättest nie mitkommen dürfen!«

»Ja, aber das kann ich wohl kaum noch ändern!« sagte Alex ungeduldig. Sie versuchte, sich im Bett aufzustützen, versuchte, sich in eine andere Position zu bringen, um die Schmerzen besser zu ertragen, und dabei verrutschte die Bettdecke. Dan konnte das Laken sehen, auf dem sie lag: Es war voller Blut, nicht einfach mit ein paar Blutflecken gesprenkelt, sondern über und über bedeckt.

»Um Gottes willen!« sagte er fassungslos. Dann sprang er auf. »Ich hole sofort den Arzt!«

Mit einem fast schmerzhaft festen Griff ihrer Hand – wieviel Kraft sie noch hat, dachte er – hielt sie ihn zurück.

»Dan, hör mir gut zu. Es könnte sein, ich verliere in den nächsten fünf Minuten das Bewußtsein und kann mit dem Arzt nicht mehr reden. Du mußt ihm klarmachen, daß Markus unter gar keinen Umständen von der Abtreibung erfahren darf. Verstehst du? Unter gar keinen Umständen!«

»Das ist doch jetzt nicht wichtig. Ich werde sofort . . .«

»Es ist wichtig!« Das kam so klar und scharf, daß Dan zusammenzuckte. »Also, kümmere dich darum, ja?«

»Ich versprech's dir.«

Sie versuchte erneut, ihre Lage zu verändern, aber sie war bereits zu schwach. »Dann beeil dich jetzt, Dan«, sagte sie leise. Alles um sie herum schien jetzt in Blut unterzugehen, und als letztes vernahm sie, wie Dan sagte: »Ich glaube, ich rufe gleich einen Krankenwagen. Du mußt auf jeden Fall ins Krankenhaus.«

Sie wollte noch etwas darauf erwidern, aber es gelang ihr nicht, die Worte zu finden. Im nächsten Moment wurde sie ohnmächtig.

Der Arzt hatte gesagt, er wolle sie für ein paar Tage zur Beobachtung dabehalten, und so mußte Alex noch in Hamburg bleiben. Sie hatte eine Menge Blutkonserven bekommen, die Schmerzen waren wie weggeblasen, und sie langweilte sich im Krankenhaus. Am Tag nach der dramatischen Nacht erschien Dan bei ihr und erzählte von dem Frühstück mit Grawinski, das sehr erfolgversprechend verlaufen war.

»Hast du mit dem Arzt auch noch einmal wegen Markus geredet?« fragte er dann.

Alex nickte. »Kaum, daß ich wieder sprechen konnte. Ein verständnisvoller Mann. Er macht eine Fehlgeburt aus der ganzen Sache.«

»Da hast du Glück.«

»Das kann man wohl sagen. Wenn man bei einer solchen Infektion überhaupt noch von Glück reden kann. Normalerweise hätte gar nichts passieren dürfen.«

»Ich bin froh, daß es dir besser geht. Ich habe mir wirklich Sorgen um dich gemacht.«

»Jetzt ist alles okay. Dan – vielen Dank für alles.«

Sie lächelte ihn an. Seit der letzten Nacht war etwas von der alten Vertrautheit zurückgekehrt.

Das liegt an der Situation, dachte sie, wenn man wimmernd vor Schmerzen vor einem Mann in einem blutgetränkten Bett gelegen hat, ist man ihm zweifellos sehr nah gekommen. Fast so nah, wie ich ihm schon einmal war.

Andererseits hatte Dan vermutlich alle Illusionen verloren. Es schauderte Alex noch jetzt, wenn sie daran dachte, wie gräßlich sie ausgesehen haben mußte. Wenn es noch Reste des einstigen Begehrens in ihm gegeben hatte, so waren die wahrscheinlich endgültig erloschen.

»Hast du deinen Mann schon informiert?« fragte Dan.

»Ja. Es blieb mir nichts anderes übrig. Er hat sich entsetzlich aufgeregt, und ich fürchte, er überlegt schon, ob er nicht herkommen soll.«

Sie hatte sich nicht getäuscht. Am späten Nachmittag – Dan war nach München zurückgeflogen – tauchte Markus im Krankenhaus auf. Er wirkte abgehetzt und völlig verstört.

»Warum hast du mir nicht gesagt, daß du schwanger bist? Ich hätte dich nie nach Hamburg fliegen lassen!«

»Eben«, sagte Alex mißmutig, »du hättest mich eingesperrt und keinen Moment mehr aus den Augen gelassen. Dazu hatte ich aber keine Lust.«

Eine Schwester erschien und brachte eine Vase für Markus' Rosenstrauß. Seine bloße Gegenwart begann Alex schon wieder zu reizen – und zu erschöpfen. Sie ärgerte sich, daß sie ein schlechtes Gewissen empfand, weil er so elend aussah; seine müden Augen, seine fahle Gesichtsfarbe erinnerten sie daran, daß sie ihn seit Monaten mit seinen Problemen allein ließ. Insgeheim, das wußte sie, war sie einfach zu feige, mit ihm zu reden; sie fürchtete sich vor dem, was er ihr sagen würde. Ein Mann sah nicht so aus wie er, wenn ihm nicht das Wasser bis zum Hals stand.

Natürlich verlangte Markus den Arzt zu sprechen, der sich in jener Nacht um Alex gekümmert hatte; vor allem wollte er wissen, ob Alex noch weitere Kinder bekommen könnte. Der Arzt erklärte, er sehe da keinerlei Schwierigkeiten, und Markus wirkte sogleich viel ruhiger.

Schweigend saßen sie noch eine Weile zusammen, Alex in ihrem Bett, zwei Kissen im Rücken, und Markus auf einem der Plastikstühle für Besucher. Das beklemmende Schweigen wurde erst von der Schwester unterbrochen, die das Abendessen brachte. Als sie gegangen war, schob Alex das Tablett zur Seite. »Du kannst alles haben. Ich möchte nur eine Tasse Tee.«

»Das geht nicht. Du bist entsetzlich dünn geworden. Du mußt essen!«

»Ich habe keinen Hunger.«

»Alex, du solltest wirklich . . .«

»Verdammt noch mal!« Das kam lauter und schärfer, als sie beabsichtigt hatte. »Ich habe gesagt, ich habe keinen Hunger. Kannst du nicht einmal etwas akzeptieren, ohne zu widersprechen?«

Er erwiderte nichts, machte jedoch auch keine Anstalten, das Essen anzurühren. Nach einer Weile stand er auf. Ohne Alex anzusehen, sagte er: »Ich fände es nicht schlecht, wenn du nach deiner Entlassung für ein paar Tage nach Kampen fahren würdest. Du brauchst etwas Erholung.«

»Das ist eine gute Idee«, stimmte Alex friedfertig zu.

»Vielleicht findest du dort auch Zeit und Abstand, um nachzudenken.«

»Worüber?« Aber sie wußte, was er meinte.

»Über uns. Ich glaube ... irgend etwas stimmt nicht mehr.« Er stand jetzt am Fenster, sah hinaus in den Regen und kehrte Alex den Rücken zu. Sie betrachtete seine Gestalt, die sie immer gemocht hatte; lange Beine hatte er, und er war immer noch sehr schlank. Auf einmal fiel aller Ärger von ihr ab, und seine grauen Haare, seine Schultern, die nie breit genug gewesen waren, um seinen Körper vollkommen aussehen zu lassen, verursachten ihr ein Würgen in der Kehle; es waren ungeweinte Tränen, die da brannten, Tränen des Mitleids und der Trauer darüber, daß sich Liebe verlieren kann, so banal und einfach, wie sich ein Paar Socken oder ein Bleistift verlieren. Wann war es geschehen? Sie hatte nicht darauf geachtet, und nun erst begriff sie, daß sich wirklich etwas in Rauch und Nebel aufgelöst hatte. Es hatte keinen Sinn, danach zu suchen, denn sie würde es nicht finden. Es hatte nicht einmal Sinn zu fragen, warum es verschwunden war, denn es gab keine Antwort. Warum dreht sich die Erde? Sie hätte ebensogut darüber nachdenken können.

»Markus?« sagte sie leise.

»Ja?« Er drehte sich um, und ihr wurde beinahe schwindelig vor Kummer über den Ausdruck von Hoffnung in seinen Augen. Nicht einen Tag lang hatte sie etwas Böses durch ihn erlebt. Auf einmal haßte sie sich, haßte die Welt, haßte das Leben. Sie brach in Tränen aus, hielt die Hände vor ihr Gesicht und schluchzte, merkte kaum, wie sich Markus auf ihr Bett setzte und sie in die Arme nahm, sie lehnte die Stirn an seine Schulter und weinte schwarze Wimperntusche in sein blütenweißes Hemd; sie weinte, bis ihr die Tränen vor Erschöpfung versiegten, und blieb auch dann noch stumm an Markus geschmiegt sitzen, zum letztenmal, wie sie wußte, in dieser Geborgenheit, die sie freiwillig aufgeben würde, weil sie in ihr nicht atmen konnte.

Felicia fand, derzeit stehe kein guter Stern über der Familie. Gerade hatte sie mit Alex telefoniert, die sehr deprimiert wirkte, jedoch nicht über ihre Probleme reden mochte. Kaum hatte sie das Gespräch beendet, griff Felicia erneut zum Hörer und wählte Chris' Nummer, ziemlich schuldbewußt, weil sie sich lange nicht bei ihm gemeldet hatte. Chris war daheim und klang ebenfalls deprimiert. Er schien über Simones Tod nicht hinwegzukommen, vergrub sich in seine Arbeit und ging jedem Vergnügen aus dem Weg. Nach den beiden Gesprächen dachte Felicia eine Weile über ihre Enkel nach. Sie hoffte, daß Chris sein Leben in den Griff bekommen würde; mehr und mehr erkannte sie, wie weich er war und wie grüblerisch veranlagt. Sicher ein Erbteil seiner Mutter. Früher hatte man das nicht so bemerkt, weil er ständig revolutionäre Reden schwang und sich provozierend unbürgerlich gab. In Wahrheit konnte er wohl keiner Fliege etwas zuleide tun.

Alex war härter. Aber sie hatte einfach den falschen Mann geheiratet, und aus dieser Tatsache sollte sie allmählich die Konsequenzen ziehen. Allerdings verstand Felicia, daß das nicht leicht sein würde, da es Markus ohnehin schlecht ging. Er war gestern bei ihr gewesen, weil Felicia seinen Rat in einer Bankangelegenheit gebraucht hatte, und er hatte ausgesehen, als habe er schon seit Wochen nicht mehr richtig geschlafen. Felicia war natürlich auch das Gerücht zu Ohren gekommen, er stehe kurz vor der Pleite, aber als sie ihn darauf ansprach, reagierte er äußerst unwirsch und wies derartige Behauptungen weit von sich. Es war nicht an ihn heranzukommen. Was würde er tun, falls Alex ihn verließe?

Felicia schenkte sich einen Cognac ein, trank ihn mit kleinen, genießerischen Schlucken, fühlte sich aber kaum belebt davon. Seit Anfang des Jahres war sie gesundheitlich nicht mehr auf der Höhe. Ihr Arzt hatte nichts feststellen können, hatte ihr nur gesagt, sie sei eben nicht mehr die Jüngste. »Sie haben sich phantastisch gehalten, Felicia, besser als viele andere. Es ist ein Wunder, daß Sie in Ihrem Alter noch so gesund sind. Aber Ihr Körper macht nicht mehr alles mit. Ihr Kreislauf schon gar nicht. Schonen Sie sich. Und geben Sie das Rauchen auf.«

Aber sie hatte von Jugend an geraucht, und sie dachte nicht

daran, es sich zu guter Letzt abzugewöhnen, nur um dem Leben ein oder zwei Jahre mehr abzutrotzen. Von irgendeinem Zeitpunkt an war es egal, ob es nun länger oder weniger lang dauerte. Den Tod, das wußte sie, mußte sie nun ohnehin täglich einkalkulieren. Sie fürchtete ihn wenig. Die meisten Menschen, die sie geliebt hatte, waren tot, zumindest die, die ihr Leben geteilt hatten. Mit ihren Enkeln war das anders. Sie liebte sie, aber von der Warte der alten, erfahrenen Frau aus, beschützend, wegweisend – und im Bewußtsein, daß sie den eigentlichen Weg mit ihnen nicht mehr würde gehen können. Und was wußten sie von ihr? Was sollte sie Alex von ihrem Leben erzählen, von den beiden Kriegen, von Wirtschaftskrise und Inflation, von Bomben, Hunger und Flucht? Was bedeuteten die Namen von einst einer jungen Frau von heute? Wie konnte sie den Schmerz erfassen, den Felicia noch heute empfand, wenn sie an ihren Bruder Christian dachte, der neunzehnjährig vor Verdun gefallen war? Für Alex war Christian ein Großonkel, den sie nie gekannt hatte, für Felicia ein dunkelhaariger, langbeiniger Junge, der nicht hatte leben dürfen. Erinnerungen dieser Art mit niemandem mehr teilen zu können, schien ihr die eigentliche Einsamkeit des Alters auszumachen.

Sie zündete sich eine Zigarette an, rauchte hastig, um nicht noch tiefer in die Stimmung zu sinken, die gerade die Klauen nach ihr ausstreckte. Sentimentale alte Frauen hatte sie früher nicht ausstehen können, und sie wollte keinesfalls eine von ihnen werden. Sie wandte den Blick vom Fenster ab, weil der windige, sonnige Maitag sie sehnsüchtig machte; der Himmel war heute hoch und gläsern, und die Wellen des Sees trugen kleine Schaumkronen. Und dieses Licht, das zwischen den Wolken herabfiel, Fetzen des Landes in Helligkeit tauchte, um im nächsten Moment wieder Schatten zu sein, erinnerte sie an Lulinn. Heute hätte sie sich ein Pferd gesattelt und wäre über die Wiesen geritten. Wenn sie die Augen schloß, spürte sie den Wind in ihrem Gesicht.

Sie zuckte zusammen, als es an der Haustür klingelte, wartete einen Moment, ob jemand öffnen würde, aber nichts rührte sich im Haus. Sergej lag bestimmt im Bett, eigentlich verließ er es inzwischen den ganzen Tag nicht mehr, und Nicola machte vielleicht einen Spaziergang. Die Putzfrau war wohl vor Stunden schon gegangen, Felicia registrierte erst jetzt, daß es schon fünf Uhr am Nachmittag war. Sie drückte ihre Zigarette aus, stellte das Glas ab und ging zur Tür. Sie öffnete, und vor ihr stand Maksim Marakow.

Er sah sie unsicher an. »Felicia?« fragte er zögernd.

Es waren fast vierzig Jahre vergangen, seitdem sie einander zuletzt gesehen hatten, und trotzdem erkannten sie einer den anderen sofort. In schwärzester Nacht hätten sie nicht aneinander vorbeigehen können, ohne daß die Dunkelheit ihr Gesicht verändert und ihnen angezeigt hätte, daß etwas Außergewöhnliches geschah.

Sie saßen in Felicias Arbeitszimmer und musterten einander verstohlen. Felicia dachte: Er ist krank. Er sieht nicht einfach wie ein alter Mann aus, er sieht aus wie ein kranker Mann. Er war immer mager, aber jetzt ist er zerbrechlich. Diese skelettdünnen Hände ... und wie stark man die Adern an seinen Schläfen sieht. Seine Haut scheint dünn wie seidenes Papier.

Er nahm sofort eine Zigarette, als sie ihm die Schachtel hinhielt. Nach einem tiefen Zug lehnte er sich zurück.

Es ist immer noch Felicia, dachte er, immer dieselbe. Noch wenn sie hundert Jahre alt ist, werde ich sie an diesen Augen erkennen, an diesem Lächeln, an der Art, wie sie dasitzt ...

Er unterbrach seine Gedanken. Wenn Felicia hundert sein würde, wäre er nicht mehr in der Lage, noch irgend etwas zu erkennen. Von Maksim Marakow war dann schon lange nichts mehr übrig.

»Seit wann bist du im Westen?« fragte Felicia.

»Seit ein paar Wochen erst. Ich war eine Zeitlang in Hamburg, dann bin ich nach München gekommen.«

»Machst du Urlaub vom Sozialismus?« Sie sah ihn aufmerksam an. »Oder bleibst du für immer im Westen?«

»Ja. Außer – es geschieht noch ein Wunder.«

»Bist du krank?«

Bei ihr brauchte er nicht lange herumzureden. Er war immer zu ihr gekommen, wenn er Schwierigkeiten gehabt hatte, und er hatte sie immer sofort auf den Tisch gelegt. »Ich habe noch etwa vier Monate zu leben«, sagte er, »im höchsten Fall sechs.«

Minutenlanges Schweigen folgte seinen Worten. Dann sagte Felicia: »Das ist nicht wahr.« Dabei wußte sie, daß er sie nicht belog.

»Wenn sich nicht alle Ärzte täuschen, ist es wahr«, sagte Maksim, »ich habe drei Spezialisten bei uns aufgesucht, die sich einig waren. Und ich war jetzt in Hamburg bei zwei Professoren. Ihre Diagnosen stimmen mit denen der anderen überein.«

»Was hast du?«

»Krebs. Metastasen in allen wichtigen Organen. Es ist nichts mehr zu machen.«

Felicia griff nach der Cognacflasche. »Ich brauche jetzt etwas zu trinken, du auch?«

Maksim nickte. Felicia schenkte ihnen beiden ein.

»Seit wann weißt du es?«

»Es geht schon ziemlich lange. 1977 haben sie zum erstenmal einen Tumor im Magen entdeckt und operiert. Danach schien die Gefahr gebannt. Anfang letzten Jahres bekam ich wieder Schmerzen, der Tumor war wieder da, obwohl ich die kritische Fünfjahresgrenze überstanden hatte. Sie operierten wieder. Im Herbst letzten Jahres, bei einer Nachuntersuchung, stellten sie dann fest, daß die Geschichte sich ausgebreitet hat. Darm, Bauchspeicheldrüse, Leber ... nichts ist verschont geblieben. Sie sagten, alles was sie noch tun könnten, wäre, mir das Sterben zu erleichtern.«

»Aber du hast gehofft, hier im Westen jemanden zu finden, der dir doch noch helfen kann?«

Maksim lächelte, und es war dasselbe hilflose Lächeln, das er schon als junger Mann gehabt hatte, wenn er beim Abweichen vom sozialistischen Pfad ertappt wurde. »Es wäre konsequenter gewesen, drüben zu bleiben, ich weiß. Es war nur ... ich war sehr allein drüben, und ich ...« Er sprach nicht weiter. Er wußte um die Gefühle, die Felicia ein Leben lang für ihn gehegt hatte, und dachte, sie müsse es als bittere Ironie empfinden, wenn er ihr nun als einundneunzigjähriger Mann erklärte, die Sehnsucht nach ihr habe ihn in den Westen getrieben. Es wäre die Wahrheit gewesen, aber es schien ihm zu unpassend.

»Wo wohnst du?« fragte Felicia.

»In München. Im Carlton.«

»Du wirst hier einziehen.«

Maksim schüttelte den Kopf. »Das wäre nicht gut. Wir beide unter einem Dach – das endete immer in einem Fiasko.«

»Wir sind aber inzwischen ein bißchen älter und reifer geworden.«

»Mir wäre es anders lieber.«

Sie verstand nicht. »Dir wäre es lieber, wir wären jünger?«

Maksim lachte. »Das auch. Aber ich meinte, mir wäre es lieber, im Hotel zu wohnen.«

»Hast du Geld?«

»Für sechs Monate Leben und ein anständiges Sterben reicht es.«

Felicia sah ihn an, dann stand sie hastig auf. »Ach, Maksim, verdammt«, flüsterte sie.

Auch Maksim erhob sich, so schwerfällig und zittrig, daß Felicia gereizt dachte, wie, zum Teufel, will er das schaffen, allein in einem Hotel zu wohnen? Warum kommt er nicht hierher, wo er es bequem hat?

»Es ist schon verrückt«, sagte Maksim leise, »da ist man so alt geworden, und immer noch fällt es so schwer, loszulassen.«

»Ich weiß«, sagte Felicia. Dann trat sie auf ihn zu, umarmte ihn und versuchte ihr Erschrecken über seine Magerkeit zu verbergen. Sie fühlte jede einzelne seiner Rippen, seine Hüftknochen, seine spitzen Schultern. Er benutzte ein sehr gutes Rasierwasser, und doch meinte Felicia, Krankheit und Todesnähe atmen zu können. Irgend etwas würgte sie in ihrer Kehle, aber sie hatte seit zwanzig Jahren nicht mehr geweint, und sie würde es jetzt auch nicht tun.

Das Läuten des Telefons rettete sie. Wie sonst hätte sie Maksim wieder loslassen können? Sie trat an ihren Schreibtisch, nahm den Hörer ab. »Lavergne.« Dann lauschte sie, und ihre Augen wurden immer größer. Aufgeregt sagte sie: »Ja, natürlich. Ihr kommt sofort hierher. Natürlich ... das ist doch selbstverständlich. Man soll euch die Reisekosten auslegen, ich begleiche das dann.«

Sie legte auf. »Nicola wird der Schlag treffen«, sagte sie.

»Was ist denn passiert?« fragte Maksim.

»Es ist nicht zu glauben. Euer gelobtes Land jenseits der Mauer leert sich langsam, Maksim. Das war Julia, die Tochter meiner Kusine Nicola. Sie ist mit ihren beiden Kindern über die tschechische Grenze geflüchtet und hat jetzt von irgendeiner kleinen Pension in Regensburg aus angerufen.«

»Ist das nicht die Familie, deretwegen mich dein Enkel in Berlin aufgesucht hat?«

»Ja.«

»Gab es da nicht auch noch einen Mann?«

»Richard. Den hat Julia offenbar zurückgelassen.«

Maksim mußte lachen, sein ausgemergeltes Gesicht wirkte etwas lebendiger. »Das ist typisch. Daran erkennt man die Verwandtschaft. Genauso habt ihr Frauen in dieser Familie es immer mit den Männern gemacht.«

Nach einem kurzen Zögern stimmte Felicia in sein Lachen ein. Sie wußte, er hatte recht. Was sie betraf, ließ sich die These nur in einem Punkt nicht halten: Maksim gegenüber war sie Wachs gewesen. Immer. Ihn hätte sie nicht im Stich gelassen, und wenn es sie das Leben gekostet hätte. Und sooft er fortgegangen war von ihr, sooft hatte sie ihn mit offenen Armen wieder aufgenommen.

Es sah nicht so aus, als habe sich bis heute etwas daran geändert.

# 5

Clarissa kehrte vom Einkaufen zurück und sah schon von weitem, daß Ernst Grubers Wagen in der Garageneinfahrt ihres Hauses stand. Sie stieß einen Fluch aus. Tag und Nacht kreuzte er bei ihr auf, meist per Taxi, aber manchmal ließ er alle Vorsicht außer acht und kam mit dem eigenen Auto. Er verrannte sich in die Geschichte mit ihr, wurde in einem Ausmaß abhängig, daß ihm sein Status, sein Ansehen gleichgültig zu werden begannen. Nach Clarissas Erfahrung wurde man solche Männer kaum mehr los. Sie drohten mit Selbtmord oder übten Telefonterror aus, lauerten einem vor der Haustür auf, stießen Beschimpfungen oder Drohungen aus. Gruber war der Typ, der alle Register ziehen würde.

Da er keinen Schlüssel hatte, kauerte er ziemlich unbequem in der Hollywoodschaukel auf der rückwärtigen Terrasse. Er sprang sofort auf, als Clarissa die Wohnzimmertür öffnete. »Clarissa! Endlich! Ich warte schon seit einer Stunde!«

»Ich war einkaufen. Außerdem habe ich dir schon so oft gesagt, du sollst anrufen, bevor du kommst. Zieh deine Schuhe aus, ich habe keine Lust, nachher zu putzen.«

Ernst tat, was sie sagte, und kam auf Socken ins Wohnzimmer.

»Die Sonne täuscht«, sagte er, »es ist recht kühl.«

Clarissa antwortete nicht, sondern verschwand in der Küche, um ihre Einkäufe auszupacken. Ernst folgte ihr. »Kann ich etwas zu trinken haben? Einen Sherry vielleicht?«

»Findest du nicht, es ist etwas zu früh dafür?«

»Nur einen Schluck. Bitte.«

»Du weißt, wo der Sherry ist, dann nimm dir halt etwas.« Clarissa war nicht bereit einzulenken und ihren gereizten Ton aufzugeben.

Sie ging ins Wohnzimmer, wo Ernst in devoter Haltung auf dem Sofa saß und an seinem Sherry nippte. Clarissa fand, er sähe lächerlich aus ohne Schuhe. Außerdem war er richtig fett inzwischen.

»Müßtest du nicht in deinem Büro sein?« fragte sie. »Was tust du, wenn deine Frau jetzt dort anruft, und kein Mensch hat eine Ahnung, wo du bist.«

»Meine Frau ruft nicht an. Ihr ist es egal, was ich tue, solange ich ihren Lebensstandard halte. Möchtest du auch einen Sherry?«

»Nein.«

»Irgend etwas anderes?«

»Nein.« Sie seufzte. »Ich wollte jetzt eigentlich ein Bad nehmen, Ernst.«

»Gern. Ich mache mit.«

»Ich will allein baden. Ich will überhaupt allein sein. Versteh das bitte. Ich habe Kopfweh.«

»Bist du krank?«

»Man kann doch einmal Kopfweh haben, ohne krank zu sein, oder?«

»Natürlich. Aber ich denke ... ich habe etwas, was dein Wohlbefinden steigert.« Ernst hatte vorgehabt, seinen Trumpf erst viel später auszuspielen, aber er sah ein, daß es kein Später geben würde, wenn er nicht gleich damit aufwartete.

Clarissa sah ihn an. »Was ist es? In der letzten Zeit hast du mir so viel Schmuck geschenkt, daß es mir schon peinlich wird.«

»Diesmal habe ich keinen Schmuck. Ich habe etwas Besseres.« Er nahm einen langen Schluck von seinem Sherry. »Diesmal serviere ich dir Markus Leonbergs Kopf!«

Clarissas Blick wurde aufmerksamer, aber noch keineswegs freundlich. »Bitte nicht so theatralisch, wir sind hier nicht in einer Seifenoper. Was genau meinst du?«

»Leonberg ist am Ende. Ich werde ihm morgen mitteilen, daß meine Bank ihm alle Kredite kündigt.«

»Das geht?«

»Und wie das geht. Weißt du, was Leonberg gemacht hat? Das Blödeste, was man in seiner Situation tun kann. Um seine horrenden Zinsen an uns bezahlen zu können und in der Hoffnung, sein marodes Geschäft wieder in die Höhe zu bringen, ist er zu so einem Kredithai gegangen!«

Clarissa hielt den Atem an. »Ach!«

Ernst sonnte sich in ihrem Staunen. »Ich habe ihm gewissermaßen den Tip dazu gegeben. Als er vor ein paar Monaten bei mir aufkreuzte und noch einmal Geld wollte, habe ich ihm gesagt, daß ich ihm beim besten Willen nichts mehr geben kann. Er meinte, er werde es bei einer anderen Bank versuchen, aber er wußte im Grunde selber, daß ihm niemand mehr etwas gibt. Er hat ja auch keinerlei Sicherheiten mehr. Ich sagte: ›Jetzt können Sie nur noch zu einem Kredithai!‹ und lachte dabei. Niemand kann behaupten, ich hätte ihn dorthin geschickt, nicht wahr? War ja nur ein Scherz. Aber was macht Leonberg? Geht schnurstracks zu einem solchen Typen und nimmt ein beträchtliches Darlehen auf. Mit Zinsen, die wirklich verbrecherisch sind.«

»Hat er dir das erzählt?«

»Wo denkst du hin? So blöd ist er nun auch nicht. Aber es gibt Dinge, die sprechen sich herum. Vor drei Tagen hab' ich von der Geschichte erfahren. Mußte natürlich den Bankvorstand informieren. Dort war man entsetzt. Leonberg verstößt damit gegen seine Vereinbarungen mit uns. Wir haben nun jedes Recht und jeden Grund, ihm sofort alle Kredite zu kündigen.«

»Weiß er es schon?«

»Ich glaube nicht. Er weiß natürlich, daß er morgen früh einen Gesprächstermin bei mir hat, aber ich nehme an, er denkt, es geht um seine Zahlungsrückstände. Er wird mir wieder irgendwelche langen Geschichten erzählen wollen, von seinen Plänen, und wie er alles in den Griff kriegen wird, und daß er nur noch etwas Zeit braucht, und so weiter. Und dann«, Ernst lachte, »dann hole ich zum letzten Schlag aus!«

Clarissa holte sich ein Glas und nahm nun doch einen Sherry. Ihre Hände zitterten leicht. Fast dreißig Jahre hatte sie auf diesen Moment gewartet, und nun traf er sie überraschend. Manchmal hatte sie schon geglaubt, die Falle werde nie mehr zuschnappen. Sie hatte auch begriffen, daß sie Ernst nicht so einfach dazu bringen konnte, Markus in den Abgrund zu stürzen. Ernst war ihr überaus ergeben, aber er hatte seine Grenzen;

er konnte nicht mit dem Finger schnippen und schon war ein Kunde seiner Bank ruiniert. Was er hatte tun können, hatte er getan, indem er Markus' Kredite auf unverantwortliche Weise überdehnte. Aber letztlich hatte man abwarten müssen, daß Leonberg sich sein Grab selber grub. Immer war da die Möglichkeit gewesen, daß er sich erholte, daß er auf seinem irrsinnigen Weg stehenblieb. Clarissa hatte oft den Atem angehalten.

Und nun also war es soweit. Sie wartete auf ein Gefühl des Triumphes, aber es stellte sich nicht ein. Sie hatte gedacht, eine Nachricht wie diese müßte ein Feuer in ihr entzünden und sie fortan auf Wolken schweben lassen. Statt dessen strömte Müdigkeit in sie ein, nistete bald in jedem Winkel ihres Körpers und machte ihre Glieder schwer wie Blei. Es war eine Müdigkeit, die sich über Jahre angestaut hatte und von ihr nicht bemerkt worden war. Zum erstenmal dämmerte ihr nun, daß sie womöglich in der ganzen Geschichte niemals Befriedigung finden könnte.

Noch mehr als vor wenigen Minuten wünschte sie, Ernst würde verschwinden. Aber natürlich dachte er gar nicht daran. Er strahlte sie an, erwartungsvoll, was sie zu dieser großartigen Nachricht sagen würde. »Ist das nicht phantastisch?« fragte er.

»Ja«, sagte Clarissa langsam, »es ist ein Sieg.«

»Du hast es dir doch schon lange gewünscht. Bist du glücklich?«

O Gott, sie wollte allein sein. Allein mit den Erinnerungen, die nun wieder über sie herfielen. Ihr Vater. Sie sah, wie er dahinsiechte, vor ihren Augen, wie er weniger wurde jeden Tag, wie ihn die Sorgen ausmergelten und wie qualvoll er litt, weil sie alle ihn für verrückt hielten und ihn das deutlich spüren ließen. »Der verrückte Maler.« Niemand gab sich Mühe, ihm Verständnis entgegenzubringen. Ihr Vater. Aufgetaucht aus dem Nichts, als sie schon nicht mehr glaubte, einen Vater zu haben, wie ihre Freundinnen und Freunde.

Als er dann starb, als er sich erschossen hatte, da war ihr kaum Zeit zum Trauern geblieben. Sie war von der Schule abgegangen und hatte angefangen in einem Büro zu arbeiten, um sich und ihre Mutter durchzubringen. Trotzdem reichte das Geld nicht, nie. Von all den Sorgen und Entbehrungen gequält, begann nun auch die Mutter zu kränkeln. Von irgendeinem Zeitpunkt an kreisten Clarissas Gedanken nur noch um Geld. Sie hätte ihre Seele verkauft, um an Geld zu kommen, und was sie dann schließlich verkaufte, war ihr Körper. Sie war sechzehn, als sie zum erstenmal mit einem Mann für Geld schlief; er war ihr Chef, und sie wurde über vier Jahre seine feste Geliebte. Ihre Mutter brauchte nicht mehr zu arbeiten, und sie konnten in eine schönere, hellere Wohnung ziehen.

Als Clarissa zwanzig war, starb die Mutter an einer Lungenentzündung, und Clarissa trennte sich von ihrem Chef, dessen Frau ihnen auf die Schliche gekommen und das Ende der Beziehung gefordert hatte.

Sie ging nach München und hatte bald ihren Kreis fester Kunden. Die Kerle ekelten sie an, aber sie biß die Zähne zusammen und kassierte. Irgendwann lernte sie Ernst Gruber kennen. Er kam schon fast ein halbes Jahr lang regelmäßig zu ihr, als sie zufällig von seiner Bekanntschaft mit Markus Leonberg erfuhr; Ernst erwähnte ihn, weil er zu einem Abendessen bei ihm eingeladen war. Elektrisiert hatte Clarissa nachgefragt und war dahintergekommen, daß Markus Kunde bei Grubers Bank war. Von diesem Moment an hatte ihr Leben wieder einen Sinn gehabt. Das Schicksal hatte für sie gearbeitet und ihr die entscheidenden Fäden in die Hände gespielt, sie mußte sie bloß noch richtig sortieren.

Clarissa konnte nicht länger in Ernsts siegesfrohes Grinsen blicken. Sie stand auf und sagte: »Du hast das sehr gut gemacht, Ernst. Ich bin glücklich, und ich bin sehr stolz auf dich.«

Auch Ernst erhob sich nun. Sein teurer Anzug kaschierte seinen dicken Bauch einigermaßen, aber er sah einfach zu lächerlich aus in seinen grauen Socken. »Du siehst gar nicht so glücklich aus«, stellte er fest.

»Es geht mir heute nicht so gut. Vielleicht bekomme ich eine Erkältung. Am liebsten würde ich mich hinlegen.«

»Das würde ich auch am liebsten tun, mein Engel.«

»So habe ich es nicht gemeint. Ernst, ich will allein sein. Ich muß allein sein!« Sie strich mit dem Finger über seinen Arm. »Bitte, versteh mich. Ich bin dir dankbar, aber es ist alles zuviel für mich. Komm morgen abend wieder, ja? Dann werden wir feiern. Wir trinken Champagner und zünden den Kamin an. Und du erzählst mir, was Leonberg gesagt hat – und wie der Ausdruck in seinen Augen war.«

Das waren die Worte, die Ernst hören wollte, aber es war nicht, was Clarissa empfand. Sie fühlte sich nur leer und ausgebrannt. Es interessierte sie schon nicht mehr, wie Leonberg reagieren würde; eher hätte sie wissen wollen, ob ihr Vater mitbekam, was geschah, und was er davon hielt. Aber weder hatte sie Lust, zu Ernst davon zu sprechen, noch glaubte sie, daß er sie verstehen würde. Sie wollte nur, daß er ging. Als er sich endlich aufgerafft hatte, schloß sie die Tür mit Nachdruck hinter ihm und lehnte sich von innen dagegen, als wolle sie sicherstellen, daß er nicht plötzlich wieder hereinkäme.

Fast lautlos begann sie zu weinen.

Markus hatte die ganze Nacht über nicht geschlafen. Ein warmer Föhnsturm jagte wieder einmal über den See und rauschte in den Bäumen. Er war wie gerädert am Morgen und merkte beim Aufstehen schon, daß er Kopfschmerzen bekommen würde. Draußen schien die Sonne, die Berge zeichneten sich weiß und klar am südlichen Horizont ab, und die Luft war sehr warm. Der Föhn würde ihm den Rest geben. Solange Markus inzwischen auch in Oberbayern lebte, an den Föhn hatte er sich in all den Jahren nicht gewöhnen können. Caroline, knapp über ein Jahr alt, hatte ihn gehört und kam ins Bad, wo er sich gerade rasierte. Seit zwei Monaten lief sie – schwankend und voller Stolz. Er fand, daß seine Tochter hinreißend hübsch zu werden versprach, obwohl er sich manchmal sagte, daß das wohl alle Väter dachten. Caroline war ihm viel ähnlicher als ihrer Mutter. In ihr war das Erbe dieser kühlen, beängstigenden, grauen Augen endlich abgerissen, sein eigenes sanftes Grün schaute ihn aus dem pausbäckigen Babygesicht an. Ihr blondgesträhntes Haar hatte die Farbe von dunklem Honig. Caroline trug noch ihren blauen Schlafanzug und roch nach etwas Süßem, Vertrautem – es erinnerte ihn an Vanillepudding –, als er sie nun hochnahm und an sich drückte. Sie küßte ihn auf ihre energische, besitzergreifende Art, und zum erstenmal ging Markus auf, daß mit der Trennung von Alex ihm vielleicht auch das Kind genommen würde. Alex war weiß Gott alles andere als eine überschwengliche Mutter, doch Markus bezweifelte, daß sie ihre Tochter ohne Schwierigkeiten hergeben würde. Ihm selber aber schien das Leben ohne Caroline undenkbar.

Er setzte Caroline wieder ab und gab ihr ihre Schwimmtiere, mit denen sie nun auf dem Fußboden spielte. Als er fortfuhr, sich zu rasieren, betrachtete er sein blasses, müdes Gesicht im Spiegel. Er hatte verloren. Sein Vermögen, seine Frau, womöglich sein Kind. Es hatte keinen Sinn, darüber nachzudenken, wie das hatte geschehen können. Brennender war die Frage: Wie sollte er es ertragen?

Er zog sich an, überaus sorgfältig. Dunkelblauer Anzug, Designerkrawatte in gedeckten Farben, passendes Einstecktuch, goldene Manschettenknöpfe. Mit seinen grauen Haaren und der aufrechten Haltung sah er entwaffnend seriös aus. Erfolgreich, zuverlässig – ein Mann, dem man vertrauen konnte. Bankdirektor Ernst Gruber allerdings würde er leider nichts mehr vormachen können.

Ein paar Sekunden war er versucht, Alex in Kampen anzurufen, einfach, um ihre Stimme zu hören, um ihr zu sagen, daß er einen schweren Gang vor sich hatte. Aber er selber hatte den Vorschlag gemacht, sie beide sollten nicht miteinander sprechen, während Alex dort oben über die Zukunft nachdachte. Jetzt reute es ihn, aber er mochte nicht schwach werden, vor allem wollte er sie nicht unter Druck setzen. Sie mußte frei entscheiden.

Nachdem er Caroline dem Kindermädchen übergeben hatte,

verließ er das Haus. Ein wunderbarer Frühsommertag empfing ihn, warm und klar, voller Blütenduft. Vom See her kam ein feuchter, frischer Geruch. Wieder einmal überwältigte ihn ein Gefühl von Zorn und Hilflosigkeit. Sie hätten so glücklich sein können hier, er und Alex und Caroline. Und das Kind, das Alex verloren hatte.

Unterwegs im Auto bekam er einen so heftigen Migräneanfall, daß er anhalten und zwei Tabletten schlucken mußte.

Ernst Gruber merkte sofort, daß Leonberg am Ende seiner Kraft war. Er war kalkweiß und hatte einen feinen Film von Schweiß auf der Stirn. Anscheinend wußte er selber, daß er wie ein Gespenst aussah, denn er sagte als erstes entschuldigend: »Ich leide sehr unter dem Föhn. Ich fürchte, man sieht es mir an.«

»Das bayerische Klima ist für viele Menschen ein Problem«, erwiderte Gruber und bot Markus einen Stuhl an. Ein paar Minuten unterhielten sich die Männer über das Wetter, Ernst Gruber in leichtem Plauderton und durchaus nicht erpicht darauf, schnell zum eigentlichen Thema des Treffens zu kommen, Markus hochgradig angespannt und kaum in der Lage, seiner Stimme einen normalen Klang zu geben.

Schließlich packte Ernst das heiße Eisen an. »Ich weiß nicht, ob Sie sich denken können, weshalb ich Sie zu mir gebeten habe, Herr Leonberg?«

»Meine Zinszahlungen . . .«

». . . sind im Rückstand, ja. Angesichts der Höhe Ihrer Kredite kommt da schnell eine ganz beachtliche Summe zusammen. Aber das ist nicht der eigentliche Grund, weshalb ich Sie sprechen wollte.«

Markus sah ihn fragend an. Sein Kopfschmerz, durch das Medikament eingedämmt, wurde wieder stärker.

Ernst registrierte erstaunt, wie schwer es ihm fiel, fortzufahren. In den letzten Tagen hatte er sich diese Szene immer wieder genüßlich ausgemalt, aber das hatte wohl mit Clarissa zu tun und mit seinem heftigen Bestreben, ihr Wohlwollen zu erringen. Ihm selber schmeckte der Triumph in diesem Moment überhaupt nicht.

»Herr Leonberg«, sagte er vorsichtig, »wir wissen, daß Sie außerhalb unserer Bank einen weiteren Geldgeber aufgesucht und eine größere Summe von ihm geliehen haben.«

Markus wurde noch eine Schattierung bleicher. »Was heißt ›wir wissen‹?«

»Ich mußte den Vorstand davon unterrichten. Ich selber habe es ... nun, Geschichten dieser Art sprechen sich herum. Ich nehme an, Sie streiten die Sache nicht ab?«

»Nein.«

»Herr Leonberg, ich mußte damit zum Vorstand gehen«, sagte Ernst Gruber und fragte sich im stillen, weshalb er das Bedürfnis verspürte, sich gegenüber Markus zu rechtfertigen, »im Zweifelsfall hätte es mich sonst meinen Kopf gekostet.«

»Ich verstehe«, sagte Markus tonlos.

»Wie konnten Sie das nur tun? Sie mußten uns gegenüber eine Kreditoffenbarung leisten und versichern, daß Sie außer den Krediten bei unserer Bank keine weiteren laufen haben. So leid es mir tut, Sie haben in eklatanter Weise gegen unsere Vereinbarung verstoßen.«

»Ich ...«

»Sie hätten wissen müssen, daß die Geschichte auffliegt. Ganz abgesehen davon: Es ist Wahnsinn, was Sie da tun. Ich kenne den Mann, zu dem Sie gegangen sind. Er ist gnadenlos. Er macht Sie fertig und zuckt mit keiner Wimper dabei.«

»Bitte«, sagte Markus, »sagen Sie mir, welche Konsequenzen Sie ziehen werden.«

Gruber sah ihn nicht an. »Es bleibt uns nichts anderes übrig. Wenn Sie nicht innerhalb der nächsten acht Tage alle ausstehenden Zahlungen begleichen, werden wir Ihnen die Kredite kündigen. Ich kann Ihnen versichern, daß wir jedes Recht dazu haben.«

Vollkommene Stille herrschte nach diesen Worten. Markus starrte an ihm vorbei zur Wand, als sei dort etwas Faszinierendes zu sehen. Man hörte nur das Summen der Klimaanlage.

»Wissen Sie, ich ...« begann Ernst. Markus löste seinen Blick von der Wand und sah den Bankdirektor an. »Sie wissen ganz genau, daß ich eine solche Summe nicht innerhalb von acht Tagen auftreiben kann. Alle Kredite, dazu die ausstehenden Zinsen, das ist ...«

»Ich fürchte, Sie könnten sie auch in acht Wochen nicht auftreiben. Keine seriöse Bank wird Ihnen so viel Geld geben. Sicher, Sie haben Immobilienbesitz. Aber der wird Ihnen höchstens zu fünfzig Prozent beliehen. Ich habe ihn zu neunzig beliehen. Das heißt, in keinem Fall würden Sie an meine Kredithöhe herankommen. Ohnehin – Sie stehen bei allen Banken längst auf der schwarzen Liste, Herr Leonberg.«

»Herr Gruber, ich bin erledigt, wenn Sie mir jetzt die Kredite kündigen.«

»Ich kann nichts anderes tun. Glauben Sie mir, es fällt mir schwer genug.«

»Können Sie mir die Frist verlängern?«

Ernst seufzte tief. Warum versuchten sie immer alle, den Todeskampf noch hinauszuzögern? »Ich sehe nicht, daß Ihnen das etwas bringt. Im äußersten Fall kann ich sagen, statt acht Tagen zwei Wochen.«

Markus erhob sich. »Das ist nicht viel, aber ... trotzdem danke.«

Auch Ernst stand auf. »Ich hoffe, Sie nehmen mir diese Angelegenheit nicht persönlich übel. Im Interesse meiner Bank ...«

»Das sagten Sie schon«, unterbrach Markus, »ja, ich weiß.«

Sie gaben einander die Hand. Die von Markus war eiskalt. Ernst konnte nicht umhin, ihm einige Bewunderung zu zollen. Er hatte Männer in ähnlichen Situationen erlebt, die ihn angefleht und angebettelt hatten, die ihm das Unmöglichste versprachen, wenn er ihnen eine Chance geben würde. Leonberg hingegen hatte seine Emotionen gut im Griff. Nur sein aschfahles Gesicht verriet ihn, und das nervöse Zucken des rechten Augenlids.

Nachdem er gegangen war, wollte Ernst sofort zum Telefonhörer greifen und Clarissa anrufen, aber er tat es dann doch nicht. Die Szene gerade eben war ihm an die Nieren gegangen, und er mußte erst einmal einen Schnaps trinken.

## 6

Dan stieg in Hamburg aus dem Flugzeug und hätte im selben Moment am liebsten sofort die nächste Maschine zurück nach München genommen. Er fragte sich, wie er auf die verrückte Idee hatte kommen können, Alex in Kampen besuchen zu wollen. Vermutlich würde sie ganz perplex sein, wenn er plötzlich vor ihrer Haustür stünde. »Ich wollte einfach nach dir sehen, ich machte mir Sorgen, nach allem, was . . .«

Ihm wurde heiß, wenn er sich sein Gestottere ausmalte.

Er nahm ein Taxi nach Altona, stieg dort in den Intercity nach Westerland. Die Saison hatte noch nicht begonnen, entsprechend reisten wenig Leute in den Norden. Dan hatte ein Abteil für sich alleine. Er hatte sich ein paar Bücher mitgenommen, merkte aber sehr schnell, daß er sich nicht aufs Lesen konzentrieren konnte. Er starrte aus dem Fenster, ließ seinen Gedanken freien Lauf.

Er würde Claudine sagen müssen, daß er sich von ihr trennen wollte. Sie würde es nicht verstehen, wäre tief verletzt. Aber er liebte Alex, liebte sie unvermindert wie am ersten Tag, und er konnte diese Gefühle nicht mehr verdrängen. In jener Nacht im Hotel waren sie wieder in ihm aufgebrochen. Plötzlich hatte es für Dan keinen Sinn mehr, so tun zu wollen, als habe er zu einer kameradschaftlichen Freundschaft mit dieser Frau gefunden. Die Verdrängung funktionierte nicht mehr, um so weniger, als es eben keine Hirngespinste waren, wenn er sich ausmalte, wie es war, sie in den Armen zu halten; es war eine Wirklichkeit, die er gekannt hatte. Er wußte, wie sich ihre Haut anfühlte, ihre Lippen, ihre Haare. Er kannte ihren Geruch, kannte ihre Hände auf seinem Körper, wußte, wie sich ihre Stimme veränderte, wenn sie Worte sagte, die sie bei Tag nie ausgesprochen hätte.

All die Jahre hatte er es sich nicht einzugestehen gewagt, welch unveränderlich starkes sexuelles Verlangen er nach Alex hatte. Nichts auf der Welt wollte er so sehr wie ihren Körper streicheln, küssen. Er wollte in sie eindringen und spüren, wie er zu den Sternen emporgeschleudert wurde, spüren, wie sie reagierte, antwortete, wie sich sein Feuer auf sie übertrug.

Aber würde er ihr seine Gefühle und seine Entschlossenheit zeigen können? Würde er ihr sagen, was er empfand? Könnte er hoffen, daß sie es von selber spürte? Hoffen, daß eine Situation eintrat, in der sie von denselben Empfindungen überwältigt würde? Er versuchte, darüber nicht nachzudenken, denn ihm war klar, daß er das hier in diesem Zugabteil sitzend nicht entscheiden konnte. Er würde es wissen, wenn er ihr gegenüberstünde, oder er würde es nie wissen.

Bei seinem Abflug in München hatte er sich noch einigermaßen sicher gefühlt, sicher auch, was Markus Leonberg betraf. Irgend etwas in dieser Ehe stimmte nicht, das merkte er seit langem. Als letztes und durchschlagendes Indiz hatte er die Tatsache genommen, daß sie Markus' Kind hatte abtreiben lassen – ohne daß er überhaupt von ihrer Schwangerschaft wußte. Doch auf einmal kam er sich idiotisch vor. Alex hatte eine Entscheidung gefällt, die für beide auch einen Neuanfang mit sich bringen könnte.

Sie fuhren durch eine einsame, aber an diesem Tag kaum melancholische Landschaft. Höfe aus roten Klinkersteinen tauchten auf, duckten sich tief unter behäbige Reetdächer. Die Atmosphäre dieses Landstrichs berührte Dan eigenartig stark. Durch seine vielen Reisen, die er vor allem in seiner Studienzeit unternommen hatte, war er verwöhnt, was Natur und landschaftliche Schönheit betraf, aber was er hier sah, ging ihm nah. Er konnte sich vorstellen, daß man hier friedlich und gelassen werden könnte, nur bei ihm heute gelang das nicht.

Als der Zug in Niebüll, der letzten Station auf dem Festland, einlief, fühlte sich Dan so wenig selbstsicher wie selten in seinem Leben.

Alex kehrte vom Strand zurück, durchgepustet vom Wind, mit zerzausten Haaren und roten Backen. Anja, die Haushälterin, sah es mit Zufriedenheit.

»Herr Leonberg wird sich wundern, wie gut Sie sich hier erholt haben«, sagte sie, »nur ein paar Pfund mehr müssen Sie noch auf die Rippen kriegen. Ich habe Ihnen ein schönes Abendessen vorbereitet, Sie müssen es sich später nur noch warm machen.«

»Danke, Anja. Vermutlich ist es wieder so viel, daß zwei Kompanien damit versorgt werden könnten.«

»Ach was! Das kommt nur Ihnen so vor, weil Sie immer wie ein Spatz essen.« Anja griff nach dem Korb, in dem sie jeden Morgen bergeweise Lebensmittel ins Haus schleppte. »Wenn Sie mich nicht mehr brauchen, gehe ich dann. Mein Mann kommt heute etwas früher, und ich will noch kochen.«

»Natürlich. Gehen Sie nur.« Alex schloß die Tür hinter der Frau und zog ihre Strandklamotten, Turnschuhe, Jogginghose und einen leichten Anorak, aus. So warm die Sonne schien, direkt an der Brandung wehte ein frischer Wind.

Sie lief ins Bad hinauf, zog sich aus und stellte sich unter die Dusche, genoß den Luxus, heißes Wasser und viel Schaum über ihren Körper laufen zu lassen. Danach hüllte sie sich in einen Frotteemantel und fönte ihre Haare halbwegs trocken. Im Spiegel stellte sie fest, daß sie tatsächlich anfing, gesünder auszusehen, trotz ihrer chronischen Blässe.

Es war kurz nach sechs. Sie beschloß, sich etwas zu trinken zu holen und sich auf die Terrasse in die Abendsonne zu setzen. Seitdem zwischen ihr und Markus Klarheit herrschte, fühlte sie sich unendlich befreit, und sie war ihm dankbar, daß er sich daran hielt, nicht anzurufen. Jeder einzelne Tag, den sie hier in dieser Abgeschiedenheit verbrachte, gab ihr Ruhe, Kraft und Gesundheit zurück.

Sie mischte sich einen Wodka mit viel Zitronensaft und Eis und wollte gerade mit dem Glas in der Hand das Wohnzimmer durchqueren, als es an der Haustür klingelte. Einen Moment zögerte sie, ob sie öffnen sollte, aber dann tat sie es doch.

Dan stand vor ihr, in Jeans und grauem Jackett, eine Reisetasche in der Hand. »Guten Abend, Alex«, sagte er.

Perplex starrte sie ihn an.

Dan lächelte. »Hast du noch so ein Getränk wie das, was du da in der Hand hältst?«

Alex merkte, daß sie das Glas wie ein Mikrofon umklammert hielt.

»Entschuldigung«, sagte sie, »komm doch herein.«

Er folgte ihr ins Wohnzimmer.

»Setz dich. Ich hole dir etwas.« Barfuß tappte sie in die Küche und kehrte kurz darauf mit einem zweiten Glas zurück. Als sie es ihm reichte, bemerkte er, daß sie wunderbar frisch und nach einer besonders guten Seife roch. »Ich hoffe, ich störe dich gerade nicht zu sehr«, sagte er.

»Überhaupt nicht. Du hast bloß das Pech, mich in der letzten Zeit immer ungeschminkt und unzureichend bekleidet anzutreffen.«

»Das halte ich für ein Privileg.«

Alex setzte sich ihm gegenüber. »Dann bleibe ich, wie ich bin. Auf dein Wohl, Dan!«

Sie tranken beide. Dann fragte Alex: »Bist du zufällig hier?«

»Nein.« Dan hoffte, er würde endlich aufhören, sich so schrecklich einfältig zu fühlen. »Ich wollte sehen, ob es dir wieder gutgeht.«

»Dafür reist du von München nach Sylt?«

»Ja.«

»Und was stellst du fest?«

»Du siehst sehr gut aus. Sehr gesund, sehr attraktiv.«

Sie sahen einander an. Alex hatte den veränderten Klang seiner Stimme wahrgenommen. Etwas schien zurückzukehren ... etwas, das vor langer Zeit einmal gewesen war und aus unerklärlichen Gründen plötzlich geendet hatte.

Befangen fragte sie: »Wirst du länger bleiben?«

»Vielleicht ein paar Tage. Aber keine Sorge, ich gehe dir nicht auf die Nerven. Ich werde ausschlafen und lange Spaziergänge machen, und dich völlig in Ruhe lassen.«

»Aber ich freue mich ja, wenn ich Gesellschaft habe. Zum Beispiel heute abend. Wir könnten zusammen essen. Die Haushälterin hat etwas vorbereitet, und das bedeutet immer, daß mindestens zehn Leute davon satt werden könnten.«

»Diese Einladung nehme ich gern an«, sagte Dan, »nur sollte ich mich vielleicht erst einmal um ein Zimmer kümmern.«

»Unsinn. Wir haben zwei große Gästezimmer hier im Haus. Eines davon kannst du haben. Ich zeige es dir.«

Sie stand auf, und Dan folgte ihr. Es handelte sich um dasselbe Zimmer, in dem er im letzten Jahr mit Claudine geschlafen hatte. Zögernd sagte er: »Bin ich nicht etwas aufdringlich? Ich . . .«

»Mach dir keine Sorgen. Ich bin froh, nicht allein zu sein.«

»Alex . . .«

Sie wollte schon wieder zur Tür hinaus, drehte sich um. »Ja?«

»Wirst du keinen Ärger bekommen? Ich meine, wenn die Haushälterin morgen früh feststellt, daß du hier einen Mann über Nacht beherbergt hast?«

»Ach, so ist sie nicht. Du bist mein Geschäftspartner, und wir hatten etwas Wichtiges zu besprechen. Ich glaube nicht, daß sie sich Gedanken deswegen macht.« Sie verließ das Zimmer. Dan fühlte sich etwas besser. Alex hatte unverkrampft und freudig auf sein Erscheinen reagiert, und sie vermittelte den Eindruck, als erscheine es ihr nicht völlig befremdlich, ihn hier zu sehen.

Am Abend blieben sie wirklich zu Hause. Die Haushälterin hatte Huhn mit Currysoße und Reis vorbereitet, dazu eine große Schüssel Salat und zum Nachtisch einen Apfelkuchen mit Zimt und Zucker. Dan suchte einen Wein im Keller aus und entzündete das Feuer im Kamin, während Alex den Tisch deckte, für Musik sorgte und Kerzen aufstellte. Sie aßen, bis sie nicht mehr konnten, und die ganze Zeit über erzählte Dan Geschichten von seinen Reisen, die so komisch waren, daß Alex immer wieder laut lachen mußte. Später öffneten sie noch eine Flasche Sekt und machten sich ein zweites Mal über den Apfelkuchen her. Um Mitternacht sahen sie sich eine Komödie im

Fernsehen an, die eigentlich überhaupt nicht witzig war, aber sie hatten sich in eine so ausgelassene Stimmung gesteigert, daß sie sogar darüber noch lachen konnten. Sie saßen nebeneinander auf dem großen Sofa, und schließlich lehnte sich Alex gegen Dan, lachend und etwas beschwipst. Sehr vorsichtig nahm er ihr Gesicht in seine Hände und küßte sacht ihren Mund. Sofort zuckte sie zurück. »Dan . . .«

»Entschuldige.« Er hätte sich ohrfeigen können. Warum mußte er versuchen, sie zu überrumpeln, die Gunst eines Augenblicks auszunutzen. »Wirklich, es tut mir leid. Es wird nicht mehr vorkommen.«

Sie stand auf. »Wir sollten vielleicht schlafen gehen.« Ihre Stimme klang jetzt wieder sehr nüchtern.

Auch Dan stand auf. »Du hast recht. Gute Nacht, Alex. Es war ein sehr schöner Abend.«

In den nächsten Tagen verbrachten sie jede Minute zusammen. Stundenlang stapften sie am Meer entlang oder saßen zwischen den Dünen und sonnten sich. Dan wurde in unglaublicher Geschwindigkeit tiefbraun, während Alex mit zahlreichen Schutzcremes einem Sonnenbrand zu entgehen versuchte. Sie kauften ein und kochten abends zusammen (»Mein Essen schmeckt wohl nicht mehr!« sagte Anja gekränkt), sie saßen halbe Nächte vor dem Kamin und redeten. Sie redeten wie in alten Zeiten, über Politik, Literatur, Musik, Filme, ihre Freunde, und es gab nur ein Tabu: Sie redeten nicht über sich selber. Nicht über ihre Empfindungen, nicht über Vergangenheit oder Zukunft.

Nur selten gingen sie in ein Restaurant, einmal fuhren sie nach Westerland ins Kino, aßen nachher Hamburger und Pommes frites bei McDonalds und gingen in schwarzer Nacht zum Meer hinunter; sie waren die einzigen Menschen vor der donnernden Brandung, und sie konnten sich nicht verständigen, weil der Wind ihnen die Worte vom Mund wegriß und mit sich forttrug.

»Ich liebe dich, Dan«, sagte Alex, aber er verstand sie nicht, und sie war froh darüber, weil sie vor ihren eigenen Empfindungen erschrak. Eines wußte sie: Ein zweites Mal durfte sie ihm nicht so weh tun. Sie mußte sich ganz für ihn entscheiden oder ihre Gefühle für sich behalten.

Am nächsten Morgen standen sie früh auf und machten einen Spaziergang über die nebligen Wiesen am Watt. Keiner von ihnen hatte schlafen können. Dan war jetzt seit fünf Tagen in Kampen; die Spannung war unerträglich geworden, keiner von ihnen würde das fröhliche Kumpeldasein noch lange aushalten.

Schweigend liefen sie durch den Nebel. Möwen kreischten, andere Vögel flatterten aus dem Nichts auf. Sie konnten kein Wasser sehen, kaum den nächsten Strauch. Es war, als seien sie völlig allein auf der Welt, die ersten und einzigen Menschen.

»Wie im November«, sagte Alex, »dabei haben wir Mai!« Was plappere ich eigentlich für einen Unsinn?

»Ja«, sagte Dan. Er blieb stehen. Seine Haare waren feucht, Tropfen lagen auch auf dem blauen Tuch, das er sich um den Hals geschlungen hatte. Er sah unendlich jung aus mit den dunklen Strähnen, die ihm in die Stirn fielen. »Alex, ich weiß nicht, ob du es gemerkt hast ...«

»Was?«

»Ich ...« Er lachte hilflos, stemmte beide Hände in die Taschen seiner Jacke. »O Gott, ich stottere hier herum, als wäre ich fünfzehn Jahre alt! Alex, es ist auf einmal alles wieder da von früher. Das heißt, vielleicht war es nie wirklich weg. Ich weiß es nicht. Das Schlimme ist ... ich bilde mir ein, ich kann nicht leben ohne dich. Ich habe so sehr dagegen angekämpft. Seit dem Tag, an dem du mir gesagt hast, daß du dich in Markus Leonberg verliebt hast, daß du schon seit Wochen mit ihm schläfst und das Doppelspiel nun nicht mehr aushältst. Ich dachte in diesem Moment, ich könnte es nicht ertragen, aber im nächsten schwor ich mir, dir nichts von meinen Schmerzen zu zeigen, und ich schwor mir, daß ich damit fertig würde. Und jetzt ...«, er hob die Hände in einer Geste der Ergebenheit, »jetzt ist es schlimmer als je zuvor.«

»Dan ...«

»Du hast mir nie den Grund genannt. Und ich, in meinem

Stolz, wollte nicht in dich dringen. Aber, verdammt, Alex, ich hatte ein Recht, daß du mir reinen Wein einschenkst. Nach zwei Jahren, nach allem ... vielleicht habe ich einen eklatanten Fehler gemacht. Vielleicht hat dich irgend etwas verletzt, gekränkt, abgestoßen, ich weiß es nicht. Bitte, sag es mir. Entweder ich weiß dann, daß es überhaupt keine Chance für mich gibt, und dann, das verspreche ich, lasse ich dich für immer in Ruhe. Oder aber ...« Er ließ den Satz in der Luft hängen, aber Alex wußte, was er hatte sagen wollen. Er meinte eine zweite Gelegenheit für sie beide.

Sie sah ihn nicht an, so aufgewühlt und bewegt fühlte sie sich. »Du hast keinen Fehler gemacht, Dan. Nicht einen einzigen. Rede dir das nicht ein. Du warst ... du warst zärtlich, rücksichtsvoll, bemüht. Du warst«, sie errötete zu ihrer eigenen Verwunderung, »du warst ein wunderbarer Liebhaber. Ich war ein verwöhntes kleines Ding, das nicht wußte, was es will. Und ich war ziemlich unsicher. Ich weiß nicht, was ich plötzlich in Markus sah. Manchmal denke ich ...« Sie zögerte weiterzusprechen, zögerte, ihn mit der Brutalität der banalen Wahrheit zu konfrontieren. Aber sie wußte, daß er Ehrlichkeit verdiente. »Manchmal denke ich, ich war einfach neugierig. Ich hatte keinen Mann vor dir, und ich war hungrig nach etwas Neuem. Markus war da, und es reizte mich, ihn zu erobern. Ihn, der mein Vater hätte sein können. Es war nicht viel mehr, Dan. Ich wollte wissen, ob ich ihn kriegen kann. Ich wollte wissen, wie er im Bett ist. Ich wollte wissen, ob er, der lebenslang Bindungsunfähige, mir einen Heiratsantrag machen würde. Es war ein Spiel, und ich war zu jung und zu dumm, um zu merken, daß es einen viel zu hohen Einsatz kostete.«

Er starrte sie an, wie erschlagen von ihren Worten.

»Du hast vorhin gesagt«, fuhr sie fort, »daß du wissen willst, ob es eine Chance für dich gibt. Oh, Dan«, endlich gelang es ihr, ihn anzusehen, »es ist ja genau andersherum. Die Frage ist, habe ich nach all dem noch eine Chance bei dir?«

Markus fragte sich, wie ein Mensch noch leben und atmen konnte, wenn er so verzweifelt war wie er. Es kam ihm merkwürdig vor, daß er ganz alltägliche Dinge noch immer tat, obwohl sein Leben völlig aus den Fugen geraten war. Er stand morgens auf, duschte und rasierte sich, frühstückte, fuhr in sein Büro. Dort zu arbeiten kam ihm wie die reinste Farce vor, aber er hatte es noch nicht fertiggebracht, den Angestellten die Wahrheit zu sagen, und er hielt den Schein einer geschäftigen Umtriebigkeit aufrecht. Saß er jedoch allein in seinem Zimmer, legte er Kugelschreiber, Papiere, Aktenordner beiseite und starrte vor sich hin auf die Tischplatte. Fünf Tage waren seit seiner Unterredung mit Ernst Gruber vergangen, seither hatte er kaum geschlafen in den Nächten, hatte wach gelegen und gegrübelt und war vor seinem Bett auf und ab gegangen. Wie er es auch drehte und wendete und rechnete, er war verloren. Keine Chance, von irgendwoher Geld zu bekommen, schon gar nicht die Summen, die er gebraucht hätte. Er hatte mit verschiedenen Banken telefoniert, war aber auf taube Ohren gestoßen. »Tut uns leid, wir können da nichts machen.« Pleiten sprechen sich schnell herum, und Markus begriff, daß kein seriöser Bankier sich mehr auf Geschäfte mit ihm einlassen würde. Nicht einmal einem Kredithai würde er jetzt noch eine Mark entlocken können. Er hatte ja praktisch nur noch zu bieten, was er auf dem Leib trug.

Natürlich dachte er auch darüber nach, zu Felicia zu gehen. Aber zum einen sträubte sich alles in ihm, diesen harten, alten Knochen um Hilfe zu bitten, zum anderen wußte er als ihr Vermögensberater nur zu gut, daß sie wenig flüssiges Geld hatte. Sicher hätte sie ihm gerade noch einmal über die Runden helfen können, aber er machte sich nichts vor: In fünf, sechs Wochen stünde er am selben Punkt wie jetzt, hätte nur zu allem Überfluß auch noch bei Felicia Schulden. Was er brauchte, war jemand, der dauerhaft in seine Firma investierte und sich nicht daran stieß, daß er über Jahre keinen Gewinn, sondern hohe Verluste zu erwarten hatte. Wer sollte sich dafür hergeben? Felicia mit Sicherheit nicht, sie war heute so reich, weil sie sich auf Experimente dieser Art nie eingelassen hatte. Seine Gedanken, die ohne Ruhe Tag und Nacht kreisten, gelangten immer wieder zu einem Punkt, an dem sie sich festklammerten: Alex. Soweit er informiert war, warf *Wolff & Lavergne* ausgezeichnete Gewinne ab. Das Problem war nur, daß Markus nicht genau wußte, wie weit Alex' Kompetenzen gingen, inwieweit sie über Kapital verfügen durfte ohne Liliencrons Genehmigung. Mit Sicherheit hatte sie einige unantastbare Vollmachten von Felicia. Aber Alex wollte von ihm weg, und es schien ihm unwahrscheinlich, daß sie eine längerfristige geschäftliche Verbindung mit einem Mann begrüßen würde, der seit Jahren seine eigene Pleite vorangetrieben hatte. Er würde ihr gegenüber völlig ehrlich sein müssen, und so würde sie bald jeden Fehler kennen, den er gemacht hatte, jede Fehlinvestition, das ganze Ausmaß seiner wahnwitzigen Verschuldung. Er würde ganz und gar demaskiert vor ihr stehen, aber vielleicht, und daran klammerte er sich nun, lag darin auch eine Chance. Was ihre Berufe anging, hatten sie beide stets aneinander vorbeigelebt, er machte seinen Job, sie ihren, und da sie das beide zeitaufwendig und engagiert taten, war auch im Privatleben wenig geblieben, was sie zusammen tun konnten. Vielleicht half ihnen ein Problem, das sie gemeinsam lösen, eine Sache, für die sie gemeinsam kämpfen mußten.

Diese Vorstellung stürzte Markus keineswegs in Euphorie, aber er hatte einen Strohhalm gefunden, an dem er sich mit letzter Kraft festhielt, und dieser Strohhalm hieß Alex.

Hundertmal hatte er den Telefonhörer in der Hand, hundertmal legte er ihn wieder hin. Das war kein Thema, das sich telefonisch klären ließe. Was sollte er sagen? »Alex, ich brauche dich. Ich stehe kurz vor dem völligen Ruin, was heißt kurz davor, ich stehe mitten drin. Bitte, hilf mir. Laß uns gemeinsam versuchen zu retten, was zu retten ist. Bleib jetzt bei mir!«

Es war ausgeschlossen, er hätte keinen Laut hervorgebracht. Wenn überhaupt, dann müßte er ihr gegenübertreten. Er stellte sich vor, wie er das Kampener Haus betrat und sie ihm entgegenkam, er roch ihr Parfüm, er nahm sie in die Arme und fühlte sich getröstet und gestärkt.

Er griff wieder nach dem Telefonhörer, drückte aber diesmal die Taste, die ihn mit seiner Sekretärin verband. »Buchen Sie mir für morgen nachmittag einen Flug nach Hamburg. Ich will für ein paar Tage nach Kampen.«

Er lehnte sich zurück, schloß die Augen, die vor Übermüdung brannten. Beschwörend flüsterte er sich zu, daß alles gut werden mußte.

»Und hier«, sagte Felicia, »ist unser altes Haus.«

Sie waren auf einer der rechten Fahrspuren in der Prinzregentenstraße stehengeblieben, wütend angehupt worden von erbosten Autofahrern, die sich hinter ihnen stauten, und schließlich auf den Bürgersteig hinaufgefahren. Felicia betrachtete das große Haus mit den vielen Fenstern, der blaßgelben Farbe, die an italienische Gemäuer erinnerte, dem gerade erst erneuerten Dach mit den frischroten Ziegeln, die nicht recht zu dem fahlen Gelb passen wollten.

»Es hat sich alles so verändert«, sagte Maksim.

»Ja, früher war das hier eine ziemlich ruhige Straße. Und das Haus hatte einen Vorgarten, erinnerst du dich? Nach dem Krieg mußten sie alles neu machen, weil Bomben große Löcher in den Asphalt gerissen hatten. Dabei haben sie dann den Gehsteig bis hin zum Haus verbreitert. Mir war es recht. Ich wollte hier sowieso nicht mehr wohnen.«

»Wer lebt jetzt hier?«

»Das Haus war viel zu groß für eine Familie. Mitte der fünfziger Jahre habe ich es völlig umbauen lassen und vier Wohnungen daraus gemacht. Die sind alle vermietet.«

»Den kleinen Garten nach hinten gibt es aber noch?«

»Ja. Willst du ihn sehen?«

Maksim schüttelte den Kopf. »Ich bin so schwerfällig. Laß mich hier einfach sitzen. Ich finde es schön, mit dir durch München zu fahren und nach Erinnerungen zu suchen.« Er lächelte, und Felicia gab das Lächeln zurück. »Ich war achtzehn

Jahre alt, als ich in dieses Haus kam«, sagte sie leise, »1914 war das, ich war gerade frisch verheiratet mit Alex Lombard. Und ich war neunundvierzig, als . . .« Sie sprach nicht weiter, aber Maksim wußte, was sie hatte sagen wollen. »Du warst neunundvierzig, als Lombard starb und du das Haus für immer verlassen hast.«

»Ja. Danach konnte ich nicht mehr hier leben.«

Maksim sah sie nicht an. Er beobachtete die Autos, die vorbeifuhren. »Wann hast du eigentlich gemerkt, daß du immer nur ihn, nie mich geliebt hast?« fragte er.

Felicia angelte ihre Handtasche vom Rücksitz, kramte eine Zigarette heraus und ihr Feuerzeug. Sie inhalierte tief, kurbelte das Fenster ein Stück herunter. »Das ist schon komisch«, sagte sie, »jetzt sitzen wir hier als zwei Tattergreise, und du stellst mir ausgerechnet diese Frage!«

»Du mußt sie nicht beantworten.«

»Sie ist falsch gestellt. Ich wußte schon sehr früh, daß ich Alex liebte, und daß ich dich auch liebte, nur auf eine andere Art. Aber als Alex starb, begriff ich erst, daß er die Wirklichkeit war und du das Trugbild. Ich hätte die Wirklichkeit ergreifen sollen, anstatt einem Trugbild zu gestatten, sie immer wieder zu vertreiben.«

Maksim sah auf einmal sehr müde aus. »Es war nicht unbedingt eine glückliche Fügung für dich, daß es mich in deinem Leben gab, fürchte ich.«

»Das habe ich auch manchmal gedacht. Aber jetzt bin ich eine sehr alte Frau, und rückblickend sieht man vieles anders. Es war schon gut so, wie es war. Weißt du, solange man jung ist, denkt man immer, das Ziel des Lebens ist es, glücklich zu sein, um jeden Preis, und man kämpft um dieses Glück, und wenn man ein Stück davon bekommt, könnte man die ganze Welt umarmen, um gleich darauf in Kummer zu versinken, weil sich das Glück nicht als haltbar erweist. Aber später merkt man dann . . .« Sie zögerte. Maksim sah sie endlich an. Sein Ausdruck war sehr weich. Selten hatte er sie so zärtlich angeschaut in früheren Jahren.

»Was merkt man?« fragte er. »Was ist denn eigentlich das Ziel?«

»Irgendwann einen Berg von Erinnerungen zu haben. Und darunter einige, die so schön sind, daß sie einen mit dem Rest versöhnen.«

»Ein Berg von Erinnerungen«, wiederholte Maksim, »den haben wir auf jeden Fall. Und einige davon sind gar nicht so schlecht.«

»Nein«, sagte Felicia, und sie wußten, daß sie beide an das gleiche dachten: an die Sommertage ihrer Kindheit auf Lulinn, an die Jahre, in denen sich ihre Wege immer wieder gekreuzt und getrennt hatten, und sie jung genug gewesen waren zu glauben, daß Zeit keine Rolle spielte und sie hundert Gelegenheiten haben würden, Versäumtes nachzuholen, Fehler gutzumachen. An die Berliner Zeiten ... ein dunkles Zimmer in einem heruntergekommenen Hinterhaus hatte Maksim bewohnt, und Felicia war tagsüber ihren Geschäften nachgegangen und abends zu ihm geeilt, hochelegant und parfümduftend wie aus einer anderen Welt, und auf nichts so versessen wie auf seine Nähe. Wann hatten sie damals je geschlafen? Sie hatten nächtelang diskutiert, sich geliebt, Wein getrunken oder waren durch die Glitzerrevuen der wilden zwanziger Jahre gezogen, nichts hatte ihre Energie zu bremsen vermocht, und Maksim hatte dichte, dunkle Haare gehabt ...

Sie sah zu ihm hinüber. Wieso hatte sie gerade an seine Haare denken müssen? Heute waren sie dünn und weiß, seine Haut faltig und mit braunen Flecken übersät, die das Alter bringt.

»Ich glaube, es wäre besser, du fährst mich jetzt ins Hotel zurück«, sagte Maksim, »ich fühle mich ein bißchen schwach.«

»Du fühlst dich schwach? Vielleicht sollten wir zu einem Arzt fahren?«

»Nein. Ich muß mich nur hinlegen und etwas schlafen.«

Felicia drückte ihre Zigarette aus und ließ den Motor an. »Maksim, es gefällt mir überhaupt nicht, daß du noch immer in diesem Hotel haust. Warum gehst du nicht endlich in die Klinik? Es ist ein Platz frei für dich!«

Natürlich, jetzt fing sie wieder mit der Klinik an, er hätte es sich denken können. Eine kleine Privatklinik am südwestlichen Ufer des Ammersees (wie günstig, da hat sie mich unmittelbar unter Kontrolle, dachte er), von Ordensschwestern geführt. Unheilbar kranke Menschen kamen dorthin, nur um ihr Leben würdevoll zu Ende zu leben. Es gab jede medizinische Unterstützung, aber niemand mußte Angst haben, monatelang an Schläuche und Apparate angeschlossen dahinzudämmern. Der Chefarzt hatte zweimal wegen aktiver Sterbehilfe vor Gericht gestanden, war aber jedesmal freigesprochen worden. Es war äußerst schwer, einen Platz dort zu bekommen, aber Felicia hatte es natürlich möglich gemacht. Ihre Beziehungen und ihr Geld machten beinahe alles möglich. Maksim war sich der Angriffspunkte durchaus bewußt, die er bot, indem er als lebenslang überzeugter Sozialist nun die von einer eingefleischten Kapitalistin finanzierten Annehmlichkeiten eines privilegierten Todes in Anspruch nehmen würde, aber dankenswerterweise stichelte Felicia in dieser Hinsicht nicht an ihm herum. Er wußte, daß ihr dies eine Nummer zu klein gewesen wäre, aber er nahm es keineswegs als Selbstverständlichkeit.

»Ich will jetzt noch nicht in die Klinik!« sagte er nun störrisch. »Später dann.«

»Wenn du noch nicht in die Klinik willst, dann komm doch wenigstens erst mal zu mir. Du wirst ein eigenes Zimmer haben, eine Krankenschwester rund um die Uhr, wenn du willst, Ärzte und . . .«

»Ich weiß. Geld spielt keine Rolle.«

»Tut es auch nicht. Und du brauchst darüber gar nicht zu spotten. Ich will es dir doch nur etwas leichter machen, Maksim!« Sie hatten sich wieder zwischen die Autos gefädelt und fuhren durch den dichten Nachmittagsverkehr. Maksim sah jetzt sehr blaß aus, sehr erschöpft.

»Weißt du«, sagte er schnell, »es ist ja vielleicht albern. Aber du würdest es mir nicht leichter machen, wenn du mich in dein Haus holst. Ein todkranker alter Mann ist nicht besonders appetitlich, und . . .«

»Was denn?«

»Na ja ... nachdem du ein Leben lang irgend etwas Großartiges in mir gesehen hast, muß ich dich nicht am Ende zu meiner Krankenschwester machen und aller Illusionen berauben, oder?«

»Das ist so ziemlich das Dümmste, was ich je gehört habe, Maksim, und ich habe schon einiges von dir gehört!«

»Ich wußte, du würdest kein Verständnis haben. Das hattest du nie!«

»Oh, machen wir jetzt eine Generalabrechnung?«

»Nein, aber es ist eine Tatsache, daß du immer nur deine Anschauungen hast gelten lassen, nie die anderer.«

»Du etwa nicht? Du hast doch deine verdammten politischen Ideologien vor dir hergetragen wie ein flammendes Schwert und jeden zum Idioten erklärt, der nicht mitmachen wollte!«

»Und du hast, seit ich dich kenne ...«

Sie stritten noch, als sie vor dem Hotel ankamen und sich Maksim, dessen Wangen wieder etwas Farbe bekommen hatten, ohne fremde Hilfe aus dem Auto quälte und wütend in Richtung Eingang humpelte. Felicia sah ihm nach, und nie hatte sie ihre unveränderliche Liebe zu ihm stärker empfunden als in diesem Moment, als er so davonlief: ein uralter, gebeugter Mann, dessen wenige, weiße Haare wie dünne Fäden im Wind wehten.

## 7

Die Frage des Geldes hatte sich schneller zu einem ernsthaften Problem entwickelt, als Sigrid anfangs gedacht hatte. Ihr Zimmer im *American Colony* kostete eine beträchtliche Summe, und da sie immer im Restaurant essen mußte, kamen auch dafür stattliche Rechnungen zusammen. Wie sie es auch drehte und wendete, spätestens Mitte Juni würde sie nichts mehr haben. Sie stand vor der Wahl, sich Arbeit zu suchen oder nach Hause zu fliegen. Ein paar Tage lang verharrte sie wie paralysiert und konnte sich nicht entscheiden, was sie tun sollte. Eine Arbeit suchen bedeutete, daß sie für einige Zeit hierzubleiben gedachte, und sie wußte nicht, ob sie das wollte. Nach Hause fliegen hieße, das Abenteuer Israel zu beenden und in den Alltag zurückzukehren, in ihr gemütliches kleines Zimmer, zu ihrer Mutter, zu gemeinsamen Frühstücken und Fernsehabenden, zu ihrer Arbeit, zu »ihren« Kindern. Zu Gleichmaß und Sicherheit.

Damals im Kibbuz, als sie schon einmal vor der Frage stand, hatte sie sich gedacht: Ich kann nicht fort von hier, ohne Jerusalem gesehen zu haben.

Nun hatte sie es gesehen. Sie hatte die Klagemauer gesehen und die Al-Aksa-Moschee, sie war über den Ölberg gewandert und durch Mea Sharim, das Viertel der orthodoxen Juden. Sie hatte die Basare in den arabischen Vierteln besucht und Ausflüge zu den Klöstern in der judäischen Wüste gemacht. Sie hatte Tage erlebt, so strahlend, so hell, in ein so überwältigendes Licht getaucht, daß sie niemals Worte gefunden hätte, es zu beschreiben, sie hatte den Himmel leuchten sehen und nicht gewußt, ob sie träumte, sie war wie trunken gewesen, wenn der Chamsin wehte, jener heiße Wüstenwind, der vernünftige Menschen wild machen konnte wie Raubkatzen. An langen, warmen Abenden hatte sie im Innenhof des Hotels gesessen, Wein getrunken und den Stimmen der Nacht gelauscht, einer Nacht, so lebendig, daß sie es zu verbieten schien, einfach ins Bett zu gehen und zu schlafen. Fasziniert beobachtete sie die Menschen um sich herum, Juden, Palästinenser, Touristen aus allen Ländern der Welt. Im kleinen spiegelte das Hotel wider, was die einzigartige Faszination der Stadt ausmachte: Abendland und Morgenland vermischten sich, Juden, Christen und Moslems suchten das Miteinander, jahrtausendealte Geschichte und Kulturen stießen aufeinander. Alles schien hier voller Extreme zu sein: die Erde, der Himmel, das Licht, die Menschen, der Geruch in den Straßen und Gassen, und der, den der Wind aus der Wüste herantrug.

Nun also hatte Sigrid es gesehen. Sie hätte die Heimreise antreten können. Aber irgend etwas hielt sie eisern zurück. Das Land hatte sie in seine Fänge bekommen und war noch nicht gewillt, sie loszulassen.

Schließlich suchte sie sich eine Arbeit. Eine englische Schule stellte sie aushilfsweise als Lehrkraft ein, dafür brauchte sie keine Arbeitserlaubnis. Sie hatte daheim Englisch als Hauptfach unterrichtet, und so bereitete ihr der Kurs über Shakespeare nun keine Schwierigkeiten, allerdings verdiente sie nicht viel. Sie gab ihr Zimmer im Hotel auf und zog in eine kleine, billige Pension. Auf diese Weise konnte sie sich gut über Wasser halten; wie lange das dauern sollte, darüber mochte sie nicht mehr nachdenken. Vormittags ging sie in die Schule, nachmittags durchstreifte sie die Stadt, abends saß sie in Kneipen oder Bars und trank einen Wein. Und die ganze Zeit war es ihr, als warte sie auf etwas und wüßte dabei nicht, was es war.

Sie las den Anschlag am Schwarzen Brett in der Schule, der für ein Wochenende im Negev warb, in der Pause zwischen zwei Stunden. Sie hatte sich einen Kakao gekauft; am Strohhalm ziehend, schlenderte sie etwas unschlüssig herum, und es war ein Zufall, daß sie vor dem Schwarzen Brett stehenblieb und die ausgehängten Zettel studierte. Fahrräder wurden zum Verkauf angeboten und Babysitter gesucht, und fünf Labradorwelpen brauchten gute Plätze. Ein Moshe Chebin bot eine zweitägige Ausflugsfahrt in die Wüste Negev an und hatte noch einen Platz frei.

Während Sigrid überlegte, ob das wohl reizvoll wäre, kroch schon wieder die wohlbekannte Angst in ihr hoch, die sie immer befiel, wenn ihr etwas Unbekanntes bevorstand. In den Negev fahren, für zwei Tage, mit wildfremden Menschen, unter sicherlich spartanischen Bedingungen – und das sie! Sie hatte schon daheim in Berlin Wanderungen mit ihrer Klasse gehaßt, weil sie dabei immer als die Unsportlichste auffiel, und später als Lehrerin fand sie es ungemein schwierig, draußen im freien Gelände die Disziplin ihrer Schüler aufrechtzuerhalten.

Und wie konnte sie wissen, was für Leute dieser Moshe Chebin mitnahm? Wie so oft schwankte Sigrid hin und her, aber schließlich riß sie den Zettel mit der Telefonnummer einfach ab und steckte ihn ein.

Nachmittags, zurück in ihrer Pension, rief sie an. Sie war verwundert, weil sie nicht das Gefühl hatte, es wirklich zu wollen, aber sie tat es trotzdem. Moshe Chebin meldete sich sofort. Er sprach ein perfektes Englisch und war sehr freundlich. Sigrid stellte sich vor und fügte auch hinzu, daß sie Deutsche sei, die sich für einige Zeit in Israel aufhalte, weil sie das Land kennenlernen wolle. Falls Chebin Vorbehalte gegen Deutsche hatte, konnte er sie gleich ablehnen und es gab nachher keine böse Überraschung. Aber er erklärte ihr nur, daß außer ihr noch drei Reisende dabei seien, insgesamt würden sie also fünf Personen sein. Er habe einen großen Jeep, in dem sie alle Platz finden könnten; Zelte, Decken und Proviant würde er mitbringen.

»Machen Sie sich bloß nicht zu fein«, riet er, »ziehen Sie Ihre ältesten Sachen an. Jeans, Turnschuhe, T-Shirt. Für abends unbedingt einen warmen Pullover. Mehr brauchen Sie nicht.«

Als sie ihm ihre Adresse nannte, sagte er, es sei kein Problem, sie dort abzuholen.

»Also, bleiben wir dabei? Am Freitag, um zwölf Uhr?«

Überrumpelt sagte Sigrid: »Ja«, und legte den Hörer auf. Warum tat sie das? Nun würde sie bis Freitag Angst haben. Aber es erwachte auch ein Funke Freude in ihr darüber, daß sie für das Wochenende etwas vorhatte. Gerade die Wochenenden hatten ihr stets zu schaffen gemacht. Zwar hatten sowohl Kollegen als auch Eltern von Schülern sie bereits des öfteren zu sich eingeladen, aber meist hatte ihr ihre Schüchternheit einen Strich durch die Rechnung gemacht, und sie hatte unter irgendeinem Vorwand abgesagt. Wenn sich dann die Sabbatruhe über Jerusalem legte, begann sie sich einsam zu fühlen. Dann fieberte sie dem Montagmorgen entgegen, wenn sie wieder zur Schule gehen konnte.

Nach dem Gespräch mit Chebin bummelte sie durch die Stadt

und probierte schließlich an einem Stand, an dem Schmuck verkauft wurde, ein Paar Ohrringe an. Sie hatte Ohrringe nie vorher besessen und wußte nicht, ob so etwas zu ihr paßte, aber die Verkäuferin, eine Palästinenserin, war begeistert, was sie in einer zwar unverständlichen Sprache, aber mit um so deutlicherer Mimik und Gestik bekundete. Sie reichte Sigrid einen Spiegel, und dann, mit einer schüchternen Handbewegung, nahm sie eine ihrer blonden Haarsträhnen auf und ließ sie langsam und bewundernd durch ihre Finger gleiten. Sigrid schaute in den Spiegel. Erstaunt stellte sie fest, daß sie wirklich gut aussah, richtig gut an diesem Tag. Ihre Haare hatten den silbrigen Glanz von Schilfgras im Sonnenlicht, und ihre Augen funkelten in einem hellen Grün. So grün waren sie nie gewesen, es mußte an ihrer gebräunten Haut liegen. Die Ohrringe, einfache goldene Reifen, gaben ihr eine neue Ausstrahlung, etwas Herausforderndes und Junges. Auf jeden Fall sah sie jünger aus als einundvierzig.

Sie kaufte die Ohrringe und behielt sie gleich an, und dann ging sie auf dem Rückweg zu ihrer Pension bei dem Optiker Samuel Rosentau vorbei und bat ihn, ihr Kontaktlinsen anzufertigen. Sie habe die große Hornbrille satt bis obenhin, erklärte sie, und leider müsse es ganz schnell gehen. Nach einigem Hin und Her versprach Rosentau, bis Freitag vormittag fertig zu sein.

Zufrieden verließ Sigrid den Laden. Die Kontaktlinsen würden ein großes Loch in ihren Geldbeutel reißen, aber das war die Sache wert. Nie hätte sie gedacht, daß man es so genießen könnte, hübsch auszusehen. Ganz flüchtig nur streifte sie Bedauern darüber, daß es mehr als vierzig Jahre gedauert hatte, bis sie dies erfuhr.

Als Markus in Westerland aus dem Zug stieg, regnete es. Genaugenommen schüttete es so heftig, daß er pitschnaß war, ehe er das Dach der Bahnhofshalle erreichte. Es paßte zu seiner Stimmung, daß ihm nun das Wasser aus den Haaren lief und seine Schuhe bei jedem Schritt quietschten. Er kam als Bittsteller zu Alex, und genauso sah er jetzt aus. Das teure Jackett, das er trug, konnte nichts daran ändern.

Als er im Taxi nach Kampen saß, hörte der Regen von einem Moment zum anderen auf; der Wind, der vom offenen Meer her kam, riß ein großes Loch in die Wolken, das sich eiligst verbreiterte und von leuchtendem Blau war; rotgefärbte Abendsonne stürzte daraus hervor und ergoß sich über das Land. Tropfendnasses Gras rechts und links der Straße glänzte im Licht, bog sich unter dem Wind. Pfeilschnell stiegen Möwen in den Himmel auf, stießen hohe, schrille Schreie aus.

»Das ist Sylt«, sagte der Taxifahrer, »das Wetter kann sich fünfmal am Tag von jetzt auf gleich ändern. Schauen Sie, keine Wolke mehr zu sehen!«

Markus schaute hinauf in den blankgeputzten Himmel. Am Horizont segelte eine letzte, kleine, rotbestrahlte Wolke dahin. Der Fahrer hatte ein Wagenfenster heruntergekurbelt. Markus atmete tief. Er fragte sich, warum ihm jetzt auch noch am ganzen Körper der Schweiß ausbrechen mußte. Wovor hatte er so eine verfluchte Angst?

Das Taxi hielt vor seinem Haus. Es verschwand fast hinter den vielen blühenden Büschen und Bäumen, die es umgaben. Nur das große, behäbige Reetdach mit den blau-weiß gestrichenen Fenstergauben war zu sehen.

»Toller Schuppen«, sagte der Fahrer, »haben Sie ihn gemietet?«

»Er gehört mir«, antwortete Markus und stieg aus. Draußen verzog er ironisch das Gesicht. Hochstapler, der er war. Wie alles andere gehörte auch dieses Haus natürlich längst der Bank.

Er öffnete das weiße, hölzerne Gartentor, ging den Weg entlang zur Haustür. Nasse Zweige streiften sein Gesicht, ohne daß er darauf achtete.

Den Schlüssel hatte er schon im Taxi aus der Tasche gekramt. Als er ihn ins Schloß steckte, zögerte er einen Moment, überlegte, ob er klingeln sollte. Doch dann fand er es schöner, unbemerkt hineinzukommen, Alex zu überraschen. Vielleicht kauerte sie vor dem Kamin, vertieft in ein Buch, auf der Stirn die kleine steile Falte, die sie immer hatte, wenn sie sich auf etwas völlig konzentrierte.

Alex ...

Er trat in die Eingangshalle. Aus dem Wohnzimmer vernahm er leise Musik. Sinatra.

Er öffnete die Tür, lächelte.

Alex und Dan lagen auf dem Sofa, Dan halb aufgerichtet an die Kissen gelehnt, Alex hingestreckt, den Kopf in seinem Schoß. Beide trugen Jeans und Pullover, wirkten windzerzaust, als seien sie vor nicht allzulanger Zeit erst vom Strand gekommen, was zumindest vor dem großen Regenschauer gewesen sein mußte, denn sie waren nicht naß. Neben ihnen auf dem Fußboden standen zwei Gläser und eine Flasche Wein. Der Schein der Abendsonne tauchte den Raum in ein rotgefärbtes Licht. In ihrer Unschuld war die Szene eindeutiger, als es eine ekstatische Umarmung hätte sein können: sie war von größter Zärtlichkeit und Vertrautheit erfüllt.

Alex sprang sofort auf, als sie Markus sah, mit unsinnigen, hektischen Bewegungen versuchte sie, ihr kurzes Haar zu glätten. Auch Dan stand auf. In seinem sonnengebräunten Gesicht sahen die Lippen plötzlich fahl aus.

»Entschuldigt bitte, wenn ich störe«, sagte Markus und stellte seine Reisetasche neben sich auf den Boden. Alex machte einen Schritt zur Seite und stellte Frank Sinatra ab. Es wurde atemlos still im Raum. Alle drei starrten einander an.

Jäh und entsetzt erkannte Markus, daß er Alex verloren hatte. Dan Liliencron, der einstige Verlierer, hatte gewonnen, endgültig und unabänderlich, und Markus würde dagegen nichts machen können. Er stand vor ihnen, naß und abgekämpft und alt. Nie war ihm Alex so jung erschienen, so schön, trotz der gerade erlebten körperlichen Strapazen so vital und gesund.

»Ich wollte dich überraschen, Alex«, sagte er schwerfällig, »und ich habe das Gefühl, es ist mir gelungen.«

Er hatte gehofft, Alex werde wenigstens nicht versuchen,

etwas abzustreiten. Als sie es doch tat, empfand er Verachtung. Sie ist wie alle Frauen. Versucht, ihre Haut zu retten, wenn schon alles verloren ist.

»Markus«, sagte sie, »du solltest das hier nicht mißverstehen.«

Für wie blöd hielt sie ihn?

»Es ist nichts ... ich meine, es ist nichts passiert ...«

»Dann ist es ja gut«, sagte er eisig.

Eine triviale Situation. Vertraut aus Filmen und Romanen. Passierte sie in der Wirklichkeit, wußte man nicht, wie man sich verhalten sollte. Was sagt der betrogene Ehemann in diesem Fall? Was sagt der Liebhaber? Was sagt die Frau?

»Möchtest du etwas trinken, Markus?« fragte Alex.

Das klang so normal, daß er sich unwillkürlich ein wenig entspannte. »Ja. Bitte.«

Liliencron trat an die Bar und nahm eines der Gläser vom Regal. Markus stellte fest, daß seine Hände leicht zitterten. Gut so. Wenigstens ging es dem Burschen an die Nerven.

Alex schenkte Wein ein. Ihre Hände zitterten auch. Sie reichte ihm das Glas. »Hier, Markus.«

Er nahm es, und die Wut schwappte so heftig in ihm hoch, daß ihm alle Farbe aus dem Gesicht wich und seine Ohren zu rauschen begannen. Er umklammerte das Glas so fest, daß es nur wie durch ein Wunder nicht zersprang. »Setzen wir uns doch«, sagte er.

Sie nahmen alle Platz, Dan und Alex auf dem Sofa, Markus gegenüber auf einem Sessel. Er hob sein Glas. »Auf euer Wohl!«

Zögernd nahmen sie ihre Gläser auf. Wie verstört sie sind, dachte Markus haßerfüllt, wie armselig!

Er trank einen tiefen Schluck. Dann betrachtete er Alex eindringlich. »Du siehst sehr gut aus. Sehr erholt.«

»Danke.«

»Du bist sicher viel draußen gewesen?«

»Ja. Es macht viel Spaß, spazierenzugehen, weil nur so wenig Leute auf der Insel sind.«

Wie lange würden sie hier sitzen und plaudern? Drei Schauspieler in einem schlechten Stück, das sich schwerfällig über die Bühne schleppte. Niemand hatte seinen Text gelernt, und sie alle bewegten sich wie in einem Korsett. Im Korsett anerzogener Höflichkeit und Disziplin.

Meinem Urtrieb folgend, dachte Markus, hätte ich Liliencron längst erschlagen müssen.

Seine Wut flackerte erneut auf, verursachte ihm schmerzhafte Stiche im Magen. Alex' letzte Worte aufgreifend, sagte er: »Wie gut, daß so wenig Leute auf der Insel sind, nicht? Da war es für Herrn Liliencron nicht schwer, ein Hotelzimmer zu finden.«

Eine Feststellung, die eine Frage war; zugleich wußte Markus bereits, wie die Antwort lautete. Alex begriff sofort, daß sie die Lage verschlechterte, wenn sie nicht die Wahrheit sagte. Markus würde sich nicht beschwindeln lassen. Er würde es zwar unwürdig finden, ihre Aussage zu überprüfen, aber er würde es trotzdem tun, weil es ihm auf Würde jetzt nicht mehr ankam.

»Dan wohnt nicht im Hotel, Markus«, sagte sie, »er wohnt hier.«

»Alex war so liebenswürdig, mir das Gästezimmer anzubieten«, ergänzte Dan.

Oh, war sie das? höhnte Markus im stillen. Und zum Dank hast du sie gebumst, ja?

Er stand langsam auf, trat um den Tisch herum auf Dan zu. Dann, mit einer ruckartigen Bewegung, kippte er den Inhalt seines Weinglases in Dans Gesicht, über seine Haare, seinen Pullover. Dan sprang auf.

»Markus!« schrie Alex.

»Sie haben zehn Minuten Zeit, Herr Liliencron«, sagte Markus, »um Ihre Sachen zu packen und mein Haus zu verlassen. Sollten Sie sich dann noch hier aufhalten, werde ich die Polizei rufen.«

Dan stellte sein Glas ab, ging wortlos zur Tür. Alex lief hinter ihm her, griff nach seinem Arm. »Geh nicht weg, Dan!«

»Dein Mann hat recht, Alex«, sagte Dan, »es ist sein Haus, und ich kann nicht gegen seinen Willen hierbleiben. Kommst du mit?«

Sie schüttelte den Kopf. »Ich muß mit ihm reden.«

Dan nickte. Er zögerte. Alex wußte, er hätte ihr jetzt gerne einen Kuß gegeben oder zärtlich über die Haare gestreichelt, aber er fürchtete, die Atmosphäre noch weiter aufzuheizen. So drückte er ihr nur kurz die Hand und verließ das Zimmer.

Alex drehte sich zu Markus um. Sie war blaß vor Wut. »Das hättest du nicht tun dürfen. Wie kannst du dich nur so melodramatisch aufführen? Vielleicht könnte man sich auch in solch einer Situation noch wie ein erwachsener Mensch benehmen!«

Markus war ebenso weiß im Gesicht wie sie. »Du machst mir Vorwürfe? Nach allem, was war, stellst du dich hin und wirfst mir mein Verhalten vor?«

»Nach allem, was war! Was war denn schon? Wir hatten ohnehin beschlossen, uns zu trennen, und . . .«

Wenn das überhaupt noch möglich war, wurde Markus um noch eine Schattierung fahler. »Ich wußte nicht, daß es für dich so felsenfest stand.«

»Es war doch nichts mehr zwischen uns. Worauf hätten wir noch bauen sollen?«

Markus wandte sich ab, mit zwei Fingern rieb er sich die Nasenwurzel, eine Geste der Erschöpfung. »Meinst du nicht«, fragte er leise, »unsere Beziehung und ich hätten es verdient, daß du wenigstens ein paar Wochen wartest, ehe du dich mit dem nächsten Mann einläßt?«

Alex schwieg, es gab nichts darauf zu sagen, denn sie wußte, wie billig das alles in seinen Augen wirken mußte. Jede Erklärung konnte für ihn nur wie hilfloses, schuldbewußtes Gestottere klingen.

»Oder«, sagte er nun, »vielleicht hast du dich ihm gar nicht erst jetzt zugewandt. Vielleicht geht das alles schon viel länger. Vielleicht hat es nie aufgehört?«

Das wenigstens konnte sie guten Gewissens verneinen. »Ich schwöre dir, es war seit Jahren nichts mehr zwischen uns. Wirklich nichts. Er kam jetzt hierher auf die Insel, und ich wußte plötzlich . . .« Sie verstummte.

»Was?« fragte Markus. »Was wußtest du?«

»Ich wußte, daß ich ihn liebe. Daß ich ihn immer geliebt habe.«

Markus starrte sie an. »O Gott«, sagte er dann, »o Gott!«

Draußen hörten sie eine Tür ins Schloß fallen. Dan hatte das Haus verlassen.

»Wenn du mit ihm gehen willst...« Markus machte eine Handbewegung in Richtung Eingangshalle, »ich halte dich nicht zurück!«

Alex nahm sich eine Zigarette vom Tisch und zündete sie an.

»Wir sind hier nicht in einem Melodram«, erwiderte sie unwirsch, »ich stürze nicht hinter ihm her und flehe ihn an zu bleiben. Markus, bitte, laß uns das alles doch wie zwei vernünftige Menschen miteinander regeln.«

Sie will nur raus aus der Geschichte mit mir, dachte Markus, sie will nur raus, und es soll nicht zu weh tun. Ihr nicht, aber mir auch nicht. Nein, verletzen will sie mich nicht. Aber, zum Teufel, sie tut es!

Es hatten ihn schon andere Frauen vorher verlassen, aber nie hatte es ihn wirklich getroffen. Nur Alex... Alex traf ihn tiefer, viel tiefer. Alle Gefühle, alle Wärme, die er besaß, hatte er verströmt auf sie. Er würde sich nie von ihr lösen können. Eigenartig entrückt, so, als würde er über einen anderen, nicht über sich selber nachdenken, begriff Markus, daß er am Ende war. Er würde sich nicht mehr erholen.

»Ich möchte in diesem Haus nicht mehr übernachten«, sagte er, »ich werde mir ein Zimmer suchen und morgen früh wieder abfahren.«

»Ich kann mir auch ein Zimmer suchen. Es ist dein Haus, und...«

»Laß nur. Bleib hier.« Er sah sie so eigenartig an, daß sie unwillkürlich fröstelte. Woran erinnerte sie dieser Blick? Es lag etwas darin... Sie konnte nicht deuten, was es war, aber es erschreckte sie.

»Leb wohl«, sagte Markus, nahm seine Tasche und verließ das Zimmer.

# 8

Sigrid fand, Moshe Chebin hätte ihr sagen können, daß sie als einzige Frau für den Ausflug gemeldet war. Besonders angenehm war es ihr nicht, allein mit vier Männern in die Wüste zu ziehen. Wenigstens sah sie gut aus, ohne Brille und sonnengebräunt wie sie war. Die Haare hatte sie zurückgebunden, an den Ohren baumelten die neuen Ringe, sie trug ziemlich enge Jeans, und sie wußte, daß sie darin eine sehr gute Figur hatte. Das gab ihr etwas Selbstvertrauen, aber nicht genug, um sich wirklich wohl zu fühlen. Sie wünschte, sie hätte sich nicht auf dieses Abenteuer eingelassen.

Chebin war ein kleiner, drahtiger Mann, tiefbraun und zerfurcht im Gesicht. Er war ein Sabra, wie er erzählte, ein in Israel Geborener, und er war stolz darauf. Seine Wüstentouren machte er seit Jahren, man konnte sich darauf verlassen, daß er sich auskannte, und zwar auch außerhalb der befestigten Routen, die jeder allein bereisen konnte.

»Wer den Negev wirklich kennenlernen will, begibt sich in sein Inneres«, sagte er, »alles andere ist langweilig. Doch dazu braucht man einen Führer. Ich darf sagen, daß ich, Moshe Chebin, der beste bin.«

Bei den drei anderen Männern handelte es sich um zwei Engländer und einen Amerikaner. Tom und Steve kamen aus Cambridge, wo sie Geschichte und mittelalterliche Sprachen studierten. Beide liebten Israel und hatten lange für diesen Urlaub gespart. Sigrid schätzte sie auf Mitte Zwanzig.

Der Amerikaner hieß Jonathan David, wollte aber einfach nur John genannt werden. Er war Jude polnischer Abstammung. Sigrid vermutete, daß seine Eltern Polen wegen der Nazis verlassen hatten, und wie so oft, wenn sie sich in diesem Land vorstellen mußte, ergriff sie Panik. »Sigrid Velin.« Halb und halb erwartete sie immer, eines Tages würde jemand stirnrunzelnd sagen: »Velin . . . das war doch . . . sind Sie vielleicht mit dem SS-Hauptsturmführer Velin verwandt, der 1946 wegen seiner Kriegsverbrechen hingerichtet wurde?«

Aber Gott sei Dank ging der Kelch wieder einmal an ihr vorüber. John sah sie freundlich an und sagte: »Sigrid Velin? Sie sind Deutsche?«

»Ja.« Immer das Gefühl, gleich darauf um Verzeihung bitten zu müssen. Irgend etwas zu sagen ... Aber John erwartete das nicht. Er erzählte, daß er Deutschland mochte und vor Jahren einmal länger in Hamburg gewesen sei. Sigrid atmete ruhiger. Dieser Mann flößte ihr Vertrauen ein. Sie betrachtete ihn genauer. Er mochte etwas älter sein als sie, hatte dunkles Haar und dunkle Augen, war aber sehr blaß. Ein Schreibtischmensch, vermutete Sigrid. Groß war er und ziemlich hager. Sigrid empfand es als angenehm, daß außer ihr noch jemand mitkam, der nicht ausgesprochen sportlich zu sein schien.

Sie fuhren in südlicher Richtung durch die judäische Wüste, entlang dem Toten Meer. Tom saß vorne neben Moshe, der den Wagen steuerte, hinten, auf zwei gegenüberliegenden Bänken, hatten Sigrid, John und Steve Platz genommen. Es war sehr warm draußen, die Sonne schien heiß auf die Stoffplane, die den Jeep abdeckte. Keine Wolke war am Himmel zu sehen.

»Ganz schön warm für Mai«, bemerkte Steve.

John blickte von dem Reiseführer auf, den er gerade studierte. »Warten Sie, bis wir die Negevwüste erreichen. Da wird es erst richtig heiß.«

Ihren ersten Halt legten sie an der Festung Massada ein, der gewaltigen Ruine auf den Felsen hoch über dem Toten Meer. Über neunhundert jüdische Zeloten hatten im Jahre siebzig nach Christus die Burg zwei Jahre lang gegen die Römer verteidigt, um dann, als sich die Niederlage abzeichnete, gemeinsam Selbstmord zu begehen – der Tod schien ihnen erstrebenswerter als die Sklaverei.

»Massada«, sagte Moshe, als er aus dem Wagen stieg, »muß man gesehen haben. Es ist ein Symbol für jeglichen Widerstand, den Völker gegen ihre Unterdrücker geleistet haben. Das heldenhafte Sterben dieser Menschen darf nie vergessen werden.«

Man konnte entweder mit einer Seilbahn zur Festung hinauffahren oder zu Fuß gehen, und die Männer tendierten zum

Fußweg. Sigrid mochte kein Spielverderber sein und behauptete, auch keineswegs auf die Seilbahn erpicht zu sein. Aber der Aufstieg in der Hitze wurde lang und mühselig. Die neuen Turnschuhe, die Sigrid sich gekauft hatte, fingen an schrecklich zu scheuern.

Mist, dachte sie erschöpft, als sie endlich oben ankamen, ich werde riesige Blasen bekommen.

Zumindest lohnte sich die Besichtigung. Moshe schlug vor, sie sollten sich alle eine Stunde später an der Kasse wiedertreffen. Freitags schloß Massada nämlich bereits um zwei Uhr, und da blieb ihnen nicht viel Zeit.

Sigrid schlenderte zwischen den restaurierten Anlagen umher, kletterte auf Mauern und Treppen und Türmen herum und vergaß für Minuten sogar ihre schmerzenden Füße. Von den östlich gelegenen Zinnen konnte sie über das Wasser des Toten Meeres sehen; im fahlen Mittagsdunst lagen die jordanischen Berge auf der anderen Uferseite. Hell glänzte der Sand auf der Halbinsel Lashon. Unterhalb der Felsen von Massada bedeckte tiefer Schatten die Wüste, rauh und rissig, hart und zerklüftet sahen Steine und Geröll aus. Nichts hier war lieblich oder anheimelnd, aber gerade darum fühlte sich Sigrid auf einmal frei und gelöst. Die warme Luft roch nach Sommer und Salz, nach Wasser, Bergen und Wüste. Nach Freiheit und Leben.

Sie stützte sich auf das uralte Gestein der Mauer und lachte. Lachte unsinnig und glücklich, und es war ein Lachen, das aus dem innersten Mittelpunkt ihres Körpers zu kommen schien. Ihr war, als könnte sie nie mehr aufhören damit.

»Entweder Sie denken gerade an etwas besonders Schönes oder an etwas besonders Komisches«, sagte jemand hinter ihr, »auf jeden Fall habe ich selten jemanden gesehen, der seine gute Laune so deutlich zeigt.«

Sigrid drehte sich um. Jonathan David stand hinter ihr. Ein Photoapparat baumelte um seinen Hals, in der Hand hielt er einen Reiseführer. Er lächelte amüsiert.

»Entschuldigen Sie«, sagte Sigrid verlegen, »ich dachte, ich wäre allein.«

»Aber, um Gottes willen, Sie sollen sich doch nicht entschuldigen! Ich finde es schön, wenn eine Frau einfach dasteht und lacht!«

»Ich glaube, mich hat das alles so sehr überwältigt. Die Berge dort drüben. Das Meer. Der warme Wind. Vielleicht auch dieser geschichtsträchtige Ort. Fast tausend Menschen sind hier für ihre Freiheit gestorben. Sie war ihnen so wichtig . . .« Sie zögerte und fügte hinzu. »Sie ist das Wichtigste, nicht?«

»Ich finde, ja«, sagte John, »und ich muß zugeben, ich fühle mich auch eigenartig berührt hier oben.« Er blickte auf seine Uhr. »Wir sollten uns auf den Weg zurück zum Treffpunkt machen. Die Stunde ist gleich um.«

»Schade. Ich könnte den ganzen Tag hierbleiben.« Sigrid ergriff Johns dargebotene Hand, um von dem Stein hinunterzuspringen, auf dem sie stand. Als sie unten aufkam, konnte sie einen Schmerzenslaut nicht unterdrücken.

»Was ist denn?« fragte John besorgt.

»Nicht so schlimm. Meine Füße sind etwas wund . . .«

»Darf ich mal sehen?«

Sie protestierte, aber John ließ nicht locker, und so setzte sie sich hin und zog die Schuhe aus. Vor den feuerroten Stellen, die zum Teil schon Blasen gebildet hatten, erschrak sie selber.

»Meine Güte«, sagte John, »das muß Ihnen ja schrecklich weh tun! Sind die Schuhe zu klein?«

»Sie sind neu«, gestand Sigrid beschämt, »ich weiß, in neuen Schuhen sollte man nicht . . .«

John zog aus seiner Jackentasche ein Päckchen mit Heftpflastern und machte sich geschickt daran, die Füße zu verbinden. »So. Damit wird es etwas besser gehen. Aber Sie müssen jetzt die Seilbahn nehmen.«

»Ich will nicht, daß die anderen etwas merken. Ich komme mir so dumm vor.«

»Sie sagen einfach, Sie sind müde.« Er half ihr beim Aufstehen, und als sie den ersten Schritt tat, fragte er besorgt: »Geht's?«

Sie seufzte erleichtert. »Ja. Viel besser.«

Am Nachmittag waren sie schon tief im Negev. Eine einsamere, kargere Gegend hatte Sigrid nie gesehen. Bräunliches Geröll, Sandstein, weit und breit kein Baum oder Strauch. Hügel und Täler wechselten einander ab, boten ein Bild von gleichförmigem Auf und Ab. Die Sonne stach. Einmal sahen sie in der Ferne eine Beduinenfamilie vorbeiziehen, ein Mann ritt auf einem Esel, die anderen gingen zu Fuß, zwei Dutzend Schafe und ein großer Hund folgten ihnen. Ein anderes Mal wies Moshe sie auf einen sandfarbenen Luchs hin, der kaum sichtbar zwischen den Steinen kauerte. Ansonsten schien es hier kein Leben zu geben, aber Moshe sagte, dieser Eindruck sei trügerisch. »Es leben sehr viele Tiere hier. Aber sie sind scheu und wachsam und sehr klug. Sie lassen sich nicht blikken.«

Sie waren alle müde und durchgerüttelt und eher darauf erpicht, etwas zu essen, als weitere Bilder in sich aufzunehmen. Aber je weiter sich der Tag seinem Ende zuneigte, desto eigenartiger wurde das Licht, und als die Sonne unterging, hielt Moshe an, sie stiegen aus und betrachteten gebannt das Schauspiel, in dem sich Himmel und Erde mit Farben und Strahlen zu überbieten versuchten. Das ehemals braune Geröll flammte auf in einem tiefen Rot, das in ein schillerndes Violett überging, und der rosaüberhauchte Himmel mochte nicht nachstehen; er tauchte sich in ein dramatisches Purpur, das über ein leuchtendes Orange zu einem glutvollen Karmesin wurde. Und auf einmal lebte alles ringsum, lebte nur durch dieses Licht der sich verabschiedenden Sonne, die jeden Winkel zu erfüllen und alle Schatten zu verjagen schien. Sie inszenierte einen grandiosen, wilden Abgang – und dann, fast von einem Moment zum anderen, war es dunkel.

Keiner hatte gesprochen, und keiner hatte mehr an Hunger und Durst gedacht. Nach und nach erst erwachten sie aus ihrem betäubten Staunen.

»Phantastisch«, sagte Steve.

»Unbeschreiblich«, stimmte Tom zu.

Moshe lächelte. »Sie hatten Glück. Heute war es besonders

schön. Wie ist es – sollen wir hier unser Lager aufschlagen?«

Alle waren dafür. Gemeinsam bauten sie die zwei Zelte auf. Moshe zeigte ihnen, wie es ging, und nachdem sie sich zuerst ziemlich ungeschickt angestellt hatten, ging es ihnen dann doch rasch von der Hand. Moshe kratzte sich am Kopf. »Schicklich wäre es, wenn Sigrid ein Zelt bekäme, und wir vier Männer das andere. Aber es wäre auch ziemlich eng. Könnten Sie sich vorstellen, Sigrid, Ihr Zelt mit einem Mann zu teilen?«

Sigrid hatte das schon befürchtet, und sie wußte, daß sie sich lächerlich machen würde, wenn sie nein sagte.

»Natürlich«, erwiderte sie daher, »kein Problem.«

Es war kühl geworden, sie kramten ihre Pullover hervor und zogen sie an. Aus mitgeführtem Holz und Reisig entzündete Moshe ein Feuer. Sie brieten Fleisch und Kartoffeln, dazu gab es Sesambrot, Salat, Käse und Oliven. Sie tranken israelischen Wein und verspeisten zum Nachtisch einen Berg Blintzes – Pfannkuchen – und Nüsse. Der Schein des Feuers und ein paar Petroleumlampen spendeten Licht. Aus der Wüste erklangen die Laute der Tiere, die jetzt im Schutz der Dunkelheit mutiger wurden. Das Heulen eines Kojoten durchschnitt die Nacht, ein Wispern, ein Flüstern, Huschen und Rascheln kam aus allen Ecken. Friedlich und müde saßen die vier Männer und Sigrid um das Feuer, sprachen wenig, hingen jeder seinen Gedanken nach. Sigrid fühlte sich ein wenig umnebelt vom Wein und hatte den angenehmen Eindruck, das Leben sei ganz einfach. Auch später als sie im Zelt in ihren Schlafsack kroch – ihre Jeans hatte sie schnell ausgezogen, den Pullover jedoch anbehalten – und John neben ihr lag, empfand sie diese Situation keineswegs als störend, wie sie zunächst gedacht hatte. Ohnehin schlief sie so schnell ein, daß sie gar nicht mehr dazu kam, sich Gedanken zu machen. Als letztes überlegte sie nur etwas beklommen, was dieser Amerikaner wohl sagen würde, wenn er wüßte, daß sie bis zu dieser Stunde noch nicht eine Nacht mit einem Mann in einem Raum geschlafen hatte.

Die Panne ereignete sich am nächsten Mittag, als sie tief in der Wüste waren und seit vielen Stunden keinen Menschen mehr gesehen hatten, oder auch nur etwas, das entfernt an eine menschliche Behausung erinnerte. Eine fast unerträgliche Hitze lastete über dem Land. Tom und Steve photographierten eifrig.

»Noch zwei Stunden«, sagte Moshe, »und wir sind in Elat. Am Roten Meer. Schöner kann man nirgendwo auf der Welt schwimmen und tauchen.«

Sie hatten sich am Morgen nur die Zähne mit Mineralwasser putzen, sich aber nicht waschen können und fühlten sich staubig und verschwitzt. Ein herrlicher Gedanke, in klares Meerwasser zu tauchen. Sie legten eine Rast ein, um sich mit Käse und Trauben zu stärken. Als sie weiterfahren wollten, sprang der Wagen nicht an. Es war nur ein leises, knisterndes Geräusch zu hören, als Moshe den Zündschlüssel umdrehen wollte, dann verstummte das Auto und reagierte auf nichts mehr.

»Verdammt«, sagte Moshe und ließ die Kühlerhaube aufspringen, »was ist denn jetzt los?«

»Vielleicht kein Benzin mehr«, sagte Sigrid, aber Steve schüttelte den Kopf. »So klang das nicht. Ich fürchte, da ist eher etwas mit der Batterie.« Er beugte sich ebenfalls über den Motor. Nach und nach verließen auch die anderen den Wagen. Sigrid merkte dabei, daß ihre Füße, angeschwollen durch die Hitze, stärker schmerzten. Johns Verbände konnten nicht verhindern, daß sich die Blasen aufrieben.

Bitte, jetzt nur keinen Fußmarsch, dachte sie ängstlich, ich komme keine fünf Meter weit!

Nach einer halben Stunde waren alle Männer am Ende ihrer Weisheit angelangt. Keiner vermochte herauszufinden, was los war, noch weniger natürlich, wie man den Schaden beheben könnte. Moshe war wütend und entnervt. »Das ist noch nie passiert! Noch nie! Jetzt sitzen wir fest!« Wütend trat er gegen einen Reifen. »Es hilft nichts. Wir müssen zu Fuß nach Elat. Dort muß ich dann sehen, daß ich einen Mechaniker finde, der mit mir hierher zurückfährt und diese Kutsche wieder in Gang bringt!«

»Wie lange werden wir laufen?« fragte Steve.

»Gut fünf Stunden. Wir können natürlich nicht sofort los. Wir müssen bis zum Sonnenuntergang warten.«

»Ich schaffe das nicht«, sagte Sigrid.

Alle sahen sie an.

»Warum nicht?« fragte Moshe.

»Meine Füße. Ich wollte nicht darüber sprechen, aber ... ich habe schon seit gestern furchtbare Blasen. Ich kann kaum noch laufen.«

Moshe schimpfte auf hebräisch los, und als er sich beruhigt hatte, sagte er: »Okay. Dann müssen Sie hier warten, bis ich mit dem Mechaniker komme. Aber das kann bis morgen früh dauern. Wer von den Herren übernimmt es, der Dame Gesellschaft zu leisten? Mr. David?«

»Selbstverständlich«, sagte John.

Aus einer großen Plane bauten sie ein Sonnendach, unter dem sie die Stunden bis zur Dämmerung verbrachten. Sie packten die Rucksäcke, und Moshe überprüfte, ob auch genug Vorräte bei den Wartenden zurückblieben. »Ihr könntet eine Belagerung überstehen«, sagte er, »Wasser ist genug da, Essen auch. Ein Feuer werde ich euch noch anzünden. Es kann nichts passieren, wenn ihr euch nur nicht hier vom Auto wegbewegt!«

»Das tun wir bestimmt nicht«, versicherte Sigrid, »ich könnte ohnehin nur noch kriechen.«

Die Sonne stand schon tief über den Hügeln, als Moshe, Tom und Steve aufbrachen. Sie trugen Rucksäcke mit Wasserflaschen und Proviant. Jeder hatte eine Taschenlampe, Moshe zusätzlich einen Kompaß bei sich. Seine Hoffnung war, daß sie auf einer der Straßen durch die Wüste von einem Auto mitgenommen würden. Er fand den Gedanken, zwei Personen seiner Gruppe zurückzulassen, deutlich sehr unangenehm, aber nachdem er sich Sigrids Füße angeschaut hatte, unternahm er keinen Versuch mehr, sie doch noch zum Mitkommen zu überreden. Er schärfte ihnen noch einmal ein, sich auf keinen Fall vom Auto wegzubewegen, dann stapften die drei davon, wurden immer kleiner und verschwanden schließlich hinter der nächsten Hügelkette.

»So«, sagte John, »jetzt sind wir alleine. Jetzt können wir nur noch warten.«

»Es tut mir leid, daß Sie jetzt hier sitzen müssen – nur wegen meiner neuen Schuhe. Andernfalls hätten Sie heute nacht irgendwann eine weiches Hotelbett bekommen und eine Dusche.«

»Vielleicht finde ich es schöner, die Nacht hier mit Ihnen zu verbringen«, erwiderte John.

Seine Stimme hatte einen Klang, wie ihn Sigrid noch nie vernommen hatte. Sein blasses Gesicht hatte Farbe bekommen im Licht der untergehenden Sonne. Er lächelte. »Oder fanden Sie es schrecklich, letzte Nacht mit mir in einem Zelt zu schlafen?«

»Nein. Überhaupt nicht. Und ich ... ich finde es schön, daß ich Sie kennengelernt habe, John.« Zu ihrem Ärger merkte sie, daß sie rot wurde. Hoffentlich sah John es nicht in der Farbenvielfalt des Sonnenunterganges.

»Ich finde es auch schön«, sagte er, »und bevor wir uns jetzt etwas zu essen machen, werde ich Ihre Füße noch einmal verbinden. Vielleicht ...«, er kramte eifrig in seinem Verbandszeug, »vielleicht haben Sie ja Lust, mich auch in Jerusalem einmal wiederzusehen, und wir könnten viel mehr miteinander unternehmen, wenn Sie bis dahin wieder in der Lage wären, zu laufen.«

## 9

Markus reiste am nächsten Tag in aller Frühe von Sylt ab. Er hatte sich im *Miramar* in Westerland einquartiert, und er war sicher, daß Alex durch ununterbrochenes Herumtelefonieren im Laufe des Vormittages herausbekäme, wo er abgestiegen war, und dann hier aufkreuzte. Sie zu sehen aber hätte seine

Kräfte überstiegen, mit ihr zu reden konnte er sich schon überhaupt nicht vorstellen. Er konnte sich lebhaft ausmalen, wie sie ihm ihre Empfindungen darlegen würde, die sie zurück in Liliencrons Arme getrieben hatten; eine Unmenge kluges Wortgeklingel, um der brutalen Wahrheit eine sanftere Umschreibung zu geben: Ich liebe einen anderen. Ich verlasse dich.

Und am Ende würde sie in Tränen ausbrechen, und er würde noch das absurde Gefühl haben, sie über die Tatsache, daß sie ihm weh tat, hinwegtrösten zu müssen.

Es lag in ihrer beider Interesse, daß sie um eine Szene dieser Art herumkamen.

Er hatte kein Auge zugetan in der Nacht, und er hatte getrunken, was die Minibar hergab, ohne auch nur im mindesten in den Genuß einer alkoholischen Betäubung zu gelangen. Er bekam Kopfweh, fühlte sich aber kein bißchen umnebelt. Die Wirklichkeit lag klar und scharf umrissen vor ihm. Mit einer ganzen Kiste Wodka hätte er es nicht geschafft, ihr zu entfliehen.

Vom Hotel aus noch hatte Markus am Flughafen in Hamburg angerufen und sich erkundigt, ob er auf einer der Vormittagsmaschinen nach München noch einen Platz bekommen könnte. Glücklicherweise war das tatsächlich möglich. Wie ein krankes Tier in seine Höhle, so wollte er so schnell es nur ging nach Hause.

Die eigenartige Klarheit, in der er sich bewegte, blieb ihm während des ganzes Fluges erhalten. Eine Klarheit, mit der er die Dinge und sich selbst ohne Beschönigung sah, ohne Hoffnung. Er sah einen zweiundsechzigjährigen Mann, der am Ende war. Seelisch, finanziell, gesellschaftlich. Und nach all der wilden Verzweiflung der letzten Wochen und Monate war es eigenartig und neu für ihn, daß ihn die Tatsache, am Ende zu sein, nicht mehr wirklich berührte. Die Spitze des Schmerzes prallte an einem unsichtbaren Panzer ab, der sich irgendwann in den vergangenen zwölf Stunden um sein Gemüt gelegt hatte. Mit der kühlen Objektivität eines neutralen Beobachters konnte er seine Situation analysieren. Er wußte nun endlich, was er tun wollte. Das hatte ihm seine Ruhe zurückgegeben.

Sein Auto stand am Flughafen in Riem geparkt, er stieg ein und fuhr zur Garmischer Autobahn. Ein blitzblauer Himmel wölbte sich über das Münchner Land. Die Alpen schienen dem Auto entgegenzukommen, so hoch und nah lagen sie vor ihm.

Ausfahrt Münsing/Wolfratshausen. Grüne Wiesen. Bald würden wieder buntgescheckte Kühe hier grasen, jeden Tag konnte es soweit sein. In den Dörfern waren die Maibäume geschmückt. Und dann käme das Ansegeln auf dem See ... und die Biergärten füllten sich, und die Kastanien stünden in vollem Laub.

Er hielt am oberen Zaun seines Grundstücks und stieg aus. Das Gartentor quietschte leise, als er es aufstieß. Im Haus war es still, das Kindermädchen mußte mit Caroline fortgegangen sein. Er erinnerte sich, daß sie ihm kurz vor seiner Abreise gesagt hatte, sie wolle Felicia wieder einmal mit dem Kind besuchen. »Das freut die Uroma doch ...« Diese Erinnerung warf ein zynisches Lächeln auf seine Lippen. Das Mädchen kannte Felicia nicht. Die machte sich nichts aus Kindern, seien es ihre eigenen, ihre Enkel oder Urenkel. Sie war das Urbild aller Frauen der Familie. Hart und egoistisch. Männer gingen neben diesen Frauen langsam und von ihnen unbemerkt ein, wenn sie nicht Verstand und Willenskraft genug besaßen, sich beizeiten abzuseilen.

Langsam ging er durch die Zimmer, erinnerte sich daran, wie er das Haus gekauft hatte. Kurz vor Carolines Geburt, eine Überraschung für Alex, aber auch ein Geschenk an sich selber. Schauplatz und Hort einer glücklichen Familie hatte es sein sollen. Er hatte sich so sehr noch weitere Kinder gewünscht, hatte aber nicht gewagt, mit Alex davon zu sprechen. Sie hatte sich zu sehr verändert. Wo war das scheue, junge Mädchen geblieben, das er geheiratet hatte? Fast unmerklich war ihr Gesichtsausdruck ein anderer geworden, härter und verschlossener.

Schaffte es Dan Liliencron, ihrem Lachen Weichheit und Zauber wiederzugeben?

Dieser Gedanke tat so weh, daß Markus ein leises, gequältes Stöhnen nicht zurückhalten konnte.

Er trat in sein Arbeitszimmer und betrachtete die Ordner in den Regalen. Diese Ordner enthielten, säuberlich abgeheftet, die ganze bittere Wahrheit über sein finanzielles Fiasko; er hatte sie nach und nach mit nach Hause genommen, damit nicht im Büro seine Sekretärin plötzlich darin zu blättern begänne und das Ausmaß des Unglücks begriff. In der Firma wußten sie natürlich, daß die Dinge nicht zum besten standen, aber sie hatten keine Ahnung, wie weit die Katastrophe fortgeschritten war. Immer hatte Markus gedacht: Ich bring' das schon in Ordnung. Warum soll ich damit jemanden aufregen?

Nun berührte er mit den Fingern leicht die grünen Papprükken und fragte sich verwundert, warum sich keine Empfindungen in ihm regten. In ihm war nur eine große Stille.

Er setzte sich hinter seinen Schreibtisch und zog die linke obere Schublade auf. Sie war angefüllt mit Tabletten. Medikamente gegen Kopfschmerzen, gegen Müdigkeit, gegen Magengeschwüre, gegen Kreislaufschwäche, gegen Bluthochdruck, gegen Herzrasen, gegen Angstzustände, gegen Depressionen.

»Sie schlucken viel zuviel, Herr Leonberg«, hatte Dr. Reinsdorfer immer wieder warnend gesagt, »Tabletten sind keine Lösung für Probleme.«

Sie würden die letzte und endgültige Lösung für alles sein. Er ignorierte bewußt die silbergerahmte Photographie von Alex vor sich auf dem Tisch; tief in ihm lauerte die Furcht, ihr Anblick könnte seine tödliche Ruhe stören und ihn hindern, sein Vorhaben auszuführen. Zumal das Bild die Alex zeigte, in die er sich verliebt hatte, das Mädchen mit den langen Haaren und den folkloristischen Kleidern aus bunten Stoffen.

Er stand auf, öffnete einen Schrank, in dessen Innerem sich eine Bar befand; die Flaschen standen auf dunkelgrünem Samt, und hinter ihnen, auf der rückwärtigen Innenseite des Schrankes, war ein Spiegel angebracht. Markus sah sein bleiches Gesicht mit den blutleeren Lippen. Er griff nach der Whiskyflasche und nach einem Glas, ging dann schwerfällig zum Tisch zurück. Eine leise Unruhe überkam ihn, er merkte, daß die Betäubung, die seit dem frühen Morgen über ihm lag, nicht ewig anhalten würde. Wenn er wieder zu fühlen und zu denken begänne, würde er nicht mehr tun, was er tun wollte. Schon der Anblick seines Gesichtes hatte seiner Mauer aus Ruhe einen Riß zugefügt, hatte etwas von der schrecklichen Verzweiflung der letzten Monate zum Klingen gebracht, und auf die Verzweiflung, das wußte Markus, folgte Angst, und Angst konnte er nicht brauchen.

Er nahm Schlaftabletten und Beruhigungspillen aus der Schublade, sie hatten dieselbe Größe, nur waren die einen weiß, die anderen rosa. Insgesamt handelte es sich um hundertzwölf Tabletten. Zusammen mit dem Whisky müßte das ausreichen.

Das erste Glas Whisky trank er einfach so, und im Gegensatz zu gestern abend hatte der Alkohol jetzt eine wohltuende Wirkung, er verstärkte die Ruhe und verströmte Wärme in seinem Körper.

Mit dem zweiten Glas erst fing er an, die Tabletten zu schlukken. Er nahm immer gleich zehn Stück in den Mund, Schlucken hatte ihm nie etwas ausgemacht, und so spülte er sie leicht hinunter. Er fragte sich, wann das Zeug wirken würde, und bemerkte bereits eine angenehme Mattigkeit. Es fiel ihm schwer, sich zu konzentrieren, aber das mochte auch am Alkohol liegen. Zwei große Gläser Whisky auf nüchternen Magen und dazu einen Haufen ziemlich harter Beruhigungspillen ... er beschloß, mit dem dritten Glas und den restlichen Tabletten einen Moment zu warten ... er mußte sich nur kurz ausruhen ... nur zwei oder drei Minuten ... er würde schon nicht einschlafen, er würde gleich weitermachen ...

Er lehnte sich in seinem Sessel zurück ... es tat so gut, die Augen zu schließen ... seine Lider waren so schwer ... nur einen Moment ... einen kurzen Moment ...

Am späteren Vormittag rief Dan an, und er war hörbar erleichtert, daß Alex an den Apparat kam.

»Alex, ich bin es, Dan. Kannst du sprechen?«

»Ja. Markus ist schon gestern abend gegangen. Ich bin allein.«

»Was hat er noch gesagt?«

»Wenig. Was gab es auch zu sagen? Ach, Dan, ich habe keine Minute geschlafen heute nacht. Heute früh habe ich jedes Hotel der Insel angerufen, und ich habe auch das gefunden, in dem Markus übernachtet hat. Aber er war schon abgereist. Sicher zurück nach München.«

»Vermutlich«, stimmte Dan zu.

»Natürlich ist er noch nicht angekommen. Ich habe zu Hause angerufen, da war aber nur das Kindermädchen. Sie will mit Caroline heute zu Felicia. Vielleicht ist es gut, wenn er allein ist, wenn er ankommt.«

»Sicher. Er will bestimmt niemanden sehen.«

»Andererseits ...«, es war nur eine kurze, jähe Angst, die Alex durchzuckte, »ich hoffe nicht, daß er ...«

»O nein, Alex, mach dir bitte nicht solche Sorgen. Ich komme gleich zu dir, und wir reden über alles, ja?« Er legte auf. Zehn Minuten später war er da. Er hatte in einer kleinen Kampener Pension übernachtet, »in der ersten, über die ich gestern abend praktisch gestolpert bin«. Auch er sah müde und übernächtigt aus.

»Ich war noch nie in einer dieser filmreifen Situationen«, sagte er, »wenn plötzlich der Ehemann in der Tür steht ... allerdings hatte ich auch noch nie etwas mit einer verheirateten Frau. Ich kam mir so lächerlich vor, gestern.«

»Und ich komme mir vor wie ein Monster«, sagte Alex. Sie trug eine Gymnastikhose, einen Pullover und Joggingschuhe, hatte sich weder die Haare frisiert noch das Gesicht geschminkt. »Es muß ihm so verdammt weh getan haben. Es muß jetzt noch so weh tun. Ich wollte nicht, daß er es so erfährt, auf eine so ... geschmacklose Weise.«

»Ich wollte das ja auch nicht. Aber es ist nun mal passiert. So oder so, du hättest es ihm irgendwann sagen müssen. Angenehm wäre es in keinem Fall gewesen.«

»Ich weiß«, murmelte Alex, »aber ...« Sie brach ab. Sie wußte nicht, wie sie die Sorge formulieren sollte, die sich in ihrem Innern ausbreitete, wußte nicht einmal genau, welcher Art diese Sorge war. Was bedrängte sie? Was fürchtete sie?

»Ach, Dan«, sagte sie leise.

Er zog sie an sich. »Es wird schon alles gut. Reg dich nicht auf.«

Seine Stimme klang beruhigend, aber sie vermochte Alex nichts von ihrer Angst zu nehmen. Über seine Schulter hinweg starrte sie zum Fenster hinaus in den sonnigen Frühlingstag und konnte auch dort nichts finden, was ihre Sorgen zerstreut, was ihre Angst besänftigt hätte.

Es war nicht so, daß Felicia ihre Urenkelin Caroline nicht gemocht hätte, aber den ganzen Tag ein kleines Mädchen um sich zu haben entnervte sie von Stunde zu Stunde mehr. Hinzu kam, daß sie das alberne Kindermädchen nicht ausstehen konnte, das immer mit einer unnatürlichen Zwitscherstimme sprach und gurrende Laute ausstieß wie eine liebeskranke Taube. »So, und jetzt geht die kleine Caroline noch ein bißchen im Garten spazieren ... jetzt geht die kleine Caroline hinunter an den See ... jetzt trinken wir schön einen Schluck von dem leckeren Kakao ...«

Felicia fragte sich, warum viele erwachsene Menschen völlig schwachsinnig werden, wenn sie mit Kindern sprechen.

Endlich, gegen halb fünf, gelang es ihr, die Besucher hinauszukomplimentieren. Sie wollte am Abend noch nach München fahren und Maksim in seinem Hotel besuchen. Vielleicht gelang es ihr, ihn zu einem Abendessen zu überreden. Es ging ihm nicht gut in den letzten Tagen, er lag viel im Bett und aß kaum etwas. Mit all ihrem Optimismus konnte sich Felicia nicht darüber hinwegtäuschen, daß sein Tod dicht bevorstand. In Monaten durfte sie womöglich gar nicht mehr rechnen, nur in Wochen.

Seltsam, wie sehr ein Tag wie der heutige sie anstrengte! Sie war eben doch eine alte Frau. Rasch beschloß sie, sich noch eine Stunde hinzulegen, ehe sie nach München fuhr. Innerhalb einer Minute war sie fest eingeschlafen.

Das Schrillen des Telefons ließ sie aufschrecken. Schlafumfangen wie sie war, umgeben von dieser vollkommenen, nachmittäglichen Stille, empfand sie ein Gefühl der Bedrohung. Aber das lag wohl nur an ihrer ständigen leisen Angst vor einer schlechten Nachricht. Seit Maksim da war, fürchtete sie das Läuten des Telefons.

»Lavergne.«

Vom anderen Ende klang ein hysterisches Schluchzen. Felicia erinnerte sich an den schrecklichen Moment, als Chris sie nach Simones Tod anrief. O Gott, dachte sie. Sie war jetzt hellwach, und ihr Herz raste.

»Wer ist da bitte?«

»Ich ... Britta ... ich bin es ...«

Wer zum Teufel war Britta? O natürlich, das hirnlose Kindermädchen!

»Ist etwas mit Caroline?« fragte Felicia hastig.

»Nein ... aber mit ... mit ...«

»Verdammt, nehmen Sie sich zusammen. Was ist los?«

»Herr Leonberg, er ...«

»Was ist mit ihm?«

»Ich ... ich glaube ... er ist tot ...«

Sigrid lief die Straße entlang, im Arm eine große Tüte voll knuspriger, warmer Brötchen. Hier in Rechavia, dem deutschen Viertel Jerusalems, gab es viele solcher typisch deutschen Köstlichkeiten zu kaufen, und Sigrid fand es besonders schön, daß John gerade hier eine Wohnung gemietet hatte.

Aber abgesehen davon – sie fand alles schön an ihm!

Sie hätte nie gedacht, daß sich ihr Leben so schlagartig, so plötzlich, so grandios ändern könnte. Daß sie auf einmal die Straße entlanglaufen und dabei glauben würde, zu schweben.

Daß ein leuchtender Frühsommermorgen sie verrückt machen würde vor Freude. Daß sie jeden Abend neben einem Mann einschlafen, am Morgen neben ihm aufwachen und ihn als das Beste in ihrem Leben empfinden würde.

Die einsame Nacht in der Wüste hatte sie zusammengebracht. Sie hatten um das Feuer gesessen und geredet und geredet, und irgendwann hatte John Sigrids Gesicht zwischen seine Hände genommen und ihre Lippen geküßt. Sie hatte gemerkt, wie sich ihr ganzer Körper in Abwehr verkrampfte, und John lächelte. »Was ist? Magst du es nicht?«

Aber sie mochte es, mochte auch neben ihm auf der Erde liegen und seine Hände auf ihrem Körper spüren. Sie mochte alles plötzlich, wovon sie immer gedacht hatte, es würde sie entsetzen. Irgendwann, vor langen Jahren, hatte sie es aufgegeben, auf einen Mann zu hoffen, darauf, von ihm geliebt und begehrt zu werden. Sie hatte sich gesagt, daß sie ihn nicht brauche zum Leben, daß es vieles gebe, was wichtiger und interessanter sei. Nun begriff sie, was sie versäumt und im tiefsten Innern voller Schmerzen vermißt hatte. Sie hatte einen Teil des Lebens ausgesperrt, und es hatte sich gerächt, indem es ihr die Empfindungen versagte, die die ganze Welt in strahlenderen Farben erscheinen lassen. Um ein Haar wäre sie zu einer der traurigen Knospen geworden, die verblühen, ehe sie sich entfaltet haben.

Einer tief in die Arme des anderen geschmiegt, waren sie eingeschlafen in ihrem Wüstenzelt, und ein leuchtender Sonnenaufgang hatte sie geweckt am nächsten Morgen. Über dem Spirituskocher aus dem Bus hatten sie Eier und Kaffee gekocht, und zwei Stunden lang hatten sie gefrühstückt und wieder geredet, als seien Schleusen geöffnet worden. Sigrid wußte nun, daß John Journalist war und für eine New Yorker Zeitung arbeitete. Vor einem Jahr war er nach Israel gekommen.

»Ich mußte raus aus dem Alltagstrott. New York fing an mich zu erschlagen. Dann kam noch eine unglückliche Liebesgeschichte hinzu ... ich hatte mir immer schon gewünscht, einmal für längere Zeit nach Israel zu gehen. Das war der Zeitpunkt.

Mein Chef machte mich zum Israelkorrespondenten. So kam ich her.«

Natürlich berichtete er auch von früher. Er war 1941 in Krakau geboren, hatte aber überhaupt keine Erinnerung mehr an Polen. »Es gelang meinen Eltern, mich 1942 nach England bringen zu lassen – mit Hilfe von Bekannten, die sich dann auch weiter um mich kümmerten. Viel später erst habe ich recherchiert, was aus Vater und Mutter geworden ist. Sie kamen beide ins Warschauer Ghetto. Meine Mutter wurde dann nach Treblinka gebracht und ermordet. Mein Vater starb beim Aufstand im Ghetto. Keiner aus der Familie hat überlebt, Großeltern, Onkel, Tanten. Nur ich. Von England aus ging ich später nach Amerika. Dort habe ich studiert.«

Als er dies erzählte, war Sigrid blaß geworden. John merkte es sofort. »Solche Geschichten regen dich auf, ja? Es tut mir leid. Ich werde nicht mehr davon sprechen.«

»Doch, du mußt davon sprechen. Wie willst du sonst mit dieser Vergangenheit leben? Es ist nur, weil . . .«

Er sah sie aufmerksam an. »Weil?«

»Vielleicht, weil ich deutsch bin«, sagte sie leise und wußte, daß sie ihm jetzt nicht die ganze Wahrheit sagte. So wie sie ihn in einem einzigen Punkt ihrer Lebensgeschichte belogen hatte. Sie hatte aus ihrem Vater einen Frontsoldaten des zweiten Weltkriegs gemacht, einen soliden Mann, Lehrer von Beruf, von Hitler wie so viele andere für seine größenwahnsinnigen Pläne verheizt.

»Er ist in Rußland gefallen. Ich habe keine Erinnerung an ihn.« John zweifelte die Geschichte natürlich keinen Moment lang an. Wie sollte er auch, es klang so einleuchtend und normal, was sie erzählte. Ein Fall, wie es ihn tausendfach gegeben hatte.

Sigrid stieß das Gartentörchen auf, das zu dem von John gemieteten Häuschen gehörte. Rechavia war tatsächlich auch äußerlich ein deutsches Viertel, überaus gepflegt, jedes Grundstück säuberlich umzäunt, herausgeputzte Gärten, hübsche, solide Häuser. Auch der steinerne Gartenweg, den Sigrid nun entlanglief, war eingefaßt von abgezirkelten Blumenrabatten. John spottete immer darüber. »Es ist wirklich spießig. Aber als ich hierherkam und mich ziemlich verloren fühlte, kam es mir so anheimelnd vor. Also beschloß ich, hier zu bleiben.«

Und es ist auch schön hier, dachte Sigrid, ich liebe dieses Haus. Ich liebe dich, John.

Und insgeheim sandte sie ein Stoßgebet zum Himmel, bat, John möge nie herausfinden, wie ihre Vergangenheit tatsächlich aussah. Er dürfte nie ihre Mutter treffen, nie die Schwestern, keinen aus der Familie. Am besten, er käme nie nach Deutschland.

Er hatte schon den Tisch auf der Veranda in der Morgensonne gedeckt, Kaffee gemacht und Orangen ausgepreßt. Eier und Speck dufteten.

Sigrid schüttete ihre Brötchen in den Brotkorb. John lachte. »Wieder einmal genug für eine ganze Kompanie! Du hast keine Ahnung, wie schön es ist, nicht mehr alleine zu frühstücken jeden Morgen.«

Sigrid fand es herrlich, in John einen Mann getroffen zu haben, der wie sie das Frühstück von allen Mahlzeiten des Tages am meisten liebte. Man konnte so wunderbar dabei reden. Sie waren bei der zweiten Kanne Kaffee, als das Telefon klingelte.

»Vergiß es«, sagte John, »es ist Sonntag.«

Das Läuten setzte sich jedoch beharrlich fort, so daß er schließlich aufstand und hineinging. Gleich darauf kam er wieder. »Für dich, Sigrid.«

Vermutlich ihre Mutter. Die hatte die Nummer von der Pension gehabt, und Sigrid hatte dort hinterlassen, wo sie von nun an zu erreichen war. Und nun war auch noch John an den Apparat gegangen! Mama würde genau wissen wollen, wer er war und welche Rolle er in ihrem Leben spielte.

Aber es war nicht ihre Mutter, es war ihre Schwester Kristin.

»Sigrid, wie gut, daß ich dich erreiche!«

»Ist etwas passiert?« fragte Sigrid alarmiert. Hoffentlich nicht mit Mutter. Trotz allem, nicht mit ihr!

»Ja, aber nicht mit Mama. Auch nicht mit Ursula. Aber ...«

»Ja?«

»Ich dachte, du solltest es wissen. Alexandras Mann ... stell dir vor, er hat sich das Leben genommen. Mit Schlaftabletten.«

»Das ist ja entsetzlich! Warum hat er das getan?«

»Ich habe mit Felicia gesprochen. Sie hat sich ein bißchen vage ausgedrückt. Offenbar gingen seine Geschäfte ziemlich schlecht. Und seine Ehe mit Alex muß schon seit einiger Zeit in einer Krise gesteckt haben.«

»Wie furchtbar! Weißt du, wie es Alex geht?« Obwohl die Kusinen wenig Kontakt miteinander gehabt hatten, fühlte Sigrid tiefes Mitleid. Es war schlimm, einen Menschen zu verlieren, aber doppelt schlimm, wenn es auf diese Weise geschah. Sie dankte ihrer Schwester für den Anruf und ging langsam nach draußen.

»Du bist ja ganz blaß«, sagte John, »was ist denn?«

Sie erzählte es ihm. Dann starrte sie mit großen Augen in den blühenden Garten. »Die arme Alex! Sie ist eine sehr tüchtige, intelligente junge Frau, weißt du. Hoffentlich wirft sie diese Geschichte nicht aus der Bahn.«

## 10

Wie bleich sie ist, dachte Andreas, und wie mager! Diese Linien in ihrem Gesicht – dabei ist sie noch nicht mal dreißig.

Er sah seiner Tochter entgegen, als sie über den Flughafen von Los Angeles auf die Sperre zuging, die sie beide voneinander trennte. Sie trug ein schwarzes Kostüm, und obwohl sie schon seit langem sehr dünn gewesen war, schlabberte es nun wie ein Sack an ihr herum. Als einziger Schmuck blitzte ihr goldener Ehering an der rechten Hand. Ihr ungeschminktes Gesicht sah nackt und zerquält aus.

»Daddy!« Sie umarmte ihn, er fühlte ihre hervorstehenden Rippen.

»Wie schön, daß du hier bist!«

»Selbstverständlich bin ich hier! Wenn sich meine einzige Tochter endlich einmal blicken läßt... gib mir deinen Koffer. Du hast so dünne Handgelenke, man dürfte dich nicht einmal eine Handtasche tragen lassen.«

Sie traten hinaus ins Freie, und Alex schloß kurz die Augen.

»Es riecht nach Los Angeles. Unverwechselbar.«

»Ja. Smog. So wie hier findest du ihn selten auf der Welt.«

»Ist Mutter daheim?«

»Ja, aber bevor wir zu ihr fahren, statten wir Giuseppe einen Besuch ab. Wie früher. Ich muß dich mit viel Pasta päppeln, damit du wieder etwas auf die Rippen bekommst.«

Sie betrachtete ihn zärtlich. Alt sah er aus, viel älter, als sie es in Erinnerung gehabt hatte. Ihr schöner, eleganter Vater hatte an Glanz verloren. Zum erstenmal fragte sie sich, was es für ihn bedeutet hatte, das Leben an der Seite einer Frau wie Belle zu verbringen; bislang hatten sie eher die Auswirkungen auf die Kinder, die mit dieser Mutter groß geworden waren, interessiert. Jetzt erfaßte sie Erschöpfung und Frustration ihres Vaters. Er hatte es wohl nicht leicht gehabt.

Armer Dad, dachte sie.

Bei Giuseppe bestellte Andreas trotz ihres Protestes eine große Portion Spaghetti al Pesto für sie und sagte, sie dürfe nicht vom Tisch aufstehen, ehe sie nicht ihren Teller leer gegessen habe. Alex mußte lachen, aber dabei traten ihr schon wieder die Tränen in die Augen, und fast wäre das Lachen in einem Fiasko geendet. Sie würgte ein paar Gabeln mit Nudeln hinunter, dann legte sie ihr Besteck beiseite. »Es geht nicht, Dad. Tut mir leid.«

Er sah sie an. »Magst du reden?«

»Ich weiß nicht..., alles, was ich nach der Beerdigung und nach den Gesprächen mit den Banken wußte, war, daß ich fortwollte. Nach Hause. Zu dir und Mutter. Und jetzt sitze ich hier und merke...«

»Was merkst du?«

»Daß es hier nicht aufhören wird, weh zu tun. Hier nicht und nirgendwo. Es wird nie aufhören.«

»Doch, Liebling. Du kannst es dir jetzt nicht vorstellen, aber es wird aufhören. Du wirst wieder glücklich sein.«

Sie starrte verzweifelt auf ihren Teller und merkte, daß die Tränen schon wieder aufstiegen. Die Bilder von der Beerdigung standen wieder vor ihren Augen.

Der schreckliche, schwarze Sarg.

Großmutter Felicia, das Gesicht überschattet von einem breitrandigen, schwarzen Hut, die Hände in eleganten Spitzenhandschuhen.

Caroline, die nichts begriff und ihren Teddy an sich gepreßt hielt.

Nicola mit ihrer Tochter Julia, einer ernsten, stillen Frau. Sergej hatten sie daheim gelassen, weil er große Schmerzen hatte.

Chris . . . welch ein Trost war Chris gewesen! Sie hatte sich auf seinen Arm gestützt, als sie hinter dem Sarg her zum Grab gingen. Ein Jahr zuvor Simone. Nun Markus.

Dan war nicht gekommen, sie hatte ihn darum gebeten. Sie hatte ihn auch nicht mehr getroffen, hatte ihm gesagt, er solle sie nicht mehr anrufen. »Laß mir Zeit, bitte. Versteh, daß ich Zeit brauche.«

Sie hatte Markus' Kind getötet. Sie hatte ihn getötet. Sie konnte an nichts anderes denken, als der Sarg in die Erde gesenkt wurde.

»Wenn du weinen mußt«, sagte ihr Vater nun behutsam, »dann weine ruhig.«

Aber sie behielt die Kontrolle. »Ich will nach Hause, Dad«, sagte sie.

»Okay.« Andreas legte ein paar Geldscheine auf den Tisch und stand auf. »Fahren wir.«

Es waren fast zehn Jahre vergangen, seit Alex zuletzt daheim gewesen war, aber es schien sich nichts verändert zu haben. Weiß und kühl lag das Haus eingebettet zwischen blühenden Blumen und Sträuchern. In der Eingangshalle hingen noch dieselben Bilder, auf dem Boden lagen dieselben Teppiche.

»Ihr habt alles gelassen, wie es war«, sagte Alex, »das ist ein gutes Gefühl.«

»Dein altes Zimmer ist auch völlig unberührt. Es steht sogar noch jedes Buch an seinem Platz. Willst du es sehen?«

»Ja.« Sie folgte ihrem Vater die Treppen hinauf. Ihr Zimmer lag unter dem Dach, hatte schräge Wände und zwei Fenster in Dachgauben, die hinaus auf den Garten gingen. Durch eine Tür kam man direkt in das angrenzende Bad, das hellblau gekachelt war. Auf einer Kachel klebte noch das Abziehbild von Lassie, das Alex als Zehnjährige dorthin geklebt hatte.

»Wahrscheinlich möchtest du erst deinen Koffer auspacken«, sagte Andreas, »wenn du Lust hast, komm hinunter. Ich bin im Wohnzimmer.«

Sie sah ihm nach, wie er hinausging und die Tür hinter sich zuzog. Seine Schritte verklangen auf der Treppe. Alex ließ ihre Handtasche auf das Bett fallen, plötzlich von Kraftlosigkeit überwältigt. Ihre Energie hatte ausgereicht, sie bis hierher zu bringen, aber nun war sie verbraucht, nichts blieb übrig. Sie fühlte sich sogar zu schwach, um zu weinen, obwohl sie wußte, daß es ihr gutgetan hätte. Sie hatte überhaupt noch nicht wirklich geweint seit Markus' Tod. Die Tränen stiegen ihr in die Augen, lösten sich aber nicht in ein befreiendes Schluchzen. Es war, als sterbe alles in ihr ab und als breite sich eine schreckliche Kälte und Leere in ihr aus, von der sie noch lernen würde, daß sie schlimmer sein konnte als helle Verzweiflung. Ein dumpfer Schmerz nagte in ihrem Inneren, und mit harten Fingern griff eine Einsamkeit nach ihr, die sie nicht mehr losließ. In dem Augenblick, als sie von Markus' Tod erfahren hatte, war dieses Gefühl über sie hergefallen, und sie war davon über den ganzen Atlantik, über den amerikanischen Kontinent hinweg bis in die alte Heimat geflohen. Nun begriff sie, daß es ihr auf den Fersen gefolgt war und sie hier in diesem Zimmer hämisch grinsend einholte. Gerade der Anblick des Vertrauten verschärfte die Trostlosigkeit. Der Schreibtisch, an dem sie ihre Schulaufgaben gemacht hatte. Die Fensterbank, auf der sie mit ihrer Freundin Peggy ganze Nächte durch gekauert und geredet hatte. Der Spiegel, in dem sie sich kritisch gemustert und stets für zu unscheinbar befunden hatte. Das Zimmer, in dem sie erwachsen geworden war.

Erwachsen? Nein, das stimmte nicht, erwachsen war sie nicht gewesen, als sie Markus traf. Vielleicht wurde sie es jetzt.

Mit mechanischen Bewegungen packte sie ihren Koffer aus, hängte alles in den Kleiderschrank. Sie legte die Wäsche in die dafür vorgesehenen Fächer, brachte ihre Kosmetikutensilien ins Bad. Diese Lassie auf der Kachel! Wie hatte sie den berühmten Fernsehhund geliebt! Aber auch das Vertraute erwies sich als unzulängliche Hilfe bei der Bewältigung von Trauer, Schmerz und Schuld.

Obwohl sich Alex sehr müde fühlte, beschloß sie, hinunterzugehen. Sie mußte ihre Mutter begrüßen. Dad würde auch enttäuscht sein, wenn sie sich sofort zurückzöge.

Sie verließ das Zimmer und ging die Treppe hinunter.

Ihre Mutter fand sie im Gartenzimmer. So nannten sie den Raum mit den vielen Glastüren und den braunen Terracottafliesen auf dem Boden, den geflochtenen Korbstühlen und den blühenden Pflanzen in großen Tonkrügen. Es gab einen aus rohen Steinen zusammengefügten Kamin, über dessen Feuer sie früher im Winter oft Steaks gegrillt und Kartoffeln gebraten hatten. Zwischen einer Gruppe deckenhoher Palmen stand ein weißes Sofa; darauf lag Belle. Sie trug eines ihrer weiten Hauskleider, unter dessen Stoffülle sie ihren Körperumfang zu verbergen suchte, hatte keinen Schmuck angelegt und sich nur die Augen geschminkt, ihre Lippen schienen sehr blaß. Ihre Haare wurden von einem schwarzsamtenen Reif zurückgehalten und ergossen sich in einer lockigen Flut über die Polster. Das erste, was sie sagte, als sie ihre Tochter sah, war: »Du hast dir ja deine Haare abschneiden lassen!«

»Ja. Schon vor einigen Wochen.« Alex trat an das Sofa heran, neigte sich über Belle und küßte sie. »Guten Tag, Mutter.«

Belle setzte sich auf. Erleichtert stellte Alex fest, daß sie nicht nach Alkohol roch. Sie zog sich einen Stuhl heran und nahm darauf Platz. Sie wußte nicht, was sie sagen sollte, und zwei Minuten herrschte Schweigen, das schließlich von Belle unterbrochen wurde. »Wie schön, daß du nach Hause gekommen bist, Kind!«

»Ja. Ich bin auch froh, hier zu sein.« Das klang absolut unfroh, aber Belle ging darüber hinweg. »Du hast Caroline nicht mitgebracht?«

»Sie ist gut aufgehoben bei dem Kindermädchen. Und das wiederum wird von Felicia beaufsichtigt. Es kann nichts passieren.«

»Ich hätte die Kleine nur gern gesehen.«

»Tut mir leid.«

»Hast du eine Zigarette für mich?«

Schweigend kramte Alex ihre Zigarettenschachtel aus der Handtasche und hielt sie ihrer Mutter hin. Belle nahm einen tiefen Zug. »Du siehst sehr traurig aus, Alex.«

»Wundert dich das?«

»Ich wollte mitkommen zum Flughafen. Aber dein Vater hielt es für besser, allein zu fahren. Kannst du verstehen, warum? Ich nicht. Aber gut – er macht sowieso, was er will.«

»Er dachte sicher, es ist zu anstrengend für dich.«

»Ich glaube nicht, daß er das dachte«, sagte Belle aggressiv, und Alex merkte, daß sie sich bereits wieder so weit wie möglich von ihrer Mutter fortwünschte, in ihr Zimmer hinauf, wo sie die Tür hinter sich zumachen, sich die Bettdecke über den Kopf ziehen konnte. Die nüchterne Belle erwies sich als genauso schwierig wie die betrunkene – vielleicht sogar als noch schwieriger.

»Wie sind deine weiteren Pläne?« fragte Belle nun. »Bleibst du hier, oder gehst du wieder nach Deutschland?«

»Ich habe noch nicht nachgedacht. Über gar nichts. Ich wollte nur erst weit fort.«

»Ja, es ist schlimm, was das Leben uns antut, nicht? Denke nicht, ich könnte deinen Schmerz nicht verstehen. Und deine Schuldgefühle. Du hast Schuldgefühle, ja?«

»Ja«, sagte Alex leise.

»Ich weiß, wie das ist. Schau mich an, und du siehst, was diese Gefühle aus einer Frau machen können.«

Alex seufzte unhörbar. Ganz gleich, worüber man mit Mutter sprach, sie landete unweigerlich in kürzester Zeit bei den

Tragödien ihres eigenen Lebens. Das war immer so gewesen. Als könnte sie einfach nicht davon wegdenken, als müsse sie krampfhaft ständig dasselbe Programm abspielen.

»Als Max damals nach Rußland mußte, da hab' ich mir geschworen, ich schaue keinen mehr an. Und doch habe ich . . .«

Jetzt war sie nicht mehr zu bremsen. Alles kam wieder hoch: Ihre jung geschlossene Ehe mit dem Theaterschauspieler Maximilian Marty. Das glücklose Zusammenleben.

»Wir waren zu verschieden, Alex, weißt du. Er so ernst und engagiert. Ich ziemlich oberflächlich und vergnügungssüchtig.«

Ihre Begegnung mit Andreas. Ihre Faszination, ihre Unfähigkeit, Max treu zu bleiben. Dann also Rußland. Belle lebte das Verhältnis mit Andreas weiter.

»Verstehst du, was deine Mutter getan hat, Alex? Max steckte in dem unvorstellbaren Schlamassel an der Ostfront. Und ich verbrachte meine Nächte mit einem anderen Mann. Einmal kam er überraschend auf einen kurzen Urlaub nach Hause. Ich war gerade mit Andreas verreist. Max ging an die Front zurück, ohne daß wir einander gesehen hatten.«

Max landet mit der sechsten Armee in Stalingrad. Die Kesselschlacht beginnt, mit ihr das große Sterben. Von Hitler angehalten, führt Generaloberst Paulus einen sinnlosen Kampf. Erst als seine Armee um zwei Drittel dezimiert ist, als alles zusammenbricht, ergibt er sich. Wer überlebt hat, geht in Gefangenschaft.

»Und wir hörten nie wieder von Max. Nichts, niemals. Ist er gefallen? Mußte er in Gefangenschaft? Starb er dort? Oder kehrte er zurück, und . . .«

»Hör auf, dich zu quälen.«

Auch nach Kriegsende kann sich Belle nicht von Andreas lösen. In Ungewißheit über das Schicksal ihres Mannes, folgt sie dem Geliebten nach Amerika. Dort wird die Schuld zur Besessenheit: Daß sie ihren Mann hinterging, als er am schlechtesten dran war. Daß sie weglief, zu einem Zeitpunkt, als noch jede Chance bestand, daß er zurückkehrte. Der schlimmste Alptraum: Max *war* womöglich wiedergekehrt und hatte von allem erfahren. Was dann? Was war aus ihm geworden?

»Mutter, du wüßtest das. Er hätte doch mit irgend jemandem in der Familie Kontakt aufgenommen. Anders hätte er ja gar nichts über dich erfahren können. Und dann hätte man es dir gesagt. Glaub mir, er ist nicht wiedergekommen. Vermutlich ist er schon in Stalingrad gefallen. Du hast selber gesagt, von irgendeinem Zeitpunkt an wurden die Angehörigen nicht mehr verständigt, weil ein solches Chaos dort herrschte.«

»1953 erwartete ich dann Chris«, sagte Belle, »da ließ ich Max für tot erklären und heiratete Andreas. Ich dachte, das ist besser für das Kind.«

»Natürlich. Du hast es richtig gemacht«, sagte Alex geduldig, so wie sie es schon hundertmal gesagt hatte. Sie saß da mit ihrem eigenen Schmerz und mußte ihre Mutter trösten, und es würde immer so sein. Belle hatte ihren Kummer zum Hauptbestandteil und Mittelpunkt ihres Lebens gemacht. Wahrscheinlich könnte jemand sterben zu ihren Füßen, es würde sie nicht ablenken, und sie würde ihre Geschichte wieder und wieder erzählen.

Aber zum erstenmal spürte Alex Verständnis für ihre Mutter, nicht nur Gereiztheit und Überdruß. Sie sah die junge Belle vor sich, die sie nur von alten, bräunlichen Photos kannte; Photos, die verrieten, wie hübsch sie gewesen war.

Viel hübscher als ich, dachte Alex, ich muß ziemlich lange an mir herumtuschen, um gut auszusehen. Ich wette, sie stand morgens auf und war einfach schön.

Um heute das Bild einer vom Alkohol aufgeschwemmten Frau mit scharfen Falten um den Mund abzugeben, mußte sie durch größere Schmerzen gegangen sein, als Alex je geahnt hatte.

»Ach, Mami«, sagte sie leise, »es stimmt schon, manchmal passieren Dinge, die einfach zu weh tun.«

Belle drückte ihre halb aufgerauchte Zigarette aus und nahm sich gleich die nächste. Ihre Hände zitterten leicht. »Alex, wenn ich dir einen guten Rat geben darf, dann folge auf keinen Fall meinem Beispiel. Du siehst, was aus einer Frau werden kann. Ich habe mich vergraben in meine Schuldgefühle. Ich bin einfach nicht damit fertig geworden. Tu du es nicht. Zerstöre nicht dein Leben wegen dieser Geschichte. Ich habe mein Leben kaputtgemacht und das deines Vaters, und dir und Chris bin ich keine besonders gute Mutter gewesen. Ich habe nicht aufgehört, mich mit meiner Vergangenheit zu quälen. Wenn es geht, dann wiederhole meine Geschichte nicht. Dein Mann hat sich das Leben genommen, und wenn es irgend etwas gibt, weshalb du glaubst, mit daran schuld zu sein – dann gestehe es dir ein, aber dann schau nach vorne. Denk an deine Zukunft, denk an die von Caroline. Vielleicht gibt es einen anderen Mann, der . . .«

»Nein!« Das kam hart und scharf. »Es gibt keinen anderen Mann.«

Belle musterte ihre Tochter nachdenklich. »Ich wollte nur sagen, wenn es ihn gibt, dann tu ihm nicht an, was ich Andreas angetan habe. Tu es euch beiden nicht an.«

Alex erhob sich. »Weißt du, wo Dad ist? Ich denke, er wartet darauf, daß ich nach dem Auspacken noch einmal zu ihm komme.«

Belle ließ sich auf ihr Sofa zurücksinken. Ihr Gesichtsausdruck verriet, daß sie sich wieder mit ihren eigenen Dingen beschäftigte.

»Wir sehen uns beim Abendessen, Mami, ja?« Alex wandte sich zum Gehen. »Mami? Hast du gehört?«

»Jaja«, murmelte Belle, »beim Abendessen.«

Sie sah ihrer Tochter nicht mehr nach, schien nicht zu merken, daß sie ging.

Maksim Marakow lag auf dem Bett in seinem Hotelzimmer und wußte, er mußte jetzt den Hörer vom Telefon nehmen und ein Krankenhaus anrufen. Er konnte nicht länger allein bleiben.

Seit fast einer Woche hatte er kaum noch etwas gegessen, das wenige, das er noch schlucken konnte, sofort wieder erbrochen. Er war über einen Meter achtzig groß und wog noch knappe sechzig Kilo. Wenn er morgens das Zimmer verließ und einen Spaziergang machte – damit das Mädchen saubermachen konnte –, quälten ihn starke Schmerzen. Gestern hatte ihn Felicia besucht, und es war ihm kaum gelungen, ihr zu verbergen, wie elend er sich fühlte. Er mußte akzeptieren, daß die letzte Phase seines Lebens begonnen hatte.

Er war bereits an einem Punkt gewesen, an dem er glaubte, das Ende in aller Ruhe annehmen zu können. Aber seit er Felicia wiedergesehen hatte, lehnte sich etwas in ihm gegen das Sterben auf, sinnlos, aber nichtsdestoweniger sehr heftig. Vielleicht hätte er Felicia nicht noch einmal treffen sollen. Eine sentimentale Idee. Die Freundin aus Kindheitstagen noch einmal sehen zu müssen. Die Frau, die sein Leben begleitet hatte, die immer dagewesen war. In den schlimmsten, härtesten, gefährlichsten Zeiten hatte sie hinter ihm gestanden, und wenn sich die Geschehnisse überschlugen, wich sie dennoch nicht zurück. Nichts in seinem ganzen Leben war von solcher Verläßlichkeit gewesen. Sie hatte den Kopf geschüttelt über seine Ideen, ihn einen Narren genannt und nicht das mindeste Verständnis für ihn aufgebracht – und trotzdem zu ihm gehalten und ihm den Rücken freigekämpft, wenn es sein mußte. Wann immer er Hilfe brauchte, war er zu ihr geeilt. Genau wie jetzt, da er sterben würde. Der Moment lag greifbar nah. Ein, zwei Wochen, vielleicht drei, mehr nicht.

Panik erfaßte ihn plötzlich. Er würde hier verrecken, ohne daß es einer merkte, würde die Schmerzen nicht mehr aushalten.

Er griff nach dem Telefonhörer, wählte die Nummer, die ihn mit dem Amt verband, und dann Felicias Nummer. Seine Hand zitterte.

Felicia, sei zu Hause. Sei um Gottes willen zu Hause! Ich brauche dich, ich habe dich immer gebraucht, aber nie so sehr wie jetzt. Sei da!

Es war Nicola, die an den Apparat ging, »Rodrow?«
»Felicia«, sagte Maksim keuchend, »bitte, Felicia ...«
»Einen Moment.«
Sie war da. Sie würde kommen. Er sank in seine Kissen zurück. Sie würde kommen.

## 11

Die ersten zwei Wochen in Los Angeles vergingen für Alex quälend und langsam. Sie fühlte sich eigenartig entrückt, so, als sei sie durch eine dicke Glasscheibe von allem abgeschlossen. Es war, als höre sie alle Geräusche gedämpft, als sehe sie alle Bilder durch einen Schleier. Nicht einmal schmecken konnte sie richtig. Alles schmeckte gleich und so ähnlich wie Algen, fad und fremd.

Mehr und mehr jedoch begriff sie, daß sie nie wieder innerlich auf die Füße kommen konnte, wenn sie sich ihren Schuldgefühlen und Selbstvorwürfen weiterhin widerstandslos überließe. Sie wollte nicht, daß es ihr erginge wie ihrer Mutter, die irgendwann aufgehört hatte, an die Zukunft zu glauben. Sie würde kämpfen müssen – zunächst gegen ihre eigene Resignation, dann gegen die vielen Menschen, die versuchen würden, Markus' Ansehen in den Schmutz zu ziehen, und schließlich für Caroline, die nun keinen Vater mehr hatte und um so mehr ihre Mutter brauchte. Damit hatte sie zuviel zu tun, als daß ihr die Zeit geblieben wäre, sich in ihren Schmerz zu vergraben. Was ihr half, war der Gedanke an ihre Großmutter, die sich zeitlebens nicht damit aufgehalten hatte, in Grübeleien um das Unabänderliche zu versinken. Sie hatte Schicksalsschläge eingesteckt und war weitergegangen.

Alex wußte, auch Felicia hätte sich jetzt im nachhinein nicht mehr um die Klärung der Schuldfrage gekümmert. »Wozu«, hätte sie gesagt, »wem nützt es noch? Mir nicht und ihm nicht!«

Also bemühte auch sie sich, den Gedanken an Schuld zu

verdrängen. Wer war verantwortlich für das Geschehene? Markus, der offenbar blind und ohne zu überlegen immer tiefer in sein geschäftliches Fiasko gelaufen war, jede Warnung übersehen, jede Möglichkeit zur Umkehr ignoriert hatte – wie Alex aus der Durchsicht seiner Unterlagen jetzt wußte. Oder sie, die sie Unheil geahnt, aber jedes Gespräch vermieden hatte, die sie nicht einmal zu ihm gekommen war, um ihm Hilfe und Verständnis anzubieten? Letztendlich hatten sie sich beide verstrickt in Versäumnisse, Ängste, Sprachlosigkeit. Es hatte keinen Sinn, all diese vielen Fäden nun noch entwirren und ordnen zu wollen.

Nach und nach erwachte Alex aus ihrer Lethargie. Sie ging zum Tennisspielen mit ihrem Vater, besuchte Freunde von früher, begleitete ihre Mutter zum Einkaufen. Sie nahm wieder etwas zu, und ihre Haut verlor die erschreckende Fahlheit, die sie bei ihrer Ankunft in Amerika gezeigt hatte. Aber in ihrem Gesichtsausdruck hatte sich etwas verändert: Das letzte, was an das Kind Alex erinnert hatte, war verschwunden. In ihrem Lachen lag keine Zärtlichkeit mehr, und so blieb nichts, was den kühlen Blick ihrer Augen sanfter erscheinen ließ. Markus' schrecklicher Tod hatte ihr im tiefsten Innern eine schwere Wunde zugefügt, und das rigorose Verdrängen des Schmerzes bedeutete nicht, daß sie wirklich zu heilen begann.

Einige Male rief Dan an. »Ich weiß, ich sollte mich nur melden, wenn es hier in der Firma Probleme gibt. Aber ich mache mir einfach Sorgen um dich. Und ich vermisse dich wahnsinnig!«

»Dan, ich . . .«

»Fühl dich nicht bedrängt von mir. Ich komme mir nur so hilflos vor. Ich würde so gerne bei dir sein und dich in die Arme nehmen.«

Wie sollte sie ihm sagen, daß dies nicht mehr möglich sein würde? Es gab für sie beide keine gemeinsame Zukunft. Dan konnte nicht glauben, daß sie da weitermachten, wo sie vor Markus' Tod aufgehört hatten. Die Welt hatte sich verändert. Dan mußte das begreifen.

An einem sehr heißen Tag Ende Mai saß Alex im Garten und las. Sie hatte das Mittagessen ausfallen lassen, weil ihr der Appetit fehlte. Es fiel ihr schwer, sich auf das Buch zu konzentrieren, immer wieder schweiften ihre Gedanken ab. Als plötzlich ihr Vater neben ihr auftauchte, schrak sie zusammen.

»Ach, Dad. Ich habe dich gar nicht gehört!«

»Ich wollte dich fragen, ob du mich begleiten möchtest. Ich mache einen Besuch.«

»Bei wem?«

»Bei einem früheren Mitarbeiter. Kommst du mit?«

Alex hatte keine Lust, aber sie spürte, daß ihr Vater sich nicht würde abweisen lassen. Was hatte sie mit irgendwelchen früheren Mitarbeitern zu schaffen?

Als sie im Auto saßen, sagte Andreas: »Du weißt, niemand will sich in deine Angelegenheiten mischen, Alex, aber ich mache mir Gedanken über dich. Du bist verschlossen wie eine Auster. Wenn du Hilfe brauchst...«

»Schon okay. Du hast mir geholfen, indem ich hiersein konnte.«

Er legte seine Hand auf ihren Arm. »Das war selbstverständlich. Das heißt, es ist selbstverständlich. Du kannst bleiben so lange du willst. Ich glaube nur, du mußt überlegen, wie deine Zukunft...«

Sie unterbrach ihn: »Ich weiß. Dad, wirklich, mach dir keine Gedanken. Ich bin nicht wie Mum.«

Er erwiderte nichts darauf.

Sie kamen in die Stadtmitte, wo glücklicherweise nicht allzuviel Verkehr herrschte. Dann bog Andreas ab in Richtung Hollywood Hills. Die Gegend wurde einfacher, sehr bürgerlich. Vor einem kleinen Einfamilienhaus hielten sie schließlich. Andreas stieg aus. »Wir sind da, Alex.«

Der Garten war umgeben von einem weißen Eisenzaun. Ein kleiner Hund sprang bellend daran hoch. Aus einem Farngebüsch flatterten erschrocken einige Vögel in die Höhe.

»Dad, was sollen wir denn hier?« fragte Alex unbehaglich.

»Das wirst du gleich sehen«, sagte Andreas und klingelte.

Eine ältere, verhärmte Frau mit unordentlichen, grauen Haaren und einem verfleckten Hauskleid öffnete die Tür. Ihr abweisender Ausdruck erhellte sich sofort, als sie Andreas sah. »Mr. Rathenberg! Wie schön! Kommen Sie herein. Mandy, hör sofort auf zu bellen!«

»Mrs. Quincey, dies ist meine Tochter Alexandra«, sagte Andreas, »Alex, dies ist Mrs. Quincey.«

Die beiden Frauen schüttelten einander die Hände. Alex konnte Mrs. Quinceys Überraschung spüren. Sicher hatte sie als Tochter des eleganten Andreas Rathenberg etwas anderes erwartet als diese magere Gestalt im schwarzen, sackartigen Kleid. Alex fühlte sich schon wieder elend und bereute es bitter, überhaupt mitgekommen zu sein.

Im Haus wurden sie von Mr. Quincey begrüßt. Wie seine Frau schien er äußerst erfreut, Andreas zu sehen, aber auch er wirkte abgekämpft und niedergedrückt von schweren Sorgen. Wäre diese offensichtliche Verzweiflung in den Augen der beiden Menschen nicht gewesen, Alex hätte sie für ein einfaches, etwas spießiges Ehepaar in mittleren Jahren gehalten, das seine Zeit im wesentlichen damit verbrachte, am eigenen Häuschen herumzubasteln, Gemüse anzubauen und »Dallas« im Fernsehen zu verfolgen. Aber da gab es etwas anderes. Da gab es eine Tragödie in ihrem Leben.

»Kann Pete heute Besuch empfangen?« fragte Andreas.

Mrs. Quincey nickte. »Die letzte Nacht war sehr schlecht. Aber heute geht es ihm etwas besser.«

»Und außerdem«, fügte ihr Mann hinzu, »kann Mr. Rathenberg immer zu ihm. Sie wissen, er liebt Sie!«

Andreas warf einen Blick auf seine Tochter. »Darf Alex auch ...«

»Selbstverständlich«, versicherte Mrs. Quincey. »Pete bekommt so gern Besuch. Nur – von seinen alten Schulfreunden läßt sich kaum noch einer blicken.«

Alex wurde es immer unbehaglicher zumute. »Wenn ich irgendwie störe ...«, begann sie, doch Andreas unterbrach sie sofort.

»Nein, nein. Komm nur mit.«

Du könntest mir sagen, was mich erwartet, dachte sie wütend.

Über eine enge Stiege gelangten sie in den ersten Stock des Häuschens. Hier waren die Wände schräg, apfelgrün tapeziert. Es roch eigenartig – nach einem Desinfektionsmittel, das an Krankenhaus erinnerte. Mr. Quincey öffnete eine weißlackierte Tür. »Pete, du hast Besuch. Rate, wer da ist! Mr. Rathenberg, und er hat auch noch seine reizende Tochter mitgebracht!«

Alex trat in das Zimmerchen und sah zuerst nichts als ein Bett, groß und hoch, wie sie es aus Kliniken kannte. Eine dicke, weiße Federdecke türmte sich darauf, und Alex dachte: Mein Gott, wer immer darunter liegt, er muß ersticken bei dieser Hitze!

Ihr Vater trat an das Bett heran. Obwohl er an diesem Tag nur einen leichten Sommeranzug und keine Krawatte trug, wirkte er wie immer sehr elegant und seltsam fehl am Platz. Aber die Bewegung, mit der er sich über das Bett beugte, verriet Wärme und Fürsorge, und Alex sah zu ihrer Verwunderung ein ganz neues Bild ihres Vaters. Sie kannte ihn als fürsorglich aus ihrer Kindheit, aber sie hatte nie gewußt, daß er es auch zu Fremden sein konnte.

Eine Hand streckte sich ihm entgegen, eine skelettartige Hand an einem schrecklich dünnen Gelenk. Klauenartige Finger bewegten sich in mühsamem, krampfhaftem Zugreifen.

»Hallo . . .« Es war ein krächzender Laut.

»Pete, ich wollte wieder einmal nach Ihnen sehen. Wie geht es Ihnen?«

Alex konnte die Antwort nicht verstehen. Andreas sagte: »Ich weiß. Aber tagsüber ist es besser, nicht?«

Wiederum unverständliche Laute aus dem Bett.

»Am schlimmsten ist die Atemnot«, sagte Mrs. Quincey, »er kriegt so schwer Luft. Er kann nicht schlafen, weil er ständig um Luft ringt.«

»Hatten die Ärzte das nicht ziemlich unter Kontrolle?« fragte Andreas.

Mr. Quincey nickte. »Eine Zeitlang, ja. Aber offenbar sind die Bakterien jetzt dagegen immun. Dr. Harper probiert neue Präparate, aber im Moment schlägt keines richtig an.«

Alex sah, wie Mrs. Quincey Tränen in die Augen stiegen. Die Frau verließ leise das Zimmer, sacht knarrten ihre Schritte draußen auf der Treppe.

»Pete«, sagte Andreas nun behutsam, »ich habe meine Tochter Alex mitgebracht. Sie lebt in Deutschland und besucht mich gerade.« Er machte Alex ein Zeichen, näher zu kommen. Zögernd trat sie heran.

Ein junger Mann lag in den Kissen. Das heißt, da Alex aus den Gesprächen entnommen zu haben glaubte, daß es sich bei Pete um den Sohn der Quinceys handelte, konnte der Mann nicht älter sein als dreißig Jahre. Aber er hatte das Gesicht eines Greises. Pergamentdünne, faltige Haut lag über den spitzen Knochen der Arme, übersät mit dunklen Flecken und eitrigen Wunden. Die Augen des Mannes lagen in tiefen, rot entzündeten Höhlen, die Nase stach übergroß aus dem totenkopfartig zusammengeschrumpften Gesicht. Die Lippen wölbten sich über den vorstehenden Zähnen nach vorne, sie schlossen nicht aufeinander ab und verstärkten damit den Ausdruck des Leidens. Der faltige Hals war der eines nackten, jungen Vogels, der zu früh aus dem Nest gefallen ist. Mit einer ungeheuer angestrengten, kraftlosen Bewegung zog der Kranke seine Klauenhand aus der von Andreas und streckte sie Alex hin. Seine Lippen schoben sich noch etwas höher über die Zähne, möglicherweise sollte das ein Lächeln sein.

»Alex«, sagte er undeutlich.

Alex schluckte. Es kostete sie alle Überwindung, die Hand zu ergreifen. Merkwürdigerweise fühlte sie sich nicht so schlimm an, wie sie gedacht hatte. Nur so leicht. Wie eine Feder, die von jedem Windhauch davongeweht werden konnte.

»Guten Tag, Pete«, brachte sie schwerfällig heraus. Dann schaute sie auf und warf ihrem Vater einen verzweifelten Blick zu. »Was ...?« begann sie zu fragen, hielt aber inne. War dies die geheimnisvolle, neue Krankheit? Seit einiger Zeit wurde immer häufiger davon gesprochen. Aids. Eine tödliche Immunschwäche. Die gesamten Abwehrmechanismen des Körpers brechen zusammen. Keine Chance auf Heilung.

Andreas verstand, was Alex hatte fragen wollen. Er nickte. »Ja. Pete hat Aids.«

Die Finger in Alex' Hand flatterten. Erschrocken ließ sie los. Ein Röcheln drang aus der Brust des Kranken. Von einem Moment zum anderen stockte sein ruhiges Atmen. Die Augen voller Panik, rang er um Luft.

Andreas neigte sich rasch vor, um ihn zu stützen. Er richtete ihn auf, hielt ihn mit seinen Armen um den Oberkörper, der der eines rachitischen Kleinkindes war.

»Seine Atemwege sind voller Pilze und Bakterien«, sagte Mr. Quincey, »deshalb diese Erstickungsanfälle. Die Ärzte finden einfach nichts, worauf er noch anspricht.«

Alex sah hinunter auf die von Husten und Würgen geschüttelte Gestalt, und auf einmal konnte sie es nicht mehr ertragen. So schnell sie konnte lief sie hinaus, rannte die Treppe hinunter.

Unten im Flur fand sie die Orientierung nicht wieder, und als sie schließlich durch irgendeine Tür hinausstolperte, stellte sie fest, daß sie sich im rückwärtigen Garten befand. Bellend sprang der kleine Hund an ihr hoch. Auf einer Bank an der Hauswand saß Mrs. Quincey, neben ihr eine große, schwarzweiße Katze. Mrs. Quincey trocknete sich mit einem Taschentuch das naßgeweinte Gesicht.

»Ach, Miss Alex«, sagte sie, »es war ein bißchen viel für Sie, ja? Sie sehen ganz blaß aus!«

»Es geht schon. Ich war nicht darauf vorbereitet.« Alex merkte, daß sie ziemlich weiche Knie hatte, und setzte sich neben Petes Mutter auf die Bank. Sie wünschte, wenigstens ein Hauch von Wind würde aufkommen.

»Ja, es ist ein schrecklicher Anblick«, sagte Mrs. Quincey, »dabei haben Sie heute noch Glück. Oft ist er viel schlechter dran. Oft war es so, daß ich dachte, er stirbt jetzt. Und oft ... habe ich gebetet, daß er endlich sterben kann.«

»Wie lange ist er schon krank?«

»Wie lange er den Virus schon in sich hat, wissen wir nicht. Ausgebrochen ist die Krankheit im Frühling des vergangenen Jahres. Sie wissen, was es ist?«

»Aids.«

»Die Krankheit der Homosexuellen«, sagte Mrs. Quincey, »aber das ist eben nicht die Wahrheit. Jeder kann es bekommen. Pete ist nicht schwul. Und er hat auch nicht dauernd mit anderen Mädchen herumgemacht. Natürlich hat er sich gern amüsiert, und die Mädchen haben es ihm leicht gemacht. Heute würden Sie das kaum noch glauben, aber er war wirklich ein hübscher Junge. Groß und kräftig, mit dichten, dunklen Haaren . . .« Ihre Stimme schwankte.

»Wie alt ist er?« fragte Alex.

»Fünfundzwanzig. Das ist kein Alter zum Sterben. Aber er hat keine Chance. Die Ärzte therapieren ihn mit allen möglichen Methoden, aber sie können ihn nicht heilen, sie können es für ihn nur hin und wieder erträglicher machen. Vor drei Jahren war er in Europa. In Spanien. Er hat sich die Reise monatelang zusammengespart. Dort lernte er ein Mädchen kennen. Es war nur ein Urlaubsflirt, aber . . . na ja, vielleicht hat er es von ihr. Wer weiß das?«

»Man forscht doch nach einem Mittel«, sagte Alex, »vielleicht findet man rechtzeitig eines, und Pete bleibt am Leben.«

Mrs. Quincey schüttelte traurig den Kopf. »Ich habe keine Hoffnung mehr, Miss Alex. Mein Pete wird sterben. Und ich kann nur beten, daß es nicht noch qualvoller wird.«

Alex schwieg und sah dem Hund zu, der ein Loch in die Erde buddelte und freudig dabei bellte. Die Katze sprang von der Bank und verschwand im Haus.

»Mein Mann hat in der Firma gearbeitet, die Ihr Vater leitete. Er ist nur ein kleiner Buchhalter gewesen, aber er hat immer gesagt, wie gut Mr. Rathenberg mit den einfachen Leuten umgeht. Als Ihr Vater seinen Abschied nahm, war er sehr traurig. Ja, und als Pete krank wurde, als wir die schreckliche Gewißheit über seinen Zustand hatten, da sagte er: »Ich gehe zu Mr. Rathenberg. Vielleicht kann er helfen. Er kennt sicher die besten

Ärzte.« Oh, und Ihr Vater hat sich rührend um uns gekümmert. Er hat uns einen Professor an der Ostküste empfohlen und hat uns allen dreien den Flug dorthin bezahlt. Und einen Sanatoriumsaufenthalt für Pete, als es ihm ganz schlecht ging, hat er auch bezahlt.

Und Sie sehen ja – er kommt immer wieder vorbei und besucht Pete. Es ist so wichtig für den Jungen. Niemand sonst will ihn sehen, alle haben Angst, sich anzustecken.«

Mrs. Quincey schwieg einen Moment. »Ihr Vater ist ein großartiger Mensch«, sagte sie dann inbrünstig, »ein wunderbarer Mann. Sie können sehr stolz auf ihn sein.«

Auf der Heimfahrt sprach Alex kein Wort. Erst kurz bevor sie zu Hause ankamen, fragte sie unvermittelt: »Warum, Dad? Warum hast du mich mitgenommen?«

Statt einer Antwort sagte Andreas leise: »Es ist schrecklich, nicht wahr?«

»Ja. Ich habe noch nie etwas Schlimmeres gesehen.«

Andreas blickte konzentriert auf die Straße, die als sonnenflirrendes, weißes Band vor ihnen lag. »Weißt du, ich wollte Pete nicht mißbrauchen als einen pädagogischen Effekt. Es ist nur ... ich könnte mir denken, du machst dir vielleicht Vorwürfe wegen Markus' Tod. Vielleicht gibst du dir an irgendeinem Punkt mit die Schuld daran. Ich glaube, man sollte auch darüber nachdenken, ob Markus wirklich einen Grund hatte, sich das Leben zu nehmen. Dieser Junge, den wir eben gesehen haben, hätte weit mehr Veranlassung. Aber er hält mit einer unendlichen Tapferkeit an dem erbärmlichen Dasein fest, das er noch hat. Was ich sagen will ...« Er steuerte den Wagen an den Straßenrand, hielt an und schaute Alex an. »Was ich sagen will, ist, sieh Markus nicht nur als Opfer. Es hätte andere Möglichkeiten gegeben als die, die er schließlich gewählt hat.«

»Ich weiß«, sagte Alex. Sie kramte in ihrer Handtasche, fand aber nur eine leere Zigarettenschachtel. »Hast du eine Zigarette für mich?«

»Du rauchst zuviel«, sagte Andreas, aber er reichte ihr eine

Zigarette und gab ihr Feuer. Sie kurbelte die Fensterscheibe neben sich herunter und blies den Qualm hinaus in die Mittagshitze, die nun geballt in den klimatisierten Wagen drang.

»Dad«, sagte sie, »ich werde einen Schlußstrich unter das alles ziehen.«

»Was meinst du mit ›das alles‹?«

»Deutschland. Alle meine Episoden dort haben von Anfang an unter einem schlechten Stern gestanden. Ich werde nach Amerika zurückkehren. Hierher gehöre ich.«

»Bist du sicher?«

»Ja.«

Andreas nickte langsam, sah wieder auf die Straße. »Und ... Felicias Unternehmen?«

Alex schnippte die Asche auf die Straße. »Darüber habe ich auch nachgedacht. Es wird sie enttäuschen, wenn ich dort aussteige, das weiß ich, aber letzten Endes muß ich an mich denken. Sie würde es nicht anders machen.«

»Weiß Gott, nein«, stimmte Andreas zu.

»Ich werde nach Deutschland fliegen und mit ihr reden. Natürlich lasse ich sie nicht von heute auf morgen im Stich. Wir werden gemeinsam nach einem geeigneten Geschäftsführer suchen. Erst wenn der gefunden und eingearbeitet ist, breche ich meine Zelte in München ab.«

»Für Felicia wird es nicht dasselbe sein. Sie wollte einen Nachfolger aus der Familie.«

»Ja. Aber es geht eben nicht immer alles so, wie man sich das wünscht«, erwiderte Alex etwas ungeduldig. Nach einem Augenblick des Überlegens setzte sie hinzu: »Ich fände es ja am besten, sie würde ihre alberne Rivalität mit Kassandra Wolff begraben und die Leitung des gesamten Unternehmens an Dan Liliencron geben. Er ist erfahren, engagiert, und obendrein gehört er ja in gewisser Weise auch zur Familie.«

Andreas sah sie nachdenklich an. »Dan Liliencron. Zwischen euch ist das nie wieder etwas geworden – nach dieser heftigen Liebe, damals, als du siebzehn, achtzehn warst?«

»Nein.« Das klang eine Spur zu scharf. Andreas wollte etwas

erwidern, verbiß es sich jedoch. Er sagte nur vage: »Ja, Liliencron wäre nicht schlecht...«

Alex warf ihre halb aufgerauchte Zigarette auf die Straße und kurbelte das Fenster wieder herauf.

»Komm, Dad, wir fahren nach Hause«, sagte sie, »ich muß meine Koffer packen. Ich will so schnell wie möglich nach Deutschland fliegen und die Dinge in Ordnung bringen.«

Wie eine Krebsklinik sah das helle, langgestreckte Gebäude unter dem blauen Himmel, inmitten blühender Parkanlagen, nicht aus. Eher wie ein besonders gepflegtes, intimes kleines Hotel. Sauber geharkte Kieswege führten bis ans Seeufer hinunter, überall standen Bänke, auf denen man ausruhen konnte. Ausladende, alte Bäume spendeten Schatten.

Der Junitag war warm und heiter, trotzdem fröstelte Felicia, als sie ihr Auto auf dem Parkplatz vor dem Haupteingang abstellte und ausstieg. Sie haßte dieses Haus, dieses Anwesen. Haßte es gerade wegen seiner anheimelnden Schönheit, die in so krassem Gegensatz zum Leid derer stand, die hier um ihr Leben kämpften oder darum, endlich sterben zu können.

Trotzdem kam sie jeden Tag. Am frühen Vormittag traf sie ein, am späten Abend ging sie wieder. Draußen blühte und wucherte die Natur in allen Farben, aber sie bemerkte es kaum. Das Zentrum all ihres Denkens und Fühlens war ein kleines Zimmer in diesem verdammten Haus. Ein Zimmer, in dem ein uralter Mann dem Tod entgegendämmerte, meist im Morphiumschlaf und nicht ansprechbar. Der Mann, den sie ein Leben lang geliebt hatte.

Während der letzten zwei Wochen war es rapide abwärts mit ihm gegangen; nachdem die Krankheit eine Weile stillgehalten hatte, brach sie nun mit aller Macht über ihn herein. Sie schien entschlossen, ihm nun keine Zeit mehr zu lassen. Jeder einzelne Tag brachte eine massive Verschlechterung.

Felicia schleppte Obst und Getränke für ihn heran, viel mehr, als er zu sich nehmen konnte, aber sie hatte den Schwestern gesagt, sie sollten auf der Station verteilen, was übrigblieb. Einmal klagte er, er friere so schrecklich, und sie brachte ihm zwei Heizkissen, die er sich auf den Bauch und auf die Füße legen konnte. Unermüdlich war sie beschäftigt herauszufinden, was er wohl noch brauchen könnte. Allerdings war das nicht viel. Er wollte es nur noch warm haben, wollte, daß die Schmerzen auf ein Minimum beschränkt würden und daß er von dem Moment des Sterbens nichts spüren mußte.

»Er schläft die meiste Zeit«, sagten die Schwestern zu Felicia, »Sie stressen sich unnötig, wenn Sie so viele Stunden hier sitzen.«

Aber sie war überzeugt, daß er es doch merkte. Irgendwo in den Tiefen seines Bewußtseins spürte er, daß sie da war. Und wenn er ab und zu erwachte und die Augen aufschlug, dann sah er sie mit einem erkennenden Blick an. Manchmal sagte er ihren Namen.

Felicia atmete tief durch und betrat das Gebäude. Wie an jedem Tag, den sie hierherkam, hatte sie auch heute darauf geachtet, gut auszusehen; sie trug ein grün-weiß geblümtes Sommerkleid mit schmaler Taille und schwingendem Rock, weiße Sandalen und an Hals und Ohren ihre Perlen. Die Haare hatte sie frisch gewaschen. Sie wußte, das Maksim teure Kleider und Schmuck verachtete, aber er hatte sie nie anders gekannt als mit einer ausgeprägten Vorliebe für diesen »überflüssigen Blödsinn«. Er sollte nicht glauben, sie höre plötzlich damit auf, weil es sich nicht lohne, für einen Mann in seinem Zustand schön auszusehen.

Auf dem Flur begegnete sie anderen Patienten, über deren Schicksal sie zwangsläufig Bescheid wußte. Dem siebzehnjährigen Mädchen mit der Leukämie, dem über den Chemotherapien alle Haare ausgefallen waren. Der jungen Rechtsanwältin, der sie beide Brüste abgenommen hatten. Dem gutaussehenden Mann mit den grauen Haaren, unheilbar an Lungenkrebs erkrankt. Felicia wechselte ein paar Worte mit ihnen, dann verschwand sie schnell in Maksims Zimmer.

Wie so oft, wenn sie morgens zu ihm kam und er so schrecklich bleich und still dalag, dachte sie in jähem Schrecken, er sei bereits tot. Aber dann merkte sie, daß er atmete und daß seine dünnen Augenlider leise zuckten. Über eine Kanüle, die in seinem rechten Arm steckte, tröpfelte morphiumhaltige Flüssigkeit in seine Venen.

»Guten Morgen, Maksim. Ich bin es, Felicia.« Sie küßte seine bleichen, eingefallenen Wangen, strich ihm eine Haarsträhne aus der Stirn. »Ich habe dir Erdbeeren mitgebracht. Sie kommen aus meinem Garten und sind unheimlich süß. Vielleicht hast du nachher Lust, ein paar zu probieren.«

Sie packte das Obst aus und schüttete es in eine Schüssel. Dann holte sie die Zeitung hervor. Auch das gehörte zu ihrem täglichen Ritual: Sie las Maksim – ob er es nun verstand oder nicht – die Tageszeitung vor, lange und ein wenig umständlich, wie es alte Ehepaare gelegentlich tun.

Als sie fertig war (in Amerika war ein offenbar geistesgestörter Mann in ein McDonalds Restaurant gestürmt und hatte zwanzig Gäste wahllos um sich schießend getötet, ferner gab es einen Bericht über die gemeinsame Wanderung von Kanzler Kohl und dem bayerischen Ministerpräsidenten Strauß im bayerischen Voralpenland sowie eine Analyse der augenblicklichen Situation des offenbar derzeit beruhigten Krieges zwischen Iran und Irak), lagen immer noch viele Stunden des Tages vor ihr. Oft war Maksim zu diesem Zeitpunkt wenigstens einmal kurz erwacht und hatte irgend etwas gemurmelt. Heute nicht. Er gab durch nichts zu erkennen, daß er Felicias Anwesenheit überhaupt bemerkte.

Felicia hatte sich angewöhnt, mit ihm über vergangene Zeiten zu sprechen, auch wenn sie auf ihr: »Weißt du noch?« nie eine Antwort bekam.

»Weißt du noch, 1914, als der Krieg ausbrach und du mich in Königsberg in einen Lazarettzug einschleustest, mit dem ich dann nach Berlin zurückfuhr? Ich habe nur geheult die ganze Zeit und alle verrückt gemacht!«

»Weißt du noch, Leningrad 1917? Du und deine Mascha, die

du mir immer vorgezogen hast, habt die große Revolution gemacht, und als du verwundet wurdest, hat sie sich in Sicherheit gebracht, und ich habe dein Leben gerettet. Du hast sie trotzdem weiter geliebt, aber du solltest nicht ganz vergessen, was du mir zu verdanken hast!«

»Weißt du noch, Berlin in den Zwanzigern? Unsere total verkommene Hinterhofwohnung? Du hattest ein Bild von Lenin an die Wand gehängt, und wir saßen darunter und tranken Champagner, den ich immer mitbrachte und den du ekelhaft fandest, aber du hast ihn heruntergekippt wie Wasser, während du auf ihn geschimpft hast.«

»Weißt du noch, wir beide und die Nazis? Du hast verfolgte Genossen in meinem Haus am Prinzregentenplatz versteckt, und ich bin fast gestorben vor Angst, aber ich konnte dir nichts abschlagen, nie, und wenn ich Kopf und Kragen riskierte dabei.«

»Weißt du noch, weißt du noch, weißt du noch . . .« Die vergangenen Jahre stiegen vor ihren Augen auf, die Kindheitssommer auf Lulinn in Ostpreußen, die sie mit ihm geteilt hatte und für immer teilen würde. Die Gänse schnatterten, der Wind brachte den Geruch von reifem Korn und süßem Obst, und Jadzia, das polnische Hausmädchen, schimpfte, weil die Kinder Dreck ins Haus trugen. »Kann von vorne anfangen mit Putzen, bitte sähr!«

Großvater polierte irgendwo herum, Kusine Modeste schrie wie am Spieß, weil sie die Regenwürmer entdeckt hatte, die ihr Felicia in ihre Wäscheschublade gesteckt hatte. Felicias jüngerer Bruder Christian und sein Freund Jorias kamen über die Wiesen geschlendert, die nackten, sonnenbraunen Beine von Dornen und Zweigen zerkratzt, weil sie stundenlang im Wald herumgekrochen waren. »Felicia! Maksim! Kommt ihr mit zum Schwimmen?«

Sie liefen um die Wette zum See. Felicias lange Zöpfe flogen im Wind, während sie Seite an Seite mit Maksim dahinjagte und das Letzte aus sich herausholte, weil sie um keinen Preis langsamer sein wollte als er. Er hatte längere Beine als sie, und so kam sie sehr ins Keuchen.

Es schien hundert Jahre her zu sein. Nun lag er vor ihr und starb.

Eine Schwester erschien und prüfte, ob die Injektion noch richtig funktionierte. Maksim bewegte sich ein wenig, aber er schlug die Augen nicht auf.

»Er kommt heute überhaupt nicht zu sich«, sagte Felicia besorgt, »es scheint ihm schlechter zu gehen.«

»Das ist jeden Tag verschieden, Frau Lavergne«, erwiderte die Schwester, und leise fügte sie hinzu: »Aber es wird nicht mehr lange dauern. Er ist sehr, sehr schwach.«

Nachdem die Schwester verschwunden war, stand Felicia auf und ging ein wenig im Zimmer herum. Obwohl sie die ganze Zeit mit der Gewißheit seines nahen Todes lebte, hatten die Worte der Schwester sie aufgewühlt. Auf einmal hatte sie den unsinnigen, heftigen Wunsch, ihn festzuhalten und ihn dadurch am Sterben zu hindern, ihn, den alten Mann, für den Sterben eine Gnade, kein Schrecken mehr war. Sie trat an sein Bett und sagte mit einer Stimme, in der Panik klang: »Maksim!«

Es mochte an der Hast ihrer Bewegung liegen oder an der Art, wie sie seinen Namen sagte, aber zum erstenmal an diesem Morgen erreichte sie ihn. Er schlug die Augen auf, und sein Blick war klar.

»Wie gut, daß du da bist«, sagte er leise, »daß du immer da warst . . .Felicia . . .«

Wann hatte sie zuletzt geweint? Es mußte Jahrzehnte her sein, sie konnte sich nicht erinnern. Und sie würde es auch jetzt nicht tun, um nichts in der Welt. Aber seine Worte hatten etwas in ihr berührt, etwas, das ganz tief in ihrem Innern verschlossen lag, jenen Kern, der jung geblieben war, weich und empfindsam. Schon lange hatte ihn niemand mehr gefunden. Aber ihm gelang es immer wieder, jedesmal, und vielleicht lag darin das Geheimnis ihrer lebenslangen Sehnsucht nach ihm: Seine Stimme, seine Blicke ließen die Jahre von ihr abfallen und entkleideten sie in Sekundenschnelle all der Enttäuschungen, Bitterkeiten und Härten, die das Leben nach und nach auf ihr abgelagert hatte. Nie war sie in seiner Nähe etwas anderes als die junge Felicia, das Mädchen, das ihn rückhaltlos vergötterte, liebte und begehrte und unbeirrt daran glaubte, vom Schicksal alle Waffen bekommen zu haben, um zu erobern, was es wollte.

»Maksim«, sagte sie noch einmal, und diesmal war das Schluchzen, das sie sich nicht erlaubte, in seinem Namen, »Maksim, wir haben es nicht genutzt, wir haben uns . . .«

Er unterbrach sie, und todkrank wie er war, spürte sie doch jene Ungeduld, mit der er stets auf ihr Drängen, ihr mehr von sich zu schenken, reagiert hatte.

»Es war schon gut so. Glaub mir, es war gut, wie es war.«

Aber, wollte sie erwidern, doch sie verbiß es sich, seine Worte duldeten keine Widerrede.

»Es war gut«, wiederholte er, »es wäre nicht dasselbe gewesen.«

Sie verstand, was er meinte, und sie begriff, daß er recht hatte. Es hatte etwas Besonderes zwischen ihnen sein können, weil ihre Gefühle nie der Belastungsprobe des Banalen und Alltäglichen ausgesetzt worden waren. Sie hatten nicht über die Schulsorgen ihrer Kinder sprechen oder zähe Sonntagnachmittage teilen müssen. Es gab keine langweiligen Abendessen mit spießigen Ehepaaren, die aus beruflichen Gründen eingeladen werden mußten und diese Einladungen mit unausweichlicher Sicherheit erwiderten. Babygeschrei und Windeln und wirtschaftliche Sorgen gemeinsam durchzustehen war ihnen erspart geblieben. Vieles war ihnen womöglich entgangen, aber etwas Kostbares hatten sie gewonnen: Die Spannung zwischen ihnen war nie versiegt. Sie hatte all die Jahre überdauert, und unvermindert stand sie auch jetzt zwischen ihnen – zwischen der alten, weißhaarigen Frau und dem morphiumumnebelten, sterbenden Mann, der sich ohne fremde Hilfe nicht einmal mehr im Bett umdrehen konnte.

Felicia setzte sich wieder auf ihren Stuhl und nahm Maksims Hand. »Du hast recht«, sagte sie, »es war schon alles in Ordnung. Es hätte nicht anders sein dürfen.«

Sie sah zu, wie sich sein Blick wieder verschleierte und er in den Schlaf hinüberglitt, und sie tat zum letztenmal, was sie ihr

Leben lang getan hatte: Sie beschützte ihn und gab ihm die Ruhe, einfach die Augen zu schließen, in der Gewißheit, daß ihm nichts zustieß, solange sie da war.

Alex war froh, daß sie niemanden über ihre Rückkehr aus Los Angeles informiert hatte, so wartete auch niemand in München Riem auf sie. Sie fuhr mit dem Taxi in die Maximilianstraße, wo sie in der Bürogarage ihr Auto geparkt hatte. Sie betete darum, Dan nicht zu begegnen, hielt es andererseits um diese Zeit für nicht allzu wahrscheinlich. Es war nun gleich elf Uhr vormittags – was sollte er um diese Zeit in der Garage?

Tatsächlich störte sie niemand, als sie die Treppe hinunterlief und den Autoschlüssel aus der Handtasche kramte. Dan war im Büro, sein Wagen stand auf dem gewohnten Platz. Gleich daneben parkte Alex' Auto. Sie verstaute ihren Koffer und stieg ein, atmete tief durch. Nun schnell weg.

Als sie auf die Lindauer Autobahn bog, versuchte sie, sich auf das vor ihr liegende Gespräch zu konzentrieren. Es würde nicht leicht werden, Felicia würde sich nicht kampflos um all das bringen lassen, was sie immer hatte haben wollen und was sie ja auch erreicht zu haben glaubte. Alex als Geschäftsführerin von *Wolff & Lavergne*. Alex eines Tages als Erbin. Es würde ein harter Schlag für sie sein, daß die Enkelin nun aussteigen wollte.

Aber sie mußte es verstehen. Nach allem, was geschehen war, durfte sie nicht versuchen, Alex in Deutschland zu halten. Sie würden jemand anderen finden, der die Geschäftsführung übernahm.

Bei Inning verließ sie die Bundesstraße und fuhr in südlicher Richtung am See entlang nach Breitbrunn. Es war ein Tag, um sich in Oberbayern zu verlieben, aber Alex sah nichts und wollte nichts sehen. Sie gehörte nicht hierher. Sie war Amerikanerin, und es wäre nur besser gewesen, sie hätte das vor vielen Jahren bereits so klar entschieden.

Sie parkte in der Einfahrt des Hauses ihrer Großmutter und

stieg aus. Felicias Hunde spielten im Garten und kamen laut bellend herangesprungen. Alex streichelte sie flüchtig und kramte dann den Hausschlüssel hervor. Zögernd trat sie ein. Sie haßte es, ihrer Großmutter weh zu tun.

Niemand war zu sehen, es herrschte eine solche Stille, daß sie schon meinte, niemand sei daheim. Aber dann hörte sie, wie irgendwo eine Tür leise auf- und wieder zugemacht wurde. Zwei Frauen flüsterten miteinander; Alex meinte, Nicola und Julia zu erkennen.

»Es hat keinen Sinn, mit ihr zu sprechen. Sie will allein sein. Das wollte sie immer, wenn es ihr schlecht ging. Wir müssen sie in Ruhe lassen.«

»Aber sie hat jetzt den dritten Tag nichts gegessen. Das kann doch nicht so weitergehen!«

»Sie wird schon wieder essen. Wir können sie nicht zwingen.«

Die Stimmen verstummten, Schritte entfernten sich. Alex überlegte, ob die beiden wohl von Felicia gesprochen hatten. Wenn ja, dann mußte irgend etwas passiert sein, etwas, das dramatisch genug war, um die Familie in Sorgen zu stürzen. Alex war sofort alarmiert. Für gewöhnlich mußte man sich um ihre Großmutter nicht sorgen, sie war der Felsen, auf den sie alle bauten und der nie wankte. Niemand hatte sich je vorgestellt, was wäre, wenn dieser eherne Halt ins Schleudern käme. Man hatte es sich nicht vorgestellt, weil es unvorstellbar war.

Alex ging den Gang entlang und klopfte vorsichtig an die Tür von Felicias Büro. Als sich nichts rührte, klopfte sie lauter. Nun endlich erklang ein müdes: »Herein.«

Felicia saß an ihrem Schreibtisch, und Alex, die schon halb und halb erwartet hatte, ihre Großmutter bleich und schwach auf dem Sofa liegend vorzufinden, spürte zunächst Erleichterung. Doch dann trat sie näher, sah Felicia genauer an, und plötzlich dachte sie erschrocken: Aber sie ist ja eine alte Frau geworden! Seltsamerweise hatte sie sie vorher nie wirklich als alt empfunden. Diese ungebrochene Vitalität hatte sie fast alterslos gemacht, dieser Eigensinn, diese Herrschsucht, die es ihr verboten, das Familienzepter abzugeben.

Doch nun war etwas anders geworden. Sie hatte noch dieselben weißen Haare, und es waren keine Falten in ihrem Gesicht hinzugekommen, aber in ihren Augen war der Funke erloschen, und um den Mund lag ein erschöpfter Zug, der sich auch durch viel Ruhe und Schlaf nicht würde aufheben lassen.

»Alex«, sagte sie. Auch ihre Stimme hatte den gewohnten Klang verloren; ihr fehlten Ungeduld und Drängen. »Wie gut, daß du zurück bist.«

Alex schloß rasch die Tür hinter sich. »Felicia ... ist irgend etwas passiert? Du siehst so ... so gar nicht wie sonst aus!«

»Maksim ist gestorben«, sagte Felicia.

Alex brauchte einen Moment, ehe sie wußte, um wen es sich bei Maksim handelte. Sie erinnerte sich: der Jugendfreund von Felicia, der in der SED Karriere gemacht hatte. Vor kurzem war er in den Westen gekommen. Direkt vor ihrem Abflug nach Amerika hatte sie ihn einmal im Haus ihrer Großmutter getroffen. Sie wußte noch, daß ihr sein erschreckend schlechtes Aussehen aufgefallen war.

»Das tut mir leid«, sagte sie schwerfällig.

»Er war im Krankenhaus. Es ging nicht mehr ohne Morphium, weißt du. Alles voller Krebs.«

Alex nickte.

»Ich war jeden Tag bei ihm. An dem Abend bevor er starb, schien es ihm nicht besonders schlecht zu gehen. Im Gegenteil, er wirkte etwas wacher als sonst, und die Schmerzen schienen sich in Grenzen zu halten. Ich sprach mit dem Arzt. ›Heute nacht passiert bestimmt nichts‹, sagte er. Ich glaubte ihm.«

Alex zog sich einen Stuhl heran und setzte sich. »Ich verstehe«, sagte sie. Die Stimme der alten Frau blieb unverändert teilnahmslos. »Am nächsten Morgen, als ich gerade wieder zu ihm fahren wollte, riefen sie mich an. Maksim war in der Nacht gestorben. Es war niemand bei ihm.«

»Du konntest es nicht wissen, Felicia.«

Felicia sah auf. Wie leer ihre Augen sind, dachte Alex.

»Ich weiß. Ich mache mir keine Vorwürfe. Wir hatten beide gesagt, was zu sagen war.«

Irgend etwas verbot Alex, die Frage zu stellen, die ihr auf den Lippen brannte. Was hat dir dieser Mann bedeutet, Felicia?

»Es ist nur so«, fuhr Felicia leise fort, »daß nun alles vorbei ist. Alles.«

Alex schwieg, sie wußte nicht, was sie sagen sollte. Worte des Trostes schienen ihr unpassend. Außerdem fühlte sie sich nicht in der Lage zu trösten. Sie war hergekommen, um ihrer Großmutter zu sagen, daß sie sich von ihrer Firma trennen wollte, und sie hatte sich auf Ärger, Protest und eine Reihe von Überredungsversuchen eingestellt. Nun war sie auf eine Frau getroffen, die ihr wie zerbrochen schien, und das warf all ihre Pläne über den Haufen. Verdammt! Dieser Maksim Sowieso und sein Tod kamen ihr im ungelegensten Moment in die Quere. Aber wer hätte auch gedacht, daß es solche Untiefen in Felicias Leben gab?

»Ich habe hier ein Schreiben aufgesetzt«, sagte Felicia und wies auf die Papiere, die vor ihr lagen. »Wir müssen nur noch zu einem Notar, dann ist die Sache rechtsgültig.«

»Welche Sache?«

»Ich übereigne dir meine Anteile an *Wolff & Lavergne*. Du bist nicht länger nur Geschäftsführerin. Du bist Eigentümerin.«

Alex fuhr von ihrem Stuhl hoch. Sie wurde blaß. »Was sagst du da?«

»Es wird Zeit, daß ich das Ruder endgültig abgebe. Ich bin bald neunzig Jahre alt. Du bist jung und stark. Du mußt die Dinge in die Hand nehmen.«

»Ich bin nicht stark«, widersprach Alex, »du täuschst dich, ich bin ...« Aber sie merkte, daß ihre Großmutter ihr gar nicht zuhörte, und verstummte. Felicia interessierte sich nicht für ihre Probleme. Von einem Moment zum anderen hatte sie aufgehört, die große Prinzipalin der Familie zu sein, die um jeden Preis wissen mußte, was überall vorging, und die Probleme sofort anpackte. Sie war müde geworden. Bis zu ihrem Tod würde sie sich das Recht nehmen, nur noch an ihre eigenen Belange zu denken.

In ihrem Alter hat sie das Recht, dachte Alex, und gleichzeitig erkannte sie entsetzt, daß sie nicht mehr abspringen konnte. Sie würde es nicht fertigbringen, Felicia jetzt im Stich zu lassen. Leer und ausgebrannt wie sie war, begriff sie doch, daß sie jetzt die Stärkere war und daß sich daraus Verantwortung und Verpflichtung ableiteten. Sie schaute zu Felicia hinunter, blickte in ihre grauen Augen, und was sie darin sah, ließ sie zum erstenmal eine Ahnung davon empfinden, was es heißen mochte, alt zu werden und ringsum die Menschen sterben zu sehen, mit denen man das Leben geteilt hatte.

Unmöglich, die alte Frau im Stich zu lassen, weder jetzt noch in Zukunft.

Sie setzte sich wieder.

»Okay, Felicia«, sagte sie, »okay, laß uns durchgehen, was du da aufgesetzt hast. Aber vorher trinken wir einen Whisky zusammen, ja? Ich glaube, den können wir jetzt beide gut brauchen.«

# IV. Buch

1988–1991

# 1

Chris hatte vor langer Zeit aufgehört, in jeder Frau, die sein Interesse weckte, nach Simone zu suchen. Er wußte, daß er sich nicht für den Rest des Lebens auf diese Weise blockieren durfte, und versuchte, Unbefangenheit und Offenheit wiederzufinden. Es fiel ihm unendlich schwer.

Dieses Mädchen aber, das ihm da gegenübersaß, hatte wirklich etwas von Simone. Dieselbe kleine, zierliche Figur, das spitze, blasse Gesicht, eine Fülle langer, dichter Haare – dunkelbraun allerdings, nicht blond. Auch die Art zu sprechen erinnerte Chris an Simone; sehr schnell, begleitet von einer ausgeprägten Mimik und lebhaften Gestik. Das Mädchen trug Jeans, Turnschuhe und ein blau-weiß gestreiftes Sweatshirt. Die Sekretärin hatte sie als Laura Marelli angemeldet. Chris schätzte Laura auf höchstens achtzehn Jahre.

»Das Problem ist«, sagte sie gerade, »daß wir kaum Geld haben. Sagen Sie es also lieber gleich, wenn Sie vorhaben, horrende Honorarforderungen zu stellen.«

Chris lachte. »Wer immer Ihnen meine Adresse genannt hat, er hat Ihnen sicher auch gesagt, daß ich für beinahe nichts arbeite, wenn ich hinter einer Sache stehe und der Klient Zahlungsprobleme hat.«

Laura nickte. »Ja. Aber das könnte sich geändert haben inzwischen.«

»Ich hätte es jedenfalls dringend nötig, das zu ändern«, gab Chris zu, »wissen Sie, ich arbeite etwa sechzehn Stunden am Tag, einschließlich Wochenende, und komme trotzdem nur gerade so über die Runden.«

»Dafür können Sie von sich sagen, daß Sie Ihre Überzeugung nie verraten haben. Sie sind der Anwalt von Umweltschützern,

Grünen und Linken. Wie viele in Ihrem Alter sind das noch? Die meisten sind längst korrumpiert – von Geld und Macht und der Sehnsucht nach dem guten Leben!«

»Aber sie haben ein paar Sorgen weniger als ich«, sagte Chris. Manchmal war er es leid, sich immer nur das Nötigste leisten zu können. Er hatte sehr gute Examen gemacht und früh promoviert, und es wäre ihm ein leichtes gewesen, sich in einer reichen und renommierten Frankfurter Kanzlei zu etablieren. Statt dessen machte er sein eigenes Büro auf, mietete eine Vierzimmerwohnung im Westend, trennte zwei Zimmer ab und richtete sich dort als Anwalt ein. Obwohl die Wohnung ziemlich heruntergekommen war, verlangte der Besitzer eine gesalzene Miete. Chris hatte daher zuerst versucht, eine Sekretärin einzusparen, aber die Arbeit war ihm so über den Kopf gewachsen, daß er schließlich im Durchschnitt auf knapp zwei Stunden Schlaf pro Nacht kam. Es war nur eine Frage der Zeit, wann er zusammenklappen würde. Also hatte er Birgit eingestellt, eine atemberaubend häßliche Frau von vierzig Jahren, die ihren Beruf zum Mittelpunkt ihres Lebens gemacht hatte. Sie arbeitete zuverlässig, schnell und emsig, und für ihren Chef hätte sie sich zerreißen lassen. Was sie anging, war Chris seinem Schicksal von Herzen dankbar, aber ansonsten hatte er das Gefühl, nicht mehr lange so weitermachen zu können. Er verteidigte hauptsächlich Leute aus der grünen Szene, viele Umweltschützer, Leute, mit deren Überzeugung er sympathisierte. Die meisten konnten jedoch so gut wie nichts bezahlen. Er hatte einen monatelangen, aufwendigen Prozeß geführt, in dem er Gegner des Baus der Startbahn West am Rhein-Main-Flughafen vertrat, und am Ende hatte er achthundert Mark dafür bekommen. Das deckte kaum die Unkosten. In diesem Spätsommer 1988 war Chris fast fünfunddreißig Jahre alt, und er fragte sich immer öfter, ob er mit vierzig auch noch so dasitzen würde wie heute.

»Machen Sie es, oder machen Sie es nicht?« fragte Laura.

Chris seufzte. Wieder einmal unbezahlte Arbeit. Es ging um Freunde von Laura, die in das Labor eines chemischen Konzerns in der Nähe von Frankfurt eingedrungen waren und

Versuchstiere befreit hatten. Drei Hunde, acht Katzen und eine stattliche Anzahl Kaninchen und Ratten. Als sie den letzten Käfig in ihren Kombi stellten, wurden sie vom Nachtwächter überrascht, der gerade wieder eine Runde drehte. Er versuchte, sie am Abfahren zu hindern, es kam zu einem Handgemenge, in dessen Verlauf der Nachtwächter zu Boden ging. Die jungen Leute konnten mitsamt den Tieren entkommen, aber es gelang dem Mann noch, die Autonummer zu notieren.

»Die Polizei klingelte einen Tag später bei dem Besitzer des Autos«, sagte Laura, »unglücklicherweise befanden sich noch die Käfige bei ihm, und er war also sofort überführt. Die anderen drei haben sich dann freiwillig gestellt, weil Stefan nicht alles allein ausbaden sollte.«

»Wurden die Tiere zurückgegeben?«

Laura schüttelte den Kopf. »Nein. Und das wird auch um keinen Preis geschehen. Sie sind alle in Sicherheit. Einer der Hunde befindet sich bei mir.«

»Sie machen sich damit ebenfalls strafbar, das wissen Sie?«

Laura reckte kampfbereit das Kinn. »Und wenn schon! Wir sind im Recht. Auch wenn die Gesetze es anders definieren. Aber Gesetz ist nicht gleich Recht, nicht wahr?«

Chris nickte. »Sicher. Nur müssen wir leider die vorläufig herrschenden Gesetze als Recht anerkennen.«

Laura gab einen verächtlichen Laut von sich.

Chris blätterte in der Akte, die vor ihm lag. »Hier in der Klageschrift, die Sie mitgebracht haben, steht, der Wachmann behauptet, er sei brutal niedergeschlagen worden. Stimmt das?«

»Das ist völliger Unsinn. Während des Handgemenges ist er gestolpert und hingefallen. Niemand hat ihn geschlagen. Er konnte auch keine Verletzung vorweisen.« Laura lächelte plötzlich, was sie viel sanfter aussehen ließ. »Aber da Sie sich so detailliert erkundigen – heißt das, Sie übernehmen den Fall?«

Chris hob hilflos die Hände. »Was soll ich machen? Ihre Freunde brauchen Hilfe. Ich werde zwar demnächst verhungern, aber – okay. Ich mache es.«

Laura strahlte auf. »Sie sind wunderbar. Ich danke Ihnen.« Sie erhob sich und streckte Chris die Hand hin. »Auf Wiedersehen. Ich muß es den anderen gleich sagen.«

Auch Chris war aufgestanden. Wieder stellte er fest, wie klein Laura war. Und ihre Hand fühlte sich an wie die eines Kindes. »Ich tue es gern«, sagte er.

An der Tür blieb Laura noch einmal stehen. »Ich möchte nicht, daß Sie verhungern, Herr Dr. Rathenberg. Hätten Sie Lust, morgen abend zum Essen zu mir zu kommen?«

»Oh«, sagte Chris überrascht.

»Ich bin eine ziemlich gute Köchin. Also, falls Sie nichts anderes vorhaben . . .«

Er hatte nichts vor. Der morgige Abend würde aussehen wie die meisten Abende bei ihm: irgendein Essen aus der Tiefkühltruhe, Mineralwasser dazu, weil er noch einen klaren Kopf brauchte, die Acht-Uhr-Nachrichten im Fernsehen. Dann wieder an den Schreibtisch, Akten durcharbeiten, Schriftsätze diktieren, die Birgit am nächsten Tag schreiben sollte. Um 23 Uhr noch einen späten Film im Fernsehen, von dem er nur die Hälfte mitbekäme, weil er so müde wäre. Irgendwann zwischen Mitternacht und ein Uhr ins Bett. In ein sehr leeres, kaltes Bett. Allmählich hatte er das Gefühl, sein Leben verlaufe ohne jede Perspektive. Ein ehemaliger Kommilitone, mit dem er sich noch ab und zu traf, hatte ihm gesagt, es sei auf fatale Weise ungesund, wie er lebe.

»Du machst dich physisch und psychisch kaputt, Chris. Kein Mensch hält es aus, sich so abzuschotten wie du. Immer nur Arbeit, Arbeit, Arbeit. Nie Spaß und Vergnügen. Nie eine Frau. Mein Gott, nimm endlich ein paar lukrative Aufträge an, und dann gönne dir einen langen Urlaub, geh meinetwegen in einen dieser Ferienclubs und amüsier dich mit einem hübschen Mädchen. Du bist zu jung, um als Mönch zu leben!«

Ferienclub! Chris hatte sich geschüttelt. Mit einem Haufen aufgedrehter Leute hinter einem Animateur hertraben – nein danke. Und auf ein Urlaubsverhältnis hatte er schon überhaupt keine Lust.

Etwas anderes wäre es, mit diesem netten Mädchen zu Abend zu essen. Morgen war Freitag. Warum sollte er sich nicht für Freitag abend verabreden?

»Ich komme gern«, sagte er, »vielen Dank.«

»Auf dem Briefumschlag mit den Tierphotos« – sie hatte ihm einen Berg von Bildern von Labortieren ausgehändigt – »steht meine Adresse. Wäre Ihnen acht Uhr recht?«

»Acht Uhr paßt großartig. Bis morgen dann.«

»Bis morgen!« Und schon war sie verschwunden.

Ernst Gruber steckte im Fünf-Uhr-Stau in München und durchwühlte mit zitternden Händen seine Aktentasche nach den Blutdrucktabletten. Sein Arzt hatte ihm geraten, sie immer bei sich zu haben, seitdem sein Blutdruck in schwindelerregenden Höhen herumturnte.

»Sie trinken zuviel und essen zu fett, Herr Gruber. Das kann nicht gutgehen auf die Dauer.«

Klugscheißer. Natürlich konnte es nicht gutgehen. Aber was wußte der schon von seinen Problemen?

Er fand die Tabletten endlich, steckte gleich zwei Stück in den Mund und würgte sie hinunter. Der Fahrer hinter ihm hupte, weil sich die Autoschlange um einen halben Meter voranbewegt hatte und Gruber stehengeblieben war. Das Hupgeräusch erschreckte ihn so, daß er zusammenzuckte und sofort feuchte Hände bekam, sein Herz raste schon wieder. Vollgepumpt mit Alkohol und Tabletten, würde er irgendwann zusammenbrechen, und vermutlich würde das an einem Tag wie diesem passieren, wenn er bei 25 Grad im Schatten in einem Stau stand und von keiner Seite Hilfe bekommen könnte.

Die ganze Zeit hatte er sich gefragt, warum die verdammte Klimaanlage nicht funktionierte, nun stellte er fest, daß er ständig am falschen Schalter herumgefummelt hatte. Das Auto war darüber zu einer Hölle aus heißem Blech geworden. Jetzt endlich erkannte er seinen Irrtum. Zum Glück dauerte es nicht lange und es herrschte eine angenehme Temperatur, die ihn sogleich freier atmen und klarer denken ließ; zudem taten die Tabletten ihre Wirkung und beruhigten seinen Herzschlag. Ihm fiel wieder alles ein, was an diesem Tag in der Bank geschehen war.

Ein Aufsichtsratssprecher war bei ihm erschienen und hatte ihm mitgeteilt, daß der Vorstand ihn am kommenden Montag zu einem wichtigen Gespräch treffen wolle. Gruber brachte nicht in Erfahrung, worum es genau ging, entnahm jedoch einigen vorsichtigen Andeutungen des Sprechers, daß man ihn in der Bank – noch dazu auf seinem hohen Posten – nicht mehr allzugerne sah. Gruber wußte, was dazu geführt hatte: Seine gesundheitlichen Ausfälle, bedingt durch zuviel Trinken, falsche Ernährung, zu wenig Schlaf, hatten ihn zu einem Risiko gemacht. Er hatte bereits zwei Fehlentscheidungen getroffen, weil er sich nicht mehr konzentrieren konnte, und er hatte immer gewußt, daß er dafür eines Tages seine Quittung erhalten würde.

Vor vier Jahren hatte alles begonnen, damals, als er Markus Leonberg ruiniert und in den Selbstmord getrieben hatte, und als Clarissa plötzlich ein anderer Mensch geworden war. Gruber, völlig verstört nach Leonbergs Tod, war immer wieder zu ihr gefahren, hatte über alles noch mal und noch mal reden wollen. Er hatte Trost gesucht – und die Liebe, von der er geglaubt hatte, er werde sie nun für immer erringen.

»Es ist doch alles geschehen, wie du es wolltest! Clarissa, bitte . . .«

Er begriff nicht, warum sie sich so abweisend verhielt. Schließlich hatte er ihr einen Herzenswunsch erfüllt, denn seinetwegen hätte Leonberg nicht den Bach hinuntergehen müssen, weiß Gott nicht. Aber für Clarissa . . . er hätte dem Papst in Rom eine Bombe geschickt, wenn sie es gewollt hätte.

Den Grad seiner Abhängigkeit von ihr bemerkte er erst, als sie anfing, sich immer deutlicher zurückzuziehen. Es fehlte nicht viel, und er wäre auf den Knien vor ihr herumgekrochen. Er bettelte um ihre Zuwendung und heimste statt dessen ihre

Verachtung ein. Sie erfand Ausflüchte, um den Treffen mit ihm zu entgehen, und wenn sie sich tatsächlich sahen, schaute sie ständig auf die Uhr und macht kein Hehl daraus, daß er ihr Zeit und Nerven stahl.

In seiner Verzweiflung griff er immer öfter zur Flasche, aß unmäßig und völlig unkontrolliert, schluckte zeitweise Antidepressiva. Er merkte, daß er aufhörte, er selbst zu sein – und in der Bank merkten sie es auch. Er registrierte, daß über ihn geflüstert wurde, wenn er mit seinen 140 Kilo durch die Bank schritt und zu allem Überfluß noch eine Fahne hatte. Verzweifelt versuchte er, sich zu bremsen. Er schaffte es nicht. Er war gefangen wie ein kleines Tier in einer Falle.

Zäh bewegte sich die Autoschlange voran. Als er die nächste Ampel erreichte, wußte Ernst, daß er heute nicht verzichten konnte. Er mußte Clarissa sehen.

Vor Clarissas Haus stand ein Möbelwagen. Zwei Männer trugen gerade das beigefarbene Wildledersofa durch den Vorgarten. Ernst sprang aus dem Auto. Sein Blutdruck hatte sich gebessert, aber er war noch immer schweißüberströmt und unnatürlich gerötet im Gesicht.

»Was ist denn hier los?« fragte er entsetzt.

Die beiden Männer versuchten, das Sofa in den Möbelwagen zu wuchten, und antworteten nicht, weil es ihnen ohnehin an Puste fehlte. Ernst lief so rasch er konnte ins Haus. Überall Kisten, zusammengerollte Teppiche, keine Bilder mehr an den Wänden. Auf einem Karton saß Clarissa und rauchte eine Zigarette. Sie trug staubige Shorts, dazu ein blaues T-Shirt, war ungeschminkt und hatte ihre Haare mit einem Gummi zusammengebunden. Sie sah sehr erschöpft aus.

»Was geht hier vor?« rief Ernst. Er sah sich entgeistert im Zimmer um. »Clarissa, um Gottes willen, was . . .«

Clarissa blickte auf. »Das siehst du doch«, sagte sie gleichgültig, »ich ziehe aus.«

»Du ziehst . . . Du hast mir ja kein Wort gesagt! Wohin ziehst du? Warum? Wohin?« Ihm wurde noch heißer.

Clarissa blieb ruhig. »Ich gehe in eine andere Stadt. Ich fange ein neues Leben an.«

»Was?«

»Was ich in München erledigen wollte, ist lange erledigt. Ich werde mir einen anständigen Job suchen und wie jede normale Frau leben.«

»Aber ... das kannst du nicht machen! Ich kann doch nicht so einfach weg aus München. Ich ...«

»Du sollst ja auch nicht mitkommen«, sagte Clarissa.

Ernst starrte sie an. »Aber wir gehören doch zusammen. Nach all den Jahren kannst du doch nicht einfach auf und davon gehen.«

»Natürlich kann ich das. Wie du siehst, habe ich bereits alles in die Wege geleitet. Und was unsere ›Zusammengehörigkeit‹ angeht: Wir hatten nichts anderes als eine geschäftliche Vereinbarung. Ich schlafe mit dir, dafür bekomme ich von dir Geld. Ich kann aus dieser Vereinbarung jederzeit aussteigen, und genau das tue ich jetzt.«

In seiner Fassungslosigkeit fiel ihm nichts Besseres ein als zu fragen: »Und wovon, bitte schön, willst du leben?«

»Irgendeinen Job werde ich finden. Ich brauche nicht viel. Also mach dir keine Sorgen um mich.«

Er ließ sich in den Sessel fallen, der als letztes Möbelstück im Raum stand, und sagte leise: »O Gott. Es kann nicht wahr sein.«

Clarissa schaute ihn aus leeren Augen an, mitleidslos, ohne jede Regung. Er war nur ihr Werkzeug gewesen in einem Kampf, den sie vor vielen Jahren begonnen hatte, und sie hatte weder die Kraft noch die Lust, ihm diese Erkenntnis durch beschönigende Worte begreifbar zu machen. Sie hatte ihm ja nie etwas begreifbar machen können. Nicht ihre Schmerzen, ihre Ängste, ihre grenzenlose Einsamkeit. Nicht ihren Haß. Auch nicht, daß Leonbergs Tod ihr nicht im mindesten die Befriedigung gebracht hatte, die sie sich erträumt hatte. Wie sollte sie mit einem Mann wie Ernst Gruber von der Leere sprechen, die sie seitdem erfüllte? Von der Verzweiflung, mit der sie nach einem neuen Sinn suchte? Dieser Mann kreiste ohnehin nur um sich selber, und in ihr hatte er stets nur die Mätresse gesehen, die er bezahlte und die daher funktionierte. Pech für ihn, daß er abhängig geworden war. Indem sie ihm seine geheimsten Wünsche erfüllte, hatte sie eine gefährliche Tür geöffnet, die er nun nicht mehr schließen konnte. Seine Sehnsüchte und Begierden, einmal freigelegt, würden sich nicht mehr bändigen lassen. Von ihrer Erfüllung hing alles für ihn ab. Clarissa lächelte, müde und ohne Wärme. Er brauchte sie wie der Fixer die Spritze. Aber das kümmerte sie einen Dreck. Sie hatte nicht vor, jemals wieder eine Spritze zu sein.

»Ausgerechnet jetzt«, sagte Ernst jammernd, »ausgerechnet! Ich ersticke in Problemen, und du willst gehen!«

Die Möbelträger kamen ins Zimmer. »Wir müssen jetzt den Sessel hinausbringen!«

Ernst erhob sich stöhnend. Sie hoben den Sessel hoch. Da er nicht wußte, ob die Kisten ringsum seinem Gewicht standhalten würden, blieb er stehen, obwohl er weiche Knie hatte und sich furchtbar elend fühlte.

»Ich glaube, sie wollen mich von meinem Posten in der Bank weghaben. Am Montag werden sie es mir mitteilen.«

»Tut mir leid für dich.«

»Ich habe ziemlich viel Mist gemacht. Ich habe ziemliche Probleme mit meiner Gesundheit. Und viele sind scharf auf meinen Job. Die haben nur auf eine Gelegenheit gewartet.«

»Das ist überall so.«

»Mir hätte es nicht passieren müssen. Ich saß felsenfest auf meinem Stuhl. Ich war sehr gut.« Er sah Clarissa an, erwartete, sie würde spöttisch grinsen. Das tat sie jedoch nicht. Ihr Gesicht zeigte keine Regung.

»Du weißt, warum es mir so schlecht geht, Clarissa, nicht?«

Clarissa drückte ihre Zigarette auf einem kleinen Teller aus, zündete sich die nächste an. »Ich habe darüber nie nachgedacht. Es interessiert mich auch nicht besonders.«

»Es ist deinetwegen. Weil du mich fallengelassen hast. Ich kann es bis heute nicht verstehen, Clarissa. Ich kann auch nicht verstehen, warum du jetzt wegwillst. Ich habe dir nichts getan.

Im Gegenteil, ich habe dir Leonbergs Kopf serviert. Du hast deine Rache in vollem Umfang gehabt, sogar noch besser als erwartet. Leonberg ist tot. Ich habe dir gegeben, was du wolltest.«

»Ich habe dir dafür gedankt.«

»Aber – das nennst du Dank? Du hast dich seither immer mehr von mir abgewendet. Ich hatte mir vorgestellt, wir würden ... wir ...«

»Was?«

»Ich dachte, unsere Liebe würde nun erst richtig schön werden.«

Clarissa schüttelte den Kopf. »Du hast nichts begriffen«, sagte sie, »überhaupt nichts.«

»Dann erkläre es mir.«

»Das hat keinen Sinn. Du hast mich nie verstanden und wirst es auch nie.«

»Aber es war so viel zwischen uns, Clarissa.« Er sprach beschwörend, wollte sie dazu bringen, daß sie empfand, was er empfand. »Du warst die erste Frau, die mich verstanden hat. Die erste, bei der ich ...«

Jetzt lächelte sie das höhnische Lächeln, das er gefürchtet hatte. »Sprich es doch aus. Ich war die erste, die deine perversen Neigungen befriedigt hat. Was meinst du eigentlich, wie mich das angekotzt hat?«

Ernst war wie vom Donner gerührt. »Aber du sagtest doch immer ... du sagtest ... es macht dir Spaß mit mir ...«

»Es gehörte zu meinem verdammten Job, das zu sagen«, entgegenete Clarissa kalt, »glaubst du, ich hätte so viel Geld von den Kerlen kassiert, wenn ich ihnen erzählt hätte, was ich wirklich von ihnen denke?«

»Clarissa ...«

»Fang nicht an zu heulen. Es ist vorbei. Finde dich damit ab.«

»Clarissa ... du kannst mich jetzt nicht einfach im Stich lassen! Ich bin am Ende. Ich bin krank. Ich werde meinen Beruf verlieren. Ich habe alles riskiert für dich, und ...«

»Was hast du schon riskiert? Leonberg ins Verderben zu

stürzen war kein Risiko für dich. Die Bank hat doch satt verdient. Ein großer Teil seiner Immobilien sind euch zugefallen. Also versuche nicht, dich zum Märtyrer zu machen!«

»Hast du dir einmal überlegt«, fragte Ernst mit rauher Stimme, »was es für mich bedeutet, mit dieser Schuld zu leben? Damit, daß ich einen Mann in den Tod getrieben habe?«

Clarissa erhob sich. »Soll ich dir etwas sagen, Ernst? Es ist mir scheißegal, womit du leben mußt, es ist mir auch scheißegal, ob du damit leben kannst oder nicht. Du bist mir egal. Wenn du heute sterben würdest, würde ich es nicht einmal zur Kenntnis nehmen. Bitte«, von einer Sekunde zur anderen verlor ihre Stimme an Härte, wurde müde und beinahe flehend, »bitte laß mich endlich in Ruhe. Versuch nicht herauszufinden, wohin ich gehe. Laß mich mein eigenes Leben leben.« Damit erhob sie sich von ihrer Kiste, drehte sich um und verließ das Zimmer. Ihre nackten Füße patschten über die Steinfliesen im Flur. Dann knarrte die Treppe. Clarissa ging nach oben.

Ernst stand wie betäubt. Er bemerkte nicht einmal die Möbelpacker, die ins Zimmer zurückgekommen waren und ihn überrascht ansahen. »Ist Ihnen nicht gut?« fragte einer.

Ernst blickte durch ihn hindurch. »Clarissa!« Es war ein krächzender Laut. Die Männer zuckten mit den Schultern, nahmen jeder eine Kiste auf und verschwanden wieder. Ernst spürte, wie seine Knie weich wurden und ihm die Tränen in die Augen schossen. »Clarissa!« rief er. »Clarissa!«

Er bekam keine Antwort. Nie würde er eine bekommen. Das Entsetzen überkam ihn, als er sich selber sah, wie er hier stand und einer Frau hinterherrief, die ihn aus ihrem Leben gestrichen hatte, und auf einmal betrachtete er sich mit demselben Widerwillen, den sie immer empfunden haben mußte. Er sank nun doch auf eine der Kisten nieder, die leise unter ihm knarrte, jedoch standhielt. Er dachte daran, was ihn am Montag in der Bank erwartete, und plötzlich fragte er sich, ob Markus Leonberg sich vor seinem Tod so gefühlt hatte wie er jetzt, so zerstört, zerbrochen, ohne Hoffnung.

Ihm kam etwas in den Sinn, was er vor sehr langer Zeit,

irgendwann in seiner Jugend, einmal gelesen hatte: daß alles, was der Mensch tut, auf ihn zurückkommt.

Was ihn betraf, so schien sich diese Prophezeiung nun zu erfüllen.

»Okay«, sagte Julia, »das war's für heute. Wir machen Schluß. In fünf Minuten klingelt es ja sowieso.«

Die 32 Schüler der Klasse sprangen auf, warfen ihre Bücher in die Taschen und stürmten hinaus. Kaum einer vergaß, Julia ein schönes Wochenende zu wünschen. Sie war eine äußerst beliebte Lehrerin, auch deshalb, weil sie selten schlechte Noten gab und die Kinder oft etwas früher gehen ließ. Sie verstaute ihre Bücher in der Tasche und verließ als letzte das Klassenzimmer. Seit zwei Jahren arbeitete sie wieder in ihrem alten Beruf. Die Englischen Fräulein in Nymphenburg hatten sie als freie Mitarbeiterin eingestellt, ausgerechnet eine aus dem sozialistischen Osten nun an einer von Ordensschwestern geführten Schule! Sie hätte kaum sagen können, wie dankbar sie war. Endlich eigenes Geld verdienen, endlich wieder das Gefühl haben, nützlich zu sein. Sosehr es ihr gefallen hatte draußen am Ammersee bei ihren Eltern, in Felicias Haus, sie war sich trotzdem immer wie ein Gast vorgekommen, der Geduld und Geldbeutel seiner Gastgeber strapaziert. Nun endlich hatte sie eine eigene Wohnung mieten können, drei Zimmer im Stadtteil Pasing. Ein trister Wohnblock in einer trübsinnigen Umgebung, aber wesentlich besser als das Berliner Haus, und mit dem letzten Domizil an der polnischen Grenze überhaupt nicht zu vergleichen. Michael hatte ein eigenes Zimmer, Stefanie auch, sie selber schlief im Wohnzimmer auf der ausziehbaren Couch. Sogar ein kleiner Westbalkon gehörte ihnen. Jetzt, im September, konnten sie dort manchmal noch abends essen und an den Sonntagen frühstücken. Genaugenommen taten dies nur Julia und Michael. Stefanie gesellte sich fast nie dazu. Sie ging ihrer Mutter aus dem Weg, wo sie nur konnte.

Damals, auf der Flucht, hatte Julia über nichts anderes nachgedacht als darüber, wie sie es schaffen würde, die Kinder und sich wohlbehalten in den Westen zu bringen. Sie hatte nicht weiter geschaut und auch nicht schauen wollen als bis zu einem imaginären Punkt jenseits des Stacheldrahts, den sie erreichen mußten, um in Sicherheit zu sein. Alles, was danach kam, mußte auch erst danach in Angriff genommen werden. Es hatte keinen Sinn, sich vorher damit zu beschäftigen.

Heute wußte sie, daß sie die Reaktion ihrer Kinder auf das Auseinanderreißen der Familie, auf das Verpflanzen in völlig neue Erde unterschätzt hatte. Michael hatte sehr lange gebraucht, um sich in München, in der Schule, zwischen den Gleichaltrigen zurechtzufinden. Noch ein Jahr nach der Flucht hatte er keinen Satz ohne Stottern hervorbringen können, hatte seine Fingernägel bis aufs Fleisch abgekaut und wurde mehr und mehr zum Einsiedler. Immerhin war ihm mit einer Therapie zu helfen. Schon nach zwanzig Stunden bei einem Schulpsychologen ging es mit ihm bergauf.

Stefanie hingegen hätte es schon überhaupt nicht in Erwägung gezogen, professionelle Hilfe in Anspruch zu nehmen. Sie war bei weitem nicht so hilflos und verstört wie ihr jüngerer Bruder, dafür steigerte sie sich in einen Haß gegen ihre Mutter hinein, der Julia fassungslos und zunehmend verzweifelt sein ließ. Stefanie hatte getobt, als sie erfuhr, daß ihr Vater im Osten geblieben war, sie war einem Nervenzusammenbruch nahe, als ihr klar wurde, daß Julia sie in diesem Punkt belogen hatte.

»Du hast mich reingelegt!« schrie sie. »Du hast mich belogen, damit ich mitkomme! Du hast uns überhaupt nicht gefragt, was wir wollen! Du hast uns einfach belogen und mitgenommen!«

Sie war und blieb vollkommen unversöhnlich. Monatelang versuchte Julia, ihr in täglichen Gesprächen ihre Beweggründe nahezubringen. Aber wie konnte sie ihre Tochter überzeugen, daß alles zu ihrem Besten hatte geschehen sollen, wenn sich das Mädchen nur unglücklich fühlte? Stefanie weinte nach ihrem Vater und fand sich zudem überhaupt nicht damit zurecht, daß die Regeln und Wertvorstellungen, die eben noch galten, plötzlich nichts mehr wert waren. Hier wurde sie ausgelacht für Sätze, die ihr früher größtes Lob eingebracht hätten. Sie merkte schnell, daß ihre Mitschülerinnen sie komisch fanden. Sie reagierte darauf zu aggressiv, als daß man es gewagt hätte, sie anzugreifen, aber sie fand dadurch auch keine Freunde. Aus Furcht vor ihrer scharfen Zunge zogen sich alle vor ihr zurück.

Sie war süchtig danach, mit ihrem Vater zu telefonieren. Wäre es nach ihr gegangen, Julias gesamter Monatsverdienst hätte kaum ausgereicht, die Telefonrechnungen zu bezahlen. Tagsüber gelang es kaum, eine Verbindung zu bekommen, aber nachts glückte es hin und wieder.

»Stefanie, du kannst ihn nicht jede Nacht aus dem Schlaf reißen«, sagte Julia, »er braucht seine Ruhe. Er hat einen so anstrengenden Beruf.« Stefanie funkelte sie feindselig an. »Du kannst es nicht verhindern, daß ich mit ihm spreche. Du bist nur eifersüchtig, weil er mich noch liebt, und dich nicht mehr!«

Tatsächlich kam Julia nicht an ihn heran. Sie hatte ihn mit Briefen bombardiert, die sie Ostreisenden mitgab, um die Kontrollen zu umgehen. Sie erklärte darin wieder und wieder, weshalb sie gegangen war, warum es ihr als der einzige Weg erschienen war, warum sie es für die Kinder hatte tun müssen. Sie schrieb und schrieb, aber sie erhielt nicht ein einziges Mal eine Antwort. Sie hatte ihn zunächst nicht anrufen wollen, weil sie wußte, daß er nach der Flucht seiner Familie Schwierigkeiten haben würde, seine völlige Ahnungslosigkeit zu beweisen. Sie wollte ihn nicht durch Kontaktaufnahme noch tiefer in den Schlamassel reiten, aber schließlich hielt sie es nicht mehr aus. Sie erwischte ihn in seiner Praxis und erklärte ihm wirr und aufgeregt alles noch einmal, was sie schon geschrieben hatte; das Herz schlug ihr dabei bis zum Hals, und sie bekam heiße Wangen. Er hörte ihr höflich zu, sagte dann mit müder Stimme: »Julia, sei mir nicht böse, aber hier warten viele Patienten. Ich muß mich um sie kümmern.«

Und so ging es immer, jahrelang nun schon. Er entzog sich jedem Gespräch. Aus Angst, weil er wußte, sie wurden abgehört? Wagte er es nicht, noch Sympathie zu zeigen für die Frau, die mit ihren beiden Kindern über die Grenze geflohen war? Oder hatte er sich innerlich völlig gegen sie abgeschottet, verzieh ihr nicht, was sie getan hatte? Es war ihm nichts zu entlokken, weder Vorwürfe noch Verständnis, noch Zorn oder Sehnsucht. Gar nichts. Ein Fremder hätte nicht fremder sein können.

Nur mit Stefanie sprach er. Hörte ihr zu, tröstete sie, machte ihr Mut. Nach einem solchen Gespräch sagte Stefanie zu ihrer Mutter: »Weißt du, er würde es nie zugeben, aber er ist sterbenseinsam. Er ist völlig allein. Du hättest ihm das nie antun dürfen.«

Dann war sie in ihr Zimmer gelaufen und hatte die Tür hinter sich zugeworfen. Und Julia hatte mit den Tränen gekämpft, weil sie wieder einmal nicht wußte, wie es weitergehen sollte. Getrennt von Richard, konfrontiert mit den Schwierigkeiten ihrer Kinder, für die sie die Verantwortung trug, schien es ihr manchmal, sie müsse zusammenbrechen unter den Problemen. Manchmal lag sie nachts wach und dachte voller Grauen über ihre Zukunft nach. Sie mußte all ihre Willenskraft aufbieten, um ihrer Phantasie Einhalt zu gebieten.

»Ich denke nur über den morgigen Tag nach«, befahl sie sich dann im stillen, »nur über morgen, und keine Stunde weiter.«

Sie hatte den Parkplatz erreicht, trat an ihren weißen Golf und öffnete alle Türen, um die schlimmste Hitze entweichen zu lassen. Das Auto hatte sie von ihrer Mutter geschenkt bekommen, nachdem die im vergangenen Frühjahr beschlossen hatte, es sei besser für sie, mit dem Fahren aufzuhören.

»Ich bin zu alt, meine Reaktionen sind zu langsam. Besser, ich lasse es bleiben, bevor ein Unglück geschieht.«

Julia war selig mit dem Wagen. Nicht, daß er für den täglichen Schulweg unbedingt nötig gewesen wäre, aber er bedeutete Unabhängigkeit und Beweglichkeit, ermöglichte Wochenendfahrten hinaus zu den Seen und Bergen. Letzten Sonntag war sie mit den Kindern am Chiemsee gewesen. Allerdings hatte sie wohl als einzige den Ausflug genossen. Michael und Stefanie hatten die ganze Zeit nur gemurrt und ständig gefragt, wann sie wieder nach Hause könnten.

In der Schule klingelte es, gleich darauf erklangen schreiende, lärmende Stimmen und das Getrappel vieler Füße. Julia mußte noch auf Stefanie warten, so blieb sie an das Auto gelehnt stehen, schloß die Augen und ließ sich die Sonne auf das Gesicht scheinen. Ihre Tochter hatte sich natürlich gesträubt, ausgerechnet auf dieses Gymnasium zu gehen, aber es handelte sich um eine Schule, die sich besonders um lernschwache Kinder bemühte, und Stefanie mußte einsehen, daß hier ihre einzige Chance lag, wollte sie mit ihrer Vorbildung überhaupt jemals ihr Abitur bestehen. Manchmal allerdings verhielt sie sich so, als sei ihr ohnehin nicht allzuviel daran gelegen.

Um halb zwei stand Julia immer noch da und wartete. Der Parkplatz hatte sich längst geleert, die Schule lag still und verlassen. Nur in einem der hinteren Räume probte der Schulchor, irgendein Choral erklang hinaus in die mittägliche Ruhe. Julia überlegte, ob ihre Tochter am Morgen irgend etwas gesagt hatte, daß etwa eine Stunde bei ihr ausfiele oder ähnliches, aber sie konnte sich an nichts erinnern. Schließlich beschloß sie, allein heimzufahren. Sie war verärgert und hoffte, das Mädchen hätte eine gute Erklärung für sein Verhalten.

Als sie vor ihrer Wohnungstür stand und nach dem Schlüssel suchte, hörte sie bereits, daß jemand dasein mußte, denn dröhnende Musik erfüllte das Treppenhaus. Natürlich kam auch sofort Frau Kleiber, die Nachbarin, aus ihrer Wohnung. »Vielleicht könnte man das mal abstellen! Es ist Mittagszeit, und außerdem haben die anderen Mieter hier im Haus das Recht auf etwas Rücksicht. Ich habe schon dauernd an die Wand gehämmert, aber das nützt überhaupt nichts. Wissen Sie, hier im Haus gibt es eine ganze Menge Leute, die sich gern einmal beim Vermieter beschweren würden!«

»Schon gut. Ich sorge gleich für Ruhe«, sagte Julia müde, trat ein und schloß nachdrücklich die Tür hinter sich. Dummes, altes Weib! Was wußte die schon von den Problemen einer alleinerziehenden Mutter?

»Stefanie!« Die Musik war wirklich gnadenlos laut. Julia durchquerte den Flur. Als sie an der Küche vorbeikam, trat gerade ein fremder, junger Mann heraus. Er war nackt bis auf eine ausgeleierte Unterhose und hatte schulterlange, lockige Haare, die dringend wieder einmal hätten gewaschen werden müssen. In der Hand hielt er eine Flasche Sekt.

»Hallo«, sagte er, als er Julia erblickte. Er wirkte nicht im mindesten verlegen.

Julia starrte ihn an. »Können Sie mir sagen, wer Sie sind?«

»Wolfgang.«

»Aha. Und was tun Sie hier?«

Er grinste. »Ich bin der Freund von der Steffi.«

Mit drei Schritten war Julia vor Stefanies Zimmer und riß die Tür auf. Ihre Tochter lag splitterfasernackt auf der Matratze, die ihr als Bett diente. Die Musik erreichte hier eine vollends unerträgliche Lautstärke. Alles war eingenebelt von Zigarettenqualm. Mit einer wütenden Bewegung schaltete Julia die Stereoanlage aus, während Stefanie rasch nach der zerknäulten Bettdecke griff und sie über sich zog.

»Was geht hier vor?« schrie Julia in die plötzliche Stille hinein.

Stefanie verzog gequält das Gesicht. »Nicht so laut, Mami . . .«

»Nicht so laut? Das ganze Haus fällt fast zusammen wegen des Krachs, den du hier produzierst, und dann sagst du zu mir, nicht so laut?« Sie wandte sich zu Wolfgang um, der unschlüssig in der Tür stand. »Und Sie? Wie kommen Sie dazu, eine Flasche Sekt aus meinem Kühlschrank zu nehmen?«

»Die Steffi hat gemeint . . .«

»Ach, die Steffi hat gemeint? Zufällig ist das hier meine Wohnung und mein Sekt, und es kommt darauf an, was ich meine!« Sie drehte sich wieder zu ihrer Tochter um. »Was habt ihr hier gemacht? Wie lange bist du überhaupt schon zu Hause? Ich habe mir eine halbe Stunde lang die Beine in den Bauch gestanden vor der Schule!«

»Mir war nicht gut. Da bin ich eben zwei Stunden eher heimgegangen.«

»So, dir geht es aber durchaus gut genug, dich hier mit irgendeinem Kerl auf der Matratze herumzuwälzen! Weißt du eigentlich, was du da tust?«

Stefanie setzte sich auf, die Decke sorgfältig vor ihre Brust haltend. »Wolfgang ist nicht irgendein Kerl!«

»Die Entscheidung darüber überläßt du mir! Und Sie, Wolfgang, ziehen sich jetzt an und verlassen sofort diese Wohnung!«

»Wenn er geht«, sagte Stefanie dramatisch,« gehe ich auch!«

Julia hatte den Eindruck, ihr Kopf müsse gleich zerspringen, so heftig pulsierte das Blut hinter ihren Schläfen. Sie fühlte Wut, Entsetzen und Hilflosigkeit. Sie griff nach einer Jeans und einem ausgeblichenen blauen T-Shirt, die auf einem Stuhl lagen. »Sind das Ihre Sachen?« Und als Wolfgang nickte, warf sie ihm das Bündel zu. »Ziehen Sie das sofort an! Und dann verschwinden Sie!«

Sie verließ das Zimmer, schmetterte die Tür hinter sich zu. Draußen erst merkte sie, daß ihr am ganzen Körper der Schweiß ausgebrochen war. Sie hatte sich selten in ihrem Leben so wehrlos gefühlt wie gerade eben diesen beiden Teenagern gegenüber, die sie frech und selbstbewußt anschauten und sich vollkommen im Recht glaubten. Und was hatten die beiden da auf der Matratze unter dem Gedröhne der Musik getrieben? Guter Gott, Stefanie war fünfzehn! Hatten die beiden wenigstens irgendwelche Vorsichtsmaßnahmen getroffen? Wie lange dauerte die Beziehung schon, und wie hatte das alles an ihr vorbeigehen können? Sofort bedrängten sie wieder Schuldgefühle. Hatte sie zuviel gearbeitet? Zuviel über ihre eigenen Probleme nachgedacht? Zeichen übersehen, die vielleicht ganz deutlich vor ihr gestanden hatten?

Die Zimmertür öffnete sich, Wolfgang und Stefanie kamen heraus. Beide waren jetzt angezogen. An Stefanies Schulter baumelte eine Umhängetasche.

»Stefanie«, sagte Julia, »du bleibst hier!«

»Ich hab' dir gesagt, wenn du Wolfgang rauswirfst, gehe ich mit!«

»Nein, du bleibst. Ich verbiete dir, die Wohnung zu verlassen.«

Stefanie sah ihre Mutter kalt an. »Du kannst mir überhaupt nichts verbieten. Versuch es besser gar nicht erst.«

»Stefanie!«

»Komm, Wolfgang, wir gehen«, sagte Stefanie.

Julia begriff, daß sie ihre Tochter nur mit Gewalt würde zurückhalten können, und das würde sie nicht fertigbringen. In einer hilflosen, bittenden Geste hob sie die Hand. »Was ist denn nur los, Kind? Was habe ich dir denn getan?«

Stefanie hatte ihre Hand schon auf der Türklinke. »Das fragst du jetzt nicht im Ernst, oder?« erwiderte sie. »Das wäre ja der Witz. Nach allem, wie du mich und Michael hintergangen und reingelegt hast, fragst du, was du getan hast. Manchmal hab ich das Gefühl, du wirst es nie kapieren.«

Ehe Julia darauf etwas sagen konnte, hatte Stefanie schon die Wohnung verlassen. Wolfgang folgte ihr, die Tür fiel zu, und die eiligen Schritte der beiden verklangen im Treppenhaus.

## 2

Alex setzte ihre Unterschrift unter ein Überweisungsformular und seufzte ganz leise dabei. Horrende Beträge jeden Monat. Grawinski und sein Partner in Hongkong bauten eine völlig eigene Produktion für *Wolff & Lavergne* in China auf, ließen eigens eine neue Fabrikanlage bauen und mit den modernsten Techniken ausstatten. Jeden Monat bekam Alex dafür Rechnungen auf den Schreibtisch, die sie erschauern ließen, aber sie wußte, daß sich diese Investition letztendlich lohnen würde. Vorausgesetzt, da drüben passierte nicht irgend etwas, was plötzlich alles zum Umsturz brachte. Hin und wieder lag Alex nachts wach und kämpfte darum, diesen Gedanken so weit wie möglich zu verdrängen. Mit ihrer Vorliebe für hohes Spiel hatte sie eine klare Alternative geschaffen: Entweder alles klappte, dann standen sie so glänzend da wie nie zuvor, oder es klappte nicht, dann machten sie eine saubere und endgültige Bauchlandung.

In den letzten Jahren war Alex' Leben im wesentlichen von

der Arbeit in der Firma bestimmt gewesen. Nach Markus' Tod hatte sie sich förmlich in ihren Beruf hineingeflüchtet, da sie ihn nun schon nicht an den Nagel hängen konnte, und sie kümmerte sich mit gewachsener Härte, Konsequenz und Entschlossenheit um die Firma, die ja zur Hälfte nun ihr gehörte. Wenn sie nicht an ihrem Schreibtisch im Büro saß, reiste sie umher und tätigte neue Abschlüsse mit Abnehmern, und wenn sie abends todmüde nach Hause kam, dann meist nur, um sich mit einer heißen Dusche und einem Whisky zu erfrischen, ihr Kostüm mit einem eleganten Kleid zu vertauschen und sich auf den Weg zu einem Empfang oder Essen zu machen, wo sie wichtige Leute treffen konnte. Manchmal ließ sie sich von Dan begleiten, oder von Grawinski, wenn er sich gerade in München aufhielt. Meist aber ging sie allein, weil sie die Erfahrung gemacht hatte, daß sie dann ein sehr viel leichteres Spiel bei Männern hatte. Sie gehörte zu den Frauen, die immer besser aussehen, je älter sie werden, und jetzt, mit einunddreißig Jahren, war sie attraktiver als jemals vorher in ihrem Leben. Ihr vollkommen beherrschtes Gesicht, das keine Regung nach außen dringen ließ und nicht die Spur von Unbefangenheit oder Unschuld mehr zeigte, machte neugierig. Sie strahlte etwas aus, das Männer reizte, sie zu ergründen und zu beschützen, und bis sie merkten, daß sie keines Schutzes bedurfte und nicht zu ergründen war, hatten sie sich bereits in ein Geschäft mit ihr verstrickt und ihre Unterschrift unter irgendein Abkommen gesetzt. Darüber hinaus lief nichts.

Nach Markus' Tod, als alle Häuser zwangsversteigert und geräumt waren, als sie sein abbruchreifes Unternehmen abgestoßen hatte, war Alex mit Caroline in das Haus ihrer Großmutter in der Prinzregentenstraße gezogen. Sie bewohnte dort eine Wohnung im ersten Stock. Felicia hatte dafür kein Geld nehmen wollen, aber Alex war hart geblieben. Sie zahlte die übliche Miete, keine Mark weniger. Für Caroline wurde ein Kindermädchen engagiert, allerdings nur für den Nachmittag. Den Vormittag über mußte die Kleine in den Kindergarten, weil Alex fürchtete, sie könnte sonst zu eigenbrötlerisch und verwöhnt werden. Im nächsten Jahr würde sie in die Schule kommen. Beim Tod ihres Vaters war sie ein Jahr alt gewesen, und so hatte sie keine Erinnerung an ihn. Da die anderen Kinder, mit denen sie spielte, Väter hatten, war sie einmal etwas verstört zu Alex gekommen und hatte gefragt, warum es ihn in ihrem Leben nicht gab. Alex hatte ihr erklärt, daß sie einen Vater gehabt hatte und daß er früh hatte sterben müssen; die Tatsache, daß er sich selber umgebracht hatte, verschwieg sie vorerst. Sie schenkte Caroline eine Photographie von Markus, die diese beglückt einige Tage lang mit sich herumschleppte, dann wurde sie an die Wand über ihrem Bett gepinnt und verstaubte dort langsam.

Alex wandte sich wieder den Briefen zu, die ihr die Sekretärin zum Unterschreiben gebracht hatte. Gerade als sie anfing, sie noch einmal zu überfliegen, klopfte es an der Tür. Dan kam herein.

»Störe ich?« fragte er.

»Nein, komm nur«, sagte Alex höflich, mit vor Ungeduld leise vibrierender Stimme. Hoffentlich brauchte er nicht zu lange. Sie hatte noch so schrecklich viel zu tun.

Dan schloß die Tür hinter sich. Obwohl Alex auf einen der Stühle wies, die vor ihrem Schreibtisch standen, setzte er sich nicht. Er sah müde aus, aber Alex bemerkte es nicht. Vergraben in ihre Arbeit, registrierte sie selten noch etwas, das andere Menschen betraf.

»Alex, Kassandra ist heute früh ins Krankenhaus gebracht worden. Ihr Herz ist so schlecht, daß die Ärzte kaum Hoffnung haben, daß sie das Ende der nächsten Woche erlebt.«

Kassandra Wolff hatte seit zwei Jahren Probleme mit dem Herzen. Sie wußten seit langem, daß ihr Ende abzusehen war.

»Das tut mir leid«, sagte Alex, »aber sie . . . nun ja, sie ist eine sehr alte Frau. Es war damit zu rechnen.«

»Ja«, sagte Dan, »es war damit zu rechnen. Für mich hat das aber trotzdem eine einschneidende Bedeutung. Wenn sie stirbt, erbe ich ihren Anteil des Unternehmens.«

»Seit Jahren hast du alle Vollmachten. Du brauchst für nichts mehr ihre Unterschrift. Insofern wird sich nichts ändern.«

»Doch. Es ändert sich alles«, sagte Dan.

Alex fragte sich, ob er nun wohl über seine Gefühle für die alte Frau sprechen wollte. Ging es ihm denn ernsthaft nahe, wenn die schrullige Kassandra starb?

»Solange sie lebte«, sagte Dan, »konnte ich nicht ausbrechen aus der ganzen Geschichte hier. Das konnte ich ihr nicht antun, nachdem ich mich einmal darauf eingelassen hatte. Aber jetzt gibt es nichts mehr, was mich hält. Ich werde meinen Anteil verkaufen, Alex. Du hast ein Vorkaufsrecht, und hiermit mache ich dir also ein Angebot.«

Wenn er erklärt hätte, er werde sich der Heilsarmee anschließen, hätte Alex nicht verdatterter dreinschauen können. Sie brauchte ein paar Sekunden, um sich zu fassen und zu kapieren, was er gesagt hatte, dann entgegnete sie scharf: »Verdammt, Dan, rede doch nicht solchen Unsinn!«

Er sah sie ernst an. »Vielleicht solltest du nicht alles zu Unsinn erklären, was dir nicht in den Kram paßt, Alex.«

»Aber entschuldige, es klingt, als wärest du verrückt geworden! Du bist als ganz junger Mann hier eingestiegen, du hast deine ganze Kraft und Energie in dieses Unternehmen gesteckt. Es war immer klar, daß du eines Tages alles erbst. Und jetzt, wo es soweit ist . . . ich verstehe dich einfach nicht, Dan!« Sie sah ihn vollkommen ratlos an.

Dan wandte sich ab. Der Ausdruck völligen Nichtbegreifens in ihren Augen verletzte ihn. Sie hatte tatsächlich keine Ahnung, wie schwer es ihm fiel, hier jeden Tag mit ihr zusammenzusein. »Verstehst du es wirklich nicht, Alex?« fragte er leise.

Sie öffnete den Mund und schloß ihn gleich darauf wieder. »Ach so«, sagte sie.

Dan sah sie immer noch nicht an. »Es tut mir leid, Alex, aber es gibt keinen anderen Weg für mich. Die ganze Sache belastet mich zu sehr. Seit vier Jahren bin ich keinen Tag mehr glücklich gewesen. Ich kann so nicht leben.«

Alex schwieg. Was hätte sie sagen sollen?

»Am Anfang», fuhr Dan fort, »dachte ich immer, es wird noch alles in Ordnung kommen zwischen uns. Wenn ich dir nur genug Zeit ließe, würdest du irgendwann über ... Markus' Tod hinwegkommen. Und ich wollte wirklich darauf warten, egal, wie lange es dauert. Aber inzwischen habe ich die Hoffnung verloren. Denn es ist nicht so, daß du ganz langsam wieder auf mich zukommen würdest, sondern daß du dich immer weiter von mir entfernst. Du vermeidest jede persönliche Begegnung mit mir. Es ist mir ja sogar unmöglich, dich abends einmal zum Essen einzuladen.«

»Ich habe ein Kind, für das ich ...«

»Ach komm! Du hast jede Menge Verwandte in München und Umgebung. Du kannst mir nicht erzählen, daß es für dich an keinem einzigen Abend die Chance gibt, jemand anderen auf dein Kind aufpassen zu lassen!«

»Dan!« Alex stand nun auch auf. Mit beiden Armen stützte sie sich auf ihren Schreibtisch. »Dan, ich konnte damals nicht einfach weitermachen. Es ging nicht. Und wenn du mich deswegen verurteilst ...«

Jetzt schaute er sie an. »Aber ich verurteile dich doch nicht! Mit welchem Recht auch? Nur muß ich sehen, wo ich bleibe. Ich bin jetzt zweiundvierzig. Ich will nicht ewig allein bleiben. Ich will heiraten, vielleicht Kinder haben. Aber solange ich Tag für Tag in dieses Büro gehe und dich sehe, komme ich nicht los von dir. Das geht seit endlosen Jahren so. Ich bin so verfangen in dieser Geschichte, daß ich auch für andere Frauen völlig blokkiert bin. Und ich will mich endlich davon befreien.«

»Vielleicht hättest du dich damals nicht von Claudine trennen sollen.«

»Mit Claudine war ich nur noch zusammen, weil ich zu bequem war, durch das Trennungsdrama zu gehen. Es war schon lange nichts mehr zwischen uns. Sie war nicht die Frau, mit der ich mein weiteres Leben hätte verbringen wollen.«

Jetzt war es Alex, die seinem Blick auswich. Sie versuchte, nicht an Kampen zu denken, und schon gar nicht an ihre allererste gemeinsame Zeit. Es war vorbei, sich zu erinnern tat zu weh, also mußte sie es vergessen.

»Wo willst du denn hin?« fragte sie, während sie fieberhaft

überlegte, mit welchem Argument sie ihn von seinem Plan abbringen könnte.

»Ich weiß es noch nicht. Weit weg jedenfalls. Ins Ausland, vielleicht nach Frankreich. Meine Familie hat viele Freunde dort, weil mein Vater da ja im Exil war.«

»Und wovon willst du leben?«

»Wenn ich das hier verkaufe, habe ich ja erst mal eine Menge Geld. Vielleicht kann ich mich irgendwo einkaufen. Oder ich gehe als Anwalt in ein deutsches Unternehmen. Ich weiß es nicht. Ich habe keine detaillierten Pläne.«

Alex krallte sich sofort daran fest. »Da siehst du ja schon, was für ein Unsinn das alles ist! Man wirft doch nicht alles weg, ohne eine Ahnung zu haben, wie es weitergeht. Wirklich, Dan, ich hätte dich nicht für so unvernünftig gehalten. Du bist doch ein erwachsener Mann und kein kleiner Junge!«

Zum erstenmal, seit er ins Zimmer gekommen war, wechselte Dans Gesichtsausdruck. Ärger und Gereiztheit lagen jetzt darin. »Alex, du hast beschlossen, daß es für uns keine gemeinsame Zukunft gibt. Nun steh auch dazu. Meine Entscheidungen sind meine Sache. Ich muß sie dir gegenüber nicht rechtfertigen.«

»Aber wir . . . wir sind geschäftlich eng verbunden! Es geht mich etwas an, was du tust!«

»Deshalb spreche ich ja auch mit dir. Du kannst meinen Anteil kaufen, dann vergrößert sich dein Einflußbereich erheblich. Oder ich verkaufe ihn anderweitig, dann mußt du dich eben auf einen neuen Partner einstellen. In jedem Fall handele ich korrekt.«

Voller Entsetzen begann Alex zu begreifen, daß er es ernst meinte. An seinen Augen konnte sie erkennen, daß sie ihn durch nichts würde umstimmen können.

»Du hast wirklich ein tolles Gefühl für den richtigen Zeitpunkt!« sagte sie heftig. »Ausgerechnet jetzt läßt du mich im Stich! Das China-Projekt zieht uns im Moment ohnehin die letzte Mark aus der Tasche, und wenn ich jetzt auch noch dich auszahlen muß . . . ich weiß gar nicht, wie das gehen soll!«

»Ich mache dir einen sehr fairen Preis. Wenn du magst, brauchst du nur eine Hälfte jetzt zu bezahlen, die andere in Raten über fünf oder sechs Jahre. Das heißt, du mußt keinen allzu hohen Kredit aufnehmen.«

»Kredit! Schulden!«

»Das sind in dem Sinne keine Schulden. Du hast ja den Gegenwert der Firma dafür.«

»Ach, umschreibe es, wie du willst! Auf jeden Fall habe ich neue Belastungen. Das kann ich im Moment überhaupt nicht brauchen.«

»Ich kann meinen Anteil auch Grawinski anbieten. Dann kommt frisches Kapital in das Unternehmen, und dein neuer Partner ist ein Mann, mit dem du ohnehin schon zusammenarbeitest.«

Aber das wollte Alex noch weniger. »Nein. Kommt nicht in Frage. Wenn, dann kaufe ich.« In ihrem Ärger war sie laut geworden, nun senkte sie ihre Stimme.

»Weißt du, Dan, wenn du dich an mir hättest rächen wollen, du hättest dir nichts Besseres einfallen lassen können.«

Dan lächelte, aber es war ein freudloses Lächeln. Obwohl sie ihn jeden Tag sah, nahm Alex zum erstenmal in diesem Moment wahr, wie sehr er sich verändert hatte. Für sie war er in Gedanken immer der unbekümmerte, lebenshungrige Dan geblieben, inzwischen hatte er aber alles Jungenhafte längst abgelegt, und es gab Züge in seinem Gesicht, die von bitteren Erfahrungen und mehr durchlittenen Stunden sprachen, als er wohl jemals zugeben würde. »Im Zusammenhang mit dir, Alex«, sagte er, »ist Rache das letzte, was mir in den Sinn käme. Es ist nur so, daß ich . . .« Er brach ab. »Was?« fragte Alex.

Er schüttelte den Kopf. »Egal. Ich hab' manches einfach zu ernst genommen. Aber das ist mein Problem.« Er wandte sich zum Gehen. Die Hand auf der Türklinke, sagte er: »Das passiert jetzt alles nicht von heute auf morgen. Denk einfach in den nächsten Wochen darüber nach, ob du kaufen willst. Okay?«

»Gibt es irgend etwas, womit ich dich umstimmen kann?«

»Nein«, sagte Dan und verließ das Zimmer.

Laura Marelli wohnte nicht allzuweit von Chris entfernt. Sie hatte eine Wohnung am Ende der Zeppelinallee, gleich neben den Studentenwohnheimen. Das Haus, ein liebloser Bau aus den fünfziger Jahren, sah von außen wie von innen schrecklich aus. Blaßgelber, vom Smog der Stadt grau eingefärbter Anstrich. Angeklebte Blechbalkone, die von den Mietern mit Feuereifer bepflanzt und begrünt wurden. Über der Haustür bot ein schiefhängendes Wellblechdach Schutz vor Regen.

Nachdem Chris am Schild »Marelli« geklingelt und der Summer ihm geöffnet hatte, stieg er die ausgetretene Holztreppe hinauf, die bei jedem Schritt knarrte und ächzte. Im Flur hatte er sich zwischen Fahrrädern und einem Kinderwagen hindurchquetschen müssen. Angewidert registrierte er den abgestandenen Essensgeruch, der zwischen den Wänden festhing und sich vermutlich niemals verflüchtigte. Die Wohnungstüren, an denen er vorbeikam, hatten große Fenster aus Milchglas, und mindestens zweimal hörte er es hinter den Spionen kruscheln und atmen.

Laura wohnte unter dem Dach. Sie stand schon auf dem kleinen Vorplatz, über das Geländer gebeugt, und strahlte ihm entgegen. Sie sah so jung, so lebendig und zart aus, daß sie alle unangenehmen Eindrücke des Hauses wieder gutmachte. Dem ungewöhnlich warmen Septemberabend angemessen, trug sie khakifarbene Shorts, dazu ein weißes T-Shirt und an den Füßen weiße Turnschuhe. Ihre Beine waren tiefbraun und dünn wie die eines Fohlens. Die langen dunklen Haare hatte sie mit einer aus bunten Bändern geflochtenen Schnur zurückgebunden.

»Sie sind toll«, sagte sie, »es gibt wenige, die so pünktlich kommen.«

»Das gehört sich so, wenn man zum Essen eingeladen ist«, entgegnete Chris, vom Treppensteigen etwas außer Atem. Er überlegte, wie er sie begrüßen sollte, aber sie löste die Frage allein, indem sie ihn einfach umarmte und recht und links auf die Wangen küßte.

»Ich hoffe, Sie denken nicht zu schlecht von mir, wegen dieses grausigen Hauses«, sagte sie, »aber die Miete ist einigermaßen erschwinglich. Der Eigentümer läßt zwar alles verwahrlosen, aber dafür ist er nicht allzu geldgeil.«

»Aber was glauben Sie denn, wonach ich Sie beurteile?« fragte Chris erstaunt und merkte gleichzeitig, wie hungrig er war. Aus Lauras Wohnung nämlich roch es betörend nach Basilikum, Salbei und Knoblauch, und das ließ all die dumpfen Essensdünste im Haus sofort vergessen.

Lauras Wohnung bestand aus zwei Zimmern, Küche und Bad, alles mit schrägen Wänden und winzig klein, aber sehr behaglich eingerichtet. Die Wände hatte sie weiß gestrichen und mit bunten Postern behängt, im Wohnzimmer gab es eine Sitzecke aus Matratzen, über denen indische Seidentücher in leuchtenden Farben lagen. Gleich unter dem Dachfenster stand ein hölzerner Eßtisch mit vier Stühlen. Laura hatte ein blaues Geschirr mit weißem Blumenmuster aufgedeckt und Kerzen dazugestellt.

»Wenn Sie noch das andere Zimmer sehen wollen . . .«, sagte sie und öffnete eine Tür. Chris sah ein Matratzenlager, das als Bett diente, die obligatorischen Poster und eine Stange, an der Kleider hingen. Vor allem aber sah er einen mittelgroßen, schwarzen Hund, der zwischen den Kissen gelegen hatte, nun aufsprang und freudig auf sie zugerannt kam.

»Das ist Max«, sagte Laura, »der Hund aus dem Labor. Ich kann ihn nicht ins Treppenhaus laufen lassen, wenn es klingelt, weil Hundehaltung hier verboten ist. Niemand darf wissen, daß es ihn gibt.«

Max tanzte schwanzwedelnd um sie herum. Als sich Chris niederkauerte, um ihn zu streicheln, entdeckte er, daß der Bauch des Hundes völlig rasiert und die rosafarbene Haut von vernarbten Wunden und häßlichen Geschwüren übersät war.

»Guter Gott«, sagte er, »was ist das denn?«

Lauras Gesicht versteinerte. »Sie haben Chemikalien an ihm getestet. An seiner Haut. Jetzt sieht das ja schon harmlos aus. Haben Sie sich die Photos angeschaut?«

Chris schüttelte den Kopf. »Ich war zu feige, um ehrlich zu sein.«

»Die Photos hat einer der Tierpfleger vor fünf Monaten aufgenommen und uns zukommen lassen. Er war es übrigens auch, der uns die Tür zum Labor offengelassen und uns die Kontrollzeiten des Wachmannes genannt hat. Jedenfalls, auf dem Bild sieht Max noch grauenhafter aus. Ich glaube, niemand kann sich vorstellen, wie furchtbar es ist, was in diesen Labors passiert.«

»Ich habe mir bisher noch nicht genug Gedanken darum gemacht«, bekannte Chris, »aber Sie können sicher sein, als Anwalt werde ich mein Bestes geben.«

Sie lächelte. »Erst mal sollten wir essen.«

Chris hatte eine Flasche Rotwein mitgebracht, der genau zum Essen paßte. Laura hatte gekocht, als erwarte sie eine halbe Armee. Es gab selbstgebackenes, warmes Pizzabrot, einen Salat aus Tomaten und Mozzarella, Vorspeisen aus Artischocken, Zucchini und Austernpilzen, danach verschiedene Nudelsorten mit drei Soßen. Den Abschluß bildete Vanilleeis mit heißen Himbeeren. Zu diesem Zeitpunkt meinte Chris schon, keinen Bissen mehr hinunterzubekommen, aber dennoch hatte er sich schon lange nicht mehr so wohl gefühlt. Er hatte vergessen, wie gut es tun konnte, sich an einen schön gedeckten Tisch zu setzen und herrliches Essen serviert zu bekommen. Die ganze Zeit über sang Joan Baez mit leiser Stimme, und durch die geöffneten Fenster strömte der Duft des Spätsommerabends herein. Es war dunkel geworden, nur die Kerzen verbreiteten noch etwas Licht. In dem gedämpften Schein sah Laura noch zerbrechlicher aus als vorher.

Sie hatte viel von sich erzählt. Ihre Eltern hatten sich scheiden lassen, als sie fünf war, der Vater war ins Ausland gegangen, und man hatte nichts mehr von ihm gehört. Laura lebte bei der Mutter. Als sie acht war, lernte die Mutter einen anderen Mann kennen und heiratete ihn.

»Ich konnte ihn nicht ausstehen, von Anfang an nicht. Er protzte furchtbar mit dem, was er hatte. Mich konnte er auch nicht leiden. Er wollte mit Mama allein sein, ein achtjähriges Mädchen störte nur.«

Laura wurde immer öfter zu den Großeltern abgeschoben, bis sie schließlich ganz dort lebte. Es war eine glückliche Zeit, aber als Laura älter wurde, begann sie sich doch eingeengt zu fühlen.

»Sie liebten mich wirklich, die beiden. Aber gerade deshalb ließen sie mir überhaupt keinen Freiraum. Sie hatten ständig Angst. Wenn ich zehn Minuten später aus der Schule kam als sie erwartet hatten, war Großvaters Blutdruck schon in besorgniserregende Höhen emporgeschnellt, und Großmutter japste nach Luft, weil ihr Herz raste. Ich war manchmal völlig verzweifelt.«

Aber dann war es ausgerechnet die Großmutter, die Laura einen vernünftigen und überaus großzügigen Vorschlag machte: Zu Lauras siebzehntem Geburtstag bot sie der Enkelin an, in eine eigene Wohnung zu ziehen.

»Anders kann ich dich nie loslassen«, sagte sie, »und du wirst noch verrückt darüber. Solange du unter einem Dach mit uns lebst, werden wir dich viel zu sehr beschützen, weil wir immerzu fürchten, dir könnte etwas zustoßen.«

»Und so«, erzählte Laura, »zog ich in diese Wohnung. Den größten Teil der Miete bezahlen meine Großeltern. Den Rest bestreite ich. Ich mache alles, was es so gibt, vom Babysitten über Kellnern und Nachhilfestunden bis zum Zeitungsaustragen.«

»Dann schlagen Sie sich ja gar nicht so leicht durch!« sagte Chris bestürzt. »Und da laden Sie mich noch zu einem so großartigen Essen ein!«

»Es gibt fast nichts, was ich so gern tue wie kochen. Nur für mich allein ist es nicht besonders lustig. Wirklich, ich liebe es, Gäste zu haben.«

Es verwunderte Chris nicht, zu erfahren, daß sie gerade erst achtzehn geworden war. Sie wirkte so jung und strahlte eine so unbändige Energie aus, daß er sich neben ihr wie ein alter Mann vorkam. Und dann der idealistische Eifer, mit dem sie sich für die Dinge einsetzte, die ihr wichtig waren. Die Gruppe, der sie angehörte, stand außerhalb jeder offiziellen Tier- oder Umweltschutzbewegung, war autonom und ziemlich radikal.

»Aber anders«, sagte sie, »verändern wir nichts.«

»Bloß handeln Sie sich eine Menge Ärger ein«, meinte Chris. »Sie haben großes Glück, daß Sie an dieser Befreiung nicht unmittelbar beteiligt waren. Sonst müßten Sie sich jetzt auch vor Gericht verantworten.«

Sie zuckte mit den Schultern. »Einen Anwalt habe ich ja schon, wenn etwas schiefläuft.« Sie stand auf. »Wissen Sie, ich mache jetzt noch einen Cappuccino. Und dann könnten wir zusammen mit Max spazierengehen. Nachts ist es ungefährlich.«

Hinter den Studentenwohnheimen erstreckten sich weite Wiesen. Max tollte selig darauf herum, war oft nur noch als Schatten sichtbar, verschwand dann ganz und tauchte urplötzlich wieder auf. Die Nacht war so klar, wie es der Tag gewesen war, man konnte alle Sterne am Himmel sehen, die Luft war schon kühl und roch nach Herbst. Sie kamen an Mirabellenbäumen vorbei, deren Duft von überreifem Obst fast berauschend war. Chris fragte sich, wann er das letztemal so etwas getan hatte, etwas eigentlich Überflüssiges wie in tiefster Nacht mit einem Hund spazierenzugehen. Er konnte sich kaum erinnern.

Laura blieb plötzlich stehen. Ihr weißes T-Shirt leuchtete hell. »Ich bin Ihnen so dankbar, daß Sie uns helfen«, sagte sie mit ihrer immer etwas atemlosen Stimme, »aber es ist nicht deshalb, daß ich Sie eingeladen habe. Es ist, weil ich Sie irgendwie so nett finde. Und ich wollte Sie fragen, ob . . . ich meine, ich bin Laura. Reden Sie mich bitte nicht so förmlich mit ›Sie‹ an!«

»Gern«, sagte Chris, »aber dann gilt das umgekehrt auch. Ich bin Chris.«

«Okay . . . Chris.«

Sie konnten noch immer die Mirabellen riechen. Ihr Duft schien sich durch die ganze Nacht zu verströmen.

Jetzt würde ich sie wahnsinnig gern küssen, dachte Chris.

Es war überraschend einfach. Sechs Jahre lang hatte er geglaubt, es sei nicht mehr möglich. Er würde es nicht mehr können, ohne daß die Erinnerung an Simone über ihn herfiele und ihn mit jener tiefen Traurigkeit lähmte, die seit ihrem Tod sein Leben bestimmte. Aber es passierte nichts. Lauras Lippen waren kühl und weich, ihr Körper schmiegte sich vertrauensvoll an seinen. Sie küßten einander vorsichtig, erstaunt, zögernd. Dann trat Laura einen Schritt zurück. »Chris«, sagte sie leise.

Er nahm ihre Hand. »Ich bin froh, daß ich dich kennengelernt habe«, sagte er, »ich dachte nicht, daß ich . . ., daß ich noch einmal empfinden könnte, was ich gerade eben empfunden habe.«

Die Nacht war hell genug, daß er erkennen konnte, wie Lauras Gesichtsausdruck nachdenklich wurde.

»Ich habe den ganzen Abend über von mir geredet«, sagte sie, »aber du hast gar nichts über dich erzählt. Dabei spüre ich genau, daß es irgend etwas gibt, was dich immerzu ein bißchen traurig sein läßt. Ich habe es gleich gedacht, als ich dich das erstemal sah. Wenn wir uns das nächstemal treffen, mußt du von dir erzählen.« Und als er nicht gleich etwas darauf erwiderte, fügte sie erschrocken hinzu: »Wir sehen uns doch wieder, oder?«

Es war nicht so, daß plötzlich alles anders gewesen wäre. Aber wenn Chris später an diese Nacht zurückdachte, wußte er, was er gefühlt hatte, ohne daß er es gleich wirklich begriffen hätte: Er fing wieder an zu leben. »Natürlich sehen wir uns wieder«, sagte er, »hast du jetzt am Wochenende was vor?«

»Am Sonntag fahre ich zu meinen Großeltern. Sonst ist nichts los.«

»Dann könnten wir vielleicht morgen abend ins Kino gehen?« Kino! Wie lange war das her!

Zu Max' überschäumender Freude setzten sie den Spaziergang fort, bis sich der allererste pastellige Streifen Morgenlicht am östlichen Horizont zeigte. Dann erst machten sie sich langsam auf den Heimweg.

## 3

Stefanie war eine halbe Woche verschwunden geblieben, nachdem sie mit Wolfgang die Wohnung verlassen hatte. Julia war halb krank vor Sorgen. Dreimal täglich hatte sie den Telefonhörer in der Hand, um die Polizei anzurufen, aber jedesmal redete es Michael ihr wieder aus. »Es ist ihr bestimmt nichts passiert. Sie ist bei diesem Typen und läßt es sich gutgehen und findet es toll, daß du hier herumzappelst. Die kommt mit Sicherheit wieder, verlaß dich drauf!«

Tatächlich stand sie am darauffolgenden Mittwoch abends wieder vor der Tür, ziemlich abgerissen, mit ungewaschenen Haaren und einem braunen Dreckrand um den Hals. Sie sagte kein Wort, ging an ihrer Mutter, die die Tür geöffnet hatte, einfach vorbei und wollte sofort in ihr Zimmer. Julia, perplex im ersten Moment, eilte ihr nach und hielt sie am Arm fest. »Wo warst du?«

Stefanie versuchte sie abzuschütteln. »Bei Wolfgang. Was ist denn? Laß mich doch los!«

»Kannst du dir eigentlich vorstellen, welche Sorgen ich mir gemacht habe?«

»Das ist dein Problem. Ich kann nichts dafür, daß du so eine Glucke bist. Ich bin fünfzehn und kann auf mich alleine aufpassen.«

»Das eben kannst du nicht. Sonst würdest du nämlich wissen, daß du nicht so einfach von der Schule wegbleiben kannst. Was willst du denn deinen Lehrern erklären?«

Es gelang Stefanie endlich, ihren Arm frei zu bekommen. »Gar nichts. Ich gehe nicht mehr zur Schule.«

»Was? Hast du deinen Verstand jetzt völlig verloren? Du bist noch nicht volljährig, und daher wirst du tun, was ich dir sage. Du gehst ab morgen wieder zur Schule, und diesen Wolfgang siehst du nie wieder.«

»Ich tue, was ich will!« Damit verschwand Stefanie in ihrem Zimmer. Julia blieb zurück, bezwang mühsam das Verlangen, ihrer Tochter nachzulaufen und sie rechts und links zu ohrfeigen. Sie versuchte sich zu beruhigen. Immerhin war Stefanie zurückgekommen. Das zeigte, daß mit diesem Wolfgang wohl doch nicht alles so toll lief. So wie sie aussah, mußte sie in ziemlich trostlosen Umständen mit ihm gehaust haben, und Julia hoffte, daß sie letztendlich die Bequemlichkeit ihres Zuhauses vorziehen würde.

Ein paar Wochen lang ging alles gut. Stefanie besuchte sogar die Schule, ohne noch einmal davon zu sprechen, daß sie eigentlich nicht mehr hatte hingehen wollen. Julia hatte zwar nicht den Eindruck, daß sie sich dort übermäßig anstrengte, aber immerhin ließ sie sich jeden Tag blicken. Nachmittags und abends war sie daheim, hörte Musik und kümmerte sich weder um ihre Mutter noch um ihren Bruder.

Der September verging und der halbe Oktober. Dann verschwand sie manchmal nachmittags, kehrte am frühen Abend zurück und sagte nicht, wo sie gewesen war. Sie sah sehr schlecht aus, magerte ab und rauchte auf einmal eine Zigarette nach der anderen. Vorsichtig versuchte Julia mit ihr zu sprechen, aber Stefanie blockte sofort ab. Mitte November ging sie eines Morgens wie immer zur Schule, kam aber weder mittags noch abends heim. Am nächsten Tag war sie immer noch nicht da. Diesmal informierte Julia die Polizei. Sie erklärte, ihre Tochter befinde sich höchstwahrscheinlich in der Gesellschaft eines gewissen Wolfgang, von dem sie weder den Nachnamen kenne noch die Adresse wisse. Sie könne nur eine ungefähre Beschreibung von ihm geben.

Der Beamte hörte ihr geduldig zu. »Wissen Sie«, sagte er dann, »wir können da leider nicht allzuviel machen. Es gibt keinen Anhaltspunkt über ihren Aufenthaltsort. Ich würde mir aber an Ihrer Stelle nicht allzu viele Sorgen machen. Immerhin kann ja wohl ein Verbrechen ausgeschlossen werden. Ihre Tochter hat sich verliebt und ist zu dem Kerl durchgebrannt. Diesen Fall haben wir hundertfach. Irgendwann hat sie genug und kehrt kleinlaut zu Ihnen zurück.«

»Aber sie ist erst fünfzehn, wird sechzehn im Dezember! Sie muß doch zur Schule!«

»Notfalls wiederholt sie das Jahr. Das wird ihr dann eine Lehre sein. Also regen Sie sich nicht zu sehr auf. Wenn wir etwas in Erfahrung bringen, informieren wir Sie sofort. Sie sollten sich vielleicht auch an das Jugendamt wenden. Dort könnte man Ihnen überhaupt bei den Problemen mit Ihrer Tochter helfen.«

Diese Hilfe jedoch mochte Julia nur im äußersten Notfall in Anspruch nehmen. Sie fürchtete, das Jugendamt nicht mehr loszuwerden, wenn sie erst einmal dort vorstellig geworden war. Auch nach vier Jahren im Westen steckte ihr die Angst vor allen Behörden noch tief in den Knochen.

Also versuchte sie, auf eigene Faust Ermittlungen anzustellen, suchte Stefanies Klassenkameradinnen auf, in der Hoffnung, irgend etwas über den Aufenthaltsort dieses Wolfgang herauszufinden. Eine Bekannte von Stefanie wußte zumindest, in welcher Kneipe er meist verkehrte. Julia fuhr nach Schwabing und tauchte in die rauchdurchwogte Tiefe einer Kellergewölbebar. Sie konnte weder ihre Tochter noch Wolfgang entdecken, aber sie sprach verschiedene Leute an und zeigte ihnen Stefanies Photo. Die meisten zuckten nur mit den Schultern. Es kamen oft Eltern hierher, die nach ihren verlorengegangenen Kindern fahndeten, und niemand sah ein, weshalb man ihnen helfen sollte. Ein auffallend hübsches Mädchen mit kränklichbleichem Gesicht und fiebrig glänzenden Augen hatte wohl doch Mitleid mit der verzweifelten Julia. Es meinte zu wissen, Wolfgang habe vorgehabt, für einige Tage nach Österreich zu fahren.

»Nach Österreich?« fragte Julia aufgeregt. »Und wissen Sie, ob er meine Tochter mitgenommen hat?«

Das Mädchen zuckte mit den Schultern. Sein Gesichtsausdruck war abwesend und müde. »Weiß ich nicht. Wahrscheinlich, wenn er gerade mit ihr geht, oder?«

Julia war den Tränen nahe. »Was soll ich denn nur tun?«

»Hab keine Angst.« Die Stimme des Mädchens war sanft. »Der Wolfgang ist schon okay. Deiner Tochter passiert nichts.«

Das beruhigte Julia keineswegs. Sie informierte die Polizei

darüber, daß sich die Gesuchten möglicherweise im Ausland aufhielten, und die Beamten versprachen ihr, die Kollegen in Österreich zu unterrichten.

»Sie können jetzt nur warten«, sagten sie.

Es vergingen zwei Wochen. Julia ging es nicht gut, sie schlief kaum noch, mußte sich beim Essen zwingen, überhaupt etwas hinunterzubringen. In der Schule war sie unkonzentriert und gereizt; sie wußte, daß sie die Schülerinnen oft ungerecht behandelte, aber sie kam dagegen nicht an. Wenn sie nachts wach lag, sah sie in schrecklichen Bildern vor sich, was alles mit Stefanie passieren konnte. Manchmal stand sie dann auf, zog sich an und fuhr in die Kneipe nach Schwabing, weil sie plötzlich besessen war von der Vorstellung: Vielleicht ist sie gerade jetzt dort aufgetaucht. Vielleicht sitzt sie an einem der Tische, und ich kann sie mit nach Hause nehmen.

Natürlich war sie nicht da.

Anfang Dezember klingelte es eines Abends an der Wohnungstür, als Julia gerade ins Bett gegangen war. Der Wecker neben ihr zeigte kurz nach 23 Uhr. Julia war sofort sicher, daß das Klingeln etwas mit Stefanie zu tun hatte. Entweder die Tochter kehrte zurück, oder die Polizei kam, um ihr mitzuteilen, daß ... Sie wagte nicht weiterzudenken, schlüpfte in ihren Bademantel und rannte zur Tür.

Draußen standen zwei Polizisten, zwischen ihnen Stefanie.

Sie sah weit erschreckender aus als nach ihrem letzten Verschwinden, war dünn wie ein Gerippe und hatte eine bläuliche Gesichtsfarbe. Ihre Kleider starrten vor Schmutz, stanken nach einer Mischung aus Schweiß, Bier und Urin. Bei jedem Atemzug rasselte es bedrohlich in ihrer Brust, sie mußte schwer erkältet sein, denn ihre Nase war rot und entzündet, ihre Augen tränten. Sie blickte trotzig zu Boden.

»Frau Marberg?« fragte einer der Polizisten.

Julia nickte. »Das bin ich, ja.«

»Wir bringen Ihnen hier Ihre Tochter zurück. Sie wurde an der deutsch-österreichischen Grenze aufgegriffen. Da eine Vermißtenmeldung wegen ihr läuft, hat man uns verständigt.«

»Stefanie!« sagte Julia beschwörend. Stefanie hob kurz den Blick. Ihre Augen sahen stumpf und ausdruckslos aus.

»Sie war in Begleitung eines jungen Mannes«, erklärte nun der andere Beamte, »weder bei ihm noch bei Ihrer Tochter, noch irgendwo im Auto wurde Heroin gefunden, aber dieser Mann hängt eindeutig an der Nadel. Noch nicht lange, aber immerhin. Er hat Einstichstellen in der Armbeuge.«

Julia konnte förmlich spüren, wie sie blaß wurde. »Mein Gott«, flüsterte sie.

Die Polizisten sahen sie mitleidig an. »Regen Sie sich nicht zu sehr auf, Frau Marberg. Ihre Tochter fixt eindeutig nicht. Aber Sie sollten alles versuchen, sie von diesem Mann zu trennen. Sie landet sonst auch noch beim Heroin.«

»Ich weiß«, sagte Julia mutlos.

Nachdem die Beamten gegangen waren, wurde Julia sehr geschäftig. Sie zog die völlig apathische Stefanie aus, wobei sie sorgfältig ihren Körper begutachtete, tatsächlich jedoch nirgends Spuren von Einstichen finden konnte. Sie legte sie ins Bett, deckte sie zu, schob ihr noch ein Heizkissen unter die Füße, denn das Mädchen klapperte mit den Zähnen und hatte offensichtlich Fieber. Sie lief in die Küche und machte heißen Zitronensaft, holte die vom Abendessen übriggebliebene Suppe aus dem Kühlschrank, erhitzte sie in der Mikrowelle. So wie Stefanie aussah, konnte sie in der Zeit ihrer Abwesenheit kaum etwas gegessen haben. Mit einem Tablett auf dem Schoß setzte sie sich an das Bett ihrer Tochter. »Komm, Steffi, trink das hier. Es ist gut gegen deine Erkältung. Und bitte, iß etwas Suppe. Du kannst nicht gesund werden, wenn du völlig von Kräften kommst.« Stefanie trank den Zitronensaft, aber dann legte sie sich in ihre Kissen zurück und weigerte sich, auch nur einen Löffel zu sich zu nehmen. Julia gab schließlich auf. »Okay, du mußt nicht. Steffi – ich mache mir solche Sorgen um dich. Was ist nur los? Du verschwindest wochenlang, ohne ein Wort zu sagen. Nun erfahre ich, du bist mit Leuten aus dem Drogenmilieu zusammen. Warum?« Stefanie antwortete nicht.

»Ist es dieser Wolfgang? Liebst du ihn? Liebst du ihn so, daß du ihm überallhin folgst, selbst wenn es dir nur Unglück bringen kann?«

Eine Spur von Bewegung kam in Stefanies Augen. »Ja, ich liebe ihn«, sagte sie, »und ich werde mich nie von ihm trennen.«

»Wenn du ihn liebst«, sagte Julia verzweifelt, »solltest du versuchen, ihn aus der Rauschgiftszene herauszuholen. Es hat keinen Sinn, ihn immer tiefer in seine Sucht gleiten zu lassen und sich ihm noch anzuschließen. Glaub mir, Steffi, das kann dein Untergang sein!«

Teilnahmslos wandte sich Stefanie ab. Julia spürte, daß ihre Tochter nicht die mindeste Angst vor dem unweigerlich in Tod und Elend führenden Heroin hatte. Womöglich hatte sich tief in ihr sogar eine romantische Vorstellung vom gemeinsamen Untergang mit Wolfgang verfestigt.

»Warum, Steffi«, fragte Julia noch einmal und wußte, sie würde keine Antwort bekommen, »warum denn nur? Was siehst du in einem Mann, der sich dahintreiben läßt und mit seinem Leben spielt und es verlieren wird? Warum hast du dich gerade in ihn verliebt? Warum in ihn?«

Und als ihren Worten wieder nur Schweigen folgte, fuhr sie fort: »Wenn ich schuld daran bin, dann laß uns eben noch einmal darüber reden. Ich weiß, ich habe die Familie auseinandergerissen. Aber ich habe es für euch getan, für dich und Michael. Ihr hattet keine Zukunft da drüben, und euer Vater war nicht bereit, mit in den Westen zu kommen. Über Monate hinweg habe ich alles versucht, ihn umzustimmen. Ich habe diskutiert und gebettelt und gestritten . . . und irgendwann sah ich keinen anderen Weg mehr. Es ging mir nicht um mich, Steffi, wirklich nicht. Es ging um euch.«

Keine Reaktion. Julia wartete ein paar Minuten, dann stand sie auf. »Es ist nicht gut, daß ich jetzt soviel auf dich einrede. Du bist krank und völlig erschöpft. Du mußt schlafen. Wir haben noch viel Zeit, miteinander zu sprechen, nicht?« Aber während sie das Zimmer verließ, wußte Julia, daß das nicht stimmte. Ihr blieb keineswegs viel Zeit. Sowie Stefanie halbwegs wieder hergestellt wäre, würde sie sofort versuchen, zu Wolfgang zurückzukehren.

Im Dezember wurde vor dem Frankfurter Landgericht gegen die Tierbefreier verhandelt. Noch nie hatte sich Chris so gründlich auf einen Fall vorbereitet. Das Ergebnis war ein glänzendes Plädoyer, das den Richter offenbar überzeugte; die Befreier kamen mit einer Verwarnung davon, und in der Urteilsbegründung wurden die Wissenschaftler, die für den betreffenden Betrieb arbeiteten, ermahnt, die Notwendigkeit ihres Tuns von Tag zu Tag neu zu überprüfen und nicht in eine gefährliche Gleichgültigkeit gegenüber wehrlosen Kreaturen zu verfallen. Chris, der die versteinerten Gesichter der zwei Vertreter des Konzerns beobachtete, fürchtete allerdings, daß es wenig Sinn hatte, an humanitäres Gedankengut in ihnen zu appellieren. Sie glaubten sich im Recht, und längst hatten sie Regungen wie Mitleid und Verantwortungsgefühl verloren.

»KZ-Wärter«, sagte jemand im Publikum und erntete gemurmelten Beifall. Die Herren wandten sich mit empörten Mienen um, gekränkt und selbstgerecht, tief entrüstet.

Unwahrscheinlich, dachte Chris, daß sie begreifen, was sie tun.

Den Wachmann hatte er bei seiner Befragung so in Widersprüche verwickelt, daß der schließlich von sich aus die Anzeige wegen Körperverletzung zurückzog. Die Sache konnte eindeutig als Sieg der Tierschützer verbucht werden, aber die reine Freude kam nicht auf. Sie hatten ein paar Hunde, Katzen und Ratten gerettet und waren ohne Verurteilung davongekommen, aber das alles bedeutete einen Tropfen auf den heißen Stein. Die Täter konnten weitermachen, es gab kein Gesetz, das sie daran hinderte. Sie verließen den Gerichtssaal als gute Staatsbürger, die einer legitimen Tätigkeit nachgehen.

Laura war später voller Bewunderung für Chris. Er hatte sie zum Mittagessen in ein Restaurant eingeladen, und sie konnte die ganze Zeit über nicht aufhören, vom Aufbau seines Plädoyers zu schwärmen.

»Hör mal, ich werde noch ganz verlegen«, protestierte Chris schließlich, »ich habe meinen Job gemacht, nichts sonst.«

»Aber niemand hätte es so gut gemacht wie du! Und du hast wunderbar ausgesehen in deinem schwarzen Talar!«

»Robe. Bei den Juristen nennt man das Robe.«

Sie betrachtete ihn zärtlich. »Weißt du, früher konnte ich es nicht leiden, wenn Männer Anzug und Krawatte trugen. Ich fand es bürgerlich. Aber dir steht es. Ich glaube sowieso, mir gefällt einfach alles an dir. Verrückt, nicht? Ich habe so etwas noch nie erlebt.«

Chris lächelte. »Mir gefällt auch alles an dir. Wie du sprichst, wie du dich bewegst, wie du lachst. Ich mag deine Augen, deine Haare, dein Gesicht. Du hast einen wunderschönen Mund.«

Lauras Wangen röteten sich. »Jetzt machst du mich verlegen«, sagte sie.

Seit jenem Abend im September hatten sie einander oft gesehen, mindestens zwei- oder dreimal in der Woche. Sie gingen ins Kino oder essen, führten Max spazieren oder kochten zusammen. Es geschah nie, daß sie kein Thema fanden oder daß es einem von ihnen nicht gelang, im anderen Interesse für etwas zu wecken, was ihn selber berührte. Chris entdeckte verwundert, wie geduldig und anteilnehmend die junge Laura zuhören konnte, und jedesmal bewies sie mit einem einzigen Wort oder einer kurzen Frage, daß sie ganz genau begriffen hatte, worauf es ihm ankam. Es fiel ihm erstaunlich leicht, sich diesem Mädchen zu öffnen. Er konnte mit ihr über Simone sprechen und sich dadurch zum erstenmal mit seiner Traurigkeit konfrontieren, anstatt vor ihr davonzulaufen. Er erkannte, daß er seinen Schmerz ertragen konnte, weil er nicht mehr alleine war mit ihm. In nur vier Monaten hatte sich alles für ihn verändert, und nur manchmal fürchtete er, mißtrauisch und ängstlich, alles könnte sich wieder verflüchtigen und ihn dort zurücklassen, wo er vorher gewesen war.

Als sie ihren Kaffee zum Abschluß des Essens tranken, sagte

Laura plötzlich: »Ich glaube, ich habe mich ernsthaft in dich verliebt.« Sie sagte es in demselben Ton, in dem man feststellt, daß es regnet oder daß der Tag anbricht. Aber in dem Moment, als sie es sagte, begriff Chris, daß es ihm genauso ging und daß das der einfache Grund dafür war, daß er nicht aufhören konnte, ihre Nähe zu suchen.

»Und ich habe mich in dich verliebt«, sagte er.

Den Nachmittag über mußte Chris in seiner Kanzlei arbeiten, und Laura hatte einen Job als Babysitter, aber sie vereinbarten, sich am Abend in Chris' Wohnung zu treffen. Chris hatte zwei Gespräche mit Mandanten und arbeitete eine Prozeßakte durch, aber die ganze Zeit merkte er, wie schwer es ihm fiel, sich zu konzentrieren. Er fieberte Laura entgegen, und als Birgit um sieben anbot, zwei Stunden länger zu bleiben und zu arbeiten, redete er mit Engelszungen auf sie ein, sie möge doch nach Hause gehen. Erstaunt und etwas gekränkt packte sie ihre Sachen und verschwand.

Um acht Uhr erschien Laura, Max an der Leine. Sie sah müde aus, nachdem sie fünf Stunden lang drei lebhafte Kinder beaufsichtigt hatte. Dennoch hatten ihre Augen einen erwartungsvollen Glanz. In ihren Haaren hingen Schneeflocken.

»Draußen ist alles wie mit Puderzucker bestäubt«, berichtete sie, »es sieht ganz weihnachtlich aus.«

Chris half ihr, sich aus Schal, Mantel und Stiefeln zu schälen. Er hatte Drinks vorbereitet – Pina Colada, weil Laura absolut verrückt danach war – und eine Platte mit Arien aus Tosca aufgelegt – weil er danach verrückt war. Sie setzten sich ins Wohnzimmer, tranken und redeten noch ein wenig über die Verhandlung am Vormittag, und als es ihnen schließlich nicht mehr gelang, so zu tun, als sei dies ein ganz normaler Abend, taten sie, wovon sie den ganzen Tag über gewußt hatten, daß es heute geschehen würde, sie schliefen miteinander.

Alle beide hatten sie sich nie so verzaubert gefühlt. Laura hatte vorher keine Erfahrung mit ihrer Sexualität gemacht. Und Chris hatte geglaubt, nie mehr empfinden zu können, was er mit Simone empfunden hatte. Doch nun merkte er, daß alles wiederkehrte, wovon er gedacht hatte, es sei verloren. Laura gab ihm zurück, was für immer verschwunden gewesen schien.

Irgendwann schliefen sie ein. Als sie aufwachten, war es fast Mitternacht. Sie gingen wieder ins Wohnzimmer und kauerten sich vor der Heizung auf den Teppich, tranken Wein und lauschten einer leisen Musik. Hinter den deckenhohen Bogenfenstern wirbelten Schneeflocken durch die Nacht. Chris hatte einen Pullover angezogen, Laura kuschelte sich in sein weißes Sweat-Shirt, das ihr bis fast zu den Knien reichte und an jedem Ärmel viermal umgeschlagen werden mußte. Sie redete und redete, glücklich, strahlend, aufgekratzt wie ein Kind, dem ein Herzenswunsch erfüllt worden ist, und Chris hörte ihr zu, überwältigt von einem Gefühl der Zärtlichkeit. Sie malte die Zukunft in leuchtenden Farben, und plötzlich sagte sie: »Du wirst mitmachen bei uns, nicht wahr?«

»Wobei mitmachen?«

»Bei unserer Gruppe. Du machst doch mit?«

»Ich werde euch in allem unterstützen. Aber ich werde nichts Ungesetzliches tun. Ich bin Jurist, du mußt es verstehen . . .« Er nahm ihre Hand.

»Laß uns jetzt nicht darüber reden«, bat er, »nicht heute nacht.«

»Doch, gerade heute nacht. Ich weiß jetzt, daß ich dich sehr liebe und mit dir zusammenbleiben will. Weißt du, nach dir ist die Gruppe das Wichtigste in meinem Leben. Ich will dich dabeihaben.«

»Das hast du ja. Ich möchte doch nur selber keine Einbrüche machen oder derartige Dinge. Und du solltest auch vorsichtig sein. Meinst du, ich will dich eines Tages im Gefängnis besuchen?«

»Wir dürfen davor keine Angst haben. Vor keiner Repressalie, mit der sie uns drohen. Was wir tun, ist richtig. Die anderen sind im Unrecht, nicht wir!« Ihre Stimme schien verändert, war härter und bestimmter geworden, bar jener Zärtlichkeit, die noch vor wenigen Minuten in ihr geklungen hatte. Chris wußte genau, was in ihr vorging; er hatte mit achtzehn nicht anders geredet und gedacht.

»Natürlich hast du recht«, sagte er behutsam, »aber wenn wir die Gesetze mißachten, sind die anderen automatisch am längeren Hebel. Wir können ihnen gar keinen größeren Gefallen tun, als uns selber zu Kriminellen abzustempeln.«

»Und was sollen wir sonst tun? Reden? Versuchen, sie mit Argumenten zu überzeugen? An was willst du appellieren in diesen Bestien? Sie lachen uns doch nur aus! Es hat keinen Sinn. Weißt du, wann sie anfangen werden, uns ernst zu nehmen? Wenn sie Angst vor uns haben müssen. Wenn wir eine Gefahr werden, unberechenbar und gewalttätig. Gewalt ist die einzige Sprache, die sie verstehen.«

»Aber es ist nicht unsere Sprache. Meine nicht, und deine auch nicht.«

»Dann müssen wir sie lernen!« sagte Laura, so laut, daß Chris beschwichtigend den Finger auf den Mund legte. »Psst! Du weckst ja das ganze Haus auf!«

Laura sprang auf. »Komm. Laß uns mit Max spazierengehen.« Sie wartete seine Erwiderung nicht ab, sondern verschwand im Schlafzimmer, um sich anzuziehen. Chris seufzte. Sosehr er die letzten Wochen mit Laura genossen hatte, so schwierig fand er es doch oft, mit ihrer Unruhe umzugehen. Es gab Tage, an denen konnte sie einfach nicht stillsitzen, oder Momente wie diesen, da regte sie sich über irgend etwas auf, und schon hielt sie es in der Wohnung nicht mehr aus. Da sie kaum Schlaf brauchte, war es kein Problem für sie, halbe Nächte mit ihrem Hund herumzustreifen.

Zehn Minuten später verließen sie das Haus. Frankfurt sah aus wie die verwunschene Stadt in einem Wintermärchen. Der Schnee leuchtete hell im Schein der Straßenlaternen, noch unberührt vom Grau der Autoabgase. Alle Hausdächer trugen pudrige Mützen, und die Straßen lagen in feierliche Stille getaucht. Chris', Lauras und Max' Fußabdrücke waren die einzigen Spuren in dem kristalligen Teppich, aber es schneite immer weiter, und sie würden lange ehe der Morgen kam schon wieder unsichtbar sein. Sie liefen bis zur Alten Oper, die wie ein Relikt aus vergangenen Zeiten aus dem Schnee hervorsah. Das Portal war weihnachtlich geschmückt, und alle Kandelaber auf dem weitläufigen Platz brannten.

»Diese Nacht ist so wunderbar«, flüsterte Laura, »ich habe noch nie gefühlt, was ich jetzt fühle. Aber ich habe Angst . . .«

»Angst? Wovor denn?«

»Ich habe so Angst, daß es wieder kaputtgehen könnte. Wir verstehen uns so gut, aber wir sind zwei verschiedene Menschen, die nicht wissen können, ob sie wirklich miteinander zurechtkommen werden.«

»Das weiß keiner, der eine Beziehung mit einem anderen eingeht. Es ist immer ein Risiko. Aber ich glaube, wir haben gar keine andere Wahl mehr, als es einzugehen. Wir lieben uns.«

»Diese Firma, bei der wir die Tiere befreit haben«, sagte Laura, »die haben vermutlich eine Menge Dreck am Stecken. Möglicherweise genug, um ihnen das Handwerk zu legen.«

Sie war ein eigenartiges Mädchen, fand Chris. Sie gingen Hand in Hand durch ein nächtliches Wintermärchen. Sie sprachen über ihre Gefühle füreinander. Vor wenigen Stunden hatten sie zum erstenmal miteinander geschlafen. Und doch konnte Laura schon wieder über Dinge reden, die sie im Alltag beschäftigten und die auch wenigstens bis zum Frühstück Zeit gehabt hätten. Sie konnte in einer Minute mit verklärter Stimme feststellen, diese Nacht sei die wundervollste in ihrem Leben, und in der nächsten Minute sprach sie über den nächsten Coup der autonomen Tierschützer. Jedoch mochte das kein Widerspruch sein. Die Gruppe war ihr Leben. Sie konnte sie nicht trennen von ihren Gefühlen für ihn, vom Zauber dieser Nacht. Und Chris begriff die Angst, von der sie gesprochen hatte; sie fürchtete, er werde nicht bereit sein, dieses Leben zu teilen, und damit beenden, was zwischen ihnen gewesen war.

Er legte beide Arme um sie und zog sie an sich: »Laura, wir werden zurechtkommen. Zusammen. Ich verspreche es dir.«

»Wir haben Anhaltspunkte, daß sie da chemische Waffen entwickeln. Und möglicherweise illegal weiterverkaufen.«

»Das klingt mir aber ziemlich weit hergeholt.«

»Und wenn es stimmt?«

»Wer behauptet es denn?«

»Der Tierpfleger, der uns auch die Türen geöffnet hat, damit wir die Tiere befreien können.«

»Ich kann mir nicht vorstellen, daß ein einfacher Tierpfleger über solch brisante Informationen verfügen soll. Was, wenn er sich nur wichtig machen will?«

»Und wenn nicht?«

»Wenn nicht«, sagte Chris, »werdet ihr jedenfalls die Wahrheit nie herausfinden.«

»Wenn wir sie herausfinden, können die dichtmachen«, erwiderte Laura.

Sie waren langsam weitergegangen. Nun blieb Chris stehen. Er sah sehr ernst aus. »Für den Fall, daß es stimmt, Laura, was ich, wie gesagt, nicht glaube, habt ihr es da mit sehr gefährlichen Leuten zu tun. Für die steht ziemlich viel auf dem Spiel. Sie könnten nicht nur dichtmachen, sie müßten wahrscheinlich auch allesamt für einige Jahre ins Gefängnis. Mit Sicherheit schauen die nicht einfach zu, wie ihnen jemand ins Handwerk pfuscht.«

»Nein. Und was willst du damit sagen?«

»Misch dich nicht ein. Ein paar Tiere befreien, das ist okay, da kann nicht allzuviel passieren. Aber das andere ist eine Nummer zu groß.«

Ihr Blick ging an ihm vorbei, irgendwohin in die Nacht. Sie wollte nicht hören, was er sagte, und sie wollte nicht streiten. Sie ließ es an sich abrieseln.

»Du weißt, ich habe schon einmal eine Frau auf schreckliche Weise verloren«, sagte Chris, »bitte, Laura, tu es mir nicht an. Tu mir nicht an, noch einmal so etwas zu erleben. Ein zweites Mal . . .«, er stockte, scheute vor seinen theatralischen Worten zurück und wußte doch, daß wahr war, was er fühlte. »Ich weiß nicht, wie ich es ein zweites Mal durchstehen sollte.«

Ihr Blick wandte sich wieder ihm zu, er verriet leise Ungeduld. »Deshalb können wir uns nicht vor allem bewahren,

Chris. Du hast etwas Schlimmes erlebt. Ich wünsche dir und mir, daß sich so etwas nicht wiederholt. Aber wir können nicht aufhören zu leben, nur um jeder Gefahr aus dem Weg zu gehen. Und wir sollten nicht versuchen, auf lauer Flamme zu kochen. Vielleicht kannst du es, ich kann es nicht, ich bin nicht dazu geschaffen. Ich muß meinen Weg gehen. Und ich wünsche mir so sehr, daß du ihn mitgehst.«

Sie löste ihre Hände aus seinen, steckte sie in die Taschen ihres Mantels und ging durch den Schnee davon. Sie drehte sich nicht um. Sie wußte, daß Chris ihr folgte.

## 4

In den Vereinigten Staaten hätte man Kurt Grawinski als klassischen Selfmademan bezeichnet.

In einer Bombennacht des Jahres 1941 kam er in Hamburg zur Welt. Er war gerade zwei Tage alt, da bekam das Haus, in dem seine Familie lebte, einen Volltreffer ab. Seine ältere Schwester starb, seine Mutter konnte mit ihm in letzter Sekunde Flammen und einstürzenden Mauern entkommen. Sie krochen bei Bekannten unter, die ihnen ein winziges Dachzimmer, bislang eine Art Abstellkammer, zur Verfügung stellten. Für die nächsten zehn Jahre wurde dies Kurts Zuhause. Sein Vater kehrte aus dem Krieg nicht zurück, seine Mutter fand Arbeit in einer Textilfabrik, wo sie für einen Hungerlohn Unterwäsche säumte. In ihrer Dachkammer wurde es im Sommer unerträglich heiß, im Winter ebenso unerträglich kalt; Kurt trieb schließlich einen eisernen Ofen auf, in dem sie Holz verheizen konnten. Sie durften das Bad ihrer Bekannten benutzen, aber nur zu bestimmten Zeiten, und auch in der Küche duldete man sie nur widerwillig. Es gab keine Gelegenheit, bei der man ihnen nicht bedeutet hätte, daß sie als überaus lästig und störend empfunden wurden. Kurt hätte manches Mal nur zu gern eine freche Antwort gegeben, aber seine Mutter beschwor ihn, das nicht zu tun. »Was sollen wir denn machen, wenn sie uns auf die Straße setzen? Sei bloß immer nett und höflich zu ihnen. Wir brauchen sie!«

Von der Kammer aus führte eine Luke zum Dach, und im Sommer kletterte Kurt oft hinaus, kauerte sich zwischen zwei Schornsteinen hin, ließ sich die Sonne ins Gesicht scheinen und sah über Dächer und Hinterhöfe hinweg. Manchmal gesellte sich ein schwarz-weißer Kater aus einem der Nachbarhäuser zu ihm, mit dem Kurt lange Gespräche führte.

»Eines Tages«, sagte er ihm, »werde ich viel Geld haben. Ich werde ein schönes Haus mit einem Garten kaufen. Ich weiß, du kannst dir das jetzt nicht vorstellen, aber du kannst dich darauf verlassen, daß ich erreiche, was ich will.«

Irgendwann fand Kurt heraus, daß sie vor allem deshalb so kärglich lebten, weil seine Mutter ihre gesamte Kriegshinterbliebenenrente beiseite legte, um sie für seine Ausbildung aufzusparen. Er geriet außer sich. »Wir hausen in diesem Loch, nur damit ich irgendwann einmal studieren kann?« rief er. »Das kommt ja nicht in Frage! Paß auf, ich werde dir beweisen, daß ich so arbeiten kann, daß ich ein Stipendium bekommen werde, wenn es soweit ist. Aber jetzt nehmen wir das Geld und mieten eine eigene Wohnung!«

Seine Mutter ließ sich endlich dazu bewegen, und so endete ihre Dachkammerzeit. Sie fanden eine Wohnung mit zwei kleinen Zimmern, einer winzigen Küche und einem Klo im Treppenhaus. Es kam ihnen vor, als seien sie im Paradies gelandet.

Kurt hielt sein Versprechen, er arbeitete wie besessen für die Schule. Ihm war klar, er brauchte gute Abschlüsse, wenn es ihm gelingen sollte, dahin zu kommen, wohin er wollte. Daneben tat er fast alles, um Geld zu verdienen. Er trug Zeitungen und Brötchen aus, jobbte als Babysitter, Kellner, Autowäscher, Gärtner. Er führte die Hunde alter Damen spazieren, tapezierte Wohnungen, putzte Fenster und kaufte ein. Seine Mutter fragte ihn oft besorgt, wann er eigentlich schlafe, aber das wußte er selber nicht so genau. Er war zäh, kräftig und überaus ehrgeizig, und er hielt diese Art zu leben ohne Schwierigkeiten aus.

Er konnte seiner Mutter eine Reise an die Ostsee schenken, er konnte einen Fernseher kaufen, einen Plattenspieler, neue Möbel. Schließlich verdiente er so viel nebenher, daß sie es wagten, eine neue Wohnung zu nehmen – mit einem eigenen Bad und einem winzigen Balkon.

Kurt machte das jahrgangsbeste Abitur in seiner Schule, bekam ein Stipendium für Jura, schloß das Studium mit Auszeichnung ab und trat in ein großes Wirtschaftsunternehmen ein, denn in der Wirtschaft, so hatte er sich überlegt, konnte er am meisten Geld verdienen. Seine armselige Kindheit vergaß er nie. Die Erinnerung an die schreckliche Zeit in der Dachkammer blieb für ihn immer eine Antriebskraft. Er konnte alles aus sich herausholen, wenn er daran zurückdachte. Auch als er älter wurde, schien er noch immer fast ohne Schlaf und ohne Ruhepausen auszukommen.

Er begann sich um Geschäfte mit dem Fernen Osten zu kümmern, hatte sich bald ein dichtgewobenes Netz von Beziehungen aufgebaut. Mit vierzig war er bereits mehrfacher Millionär. Jetzt, mit bald fünfzig Jahren, hatte er in den meisten profitablen Asiengeschäften seine Finger.

Natürlich gab es Frauen in seinem Leben, aber er hatte darauf geachtet, daß aus einer Affäre nie eine ernsthafte Liebe wurde. Zunächst hatte er, wenn auch unbewußt, auf seine Mutter Rücksicht genommen, der es nach der ganzen Plackerei endlich gutging und die er nicht verlassen wollte. Aber auch später, nachdem die Mutter nach einem Schlaganfall schnell gestorben war, brach er den Kontakt zu jeder Frau ab, wenn er merkte, daß sie sich zu tief in ihre Gefühle zu verstricken begann. Er hatte keine Probleme, immer wieder neue Begleiterinnen zu finden: die Frauen mochten ihn. Er war groß, achtete sorgfältig auf seine Figur, und gegen die weißen Strähnen in seinen Haaren tat er nichts, weil er wußte, daß sie ihn interessanter machten. Er hätte es längst nicht mehr nötig gehabt zu arbeiten, aber er machte wie ein Besessener weiter, weil er nicht gewußt hätte, was er sonst tun sollte. Es gab nur eines, was er fürchtete: daß ein Umstand eintreten könnte, der ihn daran hindern würde, weiterhin um die Welt zu jetten und einen geschäftlichen Erfolg nach dem anderen einzuheimsen.

»The clan of the Badenbergs. The European style of country life«, sagte Dr. Roth, der Filmproduzent, genießerisch. »Unter dieser Headline wird die Serie in ganz Europa anlaufen, und ich sage Ihnen, es wird der Erfolg des Jahrzehnts!«

Das hatte er schon dreimal gesagt. Alex rutschte ungeduldig auf ihrem Sitz hin und her.

»Herr Dr. Roth«, sagte sie, »wie Sie wissen, bin ich wirklich sehr interessiert an den Merchandising-Rechten für die Badenbergs.«

»Das sind viele«, meinte Roth selbstgefällig, »weil natürlich jeder sieht, daß hier das absolute Superprojekt abläuft. Die Badenbergs sind die europäische Antwort auf die Ewings. Auf die Carringtons. Nur sind sie noch größer, noch besser ... Bankiers von der internationalen Sorte. Mit einem herrlichen Gut, Ländereien ... Elegant und intrigant ... ich denke, daß ...«

»Ich denke«, mischte sich Grawinski ein, »daß Wolff & Lavergne der ideale Partner für Sie ist. Wissen Sie, wir wollen nicht nur Badenberg T-shirts, Kugelschreiber und Einkaufstaschen produzieren. Wir wollen die Badenberg-Welt für das Kinderzimmer nachbilden. Die Filmfiguren als Puppen. Ausgestattet mit allem, was diese Leute haben: mit wunderbaren Kleidern, Pferden, Autos, Kutschen, Hochseeyachten, Segelbooten. Der Landsitz der Familie wird in Puppenhausgröße nachgebaut, die Appartements in der Stadt natürlich auch. Mit Möbeln, Teppichen, Bildern, wie im Film. Vom Chagall an der Wand bis hin zum silbernen Champagnerkühler wird alles stimmen.«

»Hm«, machte Roth. Die Idee gefiel ihm. »Sie wissen schon, daß Ihnen nicht viel Zeit bleibt, nicht wahr? Wir haben jetzt Anfang Februar '89. Im September '90 startet die Serie überall in Europa.«

»In der Bundesrepublik, England, Frankreich, Belgien und

Spanien«, konkretisierte Alex diese Aussage. »Ich weiß, es wird knapp, wenn wir in alle diese Länder liefern wollen.«

»Zwanzig Monate bis Sendebeginn«, sagte Roth.

»Wir lassen in China produzieren«, sagte Grawinski, »wir haben dort soeben die neuste und modernste Fabrikanlage eingeweiht. Wir schaffen es.«

»Anderthalb Millionen Vorschuß«, sagte Roth, »und nachher satte Prozente.«

»Eine Million Vorschuß«, entgegnete Alex, »und die Prozente handeln wir im einzelnen aus.«

»Wie werden Sie werben?«

»Zu gegebener Zeit werden wir Ihnen darüber einen detaillierten Plan vorlegen.«

»Hm«, machte Roth wieder. »Sie werden unheimlich viel Geld in diese Geschichte stecken müssen, das ist Ihnen klar?«

Alex zuckte mit keiner Wimper. »Darüber machen Sie sich mal keine Sorgen«, antwortete sie gelassen. Grawinski schaute sie von der Seite an. Es gefiel ihm, wie cool sie auftrat, vor allem da er wußte, daß sie sich Sorgen machte. Sie hatte als erste davon gesprochen, sich die Badenbergs an Land zu ziehen, aber während sie darüber diskutierten, wäre sie zweimal fast umgekippt.

»Es ist eine Nummer zu groß für uns«, hatte sie gesagt, »und wenn es schiefgeht, reißt es uns in den Abgrund.«

»Und wenn es gutgeht«, hatte Grawinski erwidert, »katapultiert es uns nach ganz, ganz vorne.«

Ihre Selbstsicherheit schien Roth zu überzeugen. Ihr ganzer Auftritt versprach Erfolg: das elegante weiße Kostüm, die Chanel-Handtasche, das schulterlange rötlich getönte Haar. Für ihn war sie eine Frau, die sehr genau weiß, was sie will.

»Ich kann Ihnen jetzt noch nicht den Zuschlag geben«, sagte Roth, »ich muß natürlich noch Rücksprache mit meinen Coproduzenten nehmen. Aber«, er erhob sich, zum Zeichen, daß er diese Unterredung fürs erste beenden wollte, »ich denke, Sie haben gute Karten. Wie lange werden Sie noch hier in Berlin sein?«

»Bis wir einen Vertrag unterschrieben haben«, sagte Alex, stand ebenfalls auf und reichte Roth die Hand. »Auf Wiedersehen, Herr Dr. Roth. Sie wissen ja, wo Sie uns erreichen können.«

Roth nickte. »Ja, weiß ich. Im Kempinski. Ich melde mich.«

Am Abend aßen Alex und Grawinski bei einem Chinesen in der Tauentzienstraße, Grawinskis Lieblingsrestaurant in Berlin. Er bestellte gleich eine ganze Flasche Champagner, um den Sieg zu feiern.

»Da geht nichts mehr schief, Alex, das weiß ich genau. Wir haben die Rechte in der Tasche. Wir sollten darauf anstoßen, daß wir bald die Größten sind!«

Alex lachte. Sie sah sofort gelöster und jünger aus.

»Sie sind noch hübscher, wenn Sie lachen, Alex«, sagte Grawinski, »aber Sie lachen nicht oft. Vielleicht arbeiten Sie zuviel? Eine junge Frau sollte sich öfter amüsieren, als Sie es tun.«

Alex trank einen Schluck Champagner. »Keine Zeit. Jetzt noch weniger als früher.«

»Ich weiß. Seit Liliencron ausgestiegen ist, kommen Sie überhaupt nicht mehr aus dem Büro. Ich werde nie verstehen, warum er gegangen ist. Ich meine, gerade in dem Moment, als Kassandra Wolff starb und er endlich sein eigener Herr hätte werden können!«

»Gerade deshalb. Er hat darauf gewartet. Er wollte Kassandra nicht kränken, sonst hätte er schon zu ihren Lebzeiten seinen Abschied genommen.«

»Aber ich verstehe es nicht«, beharrte Grawinski, »diese Firma ist eine Goldgrube! Er hat Jahre seines Lebens dafür investiert!«

»Was weiß man, was in einem Menschen vorgeht«, sagte Alex leise. Sie blickte angestrengt in ihre Speisekarte. Grawinski kniff die Augen zusammen. Er verfügte über eine feine Intuition und begriff, daß hier noch manches im Spiel war, wovon Alex nicht sprach. Sanft nahm er ihr die Karte aus der Hand.

»Erlauben Sie, daß ich uns etwas zusammenstelle«, sagte er,

»ich kenne mich damit aus. Ich bin überzeugt, ich treffe Ihren Geschmack.«

»In Ordnung«, stimmte Alex zu. Grawinski studierte seine Karte. Ohne aufzublicken, fragte er: »Haben Sie eigentlich mal wieder von ihm gehört?«

»Von wem?«

»Liliencron.«

»Ach so – ja, vor ein paar Tagen. Er hat mir aus England geschrieben. Seit einigen Wochen lebt er in London.«

»Etwas ruhelos, der Mann, nicht? Wollte er nicht nach Frankreich?«

»Ein Freund hat ihm den Posten eines Finanzberaters in seiner Musikproduktionsfirma angeboten. In England eben. Das wollte er sich wohl nicht entgehen lassen.«

»Und fühlt er sich wohl?«

»Ich denke schon«, erwiderte Alex kurz.

Grawinski lächelte aufmunternd. »Auf jeden Fall, Alex«, sagte er, »brauchen Sie ihn nicht. Sie machen das alles ganz alleine, und ich muß sagen, Sie machen es großartig!«

»Sie sind ja schließlich auch noch da«, erinnerte Alex, »so ganz alleine bin ich nicht.«

»Na ja, aber ich spiele keine große Rolle«, sagte Grawinski bescheiden.

»Ihre Rolle ist groß genug. Ich bin jedenfalls froh, daß Sie da sind.«

»Sehen Sie, Alex, das haben wir gemeinsam«, sagte Grawinski sanft, »ich bin auch sehr froh darüber.«

Sie faszinierte ihn. Vom ersten Moment an, da sie sich getroffen hatten – vor Jahren, kurz nach dem geplatzten Date in Hamburg, als sie überraschend krank geworden war –, hatte er sich zu ihr hingezogen gefühlt. Ihr Mann hatte sich damals gerade das Leben genommen, und sie war dünn und bleich gewesen, aber sie hatte sich unglaublich tapfer gehalten. Er bewunderte ihre Selbstbeherrschung. Er bewunderte, wie sie ihr Leben meisterte, wie sie die Firma mit Dynamik und Engagement führte. Er sah aber auch die nie verlöschende Melancholie in ihren Augen, die verriet, daß sie bei allem Erfolg, aller Beliebtheit eine einsame Frau war. So einsam wie er selber.

Später, auf dem Weg zum Hotel, nahm er ihren Arm. Der kalte Februarwind wirbelte ihre Haare durcheinander und trieb ihm den Duft ihres Parfüms zu. Irgendwo auf der Straße, sie waren noch eine Ecke vom Kempinski entfernt, zog er sie an sich. »Du bist eine großartige Frau, Alex«, sagte er leise, »du bist sehr schön und sehr stark.« Er strich ihr die flatternden Haarsträhnen aus dem Gesicht. »Ich würde dich so gern bis morgen früh nicht mehr loslassen!«

Sie mochte ihn. Mochte seinen Geruch, seine Stimme, die Art, wie er sie festhielt. Sie hatte nicht gewußt, daß sie es vermißte, von einem Mann umarmt zu werden. Als er sie küßte, spürte sie, daß ihr Herz hämmerte, als sei ihr das nie vorher geschehen. Für ein oder zwei Minuten gab sie sich ihrem Gefühl hin. Es war, als gehe ein sanfter, warmer Strom durch sie hindurch und als gebe er dem Leben für Augenblicke etwas von der Unbeschwertheit und Gelassenheit vergangener Tage zurück.

Aber dann kehrte auch bereits die Wirklichkeit wieder. Alex löste sich aus Grawinskis Armen.

»Es geht nicht«, flüsterte sie, »frag mich nicht warum, es geht nicht.«

Sehr sanft nahm er ihr Gesicht zwischen seine Hände. »Immer auf der Hut«, sagte er leise, »immer wachsam, immer vorsichtig. Wann hast du zum letztenmal empfunden, was du eben gespürt hast? Wann hast du zum letztenmal losgelassen?«

»Ich weiß es nicht. Es ist lange her.«

Er küßte sie noch einmal, merkte aber, daß sie diesmal angespannt blieb.

»Es ist so schwer, Alex, nicht? So schwer!« Seine Stimme klang warm.

»Ja, es ist schwer. Ich kann nicht.«

Er erwiderte nichts mehr darauf. Langsam setzten sie ihren Weg zum Hotel fort. Als sie an der Rezeption ihre Schlüssel verlangten, wurde ihnen ein Fax von Dr. Roth ausgehändigt. Er teilte darin mit, *Wolff & Lavergne* werde die Merchandising-Rechte für die Badenbergs erhalten.

## 5

Als Laura um elf Uhr abends immer noch nicht zu Hause war, begann Chris sich ernsthaft Sorgen zu machen. Er überlegte immer wieder, ob sie ihm etwas von einem Job gesagt hatte, Babysitten oder Kellnern, aber er konnte sich nicht erinnern. Normalerweise kündigte sie es an, wenn es spät wurde.

Vor zwei Monaten, im Juli, war sie zu ihm in die Wohnung gezogen, weil es ihnen vernünftiger erschien, nur eine Wohnung zu bezahlen, wenn sie ohnehin jede freie Minute zusammen verbrachten. Chris zahlte die Miete, aber Laura bestand darauf, sich wenigstens an den Nebenkosten und an den täglichen Ausgaben finanziell zu beteiligen. So nahm sie noch immer Gelegenheitsarbeiten wahr, aber längst nicht mehr so oft.

Chris hatte ein Abendessen vorbereitet, das würde er nun aufwärmen müssen. Er selber aß schließlich etwas, um seinen nagenden Hunger zu stillen. Um sich abzulenken, schaltete er den Fernseher ein. Die Nachrichten waren voll von den Ereignissen im Osten. Ungarn hatte alle im Land befindlichen DDR-Flüchtlinge ausreisen lassen, und so waren Tausende in die Bundesrepublik gekommen. Ungeklärt war die Lage für Flüchtlinge, die in den bundesdeutschen Botschaften von Warschau und Prag Unterschlupf gesucht hatten. Chris sah Bilder aus Prag, auf denen Menschen, die nichts mehr mit sich führten als die Kleider, die sie am Leib trugen, in verzweifelter Hast über den mehr als zwei Meter hohen Zaun der Botschaft kletterten. Knapp viertausend Menschen sollten sich hier schon aufhalten. Chris fragte sich, wie diese Geschichte wohl ausgehen würde. Wie lange würde die Regierung in Ost-Berlin diese Brüskierung vor aller Welt noch hinnehmen?

Es war kurz nach Mitternacht, und Chris überlegte schon, ob

er die Polizei verständigen sollte, da klapperte endlich der Schlüssel im Schloß. Es war Laura. Die Septembernacht war kühl, und sie wirkte ziemlich verfroren in ihren Shorts, die aus oberhalb der Knie abgeschnittenen Jeans bestanden, und in ihrem T-Shirt.

»Oh – du bist noch wach?« fragte sie überrascht, als Chris aus dem Wohnzimmer kam. Es klang arglos, offenbar war ihr gar nicht in den Sinn gekommen, daß er sich sorgen könnte. Aber Chris hatte keine Lust, seinen Ärger zu unterdrücken. »Was glaubst du – soll ich mich friedlich in mein Bett legen und schlafen, während du dich Gott weiß wo herumtreibst und ich keine Ahnung habe, ob dir vielleicht etwas zugestoßen ist?«

Ihr Gesichtsausdruck änderte sich, wurde trotzig. »Ich habe mich nicht herumgetrieben. Und außerdem führst du dich jetzt genauso auf wie meine Großeltern. Dieses Panikgetue scheint typisch zu sein für Leute über Dreißig!«

»Wenn du dich deinen Großeltern gegenüber auch so rücksichtslos verhalten hast, wundert es mich gar nicht, daß sie dauernd Herzbeschwerden hatten. So kannst du mit anderen Menschen nicht umgehen! Du hättest anrufen müssen! Normalerweise bist du doch spätestens um halb sieben zu Hause!«

»Eben. Du sagst es. Immer bin ich um halb sieben zu Hause. Es kommt nicht so oft vor, daß ich länger wegbleibe, oder? Und du führst dich auf, als würde ich dich jeden Abend allein lassen!«

Chris strich sich über die Haare. Er merkte, wie müde und ausgelaugt er war vom Warten. »Es geht doch nicht ums Alleinsein«, sagte er, »ich habe mir Sorgen gemacht. Ich dachte, dir ist vielleicht etwas passiert. Verstehst du das denn nicht?«

Sie erwiderte nichts, ging in die Küche. Dort entdeckte sie den gedeckten Tisch und das kalte Essen. »Du hattest ja gekocht!« Nun klang Betroffenheit in ihrer Stimme.

Chris war ihr gefolgt. »Du kannst es dir warm machen.«

In Sekundenschnelle war sie wie ausgewechselt. Sie lief zu Chris hin und umarmte ihn. Er konnte fühlen, wie kalt ihre Arme und Beine waren. »Oh, Chris, es tut mir leid! Du hattest alles so schön vorbereitet, und dann erscheine ich einfach nicht...«

Der Tatsache, daß er umsonst gekocht hatte, schien sie viel mehr Bedeutung beizumessen als seinen Sorgen, aber er verzichtete darauf, ihr das noch mal zu erklären.

»Aber weißt du, es ging alles so schnell. Ich habe sogar die Englisch-Nachhilfe ausfallen lassen. Rolf hat mich heute nachmittag angerufen. Als du noch im Gericht warst.«

Rolf war einer ihrer Freunde von den autonomen Tierschützern. Chris witterte Komplikationen. »Und was wollte Rolf?«

»Sie hatten eine Information, daß heute Lastwagen mit chemischen Waffen das Gelände von Virochem verlassen.« Virochem war die Firma, in der sie vor einem Jahr die Tiere befreit hatten.

»Woher kam die Information?« fragte Chris, der sich schon wieder über Lauras Ausdrucksweise ärgerte. ›Sie hatten eine Information...‹ Wenn sie über die Gruppe sprach, klang es immer, als bewege sie sich im Agentenmilieu.

»Ich habe dir doch gesagt, es gibt Leute im Konzern, die uns Dinge zuspielen. Jedenfalls haben wir uns sozusagen auf die Lauer gelegt. Gleich neben dem Tor zum Werksgelände, und dann noch ein Stück weiter an der nächsten Straßenkreuzung.«

»Aha. Deshalb fühlst du dich an wie ein Eisklumpen!«

»Nach Sonnenuntergang wurde es ziemlich kühl. Wir mußten ja weitgehend bewegungslos verharren, und ich hatte keine Jacke dabei. Wahrscheinlich bekomme ich jetzt eine Erkältung. Aber es hat sich gelohnt, Chris. Es hat sich gelohnt!« Sie kramte in ihrer Umhängetasche. Was sie schließlich hervorförderte, waren drei Polaroidphotos, auf denen er bei genauem Hinschauen jeweils einen Lastwagen erkannte, der gerade ein Tor passierte. Das Tor allerdings konnte man nur ahnen.

»Das sind sie! Vor etwa einer Stunde kamen sie, und wir haben sie aufgenommen!«

Chris konnte ihre Begeisterung nicht verstehen. »Ja – aber was habt ihr davon?« fragte er vorsichtig. »Ich meine, was könnt ihr denen beweisen?«

»Du kannst auf den Bildern die Nummernschilder erkennen, nicht? Das heißt, Virochem kann nicht abstreiten, daß es sich um ihre Lastwagen handelt!«

»Es können auch die Lastwagen von jemand anderem sein. Dann hast du nichts weiter vorzuweisen als die Bilder von irgendwelchen Lastwagen, die irgendwo herumfahren. Denn daß sie das Firmengelände von Virochem verlassen, kann man auf diesen Aufnahmen auch nicht sehen!«

»Rolf hat Bilder gemacht, auf denen kann man es eindeutig sehen. Meine Photos sind ziemlich schlecht.«

»Okay. Aber aus all dem könnt ihr denen doch keinen Strick drehen.«

»Aber es ist doch absolut verdächtig, wenn drei Lastwagen das Gelände eines Chemiekonzerns leise und heimlich in tiefster Nacht verlassen! Jeder wird ahnen, daß etwas faul sein muß!«

»Wer etwas ahnen will! Andere werden vielleicht höchstens denken, daß Virochem Schwarzarbeiter als Fahrer beschäftigt, für die diese nächtlichen Fahrten eine Nebenverdienstquelle sind. Andererseits kann es sich auch ganz einfach um Schichtarbeiter handeln. Nachtfahrten sind vermutlich gar nicht so unüblich.«

Laura war enttäuscht, aber sie versuchte, es sich nicht anmerken zu lassen. »Aber trotzdem, es ist ein erster Schritt. Wir müssen natürlich noch viel mehr Bausteine zusammentragen. Und jetzt könntest du mir einen Whisky einschenken. Dann wird mir wenigstens von innen warm.«

Chris ließ ein paar Eiswürfel in ein Glas fallen, schenkte den Whisky ein. Aus dem Schlafzimmer holte er einen Pullover und hängte ihn Laura um die Schultern. »Hier. Du hast ja eine richtige Gänsehaut!«

Sie grinste. »Und du benimmst dich gerade wie ein Vater!«

Er nutzte den Moment, nutzte ihr Lächeln und ihre gerade aufgeblitzte Bereitschaft, ihm seinen Ärger wegen ihres Zuspätkommens zu verzeihen. »Ich weiß. Vielleicht darf ich mich noch ein bißchen mehr als Vater aufspielen. Ich würde dich bitten, dich aus der Geschichte herauszuhalten. Du bist zu jung und zu unerfahren, um es mit solchen Gefahren aufzunehmen. Das ist kein Spiel!«

Ihr Lächeln war wie ausgeknipst. »Chris, bitte! Ich dachte, wir hätten das abgehakt. Müssen wir wieder und wieder davon sprechen?«

»Wir hatten es nicht abgehakt. Du hast dich nur geweigert, überhaupt nachzudenken über das, was ich gesagt habe!«

»Ich weigere mich auch jetzt. Chris, es gibt nichts, was mich davon abbringen könnte, meinen Weg zu gehen.« Ihre Hand, die das Glas mit dem Whisky hielt, zitterte leicht. »Das Äußerste, was ich akzeptieren kann, ist, daß du dich nicht beteiligst«, fuhr sie fort, »obwohl es mich schrecklich enttäuscht. Aber bitte leg mir keine Steine in den Weg.«

»Das mach ich doch nicht. Ich will nur nicht, daß dir etwas passiert.«

Sie seufzte tief. Er begriff, wie sehr er ihr auf die Nerven ging, mindestens so sehr, wie es ihre Großeltern getan hatten. Vor ihnen war sie davongelaufen . . .

»Wir sind beide müde«, sagte er, »und du bist noch dazu völlig verfroren. Laß uns schlafen gehen.«

Sie nickte. Als Chris aus dem Bad kam, war sie schon eingeschlafen. Max, der Hund, lag neben ihr, sie hatte ihr Gesicht in seinem Fell vergraben. Chris spürte das Bedürfnis, sie zu wekken, ihr alles noch einmal zu erklären, aber er verbot es sich. Es hatte jetzt keinen Sinn. Laura mußte wenigstens erst einmal ausschlafen dürfen.

Am 30. September durften alle in die bundesdeutsche Botschaft von Prag geflüchteten DDR-Bürger in Sonderzügen ausreisen. Nach der Gründung des »Neuen Forum«, der ersten Oppositionsbewegung der DDR, bildeten sich weitere regimekritische Vereinigungen, »Demokratie jetzt«, »Demokratischer Aufbruch« und die Sozialdemokratische Partei.

Jeden Montag fanden Friedensgebete in der Leipziger Nikolaikirche statt. Anschließend zogen mehrere tausend Demonstranten durch die Stadt. Anfang Oktober feierte die DDR ihr vierzigjähriges Staatsjubiläum. Wieder gingen Tausende auf die Straße, aber nicht um zu jubeln, sondern um ihren Protest kundzutun. Der sowjetische Staats- und Parteichef besuchte den sozialistischen Bruderstaat. Mit steinernen Gesichtern hörte ihm die SED-Spitze zu, als er sie aufforderte, sich dem Drang nach Reformen nicht länger zu verschließen. »Wer zu spät kommt, den bestraft das Leben!«

Den Unruhen im ganzen Lande, den unaufhörlichen Demonstrationen, der nicht verebbenden Massenflucht konnte die Partei nicht mehr tatenlos zusehen. Am 18. Oktober fand ein Wechsel an der Spitze statt. Erich Honecker trat – angeblich aus gesundheitlichen Gründen – von seinem Amt als Generalsekretär zurück. Nachfolger wurde Egon Krenz, Mitglied des Politbüros und schon lange als »Kronprinz« gehandelt. Es sah jedoch nicht so aus, als werde das Land dadurch zur Ruhe kommen. Von Krenz, Honeckers Ziehsohn, erwartete man keine Reformen, sondern ein Festhalten am alten Kurs. Die Bürger dachten daher gar nicht daran, in ihr altes Schweigen zurückzufallen.

In all den Jahren hatte ihn nicht einen Tag lang die Traurigkeit verlassen. Oft hatte er eine Ahnung davon, daß sie nie mehr verschwinden würde, selbst dann nicht, wenn durch ein Wunder plötzlich alles wieder in Ordnung, Julia zu ihm zurückkäme. Er fing an zu begreifen, wie kompliziert die menschliche Seele gestaltet ist. Sie kann sich erholen, sie kann verzeihen, aber sie kann nie vergessen.

Niemals würde Richard den furchtbaren Moment vergessen, als er feststellte, daß Julia und die Kinder verschwunden waren. Daß sie sich auf die Flucht in den Westen gemacht hatten.

Es war, als stürze er in einen schwarzen Abgrund. Nie wäre er in der Lage gewesen, später all die Empfindungen wiederzugeben, die über ihn herfielen. Nach der ersten Fassungslosigkeit kam die Panik. Natürlich würde es nicht klappen, genausowenig wie es damals geklappt hatte. Man würde sie fassen. Julia käme ins Gefängnis – und nun, da sie rückfällig geworden war, würde die Haftstrafe wesentlich härter ausfallen. Die Kinder würde man in staatliche Erziehungsheime stecken, aus denen sie als seelische Krüppel wieder herauskämen. Ihm selber würde vermutlich niemand abnehmen, daß er nichts gewußt hatte, und am Ende würde auch er im Gefängnis landen. Obwohl er sich schämte, daß ihm ausgerechnet die Gedanken an sein Schicksal so zusetzten, wurde er fast verrückt bei der Vorstellung, wieder in einer Zelle zu sitzen. Das war etwas, was Julia nie begriffen hatte: Sie hatte nicht verstanden, daß ihn das Gefängnis zerbrochen hatte. Sie selber war ausgelaugt und schwer gebeutelt aus dem Knast gekommen, aber im Inneren unverwüstlich wie immer. Er war wiedergekommen als ein anderer Mensch. Er hatte es nie verwunden. Und als sie anfing ihn zu bedrängen, sie sollten es ein zweites Mal versuchen, reagierte er hilflos, verzweifelt und wie gelähmt. Er hatte keine Kraft mehr.

Als das Wochenende verging, ohne daß die Stasi bei ihm auftauchte, dämmerte ihm, daß das Unmögliche eingetreten war: Julia und die Kinder hatten es geschafft. Sicher konnte er nicht sein, aber vieles sprach dafür.

Nach ein paar Tagen wußte er, daß er sich selber in die größten Schwierigkeiten manövrierte, wenn er das Verschwinden seiner Familie nicht anzeigte, und so erstattete er eine Vermißtenmeldung.

Es folgten tagelange Verhöre. Zunächst glaubten sie ihm seine Ahnungslosigkeit nicht, versuchten herauszufinden, wieviel er gewußt hatte und vor allem, ob eine Fluchthelferorganisation hinter allem stand. Offensichtlich setzten sie Spitzel auf Richard an, denn es tauchten eigenartige Leute in seiner Nähe auf, die er nie vorher gesehen hatte, und einige Patienten stellten ihm merkwürdige Fragen. Ihm wurde klar, daß die Stasi überall ihre Leute hatte, sogar unter den Bauern hier. Da er aber tatsächlich nichts wußte, mußte er nicht einmal besonders auf der Hut sein. Er konnte sich überhaupt nicht verplappern.

Der Spuk dauerte ein halbes Jahr, dann wurde Richard in Ruhe gelassen. Er vermutete allerdings, daß er nach wie vor bespitzelt wurde. Es war ihm gleichgültig. Irgendwann hörte er auf, sich darüber Gedanken zu machen.

Zu diesen Zeitpunkt hatten ihn dann auch schon die ersten Briefe von Julia erreicht, die ihm von Reisenden aus dem Westen übermittelt wurden. Lang und breit erklärte und rechtfertigte sie darin, was sie getan hatte. Dann kamen ihre Anrufe, in denen sie fortfuhr, um sein Verständnis zu werben. Er wußte, daß sie alles dafür gegeben hätte, nur ein einziges Wort des Verzeihens von ihm zu hören. Aber er sagte es nie. Er empfand zwar keinen Ärger und keinen Haß. Aber in ihm war nichts als Leere und Lethargie. Nur wenn Stefanie mit ihm sprach, gelang es ihm, für einige Minuten seine dumpfe Sprachlosigkeit abzuschütteln. Das Mädchen brauchte ihn, vermißte ihn, kam mit dem Leben im Westen nicht zurecht. Sein Verantwortungsgefühl zwang Richard, auf seine Tochter einzugehen und ihr zu helfen, soweit er das konnte. Sonst hätte er sie am liebsten gebeten, ihn nicht mehr anzurufen. Nach jedem Gespräch mit der Familie empfand er seine Einsamkeit doppelt schlimm.

Am 4. November 1989 fand in Berlin die größte Massendemonstration in der Geschichte der DDR statt. Hunderttausende gingen auf die Straße. »Wir sind das Volk« stand auf den Transparenten, die sie mitführten. Richard sah die Bilder abends im Fernsehen – das staatliche Fernsehen ließ sich nicht mehr zensieren. Die große Abschlußkundgebung auf dem Alexanderplatz war sogar live übertragen worden. Die meisten Redner beschworen die Bürger, sich nicht der allgemeinen Ausreisewelle anzuschließen; das Land dürfe gerade jetzt nicht von innen her ausbluten.

Es war der Abend des neunten November. Richard saß zu Hause und aß ein Stück Kuchen, das ihm eine dankbare Patientin geschenkt hatte. Er war sehr müde, sogar zu müde, um die Zeitung zu lesen. Schließlich blickte er auf die Uhr – sie stand auf dem Regal, gleich neben der Photographie Julias. Er ignorierte das lächelnde Gesicht, nahm nur flüchtig dunkle Haare und das Weiß der Zähne wahr. Fast halb elf. Zeit, ins Bett zu gehen.

Als er gerade aufstand, klopfte es draußen an der Tür. Auch das noch, ein verspäteter Patient! Aber es war kein Patient, es war Kathi, die Frau, die ihm die Praxis sauberhielt. Richard konnte kaum einen Seufzer unterdrücken. »Ach, Kathi, Sie sind es! Ist etwas passiert?«

Sie drängte sich einfach in den engen Hausflur. »Ist etwas passiert? Ist etwas passiert?« Ihre Stimme überschlug sich fast. »Und ob etwas passiert ist! Meine Tante aus Berlin hat angerufen!«

Es gab wenig Häuser mit Telefonanschluß im Dorf. Kathi hatte das Glück, gleich über der Post zu wohnen und so immer erreichbar zu sein.

»Die haben die Mauer aufgemacht. Jeder kriegt ein Visum, man muß überhaupt keinen Grund mehr angeben. An den Grenzübergängen ist die Hölle los. Tausende wollen hinüber. Ganz Berlin ist auf den Beinen, sagt meine Tante!«

»Das kann doch nicht wahr sein!« sagte Richard fassungslos.

»Doch, es ist wahr. Niemand hätte es für möglich gehalten. Aber angeblich sind überall, verstehen Sie, überall die Grenzen geöffnet!« Sie starrte ihn an, strahlend und beifallheischend, so, als sei sie für den Gang der Dinge verantwortlich.

»Haben Sie etwas zu trinken? Ich brauche jetzt etwas!« Schon war sie im Wohnzimmer verschwunden. Richard folgte ihr, er bewegte sich wie betäubt. Kathi entdeckte sofort die Wodkaflasche im Schrank, grabschte sie sich nebst einem Glas. »Möchten Sie auch, Herr Doktor?«

»Nein, danke.«

Sie trank in durstigen Zügen, als handele es sich um Wasser. Dabei betrachtete sie Richard mit neugierigem Blick. Sie wollte sich keine Regung seines Gesichtes entgehen lassen. »Wissen Sie, was das bedeutet?« fragte sie.

»Es muß nichts bedeuten«, sagte Richard vorsichtig, »vielleicht machen sie morgen schon alles wieder zu.«

»Nein, nein, verstehen Sie doch, es hat eine offizielle Erklärung der Regierung gegeben. Die können das gar nicht einfach rückgängig machen. Wissen Sie, was ich glaube?« Sie senkte geheimnisvoll ihre Stimme. »Ich glaube, wir sind nicht mehr weit davon entfernt, wieder ein Volk zu werden!«

»Das halte ich für eine äußerst gewagte Spekulation, Kathi.«

»Sie werden es erleben!« Sie schenkte sich Wodka nach. »Ich wollte Sie noch fragen, ob ich für ein paar Tage Urlaub haben kann, Herr Doktor. Ich möchte zu meiner Tante nach Berlin. Und dann rüber. Einmal den Ku'damm sehen! Da gibt es alles zu kaufen, einfach alles!«

»Natürlich können Sie Urlaub haben, Kathi. Die Praxis wird schon nicht gleich verwahrlosen, wenn sie ein paar Tage nicht geputzt wird.« Er sah, daß sie ein drittes Mal zur Flasche griff. Die Euphorie der Stunde schien sie völlig zu überwältigen. Er nahm ihr die Flasche vorsichtig aus der Hand. »Vorsichtig, Kathi. Wenn Sie hiervon noch mehr trinken, haben Sie morgen solche Kopfschmerzen, daß Sie Ihren Ausflug gar nicht mehr genießen können.«

Sie sah ihn aus glasigen Augen an. »Was werden Sie machen, Herr Doktor? Jetzt können Sie doch leicht zu Ihrer Frau rüber! Und zu den Kindern! Nun bleiben Sie bestimmt nicht mehr hier, was?« Es klang Bedauern in ihrer Stimme. Sie mochte den Arzt mit den traurigen Augen.

»Ich weiß es nicht«, sagte Richard langsam, »ganz ehrlich, ich weiß es nicht.«

## 6

Seit der Öffnung der Mauer hatte Julia an jedem Tag damit gerechnet, Richard vor ihrer Wohnungstür stehen zu sehen. Er kannte Felicias Adresse, würde sich an sie wenden und von ihr erfahren, wo er seine Frau finden konnte. Julia rief immer wieder bei Felicia an, bis die schon ungeduldig wurde. »Du kannst absolut sicher sein, ich jage ihn zu dir, sobald er sich hier blicken läßt. Aber bis jetzt hat er sich noch nicht gerührt.«

Die Möglichkeit, daß er jeden Moment kommen könnte, fesselte zumindest Stefanie weitgehend an die Wohnung. Aber es tat Julia weh zu sehen, wie das Mädchen seinem Vater entgegenfieberte, die Fernsehbilder verfolgte, bei jedem Klingeln an der Tür zusammenzuckte.

Kurz vor Weihnachten, am 22. Dezember, wurde das Brandenburger Tor geöffnet. Die Bürger beider deutschen Staaten konnten nun hinüber und herüber spazieren. Es gab nichts mehr, was Richard noch darin hindern konnte, in den Westen zu kommen. Vielleicht sein Pflichtgefühl gegenüber seinen Patienten. Oder – er wollte einfach nicht.

Zweimal versuchte Julia ihn telefonisch zu erreichen, aber sie bekam keine Verbindung. Schließlich gelangte sie zu der Überzeugung, daß ein Ferngespräch mit ihm sowieso nichts nützen würde. Er hatte sie jedesmal kühl und schnell abgefertigt, er würde es diesmal wieder tun. Wenn sie irgend etwas erreichen wollte, mußte sie ihm gegenüberstehen. Am 23. Dezember beschloß sie, zu ihm zu fahren. Stefanie erklärte sofort, mitkommen zu wollen, aber Julia versuchte ihr verständlich zu machen, daß das in diesem Fall nicht gut wäre.

»Stefanie, es gibt so vieles zwischen Papi und mir, was besprochen werden muß. Unsere Beziehung ist kompliziert und empfindlich. Wir sollten dieses erste Gespräch allein führen. Ich muß ihm klarmachen, daß ich mit meiner Flucht nie ihn habe treffen wollen. Verstehst du? Die Chance, daß wir wieder eine Familie werden, ist größer, wenn ich ihm das in aller Ruhe erklären kann.«

Stefanie sah ihre Mutter nicht an. »Okay. Du willst dich bei ihm herausreden. Das ist natürlich allein einfacher. Also fahr zu ihm. Aber wenn du wieder da bist, besuche ich ihn. Und zwar auch allein!«

»Darüber sprechen wir dann«, sagte Julia ruhig.

Michael erklärte sich widerstrebend bereit, Weihnachten bei Felicia zu feiern, Stefanie beharrte darauf, allein in der Wohnung bleiben zu dürfen. Vermutlich würde über kurz oder lang Wolfgang bei ihr auftauchen.

Darüber kann ich jetzt nicht nachdenken, beschloß Julia.

Bei Hof überquerte sie die Grenze. Es war nicht leicht für sie, in das Land zu fahren, das sie sechs Jahre zuvor in einer abenteuerlichen Flucht verlassen hatte. In das Land, in dem sie zwei Jahre lang in einem Gefängnis eingesperrt gewesen war. Zu ihrer eigenen Überraschung bekam sie plötzlich Herzrasen und schweißnasse Hände, mußte für ein paar Minuten am Straßenrand anhalten. Plötzlich kam ihr auch Karim in den Sinn, der Fluchthelfer, der damals von einem Schuß getroffen am Drahtzaun zusammengebrochen war. Bislang hatte sie jeden Gedanken an ihn immer sofort zu verdrängen gesucht. Nun fragte sie sich, ob er wohl noch lebte.

Die Straßen waren schlecht, sie kam langsam voran. Nach so vielen Jahren im Westen fiel ihr nun erst richtig auf, wie heruntergekommen, ärmlich und trostlos Städte und Dörfer hier aussahen. Rußgraue Häuser, seit Jahrzehnten ohne neuen Anstrich. Gartenzäune mit herausgebrochenen Latten, notdürftig mit Draht und Pappe repariert. Dächer, die aussahen, als könnten sie keinem Regenguß mehr standhalten. Alles grau in grau. Ihr fiel ein, welches Ausmaß an Wohlstand man in den Bonzenvillen von Wandlitz vorgefunden hatte. Wie die Fürsten hatten die Männer aus der SED residiert, während das Volk die fortdauernde Pleite des real existierenden Sozialismus hatte auskosten dürfen. Obwohl sie dem nun schon seit Jahren entkommen war, verspürte Julia Wut und Entrüstung. Sie hatte zu lange zu den Betrogenen und Verratenen gehört.

In diesem Moment zeigte ihr ein Schild, daß sie nicht weit von Dessau entlangfuhr, der Stadt, in der sie im Gefängnis gesessen hatte. Ihre Hände wurden wieder feucht, aber diesmal hielt sie nicht an. Sie mußte vergessen. Sie mußte diese Gespenster ein für allemal verscheuchen.

Kurz vor Potsdam bog sie in östliche Richtung ab, umfuhr Berlin und nahm die Autobahn Richtung Stettin. Die frühe winterliche Dunkelheit brach herein, und als Julia wieder über

Landstraßen fuhr, sah sie in den Häusern der Dörfer die Lichter angehen. Sie fuhr durch endlose Alleen, das einzige, was sie hier früher immer reizvoll gefunden hatte. Im Sommer ließen die grünen Dächer kaum den Himmel sehen, malten die Sonnenstrahlen bizarre, flimmernde, tanzende Muster auf die Straße. Jetzt standen die Bäume wie schwarze Gerippe vor dem bleiernen Himmel. Dahinter dehnten sich die kahlen Felder, umfangen von einer feierlichen Stille. Kein Windhauch bewegte einen Zweig oder Grashalm. Die Nacht würde frostig und klar sein.

Endlich tauchte das Ortsschild von Bernowitz auf. Jetzt war es schon vollkommen dunkel. Julias Herz schlug wie rasend. Wie hatte sie dieses Dorf gehaßt! Sie hatte es gehaßt – und spürte nun absurderweise ein Gefühl von Heimkommen. Sie hatte nie daran gezweifelt, daß es richtig gewesen war, die DDR zu verlassen, hatte es auch nie bereut, aber in diesem Moment ging ihr auf, daß sie in München nicht heimisch geworden war. Sie hatte zu sehr an Richard gehangen, als daß sie »zu Hause« mit etwas anderem als mit ihm in Verbindung bringen konnte. Eine einfache Wahrheit, die ihr bis zu diesem Moment nicht aufgegangen war.

Sie hielt vor dem Häuschen, zwischen dessen Wänden sie einmal geglaubt hatte, den Verstand zu verlieren. Es lag in völliger Dunkelheit, aber das mußte nichts bedeuten. Das Fenster der Wohnküche zeigte nach hinten zum Garten; da sie der einzige beheizbare Raum war, hielt sich Richard sicherlich dort auf.

Sie stieg aus, so nervös inzwischen, daß ihr Mund völlig ausgetrocknet war. Sie würde keinen Ton herausbringen.

In Jeans, einem grauen Rollkragenpullover, schwarzen Winterstiefeln stand sie da, ohne Schmuck. Sie trug nur ihren Ehering und die Armbanduhr, die Richard ihr als junger Assistenzarzt von seinem ersten Gehalt geschenkt hatte.

Es gab keine Klingel, also klopfte sie an die Tür. Im Nachbarhaus ging hinter dem Fenster, das zu ihr hinübersah, das Licht aus. Aha, da wollte jemand besser in die Dunkelheit hinausschauen können. Wahrscheinlich hatten sie alle schon mitbekommen, daß ein Auto vorgefahren war. Motorengeräusche erregten immer besondere Aufmerksamkeit. Insoweit hatte sich nichts geändert, die hingen alle immer noch mit einem Ohr auf der Straße. Es konnte ihr egal sein. Alles war egal, wenn ihr nur Richard jetzt die Tür aufmachte.

Die Tür wurde geöffnet, und Richard stand vor ihr.

Es vergingen Sekunden, in denen sie beide kein Wort sagten. Sie starrten einander nur an. Schließlich war es Richard, der das Schweigen unterbrach. »Möchtest du nicht hereinkommen?«

Es klang höflich. So hätte er jeden Besucher hereingebeten, selbst einen unerwünschten.

Sie sagte: »Ja, gern.« Und trat ein.

Richard und Julia. Julia und Richard. Ihre Kommilitonen hatten damals schon gespottet über sie. Es war in den sechziger Jahren an den Universitäten, auch in Ostdeutschland, einfach nicht üblich, ein solches Ausmaß romantischer Verliebtheit zu zeigen. Unvermeidlich, daß jemand darauf kam, sie »Romeo und Julia« zu nennen, und das wurde von den meisten anderen übernommen. Man konnte ziemlich sicher sein, nie einen ohne den anderen zu sehen. Wenn es irgend ging, besuchte Julia sogar seine medizinischen Vorlesungen, und er besuchte ihre in Germanistik. Mußten sie beide gleichzeitig an verschiedenen Orten sein, fieberten sie dem Augenblick entgegen, der sie wieder vereinen würde. Einer stand immer vor dem Hörsaal des anderen und wartete. Man erlebte sie ständig Hand in Hand. Julias Zimmerwirtin erlaubte keinen Herrenbesuch, Richards Zimmerwirtin erlaubte keinen Damenbesuch, und doch schafften sie es, ihre Nächte gemeinsam zu verbringen. Selbst bei den Paraden zum ersten Mai wirkten sie entrückt, versunken ineinander, zufällig anwesend, aber nicht wirklich da. Sogar wenn sie die roten Fahnen der Sozialisten schwangen, schienen sie ein Liebespaar aus einem vergangenen Jahrhundert zu sein.

Jedem war klar gewesen, daß sie heiraten würden, niemand überraschte es, als es dann geschah. Die Entwicklung, wie sie später ihren Lauf nahm, hätte sicher niemand für möglich gehalten: daß Julia abhauen, in den Westen flüchten und ihn zurücklassen würde. Die meisten hätten ihre Gründe verstanden. Aber keiner hätte geglaubt, daß sie es wirklich tun könnte.

In der Wohnküche hatte sich nichts verändert in den letzten sechs Jahren, das stellte Julia auf den ersten Blick fest. Dieselben abgewetzten Möbel, der ausgefranste Teppich, die rotgeblümten Vorhänge, hübsch, aber irgendwie nicht hierher passend. Im Regal über dem Tisch standen Photos von ihr und den Kindern. Im Ofen knisterte ein Feuer. Der Raum war überwarm, auch das kannte Julia von früher: Erst fror man stundenlang, bis das eiserne Ungetüm in der Ecke endlich auf Touren kam, und dann heizte es so, daß man sich am liebsten alle Kleider vom Leib gerissen hätte. Sie wünschte, sie würde keinen Pullover tragen. Ihre Hände wurden schon wieder naß, und auch am Hals brach ihr der Schweiß aus.

»Möchtest du dich nicht setzen?« fragte Richard. »Kann ich dir etwas zu trinken anbieten?«

Wenn ihn ihr plötzliches Erscheinen irritierte, so zeigte er es nicht. Er hatte sich völlig unter Kontrolle. Er hatte sich überhaupt nicht verändert, war noch immer zu dünn für seine Größe, hatte noch immer diesen hungrigen Blick. Den hatte er schon als Student gehabt. Jeder, der ihn sah, wollte ihn sofort zum Essen einladen.

Julia setzte sich auf das Sofa, auf die äußerste Kante. »Ja«, sagte sie, »ich hätte gern etwas zu trinken.«

Er bot ihr einen teuren, französischen Cognac an, den er, wie er sagte, von einem Patienten geschenkt bekommen hatte. Als er einschenkte, zitterte seine Hand.

»Warum bist du nicht gekommen?« fragte Julia.

Mit einem Blick voller Konzentration schraubte er die Flasche zu. Schließlich setzte er sich, nahm sein Glas, führte es jedoch nicht zum Mund. »Hast du das im Ernst erwartet?« fragte er.

Natürlich hatte sie es erwartet, aber so, wie er jetzt fragte, kam es ihr schon selber absurd vor. »Ich weiß nicht ... irgendwie habe ich es wohl gehofft.«

»Das konnte ich nicht wissen. Du hättest auch längst mit einem anderen Mann zusammenleben können.«

»Um Gottes willen! Es gibt keinen anderen Mann. Es hat nie einen gegeben. Ich wäre nicht einmal auf die Idee gekommen.«

Er schwieg. Drängend fuhr Julia fort: »Das hast du doch nicht geglaubt, all die Jahre? Du hast doch nicht geglaubt, da wäre ein anderer Mann?«

»Es ist doch egal, was ich geglaubt habe«, sagte Richard.

Julia merkte, wie sie sich an ihrem Glas förmlich festklammerte. Sie versuchte, ihre Hände etwas zu lockern. »Richard, ich habe auf nichts anderes gehofft als auf den Tag, an dem wir uns wiedersehen.«

»Eine ziemlich blauäugige Hoffnung, wenn du wirklich geglaubt hast, sie könnte sich erfüllen. Die Entwicklung der Dinge war absolut nicht vorhersehbar. Du mußtest damit rechnen, daß wir einander nicht mehr treffen.«

»Aber nun ist doch alles anders. Was ich mir gewünscht habe, ist wahr geworden. Es gibt keine Mauer mehr. Du könntest jetzt zu uns in den Westen kommen.«

Er antwortete nicht, drehte stumm sein Glas in den Händen. Auf einmal begriff Julia, daß es nur eine Frage gab, die sie stellen mußte, und daß von ihrer Beantwortung alles andere abhing. »Richard«, sagte sie leise, »glaubst du, daß du mir verzeihen kannst?«

»Ich habe dir nichts zu verzeihen, Julia. Du bist ein freier Mensch. Du hattest und hast das Recht, zu tun, was du möchtest.«

»Es geht doch jetzt nicht um Recht. Es geht darum, ob . . . ob du glaubst, noch mit mir leben zu können?«

Statt einer Antwort stellte er eine Gegenfrage: »Wie geht es den Kindern?«

»Gut.« Julia erkannte, daß er ihr auswich, aber sie versuchte, ihm seine Frage in gleichmütigem Ton zu beantworten. »Sie sind sehr erwachsen geworden. Michael ist ein guter Schüler. Er interessiert sich sehr für Physik. Ich denke, er wird beruflich einmal etwas in dieser Richtung machen.«

»Und Steffi?«

Julia beschloß, nicht die ganze Wahrheit zu sagen, was Stefanie betraf. »Steffi hat einen Freund. Er gefällt mir nicht besonders, und deshalb gibt es ab und zu Streit zwischen uns. Er ist kein schlechter Mensch, aber ... nun ja, er hält sie vom Lernen ab und sieht etwas vergammelt aus.«

»Freundschaften dieser Art sind für Stefanies Alter wohl normal«, sagte Richard.

Julia nickte etwas zu heftig. »Ja. Es ist normal. Alles bei uns ist sehr normal.«

»Das freut mich für dich.«

Sein höflicher Ton tat ihr weh. Sie versuchte es noch einmal.

»Richard ... sag mir, ob du mich noch liebst. Sag mir, ob du mich haßt. Aber behandle mich nicht wie eine Fremde.«

Er sah sie fast erstaunt an. »Dich hassen? Wie käme ich dazu, dich zu hassen? Nein, ich hasse dich nicht. Wirklich nicht.«

Sie wartete, daß er noch etwas hinzufügte, aber er blieb stumm. Voller Angst fragte sie: »Und Liebe? Empfindest du noch Liebe für mich?«

Sein Blick schien irgend etwas an der Wand hinter ihr zu suchen, während er antwortete: »Es war zu schlimm, Julia. Es war einfach zu schlimm.«

Was, um Himmels willen, meinte er damit? Was meinte er mit »zu schlimm«? Zu schlimm, um es wiedergutzumachen?

»Ich will nichts beschönigen, Richard. Aber ...«

»Du kannst nicht im Ernst geglaubt haben, wir könnten einfach da weitermachen, wo wir vor fast sechs Jahren aufgehört haben!« Das war keine Frage, sondern eine Feststellung.

»Ich habe geglaubt«, sagte Julia, »wir könnten von vorne anfangen.«

Er schüttelte langsam den Kopf. »Man kann nicht auslöschen, was gewesen ist. Man kann nicht unbefangen von vorne anfangen. Die Erinnerungen sind da. Du kannst gegen sie ankämpfen, soviel du willst, sie werden dich immer wieder einholen.«

»Ich glaube es nicht. Man kann alles wiedergutmachen. Alles.«

Als er darauf nichts erwiderte, fügte sie hinzu: »Du weißt, ich wollte damals nicht ohne dich gehen. Ich habe alles versucht, dich zum Mitkommen zu bewegen. Ich habe monatelang über nichts anderes gesprochen. Irgendwann habe ich einfach keinen Ausweg mehr gesehen.«

»Du sollst dich nicht ständig rechtfertigen. Du hast getan, was du glaubtest tun zu müssen. Das war dein gutes Recht.«

»Lieber Gott, hör doch auf mit dem Gerede!« Julia stellte ihr Glas ab, so heftig, daß alles, was darin war, hochschwappte. Sie stand auf, und in der verdammten Hitze dieses Raumes brach ihr bei dieser Bewegung schon wieder der Schweiß aus. »Du redest wie ein Priester oder ein Moralapostel! Es war mein gutes Recht! Ich brauche mich nicht zu verteidigen! Ja, zum Teufel, was soll ich denn sonst tun, damit du mir vielleicht die Hand hinstreckst? Wir sind immer noch verheiratet, Richard. Wir sind eine Familie. Daran hat sich nichts geändert. An meinen Gefühlen für dich hat sich nichts geändert.«

Richard stand ebenfalls auf. Er war jetzt vollkommen ruhig. Seine Hände zitterten nicht mehr. »Vielleicht hat sich an meinen Gefühlen etwas geändert, Julia. Das könnte doch immerhin sein, oder?«

Sie schaute ihn völlig perplex an. »Was?«

»Wie denkst du denn, hätte ich die Jahre überstehen sollen? Indem ich fortfahre, mit jeder Faser meines Herzens an dir zu hängen? Indem ich mich Tag für Tag nach dir verzehre? Indem ich an dich denke, von dir träume? Kannst du dir mein Entsetzen und meine Angst damals vorstellen? Ahnst du überhaupt, was ich tagelang ausgestanden habe?« Seine Stimme klang noch immer ruhig. So ruhig, wie sie immer gewesen war, seitdem man ihn aus dem Gefängnis entlassen hatte, ruhig auf eine ungesunde, müde Weise. »Ich mußte mir vorstellen, daß ihr verhaftet werdet. Oder von Grenzsoldaten erschossen. Oder daß ihr in den Minenfeldern ums Leben kommt.« Er sah sie nicht an. »Irgendwann schien es ziemlich klar, daß ihr es wohl geschafft habt. Die Stasi verhörte mich, immer wieder, ein halbes Jahr lang. Meine Ahnungslosigkeit überzeugte sie schließlich. Sie ließen mich in Ruhe. Und dann kam die Einsamkeit. Ich wußte vorher nicht, daß man so einsam sein kann. Und ich konnte kein Ende davon sehen.«

»Ich habe dir so viele Briefe geschrieben.«

Er gab einen unwilligen Laut von sich. »Aber Julia, Briefe und Anrufe! Das ist kein Ersatz für das Zusammenleben.«

»Ich wollte so gern, daß du mich verstehst.«

»Okay. Und ich verstehe dich eben nicht. Was soll's. Wir brauchen jetzt nicht mehr darüber zu reden.«

Er stand da, in seiner schäbigen Kleidung, in dem schäbigen Zimmer, umgeben von Gluthitze und abgewetzten Möbeln, und auf einmal konnte Julia die Einsamkeit spüren, durch die er gegangen war. Das Zimmer, das Haus atmete sein Leiden und drängte es ihr auf. Sie konnte sich nicht davor verschließen. Und als sei sie vorher blind gewesen, erkannte sie nun, wie sehr sich sein Gesicht verändert hatte. Da war eine Traurigkeit, die sie nicht gleich bemerkt hatte. Alles, was sie noch hatte sagen wollen, erstarb auf ihren Lippen. Mit hängenden Armen und stumm stand sie vor ihm.

»Hast du Hunger?« fragte Richard nach einer Weile. Obwohl Julia seit dem Frühstück nichts gegessen hatte, wäre es ihr unmöglich gewesen, einen Bissen hinunterzubringen. So schüttelte sie den Kopf. »Nein.«

»Fährst du morgen früh zu den Kindern zurück?«

»Ich dachte ... ich wollte Weihnachten mit dir verbringen?«

»Ich glaube nicht, daß das gut wäre.«

»Richard«, sie redete, obwohl sie schon wußte, daß es zwecklos war, »gib uns noch eine Chance. Komm nach München. Du kannst ja auch zunächst in einer eigenen Wohnung wohnen. Wir können uns doch Zeit lassen. Wir sollten nichts überstürzen. Es war dumm von mir, hier einfach reinzuschneien. Natürlich mußt du dich erst langsam mit dem Gedanken anfreunden, wieder mein Leben zu teilen. Schau, du findest in München sofort eine Stelle an einem Krankenhaus. Du bist so ein hervorragender Arzt ...«

»Denkst du, ich gehe jetzt hier weg, wo alle gehen? Wer soll sich denn um die Menschen in der DDR noch kümmern, wenn alle in den Westen abhauen?«

Es war ihr ganz egal, was aus den Menschen hier würde, aber um ihn wiederzugewinnen, hätte sie die Welt aus den Angeln gehoben. »Dann . . . dann gehen wir eben alle zusammen nach Berlin. Ost-Berlin. Wo wir früher gewohnt haben. Jetzt wird hier ja alles anders. Bestimmt kann ich dort auch unterrichten . . .«

»Nein, Julia, wirklich . . .«

Sie war bereit, alles über Bord zu werfen. »In Gottes Namen komme ich hierher zurück. Ich werde hier einziehen, in dieses Haus!« Sie sah sich um, die Scheußlichkeit des Zimmers trieb ihr fast die Tränen in die Augen. »Wenn du es gar nicht anders machst, Richard, komme ich zurück.«

»Ich will das nicht. Es hätte auch keinen Sinn.«

»Du denkst, ich laufe wieder weg, ja? Ich schwöre dir, es passiert nicht mehr. Bitte, Richard! Wie kann ich es dir beweisen, wenn du . . .«

Sein Gesichtsausdruck veränderte sich. Noch bevor er sprach, wußte Julia, daß es ihm trotz allem immer noch selber weh tat, wenn er ihr weh tun mußte. »Es hat keinen Sinn mehr«, sagte er, »begreif das doch. Es ist vorbei.«

Begreif das doch! War ihm nicht klar, daß er etwas Unbegreifliches sagte? An diesem Abend hatte sie in seinen Armen liegen wollen. Nun stand sie einem Fremden gegenüber. Richard war durch die Hölle gegangen und als ein anderer herausgekommen. Vielleicht blieb er allein. Wie auch immer, in allem, was er sich vorstellen oder planen mochte, spielte sie keine Rolle mehr. Und das sollte sie begreifen.

Zorn stieg in ihr auf, Zorn auf ihn, auf sich, auf diese ganze gräßliche Situation. »Man kann das Selbstmitleid auch übertreiben, Richard«, sagte sie, »glaubst du, für mich war das alles so einfach? In gewisser Weise warst du es, der aus der Beziehung ausgebrochen ist, denn du hast dich verändert. Du wurdest zu einem Mann, der mich in jeder Hinsicht allein gelassen hat. Meine Empfindungen und Gefühle haben dich nicht mehr gekümmert. Du hast das Recht für dich in Anspruch genommen, als zerstörter Mann aus dem Gefängnis zurückzukommen und von da an in absoluter Teilnahmslosigkeit zu verharren. Herrgott, damals hätte ich dich immerzu schütteln können!«

Er lächelte, aber es war kein freundliches Lächeln. »Aha. Wir drehen also den Spieß um!«

»Ich sehe nicht ein, daß ich die Rolle der Sünderin zugewiesen bekomme.« Sie verbesserte sich: »Der alleinigen Sünderin.«

Er war nicht bereit, zu diskutieren. Zu oft war er diese Dinge in den vergangenen Jahren durchgegangen. Er mochte nicht mehr. »Gut. Wir sind beide schuld. Aber auch das ändert nichts mehr. Wir müssen damit nun irgendwie zurechtkommen.«

Da war wieder die Ergebenheit, die Julia in den Jahren vor ihrer Flucht zu hassen und zu fürchten gelernt hatte. Auf einmal schien es ihr unerträglich, noch länger hier zu stehen und seiner Gleichgültigkeit zuzusehen, zudem machte sie die Hitze fertig. Sie würde umfallen,wenn sie nicht sofort an die frische Luft käme.

»Entschuldige, daß ich dich gestört habe«, sagte sie, schnappte ihre Handtasche und lief aus dem Zimmer. Sie riß die Haustür auf und atmete tief die kalte, klare Luft. Mit zitternden Händen kramte sie ihren Autoschlüssel aus der Handtasche. Als sie schon fast das Gartentor erreicht hatte, spürte sie eine Hand auf ihrem Arm. Richard war ihr nachgekommen. »Wo willst du denn hin?« fragte er.

»Ich weiß nicht. Es braucht dich auch nicht zu interessieren. Ich will einfach weg.«

»Du kannst nicht heute nacht nach München zurückfahren. Und hier im Dorf gibt es noch immer keinen Gasthof.«

»Ich weiß. Hier gibt es überhaupt nichts. Nichts, außer trostloser, gottverlassener Einsamkeit. Niemand weiß das besser als ich.« Sie versuchte sich loszumachen, aber Richard hielt sie fest. »Ich lass' dich nicht so davonlaufen, Julia. Du bist übermüdet. Du sollst jetzt nicht Auto fahren.«

»Verdammt, spiel dich nicht als fürsorglich auf! Du bist fertig mit mir, also scher dich nicht darum, was aus mir wird!«

»Wir sollten das nicht auf der Straße diskutieren«, sagte Richard unbehaglich.

Julia lachte. »Ja, weil diese Schwachsinnigen hier ringsum auf der Lauer liegen, um sich ja kein Wort entgehen zu lassen! Soll ich dir sagen, wie egal mir das ist? Sollen sie es doch hören! Von mir aus können sie es wissen. Sie können alles wissen!« Ihre Stimme war sehr laut geworden. Das atemlose Lauschen der Menschen in den umliegenden Häusern war beinahe spürbar. Richard entfaltete etwas von seiner früheren Energie und zerrte Julia ziemlich grob ins Haus zurück. Er schlug die Tür zu. »Nimm dich doch etwas zusammen!« herrschte er sie an. »Müssen denn alle ganz genau wissen, was zwischen uns vorgeht?«

»Und was sollen sie jetzt denken? Glaubst du, es macht sich gut, wenn du mich ins Haus schleifst?«

Er ließ sie los. »Wir sollten uns um die anderen nicht kümmern, du hast recht«, sagte er. Seine Stimme klang erschöpft.

Sie sahen einander an, hilflos, müde, über einen Berg von Scherben und Trümmern hinweg.

»Bleib heute nacht hier«, sagte Richard, »du kannst das Schlafzimmer haben. Ich schlafe hier auf dem Sofa.«

»Nein, auf keinen Fall. Ich schlafe auf dem Sofa. Es ist . . . es ist viel zu klein für dich.« Noch während sie das sagte, brach sie in Tränen aus. Sie erschien Richard wie ein blasses, verzweifeltes, kleines Kind, aber er brachte es nicht fertig, sie tröstend in den Arm zu nehmen. Sein eigener Schmerz lag zwischen ihnen, eine unüberwindliche Mauer. Stumm sah er ihren Tränen zu.

## 7

Die Aprilnacht war dunkel und klar. Obwohl der Tag viel Sonne gebracht hatte, war es nun kühl geworden. Die Bäume, voll jungem, zartgrünem Laub, standen wieder wie dunkle Schatten vor dem nächtlichen Himmel. Das Vogelgezwitscher war verstummt.

Laura verließ die Wohnung um halb zwölf. Sie hatte sich so leise sie konnte aus dem Schlafzimmer geschlichen, ängstlich den Atem angehalten. Aber Chris hatte nur leise gebrummt und sich auf die andere Seite gedreht. Er war nicht aufgewacht.

Im Wohnzimmer hatte sie ihre Kleider auf einen Sessel gelegt, so daß sie sich nun dort statt im Schlafzimmer anziehen konnte. Jeans, Turnschuhe, ein dunkelgrauer Pullover. Max hüpfte um sie herum, begeistert, weil er glaubte, sie gehe mit ihm spazieren. Laura beruhigte ihn mit Flüsterstimme. »Nein, du mußt hierbleiben. Sei ein lieber Hund. Geh schlafen!« Enttäuscht sprang er aufs Sofa, streckte sich aus und sah Laura aus tieftraurigen Augen an. Sie streichelte ihn kurz und huschte hinaus.

Natürlich hätte sie Chris gern in ihre Pläne eingeweiht, aber sie befürchtete, daß er versucht hätte, sie zurückzuhalten. Er unterstützte zwar ihren Einsatz für Tiere und Umwelt, versuchte aber immer wieder, sie von Aktionen außerhalb der Legalität abzuhalten. Inzwischen vermieden sie Diskussionen über dieses Thema, da das jedesmal zum Streit führte und keiner von ihnen von seinem Standpunkt abrücken konnte.

Laura hatte sich mit Rolf an der Hauptwache verabredet, zusammen wollten sie dann hinaus zu den Gebäuden von Virochem fahren. In dieser Nacht würden sie versuchen, das entscheidende Beweismaterial zu sichern. Bert, der Tierpfleger, würde sie einlassen – wenn er nicht wieder die Nerven verlor. Zweimal schon hatte er im letzten Moment alles abgeblasen. Bei der Tierbefreiung damals war er nicht aufgeflogen, obwohl er wie alle Angestellten von Virochem mehrfach befragt worden war. Aber der Schreck saß ihm noch tief in den Gliedern. »Ich habe Frau und Kinder. Wenn ich meinen Job verliere . . .«

Aber Rolf hatte ihn sanft und beharrlich überredet, ihnen noch einmal zu helfen.

Als Laura die Hauptwache erreichte, war der Freund schon da. Tagsüber war es praktisch unmöglich, hier auch nur zu halten, aber um diese Stunde kamen kaum mehr Autos vorbei. Rolf hatte einfach am Straßenrand geparkt. Er blendete sein Licht auf, als er Laura sah, und sie rannte rasch zu ihm hin und stieg ein.

»Du bist spät«, begrüßte er sie vorwurfsvoll.

»Tut mir leid, es hat so lange gedauert, bis ich aus der Wohnung heraus war, weil ich so leise sein mußte.«

Sie fuhren los. Rolf war ein wenig verärgert, weil sein Zeitplan nun durcheinandergeriet. Er war ein Perfektionist, der immer sagte, eine einzige verschobene Minute könne alles zum Platzen bringen. Rolf, ehemals Lehrer für Mathematik und Physik, war außer seiner Arbeit bei den autonomen Tierschützern auch Mitglied bei Greenpeace und bei den Grünen. Er hatte sich im Nordmeer Walfängern im Schlauchboot entgegengestellt und sich vor Versuchslabors anketten lassen, er hatte bei den Blockaden vor amerikanischen Kasernen mitgewirkt und war gegen die Startbahn West zu Felde gezogen. Diese Dinge füllten ihn so aus, daß es unmöglich war, daneben noch seinem Lehrerberuf nachzugehen. So jobbte er nun als Taxifahrer. Ab und zu trug er auch Pizzas aus oder arbeitete an der Rezeption der Frankfurter Jugendherberge.

»Ich habe heute nachmittag noch einmal mit Bert telefoniert«, sagte er, »ich denke, diesmal klappt es. Er wirkte nicht ganz so nervös wie sonst.«

Sie holten den Tierpfleger vor seiner Wohnung an der Eschersheimer Landstraße ab. Er stand schon unten, blaß und nervös. Rolf hatte zunächst überlegt, ob es besser sei, sich von ihm den Schlüssel geben zu lassen und allein bei Virochem einzudringen, aber er verwarf die Idee dann wieder, weil der Gebäudekomplex zu weitläufig war; allein hätten sie mindestens kostbare 45 Minuten gebraucht, um sich zurechtzufinden.

Bert stieg ein. Er war knapp vierzig, aber schon jetzt völlig grauhaarig, mager und mit nach vorne gezogenen Schultern. Seit Jahren hatte er einen Gelegenheitsjob nach dem anderen angenommen, bis er eine feste Stelle als Tierpfleger im Versuchslabor von Virochem fand. Er verdiente nicht besonders gut, aber besser als früher; zum erstenmal konnte er seiner Frau und seinen Kindern ein einigermaßen gesichertes Leben bieten. Das bewog Bert, in dem Job durchzuhalten, obwohl ihn das Leid der ihm anvertrauten Tiere fast krank machte. Er war nicht abgebrüht genug, um nicht emotionale Bindungen an seine Schützlinge einzugehen, und wenn sie wimmernd und blutend, mit zerschnittenen Leibern, verätzter Haut oder gebrochenen Knochen aus den Versuchen wie aus einem Folterkeller in seine Obhut zurückkehrten, wurde er fast verrückt vor Kummer und Entsetzen. Nachts plagten ihn Alpträume und tagsüber Schuldgefühle. In seiner Verzweiflung besuchte er eines Tages eine Veranstaltung der Tierversuchsgegner, geriet dabei an Rolf und vertraute sich ihm an. Rolf erkannte natürlich sofort die Chance, die sich ihnen bot. Von da an nahm er bei Bert praktisch die Stelle eines Beichtvaters ein – und brachte ihn ganz allmählich dahin, mit ihnen zu kooperieren, bis hin zu jener spektakulären Tierbefreiung, in deren Anschluß Laura Chris' anwaltliche Hilfe gesucht hatte.

»Was haben Sie Ihrer Frau gesagt, Bert?« fragte Rolf. Bert saß auf dem Rücksitz und kaute Fingernägel.

»Die Wahrheit«, antwortete er, »alles andere hätte sie mißtrauisch gemacht.«

Rolf warf einen besorgten Blick in den Rückspiegel. »Wird sie dichthalten?«

»Ja. Hundertprozentig. Sie hat eine Heidenangst, ich könnte meine Arbeit verlieren. Wo wir doch gerade hin- und herrechnen, ob wir uns nicht doch eine größere Wohnung leisten können.«

»Aber sie hat nicht versucht, es Ihnen auszureden?«

»Doch. Aber ich bin hart geblieben. Jetzt weint sie. Aber ich wollte Sie nicht schon wieder enttäuschen.«

Je näher sie dem Firmengebiet kamen, desto nervöser wurde Bert. Kurz bevor sie das große Tor erreichten, bat er Rolf, anzuhalten. »Wir sollten das Auto hier stehen lassen. Wenn wir näher heranfahren, hört uns vielleicht der Nachtwächter.«

Sie stiegen aus und näherten sich dem hermetisch abgeriegelten Gebiet zu Fuß. Beim letztenmal hatte Bert einen Schlüssel für das große Einfahrtstor besorgt, denn sie hatten mit einem Lieferwagen hineinfahren müssen, um die Tiere einzuladen. Diesmal führte er sie zu einem kleinen Seiteneingang, der neben dem Parkplatz für die Angestellten lag. Er wurde morgens vom Hausmeister geöffnet und abends verschlossen, aber Bert hatte auch hierfür einen Schlüssel mitnehmen können. »Beim Hausmeister hängen die Dinger offen herum«, hatte er gesagt, »kein Problem, da ranzukommen.«

Das Tor öffnete sich mit einem leisen Quietschen, aber nichts sonst rührte sich. Ein paar Bogenlampen tauchten den Hof in ein bläuliches Licht. Bert übernahm die Führung. Rolf hatte ihm gesagt, daß sie in die Vorstandsetage wollten, weil dort sicher die wichtigsten Unterlagen aufbewahrt wurden. Die feinen Räume befanden sich in einem vierstöckigen, modernen Gebäude, das abseits von Labors und Garagen lag; Bert hatte auch hier den Schlüssel für einen Nebeneingang besorgt.

Die Vorstandsetage lag im vierten Stock. Sie wagten nicht, den Aufzug zu benutzen, aus Angst, das könnte dem Nachtwächter auffallen, und stiegen statt dessen die Treppe hinauf. Glücklicherweise brauchten sie die Taschenlampen nicht einzuschalten, denn das Treppenhaus hatte hohe Fenster, durch die der Schein der Lichter im Hof fiel. Wann immer sie ein solches Fenster passierten, duckten sie sich, damit niemand von draußen ihre Schatten vorbeihuschen sähe. Oben öffnete sich lautlos eine Glaswand zum Flur, von dem rechts und links die Türen wegführten. Ein honigfarbener Teppichboden dämpfte die Schritte zur Lautlosigkeit. Rolf knipste seine Taschenlampe an, denn hier herrschte nun völlige Dunkelheit. Ihr Schein tanzte an den Wänden entlang, die mit gerahmten Porträts ehemaliger verdienstvoller Vorstandsmitglieder geschmückt waren. Würdige Herren mit grauen Schläfen, in dunklen Anzügen und mit dezenten Krawatten.

»Gelackt und geldgierig«, murmelte Rolf, »eine feine Schale, und darunter Profitgier und Skrupellosigkeit. Laura«, er wandte sich an das Mädchen, »du nimmst die Räume auf der linken, ich die auf der rechten Seite. Du weißt, was wir suchen. Vor allem verschlossene Schränke müssen uns interessieren. Wenn du einen absolut nicht aufbekommst, rufst du mich. Okay?«

»Okay«, sagte Laura. Ihre Finger schlossen sich fest um den eisernen Haken, der zur Grundausrüstung der Mitglieder ihrer Gruppe gehörte. Rolf hatte ihnen beigebracht, wie man Schlösser aufbricht. Flüchtig dachte sie an Chris. Er hätte das keinesfalls gebilligt.

»Bert«, fuhr Rolf nun fort, »du bleibst hier vor den Aufzügen stehen. Sollte der Nachtwächter sie benutzen, merkst du es ja rechtzeitig an der Anzeige und kannst uns warnen. Aber behalt auch den Treppenaufgang im Auge. Möglicherweise siehst du einen Lichtschein oder hörst Schritte.«

»Alles klar«, sagte Bert. Seine Stimme war rauh. Er hatte noch mehr Angst als zuvor. Trotzdem blieb er stehen, als sich die beiden anderen nun anschickten, die Räume zu durchsuchen. Er dachte an seine qualvoll leidenden Tiere im Labor. Ihnen war er es schuldig, sich zusammenzureißen.

Chris wachte um kurz nach ein Uhr auf. Am Abend hatten sie indisch gegessen, und Laura war großzügig mit dem Curry umgegangen. Nun verspürte er heftigen Durst. Er knipste das Licht an und sah das leere Bett neben sich. Im ersten Moment dachte er, Laura sei im Bad oder hole sich ebenfalls gerade etwas zu trinken. Aber als er in den Flur trat und leise ihren Namen rief, blieb alles still und dunkel. Nur Max sprang von seinem Sofa und kam aufgeregt angesprungen. Chris nahm ihn in den Arm. »Wo ist Laura? Weißt du, wo Laura ist?«

Max winselte. Chris merkte, wie ihn ein dumpfes Gefühl der Angst beschlich.

Mit Sicherheit war sie wieder wegen Virochem unterwegs und tat das Übliche, stand irgendwo herum, lauerte auf Lastwagen und versuchte unnütze Photos zu machen. Zumindest ging sie damit kein allzu großes Risiko ein. Er beschloß sich nicht aufzuregen, sondern ins Bett zu gehen und weiterzuschlafen.

Er trank ein Glas Wasser und legte sich wieder hin. Nach einer Viertelstunde war er immer noch hellwach, knipste das Licht an und griff nach einem Buch. Es gelang ihm nicht, sich auch nur auf einen einzigen Satz zu konzentrieren. Schließlich gab er auf. Er hatte einfach kein gutes Gefühl. Für gewöhnlich glaubte er nicht an solche Gefühle, tat sie als reine Einbildung ab, die auf überreizte Nerven zurückzuführen war. Aber diesmal schienen ihm tausend Stimmen zuzuflüstern, daß Laura in Gefahr schwebt. Er nannte sich einen heillosen Spinner, aber er zog sich an und nahm seinen Autoschlüssel. Er würde hinausfahren zu Virochem und sehen, ob alles in Ordnung war. Anschließend, so nahm er sich vor, würde er mit Laura sehr ernsthaft darüber sprechen, ob es Sinn hatte, diese Beziehung fortzusetzen. Zwar war er nach Jahren endlich wieder glücklich geworden, aber die Liebe hatte ihn auch verletzbar gemacht. Ihr Anspruch auf totale Freiheit machte ihn fertig, er schaffte es nicht, sich damit zu arrangieren.

Er verließ die Wohnung. Max blieb ein zweites Mal frustriert zurück.

Laura fragte sich, wie sie so naiv hatten sein können zu glauben, es wäre ihnen möglich, hier Akten durchzusehen und im Handumdrehen auf belastendes Material zu stoßen.

Rolf spinnt, dachte sie, wenn die mit chemischen Waffen handeln, dann haben sie vermutlich gar keine Aufzeichnungen darüber, sie sind ja nicht blöd. Und wenn doch, dann liegen sie hinter Schloß und Riegel in irgendeinem Safe, an den wir nie herankommen.

Ziemlich resigniert betrat sie das nächste Zimmer. Hier saß vermutlich einer der Bosse, denn selbst im schwachen Licht der Taschenlampe konnte sie die teure Einrichtung erkennen. Ein gewaltiger Schreibtisch aus hellem schimmernden Holz, passende Regale, die bis unter die Decke reichten. In der Ecke eine Bar hinter Glas, gut bestückt, und alles vom Feinsten. Eine Sitzecke, dunkelbraunes Leder und ein Glastisch. Exklusive Lampen, und an den Wänden moderne Kunst, kostspielig gerahmt. Vermutlich alles von einem guten Innenarchitekten zusammengestellt.

Das Zimmer konnte sie sich wahrscheinlich schenken, auf den ersten Blick gab es hier nichts von Interesse. Trotzdem öffnete sie die Schranktür, die Teile der Regale verschlossen. In einem fand sie Gläser, in einem anderen eine Auswahl von Zigarren und Zigaretten, in einem dritten einen Rasierapparat, Manschettenknöpfe und zwei Krawatten. Unter den Krawatten entdeckte sie ein Pornomagazin und ein braunes Tütchen. Als sie es neugierig öffnete, kam ein BH aus schwarzer Spitze zum Vorschein. Unwahrscheinlich, daß er der Gattin des hohen Herrn gehörte; entweder hatte er eine Geliebte, deren Dessous er sehnsuchtsvoll mit sich herumschleppte, oder er brauchte solche Dinge einfach, um sich hin und wieder zu stimulieren. Lauras Verachtung für den Unbekannten stieg ins Grenzenlose. Sie schob den BH in die Tüte zurück und versuchte, ihren Fund wieder genauso unter den Krawatten zu verstauen, wie er zuvor dort gelegen hatte. Dabei entdeckte sie, daß dieses Fach keine Rückwand hatte, sondern offen zur Zimmerwand hin war. Eine eiserne Tür verschloß einen Safe.

Lauras Herz schlug schneller. Hier endlich hatte sie womöglich eine heiße Spur entdeckt, ein geheimes Fach, in dem sich sowohl weitere Wäschestücke und einschlägige Magazine befinden konnten als auch genau die Beweisstücke, nach denen sie fahndeten. Laura überlegte einen Moment, ob sie gleich Rolf holen sollte, beschloß dann aber, selber zu versuchen, das Schloß zu öffnen. Glücklicherweise handelte es sich nicht um eine Sicherung mit einer geheimen Zahlenkombination. Sie setzte ihr Eisen an. Im selben Moment erklang das durchdringende Schrillen der Alarmanlage.

Laura sprang sofort zurück, aber der Alarm war nicht mehr zu stoppen. Nie zuvor hatte sie ein so gellendes Geräusch gehört, es ging ihr durch Mark und Bein und bereitete ihr beinahe körperliche Schmerzen. Zugleich wurde es taghell im Zimmer, das ganze Gelände war plötzlich in gleißendes Flutlicht getaucht. Laura schrie auf. »Rolf! Rolf, komm schnell!«

Bei dem Lärm konnte Rolf sie zwar nicht hören, aber er war natürlich sofort losgestürzt, sie zu suchen, und kam nun ins Zimmer.

»Was ist passiert?« rief er.

»Ich habe etwas gefunden!« Laura mußte schreien, um den Lärm zu übertönen. »Einen Safe in der Wand!«

Rolf starrte in das geöffnete Fach. Laura packte ihn am Arm. »Wir müssen weg! Komm doch! Die verhaften uns gleich!«

Rolf machte sich von ihr los. »Es ist sowieso zu spät. Wir müssen sehen, daß wir an das Ding herankommen. Dann schnappen die uns zwar, aber wir haben Beweise gegen sie.«

In wilder Hast bemühte er sich, das Schloß aufzubrechen. Bert kam ins Zimmer. Er sah bleich aus wie der Tod. »Schnell! Wir müssen weg!« Er starrte entgeistert auf den am Boden kauernden Rolf, der keine Anstalten zur Flucht machte. »Rolf!«

Rolf machte weiter, als sei nichts geschehen. Laura stand wie paralysiert zwischen den beiden Männern. Schließlich kehrte das Leben in sie zurück, sie stieß Bert zur Tür. »Laufen Sie weg! Beeilen Sie sich! Wir kommen nach!«

Bert schien nicht zu wissen, was schlimmer wäre: sich allein bis zum Tor durchzuschlagen und dann in den nächtlichen Feldern zu verschwinden, oder hier bei den anderen zu bleiben und auf seine Verhaftung zu warten. Er entschied sich für das Davonlaufen. Gerade als er sich umdrehte, kam der Nachtwächter hereingestürzt, die Pistole im Anschlag, und prallte auf ihn. Beide Männer stürzten zu Boden. Es entspann sich ein Gerangel, bei dem Bert für seine Schmächtigkeit erstaunliche Kräfte entwickelte. Er wollte weg, um jeden Preis weg, und zwar möglichst bevor der Nachtwächter sein Gesicht sah und später in der Lage wäre, ihn zu identifizieren. Er trat und boxte, und plötzlich löste sich ein Schuß. In dem Lärm fiel das Geräusch kaum auf, aber Bert hielt plötzlich in seinen Bewegungen inne, starrte seinen Gegner überrascht an, richtete einen Blick voller Verwunderung auf Laura und kippte zur Seite. Aus einer Wunde an seinem Hals sickerte Blut. Laura sah es in demselben Moment, als Rolf schrie: »Ich hab's! Das Ding ist offen!«

Der Nachtwächter rappelte sich hoch, Panik und Entsetzen in den Augen. Er hielt seine Waffe auf Laura gerichtet. »Keine Bewegung! Bleiben Sie, wo Sie sind! Keine Bewegung!« Seine Hand zitterte heftig. Er fühlte sich der Situation offenbar kein bißchen gewachsen, was Laura besonders vorsichtig hätte machen müssen. Statt dessen ignorierte sie ihn einfach und machte einen Schritt auf Bert zu, der völlig regungslos auf dem Boden lag. Der Nachtwächter feuerte ein zweites Mal. Laura fühlte einen Schmerz unterhalb vom Herzen, nicht besonders schlimm, eher so, als habe sie ein Tennisball getroffen, oder als sei beim Seilspringen das Seil gegen ihre Rippen geschlagen. Sie griff an die Stelle und fühlte klebrige Feuchtigkeit zwischen ihren Fingern. Dann schienen die Beine unter ihr wegzuknikken; ganz langsam – es kam ihr vor, als befinde sie sich in einem Zeitlupenfilm – sank sie auf den Boden. Jetzt nahm sie ihre Hand von der schmerzenden Stelle und sah, daß sie voller Blut war. Aus weiter Ferne hörte sie Rolfs erschrockene Stimme, gedämpft klang auch der Lärm des Alarms an ihr Ohr, und dann verdämmerte das grelle Licht, es war, als schiebe sich an einem heißen Sommertag eine Wolke vor die Sonne und tauche plötzlich alles in Schatten. Dann wurde es Nacht.

Chris erreichte das Werkgelände gleichzeitig mit der Polizei. Er sprang aus seinem Auto und wurde sofort von einem Beamten gestoppt. »Halt! Wo wollen Sie hin?«

»Meine Freundin ist da drin. Ich will zu ihr!«

»Wer sind Sie?«

Chris kramte seinen Ausweis hervor. »Dr. Christoph Rathenberg. Ich bin Rechtsanwalt. Ich wollte die Sache verhindern, deshalb bin ich hier.«

Der Beamte lockerte seinen Griff, sagte aber: »Sie können da nicht hinein!«

»Bitte lassen Sie mich durch! Ich möchte ja nur nicht, daß etwas Schlimmes passiert.«

Schließlich ließ sich der Polizist erweichen, und Chris durfte das Tor passieren. Das geschah in dem Moment, als Rolf mit erhobenen Händen aus dem Bürogebäude trat; eine Szene, gespenstisch anzusehen in dem Flutlicht und mit den vielen bewaffneten Polizisten ringsherum.

»Nicht schießen!« rief er. »Nicht schießen!«

Er mußte sich umdrehen, gegen eine Wand lehnen und auf Waffen untersuchen lassen. »Es muß sofort ein Krankenwagen kommen. Da oben ist geschossen worden. Zwei Verletzte.«

»Wo ist Laura?« schrie Chris. Er rannte auf das Bürogebäude zu. Ein Polizist wollte ihn aufhalten, aber Chris schlug einen Haken und kam an ihm vorbei. Er hörte, wie sie ihm zubrüllten, er dürfe da nicht hinein, er solle sofort stehenbleiben, aber er scherte sich nicht darum. Er jagte die Treppen hinauf, atemlos, immer zwei Stufen auf einmal, niemand hätte ihn festhalten können. Auf halbem Weg wankte ihm eine bleiche Gestalt entgegen, der Nachtwächter. »Oben sind sie, ganz oben. Mein Gott, ich wollte nicht schießen. Ich weiß nicht, wie es passiert ist. Ich wollte es nicht!«

Chris schob ihn einfach zur Seite und rannte weiter. In den ersten beiden Zimmern fand er niemand. Als er in das dritte trat, sah er sie: zwei Menschen, dicht nebeneinander auf dem Boden, überall Blut, der eine von ihnen seltsam verrenkt und verkrümmt. Der andere war Laura.

In dem Moment, als Chris das alles realisierte, verstummte schlagartig der schneidende, überlaute Ton der Alarmanlage. Irgend jemand hatte sie endlich ausgeschaltet. Die darauffolgende Stille war von einer beängstigenden Intensität und machte alles nur noch schlimmer. Er hörte ein leises Stöhnen von Laura, die sich bewegt hatte und offenbar von Schmerzen geplagt wurde. Chris sank neben ihr in die Knie, versuchte ihren Kopf anzuheben, strich ihr die wirren Haare aus dem Gesicht, suchte ihren Puls, legte die Hand über ihre Lippen, um zu wissen, daß sie noch atmete. Er merkte nicht, wie Polizisten ins Zimmer kamen, hörte nicht, wie einer von ihnen sagte: »Der Krankenwagen muß jeden Moment hier sein.« Er sah nur Laura an, entsetzt und untröstlich, und unhörbar murmelte er ein Gebet nach dem anderen.

## 8

»Chris klang sehr fröhlich«, berichtete Alex ihrer Großmutter am Telefon. »Laura hat sich gut erholt. Es besteht wohl kein Grund mehr zur Sorge.«

»Ich bin sehr froh. Ich weiß nicht, wie Chris eine solche Tragödie ein zweites Mal hätte durchstehen sollen«, sagte Felicia, »ob er uns das Mädchen wohl irgendwann einmal vorstellt?«

Alex zögerte, dachte aber, sie könne Felicia eine Freude machen, wenn sie ihr ein Geheimnis verriete, das eigentlich noch hätte gewahrt werden sollen. »Ich mußte Chris versprechen, noch nichts zu sagen, aber du sollst es wissen, er und Laura wollen im nächsten Frühjahr heiraten.«

Felicia hätte es schrecklich gefunden, wenn Chris sein Leben damit zugebracht hätte, um Simone zu trauern, anstatt irgendwann etwas Neues zu beginnen.

»Gut», sagte sie zufrieden, »vielleicht erlebe ich das ja noch.«

»Natürlich«, versicherte Alex, »du wirst mindestens hundert Jahre alt.«

»Ich hoffe nicht. Eine hundertjährige Frau ist kein besonderes Vergnügen für ihre Umwelt. Das wirst du noch merken. Aber reden wir nicht von mir. Du fliegst morgen nach Hongkong?«

»Ja. Zu Mr. Li Fao Deng. Grawinskis Partner.«

»Fliegt Grawinski mit?«

»Ja. Li Fao Deng will uns die ganze Kollektion für die Badenbergs vorführen. Er scheint begeistert zu sein, nach allem, was Grawinski gesagt hat.«

»Euren Liefertermin könnt ihr jedenfalls einhalten?«

»Gott sei Dank. Ich wüßte nicht, was jetzt noch dazwischenkommen sollte.«

Felicia konnte die Anspannung hören, mit der Alex seit Monaten lebte. »Bei diesem Projekt hast du ziemlich hoch gepokert, nicht?«

»Hoch genug, um eine Bauchlandung zu machen, falls etwas schiefgeht«, sagte Alex, »oder um die Geschäftsfrau des Jahres zu werden, wenn es klappt. Die Werbekosten waren gigantisch. Fernsehspots und Plakatwände und Anzeigen in allen Zeitungen und Illustrierten. Und das in fünf Ländern. Wenn ich die nicht wieder reinbringe, bin ich erledigt.«

»Das hast du von mir«, sagte Felicia stolz, »ich habe auch nie kleine Brötchen gebacken. Es ging immer um Entweder-Oder.«

»Jedenfalls kannst du mir alle Daumen drücken«, sagte Alex, »hör zu, Felicia, ich muß noch Koffer packen. Ich melde mich, wenn ich zurück bin!«

Sie verabschiedeten sich voneinander, dann suchte Alex die Sachen zusammen, die sie mitnehmen wollte. Glücklicherweise hatte sich Julia erboten, Caroline mittags von der Schule abzuholen und zu sich zu nehmen. Arme Julia, das Leben beutelte sie derzeit. Richard wollte nicht mehr mit ihr zusammenleben, und ihre Tochter Stefanie, die im Dezember achtzehn und damit volljährig sein würde, hatte die Schule geschmissen, war daheim ausgezogen und wohnte mit ihrem drogenabhängigen Freund zusammen. Ab und zu tauchte sie daheim auf; meistens, weil sie dringend Geld brauchte oder weil sie einen Berg schmutziger Wäsche hatte und nicht wußte, wo sie sie waschen sollte. Alex hatte vorgeschlagen, Steffi sowohl die Waschmaschine als auch den Geldbeutel zu sperren, bis sie es vorzog, vernünftig zu werden, aber Julia hatte Angst, daß sie sich dann überhaupt nicht mehr blicken ließ. »So verliere ich wenigstens nicht vollkommen den Kontakt«, sagte sie, »und bis jetzt weiß ich eines, sie ist selber noch nicht drogensüchtig. Vielleicht würde sie es, wenn ihr Lebenskampf härter würde, und deshalb versuche ich, ihr zu helfen.«

Als Alex an ihren Schreibtisch trat und alle notwendigen Papiere für die Reise zusammenkramte, sah sie wieder den Brief von Dan, der sie am Tag zuvor erreicht hatte. Es war der erste Brief seit langer Zeit, Dan schrieb nur noch selten. Und dieser Brief klang anders. Distanzierter, eiliger, ohne den Unterton von Traurigkeit, der sonst immer zwischen den Zeilen gehangen hatte. Der Brief hatte etwas Pflichtbewußtes und informierte in so allgemeinen Worten über sein Leben, daß Alex nun plötzlich auf die Idee kam, Dan habe vermutlich das Wichtigste unterschlagen. Er berichtete allzu gleichmütig von allzu banalen Begebenheiten. Nun, da Alex das Schreiben noch einmal in die Hände nahm und mit geschärften Sinnen darin las, dachte sie: Dans Leben hatte sich grundlegend geändert. Es gibt eine Frau. Und sie ist wichtig genug, ihn dazu zu bringen, sie mir gegenüber nicht zu erwähnen.

»Na, und wenn schon«, sagte sie laut, »es mußte irgendwann so kommen. Es ist nur gut, daß Dan wieder Boden unter den Füßen gefunden hat.«

Sie steckte ihren Paß und die Flugtickets in die Handtasche. Keine Zeit, über Dan Liliencron nachzudenken. Sie hatte Wichtigeres im Sinn. Bald konnte sie die Früchte aus dem gefährlichsten Einsatz ihres Lebens ernten, und das wollte sie mit klarem Kopf tun.

Es war der 29. Juli 1990.

Am Nachmittag des 30. Juli hatte Ernst Gruber ein Vorstellungsgespräch bei *Kessler & Morton*, einer Großhandelsfirma für Tee, Marmelade und exotische Gewürze. Der stellvertretende Chef der Finanzabteilung war zwei Wochen zuvor beim Fallschirmspringen tödlich verunglückt, und innerhalb der Firma schien es niemanden zu geben, den der alte Kessler zu seinem Nachfolger bestimmen wollte. Kessler galt als Kopf der Firma, sein Schwager Morton als sein ergebener Gefolgsmann. Wer Kessler kannte, sagte, es sei eine Strafe des Himmels, für ihn zu arbeiten. Er führte ein Schreckensregiment in seinem Haus, schikanierte seine Leute, überwachte ständig ihren Arbeitseinsatz, der nach seinen Ansprüchen nie hoch genug war, und bekam auf geheimnisvolle Weise alles mit, was im Haus geschah. Über die Magengeschwüre des Mannes seiner Sekretärin wußte er ebenso Bescheid wie über den Liebeskummer der Packerinnen im Lager. Allerdings war es nicht menschliche Anteilnahme, was ihn bewog, auf dem laufenden zu bleiben, sondern die beinahe krampfhafte Sorge, seine Angestellten könnten aufgrund privater Probleme in ihrer Leistung nachlassen. Leute, von denen er wußte, daß sie Kummer hatten, behandelte er daher besonders hart und verlangte noch mehr von ihnen als sonst. Wer es sich nur irgend leisten konnte, kündigte, und wer nicht völlig ohne jede andere Chance war, nahm nie einen Job bei Kessler an.

Ernst war ein Mann ohne jede andere Chance.

Wie er erwartet hatte, war ihm von der Bank nahegelegt worden, zu gehen. Man hatte über alle seine Ausfälle sorgfältig Buch geführt, über geplatzte Termine, abgesagte Konferenzen, stornierte Reisen, über die vielen Tage, an denen er einfach nicht im Büro erschienen war. Die Liste der Verfehlungen war lang, zu lang, als daß Ernst den Versuch gemacht hätte, Einspruch einzulegen. Er räumte umgehend das Feld, wissend, daß ihn das immerhin davor bewahrte, irgendwann einen nicht wiedergutzumachenden Fehler zu begehen. Er bekam eine anständige Pension, dazu eine Abfindung, die er dafür, daß er soviel Ärger verursacht hatte, als sehr großzügig bezeichnen mußte. Er brauchte sich keinerlei finanzielle Sorgen zu machen, dennoch drohte ihn seine Lebenskrise jetzt endgültig zu überwältigen. Wochenlang, monatelang versuchte er, herauszufinden, wo Clarissa lebte, aber sie schien spurlos verschwunden. Er kam nicht darüber hinweg, meinte oft, der Tod sei besser als diese Qual. Er war ihr hörig gewesen, und sie hatte ihn fallenlassen, und das war, als werde er tief in die Hölle seines eigenen Inneren getaucht. Zudem hatte er nun Zeit, von morgens bis abends daheim zu sitzen und die Wände anzustarren. Seine Frau gab ihm keine Hilfe, im Gegenteil. Sie machte alles noch schlimmer, indem sie herumnörgelte und ihn einen Jammerlappen nannte. Nach zwei Monaten schaffte es Ernst vor lauter Ängsten, Selbstzweifeln und Depressionen morgens nicht mehr, das Bett zu verlassen, und wenn es ihm gegen Mittag mit Hilfe von Alkohol endlich gelang, kam er gerade bis zum Fernseher, vor dem er dann bis Mitternacht saß und kritiklos alles konsumierte, was gesendet wurde, von der Kinderstunde bis zu Pornos. Irgendwo in seinem Kopf gab es noch eine Stimme, die ihm sagte, daß er auf sein Ende zutrudelte. Mit den letzten Energien, die ihm verblieben waren, schleppte er sich zu einem Psychotherapeuten.

Heute, ein Jahr später, ging es ihm besser. Er war trocken. Er war im Begriff, sich ganz langsam und unendlich schmerzhaft von Clarissa zu lösen. Mit Hilfe seines Therapeuten fand er ganz allmählich wieder zu einem normalen Leben zurück. Nun konnte er sich auch nach einer Arbeitsmöglichkeit umsehen. Ernst spürte selber, wie wichtig das für ihn war. Es machte ihn fertig, morgens aufzustehen und dabei zu wissen, daß er im Grunde genauso gut liegenbleiben konnte. Es frustrierte ihn, seine Zeit mit Spaziergängen oder vor dem Schachcomputer zu verbringen. Da er den Alkohol gänzlich mied und die Beruhigungstabletten abgesetzt hatte, die seinem Körper schwer zu schaffen gemacht hatten, fühlte er sich vitaler und frischer. Es verlangte ihn nach einer geregelten Arbeit. Im übrigen mußte er dann auch nicht ständig das mißmutige Gesicht seiner Frau ertragen.

Einer seiner früheren Kollegen hatte ihm von der Stelle erzählt und ihm auch das Vorstellungsgespräch vermittelt, da er Kessler flüchtig kannte.

Schlanker als vor einem Jahr, nüchtern und gut gekleidet, fühlte sich Ernst durchaus selbstsicher, als er um halb vier Kesslers Büro in der Theatinerstraße betrat. Die Räume erstreckten sich über zwei Stockwerke und waren äußerst spartanisch eingerichtet. Grauer Filzbelag auf dem Fußboden, billige Regale an den Wänden, alte Stühle und Tische, keine Bilder, keine Pflanzen. Nur auf dem Tresen am Empfang kümmerte ein müdes Usambaraveilchen vor sich hin, angesteckt offenbar von der gedrückten Stimmung, die hier herrschte. Alle Mitarbeiter wirkten abgehetzt und ängstlich. Sie huschten herum und schienen vor allem bemüht, auf keinen Fall aufzufallen.

Dann saß er Kessler gegenüber, und sein eigenes Selbstbewußtsein schien völlig in sich zusammenzuschnurren angesichts dieser hellen, kalten Augen, die ihn eingehend und unverfroren musterten. Er fragte sich, was an Kesslers Gesicht eigentlich solche Furcht einflößte – der schmallippige Mund, die schmalen Augen, die schmale, knochige Nase? Ja, es war alles schmal an dem Mann, auf das Notwendigste reduziert, auch die trotz seines Alters athletische Gestalt, an der sich kein Gramm Fett zuviel befand. Von Kessler wußte man, daß er Sport trieb, nicht trank und rauchte und sich nur eiskalte Duschen gönnte. Er hielt jeden für verweichlicht, der es anders machte.

Unverblümt sprach er Ernst auf den Alkohol an. »Jeder weiß, daß es auch damit zusammenhing, daß Sie Ihren Posten verloren haben. Wie ist es? Trinken Sie noch?«

Ernst hatte so viel Direktheit nicht erwartet, versuchte jedoch, möglichst gelassen zu erscheinen. »Nein. Ich habe mich einer Therapie unterzogen. Ich rühre keinen Tropfen mehr an.«

»So strikt? Das heißt, Sie sind noch in Gefahr. Sie fürchten, rückfällig zu werden?«

Wer einmal Alkoholiker war, lebt immer in dieser Gefahr, dachte Ernst, jeder weiß das. Warum fragt er so dumm? Aber natürlich, es lag dem anderen daran, ihn aufs Glatteis zu führen.

»Ich glaube nicht, daß ich rückfällig werden könnte«, sagte Ernst, »ich habe einfach kein Bedürfnis mehr danach. Der Alkohol war zu meinem Todfeind geworden. Man will seinem Todfeind nicht mehr begegnen.«

»Seelische Probleme?«

»Nein. Warum?«

»Man fängt nicht zufällig das Trinken an.«

»Es gab Probleme. Aber die sind behoben.« Er dachte an Clarissa. Es tat überraschend weh. Immer noch.

»Ich habe keinerlei Verständnis für die neumodischen Seelenkrankheiten«, sagte Kessler, »alles nur dummes Geschwätz. Die Leute müßten richtig arbeiten, dann hätten sie gar nicht die Zeit, soviel über ihre Psyche nachzudenken. Wir kamen früher auch nicht auf die Idee, uns zu einem Therapeuten auf die Couch zu legen und die Seele auszukotzen. Firlefanz.«

Ernst, der noch immer jede Woche den Therapeuten aufsuchte, verhielt sich still. Aber er bemerkte altvertraute Symptome, die sich schon lange nicht mehr gerührt hatten: beschleunigter Herzschlag, Schweißausbruch an den Händen, Zucken in den Beinen. Dabei hatte er sich doch schon wieder ziemlich stabil gefühlt.

»Wissen Sie«, fuhr Kessler fort, »hier bei mir muß gearbeitet werden. Ich kann faule Leute nicht gebrauchen. Ich bin Geschäftsmann, und ich bezahle niemanden fürs Herumtrödeln.«

»Selbstverständlich«, pflichtete Ernst bei. Gleichzeitig überkam ihn tiefe Frustration, weil er hier sitzen und sich demütigen lassen mußte. Kessler behandelte ihn wie einen Schuljungen, dem man erst einmal den Ernst des Arbeitslebens klarmachen muß.

Ich habe eine Bank geleitet, hätte er ihm am liebsten zugeschrien, und ich habe es verdammt gut gemacht, bis die Geschichte mit Clarissa passierte! Sonst hätten sie mich kaum so hochkommen lassen, nicht? Ich bin gut! Jetzt wieder. Ich brauche nur eine zweite Chance.

»Normalerweise halte ich überhaupt nichts von Beziehungen«, sagte Kessler, »auch Ihrem ehemaligen Kollegen zuliebe hätte ich mich heute nicht mit Ihnen getroffen, wenn ich es nicht gewollt hätte.«

Davon war Ernst überzeugt. Dieser Mann tat niemandem etwas zuliebe.

»Ich habe keinerlei Verständnis für Ihre einstigen Probleme. Aber ich denke, Sie sind damit fertig.«

Ernst setzte sich aufrechter hin. Hoffnung breitete sich in ihm aus.

»Ich habe mir die Zeit zu diesem persönlichen Gespräch genommen, weil ich Ihnen sagen wollte, daß ich Sie trotz einiger dunkler Punkte in Ihrer Vergangenheit eingestellt hätte . . .«

Hätte? Hatte er »hätte« gesagt? Was meinte er damit?

». . . aber es gibt etwas, das es mir unmöglich macht, zu Ihren Gunsten zu entscheiden.«

»Herr Kessler . . .«

Mit einer Handbewegung schnitt Kessler Ernst Gruber das

Wort ab. »Sie wissen vielleicht, ich spiele Tennis. Sehr empfehlenswert, besonders bei Übergewicht.«

Danke. Jetzt sag endlich, was du sagen willst.

»Einer meiner Spielpartner – sein Name tut nichts zur Sache – erzählte mir vor zwei Jahren etwas Interessantes. Er war mit einem Mann bekannt, den Sie auch gut kannten. Wissen Sie, wen ich meine?«

»Nein«, sagte Ernst. Das Wort geriet zu einem krächzenden Flüstern. Er räusperte sich. »Nein«, wiederholte er lauter.

»Er war befreundet mit Markus Leonberg«, sagte Kessler. Seine Miene verriet nicht, ob er bemerkte, daß Ernst blaß wurde. »Die beiden haben viele Geschäfte miteinander getätigt. Nach Leonbergs Tod gehörte dieser Mann daher auch zu jenen Beratern, die der jungen Witwe halfen, den Nachlaß zu ordnen. Zu diesem Zweck sichtete er natürlich alle Geschäftsunterlagen.«

Ernst starrte ihn an.

»Sie waren ja damals sein Kreditgeber, Herr Gruber. Sie müssen ihm, wie dieser Tennispartner herausfand, völlig absurde Kredite bewilligt haben, in schwindelerregenden Höhen. Zu einem Zeitpunkt, als jeder wußte, daß Leonbergs Firma auf ein Desaster zusegelte, haben Sie ihm noch alles Geld gegeben, das er haben wollte. Ein solches Verhalten läßt sich nicht erklären – außer, man nimmt an, Sie hätten Leonberg ganz absichtlich und bewußt in den Ruin treiben wollen.«

Ernst war versucht, sich an die Krawatte zu greifen und sie zu lockern, aber er widerstand. Er durfte nicht noch mehr Schwäche zeigen. Obwohl es vermutlich darauf schon nicht mehr ankam.

»Ich weiß, daß ich mich im Falle Leonberg falsch verhalten habe«, sagte er stockend, »es war unverantwortlich, ihm so hohe Kredite zu geben. Ich wollte ihm nicht das Genick brechen. Er kam immer wieder und bettelte um Geld. Jedesmal glaubte er, es sei ihm doch noch möglich, sein Unternehmen zu retten. Ich habe ihn gewarnt, aber ...« Er machte eine hilflose Handbewegung, während er dachte: Läßt mich denn diese

Geschichte nie mehr los? Wird sie mich immer verfolgen, immer wieder einholen?

Kessler blieb unbeeindruckt. »Wissen Sie, Herr Gruber, es gibt zwei Möglichkeiten. Entweder Sie haben Leonberg bewußt hereingelegt. Da Sie dabei die Grenze überschritten haben, wo die Angelegenheit der Bank risikofreien Gewinn versprochen hat, erkenne ich hinter Ihrem Verhalten Emotionen, die ich in meiner Firma nicht haben möchte. Oder Sie haben tatsächlich aus Mitleid gehandelt. Dann gehören Sie zu den Menschen, die über ihren Gefühlen die Vernunft vergessen, und auch das kann ich nicht tolerieren. Ich denke, ich habe mich klar ausgedrückt.« Kessler erhob sich.

Auch Ernst stand auf. In seinen Ohren klang seine eigene Stimme sehr entfernt, als er fragte: »Und deshalb haben Sie mich kommen lassen? Um mir das zu sagen?«

»Ihr Privileg ist, daß ich Sie weder brieflich noch telefonisch abgefertigt habe. Ich habe mir die Zeit genommen, Ihnen zu erklären, wie die Dinge liegen.«

»Sie haben mir Hoffnung gemacht.«

»*Sie* haben sich Hoffnung gemacht«, korrigierte Kessler kühl. Er blickte unverblümt auf seine Armbanduhr. »Ich habe noch einen wichtigen Termin . . . –« Er gab Ernst weder die Hand, noch geleitete er ihn zur Tür.

Dreck, dachte Ernst, er behandelt mich wie Dreck.

Irgendwie gelangte er hinunter auf die Straße. Dort wimmelte es von Menschen. Alle trugen leichte Kleider, Strohhüte, wirkten vergnügt und unbeschwert, schwenkten Kameras und redeten in verschiedenen Sprachen miteinander. Wie Trauben saßen sie an den Tischen vor Cafés und Restaurants und tranken Bier, das stämmige, rotgesichtige Kellnerinnen in großen Maßkrügen herbeischleppten. Ernst wandte seinen Blick fast gewaltsam davon ab. Kein Alkohol! Er befand sich jetzt in der typischen Situation, in der man allzu leicht rückfällig wurde. Frustriert, verbittert, in dem Gefühl, tief gedemütigt worden zu sein. Seit Monaten hatte Ernst nicht mehr ein so überwältigendes Bedürfnis nach einem Schnaps verspürt.

Er befahl seinen Gedanken, sich an etwas anderes zu klammern. Irgend etwas mußte er tun.

Er trat in eine Telefonzelle und suchte die Nummer von Alexandra Leonbergs Büro heraus. Als er dort anrief, teilte ihm die Sekretärin jedoch mit, ihre Chefin sei nach Hongkong geflogen. Sie werde erst im August zurückerwartet.

## 9

Alex mochte Hongkong nicht besonders, aber das lag wohl auch am Klima. Das Thermometer zeigte dreiunddreißig Grad im Schatten, und dazu herrschte eine Luftfeuchtigkeit, die jede Bewegung zur Anstrengung machte. Bei ihrer Ankunft schien noch die Sonne, aber schon am Abend begann es zu regnen und hörte auch nicht mehr auf, bis sie abreisten. Grawinski sagte, das sei typisch für die Sommermonate.

»Juni und Juli sind extrem niederschlagsreich«, erklärte er, »insofern hast du nicht den günstigsten Moment erwischt. Oktober zum Beispiel wäre viel besser gewesen.«

»Ich bin ja nicht hier, um Urlaub zu machen«, sagte Alex.

Grawinski gab sich alle Mühe, ihr den Aufenthalt so schön wie möglich zu machen. Hongkong war seine Stadt, Alex damit gewissermaßen sein Gast, und sie sollte es gut haben. Er hatte eine Suite im Peninsula Hotel für sie gebucht, einem der schönsten und berühmtesten Hotels der Welt. Er führte sie in die Hollywood Road, wo sie so viele Antiquitäten kaufte, daß sie nachher keine Ahnung hatte, wie sie sie nach Europa zurücktransportieren sollte. Sie bummelten über den alten chinesischen Markt und gingen zum Ocean Park, wo sie Walen, Haien und Delphinen zusahen. Sie schauten sich den Tempel der zehntausend Buddhas an, den Tin-Hau-Tempel und das Historische Museum, und kauften in Kowloon auf dem Jademarkt eine Kette für Felicia – nachdem sich Grawinski mit fachkundigem Blick von der Echtheit der grünen Steine überzeugt hatte.

»Hier drehen sie einem schon manchmal falschen Schmuck an«, sagte er, »wer sich nicht auskennt, bezahlt viel zuviel Geld.«

Natürlich war die Stadt atemberaubend und aufregend. Alex steckte noch der abenteuerliche Anflug auf Kai Tak in den Knochen, bei dem sie geglaubt hatte, das Flugzeug tauche direkt in die Straßenschluchten der Stadt ein und reiße dabei die Balkongeländer an den Häusern mit. Die Architektur der gigantischen Hochhäuser konnte schwindelig machen, gleichzeitig erschrecken und faszinieren.

Als Alex an ihrem ersten Abend mit Grawinski vor dem Essen einen Spaziergang durch die Hafengegend von Kowloon machte und dabei auf das nächtliche Hongkong blickte, konnte sie nicht anders, als sich überwältigt zu fühlen – trotz Regen und Hitze und Lärm und Autogestank. Ähnlich wie in Manhattan, wo sie als Kind einige Male gewesen war, kam es Alex hier vor, als seien Glanz und Scheußlichkeit der Welt in extremem Maße zu spüren. Eine Stadt, in der nur die Starken überlebten. Da waren auf der einen Seite luxuriöse Hotels oder Bürohäuser mit riesigen Innenräumen, erlesen elegant ausgestattet, und auf der anderen Seite stapelten sich die Menschen in den Hochhäusern entlang der Einflugschneise von Kai Tak, und jedes Flugzeug, das in Hongkong landete, drohte ihnen die Wäsche von den Wäscheleinen zu reißen. Zu manchen Zeiten herrschte eine Hektik in den Straßen, angesichts derer man sich unwillkürlich fragte, ob wohl irgend jemand stehenbleiben würde, falls ein anderer plötzlich tot umfiele. Alex hatte Angst gehabt, auf Greueltaten an Tieren zu stoßen, von denen sie gehört hatte. Obwohl es offiziell verboten war, wurden angeblich immer noch Hunde und Affen geschlachtet, Schlangen wurden lebendigen Leibes an Haken aufgehängt, zappelnde Frösche übereinander auf Spieße gesteckt. Schildkröten wurden am Tisch langsam aus ihren Panzern gekratzt, wobei die verzweifelten Versuche des schmerzgepeinigten Tieres, der Qual zu entkommen, Teil des Essensvergnügens darstellten. Allerdings konnte Alex derartiges weder in den Straßen noch in den Restaurants sehen, aber Grawinski, mit dem sie darüber sprach, räumte ein, daß es dennoch passierte.

»Allerdings wohl eher in verschwiegenen Hinterhöfen. Und vielleicht in Restaurants, die weniger von Touristen besucht werden.« Er erklärte, die Chinesen glaubten nicht, daß Tiere eine Seele hätten, daher könnten sie auch keine Schmerzen empfinden.

»Und wie erklären sie sich die Schreie?« fragte Alex. »Und wie die Panik, mit der die Tiere sich wehren?«

»Gar nicht«, sagte Grawinski, aber Alex schüttelte den Kopf.

»Das ist nicht mehr zeitgemäß, was hier passiert. Und es ist nicht zu billigen. Auch Religionen und Traditionen müssen sich Wandlungen unterziehen, das war bei den Christen so, und bei den Buddhisten kann es nicht anders sein. Religionen halten ein bißchen zu oft dafür her, Grausamkeiten zu rechtfertigen, findest du nicht?«

»Du wirst die Welt nicht verändern, Alex.«

»Das weiß ich. Aber deshalb muß ich sie schließlich nicht gut finden.«

Am nächsten Morgen besuchten sie Li Fao Deng in seinem Büro. Er residierte im dreißigsten Stock eines gläsernen Hochhauses, dessen Inneres um einen sich in gigantische Höhen hinaufschraubenden Innenhof gebaut war. In der Mitte führte sie der Aufzug herauf, ebenfalls völlig aus Glas und nichts für schwindelanfällige Naturen.

»Habe ich zuviel versprochen?« fragte Grawinski zufrieden, als er bemerkte, daß Alex durchaus beeindruckt war. »Er ist ein wahnsinnig erfolgreicher Mann.«

»Das sehe ich«, sagte Alex, »ich nehme an, die Miete hier ist wahnsinnig teuer?«

»Fast unerschwinglich. Und Fao Dengs Büro erstreckt sich über das gesamte Stockwerk. Eine Flucht von Zimmern, und fast hundert Angestellte.«

Li Fao Deng empfing seine Gäste gleich am Aufzug, eine äußerst seltene Gunst, wie Grawinski Alex später erklärte. Er war sehr klein, fast einen Kopf kleiner als Alex und zwergenhaft gegenüber Grawinski. Seine feingliedrige Gestalt steckte in einem erstklassig geschnittenen Anzug. Er sprach ein perfektes Englisch, gab sich außerordentlich höflich und freundlich, aber Alex, die sich sein Gesicht sehr genau ansah, ließ sich nicht täuschen: Der Mann war eiskalt. Selten hatte sie derart beherrschte Züge ohne den geringsten Anflug irgendeiner Emotion gesehen. Er würde einen anderen Menschen überaus zuvorkommend behandeln, solange es in seine Pläne paßte, aber er konnte von einem Moment zum anderen zu einem rücksichtslosen und gefährlichen Gegner werden.

»Ich bin überaus erfreut, Sie kennenzulernen, Madame«, sagte er und küßte Alex' Hand, »Mr. Grawinski hat viel von Ihnen erzählt, und ich wußte, daß Sie eine sehr erfolgreiche Frau sind, aber ich wußte nicht, daß Sie außerdem so schön sind!« Er machte eine einladende Bewegung zu einer der vielen Türen hin. »Wenn Sie mir folgen möchten? Wir haben eine Auswahl der Badenberg-Produktion für Sie aufgestellt!«

Als sie den Raum betraten, in den Li Fao Deng sie führte, wußte Alex in der ersten Sekunde nicht, was sie mehr begeisterte: die überwältigende Aussicht auf Hongkong, durch die völlig verglasten Wände, oder die gigantische Spielzeuglandschaft, die man über das ganze Zimmer hin aufgebaut hatte.

»Guter Gott«, sagte sie.

Grawinski, der den Blick schon kannte, stürzte sich sofort auf das Spielzeug.

»Phantastisch«, sagte er, »Alex, das ist phantastisch!«

Auf einem künstlichen Rasen aus grünem Samt war das Gut nachgebaut, das gewaltige Haus mit seinen Säulen und der weitläufigen Veranda, daneben das Gästehaus und dahinter Ställe und Scheunen. Auf den Koppeln grasten edle Pferde, vor dem Portal parkten zwei luxuriöse Autos. Ein junges Mädchen in Reithosen und Sweatshirt lehnte an einem Kastanienbaum, in einiger Entfernung saß ein junger Mann auf einem Klappstuhl, vor sich eine Staffelei, und war beschäftigt, die Dame samt feudalem Hintergrund auf die Leinwand zu bannen. Zwei

Hunde sprangen herum, ein Collie und ein vielfarbiger Mischling. Auf der Rückseite war das Haus offen, und man konnte in die einzelnen Zimmer hineinblicken, in denen eine komplette Einrichtung, liebevoll angefertigt bis ins letzte Detail, jeden Betrachter zu stundenlangem Erforschen aller Einzelheiten verleiten mußte. Es gab seidene Sofakissen, gerahmte Bilder, Perserbrücken, silberne Zeitungsständer, eine Bar mit Miniaturflaschen und Gläsern, kleine Holzscheite neben den Kaminen, gebauschte Vorhänge an den Fenstern, ein kostbares Teeservice hinter der gläsernen Schiebetür eines Schrankes, einen Schminktisch im Schlafzimmer, der übersät war mit Tiegeln und Tuben und winzigen Lippenstiften. Vor dem Bett der Hausherrin standen kleine Pantoffeln, auf dem Bett thronte eine schwarz-weiße Perserkatze. In der Küche brutzelten Spiegeleier in einer Pfanne auf dem Herd, und natürlich gab es auch hier eine perfekte Ausstattung; von der Mehldose über Salatköpfe, vom Gewürzbord über aufgereihte Zinnteller, von der Tiefkühltruhe über die Spülmaschine bis hin zu aufziehbaren Schubladen, in denen das Silberbesteck geordnet lag, war alles vorhanden.

Das moderne Appartementhaus mit Dachterrasse, in dem, wie Alex aus Filmmustern wußte, der mißratene Sohn der Familie sein Lotterleben führte, war mit derselben Detailtreue ausgestattet worden; auf der Terasse standen Liegestühle und Tische und Sonnenschirme, im Bad lag ein Rasierapparat, und im Schlafzimmer hing ein schwarzes Negligé, das wohl eine seiner vielen wechselnden Geliebten dort vergessen haben mochte. Auf blauem Kreppapier lag die Jacht vor Anker, an Deck kegelten ein paar schicke, schöne, junge Leute, während ein Stück weiter eine junge Dame im eleganten Reitdreß auf einem sandbestreuten Parcours ein Springturnier mit einem herrlichen schwarzen Pferd ritt.

»Mr. Grawinski hat recht«, sagte Alex, »es ist phantastisch!«

»Wenn Sie sich noch die Garderobe dieser Leute ansehen möchten«, sagte Li Fao Deng, »dann öffnen Sie einfach diese Schränke . . .«

Es gab Kleiderschränke im Miniaturformat, und darin hingen an samtbezogenen Kleiderbügeln die modischen Kreationen der bedeutendsten Couturiers, Ballkleider, Kostüme, Anzüge, Jeans, Badehosen, Pullover, alles für die Badenbergs und ihre Freunde.

»Hier ist die dunkelblaue Robe, die Mrs. Badenberg in der ersten Szene trägt«, sagte Fao Deng und hielt das gute Stück in die Höhe, »absolut dem Original entsprechend. Wir haben sogar das Saphircollier dazu – aus Glas selbstverständlich.«

Grawinski machte sich keine Mühe, seine Begeisterung zu verbergen. »Es ist großartig! Es wird das Geschäft unseres Lebens. Die Leute werden verrückt danach sein. Es ist exzellent!«

Eine Sekretärin im pastellgrünen Chanelkostüm kam mit einem Tablett, auf dem drei Champagnergläser standen. »Bitte sehr, Mrs. Leonberg«, auch ihr Englisch war fließend und ohne jeden Akzent, »Mr. Li Fao Deng möchte mit Ihnen anstoßen.«

Sie tranken einander zu, dann fragte Alex: »Und mit dem Liefertermin wird es keine Schwierigkeiten geben?«

Fao Deng lächelte. »Das hatte ich Ihnen zugesagt, nicht? Und meine Zusagen halte ich immer ein. Sie werden pünktlich liefern können. Schon in den nächsten Tagen wird der Transport nach Europa beginnen.«

Alex hob noch einmal ihr Glas. »Danke, Mr. Deng. Trinken wir auf den Erfolg!«

Sie hatte am Morgen nicht gefrühstückt und war ein wenig beschwipst, als sie mit Grawinski wieder auf die Straße trat. Es regnete, allerdings nicht mehr so heftig wie am Vortag, sondern sacht und leise pladdernd. Es war heiß, einunddreißig Grad, und das blaßgelbe Leinenkostüm klebte Alex gleich am Körper. Trotzdem fühlte sie sich in diesem Moment leicht und beschwingt. Sie hakte sich bei Grawinski unter.

»Ich fühle mich blendend«, sagte sie, »weißt du, ich habe womöglich etwas zuviel Champagner erwischt, aber außerdem . . . es ist das erste wirklich große Geschäft, das ich tätige, und das auch noch ohne Dan. Ich weiß nicht, aber mir ist es noch nie so gutgegangen, seit ...« Sie sprach den Satz nicht zu Ende, aber Grawinski wußte, was sie hatte sagen wollen.

»Seit dein Mann tot ist«, vollendete er, »ich habe auch noch nie so strahlende Augen bei dir erlebt.«

»Laß uns zum Hotel zurückfahren«, schlug Alex vor, »ich muß unter die Dusche. O Gott, wie aufregend diese Stadt ist, wie grell ... im Moment finde ich alles wunderbar!«

Arm in Arm liefen sie durch den Regen, und als sie im Hotel anlangten, gingen sie beide, ohne ein einziges Wort darüber gesprochen zu haben, in Alex' Suite. Alex warf ihre Handtasche auf einen Sessel und streifte ihre hohen Schuhe von den schmerzenden Füßen, und dann begannen Grawinski und sie einander auszuziehen, hastig, ohne Umschweife, ohne sich mit irgend etwas aufzuhalten. Beide waren sie naß vom Regen und vom Schweiß, ihre Körper heiß von der tropischen Schwüle, ihre Haut salzig. Alex hatte nie zuvor ein so unverfälschtes Gefühl von sexuellem Verlangen gehabt; mit Dan war es romantisch und verliebt gewesen, mit Markus, solange sie sich verstanden, von dem Bedürfnis getragen, ihm eine großartige Geliebte zu sein. Diesmal erfüllte sie nichts Romantisches, und sie hatte keineswegs im Sinn, ihm den vollendeten Genuß zu verschaffen; diesmal interessierte sie einzig und allein ihre eigene Erfüllung. Sie hatte sechs Jahre lang wie eine Nonne gelebt, und jetzt wollte sie nichts anderes als einen Mann spüren, ihn in sich aufnehmen, vollkommen befriedigt werden und noch eine Weile in seinen Armen schlafen. Später im Bad würde sie sich ein wenig verwundert im Spiegel mustern und an das junge Mädchen denken, das sie einmal gewesen war und das nicht geglaubt hätte, jemals so zu empfinden. Aber in diesen Augenblicken dachte sie darüber nicht nach. Sie hörte ihren eigenen raschen Atem und spürte die Hitze wie einen Feuerball in sich. »Nun mach schon«, sagte sie leise, »mach schon!«

Grawinski war ein guter Liebhaber, aber er hatte auch lange genug auf diese Stunde gewartet, und seine Gier nach Alex war fast unerträglich geworden seit dem gestrigen Tag. Er schlief mit ihr, wild, hastig, vertat keine Zeit mit irgendwelchem

Drumherum. Er spürte, daß sie das im Moment nicht brauchte, und er natürlich schon gar nicht. Vielleicht würde er sie später sanft und zärtlich lieben, dazu blieb immer noch die Gelegenheit. Jetzt wäre sie nur ungeduldig geworden.

Nachher schliefen sie beide völlig erschöpft ein, und als sie aufwachten, hatte die trockene Luft der Klimaanlage ihre Körper gekühlt. Sie liebten einander erneut, langsamer und ruhiger diesmal, und danach holten sie sich Drinks aus der Minibar, lehnten sich in die Kissen zurück und rauchten jeder eine Zigarette. Vor den Fenstern nieselte der Regen in dünnen Fäden vorbei, und über der Stadt waberte die Feuchtigkeit in warmen Nebelschwaden.

»Ich würde dich auf der Stelle heiraten, Alex«, sagte Grawinski, ohne sie anzusehen.

Sie kicherte. »Das mußt du nicht sagen. Ich schlafe schon mal hin und wieder mit Männern, ohne sie nachher zum Standesamt zu schleppen.«

»Das tust du überhaupt nicht.« Es klang verärgert. »Tu nicht so, Alex. Seit dein Mann tot ist, hast du keinen Mann auch nur angeschaut!«

»Das stimmt. Wenn es dich freut – du hast ein ziemlich exklusives Erlebnis gehabt heute.«

»Immer cool, was?«

»Eben gerade wohl nicht.«

»Nein.« Er streckte die Hand aus und strich über ihr Bein. »Eben gerade nicht. Aber jetzt könntest du mir irgend etwas Nettes sagen – wenigstens, daß du mich magst!«

Alex lächelte, und jetzt waren ihre Augen sanfter. »Ich mag dich wirklich. Und es war herrlich. Ich bin froh, dich zu kennen.«

»Mich zu kennen. Mehr kannst du dir nicht vorstellen?«

»Du dir denn? Dein Leben war ausgefüllt mit vielen Frauen. Du würdest verrückt werden mit nur einer einzigen.«

»Nicht, wenn du das wärest.«

Sie stand auf, schlüpfte in ihren Bademantel. »Das denkst du jetzt.«

»Nein. Das würde ich immer denken. Du bist schön, du bist intelligent, du bist erfolgreich. Du bist wahnsinnig erotisch. Ich könnte jetzt schon wieder mit dir schlafen.«

»Später. Ich bin fast verrückt vor Hunger. Komm, wir ziehen uns an und gehen essen.«

»Wir müssen aber heute abend noch mit Fao Deng essen«, sagte Grawinski mißvergnügt und quälte sich aus dem Bett, »von mir aus hätten wir bis dahin liegenbleiben können. Aber wenn du eine Stärkung brauchst . . . bitte!«

Li Fao Deng hatte sie ins Tai Pak eingeladen, eines der schwimmenden Restaurants im Hafen von Aberdeen. Es gab kostbare Weine und eine Zusammenstellung köstlicher chinesischer Gerichte, von denen Fao Deng versicherte, keines widerstrebe dem europäischen Geschmack.

»Ich habe alles mit dem Koch durchgesprochen«, sagte er, »Sie können unbesorgt sein.«

»Also keine Hunde, Affen, Eidechsen«, flüsterte Grawinski Alex zu, »er ist ein wirklich guter Gastgeber, nicht?«

Li Fao Deng erwies sich als sehr unterhaltsam. Er erzählte viel über das Leben in Hongkong, ohne dabei langweilig zu werden oder in einen endlosen Monolog zu fallen.

»Unser größtes Problem hier«, sagte er, »ist das Flüchtlingsproblem. Hongkong ist eine Insel, auf die sich alle drängen wollen. Vor allem natürlich Menschen aus China und Vietnam. Sie hoffen hier auf ein besseres Leben – und landen in wirklich schrecklichen Flüchtlingscamps.«

»Es wird niemand zurückgewiesen?« fragte Alex.

Fao Deng schüttelte den Kopf. »Was soll man machen? Die halbverhungerten Boatpeople wieder aufs Meer schleppen, Stürmen, Haien und Piraten ausliefern? Und die anderen – nun, sie sind eines Tages da. Sie kommen über die grüne Grenze von China oder über Macao. Oder sie schwimmen durch die Mirs Bay – da findet allerdings eine harte Auslese statt. Die meisten ertrinken oder werden von Haien getötet.«

»Aber eine Menge schaffen es doch.«

»Ja. In den New Territories ist es am schlimmsten. Ein uferloses Problem. Wissen Sie, für viele Chinesen war es jahrelang überhaupt nicht schwierig zu fliehen – Peking hat das stillschweigend gebilligt, und die Grenzsoldaten blickten geflissentlich zur Seite. Man wurde die Leute ganz gerne los. Obwohl offiziell nie verlautet, hat China große Probleme mit der Arbeitslosigkeit, und man ist durchaus interessiert, Menschen abzuschieben.«

»Dann war es wohl auch überhaupt nicht schwierig, für unsere Fabrik in Südchina Arbeitskräfte zu finden?«

»Nicht im geringsten. Die Menschen sind dort sehr arm. Sie arbeiten hart, auch für wenig Geld.«

»Das war es ja, womit ich seinerzeit Dan Liliencron von der Notwendigkeit dieser Investition überzeugte«, sagte Grawinski, »und ich denke, es hat sich auf ganzer Linie erwiesen, daß ich recht hatte.«

Alex lächelte ihm zu, etwas spöttisch, weil er so unverhohlen prahlte, aber auch mit der Zärtlichkeit, die sie für ihn entdeckt hatte. Sie wußte, daß sein Blick den ganzen Abend über an ihr hing, denn sie sah besser aus als seit Jahren; ihre Wangen hatten Farbe bekommen, ihre Haut schien zu leuchten, ihre Augen funkelten. Sie trug ein tiefrotes Kleid und hatte ihre Lippen in derselben Farbe geschminkt. In ihren Bewegungen, ihrem Lachen lag eine lebhafte, fast aufgeregte Freude, das Strahlen einer Frau, die ohne Einschränkung an sich glaubt.

Und doch, dachte Grawinski, ist sie noch immer einsam. Sie wird ein Wahnsinnsgeschäft machen, und der Erfolg scheint ihr Flügel zu verleihen, und ihr Körper ist wieder erwacht nach all den Jahren, aber sie ist erfüllt von Einsamkeit. Irgendwann wird sie einen Menschen brauchen, und dann werde ich dasein.

Er erwiderte ihr Lächeln, für Sekunden den Menschen ringsum, dem Reden und Lachen und der Musik entrückt. Li Fao Deng, dem nichts von all dem entging, winkte nach dem Kellner und bestellte leise noch eine Flasche Champagner.

Chris und Laura kehrten am Morgen des zweiten August aus Amerika zurück. Sie hatten drei Wochen in Kalifornien verbracht, davon die erste Woche bei Chris' Eltern, wo er sich wieder permanent mit seinem Vater gestritten hatte. Es ging um Robbenjagd und Walfang, und im Grunde differierten sie nicht einmal so sehr in ihren Anschauungen, aber eigenartigerweise mußte Chris seinen Vater nur sehen, und schon wurde er aggressiv. Es ging einfach nicht zwischen ihnen. Im nachhinein begriff Chris wieder, warum er nach seinem Schulabschluß unbedingt nach Europa gewollt hatte. Die Jahre schienen an den Problemen zwischen ihnen nichts geändert zu haben.

Dann hatten sie sich ein Auto gemietet und waren kreuz und quer durchs Land gefahren, und hatten den Urlaub genossen. Vor allem Laura hatte eine Erholung dringend gebraucht. Der mißglückte Einbruch bei Virochem im April hatte sie viel mehr mitgenommen, als es zuerst den Anschein gehabt hatte. Hinzu kam die körperliche Schwäche wegen ihrer Verletzung. Die Kugel war von einer Rippe gestoppt worden, ehe sie tiefer in den Körper hatte eindringen können. Sie mußte nur anderthalb Wochen im Krankenhaus bleiben, aber danach fand sie einfach nicht zu ihrer alten Kondition zurück. Sie magerte ab, fühlte sich oft müde und lustlos, schien die Energie und Lebensfreude verloren zu haben, die Chris als erstes an ihr aufgefallen waren. Sie kämpfte gegen Depressionen und versank allzuoft in eine besorgniserregende Apathie.

Am schlimmsten wog der Tod von Tierpfleger Bert. Noch auf dem Transport ins Krankenhaus war er seiner Schußverletzung erlegen. Zurück blieben eine verzweifelte Witwe und drei kleine Kinder. Auf der ganzen Reise redete Laura immer wieder davon, vor allem abends, wenn sie in kleinen Restaurants einkehrten oder sich ein Lagerfeuer irgendwo in den Bergen machten. »Warum er? Warum gerade er? Er war ein guter Mensch. Er liebte seine Tiere, er half uns, obwohl er schreckliche Angst hatte. Sie kamen kaum über die Runden, und er fürchtete, seinen Job zu verlieren, und trotzdem ging er das Risiko ein. Er konnte es nicht ertragen, was sie den Tieren antaten.«

Chris hörte Abend für Abend geduldig zu. Manchmal hielt er Laura im Arm, während sie redete, aber meistens wollte sie das gar nicht. Im Gegenteil, sie rückte sogar von ihm ab, saß sehr aufrecht da, sehr angespannt. »Es ist so ungerecht, Chris. Dieser Mann hätte nicht sterben dürfen. Und Rolf und ich sind schuld. Wir haben ihn . . .«

»Nein, Laura. Denk daran, zuerst kam er zu euch. Er wollte etwas tun. Er hat Hilfe bei euch gesucht, und ihr habt sie ihm gegeben.«

»Und dann war alles sinnlos. Es ist auch noch umsonst gewesen!«

Die Aktion hatte tatsächlich nichts gebracht. Die Papiere, die Rolf aus dem Safe geholt hat und der Polizei übergeben hatte, stellten keinerlei Belastungsmaterial gegen Virochem dar. Es handelte sich um höchst geheime Unterlagen, aber sie enthielten nichts, was strafbar gewesen wäre. Die Firma konnte unbehelligt weitermachen. Einzig gegen den Nachtwächter wurde Anzeige erhoben, weil er auf die drei unbewaffneten Leute zu schnell geschossen hatte. Rolf und Laura hatten eine Bewährungsstrafe bekommen, und es war Chris mit äußerster Mühe gelungen, den Auslandsurlaub für Laura genehmigen zu lassen. Ein Psychologe hatte sich dafür stark gemacht, daß sie den Abstand einer größeren Reise dringend brauchte. Es hatte ihr auch tatsächlich gutgetan. Chris sah sie an, wie sie schlafend im Flugzeugsessel neben ihm lag, und er meinte, wieder einen Anflug ihres früheren Ausdruckes auf ihrem Gesicht zu finden, etwas von der alten Gelöstheit. Sie würde es schaffen. Berts Tod und alles, was in jener Nacht passiert war, hatte sich traumatisch in ihr Gedächtnis gegraben, aber sie konnte damit fertig werden. Was sie brauchte war Zeit, Geduld und Ruhe.

Als ob sie gespürt hätte, daß er sie ansah, öffnete sie plötzlich die Augen. Sie lächelte. »Ich glaube, ich habe geschlafen«, sagte sie.

»Du hast mindestens drei Stunden geschlafen«, bestätigte Chris, »wir sind fast in Frankfurt.«

»Wirklich? Wie schade! Ich hatte mich so an das Herumziehen in Amerika gewöhnt. Es hätte ewig so weitergehen können.«

»Nach deinem Abitur machen wir es wieder. Im nächsten Sommer.«

»Dann mußt du dir aber noch ein paar reiche Mandanten an Land ziehen!«

»Er grinste. »Im wesentlichen bin ich ja damit beschäftigt, dich aus irgendwelchen Geschichten herauszuholen. Und das ist nicht besonders einträglich.«

Laura schwieg einen Moment. Sie sah sehr ernst aus. »Chris«, sagte sie dann, »ich werde weitermachen. Du weißt es, nicht wahr? Trotz allem, ich kann nicht aufhören. Verstehst du mich?«

Er hoffte, daß sie sein Seufzen nicht gehört hatte. »Ja. Ich verstehe dich.«

»Ich weiß, daß wir im Recht sind. Wir dürfen nicht aufgeben, nur weil sie diesmal Sieger geblieben sind.«

Nicht nur diesmal, dachte er, sie werden noch oft Sieger bleiben.

»Meinst du, du kannst es trotzdem mit mir aushalten?« fragte Laura. Er spürte, daß sie die Frage ernst meinte, daß sie nicht kokett auf Bestätigung aus war, daß sie sich ihrer Sache und ihres Mannes nicht ganz sicher war.

Chris brauchte keine Sekunde zu überlegen. »Tatsache ist«, sagte er, »daß ich es ohne dich nicht aushalten kann, Laura. Du kostest mich manchmal ziemlich viele Nerven, aber wenn wir uns heute trennen würden, würde ich morgen schon wieder hinter dir herlaufen.«

Seit jener Nacht brach sie in Tränen aus, wann immer etwas ihr Gemüt berührte. So auch jetzt. Sie weinte und weinte, lautlos, damit die anderen Passagiere nichts mitbekamen. Chris störte ihre Tränen mit keinem Wort. Tränen gehörten zu dem Weg, den Laura gehen mußte. Sie halfen hinauszuspülen, was sie quälte. Aber so oder so, sie würde immer leiden, und es würde schlimmer werden, je älter sie wurde. Sie hatte nichts, was sie schützte. Sie würde immer das schmerzvolle, verzerrte

Gesicht der Welt vor dem glücklichen, schönen sehen, und sie würde sich nicht belügen. Sie zimmerte es sich nicht zurecht, um es ertragen zu können, sie schaute nicht weg, sie sah es an, wie es war. Und was schlimmer war: Sie würde sich nie aus dem Gefühl der Verantwortlichkeit befreien können, würde immer die Verpflichtung in sich spüren, den Kampf gegen das Elend aufzunehmen, ganz gleich, welchen Preis sie dafür zahlen mußte.

Glücklicherweise dauerte es nach der Landung nicht lange, bis sie ihr Gepäck bekamen und zum Taxistand gehen konnten. Sie waren ziemlich erledigt, als sie auf die Polster des Rücksitzes sanken und dem Fahrer ihre Adresse nannten.

»Was meinst du, wie Max sich freuen wird!« sagte Chris schläfrig. Der Hund war in der Obhut von Sekretärin Birgit zurückgeblieben. Der Gedanke an Max belebte Laura sofort. »Ich habe ihn so vermißt! Ich bin sicher, er frißt uns fast auf.«

Der Fahrer schaltete das Radio ein. Ein Sprecher verlas soeben die Nachrichten. ». . . sind in der vergangenen Nacht irakische Truppen in Kuwait einmarschiert und haben das Emirat am Golf besetzt. Zur Stunde ist die Lage unklar. Alle Rundfunkanstalten des Landes befinden sich in der Hand der Iraker. Alle Flughäfen wurden gesperrt. Nach dem Angriff auf den Iran im August 1980 ist dies nun ein weiterer Versuch von Staatspräsident Hussein, in der Region um den Persischen Golf weiteres Territorium zu gewinnen. Man geht davon aus, daß sich acht- bis neunhundert deutsche Staatsbürger derzeit in Kuwait aufhalten.«

»Sauerei«, sagte der Taxifahrer, »dem Kerl muß jetzt jemand eine ganze Ladung Bomben auf den Kopf werfen. Das ist die einzige Sprache, die so einer versteht. Da darf man nicht lange fackeln!«

Er lamentierte noch eine Weile, doch dann lehnte sich Chris plötzlich vor und sagte: »Moment! Seien Sie mal einen Augenblick still!«

». . . brannte vollkommen nieder«, sagte der Nachrichtensprecher gerade. »Die Fabrik arbeitete für die deutsche Spielwarenproduktion *Wolff & Lavergne* und war vor noch nicht zwei Jahren gegründet worden. Ob man in Deutschland von der Maßnahme, die Arbeiter über Nacht auf dem Fabrikgelände einzuschließen, wußte, ist fraglich. Man spricht von zweihundert Todesopfern, doch ist diese Zahl noch nicht belegt.«

»Auch so 'ne Schweinerei«, sagte der Fahrer, »Arbeiter einsperren! Hab aber schon mal gelesen, daß die das so machen!«

Chris war blaß geworden. »Alex! Ihre Firma! Hast du gehört...«

»Ja. Natürlich hab' ich das gehört.«

»Lieber Gott. Sie hat doch da für diese Fernsehserie produzieren lassen. Es sollte ein riesiges Geschäft werden. Sie hat alles auf eine Karte gesetzt...«

»Ich persönlich«, sagte Laura, »finde es schlimmer, daß da Menschen ums Leben gekommen sind. Alles andere läßt sich doch wieder aufbauen.«

»Aufbauen! Wovon denn? Falls sich die Waren noch nicht auf dem Weg nach Europa befanden, hat Alex einen Verlust, der sie ruiniert. Dann ist sie am Ende.« Chris strich sich über die Augen. Laura hatte ihn nur selten so erlebt. »Verdammter Mist«, murmelte er.

Als sie vor ihrem Haus hielten, sprang er sofort aus dem Wagen. »Kannst du bezahlen, Laura? Ich muß sofort bei Alex anrufen!«

»Ja, lauf nur.« Laura kramte ihr Portemonnaie hervor. Sie hegte keine besonderen Sympathien für Alex, deren Lebensweise ihr zu fremd war, aber diesen Schlag hätte sie ihr nicht gewünscht. Sie zahlte und stieg dann langsam aus.

Die Isar sprang klar und plätschernd über helle, runde Steine. Dunkelgrüne Algen flossen wie langes, welliges Haar dahin und blieben doch verwurzelt. Fische schossen pfeilschnell über den Grund, in silbern glänzenden, dichten Schwärmen. Der tiefblaue Augusthimmel spiegelte sich im Wasser. Ringsum lagen Gras und Blätter unter flirrender Mittagshitze. Ganz fern war der Autoverkehr der Stadt zu hören.

»Alles zu Ende«, sagte Alex, »wie schnell es gegangen ist. Gestern sind wir in Hongkong losgeflogen und dachten, uns kann nichts mehr passieren. Und heute ...« Sie sprach nicht weiter, starrte über das Wasser, als könne sie dort irgendwo eine Antwort finden.

Grawinski nahm seine Sonnenbrille ab. Seine Augen waren gerötet vor Müdigkeit. Er sah plötzlich eingefallen und alt aus.

»Ich kann es nicht begreifen«, sagte er leise.

Alex hatte es im Büro nicht mehr ausgehalten, und so waren sie zur Isar hinuntergegangen, kauerten nun irgendwo im Gras, beide angeschlagen vom Jet-lag und völlig erschöpft. Sie boten einen seltsamen Anblick, Grawinski in seinem dunkelblauen Anzug mit Seidenkrawatte, Alex in Kostüm, Strümpfen und hochhackigen, unbequemen Schuhen. Ihr Rock würde Grasflecken haben nachher, aber das kümmerte sie nicht. Eine scharfe Falte hatte sich zwischen ihren Augen gebildet, ihre Lippen preßten sich schmal aufeinander.

Li Fao Dengs Anruf hatte Grawinski um drei Uhr in der Nacht erreicht, und er war sofort von seinem Hotel aus zu Alex gefahren und hatte sie geweckt. Niemand wußte, wie das Feuer in der Fabrik hatte ausbrechen können, möglicherweise war ein defektes Kabel die Ursache gewesen.

»Es sind an die zweihundert Arbeiter ums Leben gekommen«, sagte Fao Deng, und Grawinski brüllte in den Apparat: »Und die Ware? Was ist mit der Ware?«

»Verbrannt«, sagte Fao Deng, »es war nichts zu retten.«

»Alles? Wollen Sie sagen, es ist absolut alles verbrannt?«

Fao Deng erwiderte kühl: »Nach meinen Informationen ist dies der Fall. Sollte irgend etwas erhalten geblieben sein, werden Sie es erfahren, aber es dürfte die Situation nicht wesentlich ändern.«

»Wissen Sie, was Sie da sagen? Wir können nicht ausliefern! Wir haben wie die Verrückten geworben! Wir haben bereits Millionen investiert!«

»Das ist mir bekannt«, sagte Fao Deng etwas gelangweilt. »Ich werde Sie wieder anrufen, wenn wir einen genauen Überblick über den entstandenen Schaden haben.«

»Sie hängen da auch drin, Mr. Deng!« sagte Grawinski voller Wut, aber von der anderen Seite kam nur ein leiser Seufzer. »Nein, Mr. Grawinski, und das wissen Sie auch. Nicht einmal Sie hängen richtig drin. In erster Linie bricht diese Geschichte Mrs. Leonberg das Genick. Neben der Tatsache, daß sie ihre Lieferverträge nun nicht einhalten kann, ist ja auch die Fabrik unbrauchbar geworden. Eine Fehlinvestition auf der ganzen Linie.«

»Wir haben eine Versicherung.«

»Die wird Ihnen Schwierigkeiten machen. Das dürfte auf mehrere Prozesse hinauslaufen, und die Frage ist, ob Mrs. Leonberg das durchhalten kann.«

Fluchend hatte Grawinski den Hörer auf die Gabel geworfen, war in seine Kleider geschlüpft und zu den Aufzügen gejagt. Vor dem Hotel scheuchte er einen dösenden Taxifahrer auf und schrie ihm Alex' Adresse zu. Er war in Schweiß gebadet, als er vor ihrem Haus ankam, feststellte, daß er sein Geld vergessen hatte, und sie erst aus dem Bett klingeln mußte, um den verärgerten Taxifahrer zu bezahlen.

Sie hatte sofort gewußt, daß etwas Schreckliches passiert sein mußte, sie mußte nur sein Gesicht sehen, das fahl und bleich war. Er bat sie um einen Whisky, dann ließ er sich auf das Sofa fallen, hielt sich am Glas fest und erzählte ihr, was geschehen war. Danach brauchte sie auch einen Whisky.

Sie waren in aller Herrgottsfrühe ins Büro gegangen. Die Sechs-Uhr-Nachrichten hatten bereits über das Ereignis berichtet, und die ersten Telefaxe von Kunden mit aufgeregten Nachfragen trafen ein. Ab halb acht schrillte das Telefon pausenlos. Alex konnte nichts anderes tun als die Meldung bestätigen. Anwälte wurden eingeschaltet, Schadensersatzdrohungen gingen ein, Journalisten waren von den Sekretärinnen nicht mehr aufzuhalten. Die Frage nach den ums Leben gekommenen Arbeitern stand im Mittelpunkt des Interesses. Offenbar hatte man die Arbeiter tatsächlich jede Nacht auf dem Werkgelände eingeschlossen, in erster Linie um sicherzustellen, daß jeden Morgen wirklich die komplette Mannschaft antrat und niemand sich abseilen konnte, aber auch, um jeden Ausfall durch möglichen Alkoholgenuß, familiäre Probleme oder vorgetäuschte Krankheit auszuschalten.

Alex ließ sich mit Li Fao Deng verbinden, was ihr erst beim vierten Anlauf gelang, da er sich dreimal mit anderweitigen wichtigen Gesprächen entschuldigen ließ. Alex bebte vor Wut; erst gestern war er noch höchstpersönlich auf dem Flughafen von Hongkong aufgekreuzt, um sich zu verabschieden und ihr einen Strauß gelber Rosen zu überreichen, und heute versuchte er sie abzuwimmeln wie eine lästige Bittstellerin.

»Haben Sie das gewußt?« fuhr sie ihn an, als sie endlich mit ihm sprechen konnte. Sie ignorierte seinen kühlen Gruß, hielt sich nicht einmal mit einem »Guten Tag« auf.

»Haben Sie gewußt, daß die Leute da eingesperrt wurden?«

»Das ist keineswegs unüblich, Mrs. Leonberg.«

»Das habe ich nicht gefragt. Ich habe gefragt, ob Sie es wußten!«

»Ich wußte es. Ich verstehe jedoch nicht, weshalb das für Sie von Bedeutung ist.«

»Wenn Sie mir etwas davon gesagt hätten, hätte ich das nie geduldet!«

»Sind Sie da sicher?« fragte Li Fao Deng sehr von oben herab.

»Natürlich bin ich sicher.«

»Diesen Eindruck hatte ich von Ihnen nicht. Ihnen geht es ums Geschäft, oder? Jetzt entrüsten Sie sich, aber wenn ich Ihnen gesagt hätte, wir beschleunigen die Produktion um mindestens drei Monate, wenn wir mit den Arbeitern in der Ihnen jetzt bekannten Weise verfahren – da wären Sie die letzte gewesen, die sich plötzlich auf ihre soziale Ehrenhaftigkeit besonnen und ein Veto eingelegt hätte, davon bin ich überzeugt.«

Alex hielt es für möglich, daß er recht hatte, aber er brauchte nicht zu glauben, daß sie das jemals einräumen würde. »Wissen Sie, was die deutsche Presse mit mir machen wird? Die wird mich in der Luft zerfetzen! Das ist ein gefundenes Fressen für die!«

»Sie überstehen das. Die Welt blickt nach Kuwait, dagegen sind Sie eine kleine Meldung, Mrs. Leonberg. Ich fürchte außerdem, Sie haben ganz andere Sorgen als die um Ihren guten Ruf.«

Alex knallte den Hörer auf die Gabel.

Irgendwann, während sie mit einem ihrer aufgeregten Kunden verhandelte, hatte auch Felicia angerufen und bei der Sekretärin hinterlassen, Alex möge sich bei ihr melden. Aber Alex fühlte sich in diesen Stunden nicht in der Lage, mit ihrer perfekten Großmutter zu sprechen. Auf einmal war es, als verlasse sie alle Energie und aller Mut. Es war der Moment, als sie Grawinski bat, mit ihr wegzugehen, irgendwohin, nur fort aus dem Büro mit seinen klingelnden Telefonen und dem ständig ratternden Faxgerät, irgendwohin in den blühenden, heißen Augusttag.

Grawinski stand auf, nahm einen Kieselstein und versuchte, ihn auf dem vorbeifließenden Wasser springen zu lassen. Der Stein platschte in die Fluten und versank.

»Ich glaube, das geht nur bei Seen, nicht bei Flüssen«, meinte Alex.

Grawinski zuckte mit den Schultern. »Ich weiß nicht. Auf jeden Fall konnte ich es mal.« Er wandte sich ihr zu. Groß und dunkel hob er sich vor der Sonne ab. »Es ist nicht das Ende der Welt, Alex.«

»Nein.« Sie starrte an ihm vorbei. »Das sicher nicht.«

»Hast du irgendwelche Reserven?« Warum frage ich das, dachte er, ich weiß doch die Antwort!

»Keine«, sagte Alex, »absolut keine. Ich habe nur noch Schulden. Ich stehe ungefähr genauso da wie Markus vor seinem Tod, nur daß es bei ihm Jahre dauerte und bei mir zwölf Stunden. Was das Tempo meiner Pleite angeht, halte ich wahrscheinlich derzeit den Rekord.«

»Auch eine Leistung, findest du nicht?«

Sie war nicht bereit, auf seinen Versuch, ihr ein Lächeln

abzuringen, einzugehen. Sie stützte den Kopf in beide Hände. »So haarscharf«, flüsterte sie, »warum mußte es so haarscharf schiefgehen? In letzter Sekunde!«

»Ein paar Wochen früher hätten auch nichts geändert«, sagte Grawinski. Er streifte sein Jackett ab und hängte es über die Schultern. »Gott, ist das heiß!«

Ein Radfahrer kam vorbei, ein junger Mann, der fröhlich vor sich hin pfiff und gänzlich sorglos schien. Alex und Grawinski starrten ihm nach, als handele es sich um ein Wesen von einem anderen Stern.

»Hast du schon mit Felicia gesprochen?« fragte Grawinski.

Alex schüttelte den Kopf. »Nein. Sie hat um Rückruf gebeten, aber ich konnte nicht. Mir hat Chris gereicht. Der rief heute früh an, und als er begann, mich zu trösten, hätte ich fast losgeheult. Das brauch' ich jetzt nicht noch mal von meiner Großmutter.«

»Ich kenne sie ja kaum, aber was du mir erzählt hast – glaubst du wirklich, sie würde dich trösten?«

»Vielleicht nicht. Ja, sie würde mich wohl eher fragen, was ich jetzt tun will, und das Problem ist, im Moment habe ich wirklich keine Ahnung.«

»Sie war ja auch ein paarmal am Ende. Was würde sie tun?«

Jetzt lächelte Alex.

»Felicia? Na ja, im äußersten Notfall würde sie wahrscheinlich einen reichen Mann heiraten, und wenn er alles saniert hätte, würde sie sich scheiden lassen oder ihn zumindest am ausgestreckten Arm verhungern lassen – emotional. Aber das war zu ihrer Zeit. Heute geht man andere Wege.«

»Welche?«

Sie sah ihn ungeduldig an. »Ich kann das jetzt in dieser Sekunde nicht aus dem Ärmel schütteln!«

Seine Schuhspitze malte Kreise in die Steine am Boden. »Ich bin ein reicher Mann, Alex. Leider nicht reich genug, um *Wolff & Lavergne* zu retten. Da geht es um ganz andere Beträge.«

»Ich weiß. Du kannst mir nicht helfen. Niemand kann mir helfen im Moment. Ach«, sie schlug mit der Faust neben sich auf den Boden, »es ist so gemein. Weißt du, als ich erfahren habe, daß ich diese Firma übernehmen soll, da hatte ich von nichts eine Ahnung. Von überhaupt nichts. Und als ich fertig studiert hatte, da war ich zwar ein bißchen schlauer, aber im Grunde war mein Kopf angefüllt mit Unmengen Theorie, nicht mit wirklichem Wissen, dem Wissen, das man nur aus Erfahrung gewinnt. Ich habe wie verrückt gearbeitet. Ich habe an meinem Schreibtisch gesessen und gedacht, ich werde wahnsinnig, weil ich nicht wußte, wie man Bilanzen aufstellt und Kalkulationen macht und was weiß ich alles, aber irgendwie hab' ich mich durchgebissen, und ich glaube, jetzt zum Schluß war ich ziemlich gut.«

Seine Stimme bekam einen warmen Klang, als er ihr zustimmte. »Das bist du. Wer wüßte das besser als ich?«

»Und dann, von einem Moment zum anderen, ist alles kaputt. Wegen eines Feuers. Eines idiotischen Feuers, das, wäre es zwei oder drei Tage später ausgebrochen, mir einen gewaltigen Verlust, aber nicht den Ruin eingebracht hätte! Es ging nur um zwei Tage!«

»Es klingt banal, Alex, aber so ist das Schicksal. Es sollte so kommen, und es ist so gekommen.«

»Aber es ist so schwer zu akzeptieren. Ich kann nicht einfach sagen, es ist Schicksal, und ich finde mich damit ab. Ich kann das nicht.«

»Was ich vorhin sagen wollte . . .« Er hätte jetzt ein Vermögen gegeben für eine Zigarette. Für irgend etwas, woran er sich festhalten könnte. »Was ich sagen wollte, war: Du sollst keine Angst vor der Zukunft haben. Ich würde gern für dich sorgen. Ich würde dich gern heiraten.«

»Was?«

Er lachte etwas verletzt. »Du tust so, als hätte ich dir ein unsittliches Angebot gemacht!«

Alex bemühte sich, ihre Überraschung zu verbergen. »Entschuldige, ich wollte nicht unhöflich sein. Das ist nur das letzte, was ich jetzt erwartet hätte.«

»Ja? Nach allem, was war in Hongkong?«

»Kurt, ich . . .«

Er kauerte sich vor sie hin, seine Hände umfaßten ihre beiden Schultern. »Sag nicht gleich nein, Alex. Du bist die Frau, mit der ich mein Leben verbringen möchte – jedenfalls den Rest davon. Ich kann das sagen, weil ich das, was ich für dich fühle, noch nie für eine andere gefühlt habe.«

»Aber das ist doch . . .« Sie suchte verzweifelt nach Worten, mit denen sie ihren Kopf aus der Schlinge ziehen könnte, ohne ihm allzusehr weh zu tun. Sie hatte ihn gern, sie mochte ihn nicht verletzen. Als er sie in Hongkong gefragt hatte, ob sie ihn heiraten wolle, hatte sie ihn nicht ernst genommen. Sie hatten gerade miteinander geschlafen, und womöglich hatte ihn das überwältigt. Aber jetzt war es zweifellos nicht die Leidenschaft, die ihn bewog. Sie beide hatten soeben eine gründliche Bauchlandung gemacht, und Grawinski konnte nicht von irgendeinem Glücksgefühl umnebelt sein.

»Das ist doch jetzt einfach nicht der Moment«, sagte sie.

»Es war schön in Hongkong, oder? Ich glaube nicht, daß du mir etwas vorgemacht hast. Es war die vollkommene Übereinstimmung.«

»Ja, eine sexuelle.« Sie schüttelte seine Hände ab, stand auf, strich ihren Rock glatt. Auch Grawinski erhob sich. »Eine sexuelle Übereinstimmung. Das reicht nicht.«

Sie hatte ihn verletzt, seine Augen konnten das nicht verbergen. »Und was reicht an mir nicht? Was fehlt mir? Was habe ich zu wenig?«

Sie spürte pochende Schmerzen in ihrem Kopf. Mußte das noch kommen! Ihr stand das Wasser bis zum Hals, und er fing vom Heiraten an! Als ob sie nicht ihre klaren Gedanken für anderes brauchte.

»Du hast nichts zu wenig. Darum geht es nicht. Bitte setz mich nicht unter Druck. Du meinst es gut, ich weiß. Aber es würde die Dinge für mich nicht einfacher machen, wenn ich jetzt unter deine Flügel krieche und ein sorgenfreies Leben führen würde. Diese Niederlage muß ich anders bewältigen, sonst stecke ich sie nie weg. Glaub mir das. Wir würden nicht glücklich.«

Er nickte langsam. »Ich verstehe. Es tut weh, aber ich verstehe dich.«

Sie berührte leicht seinen Arm, zärtlich und flüchtig. »Okay. Wir sollten jetzt ins Büro zurück. Es wartet viel Arbeit.«

Sie wollte vorgehen in der sicheren Gewißheit, daß er ihr folgen würde, aber er blieb stehen. Sie drehte sich schließlich um. »Was ist? Kommst du nicht mit?«

»Laß mir ein paar Minuten, ja?«

»In Ordnung.« Sie ging allein weiter, und die Gedanken kreisten wie wild in ihrem Kopf. Es mußte einen Weg geben. Es gab immer einen. Es würde nur sehr schwer sein, ihn zu finden.

## 10

»Und stell dir vor, Alex verliert womöglich alles, was sie hat, nachdem diese Fabrik abgebrannt ist«, sagte Julia ins Telefon, das an diesem Samstagabend zu ihrer großen Überraschung geklingelt hatte. Michael war mit seinen Freunden unterwegs, Stefanie blieb ohnehin untergetaucht, und Julia wußte nicht, wer sie anrufen sollte – außer ihrer Mutter, und die hatte sich heute schon einmal gemeldet.

Es war Richard. Er rufe aus Berlin an, teilte er mit, West-Berlin, wo er am Abend zuvor an einem Kongreß teilgenommen habe. Den Tag habe er damit verbracht, die Stadt anzuschauen, und nun wolle er wieder nach Hause fahren. Julia bekam weiche Knie und suchte verzweifelt nach einem Gesprächsthema, bemühte sich, beim Reden nicht zu hektisch zu atmen. Schließlich fiel ihr Alex ein.

Richard war erschrocken. »Wirklich? Das wäre wohl für die ganze Familie ein Schlag, nicht?«

»Ja, vor allem für Felicia. Dieses Unternehmen ist ihr Lebenswerk, das letzte Unternehmen, was sie sich aufgebaut hat, nachdem sie immer wieder alles verloren hat. Es wäre wirklich hart.«

»Das tut mir leid.« Er machte eine Pause, ehe er fortfuhr: »Wie geht es den Kindern?«

»Gut. Sie sind allerdings nicht da. Samstag abend ziehen sie immer mit ihren Freunden los.«

»Das ist wahrscheinlich normal.«

»O ja. Völlig normal.« Das kam sehr hastig. Julia biß sich auf die Lippen. Wenn sie zu sehr betonte, daß alles in Ordnung war, würde Richard noch merken, daß etwas nicht stimmte. Um keinen Preis sollte er von den Sorgen um Stefanie erfahren.

»Hast du viel zu tun?« erkundigte sie sich.

»Ziemlich. Du weißt ja, da draußen ist ein Doktor alles in einem: Arzt, Veterinär, Beichtvater, Psychologe. Letzte Woche habe ich einer Kuh geholfen, Zwillingskälbchen auf die Welt zu bringen. Es dauerte zehn Stunden. Danach hätte ich drei Tage und drei Nächte hintereinander schlafen können.«

»Du Ärmster«, sagte Julia.

Ohne Übergang sagte Richard: »Es ist schon komisch, nicht? Jetzt werden unsere beiden Staaten wiedervereint. Wenn man es gewußt hätte ...«

»Du meinst, man hätte manches anders gemacht?«

»Man! Man!« Seine sanfte Stimme klang ungeduldig. »Wir reden wieder einmal elegant darum herum. Es geht schließlich um uns.«

»Ich weiß.«

Sie schwiegen beide ein paar Sekunden, dann sagte Richard müde: »Es ist ja auch egal. Eigentlich wollte ich nur wissen, ob es euch gutgeht.«

Julia wußte, im nächsten Moment würde sie »Auf Wiedersehen« sagen und auflegen. Der einsame Samstagabend türmte sich plötzlich zu einem unüberwindlich hohen Gebirge vor ihr auf. Hastig überlegte sie, wie sie die Stimme am anderen Ende festhalten könnte – ein paar Minuten nur.

»Richard«, sagte sie atemlos.

»Ja?«

»Können wir ... ich meine, können wir uns nicht sehen irgendwann demnächst? Nur so. Zum Reden.«

Sie spürte förmlich, wie er versteinerte. »Das hat doch keinen Sinn, Julia. Wir reiben uns nur auf. Ach, ich hätte nicht anrufen sollen!« Er wartete, ob sie noch etwas darauf erwidern wollte, aber sie blieb stumm. So fügte er nur hinzu: »Also, auf Wiedersehen, Julia, einen schönen Abend noch!« und legte auf. Sie legte ebenfalls auf, stand noch eine Weile gedankenverloren neben dem Apparat, ging dann langsam ins Wohnzimmer hinüber. Die Türen zum Balkon standen weit offen, der Augustabend war warm, brachte kaum Abkühlung von der Hitze des Tages. Die Geräusche der Großstadt klangen herauf, Motorenlärm, Hupen, Stimmen und Gelächter. Es waren viele Menschen auf den Straßen unterwegs, kaum jemanden hielt es heute zu Hause. Julia lauschte den vertrauten Klängen nach, und plötzlich fiel ihr der Dezemberabend im vergangenen Jahr ein, als sie in Richards überheizter Wohnstube gestanden und ihm in ihrer Verzweiflung angeboten hatte, zu ihm nach Bernowitz zurückzukommen. »Ich werde hier einziehen in dieses Haus. Wenn du es gar nicht anders machst, komme ich zurück.«

Jetzt dachte sie: Ich war wahnsinnig. Ich würde es überhaupt nicht können. Ich würde nie wieder dort leben können. Warum habe ich das gesagt? Es stimmte ja gar nicht. Ich würde es nicht mal für die Kinder tun, nicht mal für Stefanie. Auch nicht für mich.

Sie fühlte sich so allein an diesem Abend, empfand ihre Einsamkeit als schmerzhaft und endlos, und trotzdem – nicht einmal um ihre Einsamkeit zu beenden, wäre sie zurückgegangen. Auf einmal war sie sich nicht einmal sicher, daß sie glücklich hätte sein können, wenn Richard zurückgekommen wäre. All die Jahre hatte sie nur daran gedacht, wie es sein müßte, wenn sie wieder zusammen wären, hatte gebetet, die Umstände mögen sich ändern und ihnen eine Chance geben. Nun hatten sich die Umstände geändert, aber sie hatte feststellen müssen, daß sich auch Richard geändert hatte. Vollends verwirrte sie jedoch die Erkenntnis, daß auch sie selbst sich geändert hatte – ohne diesen Prozeß überhaupt zu bemerken.

Sie schenkte sich etwas zu trinken ein und stand, das Glas in der Hand, noch lange auf dem Balkon und schaute über die vielen Lichter der Stadt.

Es war der sechste August 1990. John war spät nach Hause gekommen, in seinem Pressebüro häufte sich die Arbeit. Er wurde an diesem Tag neunundvierzig Jahre alt, und Sigrid fand, daß er kein bißchen glücklich wirkte. Da es am Morgen immer so gehetzt bei ihnen zuging, hatte sie ihm ihre Geschenke am Abend gegeben. Er freute sich, aber seiner Freude fehlte das Strahlen. Dann stießen sie mit Champagner auf sein neues Lebensjahr an, und schließlich servierte Sigrid das Dinner, für das sie Unmengen eingekauft und viele Stunden in der Küche gestanden hatte. Sie hatte sich zur Feier des Tages sogar ein neues Kleid geleistet, jadegrüne Seide, sehr schmal geschnitten, mit einem Ausschnitt, der den Ansatz ihrer Brüste sehen ließ. Ihr schulterlanges, hellblondes Haar hatte einen wunderbaren Schimmer im Kerzenlicht. Aber sie spürte, daß John nichts davon bemerkte. Etwas zerstreut berichtete er von den Ereignissen des Tages, alle Welt blicke an den Golf, man erwarte einen bewaffneten Aufmarsch, vor allem von seiten der Amerikaner. Saddam Hussein habe schließlich das Land mit dem zweitgrößten Ölvorrat der Welt besetzt. Überall kletterten bereits die Benzinpreise in die Höhe.

»Es wird Krieg geben«, sagte John, »freiwillig räumt er Kuwait nicht.«

»Glaubst du, Israel wird in irgendeiner Weise verwickelt werden?« fragte Sigrid. »Wir sind nicht sehr weit weg.«

John zuckte mit den Schultern. »Wer weiß. Aber mit Gewalt zu leben sind wir ja gewöhnt.«

In der Tat, das waren sie. Drei Jahre Intifada, der bewaffnete Aufstand der Palästinenser, hatten es sie gelehrt. Das Leben war anders geworden, besonders in Jerusalem. Die Stadt war erneut geteilt. Nicht durch Mauern und Stacheldraht, sondern durch die Angst der Menschen. Man ging nicht mehr so einfach hinüber in den arabischen Teil, es konnte zuviel passieren. Steine flogen, Schüsse krachten. Man war vorsichtig geworden.

Sigrid war in Haifa gewesen, als die Intifada losbrach. Martin Elias war gestorben, und sie hatte an seiner Beisetzung teilgenommen. Es war ihr nahegegangen, zu wissen, daß der alte Mann nicht mehr unter den Lebenden weilte. Für sie bedeutete er ein Stück Schicksal. Er hatte ihr Leben kurz gestreift und ihm damit eine totale Wende gegeben. Aber sie erinnerte sich, wie sie die ganze Zeit am Grab gedacht hatte: Nun bist du bei deiner Sara. Wie du es dir ein Leben lang gewünscht hast. Nun bist du bei Sara.

Auf der Rückfahrt dann begegneten ihr mehrere Militärkolonnen, zweimal wurde sie angehalten und mußte ihre Papiere vorzeigen. Sie erkundigte sich, was los sei, und eine israelische Sergeantin erklärte ihr, daß ein Aufstand unter den Palästinensern losgebrochen sei. Sigrid war froh, als sie heil daheim ankam.

»Wir sollten von angenehmeren Dingen sprechen«, sagte sie nun, »schließlich hast du heute Geburtstag.«

»Was verstehst du unter angenehmeren Dingen?« fragte John. »Du kannst nicht meinen, daß wir von uns sprechen sollten, oder? Das halte ich jedenfalls auch nicht für besonders angenehm.« In seiner Stimme schwang Schärfe.

Sigrid legte ihre Gabel zur Seite. »Was ist los, John? Schon den ganzen Abend über bist du so seltsam. Habe ich irgend etwas falsch gemacht?«

»Natürlich nicht. Es tut mir leid, wenn du diesen Eindruck hast.« Er zerknüllte seine Serviette, stand auf. Ohne Sigrid anzusehen, sagte er: »Es ist schön mit dir. Ich liebe es, mit dir zu leben. Ich liebe dich. Aber ich bin schon wieder ein Jahr älter geworden, ohne daß sich etwas geändert hätte. Du weißt, was ich meine. Ich verstehe nicht, warum du mich nicht heiratest.« Er drehte sich um und sah sie an.

Stille. Das Ticken einer Uhr. Das Summen einer Fliege. Irgendwo tropfte es leise, vielleicht ein undichter Wasserhahn.

»Ach, John«, sagte Sigrid.

»Wenn du mir nur erklären würdest, warum! Schau, ich will dich nicht unter Druck setzen. Ich will auch nicht, daß mich eine Frau deshalb heiratet, weil ich sie jahrelang gedrängt habe und sie schließlich erschöpft ist. Ich respektiere jeden Grund, den du mir nennst, aber nenn ihn mir!« Er strich sich müde mit der Hand über die Augen. »Wenn es etwas gibt, das dich so sehr an mir stört, daß du mich nicht heiraten willst, dann habe ich nicht die geringste Chance, es zu ändern, denn du sprichst ja nicht darüber. Das ist nicht fair, Sigrid. Ich glaube, nach all der Zeit solltest du offen zu mir sein.«

»Es gibt nichts, was mich an dir stört. Absolut nichts. Du bist vollkommen für mich – das Beste, was mir je passiert ist.«

Er sah sie an, einen Ausdruck von Hilflosigkeit und Nichtweiterwissen in den Augen. »Du kannst dich mir noch immer nicht öffnen, Sigrid. Über das, was dich im Innersten bewegt, sprichst du nicht mit mir. Du willst mich nicht heiraten. Du willst mich nicht deiner Familie vorstellen. Bisher durfte ich weder deine Mutter noch deine Schwestern kennenlernen. Du tust so, als habe es kein Leben für dich gegeben, bevor du mich getroffen hast.«

»Aber so ist es!« Sie stand auf, ging zu ihm und nahm seine Hände. »Irgendwie gab es wirklich kein Leben vorher.«

»Vielleicht warst du nicht glücklich. Vielleicht warst du unfrei. Vielleicht hast du dich sehr belastet gefühlt. Ich weiß es nicht. Aber gelebt hast du, so oder so. Und es interessiert mich, denn es ist ein Teil von dir. Selbst wenn es irgendwelche düsteren Geheimnisse gäbe, gehörten sie zu dir.« John hielt inne, um dann sehr betont hinzuzufügen: »Es gibt nichts, was du mir nicht sagen könntest. Wirklich nichts!«

Sie sah ihn gequält an. »John, warum können wir nicht einfach weiterleben wie bisher? Wir sind so glücklich . . .« Sie brach ab, wußte, daß es nicht stimmte, was sie da gesagt hatte. John war nicht glücklich. Nicht so, wie er es hätte sein sollen und wie sie es für ihn gewünscht hätte.

»Nur wegen des fehlenden Trauscheins«, murmelte sie.

»Du weißt genau, daß dieses Fehlen nur ein äußeres Symbol für etwas ist, was bei uns im Innern nicht stimmt«, sagte John.

Schweigend standen sie einander gegenüber, neben sich den festlich gedeckten Tisch mit dem Essen darauf; die Kerzen flakkerten im Lufthauch, der durch das Fenster kam.

»Ich fürchte, ich habe den Abend verdorben«, sagte John schließlich, »tut mir leid. Du hast dir soviel Mühe gemacht.«

»Es ist schon gut«, sagte Sigrid und brach gleich darauf in Tränen aus. Als John sie an sich ziehen wollte, schüttelte sie ihn ab und lief aus dem Zimmer. Sie hatte das Bedürfnis, allein zu sein, niemanden, auch ihn nicht, um sich zu haben.

Am 3. Oktober 1990 trat die DDR der Bundesrepublik Deutschland bei. Ein feierlicher Staatsakt in Berlin besiegelte das Ende des zweigeteilten deutschen Staates.

Am 19. November trafen sich die Staats- und Regierungschefs aus vierunddreißig Staaten zu einem KSZE-Gipfeltreffen. In einer zum Abschluß der Tagung herausgegebenen Charta erklärten sie das Ende der Teilung Europas und das Ende des kalten Krieges. NATO und Warschauer Pakt einigten sich auf ein drastisches Abrüstungsprogramm.

Am 2. Dezember fanden die ersten gesamtdeutschen Wahlen statt. Die Unionsparteien unter Bundeskanzler Kohl errangen einen beachtlichen Wahlsieg. Die Sozialdemokraten mußten eine harte Niederlage einstecken.

Am 15. Januar 1991 verstrich das Ultimatum der UNO an den irakischen Diktator Saddam Hussein, seine Truppen aus Kuwait abzuziehen. Daraufhin begannen in den frühen Morgenstunden amerikanische, britische und saudische Luftwaffenverbände, Ziele im Irak und im besetzten Kuwait anzugreifen.

»Unser Ziel«, sagte der amerikanische Präsident George Bush in einer Fernsehansprache, »ist die Befreiung Kuwaits . . .«

Saddam Hussein antwortete, die Mutter aller Schlachten habe begonnen.

»Ja«, sagte Ernst Gruber, »so war es also. Nun wissen Sie alles.«

Alex hatte sich in ihrem Schreibtischstuhl zurückgelehnt. Sie sah sehr erschöpft aus. »Ja«, wiederholte sie, »nun weiß ich alles. Ein abgekartetes Spiel, von Anfang an. Die Tochter von ... wie hieß er, der Maler? Walter Wehrenberg. Die Tochter von Walter Wehrenberg. Wie muß sie Markus gehaßt haben!«

»Offenbar hat sie den Tod ihres Vaters nie verwunden«, sagte Gruber, »ich wußte selbst lange Zeit nicht, was hinter ihrem Haß auf Markus Leonberg steckte. Ich mußte das ziemlich mühsam recherchieren. Dann wurde mir allerdings klar, weshalb sie ihn so fanatisch verfolgte.«

»Sie hatte sehr viel Glück«, sagte Alex, »wenn sie Sie nicht kennengelernt hätte, wäre es ihr nicht so leichtgefallen, ihren Rachedurst zu stillen.«

»Ich weiß gar nicht, ob sie den hatte, bevor sie mich traf. Als sie erfuhr, daß Leonberg Kunde meiner Bank ist, wirkte sie wirklich überrascht – das heißt, sie hatte sich nicht seinetwegen mit mir eingelassen. Womöglich ließ ihr erst von diesem Zeitpunkt der Gedanke, ihn zu ... vernichten, keine Ruhe mehr. Ob das Glück ist? Glücklich wirkte sie nie.« Seine Stimme klang gleichmütig, aber so war ihm nicht zumute. Im Gegenteil. Es tat weh, es tat immer noch so weh.

Er riß sich aus seinen quälenden Gedanken, musterte Alex. Es war fast dämmerig in ihrem Büro an diesem kalten, grauen Januartag. Es schien ihr nicht in den Sinn zu kommen, eine Lampe einzuschalten. Sie starrte vor sich hin – auf einen imaginären Punkt, dachte Gruber zuerst, bis ihm aufging, daß sie das Bild ihres verstorbenen Mannes betrachtete, das vor ihr stand.

Er lehnte sich vor. »Ich wollte noch sagen ... also, weshalb ich vor allem hergekommen bin ... es tut mir leid. Es tut mir schrecklich leid, was geschehen ist. Ich wollte nicht, daß Herr Leonberg sich ... daß er ums Leben kommt. Hätte ich es geahnt ...« Er vollendete diesen Gedanken nicht, schwieg hilflos.

Alex löste ihren Blick von Markus' Gesicht und sah Gruber an. »Oh, reden Sie mir nicht ein, Sie hätten anders gehandelt, wenn Sie die Folgen geahnt hätten. Sie müssen Wachs gewesen sein in den Händen dieser Frau. Sie hätten alles getan, was sie wollte.«

Er erwiderte nichts, denn es stimmte, was sie sagte. Es hatte Zeiten gegeben, da wäre er für Clarissa eines Mordes fähig gewesen.

»Er hatte keine Chance«, sagte Alex, »nicht gegen Sie beide. Nicht gegen so viel Haß und Rachsucht.«

»Ich habe ihn nicht gehaßt. Überhaupt nicht. Im Gegenteil. Ich mochte ihn.«

»Aber Clarissa Wehrenberg konnte Sie zu allem bringen. Was hat Sie verbunden mit dieser Frau?« Sie erwartete nicht, daß er auf diese Frage antworten würde, sah ihn nur sehr genau an, als könne sie in seinen Zügen eine Erklärung finden. Ein schwammiges, verlebtes Gesicht. Tränensäcke unter den Augen, tiefe Furchen zwischen Nase und Mund. Alles war schlaff, weich. Welche Abgründe gab es in diesem Mann, und wie hatte Clarissa sie aufgespürt? Eines stand fest, sie hatte in ihm lesen können wie in einem offenen Buch, und sie hatte ihre Erkenntnisse gründlich genutzt. Vielleicht machte der Haß hellsichtig. Jedenfalls setzte er Energien frei, die sonst im verborgenen schlummerten.

»Ich frage mich nur«, fuhr sie fort, »warum Sie nach sechs Jahren plötzlich hier auftauchen und mir das alles erzählen.« Ihre Stimme klang frostig und unpersönlich, ein Schutz gegen all die Gefühle, die in ihr losbrachen. Was hatte dieser Mann Markus angetan! Obwohl sie immer gewußt hatte, daß er Markus durch seine wahnwitzigen Kredite in den Ruin getrieben hatte, überwältigte sie nun die Empörung, als sie erfuhr, welch gnadenlosem Kalkül er ausgeliefert gewesen war. Das machte alles noch schlimmer, noch brutaler und furchtbarer. Und aus irgendeinem Grund haßte sie diesen Mann weitaus mehr als die fremde Clarissa. Vielleicht, weil er leibhaftig vor ihr saß, vielleicht aber auch, weil Clarissa, wie perfide sie gewesen sein mochte, nicht völlig grundlos gehandelt hatte. Sie war ein kleines Mädchen gewesen, als sich ihr Vater erschossen hatte. Alex konnte etwas von dem Schmerz nachempfinden, den sie gefühlt hatte. Clarissas Leid berührte sie. Aber Alex war nicht bereit, das Leid von Ernst Gruber zu akzeptieren.

»Ich habe seit August versucht, einen Termin bei Ihnen zu bekommen«, sagte er nun auf ihre Frage, »aber es war zunächst unmöglich.«

»Nein. Aber auch im August hätte es mich gewundert, warum Sie plötzlich alles erzählen.«

»Sie wissen ja, daß ich nicht mehr in der Bank arbeite. Ich habe eine ziemlich schlimme Zeit hinter mir.«

Alex sah ihn abwartend an.

»Ich ... ich verstehe sehr viel vom Finanzgeschäft. Bis mein Leben aus den Fugen geriet, war ich wirklich gut. Ich würde sehr gerne ...«, er holte tief Luft, denn es kam ihm plötzlich selber absurd vor, was er sich da vorgenommen hatte, »ich würde sehr gerne für Sie arbeiten.«

»Wie bitte?«

»Ich dachte, Sie könnten mich vielleicht brauchen. Ich weiß, daß Sie eine Menge Probleme haben, seit dieser Geschichte in China.«

»Eine Menge Probleme – das ist ziemlich untertrieben.«

»Ich weiß nicht, inwieweit Ihnen Herr Grawinski helfen kann. Ich hätte vielleicht ein paar Ideen, wie man ...«

»Und Sie meinen, ich alleine hätte keine Ideen?«

»Doch, natürlich.«

Alex stand auf. »Dann verstehe ich nicht, was Sie von mir wollen«, sagte sie kalt.

»Sie sind meine letzte Hoffnung.«

»Ach? Müssen Sie sonst am Hungertuch nagen?«

»Nein. Aber ... es gibt Dinge, die sind genauso schlimm. Oder schlimmer. Ich kann nicht mehr leben, wie ich jetzt lebe. Ich brauche etwas ... etwas zum Festhalten.«

»Und Sie dachten, da bin ich die Richtige.«

Auch Gruber erhob sich nun. Er sah sehr blaß aus. »Frau Leonberg«, begann er, aber Alex unterbrach ihn sofort. »Sparen Sie sich das, Herr Gruber. Wissen Sie, ich kann Sie nicht brauchen. Ich kann überhaupt keine Berater brauchen, weil es in meinem Fall nichts mehr zu beraten gibt. Ich bin am Ende. Daran ändern Sie nichts mehr, und auch sonst niemand. Im übrigen, selbst wenn es anders wäre«, geistesabwesend griff sie nach einer Zigarette, wandte sich aber ab, als Gruber ihr rasch Feuer geben wollte, und zündete sie selber an. »Sie müssen verstehen, daß Sie der letzte Mensch sind, mit dem ich Tag für Tag zusammensein wollte, und sei es auch nur beruflich. Ich schätze Ihre Ehrlichkeit, ich bin froh, daß Sie mich über alle Hintergründe aufgeklärt haben. Aber«, sie sah ihm direkt in die Augen, »ich kann Ihnen nicht verzeihen. Es tut mir leid. Ich kann nicht.«

»Aber ... was soll ich jetzt machen?«

»Das wird sich mein Mann damals auch gefragt haben. Wir alle fragen uns das irgendwann im Leben mal. Ich mich auch. Was soll ich machen, Herr Gruber? Wissen Sie, ich versuche, meinen Karren aus dem Dreck zu ziehen, und Sie versuchen dasselbe mit Ihrem. Und im übrigen sollten wir zusehen, daß sich unsere Wege nicht mehr kreuzen.«

Sie ging zur Tür und öffnete sie. Die Aufforderung war nicht zu übersehen. Gruber schlich an ihr vorbei hinaus.

Leise sagte er: »Ich kann Sie sogar verstehen. Ich habe zu schlimme Dinge getan. Es tut mir sehr leid.«

Sie erwiderte nichts, schloß sehr nachdrücklich die Tür hinter ihm. Im Raum war es jetzt schon dunkel. Trotzdem machte sie noch kein Licht an. Sie kauerte sich auf einem Sessel in der Sitzecke zusammen, starrte in das dämmrige Rechteck des Fensters, und nur das glimmende Ende ihrer Zigarette tanzte als Leuchtpunkt vor ihr her. Das berühmte winzige Stück Hoffnung in der Nacht. Sie fragte sich, ob es das diesmal noch gab.

## 11

Am 18. Januar fand der erste Raketenangriff Iraks auf Israel statt. Die Scud-Raketen stürzten teilweise ins Meer, einige schlugen in Jerusalem und Tel Aviv ein. Allerdings richteten sie keinen nennenswerten Schaden an. Schlimmer war, was Saddam androhte: Die nächsten Raketen würden giftgasgefüllte Sprengkörper tragen.

John wurde an diesem Vormittag von der New Yorker Redaktion seiner Zeitung angerufen und beauftragt, sich unverzüglich nach Tel Aviv zu begeben, um unmittelbar am Ort politischer Entscheidungen zu sein. Die Welt wartete gespannt, wie Israel auf den Angriff reagieren würde; wenn es zurückschlüge, hätte Saddam sein Ziel erreicht und die geschlossene arabische Front gegen ihn durchbrochen, es würde ihm möglicherweise gelingen, einen arabisch-isrealischen Krieg heraufzubeschwören und seinen Überfall auf Kuwait aus dem Brennpunkt des Interesses zu ziehen.

»Er betreibt ein raffiniertes Spiel«, sagte John zu Sigrid, »wenn es die Amerikaner jetzt nicht schaffen, Israel zum Stillhalten zu bewegen, eskaliert dieser Krieg und erfaßt die ganze Region.«

»Ich möchte nicht, daß du nach Tel Aviv gehst«, sagte Sigrid. Sie sah blaß aus, wegen der nächtlichen Raketenangriffe hatte sie keine Minute geschlafen. »Stell dir vor, die greifen wirklich mit Giftgas an . . .«

»Man wird Gasmasken verteilen. Schatz, ich kann mich nicht drücken. Ich bin nun mal Journalist. Ich kann nicht weglaufen, sobald es etwas ungemütlich wird.«

Sigrid überlegte nur eine Sekunde. »Dann komme ich mit!«

John war natürlich dagegen, hielt ihr vor, daß es zu gefährlich sei und sie außerdem ja auch ihren Unterricht nicht einfach abbrechen konnte. Doch Sigrid blieb hart. »Ich nehme Urlaub, und wenn sie mich dann hinauswerfen, kann ich auch nichts tun. Entweder wir gehen zusammen nach Tel Aviv, oder du bleibst hier!«

Es war nicht die Zeit für lange Diskussionen, also gab John nach, auch wenn er ständig betonte, wie völlig verrückt ihr Verhalten sei. So fanden sie sich schließlich in einem Hotel in Tel Aviv wieder, einem modernen, komfortablen Bau, ausgestattet mit allem, was man brauchte. Sigrid mochte Tel Aviv nicht besonders, fand es laut, hektisch, kaum unterscheidbar von anderen Großstädten der Welt. Sie war vom ersten Moment an allein, weil John ständig Termine hatte. Sie ging ein bißchen spazieren, traf an allen Straßenecken auf Menschengruppen, die erregt die Lage zur Stunde diskutierten. Besonnenheit und Ruhe trafen auf patriotischen Eifer, der sofortige Vergeltung verlangte. Die Stadt war erfüllt von einer Unruhe, die so anstekkend wirkte, daß es Sigrid bald vorzog, ins Hotel zurückzukehren. An der Rezeption erfuhr sie, daß am späteren Nachmittag Gasmasken an die Hotelgäste ausgegeben und ihr Gebrauch erklärt werden sollte. Also rechnete man wieder mit Angriffen in der Nacht. Sigrid ging in ihr Zimmer, ließ heißes Wasser in die Badewanne laufen. Vielleicht würden heißes Wasser, Rosmarinsalz und ein Glas Sekt entspannend wirken.

Als sie dann in der Wanne lag und an die Decke starrte, in langsamen Schlucken den Sekt trank und den Aufruhr ihrer Gefühle zu analysieren versuchte, stellte sie fest, daß nicht der Gedanke an die Scuds in erster Linie für ihr Unbehagen verantwortlich war, obwohl sie schreckliche Angst davor hatte und nur wünschte, sie könnte John bewegen, das Land zu verlassen und sich irgendwo in Sicherheit zu bringen. Aber die Situation, in der sie sich plötzlich befand, die niemand erwartet oder vorausgesehen hatte, ließ sie erkennen, daß sie die vergangenen Jahre in einer Luftblase verbracht hatte, glücklich mit John in ihrem kleinen Häuschen, fern vom wirklichen Leben. Sie hatte versucht, alles auszusperren, was ihr Leben stören könnte. Sie wollte, daß es immer so weiterginge. Sie hatte versucht, was sie auch früher daheim in Deutschland versucht hatte: einer Situation den Stempel der Unveränderlichkeit aufzudrücken. Nichts durfte Unordnung bringen, nichts das Gleichmaß gefährden.

Angst, dachte sie, du hast immer noch die alte Angst.

Und all ihre Angst, sie wußte es genau, gründete sich auf die Person ihres Vaters. Auf diesen Mann, den sie nicht gekannt hatte, und der trotzdem ein lebenslanges Verhängnis für sie zu werden schien. Wann hatte sie es zum letztenmal geschafft, einen Schritt aus der Erstarrung zu tun? Nachdem sie mit Martin Elias über ihren Vater gesprochen hatte, offen und rückhaltlos.

Sie stieg aus der Wanne, angelte nach einem der großen, weißen Handtücher. Wäre ich nur furchtlos. Und stark. Und frei von aller Angst!

In das Handtuch gehüllt, tappte sie auf nassen Füßen in das Zimmer hinüber. Vor dem Fenster blieb sie stehen, schaute über das in der winterlichen Mittagssonne leuchtende Tel Aviv. Heute nacht kamen vielleicht wieder Raketen. Vielleicht Giftgas. Sie würden Gasmasken tragen und im Keller kauern. Das Gesicht des Lebens veränderte sich so rasend schnell, war heute gut, morgen schrecklich, aber nie erstarrt. Es gelang ihr nicht, alles auszuklammern, was gefährlich oder unangenehm oder furchtbar war. Zu ihrem Leben gehörte ihr Vater. Der Massenmörder. Der Mann aber auch, der seine Frau und seine Kinder geliebt hatte. Auch er hatte viele Gesichter gehabt, vor allem aber war er ihr Vater gewesen. Wenn sie wollte, daß auch John zu ihrem Leben gehörte, mußte sie ihn mit ihrem Vater konfrontieren. Sonst würde sie ihn verlieren.

Am 20. Januar stationierten US-Truppen Flugabwehrraketen in Israel, um Scud-Raketen aus dem Irak abschießen zu können. Gleichzeit wurde Bombenangriff um Bombenangriff auf Irak geflogen. Große Teile Bagdads waren bereits zerstört. In Israel stieg die Angst vor dem Giftgas, und die Stimmen, die sofortige Vergeltung forderten, wurden lauter.

Am Abend des 22. Januar gab es wieder Alarm. Sigrid war allein im Hotelzimmer, saß vor dem Fernseher und sah einen Bericht von CNN aus Bagdad. Als sie die Sirene hörte, sprang sie sofort auf, ergriff ihre Gasmaske und verließ das Zimmer.

Ein großer Raum im Keller des Hotels diente als Luftschutzraum, war mit Stühlen, Sesseln und einem Fernsehapparat ausgestattet. Auf dem Weg nach unten hielt Sigrid Ausschau nach John, aber sie konnte ihn nirgends entdecken; offenbar war er noch nicht zurück. Sie konnte nur hoffen, daß er sich in Sicherheit befände.

Es gab nicht mehr viele Gäste im Hotel, die meisten waren nach dem ersten Bombenangriff abgereist. Vor allem waren noch Journalisten da. Ein junger Reporter aus Hamburg, mit dem sich Sigrid in den letzten Tagen manchmal unterhalten hatte, sagte, als er ihr bedrücktes Gesicht sah: »Machen Sie sich nicht zu viele Sorgen! Ihr Freund sieht zäh und clever aus!«

»Hoffentlich haben Sie recht«, meinte Sigrid verzagt.

Sie bekamen nichts mit von dem Angriff, aber nachher hieß es, eine Rakete sei mitten in Tel Aviv eingeschlagen, habe Gebäude zerstört, Tote und Verletzte verursacht. Das gefürchtete Giftgas allerdings war auch diesmal eine bloße Drohung geblieben. Sigrid geriet in Panik, als John nach zwei Stunden immer noch nicht da war. War er tot? Verletzt? Vielleicht sollte sie in den Krankenhäusern nach ihm suchen! Andere Journalisten hielten sie zurück. Angeblich war ein Wohnviertel getroffen worden. Was hätte er denn da machen sollen? »Er könnte gerade in diesem einen Augenblick vorbeigefahren sein. Er könnte . . .«

»Warten Sie doch erst einmal ab. Kommen Sie mit uns in die Bar und trinken Sie etwas.«

Sie saßen in der Bar, die Gasmasken in der einen Hand, die Martinigläser in der anderen. Es herrschte eine hektische, aufgeputschte Stimmung. Ein englisches Fernsehteam installierte Kameras und versuchte, Gäste zu interviewen. Auch Sigrid sollte ein Interview geben, aber sie lehnte ab. »Ich habe nichts zu sagen. Fragen Sie jemand anderen.«

Gegen Mitternacht endlich erschien John, ziemlich staubbedeckt, müde und zerknittert. Er hatte sich tatsächlich in der Nähe der Einschlagstelle aufgehalten, war jedoch nicht verletzt worden. Er hatte dann geholfen, sich um Verwundete zu kümmern und nach Verschütteten zu suchen, und seine Hände waren blutig.

»Du hättest wenigstens versuchen können, anzurufen«, sagte Sigrid, »ich habe mir schreckliche Sorgen gemacht!« Sie schenkte ihm einen Campari ein, während er duschte. Sie merkte, daß sie sich kaum noch kontrollieren konnte, sie mußte aufpassen, daß sie ihn nicht anschrie. Es wäre nicht gerecht gewesen, er hatte einiges mitgemacht an diesem Abend. Sie sah es ihm an, als er aus dem Bad kam, er wirkte völlig erschöpft.

»Tut mir leid«, sagte er, aber es klang nicht so, als tue es ihm wirklich leid, »es war keine Zeit dafür.«

Sie nickte und reichte ihm stumm das Glas. Während er trank, sah er an ihr vorbei zum Fenster hinaus in die Nacht.

»John«, sagte Sigrid vorsichtig.

»Ja?«

»Ich habe solche Angst, daß ich dich verlieren könnte.«

Etwas ungeduldig erwiderte John: »Ich kann jetzt hier nicht weg. Ich kann nicht jahrelang als Korrespondent in Israel leben, und kaum wird es brenzlig, sieht man mich nur noch von hinten.«

»Das hab' ich nicht gemeint. Die Raketen. Jedenfalls«, fügte sie hinzu, »nicht in erster Linie.«

Er sah sie fragend an.

»Ich . . .« Sie wußte nicht, wohin mit ihren Händen, krampfte die Finger zusammen, »ich war wohl nicht fair dir gegenüber. Du hattest recht, damals im August an deinem Geburtstag, ich war nicht offen genug dir gegenüber. Du hast das Recht, alles über mich zu wissen, und . . .«

Er fühlte sich viel zu erschöpft für ein solches Gespräch. »Sigrid, wir müssen nicht darüber reden. Vergiß, was ich damals gesagt habe.«

»Aber ich kann es nicht vergessen. Schon deshalb nicht, weil ich merke, es steht wirklich etwas zwischen uns. Und es wird immer größer. Wir reden nicht mehr davon, aber es ist noch da. Du entfernst dich von mir . . .«

John kippte seinen Campari hinunter. »Was soll das denn

sein?« fragte er. »Es steht etwas zwischen uns, ich entferne mich von dir ... offenbar sind manche Dinge einfach nicht zu klären. Lassen wir doch alles, wie es ist. Okay?«

»Nein. Es ist nicht okay. Ich liebe dich, John. Ich möchte dich heiraten. Aber vorher mußt du wissen, daß ...«

»Was?«

Sigrids Stimme wurde zum Flüstern. »Ich hatte solche Angst, es dir zu sagen. Ich habe auch jetzt noch Angst. Es ist ... es geht um meinen Vater.«

»Was ist mit ihm?«

»Ich habe dir gesagt, er sei im Krieg gefallen. Als einfacher, deutscher Soldat. Das stimmt nicht.«

John war, trotz aller Müdigkeit, auf einmal sehr aufmerksam. »Was ist dann? Lebt er noch?«

»Nein. Er ist tot. Er wurde 1946 hingerichtet.«

John brauchte ein paar Sekunden, um den ganzen Sinn dieser Worte zu erfassen. »Hingerichtet? Aber dann ...«

»Ja. Er war ein Kriegsverbrecher. Er ...« Sie stockte, aber bei aller Angst empfand sie doch, wie gut es war, zu reden. Ihre Worte überschlugen sich plötzlich. »Er war bei der SS. Hauptsturmführer. Bis zum Jahre '44, als seine asthmatischen Beschwerden so schlimm wurden, daß er nicht mehr einsatzfähig war, leitete er Erschießungen. Massenerschießungen von Juden. Vorwiegend in Polen und in der Ukraine. Er gehörte zu Hitlers treuesten Gefolgsleuten, er war ein Nazi durch und durch.« Sie machte ein Pause, um Luft zu holen, dann fügte sie sachlich hinzu: »Ich war neun Jahre alt, als ich es erfuhr. Meine Mutter sagte es uns – aus Angst, wir könnten es von Dritten erfahren. Von dem Tag an durfte dann nicht mehr darüber gesprochen werden. Das erstemal, daß ich das Wort Vater überhaupt wieder in den Mund nahm, war bei meiner ersten Begegnung mit Martin Elias vor über acht Jahren. Ich verdanke ihm sehr viel.«

Wieder schwieg sie einen Augenblick, hoffte, John werde etwas sagen, aber er war völlig verstummt. Sie versuchte in seinen Augen zu lesen, aber sie konnte seinen Blick nicht entschlüsseln: Stand Entsetzen darin, Fassungslosigkeit, Abscheu?

»Ich dachte, meine Angst sei vorbei«, fuhr sie fort, »aber sie kam wieder. Als ich dich traf, als es so schön wurde zwischen uns, da wollte ich unter allen Umständen verhindern, daß du es jemals erfährst. Ich wollte dich nicht verlieren.«

Endlich öffnete John den Mund. »Du wolltest mich deshalb nicht heiraten?« fragte er.

»Ich dachte, wenn wir heiraten, muß ich bestimmte Familienpapiere vorlegen«, sagte Sigrid, »und ich wußte nicht, ob in denen nicht vermerkt ist, daß mein Vater erst 1946 starb. Oder ob da etwas über ... über seinen Beruf steht. Außerdem war mir klar, ich würde dich dann meiner Mutter und meinen Schwestern vorstellen müssen. Meiner Großmutter Felicia und dem ganzen Clan. Es war eine Frage der Zeit, wann es dir jemand erzählen würde. Ich wollte es nicht riskieren. Ich wollte, daß es einfach so weitergeht zwischen uns. So schön und friedlich. Aber ich hätte wissen müssen, daß es mich eines Tages einholt.«

»Warum erzählst du es mir gerade jetzt?« fragte John. »Ich habe dir nicht die Pistole auf die Brust gesetzt.«

»Aber ich merke, daß etwas anders geworden ist. John, ich merke, daß du dich entfernst. Und ich habe in den letzten Tagen begriffen, wie wackelig diese heile Welt ist, von der ich dachte, sie könnte mein Leben lang halten. Seitdem sie die Bomben werfen, ist mir klar, daß man sich keine Insel schaffen kann. Man wird immer verletzbar bleiben. Man kann sich nicht absichern. Ich kann es nicht. Vor allem nicht dir gegenüber. Du hattest recht, du hast Offenheit verdient. Ach«, ungeduldig griff sie sich nun auch ein Glas und schenkte sich einen Campari ein, »vergiß das alles mit der Insel und der heilen Welt. Es war einfach so, ich wußte plötzlich, daß ich nichts mehr zu verlieren hatte.«

Sie sah ihm erneut in die Augen und meinte diesmal, Erstaunen zu entdecken. Zaghaft sagte sie: »John ...«

»All die Jahre hast du diese Angst mit dir herumgeschleppt?« fragte er ungläubig. »Diese panische Angst, dein Vater könnte uns auseinanderbringen?«

»Du bist Jude. Polnischer Jude. Deine ganze Familie ist umgekommen. Ich dachte, du würdest mit meiner Vergangenheit nicht leben können.«

John kramte eine Zigarette hervor, zündete sie an, nahm einen tiefen Zug. Er lehnte an der Wand neben dem Fenster, nur schwach beleuchtet vom Schein der Nachttischlampe. »Ich verstehe jetzt manches besser«, sagte er, »ich verstehe viel mehr von deinem Leben. Von dem merkwürdigen Geschöpf, das ich damals kennengelernt habe, als uns dieser ... Moshe hieß er, oder? – mitnahm in die Wüste. Du bist zu uns in den Jeep gestiegen, und ich dachte, wie kannst du bloß diese hübsche Frau auf dich aufmerksam machen! Ich habe mich sofort in deine blonden Haare und meergrünen Augen verliebt.« Seine Stimme hatte einen zärtlichen Klang angenommen. »Später war ich dann sehr erstaunt, daß es noch nie einen Mann in deinem Leben gegeben hatte. Du warst so zauberhaft, und das sollte noch keiner vor mir gemerkt haben? Du hast mir dann alles über deine schwierige Mutter erzählt, und darüber, wie eingeengt du leben mußtest, aber es hat mich nie hundertprozentig überzeugt. Ich dachte immer, daß da noch irgend etwas anderes sein müßte. Und jetzt weiß ich es.«

Sigrid merkte, wie ihre Hand zu zittern begann. Der Campari schwappte über. »Du hast so viel mitgemacht«, sagte er leise, »warum hast du es mir nur nicht viel eher anvertraut? Was dachtest du, was für ein Mensch ich bin?«

Sigrid konnte nicht verhindern, daß ihr die Tränen in die Augen stiegen. »Der beste Mensch, dem ich je begegnet bin«, erwiderte sie, »aber eben – auch nur ein Mensch. Mit einer schrecklichen Vergangenheit. Ich dachte, du würdest damit nicht fertig werden können, mit der Tatsache, daß mein Vater für genau solche Schicksale wie deines und das deiner Familie verantwortlich war. Ich bin mir auch jetzt nicht sicher. Vielleicht wird es in dir zu nagen anfangen. Du wirst mich nachts in deinen Armen halten, und du wirst dich fragen, ob nicht jemand aus deiner Familie vielleicht sogar von dem Vater der Frau erschossen wurde, die da neben dir schläft. Wie willst du damit zurechtkommen?«

John drückte seine kaum angerauchte Zigarette wieder aus und zog Sigrid an sich. Sie roch den leichten Tabakgeruch und fühlte seine Hände auf ihrem Rücken, ihr Griff war fester als sonst. »Liebling, du bist mir wichtig, nicht dein Vater«, sagte er, »und du bist ein völlig eigener Mensch. Vielleicht hast du seine Augen geerbt oder seine Nase, ich weiß es nicht, aber mit Sicherheit nicht das, was ihn zu einem Schergen Hitlers gemacht hat. So etwas wird nicht weitergegeben. Du hast nichts davon in dir. Du kannst der Gestalt deines Vaters sachlich und offen gegenüberstehen. Verdränge ihn nicht länger. Nur deshalb bekommt er so schrecklich viel Gewicht.«

»Meinst du wirklich, du kannst damit leben?« fragte sie. Ihre Stimme klang dumpf in seiner Umarmung. »Du wirst nicht dauernd an ihn denken müssen?«

»Schatz, ich denke an dich. Nicht an einen Mann, der seit über vierzig Jahren tot ist. Aber wann immer du mit mir über ihn reden willst, reden wir. Sooft du das Bedürfnis hast. Ich habe alles, was mich bewegt und beschäftigt, vor dir ausgebreitet, und du hast mir unendlich geholfen. Laß doch zu, daß ich dir das zurückgebe. Hör auf, dich mit etwas zu quälen, womit du dich gar nicht quälen mußt!« Er schob sie ein Stück von sich weg, sah sie eindringlich und besorgt an. »Sigrid, ich bin so froh, daß du es mir gesagt hast.«

Auf einmal begann sie haltlos zu weinen. All die Anspannung floß aus ihr heraus, die jahrelange Angst, alles, was sie unterdrückt, nicht ausgesprochen, in tiefste Tiefen verdrängt hatte. Es brach auf wie eine Wunde, die sich reinigen mußte. Sie hielt sich an John fest und spürte zum erstenmal in ihrem Leben die befreiende Wirkung von Tränen. So mußte es sein, wenn man geboren wurde, schmerzhaft und angstvoll, aber dahinter Helligkeit und Leben.

»John«, sagte sie, als sie wieder sprechen konnte, »wenn dieser Krieg vorbei ist, fliegen wir nach Deutschland. Ich möchte, daß du meine Familie kennenlernst.«

## 12

Kurz bevor das Flugzeug in Frankfurt landete, verschwand Belle noch einmal auf der Toilette, um sich zurechtzumachen. Als sie wiederkam, hatte sie ihre Haare gebürstet, die sie noch immer in dem dunklen Braun ihrer jungen Jahre färbte, ihr Gesicht gepudert und die Lippen nachgezogen, aber sie sah noch immer müde aus; eine alte Frau, die sich um ihr Äußeres bemühte, aber nicht verbergen konnte, daß sie im Leben nicht immer sorgfältig mit sich umgegangen war. Der Alkohol hatte sie gezeichnet, hatte ihr Ringe um die Augen gegraben, die nie wieder verschwinden würden, hatte ihre Haut schlaff, faltig, großporig gemacht, und kein Make-up konnte das verdecken. Sie wog zwanzig Kilo zuviel, das raffiniert geschnittene hellblaue Mantelkleid von Armani kaschierte die Polster an Taille und Hüften zwar einigermaßen, vermochte aber das Gesamtbild einer schweren, allzu üppigen Frau nicht ausreichend zu verbessern. Als sie sich wieder neben Andreas in den Sessel setzte, stöhnte sie leise. »Ich bin so schrecklich aufgeregt. Warum nur? Weil mein Sohn heiratet? O Gott, ich wünschte, ich wäre daheim!«

Andreas faltete seine Zeitung zusammen, drückte Belle aufmunternd die Hand. »Du hast gar keinen Grund, nervös zu sein. Du siehst deine Kinder, deine Schwiegertochter.«

»Das ist es ja. Was wird sie von mir halten? Ich möchte doch, daß Chris stolz auf mich ist. Ich fühle mich so unzulänglich. Dick und alt . . . das Schlimmste ist, meine Mutter wird wieder viel besser aussehen als ich. Ich frage mich, wie sie es gemacht hat, ihr Leben lang so schlank zu bleiben. Ich werde mir neben ihr wie ein Trampel vorkommen!«

»Belle, mach dich doch nicht verrückt. Du bist eine schöne Frau. Chris wird sehr stolz auf dich sein. Und Laura hat dich schon damals gemocht und hält sicher sehr viel von dir!«

»Ich bin nicht schön. Nicht mehr. Ich war sehr schön, oder?«

Andreas lächelte. »Das schönste Mädchen von Berlin. Was meinst du, warum ich so hinter dir her war?«

Sie zerknüllte die Papierserviette, die ihr die Stewardeß zu ihrem Kaffee gegeben hatte. »1939. Es ist ewig her.«

»Ja«, stimmte er vorsichtig zu. Ihre Stimmung schien von Nervosität in Gereiztheit umzuschlagen, und dann konnte ein einziges falsches Wort eine Explosion auslösen. Er hoffte, die Hochzeit werde ohne Zwischenfall über die Bühne gehen. Belle hatte seit Jahren keinen Alkohol mehr angerührt, aber er wußte, wie labil sie immer noch war. Zu allem Überfluß hatte sie seit Wochen gehungert, um bis zur Hochzeit eine schlankere Taille zu bekommen, und das machte sie noch kribbeliger. Schon fingerte sie wieder nach Puder und Lippenstift.

»Ich wünschte, es läge schon hinter uns«, sagte sie.

Allmählich wünschte sich Andreas das auch.

Chris hatte seine Schwester noch nie so dünn und blaß erlebt. Ihre Jeans schlotterten um ihre Beine, in dem schwarzen Baumwollpullover schien sie zu versinken. Ihre Haare, die sie jahrelang kurzgeschnitten wie ein Mann getragen hatte, reichten wieder bis auf die Schultern, sie kringelten und lockten sich und ließen das bleiche Gesicht dazwischen noch spitzer erscheinen. Sie rauchte eine Zigarette nach der anderen, ihre leicht gelblich gefärbten Fingerkuppen der rechten Hand bewiesen, daß sie das zu oft tat. Sie und Chris hockten im Schneidersitz einander gegenüber auf dem breiten Bett in Alex' Zimmer im Frankfurter Hotel *Hessischer Hof*. Ein paar allerletzte rötliche Strahlen der untergehenden Maiabendsonne sickerten noch durch das Fenster und verloren sich an der hohen Decke.

»Wie in alten Zeiten«, sagte Chris, »weißt du noch? Daheim in Los Angeles. Wir haben ganze Nächte lang so dagesessen wie jetzt und geredet.«

»Und immer war es todernst«, sagte Alex, »aber wir hatten keine Ahnung, was wirklich ernst ist.«

Chris nickte. Wer wußte das besser als er? Aber im Moment zeigte ihm das Schicksal sein freundliches Gesicht. Morgen würde er Laura heiraten.

Lauras Großmutter, altmodisch und romantisch, hatte durchgesetzt, daß Laura die Nacht vor der Hochzeit bei ihr verbrachte und nicht mit ihrem zukünftigen Ehemann, damit wenigstens ein Anschein von Schicklichkeit gewahrt werde. Sie war sehr enttäuscht, daß es keine kirchliche Trauung, kein weißes Kleid mit Schleier geben sollte, und so hatte Laura gemeint, man könnte ihr wenigstens in diesem einen Punkt entgegenkommen. So hatte sie am späten Nachmittag ihre Sachen gepackt, und Chris hatte sie nach Weißkirchen zu den Großeltern gefahren, war selber dann nach Frankfurt zurückgekehrt, wo er sich mit seiner Familie zum Abendessen verabredet hatte. Belle und Andreas waren am Morgen aus Amerika eingetroffen, Felicia, Nicola, Alex und Julia am Mittag aus München. Sie wohnten alle im *Hessischen Hof*. Susanne kam aus Berlin, hatte sich aber selber ein Hotel ausgesucht, dessen Namen sie nicht preisgab. Sie wollte unter allen Umständen verhindern, daß ihre Mutter dort plötzlich aufkreuzte, und natürlich würde sie auch nicht mit den anderen zu Abend essen.

Wie immer, dachte Chris, geht es in dieser Familie nicht einfach und unkompliziert zu.

Als er im Hotel ankam und sich mit seiner Schwester verbinden ließ, bat sie ihn zu sich aufs Zimmer, wo sie ihm mitteilte, sie werde ebenfalls nicht zum Essen kommen, da sie sich nicht wohl fühlte. Caroline hatte sie – wie meist – an Julia abgeschoben, die würde sie mitnehmen und sich den Abend über um sie kümmern. Chris versuchte sie doch noch zum Essen zu überreden, aber sie schüttelte nur den Kopf.

Schließlich blickte Chris auf seine Uhr. »Ich glaube, ich muß gehen. Wir wollten uns um halb acht im Foyer treffen, es ist gleich soweit.« Er streckte die Hand aus und strich sacht über Alex' Arm. »Du hast ziemliche Probleme, nicht?«

Sie schaute an ihm vorbei zum Fenster. »Ich habe alles auf eine Karte gesetzt, Chris, und alles verloren. Ich habe turmhohe Schulden, die ich nicht zurückzahlen kann. Durch den Brand in der Fabrik sind alle meine Investitionen der letzten Jahre umsonst gewesen. Ich werde noch vor Ablauf dieses Jahres Konkurs anmelden müssen.«

»Ist es wirklich so schlimm?«

»Ja«, antwortete sie einfach.

»Aber Felicia könnte doch . . .«

»Chris, es geht um Beträge, die die Möglichkeiten einer privaten Person übersteigen. Weder Felicia noch Dad könnten mir helfen.«

»Alles nur wegen Dan Liliencron!« sagte Chris wütend. »Weil er sich hat auszahlen lassen plötzlich! Wenn du das Geld jetzt hättest . . .«

»Ich hätte es nicht, da mach' ich mir nichts vor«, sagte Alex und zündete sich die nächste Zigarette an, »ich hätte es wahrscheinlich auch investiert. Ich mußte ja unbedingt aufs Ganze gehen. Nein, nein, Dan trifft keine Schuld.«

»Dieser Grawinski! Der hält sich doch für den Superfachmann! Der hätte dich warnen müssen, daß . . .«

»Chris, es hat doch keinen Sinn, die Fehler immer bei den anderen zu suchen. Ich bin eine erwachsene Frau, und ich bin verantwortlich für das, was ich tue. Ich habe bestimmte Entscheidungen getroffen, und die hätten sich ja nicht mal als falsch erwiesen, wenn dieses Feuer nicht ausgebrochen wäre. Und das konnte niemand vorhersehen. Es war ein verdammtes Pech. Es sollte eben nicht sein. Mir bleibt nichts übrig, als das einzusehen.«

Chris hatte sie noch nie so resigniert erlebt. Da war überhaupt kein Kampfgeist mehr, keine Kraft, nicht einmal mehr der harte Glanz in ihren Augen, den er früher manchmal gesehen und nicht gemocht hatte, weil er sie ihrer Großmutter ähnlich machte. Auf einmal war sie ein hilfloses, junges Mädchen, das erschöpft aufgab, überfordert, ausgelaugt, seit Jahren über die Grenzen seiner Kräfte lebend.

Sie stand auf und ging zur Tür, in der einen Hand die Zigarette, in der anderen den Aschenbecher. »Komm, du mußt gehen, Chris. Du kannst sie nicht alle warten lassen. Sie sind deinetwegen hier.«

Chris erhob sich zögernd. »Ich möchte dich jetzt eigentlich nicht alleine lassen . . .«

»Geh schon. Ich nehme eine Schlaftablette und lege mich ins Bett. Mach dir keine Sorgen.«

Er merkte, daß sie jetzt unbedingt allein sein wollte, daß sie Angst hatte, Emotionen zu zeigen, von denen sie nicht wollte, daß er sie kannte. So kam er ihrer Aufforderung nach, bedrückt und ratlos. Im Vorbeigehen gab er ihr einen Kuß und legte dabei kurz den Arm um sie; er spürte ihre spitzen Rippen und, als seine Hände in einer zärtlichen Geste tiefer hinunterglitten, auch ihre hervorstehenden Hüftknochen. In ihrem Körper war ein leises, nervöses Zittern.

»Bestell dir wenigstens ein Sandwich aufs Zimmer«, sagte er, und sie antwortete ungeduldig: »Ja, ja!«

Den Teufel würde sie tun.

Trotz der Tablette fand sie keinen Schlaf, und so war sie noch hellwach, als um elf Uhr an ihre Tür geklopft wurde. Julia hatte gesagt, Caroline könnte bei ihr schlafen, aber vielleicht quengelte die Kleine und wollte zu ihrer Mutter. Alex öffnete die Tür.

»Gut, daß du noch wach bist«, sagte Felicia und kam herein.

Alex unterdrückte ein Seufzen und schloß die Tür wieder. Das letzte, wonach ihr der Sinn stand, war eine Unterredung mit ihrer Großmutter. Allerdings wußte sie auch, sie würde Felicia aus diesem Zimmer nicht hinausbekommen, bevor sie nicht gesagt hatte, was sie sagen wollte.

Die alte Frau – sehr elegant in einem pastellgrünen Seidenkleid mit einer Smaragdbrosche im Ausschnitt – musterte ihre Enkelin – sehr leger in Slip und T-Shirt und mit zerwühlten Haaren – streng. »Ich glaube, es ist Zeit, daß wir einmal miteinander reden.«

»Chris hat mit dir gesprochen, oder?«

»Nein, obwohl ich mir alle Mühe gegeben habe, ihn auszuquetschen. Aber auch so kann ich schließlich zwei und zwei zusammenzählen. Du siehst aus wie ein Gespenst, also mußt du große Sorgen haben.«

Wozu sollte sie Felicia etwas vormachen? Alex nickte. »Ja. Ich kann dichtmachen, wenn du es genau wissen willst.«

»Ich will es genau wissen. Wie hoch sind deine Schulden?«

»Das ist meine Sache. Zu hoch, als daß du mir großmütterlich unter die Arme greifen könntest, falls du mit diesem Gedanken spielst.« Sie verschränkte die Arme vor der Brust, eine Geste voll Trotz und Abwehr. »Es war ein Fehler, mich zu deiner Nachfolgerin zu machen, Felicia. Das siehst du nun wohl. Ich habe das Schiff auf eine Klippe gesetzt, und nun saufe ich langsam ab.«

»Offenbar. Und was gedenkst du dagegen zu tun?«

»Was die Ratten tun. Abspringen. In diesem Fall: Ich verkaufe das Unternehmen und sehe zu, daß ich davonkomme.«

»Aha.« Felicia sagte nichts sonst, aber dieses »Aha« traf den wundesten Punkt an Alex' überreizten Nerven. »Natürlich, du verachtest mich dafür. Du hast ja immer alles so großartig hingekriegt. Felicia, die Überfrau! Unglücklicherweise sind die nachfolgenden Generationen nicht so sensationell tüchtig geraten. Aber das gibt es ja in vielen Familien. Immer ist da einer so phantastisch, daß er auf hundert Jahre alles lähmt, was ihm nachzueifern sucht!«

»Nur gut, daß du einen Schuldigen zur Hand hast!«

»Ich sage nicht, daß du schuld bist. Aber du hast mich da in etwas hineingedrängt . . . ach, ist ja auch egal. Ich will es nicht abwälzen. Ich habe versagt.«

»Na ja . . .«, sagte Felicia unbestimmt.

Alex fuhr sich mit gespreizten Fingern durch die Haare. »Felicia, nimm es mir nicht übel, aber es ist spät, und ich bin sehr müde.« Das stimmte nicht, sie war hellwach. »Ich würde jetzt gern schlafen.«

»Was heißt schon ›versagen‹?« Felicia tat so, als habe sie den Einwurf nicht gehört. »Ich bin zweimal genau in der Situation gewesen, in der du dich jetzt befindest. Jedem Geschäftsmann kann das passieren. Die Frage ist, wie man darauf reagiert.«

»Felicia . . .«

»1929 habe ich alles, absolut alles beim großen Börsenkrach verloren. Damals führte ich die Tuchwarenfabrik der Lombards und konnte es nicht lassen, nebenher zu spekulieren – aber in ganz großem Stil. Aktien zu kaufen, soviel ich nur kriegen konnte. Na, und dann ... von heute auf morgen krachten die Kurse, und mir zerrann buchstäblich alles zwischen den Fingern.«

Alex kannte die Geschichte, sie langweilte sie. Ein reicher Jude, Peter Liliencron, kaufte das Unternehmen ... Liliencron ... sie konnte nicht verhindern, daß der Ausdruck ihres Gesichts wechselte, und wußte, daß ihre Großmutter es bemerkte.

»Hast du eigentlich einmal wieder etwas von Dan Liliencron gehört?« fragte sie.

»Er hat mir ein paarmal aus England geschrieben. Es scheint ihm dort sehr gut zu gehen. Er ist ja in dieser Musikproduktion als Finanzberater tätig.«

»Er muß ein schwerreicher Mann sein. Seitdem du ihn ausbezahlt hast ...«

Alex sah ihre Großmutter scharf an. »Nein, Felicia, so mach' ich das nicht. Ich werde Dan nicht hinterherlaufen und ihn um Geld bitten!«

»Was ist dagegen einzuwenden, wenn du ihn einfach fragst, ob er wieder investieren will? Vielleicht hat er sein Vermögen auf Jahre festgelegt, aber vielleicht kann er es auch schnell abrufen. Fragen kostet doch nichts.«

»Du stellst dir das so einfach vor. Er hatte bestimmte Gründe, weshalb er damals fortwollte, und an denen ... hat sich nichts geändert.«

Felicia seufzte. Die ganze Zeit war sie mitten im Zimmer stehen geblieben, aber nun setzte sie sich in einen Sessel. Dieses verdammte Alter! Es machte solche Mühe, zu stehen, zu laufen, manchmal sogar zu sprechen. Die jungen Leute konnten das nicht begreifen, sie hatte es früher selbst nicht begriffen. Sie, die sich immer so sehnsüchtig gewünscht hatte, noch einmal jung sein zu dürfen, fürchtete sich heute vor dieser glücklicherweise rein utopischen Möglichkeit. Sie sah sich mit allen Bürden und Lasten der Jugend und zugleich mit den tausend Beschwerden des Alters, und hätte nicht mehr mit Alex tauschen mögen.

Wahrscheinlich, dachte sie nun, ist man dann wirklich alt, wenn man sich nicht mal mehr wünscht, jung zu sein.

»Bist du sicher, daß sich nichts geändert hat?« fragte sie nun auf Alex' Antwort hin.

»Was genau meinst du?«

»Zwischen dir und Dan. An dem, was du für Dan empfindest.«

»Felicia, entschuldige, aber du weißt überhaupt nicht, worum es geht.«

Felicia lachte. »Ich habe deine erste Liebe damals mitbekommen, und ich weiß ganz genau, wie versessen ihr aufeinander gewesen seid. Von seiner Seite aus hat sich das nie geändert, das konnte jeder spüren. Und was dich betrifft, du warst einfach zu jung und zu neugierig, um dich schon endgültig festzulegen, und das kann ich verstehen. Aber jetzt bist du nicht mehr so jung. Und manchmal habe ich das Gefühl, daß du, bei allem, was du geleistet hast, seit Markus' Tod in einem Zustand der Lähmung verharrst. Du läßt dich auf niemanden mehr wirklich ein. Das ist nicht gut. So!« Sie stand schwerfällig auf. »Mehr kann ich dazu nicht sagen.«

Sie ging zur Tür, blieb aber dort noch einmal stehen. »Ich hasse Banalitäten, Alex, aber manchmal kommt man um sie nicht herum, weil sie eben wahr sind. Das Leben ist ziemlich kurz, glaub mir. Mit über neunzig Jahren kann ich das überblikken. Und es hält nicht allzu viele wirklich gute Dinge für uns bereit. Das heißt, man sollte nie zuviel Zeit verstreichen lassen, und man sollte versuchen, frühzeitig herauszufinden, was und wen man wirklich will. Es ist . . . es gibt Gelegenheiten, da läßt man sich etwas entgehen, weil man seine Bedeutung nicht erkennt. Und irgendwann bist du alt und siehst klar und fragst dich, warum du so vieles nicht begriffen hast.« Sie schwieg einen Moment, vor ihren Augen schienen Jahre um Jahre, Menschen um Menschen vorüberzuziehen. »Schau, bei mir zum Beispiel, was Männer angeht . . .«

»Nein!« Zum zweitenmal kam dieses scharfe »Nein« von Alex. »Nicht schon wieder. Damals, nach Markus' Tod, als ich in Kalifornien war, hat mir meine Mutter schon einen langen Vortrag darüber gehalten, über all ihre Irrungen und Wirrungen mit meinem Vater und mit dem Mann, mit dem sie vorher verheiratet gewesen war und der aus Rußland nicht zurückgekommen ist... und wie das ihr Leben verkorkst hat und das des armen Daddy, und ich soll das doch bitte nicht so machen... und ich wette, du hast genau solch eine Geschichte auf Lager mit diesem Lombard, und mit Lavergne, der sich erschossen hat, womit wir sogar eine direkte Parallele zu Markus hätten! Und welche Rolle spielte dieser Sozialist, der vor sieben Jahren hierherkam, um zu sterben – Maksim? Maksim Marakow? Eine ganz schöne Palette, und ich bin sicher, du hättest eine Menge davon zu erzählen!« Sie fixierte ihre Großmutter wie die Schlange das Kaninchen, keine Regung entging ihr. Etwas gehässig sagte sie: »Du zuckst noch immer zusammen, wenn Marakows Name fällt! Mit der Geschichte wirst du offenbar nie fertig.«

»Ich denke, du wolltest es nicht wissen.«

»Will ich auch nicht. Du hattest dein Leben, Mami ihres, ich hab' meines. Ich lebe in einer völlig anderen Zeit. Heute findet eine Frau überhaupt nichts dabei, allein zu bleiben. Ihr Kind allein großzuziehen. Beruf und Leben und alles allein zu bewältigen.« Es klang ziemlich geschraubt, als sie hinzufügte: »Wir definieren uns nicht mehr einfach über einen Mann!«

»Oh«, sagte Felicia, »wenn du mir eines glauben kannst, dann dies, daß ich das mein Leben lang nicht getan habe. Aber darüber wollte ich gar nicht reden. Im übrigen«, sie öffnete die Tür, so daß Alex eine Heidenangst bekam, jemand könnte draußen etwas mitbekommen, »im übrigen sollst du dein Leben so gestalten, wie du willst. Ich finde nur, eine junge Frau könnte etwas glücklicher aussehen, als du es tust. Und falls du es dir doch noch überlegst, Dan Liliencron wegen einer Investition zu bitten, dann warte keinen Tag. In solchen Fällen kann es um Stunden gehen. Flieg am besten gleich morgen früh nach England.«

»Aber morgen heiratet Chris«, entgegnete Alex schockiert.

Felicia gab einen verächtlichen Laut von sich. »Na und? Dir steht das Wasser bis zum Hals, da gibt es Wichtigeres als eine Hochzeit. Sentimentalität kann man sich manchmal nicht leisten, das wußten sogar wir zu meiner Zeit schon!« Und damit war sie verschwunden.

Das Flugzeug hatte Verspätung gehabt, und so kamen Sigrid und John nicht mehr rechtzeitig zur Trauung an, sondern platzten in das Mittagessen hinein, das im Bad Homburger Hardtwald Hotel eingenommen wurde. Felicia hatte beschlossen, die Hochzeit zu finanzieren, und so wurde an nichts gespart. Sie wollte die ganze Familie um sich sehen, und es sollte der schönste Rahmen sein. Chris, dem das alles zuerst etwas zuviel gewesen war, hatte schließlich zugestimmt. Er begriff, was auch seine Großmutter wußte: Es würde eines der letzten Feste sein, die sie ausrichten konnte.

Sigrid und John betraten den Raum, als man beim zweiten Gang, Spargel und junge Kartoffeln, angelangt war. Sigrid hatte Chris versprochen zu kommen, ihn aber gleichzeitig gebeten, ihrer Mutter nichts davon zu sagen. »Sonst regt sie sich schon vorher so auf, daß sie womöglich in letzter Sekunde abreist.«

Zuerst bemerkte niemand die Neuankömmlinge. Dann sagte Julia plötzlich: »Oh – da sind ja noch Gäste!« Und alle drehten sich zur Tür.

Jeder hatte Schwierigkeiten, Sigrid als Sigrid zu erkennen. Innerhalb der Familie war das einzig Besondere an ihr gewesen, daß sie jeden Rekord an Unscheinbarkeit und Graumäusigkeit brach. »Arme, alte Jungfer«, pflegte jeder zu sagen, der sich auf Geselligkeiten überwunden hatte, mit ihr ein Gespräch anzufangen, »wie kann es das geben, daß an einem Menschen alles grau ist? Die Kleider, gut, das ist normal. Aber die Haare, die Augen, die Lippen, die Haut! Oder kommt es einem nur so vor?«

Das Wesen, das jetzt in der Tür erschienen war, hatte überhaupt nichts Graues mehr an sich. Grüne Augen funkelten unter dichten, schwarzgetuschten Wimpern. Der leuchtendrote Mund lächelte. Eine stark gebräunte Haut, dazu lange, hellblonde Haare. Goldene Ringe an den Ohren, Perlen um den Hals. Ein rotes Seidenkleid, das eng um den schlanken Körper lag und die Knie freiließ.

»Sigrid!« sagte Susanne fassungslos.

Zudem hatte diese völlig neue Sigrid auch noch einen überaus gutaussehenden Mann neben sich. John trug einen dunklen Anzug und sah faszinierend fremdländisch aus. In Israel mochte das nicht so aufgefallen sein, aber hier in diesem Saal sprang es förmlich ins Auge.

»Es war wie im Film«, erzählte Nicola später ihrer Tochter Anne am Telefon, »dieses Mädchen Sigrid hatte einen absolut großen Auftritt. Es war auf einmal totenstill im Saal, niemand sprach, niemand klapperte mit dem Besteck. Alle starrten sie an. Sie trug ein atemberaubendes Kleid, und mit Schminke hatte sie auch nicht gegeizt. Weißt du, keiner konnte es glauben!«

»Und was hat Susanne gesagt?«

»Oh, das war das Beste. Nachdem sich Sigrid einen Moment lang in der allgemeinen Aufmerksamkeit gesonnt hatte, ging sie auf ihre Mutter zu, diesen tollen Mann im Schlepptau. Sie blieb vor Susanne stehen und sagte: ›Mami, darf ich dir Jonathan David vorstellen? Wir werden im Sommer heiraten!‹ Susanne wurde weiß wie die Wand.«

»Jonathan David?«

»Amerikaner. Jude. Ehemals polnischer Jude!« sagte Nicola genießerisch.

»O Gott!«

»Na ja, und jeder dachte, Susanne fällt jetzt in Ohnmacht oder fängt an zu schreien oder so etwas. Ich meine, über das, was ihr Mann getan hat, ist sie ja nie hinweggekommen, und sie kann bis heute das Wort Jude nicht aussprechen. Aber sie bewies Haltung. Sie stand auf, streckte diesem Jonathan David die Hand hin und sagte: ›Ich freue mich, Sie kennenzulernen.‹ Ich wette, ihr war hundeelend zumute, aber sie hatte sich in der Gewalt.« Nicolas Stimme klang fast ein wenig enttäuscht, als sie hinzufügte: »Nein, einen Skandal hat sie leider nicht verursacht!«

Der sonnige Mainachmittag sah die Mitglieder der weitverzweigten Familie in stiller Eintracht. Zu Chris' und Lauras Erleichterung wurde auf das sonst allgemein übliche Programm bei Hochzeiten verzichtet, das heißt, niemand fühlte sich bemüßigt, Sketche vorzuführen oder Gedichte zu verlesen; auch geisterten keine Babyfotos des Brautpaares herum oder ihre Schulhefte aus der ersten Klasse. Jeder durfte tun und lassen, was er wollte.

Felicia wurde von Lauras Großeltern mit Beschlag belegt; einfache, redliche Leute, die stolz waren auf ihre Enkelin. Sie gaben Lauras Lebensgeschichte zum besten, detailliert und praktisch vom Tag der Empfängnis an, und Felicia hatte sich resigniert damit abgefunden, daß es bis zum Abend dauern würde. Sie sagte höflich »Ach, ja?« und »Nein, tatsächlich?« und dachte bangen Sinnes an die bevorstehende Pleite von *Wolff & Lavergne*.

Belle, die standhaft und tapfer Wein, Schnaps und Likör ignorierte und ihr fünftes Glas Orangensaft trank, unterhielt sich mit Nicola, die ihr mit gedämpfter Stimme von den Sorgen um Enkelin Stefanie erzählte. Und auf ihren Schwiegersohn Richard schimpfte. »Ich dachte natürlich, wenn die Mauer fällt, finden sich die beiden wieder, liegen einander in den Armen und vergessen die dunklen Jahre. Aber nichts davon! Er vergibt ihr nichts, macht ein Drama aus seinem Verlassensein und kann es angeblich nicht verwinden. Ich mochte ihn ja noch nie besonders!«

Susanne saß steif und streng, verkörperte Abwehr und Anspannung, auf einem Stuhl in der Ecke neben dem Tortenbuffet, auf einem Teller ein Stück Kirschkuchen balancierend, von dem sie noch keinen Bissen gegessen hatte. John hatte sich einen zweiten Stuhl herangezogen und saß neben ihr. Er plauderte unbefangen, in einem langsamen Englisch, durchsetzt mit deutschen Brocken, und tat so, als bemerke er Susannes Unbehagen nicht. Er erzählte von seiner Arbeit als Journalist, sagte, er werde wohl noch zwei Jahre in Israel bleiben und dann mit Sigrid nach New York gehen. »Zu unserer Hochzeit im Juli werden Sie aber nach Jerusalem kommen?« fragte er, und Susanne wäre fast der Teller vom Schoß gerutscht.

»Man wird sehen«, sagte sie mühsam, während ihr gleichzeitig aufging, daß sie der Hochzeit unmöglich würde fernbleiben können.

Julia hatte sich abgeseilt, unbemerkt das Hotel verlassen, und machte einen Spaziergang entlang dem Waldrand. Der Tag war sommerlich warm, der Flieder blühte üppig und wild und verströmte seinen narkotisierenden Geruch. Julia dachte nach. Sie hatte ihrer Schwester Anne nach Kentucky geschrieben und von Stefanie erzählt, und vor zwei Tagen war Annes Antwort gekommen. »Warum schickst Du die Kleine nicht einfach für ein Jahr zu mir nach Amerika? Gut, sie müßte eine Klasse wiederholen, aber so, wie sie jetzt lebt, scheint sie ohnehin darauf hinzusteuern. Hier werden ihr die Flausen vergehen. Meine Söhne werden sich um sie kümmern, und es gibt jede Menge Pferde, Rinder, Barbecues und Tanz in der Scheune und solche Sachen. Grauenhaft, aber vielleicht das Richtige für ein Mädchen in ihrer Lage, oder? Ich würde mich freuen . . .«

Das ist ein Strohhalm, dachte Julia. Wenn sie Stefanie überreden könnte, zuzustimmen.

Sie setzte sich auf eine Bank und sah in die Sonne.

Drinnen im Saal war Sigrid, die einstige graue Maus, der Mittelpunkt. In ihrem leuchtendroten Kleid saß sie in einem Sessel und erzählte einer Gruppe gebannt lauschender Zuhörer von ihrem Leben in Israel während des Golfkrieges. »Und dann bekamen wir die Gasmasken, aber das Problem bei den Dingern ist, man kann sich mit ihnen umbringen, wenn man sie falsch aufsetzt . . .«

Ihre großen Schwestern samt Ehemännern hörten zu, Andreas, der Caroline auf dem Schoß hielt, das Brautpaar, Kollegen von Chris, Lauras Freunde von den Tierschützern... sie hingen an Sigrids Lippen. Es kam ihr vor wie Champagner trinken. Nur viel besser.

Niemand dachte mehr über jene Merkwürdigkeit nach, die noch am Morgen im Standesamt für einige Aufregung, Kopfschütteln und Verwirrung gesorgt hatte: Alex war nicht erschienen. Zur Hochzeit ihres einzigen Bruders! Dabei war sie doch gestern im Hotel gesehen worden. Aber Chris hatte nur gesagt: »Sie hat mit mir gesprochen. Es ist alles okay.«

Er wirkte keineswegs gekränkt.

## 13

In London regnete es, als Alex aus dem Flugzeug stieg, außerdem war es ziemlich kühl, bestimmt zehn Grad kälter als in Frankfurt. Alex, in leichten Sommerhosen und einem Baumwollpullover, war viel zu dünn angezogen und hob fröstelnd die Schultern. An diese Möglichkeit hätte sie denken sollen. Was man allgemein über das englische Wetter sagte, hatte zwar durchaus Klischeecharakter, aber auch Klischees entstehen nicht ganz zufällig. Zumindest mußte man davon ausgehen, daß auf der Insel alles völlig anders war als auf dem Kontinent.

Es dauerte ziemlich lange, bis das Gepäck kam, dann waren keine Taxis da, und Alex mußte mühsam eines anhalten. Sie war pitschnaß, als sie in ihrem Hotel ankam, im feinen *Royal Manor*, in dem man sie etwas indigniert musterte, als sie mit quatschenden Schuhen auf die Rezeption zuschritt. Sie hatte am Morgen noch von Frankfurt aus das Zimmer gebucht, was um diese Jahreszeit nicht schwierig war. Sie schaute auf die Uhr: halb zwölf. Seit einer halben Stunde lief Chris' Trauung, oder war gerade vorbei. In aller Herrgottsfrühe hatte sie ihn angerufen. »Chris, ich habe dir ja gestern meine Lage geschildert, es ist alles total verfahren, aber ich glaube, ich habe vielleicht eine winzige Chance – nur muß es schnell gehen, und ich muß noch heute früh nach London fliegen. Ich weiß, es ist . . .« Er hatte sie unterbrochen. »Keine Entschuldigung, Alex. Du fliegst natürlich. Ich drück' dir alle Daumen!«

Oben im Zimmer nun packte sie schnell ihren Koffer aus. Bevor sie Dan aufsuchte, mußte sie sich erst wieder etwas in Ordnung bringen, und so stellte sie sich unter die Dusche, wusch ihre Haare, suchte einen wärmeren Pullover aus dem Koffer. Eigentlich hätte sie einen Mantel gebraucht, aber den hatte sie schon nach Frankfurt nicht mitgenommen. Es mußte eben so gehen, und wenn alles klappte, bezahlte sie mit einer Erkältung nicht zu hoch für den Erfolg.

Die ganze Nacht über hatte sie sich alles zurechtgelegt, aber als sie nun im Taxi saß und dem Fahrer die Adresse nannte, die als Absender auf Dans Weihnachtsgruß gestanden hatte, kamen ihr plötzlich wieder Bedenken. Handelte sie nicht viel zu überstürzt? Dan würde sie womöglich nur entgeistert anschauen und glauben, sie sei nicht mehr normal. Da hatte er endlich allen Staub von den Füßen geschüttelt, war verschwunden, und nun kam sie ihm nachgeeilt und streckte schon wieder die Arme nach ihm aus. Vielleicht wäre er ärgerlich, oder – noch schlimmer – er würde sich hin- und herwinden, nach Erklärungen suchen, warum er ihr nicht helfen könnte, und sich dabei bemühen, höflich zu sein und nicht allzu abweisend zu wirken. In diesem Fall mußte sie sofort und so würdevoll wie möglich den Rückzug antreten.

Dan wohnte im vornehmen Belgravia, in einem typischen englischen Reihenhaus, das mit Giebeln, Erkern und Türmchen reich verziert war, Sprossenfenster hatte und dunkelblaue Fensterläden. Durch einen blühenden Vorgarten, der jetzt allerdings im Regen triefte, gelangte man zu der blauweiß gestrichenen Haustür. Neben der Tür befanden sich zwei Klingeln.

Alex ließ den Fahrer warten, denn es konnte schließlich sein, daß Dan nicht da war, und dann würde sie sich in das nächste Café bringen lassen und dort warten. Vielleicht gab es eine Haushälterin, die ihr sagen könnte, wann er zurückkäme.

Aus den zwei Klingeln – beide ohne Namensschild – schloß

sie, daß das Haus wohl in zwei Wohnungen geteilt war; sie klingelte kurzerhand an der unteren. Eine halbe Minute später öffnete eine grauhaarige Dame. »Ja, bitte?«

Alex nannte ihren Namen und sagte, sie wolle zu Mr. Liliencron. Die Dame zuckte bedauernd mit den Schultern. »Das tut mir leid, Mr. Liliencron wohnt nicht mehr hier. Er ist Ende Februar ausgezogen.«

Alex wurde es schwach im Magen. »Ach – davon weiß ich gar nichts . . ., wissen Sie vielleicht, wo er jetzt wohnt? Noch hier in London?« Lieber Gott, laß ihn nicht nach Nordschottland entschwunden sein, oder gar nach Amerika oder Afrika . . .

Die Dame zögerte. An dem Zögern erkannte Alex, daß sie die neue Anschrift wußte, aber nicht sicher war, ob sie sie weitergeben durfte. »Er hat über mir gewohnt«, sagte sie anstelle einer Antwort, »ein sehr netter Mann. Höflich und kultiviert. Und so hilfsbereit. Er hat immer auf meine Katze aufgepaßt, wenn ich verreisen mußte.«

»Oh – ja, er ist sehr nett, nicht? Ich . . . wissen Sie, ich bin eine ehemalige Geschäftspartnerin von ihm. Aus Deutschland. Es ist sehr wichtig, daß ich ihn finde. Bitte sagen Sie mir, wo er wohnt. Oder hat er Sie ausdrücklich gebeten, niemandem Auskunft zu geben?«

»Nein, das nicht, nur . . .«

»Bitte! Es hängt so viel davon ab!«

Die Dame nickte. Sie verschwand für einen Moment im Haus, kehrte dann mit einem Zettel zurück, den sie Alex reichte. »Hier. Die neue Adresse. Leigh-on-Sea ist ein Stadtteil von Southend, das östlich von London liegt, gleich am Kanal. Sie sollten mit dem Zug hinfahren, Taxi ist zu teuer. Es dauert eine gute Stunde.«

»Tausend Dank. Wirklich, Sie haben mir sehr geholfen. Auf Wiedersehen!«

»Auf Wiedersehen«, sagte die Dame und schloß die Tür.

In Southend regnete es immer noch, außerdem fühlte sich Alex deprimiert und mutlos. Der Taxifahrer hatte gewußt, von welcher Station sie abfahren und welchen Zug sie nehmen müßte, und hatte sie dort abgesetzt. Der Zug fuhr durch den ganzen tristen Londoner Osten, an trostlosen Arbeitersiedlungen vorbei, die aus dem vergangenen Jahrhundert, aus den Zeiten schlimmster Ausbeutung und verbohrtestem Klassendenken zu kommen schienen. Danach wurde es viel hübscher, sie fuhren in die Grafschaft Essex. Das Land war frei und grün, etwas wellig und blühend. Aber da war Alex' Stimmung bereits auf dem Nullpunkt angelangt.

Warum nur, fragte sie sich, als sie in Southend im Taxi saß, warum macht es mich so fertig, daß er umgezogen ist? Ich habe doch Glück gehabt, er hätte auch als Schaffarmer in Australien sitzen können ... warum hat er es aber nicht für nötig gehalten, es mir mitzuteilen? Tut mir das so weh?

Und dann hielt das Taxi, der Fahrer sagte: »Wir sind da«, Alex stieg aus, und in diesem Moment versiegte der Regen, der frische Meerwind zerrte in Sekundenschnelle die Wolken auseinander, und ein Schwall von Sonne ergoß sich über das Land, machte die Luft wärmer und ließ Millionen Tropfen blitzen. Alex stand vor dem Haus, einem behäbigen, großen Haus aus roten Klinkersteinen, umgeben von einem weitläufigen Garten, in dem alles durcheinander wuchs: Goldregen, Flieder, Jasmin, Apfel- und Kirschbäume. Der Rasen gelb von Löwenzahn. Und auf einmal erkannte sie den Kern ihrer Angst, begriff, was sie fürchtete, als sie dieses Haus sah: ein Haus für eine Familie, ein Garten für Kinder. Jäh und schmerzhaft kam ihr in den Sinn, was sie bereits bei Dans August-Brief im vergangenen Jahr gefühlt hatte: Es gab eine Frau. Und es war ernst. Ernst genug für ihn, um aus London fortzugehen und in dieses Haus zu ziehen. Und noch etwas wurde ihr klar: daß es ihr gar nicht mehr um sein Geld ging, sondern um ihn selber. Daß sie nicht seine Unterstützung wollte, sondern ihn. Daß die Hast, mit der sie diese Reise angetreten hatte, ihm galt, nicht seinem Vermögen.

Es könnte zu spät sein. Was hatte Felicia am gestrigen Abend gesagt? »So viele gute Dinge bietet uns das Leben nicht. Und dann sind sie vorbei.«

Sie öffnete das Gartentor.

Dan und Helen kamen um fünf Uhr nach Hause. Sie hatten noch eingekauft und trugen große Tüten und Kartons. Helen erzählte eine lustige Geschichte aus ihrem Büro und mußte dabei ständig lachen, aber sie brach jäh ab, als sie die Gestalt erblickte, die auf der Stufe vor der Haustür gekauert hatte und sich nun erhob.

»Dan«, sagte sie, »ich glaube, wir haben Besuch.«

Dan sah Alex entgeistert an.

»Guten Tag, Dan«, sagte Alex.

Sie konnten einander alle nicht die Hand geben, da Dan und Helen vollbeladen waren. So standen sie etwas hilflos herum, bis Helen sagte: »Wir sollten das ganze Zeug vielleicht erst einmal loswerden. In meiner Jackentasche ist der Hausschlüssel. Wären Sie so gut, ihn herauszufischen, und die Tür aufzuschließen?« Das war an Alex gerichtet, gleichzeitig wandte ihr Helen ihre rechte Seite zu. Alex zog den Schlüssel aus der Tasche, schloß die Haustür auf, Helen schwankte an ihr vorbei, aber Dan ließ ihr den Vortritt, und sie stand in einem schmalen Flur, dessen Holzfußboden mit einem weißen Teppich bedeckt war und wo auf einem kleinen Tisch zwei große Trockenblumensträuße leuchteten. Alex dachte an Dans Münchner Chrom-Acryl-und-Moderne-Kunst-Appartement. Das hier war so völlig anders, daß es sie ängstigte: Wieviel Einfluß hatte diese Frau auf ihn?

Helen kam mit leeren Händen wieder aus der Küche, und Dan, der seine Tüten einfach unter die Garderobe gestellt hatte, besann sich auf seine Höflichkeitspflichten. »Alexandra Leonberg«, stellte er vor, »Helen Pembroke.«

Die beiden Frauen reichten einander die Hände. Helen sah eine etwas abgekämpfte, zerzauste Alex, deren Haare sich durch die Feuchtigkeit noch mehr lockten als sonst und ihr auf den ersten Blick etwas Exotisches verliehen, was sich auf den zweiten Blick durch ihr blasses Gesicht und die überhellen Augen wieder aufhob. Alex sah eine ebenfalls etwas müde wirkende Helen, eine aparte, blonde Frau von höchstens dreißig Jahren, die sich kraß von dem unterschied, was Dan früher an Gefährtinnen bevorzugt hatte. Sie war kaum geschminkt, trug etwas zerbeulte Jeans, feste schwarze Schuhe, einen dunkelblauen Blazer. Sie war hübsch, aber unauffällig, wirkte solide und berechenbar. Außerdem sehr intelligent.

Eines hatte Alex aber vor allem registriert: Helens Nachnamen. Sie und Dan waren jedenfalls nicht verheiratet!

»Hast du geschäftlich in London zu tun?« fragte Dan.

»Nun, eigentlich nicht . . .«, antwortete Alex. Es war eigenartig, englisch mit ihm zu sprechen, fremd und ungewohnt, aber natürlich erforderte das die Höflichkeit gegenüber Helen. »Ich . . . es gibt ein paar Schwierigkeiten. Ich muß mit dir reden.«

»Du hast Glück«, sagte Dan, »Helen und ich verreisen morgen für zwei Wochen. In ein einsames Häuschen ganz oben im Lake District. Deshalb die vielen Konserven . . .«

Ein einsames Häuschen! Dan mit seiner Vorliebe für Luxus und Geselligkeit! Aber dann erinnerte sich Alex an viele romantische Stunden mit ihm, die sie in einfachster Umgebung verbracht hatten. Dieser Dan hier war der wahre Dan, der Mann, der dabei war, herauszufinden, was er wirklich wollte.

Helen sah von einem zum anderen, und ein Instinkt schien ihr zu sagen, daß die Spannung zwischen den beiden zu stark war für eine einfache Bekanntschaft. Es steckte mehr dahinter, sie sah es an Dans zusammengepreßten Lippen, an der sich von Minute zu Minute vertiefenden Blässe Alex'. Ziemlich kühl fragte sie: »Bleiben Sie zum Abendessen?«

Es war keineswegs eine Einladung. Es klang eher wie: Hoffentlich bleiben Sie nicht zu lange!

Alex wußte daher nicht, wie sie auf die Frage reagieren sollte und warf Dan einen hilfesuchenden Blick zu. Dan wirkte völlig verkrampft, als er sagte: »Alex ist meine frühere Geschäftspartnerin, Helen. Ich habe dir ja von ihr erzählt.«

Er schien tatsächlich nicht mehr erzählt zu haben.

»Vielleicht«, fuhr er fort, »gehen wir in ein Café. Helens

Mutter kommt in einer halben Stunde vorbei, und . . .« Er ließ den Satz in der Luft hängen. Alex fand es ziemlich direkt, wie er klarmachte, daß er mit ihr allein sein wollte, aber Helen ging darüber hinweg. »In Ordnung. Aber sei um halb acht wieder hier, Dan. Du weißt, Mum will pünktlich essen. Und ich auch.«

»Klar.« Er kramte seinen Autoschlüssel aus der Tasche. »Kommst du, Alex?«

»Diese Frau ist eine ehemalige Mitarbeiterin, sagst du?« fragte Mrs. Pembroke, als sie und Helen um Viertel vor acht am gedeckten Tisch saßen und Dan noch immer nicht wieder aufgetaucht war. Helen hatte das Essen warm gestellt und bislang nur damit begonnen, ein wenig an ihrem Wein zu nippen. Sie sah blaß aus.

»Sie haben zusammen eine Spielwarenproduktionsfirma geleitet in Deutschland«, erwiderte sie nun auf die Frage ihrer Mutter, »und Dan hat dann seinen Anteil an sie verkauft und ist nach England gegangen. Vor zwei Jahren.«

»Warum hat er das gemacht?«

Helen zuckte die Schultern. »Er sagt, er hätte einfach nicht sein Leben lang immer dasselbe tun wollen.«

»Hm«, machte Mrs. Pembroke und blickte auf die Uhr. »Ich finde, er verhält sich etwas rücksichtslos. Was hat die denn so lange mit ihm zu bereden?«

»Sie sagte, es gebe Schwierigkeiten. Mir ist eingefallen, daß Dan mir im letzten Jahr erzählt hat, seine einstige Partnerin habe eine Produktion in China aufgebaut, aber die ganze Fabrikanlage sei abgebrannt. Es muß ziemlich schlimm gewesen sein. Es stand in der Zeitung.«

»Dann ist die Dame vermutlich pleite«, stellte Mrs. Pembroke fest, »und sucht einen Retter. Hoffentlich läßt sich Dan nicht weichreden.«

»Er wird sicher bald kommen und es uns sagen, Mum.« Helen bemühte sich, gelassen zu erscheinen, aber Mrs. Pembroke kannte ihre Tochter zu gut. Helen sorgte sich, das war nur zu deutlich. Hoffentlich ohne Grund. Es gab nichts, was sich

Mrs. Pembroke so sehr wünschte, wie eine glückliche Zukunft für ihre Tochter. Helen war bereits einmal verlobt gewesen, hatte aber drei Wochen vor der Hochzeit herausfinden müssen, daß ihr Zukünftiger die ganze Zeit über an einem Verhältnis mit einer sehr viel älteren, verheirateten Frau festgehalten hatte. In einer dramatischen Auseinandersetzung hatte er ihr gestanden, daß er sich niemals von dieser Frau würde lösen können. Die Hochzeit wurde abgesagt. Die damals dreiundzwanzigjährige Helen litt monatelang unter schweren Depressionen, wurde schließlich sogar magersüchtig und lag lange in einer Klinik. Inzwischen hatte sie sich längst erholt, aber ihre Mutter wachte noch immer mit Argusaugen über sie. Das sollte kein Mann ein zweites Mal ihrem Kind antun. Inbrünstig hoffte sie, daß Dan Liliencron sie nicht enttäuschen würde.

Er erschien schließlich um acht Uhr, ziemlich außer Atem. »Entschuldigt, bitte«, sagte er, gab erst Helen und dann seiner künftigen Schwiegermutter einen Kuß, »aber ich habe Alex noch zum Bahnhof gefahren, und ich konnte sie schlecht allein warten lassen, bis der Zug kam.«

Aber mich konntest du warten lassen, dachte Helen. Sie trug das Essen auf, während Mrs. Pembroke vorwurfsvoll zu Dan sagte: »Ich habe Helen derweil beim Packen geholfen. Allein konnte sie das ja unmöglich schaffen.«

Dan bemerkte die gegen ihn gerichtete Spitze natürlich. »Ich hätte mich nach dem Essen schon noch darum gekümmert. Es tut mir wirklich leid, aber Alex ist aus Deutschland angereist gekommen und hat stundenlang vor der Haustür gewartet. Ich konnte doch nicht sagen, ich habe keine Zeit, und sie einfach wegschicken!«

Mrs. Pembroke erwiderte nichts, aber ihre Miene verriet, daß sie der Ansicht war, er hätte das sehr wohl tun können.

Sie aßen schweigend, und dann verabschiedete sich Helens Mutter, nachdem sie ihnen alles Gute für die Reise gewünscht hatte. Dan atmete auf, als sie endlich draußen war. Ihr Mißtrauen ihm gegenüber hatte so greifbar im Raum gestanden, daß es ihn völlig befangen gemacht hatte. Sosehr er Helen mochte, diese Frau war eine Dreingabe, auf die er nur zu gern verzichtet hätte.

»Möchtest du noch etwas trinken?« fragte Helen. »Einen Grappa?«

»Das ist eine gute Idee, ja.« Sie standen im Wohnzimmer, Dan lehnte am Kamin, und Helen machte sich an der Bar zu schaffen. Während sie den Grappa einschenkte und ihm den Rücken zuwandte, sagte sie: »Du hattest mal was mit ihr, stimmt's?«

Er fragte sich, woran sie das hatte merken können – was hatte ihn verraten?

Es erschien ihm sinnlos, etwas abzustreiten, zudem mochte er Helen nicht belügen, und so antwortete er: »Ja. Vor sehr langer Zeit.«

Sie wandte sich um und kam mit den Gläsern auf ihn zu. »Warum hast du das nie erwähnt?«

»Weil es so lange her ist. Es schien mir nicht wichtig.«

Sie musterte ihn eindringlich. »Nicht wichtig? Sie ist sehr attraktiv.«

Er zuckte mit den Schultern und kippte in einem Zug seinen Grappa hinunter.

»Was heißt das schon? Es gibt Wichtigeres.«

»Sie ist hübscher als ich.«

»Helen, mein Gott, was redest du da? Sie ist keine Konkurrenz für dich. Die Sache ist wirklich vorbei.«

Helen leerte ebenfalls ihr Glas, stellte es auf den Kaminsims und setzte sich in den nächststehenden Sessel. »Was wollte sie?« fragte sie. »Es muß etwas Bedeutsames sein, wenn sie extra anreist, anstatt zu telefonieren.«

»Sie hat mir eine Teilhaberschaft in ihrer Firma angeboten«, antwortete Dan und spielte mit seinem leeren Glas herum.

Helen starrte ihn entgeistert an, schnappte nach Luft. »Was?«

Dan wirkte etwas verärgert. »Was ist daran so eigenartig?«

»Dan! Du hast es mir doch selber erzählt! Die Frau hat ihr Geschäft ruiniert! Sie hat nichts mehr! Was heißt denn das, sie bietet dir etwas an? Was hat sie denn anzubieten?«

»Entschuldige, Helen, aber ich bin kein Trottel, und Alex auch nicht. Sie hat natürlich mit offenen Karten gespielt, und ich kenne den Sachverhalt ja ohnehin. Es geht um mein Kapital, ja. Na und?«

Helen fuhr sich mit beiden Händen durch die Haare. »Diese verräterische Formulierung. Das war kein Zufall. Weißt du, mir war das klar beim ersten Blick auf diese Frau. Sie ist raffiniert – und sie ist ziemlich skrupellos. Ich bin ganz sicher, die hat es wirklich so hingedreht, daß es aussieht, als biete sie dir etwas an. Die Wahrheit ist zwar, sie ist kurz vorm Absaufen, und eigentlich müßte sie auf Händen und Füßen zu dir kriechen und dich um dein Geld anbetteln, aber nein! Sie kommt angerauscht und unterbreitet dir das Angebot deines Lebens! Wie gnädig von ihr!«

»Helen, ich weiß nicht, warum du dich so auf Alex einschießt!« Er nahm ihr abgestelltes Glas vom Bord. »Möchtest du noch etwas trinken?«

»Nein. Oder doch, ja. Was hast du ihr geantwortet?«

Dan ging zur Bar. »Ich habe ihr gesagt, das ist utopisch, denn ich lebe in England, und ich wollte mein Geld eigentlich hier im Land anlegen.«

»Hast du ihr auch gesagt, daß wir heiraten werden?«

»Helen, was soll das?« Er drehte sich um, und sie sah, daß er verärgert war. »Worauf willst du hinaus?«

»Hast du es ihr gesagt?«

»Ja.«

»Und wie hat sie es aufgenommen?«

»Wie schon? Sie hat es eben einfach – zur Kenntnis genommen.«

»Dan, es tut mir leid.« Helen stand auf. Sie sah unglücklich und plötzlich sehr erschöpft aus. »Ich komme mir selber blöd vor, dich hier so ins Kreuzverhör zu nehmen. Aber – ich habe auf einmal solche Angst. Als ich euch beide zusammen sah ... es war einfach so greifbar, daß da noch etwas ist. Irgend etwas ist da noch nicht bewältigt. Du wirst sagen, ich spinne ...« Sie hielt inne, sah ihn an, fast als erhoffe sie seinen Widerspruch.

»Dumme Helen«, sollte er sagen, »du phantasierst dir da etwas zusammen. Liest du zu viele Liebesromane? Warum mußt du immer grundlos eifersüchtig sein! Nun bist du fast dreißig Jahre alt, und manchmal benimmst du dich wie ein kleines Mädchen!«

Aber er sagte es nicht. Er sagte gar nichts. Er stand nur einfach vor ihr.

»Weißt du«, fuhr Helen nach einer kurzen Pause fort, »sie ist einfach ein Siegertyp. Das merkt man selbst noch, wenn sie müde ist von der Reise und naß vom Regen, und ziemlich verfroren ... sie ist jemand, der immer auf die Füße fällt. Hast du ihre Augen gesehen? Dieses kalte Grau ...« Sie unterbrach sich, lachte leise und zynisch. »Wie dumm, dich das zu fragen! Du wirst ihre Augen nur zu genau kennen!«

»Helen!« Seine Stimme klang warm und eindringlich. »Daß es vor dir Frauen in meinem Leben gegeben hat, wußtest du doch. Ich habe Alex mal geliebt, ja. Ich gebe das ja zu. Aber es ist vorbei.« Nichts war vorbei. Überhaupt nichts. Er fragte sich, wie er so reden konnte, ohne rot zu werden.

»Hat sie dir erzählt, daß es einen anderen gibt in ihrem Leben?« fragte Helen, und er war frappiert über ihre Hellsichtigkeit.

»Sie erwähnte das. Aber wieso ...«

»Sie ist der Typ, der mit allen Mitteln kämpft. Sie weiß schon, wie sie dich pieksen kann.«

»Nichts, aber auch gar nichts hat mich daran gepiekst«, sagte Dan etwas zu heftig, und es war die zweite Lüge innerhalb weniger Minuten. Grawinski. Natürlich hatte sie von ihm berichtet. »Ich hatte ein Verhältnis mit ihm. Oder – ich hab' es auch noch. Ich weiß gar nicht, wie es passieren konnte ...«

Es hatte ihm einen Stich gegeben. Und was für einen! Nach all der Zeit hatte er einen solchen Schmerz, eine solche Eifersucht gefühlt, als sei kein Tag vergangen seit ihrer gemeinsamen Zeit. Und wenn es Kalkül gewesen war von ihr – womit Helen recht haben mochte –, eines hatte er auch sofort gewußt: Sie log nicht. Es stimmte. Sie schlief wirklich mit ihm. Warum machte ihn das nur so fertig? Es hätte ihn völlig kaltlassen sollen. Er war seinen Weg gegangen, sie ging ihren, und es wäre besser für ihn, sich nicht aufzuregen über das, was sie tat.

Er reichte Helen das Glas, sie nahm es, aber sie trank nicht. Von einem Moment zum anderen schien alle Spannung von ihr abzufallen. Sie wirkte nur noch sehr müde und resigniert.

»Ich hätte das alles nicht sagen sollen«, murmelte sie, »es bringt ja nichts. Bitte entschuldige, Dan.«

»Ich habe nichts zu entschuldigen«, sagte Dan. Er merkte, wie erleichtert er war, daß Helen offenbar beschlossen hatte, das Thema fallenzulassen – wobei ihm klar war, sie tat das, weil sie begriff, daß sie keine Chance hatte. Sie konnten die ganze Nacht hier stehen, sie konnte einen Verdacht nach dem anderen äußern, eine Anschuldigung nach der anderen vorbringen, er würde alles abstreiten, und sie hatte keinen Beweis für das, was sie spürte. Er haßte sich auf einmal für die vielen widerstreitenden Gefühle, die Alex' Erscheinen in ihm ausgelöst hatte. Helen hatte es nicht verdient, daß er auch nur eine Sekunde lang an eine andere Frau dachte. Schon gar nicht an eine, die womöglich nichts anderes wollte als sein Geld.

Er trat zu Helen hin und nahm sie in die Arme. »Liebling, mach dir keine Sorgen. Es gibt keinen Grund, glaub mir das. Wir fahren morgen in unsere Ferien, und es wird eine wirklich gute Zeit, das verspreche ich dir.« Er hielt sie ein Stück von sich weg, betrachtete ihr bleiches Gesicht. »Komm. Jetzt lächle mal.«

Sie versuchte es, aber es wirkte so angestrengt, daß es fast weh tat zuzusehen, und dann auf einmal brach sie in Tränen aus. Sie konnte nichts anderes hervorbringen als nur immer wieder: »Es tut mir leid, es tut mir so leid, Dan!« Und er wußte, daß ihr altes, gerade eben vernarbtes Trauma an diesem Tag neue Nahrung gefunden hatte. Er hielt sie ganz fest und strich ihr immer wieder beruhigend über den Kopf, während er sich verzweifelt bemühte, die Erinnerung an Alex zu verdrängen, an ihr Lachen, das nie die Augen erreichte, an ihre Stimme, die, selbst als sie ihre aussichtslose Lage schilderte, nicht so klang, als gebe sie sich geschlagen, und – warum sah er das nur dauernd vor sich? – an die Bewegung, mit der sie ihre rötlichbraunen nassen Haare schüttelte, als sie vor ihm das Café unten an der Promenade betrat, so heftig schüttelte, daß tausend winzige Wassertropfen hervorstoben und im Schein der Deckenlampe für eine Sekunde in allen bunten Farben des Regenbogens aufblitzten – wie Diamanten, in denen sich das Licht bricht.

## 14

»Ich verstehe nicht, wie du einer solchen Schnapsidee zustimmen konntest«, sagte Susanne zu ihrer Schwester, »Mutter ist viel zu alt für solch eine Reise. Außerdem muß man unzählige Formalitäten erledigen, und das alles ist mit ungeheuren Schwierigkeiten verbunden. Trotz Glasnost und dem allen. Und überleg dir nur, wenn sie krank wird dort drüben! Du findest weit und breit keinen vernünftigen Arzt!«

»Ich weiß«, sagte Belle bedrückt, »aber sie wollte es unbedingt. Und ich dachte . . . na ja, wir wissen ja nicht, wie lange sie noch lebt. Ich brachte es nicht fertig, ihr diesen Wunsch abzuschlagen.«

Die beiden alten Damen saßen in Susannes Berliner Wohnung und tranken Kaffee. Es war der erste Juni, ein sehr warmer, trockener Tag.

»Warum ist Andreas nicht mitgekommen?« fragte Susanne.

»Er wollte in München bleiben. Bei Alex. Sie muß ihre Firma verkaufen, und er will ihr seelisch zur Seite stehen.«

»Ach so«, sagte Susanne desinteressiert. Sie und ihre Schwester waren einander immer fremd geblieben, und im Grunde fühlte sie sich in Belles Gegenwart fast ebenso unwohl wie in der Felicias.

Blödsinn, das alles, dachte sie, und daß sie auch noch mich mit hineinziehen wollen!

Nach Chris' Hochzeit hatten Belle und Andreas beschlossen,

vier oder fünf Wochen in Deutschland zu bleiben, und daraufhin war Felicia der Einfall gekommen, mit ihren beiden Töchtern nach Lulinn, in das ehemalige Ostpreußen zu reisen. Es war natürlich möglich, aber umständlich, und Susanne wußte einfach nicht, was sie da sollten! Ein altes Gutshaus ansehen, das ihnen vor ewigen Zeiten eine Heimat gewesen war... wozu? Vor sechsundvierzig Jahren, im Januar '45, hatte Felicia es in einer eisigen, verschneiten Nacht auf der Flucht vor den Russen verlassen, und damit war dieses Kapitel abgeschlossen. Falls Haus und Ställe noch standen, dann waren sie seit Jahrzehnten Sitz irgendeiner Genossenschaft und vermutlich erbarmungswürdig herabgewirtschaftet, verwildert und verwahrlost.

Susanne hatte keine besondere Beziehung zu dem Gut, obwohl sie viele Sommer und Winter ihrer Kindheit dort verbracht hatte. Aber sie hatte eine schlechte Erinnerung an ihre Kindheit, also auch an Lulinn. Belle hingegen hatte Lulinn geliebt, nach Kriegsende aber damit abgeschlossen. In Felicia jedoch, das wußten ihre Töchter, war nie der winzige Funke Hoffnung erloschen, sie könnte eines Tages doch dorthin zurückkehren.

»Wann wollt ihr losfahren?« fragte Susanne, während sie ihrer Schwester Kaffee nachschenkte.

»Sobald du dein Visum hast. Wir haben schon alles zusammen.«

»Könnt ihr nicht allein fahren? Warum muß ich mitkommen?«

Belle griff nach dem Sahnekännchen. Zum Teufel mit den Kalorien, eine Wespentaille bekam sie sowie nie wieder. »Mutter möchte es. Schau, wir werden sie bestimmt nicht mehr lange haben. Es geht ihr nicht besonders gut.«

»Hat sie das gesagt?«

»Nein. Sie behauptet, es gehe ihr blendend, aber das würde sie noch in ihrer letzten Minute sagen. Ich finde, sie sieht schlecht aus.«

»Hm«, machte Susanne unbehaglich. Sie griff nach dem Tortenheber. »Noch ein Stück?«

»Danke, nein.« Belle sah auf die Uhr. »Ich muß gleich gehen. Ich habe Mutter gesagt, ich bin um sechs Uhr wieder im Hotel.«

Felicia hatte sich um zwei Uhr für eine Stunde hingelegt, aber als sie aufwachte, stellte sie fest, daß es fast halb sechs war. Solche Dinge entsetzten sie. Schlimm genug, wenn man von einem bestimmten Alter an nicht mehr ohne Mittagsschlaf auskam, aber wenn der dann plötzlich bis zum frühen Abend dauerte, war das ein ganz schlechtes Zeichen. Es bedeutete, daß man anfing, die Kontrolle über sich zu verlieren.

Sie waren im *Seehof* am Lietzensee abgestiegen, im Herzen Berlins. Hier in Charlottenburg war Felicia aufgewachsen, hier fühlte sie sich noch immer heimisch. Sosehr Berlin sein Gesicht verändert hatte seit den Bomben des Zweiten Weltkriegs, es war immer noch Berlin. Es war wie einst. Der Sand am Havelufer, die schwarzen Kiefern vor einem melancholisch verhangenen Himmel, Sanssouci über seinen terrassenförmigen Gärten, der Ku'damm, die Berliner mit ihrer Sprache, die einem aus allen Ecken entgegenschallte und Felicia sentimentaler stimmte, als es Weihnachtsbäume und Sonnenuntergänge und verblühende Rosen zusammen gekonnt hätten. Berlin brodelte, war aus seiner Inselruhe der Mauerjahre erwacht. Menschenmassen drängelten durch die Stadt, Verkehrschaos, Gefluche, Gehetze überall. Das Drogengeschäft expandierte, Straßenterror und Gewalt ebenfalls. Nicht das beste Gesicht der neuen Zeit, aber wohl unvermeidbar.

Hoffentlich hat Susanne schnell ihre Papiere zusammen, dachte Felicia, dann können wir los. Sie überlegte, ob es wohl möglich sein würde, genau die alte Strecke zu fahren: über Danzig und dann hinauf nach Königsberg, dem heutigen Kaliningrad, und von dort nach Insterburg ... oh, allein die vertrauten Namen! Sie riefen bei Felicia noch heute dasselbe Kribbeln im Bauch hervor wie bei dem kleinen Mädchen, das mit seiner Mutter und den beiden Brüdern – Vater kam ja meist von seiner Praxis nicht weg – in der keuchenden, schnaufenden Reichsbahn saß und jede Minute fragte: »Sind wir bald da?«

oder »Meinst du, Jadzia hat Kümmelbrot gebacken?« Jadzia, die polnische Haushälterin. Sie war damals nicht mit den anderen geflohen, hatte kühn und dickköpfig wie ein alter Feldherr auf Lulinn verharrt. Felicia hatte nie wieder von ihr gehört.

Sie erhob sich schwungvoll – so schwungvoll, wie es in ihrem Alter noch möglich war – vom Bett, und im nächsten Moment spürte sie einen Schmerz wie nie vorher in ihrem Leben. Er war so mächtig, daß sie ihn in der ersten Sekunde nicht einmal lokalisieren konnte. Sie krümmte sich zusammen und faßte mit beiden Händen an die linke Brust, instinktiv, noch bevor sich die Erkenntnis in ihrem Gehirn durchsetzte: es kam vom Herzen. Ein Krampf, ein Schmerz, stechend, jäh, heimtückisch. Er nahm ihr den Atem und brachte alles in ihrem Körper durcheinander, der Puls raste, Schweiß brach aus allen Poren, ihre Hände zitterten unkontrolliert, die Knie wurden weich. Einen Moment lang meinte sie, sich übergeben zu müssen, aber irgendwie besänftigte sich der Magen im letzten Moment. Sie tastete nach dem Telefonhörer, zweimal fiel er ihr aus der Hand. Die Tasten verschwammen ihr vor den Augen, es dauerte eine von tobenden Schmerzen erfüllte Ewigkeit – die in Wahrheit vermutlich sehr kurz war –, bis sich die Rezeption meldete. Krächzend brachte sie ihre Zimmernummer hervor, und nachdem das Mädchen am anderen Ende der Leitung zweimal ungeduldig gefragt hatte, worum es denn gehe, schaffte sie es mit letzter Kraft, die Bitte um einen Arzt zu formulieren. Dann krachte der Telefonhörer auf die Platte des Nachttisches, und Felicia sank auf das Bett; das letzte, was sie dachte, ehe sie die Besinnung verlor, war, daß sie jetzt starb und daß es nicht so schlimm war, wenn nur die Schmerzen aufhörten.

Sie starb nicht, und es war auch kein Infarkt, wie das entsetzte Zimmermädchen als erstes vermutet und den Krankenpflegern, die mit einer Bahre herbeieilten, zugeschrien hatte. Felicia hatte einen Herzanfall erlitten, der sich, wie ihr der Arzt im Krankenhaus erklärte, wiederholen könnte und sie von nun an zu einer äußerst vorsichtigen Lebensweise zwingen würde.

»Rauchen Sie?«

»Ja.«

»Das ist verboten. Trinken?«

»Ab und zu.«

»Auch gestrichen. Außerdem versuchen Sie bitte, Aufregung und Streß zu vermeiden. Vorsicht beim Treppensteigen. Sie bekommen Medikamente, die Ihnen helfen werden, und ich denke nicht, daß sich in der nächsten Zeit etwas ereignet, wenn Sie alles etwas langsamer und ruhiger angehen lassen.«

Natürlich wurde ihr auch die Ostpreußenreise untersagt; der Arzt war entsetzt, als er begriff, daß sie das wirklich immer noch in Erwägung zog.

»Guter Gott, vor Ablauf einer Woche dürfen Sie nicht einmal nach München zurück! Sie bleiben hier oder quartieren sich in Ihrem Hotel ein, aber nur, wenn Sie versprechen, viel zu liegen und zu sitzen und keine Dummheiten zu machen.«

Felicia beschloß natürlich sofort, wieder ins Hotel zurückzukehren. Körperlich fühlte sie sich besser, aber sie war traurig wegen der geplatzten Reise und der erzwungenen Ruhe. Andererseits wußte sie, daß sie jeden Grund hatte, dankbar zu sein. Diesmal war ihr der Tod verdammt nahe gekommen, genaugenommen hatte er sich zum erstenmal blicken lassen, aber von nun an würde er Stammgast sein. Er hatte eine potentielle Beute erspäht und würde ihr auf der Spur bleiben. In diesen warmen Junitagen begann Felicia zu realisieren, daß die Zeiger ihrer Lebensuhr auf einer Minute vor zwölf standen.

Der *Seehof* hatte eine wunderschöne Terrasse direkt am Lietzenseeufer, wo man sitzen und sich sonnen, essen und trinken konnte. Felicia nahm dort jeden Morgen nach dem Aufstehen Platz, frühstückte und blieb dann dort sitzen, bis ihr die flachen, roten Strahlen der Abendsonne ins Gesicht schienen. Die Oberfläche des Sees kräuselte sich leicht im sachten Wind, ringsherum auf den Uferwiesen drängten sich die Sonnenhungrigen, spielten Kinder, tobten Hunde. In den Häusern standen alle Fenster weit offen, um Blühen und Duften des Rosenmonats auch hier mitten in der Großstadt einzufangen. Abends roch es immer von irgendwoher nach Gegrilltem, klangen Fetzen von Gelächter und Musik herüber, senkte sich Gewitterschwüle über den leuchtenden Himmel und ließ den Geruch der Blüten schwer und süß werden. Felicia saß nur und schaute und lauschte, neben sich ihre verstörten Töchter, die jede Minute um sie waren, sogar Susanne, die die Gegenwart der Mutter sonst kaum für fünf Minuten ertragen hatte. Belle und Susanne kamen nicht damit zurecht, daß ihre Mutter krank war. Ihr Verstand sagte ihnen, dies sei keineswegs ungewöhnlich bei einer Frau von über neunzig Jahren, ihr Gefühl aber reagierte mit ungläubigem Schrecken. Felicia war nie krank gewesen, keine ihrer Töchter konnte sich erinnern, das je erlebt zu haben.

Am Nachmittag des fünften Tages nach der Herzattacke saßen sie wieder zusammen, Susanne trank einen Tee, Belle saugte an einer grünen »Berliner Weiße«, und Felicia schien zu dösen. Ihre Stimme klang jedoch hellwach, als sie plötzlich sagte: »Ich glaube, ich werde hierbleiben.«

Susanne stellte ihre Tasse mit einem lauten Klirren ab. »Wie bitte?«

»Was?« fragte Belle aufgeschreckt.

»Ihr habt es schon richtig verstanden. Ich werde in Berlin bleiben. Die Zeit, die ich noch habe.«

»Das ist doch völlig absurd!« sagte Susanne scharf. »Du hast das große Haus in Bayern und ...«

»Aber ich bin Berlinerin!«

»Na ja, du lebst seit ...« Susanne rechnete hastig nach und erschrak selber vor dem Ergebnis, »seit 1914, also seit siebenundsiebzig Jahren, in Bayern. Allmählich könntest du dich da eingebürgert haben.«

»Nicht wirklich. Es ist immer ein Exil geblieben.«

»Mutter, so ein Umzug ist viel zu strapaziös«, sagte Belle, »nach allem, was du gerade erlebt hast, solltest du das wirklich nicht auf dich nehmen. Nur um ...« Sie stockte, aber Felicia wußte, was sie hatte sagen wollen. »Nur um dann noch vielleicht ein halbes Jahr zu leben, meinst du? Für mich würde es sich selbst dann lohnen, wenn es um vier Wochen ginge. Ich gehöre hierher. Ich will hier sterben.«

Susanne warf ihrer Schwester einen Blick zu, der ausdrückte: Jetzt wird sie merkwürdig! Laut sagte sie: »Mutter, wirklich, warum mußt du immer Schwierigkeiten machen? Du siehst doch, daß du deine Kräfte ständig überschätzt! Stell dir nur vor, du wärest wirklich nach Ostpreußen gefahren und hättest dort diesen Anfall bekommen! Am Ende wärest du schon tot!«

»Wenigstens hätte ich Lulinn noch einmal gesehen«, sagte Felicia eigensinnig, aber nach einer kurzen Pause fügte sie hinzu: »Obwohl die Dinge ja angeblich immer einen Sinn haben. Vielleicht sollte ich es nicht mehr sehen, um es so in Erinnerung zu behalten, wie es war. Vielleicht hätte es mich gequält zu sehen, wie sie daraus gemacht haben.«

»Bestimmt«, pflichtete ihr Belle bei, »du weißt ja, wie sie alles haben herunterkommen lassen. Dieses Lulinn heute ... es ist bestimmt nicht mehr unser Lulinn, Mami.«

Sie sagte das zärtliche »Mami« kaum noch, und es verriet sie auch sofort; verriet, daß sie nicht ungerührt blieb bei der Erinnerung an etwas, das über lange Zeiten der Mittelpunkt der Familie gewesen war. Sie sah ihre Mutter an, und sie wußten beide, daß sie dasselbe dachten, daß sie ein Bild aus vergangenen Tagen heraufbeschworen: eine Allee aus Eichen, Wiesen, soweit das Auge reichte, Koppeln mit Pferden, ein altes Haus, an dem der Efeu emporkletterte, Rosen in allen Farben davor, der verwilderte Obstgarten dahinter, hundert Stimmen, die Haus und Hof erfüllten, Wildgänse am Himmel und Meeresduft im Wind. Das Bild entstand, als sei kein Tag vergangen seit den glücklichen Zeiten, es lächelte ihnen zu, und dann verging es, stahl sich davon und machte der Wirklichkeit Platz, dem Sommerabend in Berlin, dem kleinen See, den hohen Häusern ringsum. Dem Kellner, der sich dem Tisch näherte und fragte: »Möchten die Damen jetzt die Speisekarte?«

»Vor allem einen Cognac«, sagte Felicia inbrünstig, mit verdächtig kratziger Stimme, und Susanne zischte ihr zu: »Du sollst doch keinen Alkohol ...« Aber der Kellner eilte schon davon, und Felicia fing sich wieder. »Ich brauche jetzt einen. Schau mich nicht so an, Susanne. Es wird mich nicht auf der Stelle umbringen!«

»Um noch einmal auf deinen merkwürdigen Einfall zurückzukommen . . .«, fing Belle an, aber Felicia unterbrach sie sofort: »Versucht nicht, es mir auszureden. Es würde nichts nützen. Und glücklicherweise brauche ich ja nicht eure Erlaubnis.«

»Du findest hier überhaupt keine Wohnung«, sagte Susanne.

»Ich bin ja nicht ganz arm. Mit genug Geld findet man überall etwas. Du mußt übrigens keine Sorge haben«, sie sah Susanne an, »daß ich dir auf der Pelle sitzen werde, wenn ich in Berlin lebe. Ich denke, die Stadt ist groß genug für uns beide, wenn du mich nicht sehen willst, brauchst du mich nicht zu sehen.«

Susanne errötete, Felicia hatte ihre Gedanken allzu klar gelesen.

»Und was wird aus dem Haus in Breitbrunn?« fragte Belle schließlich.

»Nun – wie bei allem, was mir gehört, seid ihr beiden die Erben. Allerdings glaube ich nicht, daß eine von euch dort leben möchte. Deshalb soll Alex vorläufig dort Wohnrecht bekommen. Wenn sie dann für immer bleiben will, läßt sich das mit Belle sicher regeln, und Susanne kann sich ausbezahlen lassen.«

»Was soll Alex denn mit dem riesigen Haus? Ganz allein?«

»Ganz allein ist sie nicht. Immerhin hat sie ihre Tochter. Und dann leben ja auch noch Nicola und Sergej da. Vielleicht kommt auch Julia noch, die ist auch bald allein, wenn Stefanie nach Amerika geht und Michael in ein oder zwei Jahren eine Universität besucht. Außerdem . . .«

»Ja?«

»Ich gebe die Hoffnung nicht auf, daß sie ihr Einsiedlerdasein irgendwann satt hat. Sie ist jung genug, um noch einmal zu heiraten und Kinder zu bekommen. Breitbrunn ist ideal für eine Familie.«

Susanne lächelte etwas zynisch. »Typisch Mutter. Der große General, der alles plant. Du schiebst die Familienmitglieder wieder einmal wie Schachfiguren hin und her. Aber das ist ja nicht neu bei dir.«

Felicias Miene wurde kalt. »Du verzeihst es mir nie, Susanne, nicht wahr, daß ich nicht die ideale Mutter war. Als ob nicht gerade du sehr vorsichtig sein solltest. All die Jahre hast du wohl gar nicht gemerkt, wie schief es mit deiner Sigrid lief, und du kannst von Glück sagen, daß sie sich nicht irgendwann aufgehängt hat, bevor sie diesen Jonathan David getroffen hat. Wie ist es«, ihre Stimme bekam einen boshaften Klang, »fliegst du im Juli nun zur Hochzeit nach Jerusalem?«

Susannes Gesicht war kalkweiß geworden. »Ich bin dir keine Rechenschaft schuldig, Mutter, weder was meine Kinder betrifft noch hinsichtlich irgendwelcher Pläne, die ich habe oder nicht habe. Zeit deines Lebens hat es dich nicht interessiert, was ich tue, also fang nicht plötzlich auf deiner Zielgeraden damit an!«

»Susanne!« sagte Belle erschrocken.

Aber Susanne erhob sich bereits brüsk, wobei sie fast mit dem Kellner zusammenstieß, der Felicias Cognac brachte. »Ich denke nicht, daß es Sinn hat, euch beim Abendessen Gesellschaft zu leisten. Ich habe sowieso keinen Hunger!« Damit verschwand sie zwischen Tischen und Sonnenschirmen in Richtung Ausgang, die hagere Gestalt steif vor Zorn, die Schultern so gerade, als führe eine Eisenstange durch sie hindurch.

»Hoppla«, sagte Felicia, »ich frage mich, warum dieses Mädchen aus allem ein Drama machen muß!«

»Dieses Mädchen ist siebzig«, erinnerte Belle, »und es wird dir mit Sicherheit nicht mehr gelingen, euer beider Verhältnis zu bessern. Dafür seid ihr beide zu alt. Außerdem – es war völlig unnötig, Jerusalem zu erwähnen. Du weißt, daß sie über diese alten Geschichten nie hinweggekommen ist.«

»Liebe Güte«, sagte Felicia, die das Ausmaß der Tragödie nie ganz begriffen hatte, »inzwischen dürfte sie es aber verwunden haben!«

»Man verwindet eben manches nicht«, entgegnete Belle.

»Da hast du recht«, sagte Felicia und kippte ihren Cognac.

Dann griff sie nach der Speisekarte, die der Kellner diskret neben sie gelegt hatte. »Komm, wir suchen uns etwas richtig Schönes aus. Etwas typisch Berlinerisches. Ich muß es feiern, daß ich von jetzt an hier leben werde!«

Mit lautem Platschen sprang ein Hund in den See. Kinder schrien, vergnügt und aufgeregt. Ein helles, verliebtes Frauenlachen wehte herüber. Belle, behäbig, dick und weich, betrachtete ihre alte Mutter mit Neid und Bewunderung. Was würde je ihre Vitalität, ihre ewige Aufbruchstimmung bremsen?

»Eigentlich«, meinte sie, »können wir von Glück sagen, daß wir nicht in Lulinn sind. Sonst hättest du beschlossen, ab jetzt dort zu wohnen, und dir hätte ich es zugetraut, daß du das Gut wieder deinem Besitz einverleibt und die ganzen armen Kolchosebauern hinausgeschmissen hättest!«

»Darauf kannst du wetten«, sagte Felicia.

## 15

Es war Montag, der 19. August 1991, ein heißer, trockener Tag, Hochsommer mit einem allerersten leisen Anstrich von Herbst. Alle Welt blickte nach Moskau, wo am frühen Morgen der Rundfunk die Absetzung von Präsident Gorbatschow und die Regierungsübernahme durch ein sogenanntes Notstandskomitee verkündet hatte. Die Putschisten bestanden in der Hauptsache aus Spitzenfunktionären, denen der Reformkurs Gorbatschows von Anfang an ein Dorn im Auge gewesen war. Gorbatschow wurde dem Vernehmen nach in seinem Feriensitz auf der Krim festgehalten, keine Nachricht von ihm drang nach außen. In Moskau rollten Panzer auf, über das ganze Land war der Ausnahmezustand verhängt. Aber auch erste Demonstrationen gegen den Putsch formierten sich, angeführt von Präsident Jelzin. Die Mehrheit der Bevölkerung schien hinter ihm zu stehen.

Alex hatte die Nachrichten verfolgt, auch begriffen, was auf dem Spiel stand, aber es war nicht wirklich bis zu ihr durchgedrungen, denn ihre eigenen Probleme wogen zu schwer und wirbelten ständig durch ihren Kopf. Seit ihrer Rückkehr wog sie in Gedanken jeden Tag jede Möglichkeit ab, ihr Unternehmen retten zu können, aber jedesmal gelangte sie nur zu der Erkenntnis, daß sie es unmöglich schaffen konnte. Teile der Produktion hatte sie bereits verkauft. Da allgemein bekannt war, wie es um sie stand, konnte sie natürlich keine Traumpreise herausschlagen. Jeder wußte, sie mußte verkaufen.

Um kurz nach sieben am Abend – sie war die letzte im Büro – packte sie ihre Sachen zusammen. Grawinski hatte am Mittag aus Rom angerufen; er hielt sich dort wegen irgendwelcher Immobiliengeschäfte auf. Sie war gerade zum Essen gewesen, und so hatte er hinterlassen, sie möge ihn zurückrufen. Bis jetzt hatte sie es nicht getan, und nachdem sie nun schon schuldbewußt den Telefonhörer aufgenommen hatte, legte sie ihn dann doch entschlossen zurück. Sie hatte einfach keine Lust, mit ihm zu reden. Ganz kurz dachte sie an den Ausdruck in Dans Gesicht, als sie ihm drüben in Southend von sich und Grawinski erzählt hatte. Er war getroffen, das hatte er nicht verbergen können. Aber seine Helen hatte ihn offenbar darüber hinweggetröstet. Jedenfalls hatte er sich nicht mehr gerührt.

Die Hitze des Tages hatte sich in den Straßen gefangen. Alex ging außen herum zur Garage, wollte einen kurzen Blick auf das abendliche Treiben in der Maximilianstraße werfen. Vor dem Café *Kulisse* war jeder einzelne Tisch besetzt, und Scharen von Menschen pilgerten die Straße hinauf und hinunter. Benzin, Asphalt, Parfüm, Sonnenöl und Zigaretten vermischten sich zu dem einzigartigen Duft eines Sommerabends in der Großstadt. Alex liebte den Geruch von Straße und Steinen, die vollgesogen sind mit Sonne, aber heute machte er sie auch traurig. Er erinnerte zu sehr an unbeschwerte Zeiten, an Los Angeles, den Strand von Santa Monica, an Beach Partys mit ihren Freunden, an Eisessen und an halsbrecherische Fahrten auf dem Mofa. Die größten Sorgen jener Tage waren gewesen, welche Note man im Aufsatz bekam, und ob es einem gelang, die Aufmerksamkeit irgendeines bestimmten Jungen auf sich zu ziehen. Ansonsten hatte man einfach Spaß am Leben.

Als Alex im Auto saß, die Stadt hinter sich gelassen hatte und über die Autobahn fuhr, spürte sie, wie ihr die Kopfschmerzen den Nacken hinaufkrochen und sich langsam bis zu den Schläfen fortsetzten. Seit ungefähr einem halben Jahr waren diese Schmerzen ein fast regelmäßig auftretender Bestandteil ihres Lebens. Sie hatte sich fast schon daran gewöhnt, aber manchmal wurde ihr so übel davon, daß sie sich übergeben und in einem verdunkelten Zimmer liegend warten mußte, daß es vorüberging.

Sie liebte die Fahrt hinaus zum See, besonders im Sommer, wenn sich das Land blühend und leuchtend vor ihr ausbreitete. Das Korn auf den Feldern rechts und links stand hoch, der leichte Wind kräuselte es zu Wellen, die silbern blitzten. Hier und da war auch schon geerntet worden, und die gelben Stoppeln ließen eine Ahnung aufkommen von verschleiertem Himmel, Nebel, Kartoffelfeuern und raschelndem Laub unter den Füßen.

Aber noch, dachte Alex, noch ist Sommer.

Obwohl dieser Sommer sie traurig stimmte, hatte sie noch mehr Angst vor dem Herbst. Sie wollte den Gedanken daran verdrängen, daß die Tage kürzer, die Nächte dunkel und kalt sein würden. Sie wollte überhaupt den Gedanken daran verdrängen, wie ihr Leben nun weitergehen sollte.

Als der Ammersee vor ihr auftauchte, fühlte sie trotz allem etwas Frieden und Ruhe über sich kommen. Die Sonne malte eine goldflimmernde Straße auf das Wasser, und noch immer segelten eine Vielzahl von Booten draußen. Vor den Biergärten parkten die Autos beinahe übereinander. Niemanden schien es an diesem Abend im Haus zu halten.

Es hatte Alex zwar überrascht, daß Felicia nach Berlin ziehen wollte, aber sie hatte gleich gewußt, daß die alte Frau sich ihren Entschluß nicht noch einmal überlegen würde. Felicia beauftragte tatsächlich sofort einen Makler mit der Wohnungssuche und sortierte die Dinge aus, die sie mitnehmen wollte – kaum

Möbel, die wollte sie neu kaufen, nur das Gemälde von Lulinn, einige Bücher und Photographien. Die Pferde blieben zurück, und von ihren Hunden nahm sie nur ihre alte, fast blinde Schäferhündin mit, den jüngeren Hunden mochte sie den Wechsel von den großen Wiesen des Grundstücks in eine kleine Stadtwohnung nicht zumuten.

»Du wirst dich um sie kümmern, nicht wahr, Alex«, sagte sie, »du bist der einzige Mensch, dem ich das alles übergeben kann, ohne mir Sorgen zu machen.«

Alex hatte das Gefühl, wieder einmal überfahren zu werden, aber sie hatte nicht die Kraft zum Widerstand – und im Grunde nicht einmal den Wunsch. Breitbrunn erschien ihr wie ein Nest, in das sie sich verkriechen konnte, eine dunkle, warme Höhle, um ihre Wunden zu lecken.

Schon im Juli fand der Makler eine Vierzimmerwohnung in Charlottenburg, und nachdem Susanne sie zähneknirschend besichtigt hatte, riet sie ihrer Mutter, sie zu nehmen, falls sie »tatsächlich an diesem abenteuerlichen Plan festhalten wolle!«. Felicia verließ das Haus, in dem sie seit 1946 gewohnt hatte, leichten Herzens und begab sich dorthin, wo ihre Wurzeln waren. Ebenso irritiert wie fasziniert schaute die Familie zu.

Alex bog in die Garageneinfahrt, hielt an, stieg aus und schloß das Tor. Es wurde schon kühler, stellte sie fest. Die Nächte, in denen man draußen sitzen oder unter Sternen noch ein Bad im See nehmen konnte, waren vorbei. Es würde lange dauern, bis sie wiederkehrten.

Aus der Küche erklangen lebhafte Stimmen, Alex erkannte Nicola, Julia, Michael und Caroline. Julia war mit ihrem Sohn in das Appartement unter dem Dach eingezogen, denn Alex hatte ihr zugeredet, die teure Wohnung in der Stadt aufzugeben.

»Hier ist soviel Platz. Zur Schule kommst du von hier aus auch, und du hast bessere Luft, und kannst jederzeit schwimmen im Sommer . . .«

Julia hatte das Angebot dankbar aufgegriffen, allerdings darauf bestanden, eine angemessene Miete zu bezahlen. Und Alex war glücklich, weil Caroline so an Julia hing und sie die Tochter in guten Händen wußte, wenn sie selber nicht zu Hause sein konnte. Alles fügte sich gut. Bis auf die Tatsache, daß ihr die Existenzgrundlage stückweise unter den Füßen wegbrach.

In der Küche schienen sie über die Vorgänge in Moskau zu diskutieren. Caroline, die sich offenbar langweilte, quengelte dazwischen. Alex, mit ihren Kopfschmerzen, fand sich auf einmal nicht in der Lage, sofort zu ihnen zu gehen. Sie brauchte fünf Minuten Ruhe und eine Tablette. Leise ging sie in ihr Arbeitszimmer, bis vor wenigen Wochen das ihrer Großmutter. Sie hatte es kaum verändert, nur ein paar neue Bilder aufgehängt. Vielleicht würde sie das zerschlissene Sofa in der nächsten Zeit neu beziehen lassen, sie hatte einen sehr schönen Stoff gesehen, weiß mit großen, dunkelgrünen Blumen. Sie löste die Tablette in Mineralwasser auf und massierte dabei ihre Schläfen mit den Fingerspitzen. Ein Stapel Post lag auf ihrem Schreibtisch. Ein Brief von Chris, es gehe ihm gut, schrieb er, und Laura habe soeben erfahren, daß sie einen Studienplatz für Jura in Frankfurt bekommen habe. Er könne es kaum erwarten, bis sie eine fertige Anwältin sei und er mit ihr eine Societät gründen könne. »Komm uns bald besuchen«, schrieb er zum Schluß, »und bitte, ruf mich an, wenn du Sorgen hast!«

»Bloß, daß du mir nicht helfen kannst«, murmelte Alex, »niemand kann es.«

Eine Karte von Sigrid und John aus den Flitterwochen in Dubai. Und eine von Mum und Dad aus Rom; sie machten eine Europareise, ehe sie im September in die Staaten zurückfliegen wollten.

Das übrige waren Rechnungen, Rechnungen, Rechnungen. Ein Einschreiben von der Bank. Sie drehte es hin und her, legte es dann zur Seite. Jetzt nicht! Für einen Abend wenigstens wollte sie die Bank und ihre endlosen Forderungen vergessen.

Draußen wurde es dämmrig, die Sonne rutschte bereits hinter die grünen Hügel am anderen Seeufer. Alex verspürte den Wunsch, hinauszugehen, die erste Feuchtigkeit des Abends zu riechen, dem leisen Rauschen des Sees zuzuhören. Sie huschte in ihr Schlafzimmer – Gott sei Dank debattierten sie in der

Küche noch immer so heftig, daß sie nichts hörten – und vertauschte ihr Kostüm mit Jeans und T-Shirt. Sie bürstete sich kurz über die Haare, hängte einen Pullover über die Schultern und verließ das Haus durch eine der hinteren Gartentüren.

Zwischen den Bäumen hindurch gelangte sie über einen kleinen Pfad zum See hinunter. Sie öffnete das Tor, das man fast nicht sehen konnte, so zugewachsen und überwuchert war es, und stand auf dem schmalen Uferstreifen, der einstmals zum Besitz gehört hatte. Über ihr verdichteten sich die Baumkronen so, daß sie kaum mehr einen Fetzen Himmel sehen konnte. Nach kurzem Überlegen ging sie den Weg ein kleines Stück südwärts, dorthin, wo verborgen zwischen dem Schilf der Bootssteg lag, auf dem man stundenlang in der Sonne braten, dösen oder lesen konnte.

Erst als sie den Steg schon fast erreicht hatte, entdeckte sie, daß an seinem Ende ein Mann saß, die Knie an den Körper gezogen, die Arme darumgeschlungen; es schien, als friere er. Alex zögerte, weder wollte sie den Fremden stören, noch war ihr selber nach Gesellschaft zumute. Aber er hatte sie bereits gehört oder ihre Anwesenheit gespürt, denn er wandte den Kopf. Sie sah, daß es Dan war.

Er stand auf und kam ihr über den Steg entgegen. So fassungslos sie war, ihn hier zu sehen, so schien er ihr doch vertrauter als acht Wochen zuvor in Southend; in England war er ein Fremder gewesen, hier war er der alte Dan. Das Bild, wie er da vor dem dunkel werdenden See auf sie zukam, hatte die beinahe schmerzhafte Intensität von etwas hundertfach Gesehenem. So hatte sie ihn erlebt sechzehn Jahre zuvor, in der ersten Zeit ihrer Liebe. Eine Zeitlang hatten sie es vor Felicia geheimzuhalten vermocht, was sich zwischen ihnen abspielte, und in jener Phase hatten sie sich an diesem Steg getroffen; Dan war aus München gekommen, hatte sein Auto abseits geparkt und war zum See hinuntergegangen, und Alex hatte ihrer Großmutter gesagt, sie wolle noch einen Abendspaziergang machen, und war durch den Garten entschwunden. Es waren die besten Monate in ihrem Leben gewesen.

Er stand nun direkt vor ihr, und trotz des Dämmerlichtes konnte sie sehen, daß er ziemlich braungebrannt war, viel stärker als im Juni. Aber dann fiel ihr ein, daß dazwischen ja seine Urlaubsreise gelegen hatte.

»Haben sie dir gesagt, daß ich zum See hinunter wollte?« fragte er.

Sie sah ihn verständnislos an. »Wie?«

»Na, deine Tante und Kusine, oder was sie im Verhältnis zu dir sind. Ich habe nach dir gefragt, und sie sagten, sie wüßten nicht genau, wann du kommst. Daraufhin habe ich beschlossen, noch einen Spaziergang am See zu machen.«

»Ach so. Nein, ich habe überhaupt noch nicht mit ihnen geredet. Ich wollte allein sein und habe mich gleich davongeschlichen.«

»Oh, und dann triffst du Ärmste als erstes auf mich!«

»Warum bist du nicht in England?«

Statt auf diese Frage direkt zu antworten, sagte er: »Es war gar nicht so leicht, dich zu finden. Erst war ich natürlich in der Prinzregentenstraße. Da sagte mir die Hausmeisterin, du seist an den Ammersee gezogen. Ich dachte mir, das kann dann nur bei Felicia sein. Hier habe ich dann erfahren, daß die alte Dame inzwischen in Berlin lebt.« Er lachte. »Sie ist nicht zu bremsen!«

»Sie hat immer noch mehr Energie als der Rest der Familie zusammen«, bestätigte Alex. Unschlüssig sahen sie einander an, dann schlug Dan vor: »Laß uns ein Stück laufen, okay?«

Schweigend gingen sie den Uferpfad entlang. Unter den Bäumen war es inzwischen so dunkel, daß sie aufpassen mußten, nicht über Zweige oder Wurzeln zu stolpern. Die Nacht würde klar und voller Sterne sein.

Nachdem sich ihre erste Verwunderung gelegt hatte, erwachte in Alex wieder die Fähigkeit zu denken, und sofort schossen ihr hundert Fragen durch den Kopf: Was tat er hier? Warum war er gekommen? Warum so überraschend? Was war mit Helen?

Laut aber erkundigte sie sich nur höflich: »Wie war dein Urlaub?«

»Schön«, sagte Dan, aber dann blieb er plötzlich stehen und verbesserte sich: »Nein. Er war nicht schön. Er war . . . er war ein Alptraum.«

Sie blieb auch stehen, gebannt von dem Ernst in seiner Stimme. »Du siehst aber so gut aus.«

»Das Wetter war toll. Sonne von morgens bis abends, und das in Nordengland. Aber ansonsten . . .« Er fuhr sich mit den Fingern durch die Haare, eine Bewegung, die Alex mehr ahnte als sah.

»Zwischen mir und Helen ist es aus«, sagte er.

»Was? Ihr wolltet doch im September . . .«

»Heiraten, ja. Ich war mir auch ganz sicher. Aber nachdem du dagewesen warst, war alles anders. Sie merkte das natürlich und hat auch alles sofort richtig assoziiert. Unsere Reise bestand nur noch aus Diskussionen, Tränen, Vorwürfen . . . das Schlimmste war, mit jeder Beschuldigung, die sie gegen mich vorbrachte, hatte sie recht. Ich hab' mich ihr gegenüber wie ein Schuft benommen.« Mit der Spitze seines Schuhes stocherte er auf dem Boden herum, kickte ein paar Steine davon. »Ich habe ihr vorgemacht, sie zu lieben. Ich habe es ja auch mir selber vorgemacht. Dabei hätte ich wissen müssen, daß . . .« Er sprach den Satz nicht zu Ende, und zu ihrem eigenen Erstaunen spürte Alex kein Verlangen, ihn atemlos zu fragen, was er hatte sagen wollen. Statt dessen fühlte sie nur eine unbestimmte Traurigkeit.

»Ich habe beschlossen, zurückzukommen«, sagte Dan, »nach Deutschland. Wenn du noch willst, würde ich gerne wieder bei *Wolff & Lavergne* einsteigen.«

Die Dinge gingen zu schnell, als daß sie sich nun wirklich hätte freuen können. Sie hatte alles darangesetzt, gerade diese Entwicklung herbeizuführen, war enttäuscht worden, hatte resigniert, und war nun nur verwirrt, müde und ungläubig.

»Jederzeit«, sagte sie, »kannst du einsteigen. In das, was noch übrig ist. In jedem Fall werden wir uns sehr verkleinern müssen.«

»Das holen wir wieder rein.«

»Auf Deutschland kommen harte Zeiten zu. Die Wiedervereinigung verschlingt Milliarden. Wir werden das auch spüren.«

»Wir schaffen es trotzdem.«

Unwillkürlich mußte sie lächeln. »Es tut gut, wieder einmal mit einem Optimisten zu reden, Dan.«

»Ich sage nichts, was ich nicht wirklich denke, das weißt du. Wir waren ein gutes Team. Wir kriegen das alles wieder hin.«

Gemeinsam gingen sie den Weg langsam zurück. Linker Hand spülte das Wasser gurgelnd an den Strand. Hier und da blitzte zwischen den Bäumen der letzte rote Himmelsstreifen im Westen auf.

»Warum«, fragte Alex, »tust du das?«

Er schien sich seine Antwort einen Moment lang zu überlegen. »Diese zwei alten Frauen«, sagte er dann, »diese beiden ziemlich machthungrigen, widerspenstigen Ladies haben uns ihr Lebenswerk in die Hand gedrückt. Und wir haben es angenommen. Wir sollten nicht diejenigen sein, denen es zerrinnt. Verstehst du, das hat in mir rumort die ganze Zeit. Daß wir es sein sollen, die versagt haben.«

Und das ist alles? fragte Alex stumm. Der einzige Grund, warum du hier bist?

Aber sie sagte es nicht laut. Es war zu früh. Viel zu früh.

Sie erreichten das Gartentor, es quietschte, als sie es öffneten. Die Bäume verströmten den Geruch von reifem Obst. Ein Haus auf dem Land, Tiere, Wiesen, ein See ... auf einmal verstand Alex, was ihre Großmutter für sie getan hatte. Sie war nach Berlin gegangen nicht einfach aufgrund einer verrückten Idee. Sie hatte Alex Platz gemacht. Hatte ihr den Raum gegeben, ihr eigenes Leben zu leben. Mit dem Unternehmen zu machen, was sie wollte, mit dem Haus zu machen, was sie wollte. Sie hatte endlich wirklich losgelassen.

»Du ißt doch mit uns zu Abend, Dan?« fragte Alex, und er sagte: »Gern. Wenn ich nicht ungelegen komme.«

»Nein«, sagte Alex, »bestimmt nicht.«

Nebeneinander stapften sie den Garten hinauf auf das Haus zu, begrüßt vom freudigen Bellen der Hunde und den lebhaften

Stimmen der Familie. Alex dachte an Felicia, die älter war als das Jahrhundert, tausend Katastrophen überstanden hatte und dabei unverwüstlich und zäh geblieben war. Zum erstenmal seit langer Zeit fühlte sie wieder etwas von dieser Kraft durch ihr eigenes Wesen strömen. Dan hatte recht: sie würden es nicht sein, die zu guter Letzt kapitulierten.

Als ahnte Dan, daß sie gerade an ihre Großmutter dachte, sagte er: »Wir sollten Felicia darüber informieren, daß wir uns zum Durchhalten entschlossen haben, findest du nicht? Wir sollten sie anrufen.«

»Unbedingt«, sagte Alex, aber dann kam ihr ein Einfall, und sie fuhr fort: »Nein, wir werden sie nicht anrufen. Wir werden nach Berlin fliegen und es ihr sagen!«

»Im Ernst? Du willst...«

»Ja. Sie hat es verdient. Mehr als jeder andere Mensch, den ich kenne. Sie wird sich freuen. Und sie wird mit uns Champagner trinken, was ihr der Arzt verboten hat, und das wird sie am meisten freuen.« In ihre Stimme war etwas von der seit langem verschwundenen Kraft und Fröhlichkeit zurückgekehrt, etwas ansteckend Energisches und Schwungvolles. »Abgemacht, Dan? Morgen fliegen wir nach Berlin!«

»Abgemacht«, bestätigte Dan.

Das letzte Stück bis zum Haus legten sie schweigend zurück. Sie wußten, zum Reden würde ihnen genügend Zeit bleiben.

# Epilog

Sommer 1994

»Bist du sicher, daß wir hier noch richtig sind?« fragte Alex zweifelnd. »Ich glaube, wir sind zu weit gefahren!«

»Es muß irgendwo nach rechts ein Weg abgehen«, sagte Chris, »und den habe ich bisher nicht gesehen. Eigentlich können wir noch nicht daran vorbei sein.«

»Wer weiß, ob diese Karte noch stimmt. Die ist so alt, die fällt ja schon fast auseinander.« Alex hatte die Karte aus brüchigem, gelblich verfärbtem Papier auf dem Schoß ausgebreitet und sich redlich bemüht, die verblichene Schrift darauf zu entziffern. Die Karte war unter Felicias Papieren gewesen. Königsberg war darauf eingezeichnet, Insterburg und das Gut Lulinn. Und der Weg, auf dem man dorthin gelangte.

»Ich glaube, hier hat sich nicht viel verändert«, sagte Chris nun. »Die Karte stimmt sicher noch. Wir müssen ganz in der Nähe von Lulinn sein.«

»Wende doch da vorne und fahr noch mal ganz langsam zurück. Wir haben die Abbiegung bestimmt übersehen!«

Chris fuhr die Straße zurück. Eine einsame, holprige Landstraße, umsäumt von Wiesen, so weit das Auge reichte. Irgendwo am Horizont ein Wald. Darüber wolkenloser Himmel, flimmernde Hitze. Ein Hochsommertag, wie er schöner nicht hätte sein können. Ein kaltes Bier wäre jetzt nicht schlecht, dachte Chris. Er war durstig nach der langen Fahrt, kam sich staubig und zerknittert vor.

»Halt!« schrie Alex. »Da ist er! Da ist der Weg! Ich wußte, wir waren zu weit! Schau, da drüben!«

Chris sah einen von den Wiesen fast völlig überwucherten Feldweg, der sich in der Wildnis zu verlieren schien. Stellenweise schauten zerbröckelte Asphaltreste zwischen Unkraut und Erde hervor und erinnerten daran, daß hier einmal eine Straße verlaufen war.

»Das muß der Weg sein!« sagte Alex aufgeregt. »Bieg ab, Chris. Hier kommen wir direkt nach Lulinn!«

»Wenn wir nicht plötzlich in einem Brennesselgestrüpp festhängen«, murmelte Chris, »ich glaube, hier ist seit Jahren niemand mehr gefahren.«

»Wir versuchen es einfach. Jetzt sind wir so weit gekommen, da schaffen wir das letzte Stück auch noch.«

Wie ungeduldig sie ist, dachte Chris. Er warf seiner Schwester einen raschen Blick von der Seite zu. Sie sah sehr jung aus in ihrem kurzen Jeansrock und dem weißen T-Shirt, mit ihren nackten Armen und Beinen, mit dem erwartungsvollen Blitzen in den Augen. Wieder einmal ging ihm auf, wie nah sie und Felicia einander gestanden hatten. Man hatte das nie so richtig bemerkt, weil sie sich beide immer schwer damit getan hatten, Herzlichkeit und Wärme zu zeigen. Vielleicht war sich Alex selber erst nach Felicias Tod über ihre Gefühle wirklich klar geworden. Jedenfalls hatte sie plötzlich darauf bestanden, Lulinn zu sehen, hatte mit einer Unnachgiebigkeit darauf beharrt, als gelte es, einen Letzten Willen zu erfüllen – obwohl Felicia in den Monaten, Wochen und Stunden vor ihrem Tod nie mehr über ihre Reise nach Ostpreußen gesprochen hatte. »Sie wollte, daß wir hinfahren, Chris. Nichts hätte sie mehr gewollt!«

Das Auto kroch den Feldweg entlang. Hohe Grashalme streiften die Windschutzscheibe. In dicken Büscheln drängelte sich dunkelblauer Rittersporn gegen die Fenster. Dazwischen mischte sich Getreide, Überbleibsel der bebauten Felder, die hier einmal gewesen sein mochten. Wenn Alex die Augen schloß, konnte sie ahnen, wie das Land ausgesehen hatte, als es urbar gewesen war, konnte Pferde sehen, Kühe, Bauern, Pflüge. Beladene Erntewagen, spielende Hunde, tobende Kinder. Schöne, alte Häuser, umgeben von gepflegten Gärten, Ställe und Scheunen und Koppeln, auf denen Trakehner grasten.

»Die Eichenallee«, sagte sie, »wir müßten sie jeden Moment erreichen. Eine Allee dürfte kaum zu übersehen sein, oder?«

»Sie wird zugewachsen sein wie alles andere. Wo müßte sie denn sein, rechts oder links?«

»Links. Aber die Eichen müssen doch noch stehen. An denen können wir uns orientieren. Wir werden...« Sie brach ab, starrte geradeaus, legte die Hand auf den Arm ihres Bruders. »Chris, da sind Eichen. Aber wieso...« Zum zweitenmal sprach sie einen Satz nicht zu Ende. Chris sah, warum. Da standen ein paar Eichen, aber sie bildeten keine Allee mehr. Die meisten mußten irgendwann gefällt worden sein. Ein von Gebüsch und Unkraut überwucherter Trampelpfad führte dort entlang, wo sich einst die breite, schattige Auffahrt befunden haben mußte.

Chris schaltete den Motor ab. »Mit dem Auto kommen wir da nicht weiter. Wir müssen zu Fuß gehen.«

Sie stiegen aus. Die Hitze traf sie wie ein Schlag. Mühsam stapften sie den Weg entlang, der stellenweise gar kein Weg mehr war. Brombeerranken mit scharfen Dornen zwangen sie zum Ausweichen, Äste schlugen ihnen ins Gesicht, ein verwobenes Geflecht von Wurzeln kroch über den Boden, sie mußten aufpassen, nicht ständig zu stolpern. Alex hatte zunächst gehofft, sie hätten sich doch geirrt, aber hier und da entdeckten sie Zaunreste, die wohl von den Pferdekoppeln rechts und links der Allee übrig waren. Sie brauchten sich nichts vorzumachen, sie hatten ihr Ziel erreicht: Sie kämpften sich gerade Felicias hochherrschaftliche Eichenallee entlang.

Beide hatten sie nicht mehr erwartet, den großen Hof vor dem Portal vorzufinden, den Rosengarten, natürlich nicht, sie hatten eigentlich versucht, gar nichts mehr zu erwarten. Aber dann erschreckte es sie doch, daß die Wildnis bis an das Haus herangekrochen war, daß von dem großen Platz, auf dem früher die Kutschen vorgefahren waren, später die Autos, auf dem sich Menschen und Tiere getummelt hatten, überhaupt nichts geblieben war. Er war einfach zugewachsen, mit Brennesseln, Disteln, wilden Blumen, stacheligen Büschen. Das Haus ragte aus dem Gestrüpp heraus wie das letzte Segel eines im Sturm untergehenden Schiffes: tapfer, trotzig und völlig ramponiert.

Alex blieb stehen, heftig atmend vom Laufen und von der Hitze. Ihre nackten Beine waren zerkratzt, bluteten an einigen Stellen. Sie starrte das Haus an. »Das«, sagte sie, »ist Lulinn. Das ist das Haus.«

Das Unkraut umklammerte es von allen Seiten, kletterte an ihm hinauf, drang sogar in die leeren, schwarzen Fensterhöhlen der oberen Stockwerke. Die unteren Fenster und die Haustür hatte man mit Brettern vernagelt. Das Dach war nur noch von wenigen Ziegeln bedeckt. Von einem Flügel standen bloß noch verkohlte Grundmauern, die Wände des verbliebenen Teiles waren rußgeschwärzt. Davor befand sich ein verwittertes Schild, dessen russische Inschrift vermutlich vor dem Betreten der Ruine warnte.

Alex schüttelte langsam den Kopf. »Es ist alles kaputt«, sagte sie, »sieh dich nur um, es ist einfach alles kaputt!«

»Hier sind Rosen«, sagte Chris plötzlich, »richtig schöne Rosen. Die sind noch von dem Rosengarten!«

Samtige, dunkelrote Rosenblätter bewegten sich in einem leisen Lufthauch, einem der seltenen dieses glühendheißen Julitages.

»Tatsächlich«, sagte Alex, »der Rosengarten muß ja auch riesig gewesen sein. Kein Wunder, daß etwas übriggeblieben ist.« Suchend schaute sie sich um. »Wo sind nur die Ställe? Und Scheunen? Und die Häuser der Gutsarbeiter? Dieses Gut war doch ein halbes Dorf! Das kann doch nicht alles weg sein!«

»Das kann es schon. Ganz offenbar hat es hier ja gebrannt. Und über die Ruinen ist das Unkraut gewachsen. Falls das gleich nach der Flucht passiert ist, hatte es bis jetzt fast fünfzig Jahre Zeit, hier alles zuzudecken.«

»Das ist schon wahnsinnig«, murmelte Alex. Sie seufzte. »Ein Glück, daß Felicia das nicht mehr sehen mußte, nicht?«

Sie saßen einander gegenüber auf zwei Baumstümpfen und rauchten jeder eine Zigarette. Sogar Chris, der das seit Jahren nicht mehr getan hatte. Auf ihrem Streifzug hatten sie den Familienfriedhof entdeckt, der, umsäumt und überschattet von alten Fichten, ein ganzes Stück abseits vom Haus lag. Beinahe wären sie über einen Grabstein gestolpert und hatten in nächster Nähe einen weiteren gefunden. Daraus schlossen sie, daß dies der Friedhof sein mußte. Er war verwildert wie alles übrige.

Sie hatten eine ganze Weile geschwiegen, hatten dem Summen der Bienen gelauscht und dem Rauch ihrer Zigaretten nachgeblickt. Nun sagte Alex: »Ich glaube, ich kann Großmutter verstehen.«

Chris sah sie an. »Wie meinst du das?«

»Ich meine, ich kann verstehen, daß sie das hier so geliebt hat. Ich kann fühlen, was es ihr bedeutet hat. Ganz gleich, wie es jetzt aussieht. Ich weiß genau, wie die Allee war, die Eichen und die Weiden rechts und links. Ich sehe, wie die Vierspänner vor dem Portal vorfuhren, und ...«

»... und wie die Damen in Ballkleidern ausstiegen, mit Federboas um den Hals, und das Geschmeide blitzte!« vollendete Chris spöttisch.

»Na und? Vielleicht war es so. Es war eine andere Zeit.«

»Die du nicht verklären solltest.«

»Ich versuche ja gar nicht, sie zu verklären. Aber es war Felicias Zeit. Und das hier war ihre Heimat. Ich glaube einfach, aus diesem Flecken Erde hier hat sie viel Kraft geschöpft. So wie sie gelebt hat, so unruhig, so rastlos, hat sie das gebraucht. Hier konnte sie ganz tief durchatmen, bevor sie in die nächste Schlacht ging.«

»Auf jeden Fall ist dieses Land sehr schön«, stellte Chris fest, »es ist wirklich ein besonderer Geruch im Wind, nicht? So wie Felicia immer erzählt hat.«

»Seegeruch. Von der Ostsee.«

»Aber ein besonderer Seegeruch. Kein normaler.«

»Ach – entdeckst du plötzlich auch, daß deine Wurzeln hier liegen?«

Chris grinste. »Ich sitze auf den Gräbern meiner Ahnen. Das scheint mich zu beflügeln.«

»Sei nur still!« Alex warf einen Kiefernzapfen nach ihm, der ihn an der Schulter streifte. »Gib zu, daß dich das hier auch berührt!«

Chris nahm einen tiefen Zug aus seiner Zigarette. »Natürlich. Es hat schon etwas.«

»Aber weißt du, Chris, es ist nicht nur das Land«, fuhr Alex fort, »es ist wirklich vor allem das, was es für die Familie bedeutet hat. Ich glaube, das ist es, was Felicia unbedingt bewahren wollte, was sie versucht hat, in Bayern wieder aufzubauen. Einen Platz für die Familie. Einen Ort, wo sie alle zusammenkommen. Ein Haus, das für alle Platz hat, zu dem sie ganz selbstverständlich hingehen. Felicia wollte nicht, daß sich die Familie in alle Winde zerstreut und keiner mehr etwas vom anderen weiß.«

»Hm«, machte Chris. Nachdenklich sagte er: »Es ist ihr nicht geglückt. Ein zweites Lulinn hat sie nicht schaffen können. Sosehr sie sich bemüht hat.«

»Es wurde wohl nicht mehr dasselbe, nein.«

»Das konnte es nicht, und das kann es auch nie mehr. Aber auch hier hätte sich alles geändert. Die Zeiten sind eben anders geworden. Glaubst du, wenn das hier noch wäre wie es war, käme die Familie in den Ferien angereist, um sich zu treffen? Früher war das anders. Sie lebten in Berlin, und es war wunderbar, aus der staubigen, lauten Stadt heraus hier aufs Land zu fahren. Eine weite Reise – sehr viel weitere konnte man gar nicht machen, dann hätte man viel längere Ferien haben müssen. Aber heute ... wir schicken unsere Kinder zu Sprachkursen nach Amerika, und wir selber fliegen in die Karibik oder machen eine Safari in Kenia. Laura und ich wollen nächstes Jahr nach Australien. Wir haben einfach andere Möglichkeiten. Wir hätten das Gefühl, viel zuviel zu versäumen, wenn wir immer an ein und demselben Ort zusammenkämen.«

»Trotzdem sollten wir versuchen, etwas von dem zu erhalten, was ihr so wichtig war«, sagte Alex, »wir sind ihre Erben, Chris. Erben nicht nur ihres Besitzes. Sondern auch dessen, was sie war, wofür sie stand, was ihre Persönlichkeit ausmachte. Erben auch ihrer Geschichte. Der Geschichte unserer Familie.«

Chris antwortete nicht. Drängend fragte Alex: »Hast du mich verstanden?«

Statt einer Antwort fragte er zurück: »Warum heiratest du Dan nicht, Alex? Das hätte sie sich nun wirklich gewünscht!«

»Wie kommst du denn jetzt darauf?«

Chris zuckte mit den Schultern. »Weil du dauernd von Familie sprichst vielleicht.«

»Dan, Caroline und ich sind eine Familie.«

»Na ja, aber ich hätte halt gedacht . . . mich wundert es eben, daß ihr nicht heiratet.«

Alex lachte leise. »Du bist so konservativ auf einmal, Chris. Früher wäre es dir völlig egal gewesen, ob ich verheiratet bin oder nicht!«

»Ja, früher . . .«, sagte er unbestimmt.

Alex sah an ihm vorbei zu Boden. Die Spitze ihres Schuhs bohrte sich in den weichen Moosteppich. »Es ist im Moment gut so, wie es ist. Wir brauchen nicht mehr.«

Chris stand auf. »Soll ich dir sagen, was ich brauche? Etwas zu essen und zu trinken. Ich verhungere fast.«

Sie konnte seine Ungeduld, sein Unbehagen spüren. Er wollte fort, er wußte nicht, worüber er hier reden sollte – außer über konkrete Dinge. Über die Zukunft. Zur Vergangenheit fiel ihm nichts ein. Er hatte es sich anders gedacht, hatte geglaubt, das Gut sei noch in Betrieb, es gebe noch Haus, Ställe, Weiden, Tiere. Landarbeiter, denen sie würden erklären müssen, wer sie waren und was sie hergeführt hatte, und das wäre nur in einem zähen Kauderwelsch vor sich gegangen, unter Zuhilfenahme von Händen und Füßen. Vielleicht hätte man ihnen erlaubt, sich alles anzusehen, und sie wären herumgestreift, hätten gewußt, daß alles anders geworden war, aber wären auf Spuren gestoßen, mit denen sie etwas hätten anfangen können. Eine alte Bank im Garten, Obstbäume, eine Milchkammer neben dem Kuhstall. Irgendwelche Sachen, von denen sie hätten sagen können: »Schau nur, hier hat Felicia sicher manchmal abends gesessen. Und dies ist der Baum, auf dem Mum ihr Baumhaus hatte. Und hier taten sie dies, und dort das . . .«

Aber alles, was sie gefunden hatten, waren ein ausgebranntes Haus und ein paar verwitterte Grabsteine, und das war zu weit entfernt von dem Bild, das sich Chris gemacht hatte.

»Kommst du mit?« fragte er. »Vielleicht kann man ja in Insterburg irgendwo essen. Ich weiß nicht, was wir hier noch tun sollten.«

»Geh schon mal zum Wagen«, sagte Alex, »ich komme sofort.«

Sie sah ihm nach, wie er davonging. Schrilles Vogelgezwitscher hob ringsum warnend an. Ein aufgeschrecktes Eichhörnchen huschte den Stamm einer Fichte hinauf. Alex kam sich plötzlich wie ein Eindringling vor. Sie stand ebenfalls auf, trat ihre Zigarette aus, sehr sorgfältig, vergewisserte sich, daß sie nicht mehr schwelte. Chris hatte recht, es gab hier nichts mehr zu tun.

Aber es war richtig gewesen herzukommen, so wie es richtig war, nun wieder zu gehen. Sie hatte einen Blick in eine Zeit geworfen, die weit zurücklag, und es kam ihr vor, als sei sie dort auch einem Teil ihrer selbst begegnet. Felicias Wurzeln waren auch die ihren. Es schienen ihr überaus tragfähige Wurzeln zu sein, tief und fest und nicht zu erschüttern. Die Frage blieb, ob sie sich als stark genug erweisen würden, nachfolgenden Generationen Kraft zu verleihen. Die Antwort darauf würde nur die Zeit geben können.

Sie verließ den alten Friedhof und folgte Chris zum Auto zurück; sie schaute sich nicht ein einziges Mal mehr um.